Georg Clam Martinic

Burgen und Schlösser in Österreich

GEORG CLAM MARTINIC

Burgen & Schlösser in Österreich

Von Vorarlberg bis Burgenland

EDITION
ZEITGESCHICHTE

Umschlag von Beate Dorfinger unter Verwendung von drei Bildern aus dem Buch „Burgen • Schlösser • Paläste", hrsg. Christian Brandstätter und Hans Schaumberger, erschienen bei Christian Brandstätter Verlag & Edition Gesellschaft m. b. H.:
„Burg Heidenreichstein" (Foto von Franz Hubmann),
„Betender Ritter, Georg Khevenhueller" und „Stuhl mit Ornamenten" (beide Fotos von Gerhard Trumler)

Printed in Austria

Inhalt

Zum Geleit

Das Anerkennen der Geschichtlichkeit von Burgen, Schlössern und Palais in einer Welt, in der Werte galoppierend wechseln und so wenig anerkannt werden, lenkt das Interesse auf jene spezifischen Bauwerke, die uns als Ruhepole des „schon immer Dagewesenen" entgegentreten. So verwundert nicht der Ruf nach einem illustrativen Einblick in die vielfältigen künstlerischen und historischen Aspekte eines kulturellen Erbes, das nostalgisches Gefühl ebenso mit sich bringt wie dokumentarischen Wert und Gebrauchsgut der Gegenwart. Bei einem Unterfangen, das einem solchen Ruf gerecht werden will, gilt wohl das Wort Albrecht Dürers, es sei „eyns grosse underscheyd, von eynem ding zu reden oder das selb zu machen".

Die Beurteilung der Machbarkeit verführt – man könnte sagen, traditionell – dazu, über die Diskrepanz zwischen einem begrenzten Buchraum und einer unendlichen Stoffülle zu klagen. Aufwand und Ergebnis in ein verantwortbares Verhältnis zu bringen, Übersichtlichkeit zu bewahren und durch Text und Illustration ein möglichst vielschichtiges Bild österreichischen Burgen- und Schlösserbesitzes zu vermitteln, ist das Anliegen des Autors: Dabei bringt er eine jahrzehntelange Erfahrung als Betreuer des Burgenarchivs im Bundesdenkmalamt ebenso mit ein wie als Ehrenpräsident des Österreichischen Burgenvereins.

Dieses Lexikon ist keine Stilfibel historischer Bauwerke, macht aber den Leser mit charakteristischen Bauformen aus den verschiedenen Perioden des Architekturgeschehens bekannt. Dieses Lexikon ist auch keine Geschichte des Burgenbaus, bringt aber dem Benützer eine Fülle historischer Fakten zur Baugeschichte wie auch zur kulturellen und politischen Entwicklung der einzelnen Objekte. Der Leser wird auf ergänzende Literatur hingewiesen und durch Namen der Eigentümer mit dem Heute konfrontiert.

Die Selbstverständlichkeit der Illustrationen in modernen Publikationen gibt dem Leser der vorliegenden Arbeit die Gelegenheit, auch die Bilder des Fotografen als Mitteilung aufzufassen und in diesen gleichsam über die Baudenkmale zu lesen.

Das Bemühen des Österreichischen Burgenlexikons ist eine Einstiegshilfe zu einem verwirrend vielfältigen Bereich historischer Bauwerke, die die Landschaft unserer Heimat bestimmen und so unser aller Gegenwart sind. Das Werk soll einmal mehr vergegenwärtigen, daß das Verdienst für das Bestehen wertvoller alter Bauten, die wir als selbstverständlichen Teil des uns überlieferten Kulturgutes betrachten, den Eigentümern zufällt. Nicht nur der zielsicheren und unbeirrbaren Feder des Autors dieses Bandes sei gedankt, sondern auch den vielen Burg- und Schloßbesitzern, ohne deren Mühen und dauerndes Engagement für das Weiterleben der beschriebenen Objekte dieses Lexikon nicht sinnvoll gewesen wäre.

Dr. Gerhard Sailer
Präsident des Bundesdenkmalamtes

Vorwort des Autors

1672 hat Georg Matthäus Vischer die Topographie von Niederösterreich und 2 Jahre später die von Oberösterreich „durch mühsamen Fleiß genauestens auf Pergament gebracht".
Das vorliegende österreichische Burgenlexikon ist – mehr als 300 Jahre später – der Versuch, alle wesentlichen in Österreich befindlichen Burgen, Schlösser, Ruinen, Ansitze, Edelsitze und Palais in einem Nachschlagewerk zu erfassen.
Da im Bundesdenkmalamt keinerlei genaue Unterlagen über diese historischen Objekte vorhanden waren, hat Frau Hofrat Dr. Gertrude Tripp im Jahre 1967 den zündenden Gedanken gehabt, eine neue Burgenkartei anzulegen. Präsident Prof. Dr. Walter Frodl sowie Univ.-Doz. Generalkonservator Dr. Ernst Bacher, als Vorstand des Institutes für Denkmalforschung, haben diese Idee auf das wärmste unterstützt.
Infolge der Kriegs- und Nachkriegseinwirkungen sowie der Veränderungen an den Eigentumsverhältnissen und Bausubstanzen, mußte nun eine vollkommene Neuerfassung nach folgenden Gesichtspunkten zusammengestellt werden:
Bezeichnung des Objektes, Gemeinde, Katastralgemeinde, Bezirkshauptmannschaft, Bundesland, Beschreibung des Objektes, ob bewohnt oder nicht bewohnt, der Erhaltungszustand, Zahl und Jahr der Unterschutzstellung, derzeitige und vorgeschlagene Widmung, vorhandene Literatur, aktuelle photographische Aufnahmen, Eigentümer des Objektes sowie allfällige Bemerkungen.
Bei den ersten Besprechungen wurde vermutet, daß mit einer Arbeitszeit von einem Nachmittag pro Woche im Bundesdenkmalamt das Auslangen gefunden werden würde. Aus diesem einen geplanten Nachmittag pro Woche sind 18 Jahre geworden, in denen diese Arbeit fertiggestellt werden konnte.

1709 Objekte wurden in Österreich von mir persönlich besucht und die Beschreibung der Objekte verfaßt, während mein jüngerer Sohn Georg Adam die photographischen Aufnahmen tätigte.

Der Präsident des Bundesdenkmalamtes Dr. Gerhard Sailer war es, der besonders auf die Veröffentlichung dieser Arbeit drängte, damit die Burgenkartei nicht nur der Vervollständigung der Bibliothek des Bundesdenkmalamtes diene, sondern auch einer breiten Öffentlichkeit als Information zugute komme.
Ein fehlerfreies Lexikon herauszubringen wird kaum erreicht werden können, da ja die Materie selbst in ständiger Bewegung begriffen ist! Und es ist mir auch klar, daß es im Rahmen so eines Werkes schwer möglich ist, alle Objekte vollzählig zu veröffentlichen!

Ich möchte nicht vergessen, an dieser Stelle all jenen Damen und Herren für ihre wertvolle Mitarbeit meinen Dank auszusprechen, wie dem Präsidenten Dr. Erwin Thalhammer, dem Landeskonservator für Niederösterreich Hofrat Dr. Werner Kitlitschka und Ing. Erich Zinsler für das Bundesland Niederösterreich, Herrn Dr.

Georg Wilhelm Rizzi und Ing. Walter Brauneis für Wien. Als Fachmann für Burgen und Schlösser konnte mir Dr. Benno Ulm für Oberösterreich wertvolle Hinweise geben, während für Steiermark Landeskonservator Dr. Peter Kodolitsch meine Arbeit weitgehend unterstützte. In Kärnten halfen mir Landeskonservator Frau Hofrat Dr. Elisabeth Reichmann sowie Frau Dr. Claudia Fraes-Ehrfeldt. Für das Bundesland Salzburg erfuhr ich laufende Unterstützung durch den Landeskonservator Dipl.-Ing. Walter Schlegel und für das Bundesland Burgenland durch den Landeskonservator Dr. Fritz Berg. Im Bundesland Vorarlberg halfen mir der Landeskonservator Hofr. Dr. Kaltenhauser und Dr. Anton Wilhelm dadurch, daß sie mich mit ihren Fahrzeugen von Objekt zu Objekt persönlich begleiteten, wodurch mir auf diese Art meine Arbeit sehr erleichtert wurde. Für diverse Photos danke ich Herrn Franz Josef Huber aus Dornbirn. Mein alter Freund Landeskonservator Hofrat Dr. Oswald Graf Trapp und Frau Dr. Magdalena Hörmann nahmen sich viel Zeit, um mir persönlich die herrlichen Objekte im schönen Land Tirol zu zeigen. Die Auffindung aktueller Fotos im Fotoarchiv des Bundesdenkmalamtes ist Frau Ingeborg Kitlitschka zu verdanken.

Die Finanzierung des Werkes wurde durch den Generaldirektor Dr. Guido Schmidt-Chiari, Creditanstalt Bankverein, gefördert, welcher für kulturelle Belange immer größtes Interesse bekundete.

Ebenso hat die Messerschmitt-Stiftung mit ihrem Generaldirektor Dr. Hans Heinrich Ritter von Srbik eine großzügige Unterstützung gewährt.

Möge dieses Lexikon nicht nur als Nachschlagewerk dienen, sondern auch Anregung geben für die Erhaltung der historischen Bauten unseres Landes.

Georg Clam Martinic

Hinweise für den Benützer

Wer nicht nur zum Vergnügen in einem Lexikon blättert, sondern damit arbeiten will, eventuell sogar wissenschaftlich, legt größten Wert auf Vollständigkeit. Daher muß an dieser Stelle gesagt werden, daß trotz jahrelanger Recherchen des Autors und seiner zahlreichen Mitarbeiter die gewünschte Vollständigkeit nicht zu erzielen war. Dafür gibt es mehrere Gründe. Der Reichtum Österreichs an Bauwerken, die den gestellten Kriterien entsprechen, ist nach wie vor unüberschaubar. Fachleute geben allein für das östliche Österreich über 3000 Objekte an, die im Laufe der Jahrhunderte errichtet wurden, dann aber wieder verfielen oder durch Umbauten verschwanden. Damit ist auch der qualitative Aspekt angesprochen, denn eine Vielzahl von Bauten birgt heute keinerlei sehenswerte Teile mehr, nicht einmal die Grundstrukturen rechtfertigen eine Erwähnung. Daneben gibt es aber auch andere Gründe, die eine Aufnahme in das Buch verhindert haben, beispielsweise den Wunsch der heutigen Eigentümer, das Objekt nicht zu nennen. Tatsache ist, daß der Autor im Laufe seiner Erhebungen jedes angeführte Objekt besucht hat, um aus eigener Anschauung die wichtigsten Angaben verfassen zu können. An diesem Platz ist es auch angebracht, auf die gültigen Besitzverhältnisse hinzuweisen. Diese sind seit jeher fließend. Oft wechseln die Eigentümer innerhalb weniger Jahre mehrmals. Ein aktueller Stand ist daher nicht zu erarbeiten. In diesem Zusammenhang gilt es, auf unterschiedliche Schreibweisen der Namen zu verweisen, die nicht nur regional, sondern auch von Generation zu Generation einer Wandlung ausgesetzt sind. Eine Vereinheitlichung wäre zugleich eine Verfälschung, obwohl manchmal der Eindruck eines Fehlers entsteht, wenn ein und dieselbe Familie verschieden notiert wird.

Was die weiterführende Literatur betrifft, so wurden nur jene Werke in das Verzeichnis aufgenommen, die der Autor benützt hat.

Abschließend sei erwähnt, daß die Umlaute wie Grundvokale eingeordnet wurden.

Ein * am Ende des Textes bedeutet, daß sich im Anhang eine Ergänzung zu diesem Objekt befindet.

BURGENLAND

Schloß Kittsee

A

Antimonschlößl
→ Werkschlößl

B

Batthyány, Kastell
BH, G und **KG** *Güssing*
Aus den sechziger Jahren des 18. Jh.s stammender Bau auf hakenförmigem Grundriß, zweigeschoßig, mit Glasfenstern verschlossene Arkaden. Das in sehr gutem Zustand befindliche Kastell dient Wohnzwecken.
E: Fam. Batthyány
Lit: *Prickler, 64; Schmeller, 118*

Batthyány, Schloß
→ Kittsee, Neues Schloß

Batthyány, Schloß
BH *Jennersdorf*
G *St. Martin an der Raab*
KG *Neumarkt an der Raab*
Der zweigeschoßige Bau mit dreiachsigem Giebelrisalit hat an den Ecken schräggestellte Vielecktürmchen; die Fassade ist durch Rundbogen- und Rechteckfenster sowie Bänder gegliedert; flaches Walmdach. An der Rückseite achteckiger Anbau mit Zeltdach, errichtet 1866. Im Park qualitätvolle Steinfiguren (Nonnen). Das 1846 erbaute Schloß befindet sich in bestem Zustand.
E: Dr. Josef Batthyány
Lit: *Prickler, 110; Schmeller, 165*

Bernstein, Burg
BH *Oberwart*
G und **KG** *Bernstein*
Burg Bernstein wurde vermutlich Anfang des 13. Jh.s erbaut. Ältester noch erhaltener Teil ist der Nordtrakt, der auf gewachsenem Felsen errichtet wurde. Der Bau ist von einem Zwinger und Basteien aus dem 17. Jh. umgeben. Der künstlerisch bedeutsamste Teil ist der mit reichen Stukkaturen ausgestattete Rittersaal im südöstlichen Trakt (Dekke mit Darstellungen aus der griech. Mythologie, erste Hälfte des 17. Jh.s). Im ersten Stock eingelegte Renaissancetüren und schöne Öfen. Im 13. Jh. war die Burg im Besitz der Güssinger Grafen und ging anschließend in das Eigentum der Fam. Kanizsai über. 1601–44 Sitz der Fam. Königsberg, bis ins 19. Jh. im Eigentum der Fam. Batthyány. Seit 1892 im Besitz der Fam. Almasy-Kuefstein. Die Burg ist teilweise zu besichtigen und beherbergt eine Pension mit Restaurantbetrieb.
E: Andrea Berger, geb. Almasy-Kuefstein
Lit: *Dehio, 42 ff; Prickler, 14 ff; Schmeller, 84 f*

D

Deutschkreutz, Schloß
BH *Oberpullendorf*
G und **KG** *Deutschkreutz*
Die 1492 erstmals erwähnte Burg wurde 1560 als Wasserschloß neu errichtet, 1621 zerstört und anschließend in seiner jetzigen Form erbaut. Das Schloß besteht aus vier Trakten um einen imposanten, zweigeschoßigen Arkadenhof und vier Ecktürmen mit Zeltdächern. Kapelle im Nordostturm mit qualitätvoller Stuckierung von 1631 und eigenartigen, spitzbogigen Maßwerkfenstern in spätgotischer Manier. Über dem Hauptportal Wappen der Esterházy, seitlich davon das der Fam. Nádasdy (1643). 1492 waren die Grafen von Mattersburg Besitzer, anschließend die Fam. Kanizsai, später die Nádasdy und die Esterházy. Im Schloß fallweise Ausstellungen des Eigentümers.

E: Prof. Anton Lehmden (akad. Maler)
Lit: *Dehio , 53 f; Prickler, 26 f; Schmeller, 93 f*

Draskovich, Schloß
→ Güssing, Schloß

Draßburg, Schloß
BH *Mattersburg*
G *Draßburg-Baumgarten*
KG *Draßburg*
Hufeisenförmiger Bau aus dem 17. Jh. Arkadengänge gegen den Hof, in der Mitte ein dreigeschoßiger turmartiger Bau, der den ältesten Teil des Schlosses bildet. Im Erdgeschoß befindet sich eine merkwürdige Grottenanlage aus dem Frühbarock. Im 19. Jh. wurde die Fassade erneuert. Im französischen Park Statuen von Jakob Christoph Schletterer (1758), die u. a. die neun Musen darstellen. Das Schloß dient heute als Hotel.
E: Fam. Patzenhofer
Lit: *Dehio, 60; Prickler, 31 f; Schmeller, 97*

E

Eberau, Schloß
BH *Güssing*
G und **KG** *Eberau*
In der Pinkaebene gelegene, dreifach bewehrte Wasserburganlage. Schon im 14. Jh. urkundl. nachweisbar. Das heutige Schloß stammt im wesentlichen aus dem 17. Jh. Rechteckige dreigeschoßige Anlage mit breitem Mittelrisalit und vorgelegtem Torbau. Die Steildächer über den Ecken stammen aus jüngerer Zeit. Im Hof vermauerte Arkaden. Am Südtrakt war die gotische Kapelle angebaut, von der nur mehr die Grundmauern, eine spitzbogige Tür im ersten Stock und drei Wappensteine erhalten sind. Im 16. Jh. gewann Eberau unter den Zrinyi eine außerordentliche kulturhistorische Bedeutung, da der Buchdrucker Johannes Manlius hier seine Werkstatt aufschlug (1587–91). Nach mehrfachem Besitzerwechsel gelangten Schloß und Herrschaft Eberau 1613 in das Eigentum der Grafen Erdödy de Monyórókerék (= Eberau).
E: Ivan Erdödy
Lit: *Prickler, 32 ff; Schmeller, 101 f*

Esterházy, Schloß
G *Eisenstadt*
Vierflügelige Anlage um einen quadratischen Hof, Erbauungszeit etwa um 1390. Bei Grabungen 1980–85 wurden im Schloßhof Mauern eines Vorgängerbaues aus dem 13. Jh. festgestellt. Die ehemalige Wasserburg wurde 1663–72 von Carlo Martino Carlone zu einem prunkvollen Barockschloß ausgebaut. 1805 klassizistischer Umbau des Gartentraktes nach Plänen von Charles Moreau. Innenräume um 1900 im Zeitgeschmack verändert. Empiresaal, Spiegelsaal, Haydnsaal – dieser mit reichem Freskenschmuck von Carpoforo Tencala aus dem 17. bzw. 18. Jh. – Schloßkapelle mit barocker Einrichtung. Weitläufiger Park mit Statue der Fürstin Leopoldine von und zu Liechtenstein, geb. Esterházy, von Anton Canova (dat. 1805) in klassizistischem Rundtempel (seit 1945 im Hauptgebäude verwahrt). 1445 im Besitz Herzog Albrechts VI. von Österreich, 1451 Erwerb durch Kaiser Friedrich III. Um 1480 wurde König Matthias Corvinus Besitzer der Burg, anschließend mehrfacher Besitzer-

wechsel. 1553 Hans von Weisspriach Pfandbesitzer, 1622 Verpfändung durch Kaiser Ferdinand II. an Nikolaus Graf Esterházy. Schloß Esterházy war langjährige Wirkungsstätte von Joseph Haydn. Das Schloß ist heute zum Großteil an das Land Burgenland vermietet und dient als Repräsentations- und Veranstaltungszentrum der Landesregierung, u. a. ist die Landesgalerie darin untergebracht. Außerdem ist das Schloß Sitz der Esterházyschen Güterdirektion und der Weinkellerei.
E: Seit 1649
Fam. Esterházy
Lit: *Dehio, 74 ff; Prickler, 36 ff; Schmeller, 65 ff*

F

Fasanerie
→ Steinbrunn, Jagdschloß

Forchtenstein, Burg
BH *Mattersburg*
G *Forchtenstein*
KG *Neustift an der Rosalia*
BT 3
Mächtiger Festungsbau auf einem senkrecht abfallenden Felsen am Ostabhang des Rosaliengebirges. Erste urkundliche Erwähnung 1343. Der Kern – vor allem der runde Bergfried – stammt aus dem 14. Jh. Im 17. Jh. wurde der Wohnteil um den engen Innenhof unter Nikolaus Esterházy dann schloßartig ausgebaut, ab 1652 durch Anlage mächtiger Basteien zur Festung umgestaltet. Eine Sehenswürdigkeit ist der 142 m tiefe Brunnen. Erbauer der Burg waren die Herren von Mattersdorf. 1454 kam Forchtenstein durch Verpfändung an Herzog Albrecht VI. von Österreich, anschließend durch Verkauf an Kaiser Friedrich III. Nach oftmaligem Besitzerwechsel gelangte die Burg 1572 wieder an die Habsburger. Das Burgmuseum Forchtenstein beherbergt eine komplett erhaltene Rüstkammer mit Waffen aus dem 16. bis 19. Jh., Kriegsbeute aus den Türken-, Franzosen- und Preußenkriegen, historische Fahnen und Ahnenbilder.
E: Seit 1622
Fam. Esterházy
Lit: *Dehio, 96 ff; Prickler, 46 ff; Schmeller, 104 ff*

G

Gattendorf, Altes Schloß
BH *Neusiedl am See*
G *Gattendorf-Neudorf*
KG *Gattendorf*
Wuchtiger zweigeschoßiger Bau auf hakenförmigem Grundriß, mit Mansardendach und Toreinfahrt. Der Kern des Schlosses wurde um 1600 erbaut, die Fassade stammt aus der zweiten Hälfte des 18. Jh.s. Im 19. Jh. wurde das Schloß zum Speicher „degradiert“, als solcher bis zum Zweiten Weltkrieg verwendet und später wieder zum Schloß umgebaut.
E: Dr. Carl Pruscha (Architekt)
Lit: *Prickler, 53; Schmeller, 109*

Gattendorf, Neues Schloß
BH *Neusiedl am See*
G *Gattendorf-Neudorf*
KG *Gattendorf*
Ein hübsch gegliederter zehnachsiger, zweigeschoßiger Bau auf hufeisenförmigem Grundriß, wahrscheinlich im zweiten Viertel des 18. Jh.s erbaut. Pavillonartiger Mittelteil, kurze klassizistische Attika im Mansardendach, an der Parkfront eine zweiflügelige

Freitreppe. Heute Gutsbetrieb.
E: Viviane C. Müller
Lit: *Prickler, 53; Schmeller, 109*

Gloriette, Jagdschloß
G *Eisenstadt*
Ein klassizistischer Bau, länglicher Mitteltrakt mit vorgelegter Säulenhalle, niedrige Seitenflügel. Zu Beginn des 19. Jh.s nach Plänen von Charles Moreau erbaut. In der Nähe des Jagdschlosses befindet sich der Esterházysche Kanonenplatz, auf dem 16 Kanonen aufgestellt waren, die zu besonderen Anlässen Salut schossen. Das Schloß beherbergt eine Gaststätte.
E: Stadt Eisenstadt
Lit: *Dehio, 91; Prickler, 45; Schmeller, 73*

Großhöflein, ehem. Edelhof
BH *Eisenstadt-Umgebung*
G und **KG** *Großhöflein*
Großes zweigeschoßiges Gebäude mit weitem Hof, um 1600 erbaut. Mitte des 17. Jh.s, in der Zeit des Umbaues des Eisenstädter Schlosses (Barockisierung), war der Hof Sitz der Familie Esterházy. 1645 starb hier Fürst Nikolaus Esterházy. Später wurde der Edelhof als Meierhof verwendet und ist heute noch teilweise bewohnt.
E: Fam. Treiber
Lit: *Prickler, 56 f; Schmeller, 113*

Großhöflein, Jagdschloß auf dem Föllikberg
BH *Eisenstadt-Umgebung*
G und **KG** *Großhöflein*
In der zweiten Hälfte des 18. Jh.s erbautes Jagdschlößchen des Fürsten Esterházy. Auf der Höhe des Föllikberges gelegener ebenerdiger Bau mit breitem, achteckigem Mittelraum und länglichen Flügeln, an den Schmalseiten Achteckabschluß. Das Jagdschloß ist heute Ruine.
E: Fam. Esterházy
Lit: *Prickler, 57; Schmeller, 112*

Güssing, Burg
BH, G und **KG** *Güssing*
Auf einem Porphyrkegel (Ergußgestein) des Güssinger Hügellandes gelegene weithin sichtbare Festungsanlage. 1157 Errichtung einer hölzernen Burg. Ende des 12. Jh.s wurde an der Stelle eine Steinburg erbaut. Die Verteidigungsanlagen – Tore und Bastionen – stammen aus dem 16. und 17. Jh. Der Burghof ist von Resten der alten Randbefestigung umgeben. Hochburg aus verschiedenen Bauphasen, das Wohngebäude und der Treppenturm aus dem Barock, der Bergfried aus dem Mittelalter (heute Glockenturm). Die Kapelle der Burg ist spätgotisch. Erbauer der ursprünglichen Burg waren die Brüder Wolfer und Hedrich von Wildon. Im Mittelalter waren die Herren von Güssing die Besitzer. 1522 wurde Burg Güssing von der Familie Batthyány erworben. Im 16. Jh. wurde die Burg durch das Wirken des Botanikers Carolus Clusius und des Buchdruckers Johannes Manlius zu einem kulturellen Zentrum. Eines der berühmtesten Mitglieder der Besitzerfamilie Batthyány war Fürst Ladislaus (gest. 22. 1. 1931): Als Augenarzt führte er mehr als tausend Staroperationen an Bedürftigen gratis durch und errichtete in Kittsee auf seine Kosten ein Krankenhaus. Es sind Bestrebungen im Gang, für Fürst Ladislaus die Seligsprechung zu erwirken. Heute beherbergt die Burg ein bedeutendes Museum.

E: Fürst Philipp Batthyánysche Stiftung
Lit: *Dehio, 117 ff; Prickler, 58 ff; Schmeller, 117 f*

Güssing, Kastell
BH, G und **KG** *Güssing*
Eingeschoßiger Bau, auf einer Anhöhe im Ortsgebiet (unterhalb der Burg) gelegen. Neun Fensterachsen gliedern die einfach gehaltene Fassade. Das Gebäude hat ein Satteldach und einen Vorbau im nördlichen Teil. Das aus dem 17. Jh. stammende Kastell mit Fassade aus dem 19. Jh. war früher Sitz der Güssinger BH und dient heute Wohnzwecken. Außerdem ist hier die Kanzlei eines Rechtsanwaltes untergebracht.
E: Sigismund Batthyány

Güssing, Schloß (Draskovich)
BH, G und **KG** *Güssing*
1804 wurde der stattliche zweigeschoßige Bau errichtet. Der dreiachsige Mittelrisalit ist durch Halbsäulen gegliedert, die seitlichen Flügel haben fünf Fensterachsen. Ein Salon hat noch die originale Empireeinrichtung. In der Kapelle ein Altar mit fünf Tafeln eines Flügelaltars von 1469. Das klassizistische Schloß gilt heute als das besterhaltene des Burgenlandes und beherbergt die Forst- und Gutsverwaltung des Eigentümers.
E: Dr. Karl Draskovich
Lit: *Dehio, 121; Prickler, 64; Schmeller, 118*

H

Halbturn, Kastell
→ Roter Hof, Kastell

Halbturn, Schloß
BH *Neusiedl am See*
G und **KG** *Halbturn*
Kaiserliches Jagdschloß, das nach 1700 von Johann Lukas von Hildebrandt unter Graf Harrach als Pfandherrn erbaut wurde. Bedeutendster barocker Profanbau des Burgenlandes. Langgestreckte zweigeschoßige Front mit Mittelrisalit und Eckpavillons. An das Hauptgebäude schließen nördlich um drei Höfe Wirtschaftstrakte an, die aus derselben Bauzeit stammen. Im Mittelsaal des Schlosses Deckenfresko von Franz Anton Maulbertsch. Anschließend an einen Jagdaufenthalt in Halbturn erkrankte Kaiser Karl VI. an einer Pilzvergiftung, woran er kurz darauf in der Favorita (heute Theresianum in Wien) 1740 starb. 1949 brannten die beiden Seitentrakte völlig aus, wurden jedoch in den Jahren 1972–74 wiederaufgebaut. Im Schloß werden jährlich schöne Ausstellungen (Mode, Kostüme, Tapisserien, Post- und Telegrafenwesen) gezeigt.
E: Paul Baron Waldbott-Bassenheim
Lit: *Dehio, 125 f; Prickler, 64 ff; Schmeller, 119 ff*

J

Jormannsdorf, Schloß
BH *Oberwart*
G *Bad Tatzmannsdorf*
KG *Jormannsdorf*
1624–26 wurde dieses Schloß auf hakenförmigem Grundriß errichtet. Der ursprüngliche Charakter ist nur mehr im Hof erhalten (rundbogiger Arkadengang und Galerie mit horizontalem Architrav und Rundsäulchen, darüber ein kräftiger Gebälkfries). Im Gastzimmer des heutigen Hotels zwei barocke Wappensteine. Im schönen Park befinden sich der Annabrunnen und die Selchkammer in Form eines zweigeschoßigen Rundturmes. Ludwig Königsberg er-

baute das Schloß; 1644 ging es in den Besitz von Adam Batthyány über. Nach dem Türkenkrieg 1683 wurde es Erholungsstätte für verwundete Offiziere. Mit Ende des Zweiten Weltkrieges wurde das Schloß in eine Schule der burgenländischen Landwirtschaftskammer umgewandelt, 1956/57 als Schloßhotel adaptiert.
E: Maria Jandl
Lit: *Dehio, 139;*
Prickler, 71 f;
Schmeller, 128

K

Kittsee, Altes Schloß
BH *Neusiedl am See*
G und **KG** *Kittsee*
Der Anfang dieser ursprünglichen Wasserburg reicht bis ins 12. Jh. zurück. Der heutige Bau (zweigeschoßig mit Innenhof) stammt im wesentlichen aus dem 16. Jh. 1264 fand hier die Hochzeit des Prinzen Bela mit der Nichte des Königs Přemysl Ottokar, Kunigunde von Brandenburg, statt. Später (1270/71) zerstörte Ottokar die Burg. 1676 erwarb Paul Esterházy Kittsee, 1870 wurde die Familie Batthyány-Strattmann Eigentümer.
E: Seit 1969 Otto Fuchs/ Nachfahren
Lit: *Dehio, 144;*
Prickler, 72;
Schmeller, 132

Kittsee, Neues Schloß (Batthyány)
BH *Neusiedl am See*
G und **KG** *Kittsee,* **B** 11
Hufeisenförmige zweigeschoßige Anlage in einem großen Park, unter Graf Listy Mitte des 17. Jh.s erbaut. Hoher Mittelrisalit, Stuckverzierungen im Festsaal (1730–37 durch Paul Anton Esterházy errichtet), Altane mit Vorbau und schöne zweiläufige Treppe. Die teilweise Neugestaltung der Innenräume und der Anbau zweier Altane erfolgte unter Fürst Batthyány-Strattmann (Ende des 19. Jh.s), wobei der nordseitige, von mächtigen Atlanten getragene Altan (barock, erste Hälfte des 18. Jh.s) vom Palais Grassalkovics in Preßburg hierher übertragen wurde. Das schmiedeeiserne Portal stammt von der Weltausstellung in Paris (1900). 1969–74 wurde eine umfassende Restaurierung und die Öffnung der Arkaden im Erdgeschoß durchgeführt sowie das Ethnographische Museum Kittsee (für Ost- und Südosteuropa) eingerichtet. Das Schloß wurde 1969 von der Familie Graf Batthyány-Strattmann verkauft.
E: Gemeinde Kittsee
Lit. *Dehio, 144 f;*
Prickler, 72;
Schmeller, 132 f

Kobersdorf, Schloß
BH *Oberpullendorf*
G und **KG** *Kobersdorf*
Aus Fluchtburg des „Karolingischen Festungsgürtels" im 9. Jh. entstand das Wasserschloß, das 1222 als CASTRUM schriftlich belegt ist. Das weitläufige Bauwerk ist aus verschiedenen Trakten zusammengesetzt, die um den quadratischen Fluchtburghof und den rechteckigen Festhof gelagert sind. 6 markante Rundtürme mit den riesigen Kegeldächern bestimmen das Äußere des Schlosses. Reiche Stuckdekoration ziert die reizvolle Schloßkapelle. Im 16. Jh. wurde das Schloß großzügig ausgebaut, die künstlerische Ausstattung – in erster Linie Stuck und Fresken – stammt aus der zweiten Hälfte des 17. Jh.s. 1979 wurden in der Schloßkapelle bemerkenswerte Fresken aus dem 14. Jh. entdeckt. Besitzer nach ungarischen Königen

1289 die Habsburger. 1453 von Kaiser Friedrich III. verpfändet an das Geschlecht der Weisspriacher, ging es 1648 an die Familie Graf Kéry und 1704 an Fürst Esterházy über. 1963 übernahm das durch Krieg arg devastierte Schloß Arch. Bolldorf-Reitstätter. Nach tadelloser Restaurierung dient es Wohnzwecken, ist Ausstellungszentrum sowie Schauplatz der Kobersdorfer Sommerspiele. Fallweise finden im Schloß Tagungen und Seminare statt.
E: Seit 1963 Familie Arch. Bolldorf von Grazigna-Reitstätter u. Kinder
Lit: *Dehio, 156 f; Prickler, 76 ff; Schmeller, 136 f*

Kohfidisch, Schloß
BH *Oberwart*
G und **KG** *Kohfidisch*
Die große hufeisenförmige Anlage mit überhöhtem Mittelbau wurde im 17. Jh. erbaut, um 1780 erweitert und im ersten Viertel des 19. Jh.s durch die Grafen Erdödy in seine heutige Form gebracht. Ein Mittelrisalit wird durch das Zeltdach hervorgehoben, an der Gartenfassade befindet sich ein ausladender Balkon mit handgeschmiedetem Geländer. In dem Nordwestflügel ist noch ein quadratischer Raum mit einer flachen Stuckdecke aus ca. 1730 erhalten. Um 1850 wurde die Schloßkapelle umgebaut und neugotisch ausgemalt. Der aus der Zeit Kaiser Hadrians stammende römische Meilenstein, der früher im Stiegenhaus des Schlosses aufgestellt war, befindet sich heute im neuen Schulgebäude des Ortes.
E: Fam. Kottwitz-Erdödy
Lit: *Dehio, 158; Prickler, 80 ff; Schmeller, 138*

L

Lackenbach, Schloß
BH *Oberpullendorf*
G und **KG** *Lackenbach*
Zweigeschoßiges Hauptgebäude auf hakenförmigem Grundriß mit Arkadengalerie, umgeben von einem teilweise verschütteten Wassergraben. Die ältesten Teile des Schlosses stammen aus der Mitte des 16. Jh.s. Die Kapelle in der Südostecke zeigt eine naturalistische Malerei aus dem 19. Jh. (Himmelsausschnitt). Das von Erasmus Teuffl erbaute Schloß wurde 1618 durch Nikolaus Esterházy umgestaltet. 1806 fiel Lackenbach einem Brand zum Opfer und wurde anschließend nur mehr zum Teil wiederaufgebaut. Der im Bethlen-Krieg in der Schlacht bei Lackenbach (1620) gefallene Feldherr Tarrody wurde der Überlieferung nach mit Pferd und Hund begraben. Ein Denkmal erinnert unweit des Schlosses an ihn. Lackenbach ist Sitz der Forstverwaltung sowie der Revierleitung.
E: Fam. Esterházy
Lit: *Dehio, 163 f; Prickler, 84 f; Schmeller, 140*

Landsee, Burgruine
BH *Oberpullendorf*
G *Markt St. Martin*
KG *Landsee,* **BT** 1
Bedeutendste Burgruine des Burgenlandes. Erste urk. Erwähnung im 13. Jh. Der älteste Teil der Anlage ist der mächtige Bergfried, an den ein kleiner innerer Burghof mit Küchenanlage, Palas und Kapelle anschließt. Erstes Tor der äußeren Wehrmauer mit der Jahreszahl 1668, zweites Tor für Zugbrücke und Gußerker, drittes und viertes Tor zum dreieckigen Zwinger, der von niedrigen Wohntrakten aus dem 17. Jh. eingefaßt

wird. Seit 1772 ist die Anlage dem Verfall preisgegeben. Ende des 14. Jh.s befand sich die Burg im Besitz der Grafen von Forchtenstein, danach mehrmaliger Besitzerwechsel. Seit 1612 im Eigentum der Fam. Esterházy. In den Türkenkriegen war Landsee Zufluchtsstätte der Landbevölkerung, Garnisonsplatz und Militärmagazin. Das heute in Forchtenstein befindliche Arsenal der Esterházy war bis zum 18. Jh. in Landsee untergebracht. Die Ruine wird durch den Verschönerungsverein Landsee (Pächter) instand gehalten und ist für Besucher geöffnet.
E: Fam. Esterházy
Lit: *Dehio, 166 f; Prickler, 85 ff; Schmeller, 142*

Lockenhaus, Burg
BH *Oberpullendorf*
G und **KG** *Lockenhaus*
BT 2
Kunsthistorisch bedeutsamste Burg des Burgenlandes. Ringförmige Anlage aus der Mitte des 13. Jh.s, fünfeckiger Bergfried, Kapellenturm und zweischiffiger, siebenjochiger Rittersaal. Unterirdischer Raum im Burghof, der vermutlich ein Kultraum der Templer aus dem 13. Jh. war. Die Burg wurde im 15. und 16. Jh. erweitert, die dreiflügelige Anlage der Vorburg im 17. und 18. Jh. schloßartig ausgebaut. Der mittelalterliche Baubestand ist heute gut erhalten. Erste urk. Erwähnung 1242 („Leuka"), 1270 im Besitz des Böhmenkönigs Přemysl Ottokar, 1337 Eroberung durch Stephan Láczkfi, 1390 Übergabe von König Sigismund von Ungarn an die Brüder Kanizsai, 1490 Einnahme durch Kaiser Maximilian I., danach Rückgabe an die Kanizsai. 1558 im Besitz von Thomas Nádasdy, ab 1676 im Besitz der Familie Esterházy, seit 1969 befand sich die Burg im Eigentum des steirischen Schriftstellers Paul Anton Keller, nach dessen Tod sie in eine nach ihm benannte Stiftung umgewandelt wurde. Sie kann besichtigt werden und dient als Veranstaltungszentrum, in dem während der Sommermonate Konzerte stattfinden (ebenso im Ort Lockenhaus). Außerdem ist in der Burg ein Restaurant untergebracht.
E: Stiftung Paul Anton Keller
Lit: *Dehio, 174 f; Prickler, 90 ff; Schmeller, 146 f*

Loipersdorf, Kastell
BH *Oberwart*
G *Loipersdorf-Kitzladen*
KG *Loipersdorf*
Einfacher zweigeschoßiger Bau über rechteckigem Grundriß, der in der ersten Hälfte des 19. Jh.s wahrscheinlich aus einem älteren Bau entstanden ist. Im Erdgeschoß befindet sich eine ehemals offene, heute mit verglasten Türen abgeschlossene Halle, das Obergeschoß ist von einem Giebel bekrönt. Im Garten steht eine Vogeltränke, die aus zwei muschelförmigen Steinschalen zusammengesetzt ist und wahrscheinlich Teil eines Brunnens war.
E: Ing. Fritz Truger
Lit: *ÖKT, XL, 208*

M

Markt Neuhodis, Neues Kastell
BH *Oberwart*
G und **KG** *Markt Neuhodis*
Ehemaliger Meierhof aus dem 18. Jh. Schmuckloser Bau mit Erd- und Obergeschoß. In zwei Zimmern einfache Stuckdecken des späten 18. Jh.s. Im Gang ein später

eingefügtes schönes Schmiedeeisengitter (um 1700). Arbeiten des Besitzers (Bildhauer, Wotruba-Schüler) im stimmungsvollen Schloßpark aufgestellt.
E: Rudolf Kedl
(akad. Bildhauer)
Lit: *ÖKT, XL, 272;*
Prickler, 92;
Schmeller, 154

N

Nebersdorf, Schloß

BH *Oberpullendorf*
G *Großwarasdorf*
KG *Nebersdorf*
Dieses klassizistische Schloß besteht nun aus einem dreigeschoßigen, dreiachsigen Mittelbau mit hohem Mansardendach und durch große ionische Pilasterordnung gegliederten Säulenportikus und zwei eingeschoßigen Seitenflügeln. Im Mittelsaal befindet sich ein Deckengemälde von Stephan Dorffmeister aus 1773. Besitzer der urspr. Burg (urk. erwähnt um 1300) waren die Szeged de Mezöszeged (14. Jh.), dann die Fam. Niczky. Das heutige Schloß wurde um 1770 unter Christoph Niczky errichtet. Dem Besitzer verlieh man für die vorbildliche Restaurierungsarbeit bei der Landeskonservatorentagung im Jahr 1985 die Denkmalschutzmedaille. Im Schloß befinden sich heute eine Taverne und Veranstaltungsräume.
E: Rudolf Golubits
Lit: *Prickler, 103 f;*
Schmeller, 161

Neudörfl, Kastell

BH *Mattersburg*
G und **KG** *Neudörfl*
Der zweigeschoßige Bau stammt aus dem 17. Jh. (1641). Im Erdgeschoß ist das Kreuztonnen- und Stichkappengewölbe aus der Erbauungszeit noch erhalten. Am Haupttrakt des Herrenhauses befindet sich ein reich mit Steinzierarten geschmücktes Portal mit fürstlich Esterházyschem Wappen (nach 1687), am Hofportal Grafenwappen der Esterházy aus der Erbauungszeit. An der anschließenden Ostmauer vermauerte Schießscharten, im Erdgeschoß der Hoffront mächtige Arkaden. Die Säle haben Spiegelplafonds und waren früher mit Stuck verziert. Am Gebäude ist eine Gedenktafel mit folgendem Wortlaut angebracht: „1874–1974 – 100 Jahre österreichische Sozialdemokratie – In diesem Hause trafen sich am 5./6. April 1874 74 Delegierte aus allen Kronländern der Donaumonarchie, um die Sozialdemokratische Arbeiterpartei in Österreich zu gründen. – April 1974 – Gewidmet vom Verein für Geschichte der Arbeiterbewegung." Das Kastell war einst im Besitz der Fam. Esterházy (Erbauer Nikolaus Esterházy).
E: Caritas der Erzdiözese Wien
Lit: *Prickler, 106 f;*
Schmeller, 164

Nikitsch, Schloß

BH *Oberpullendorf*
G und **KG** *Nikitsch*
Um das Jahr 1300 wird an der Stelle des heutigen Schlosses ein Kastell urkundlich erwähnt. Das heutige Schloß Nikitsch wurde im 17. Jh. inmitten eines schönen englischen Parks errichtet. Die Fassade der Hauptfront, der Mittelrisalit im Hof und der Torbau entstanden anläßlich des Umbaues um 1840. In der Kapelle befinden sich Fresken von Stephan Dorffmeister (1781). Während der Besetzung durch die sowjetischen Truppen 1945 wurde Schloß Nikitsch schwer beschädigt und der gesamten Einrich-

tung beraubt. 1985 begannen die Restaurierungsarbeiten am Schloß, das heute Wohnzwecken dient.
E: Fam. Zichy-Meskó
Lit: *Dehio, 216; Prickler, 113 f; Schmeller, 171*

O

Oberpullendorf, Schloß

BH, G und **KG** *Oberpullendorf*
Die urspr. Anlage des Schlosses stammt aus dem Mittelalter. Dies ist noch an den Resten des äußeren Befestigungsringes (Graben) und am quadratischen Turm mit einer Mauerstärke bis zu 1,50 m zu erkennen. Der Neubau auf dem hakenförmigen Grundriß stammt aus dem 17. Jh. Die Schießscharten des Turmes wurden bei der Restaurierung 1880 verkehrt eingemauert. Als im 20. Jh. das Schloß zu einer Schule umgebaut wurde, veränderte man die gesamte Anlage sehr stark und erneuerte die Fassade unsachgemäß. Das Schloß war einst Stammsitz der Familie Rohonczy. Heute befinden sich in dem Gebäude die landwirtschaftliche Fachschule, das landwirtschaftliche Bezirksreferat und das „Haus der Bäuerin".
E: Burgenländische Landwirtschaftskammer
Lit: *Prickler, 115; Schmeller, 172*

P

Pinkafeld, Schloß

BH *Oberwart*
G und **KG** *Pinkafeld*
Eine zweigeschoßige Anlage auf hakenförmigem Grundriß mit einer eigenen Schloßkapelle. Die Decken des Saales und der Gemächer hatten reichen Stuckdekor. Ein Schüttboden im Obergeschoß. Von der Originaleinrichtung ist nur noch das Altarbild der Schloßkapelle erhalten: „Anbetung der Muttergottes durch den hl. Antonius von Padua", von J. Hauck, 1747. Anno 1685 wurde Pinkafeld durch Adam Batthyány als Witwensitz für seine Frau errichtet. Um die Jahrhundertwende ging dann das Schloß Pinkafeld in das Eigentum der Familie Batthyány-Taxis über, anschließend waren die Reichsgrafen Kageneck Besitzer. Heute Sitz der burgenländischen Landesberufsschule. Deshalb wurde das Innere des Schlosses durchgreifend umgestaltet, das Äußere jedoch bewahrt.
E: Seit 1945 Burgenländische Landesregierung
Lit: *Prickler, 117 ff; Schmeller, 180*

Potzneusiedl, Schloß

BH *Neusiedl am See*
G *Gattendorf-Neudorf*
KG *Potzneusiedl*
In einer Parkanlage gelegener klassizistischer Bau aus dem frühen 19. Jh. Hufeisenförmiger Grundriß, der zweigeschoßige Saal tritt risalitartig hervor. An der Parkseite Altane auf Pfeilern. Das Schloß befand sich ursprünglich im Besitz der Familie Batthyány. Heute Ort für Antiquitätenausstellungen sowie Versteigerungen. Außerdem ist hier ein Ikonenmuseum untergebracht.
E: Dipl.-Ing. Gerhard Egermann
Lit: *Dehio, 241; Prickler, 121; Schmeller, 183*

R

Rendezvous, Schloßruine

BH *Eisenstadt-Umgebung*
G und **KG** *Schützen am Gebirge*
Ein achteckiger zweige-

schoßiger Bau, der 1794 von Joseph Ringer als Jagdschloß errichtet worden ist. Das Schlößchen liegt mitten im großen Tiergarten bei Schützen am Gebirge, wurde 1945 zerstört und ist heute Ruine.
E: Fam. Esterházy
Lit: *Prickler, 143*

Rotenturm, Schloß
BH *Oberwart*
G und **KG** *Rotenturm an der Pinka*
An der Stelle einer alten Wasserburg (14. Jh.) und einer neueren Burg (15. Jh.) steht heute das in einem weitläufigen Park gelegene, nach einem Entwurf von Anton Weber 1860–62 erbaute Schloß, eines der bedeutendsten historischen Landschlösser unseres Landes. Die Eigentümer der Burg bzw. des Schlosses waren Thomas Bakóez, Bischof von Erlau, Erdödy de Monyórókerék und Stephan Erdödy.
E: Burgenländische Landesregierung
Lit: *Dehio, 255; Prickler, 131 f; Schmeller, 191 f*

Roter Hof, Kastell (Halbturn)
BH *Neusiedl am See*
G und **KG** *Halbturn*
Einstöckiger Bau mit Mitteldurchfahrt, zehnachsig, mit Walmdach, auf beiden Seiten ebenerdige Flügel mit Arkaden (die erst in den letzten Jahren neu gebaut wurden), das Ganze einen Hof umschließend. Der Bau entstand vermutlich im 17. Jh., heute Wohnhaus des Eigentümers von Schloß → Halbturn.
E: Paul Baron Waldbott-Bassenheim
Lit: *Dehio, 127*

Rudersdorf, Schloß
BH *Jennersdorf*
G und **KG** *Rudersdorf*
1750 wurde ein Herrenhaus mit Meierhof erbaut, 1890 wurden die beiden Ecktürme errichtet. Der Bauherr war Graf E. Batthyány, darauf folgten Florian Fischer, die Fam. Kornisch, General Smrecsányi, Leutnant Breiner, Hans Mansfeld. Nach Ende des Ersten Weltkrieges ging das Schloß in das Eigentum von August Sattler über. Nach baulichen Erweiterungen wurde darin eine mechanische Leinenweberei untergebracht (1920). Heute ist der Betrieb zu einer bedeutenden Textilfabrik angewachsen, das Schloß ist Verwaltungsgebäude.
E: Dr. Werner Tessmar-Pfohl
Lit: *Prickler, 132; Schmeller, 192*

S

Samersdorf, Kastell
BH *Oberpullendorf*
G und **KG** *Neckenmarkt*
Das 1661 durch Paul Esterházy errichtete Kastell wurde 1945 im Zug der Kriegswirren fast völlig zerstört. Bei der Wiederherstellung wurde der urspr. Charakter des Gebäudes stark verändert.
E: Dr. Friedrich Herrmann
Lit: *Prickler, 136*

Schlaining, Burg
BH *Oberwart*
G und **KG** *Stadtschlaining,* **BT** 4
Mächtiger geschlossener Komplex mit Bergfried aus dem 12./13. Jh. Im Osten der um den „schwarzen Hof" gelegene älteste Teil mit Palas und Kapelle. Im 15. Jh. wurde die Burg nach Südwesten hin erweitert mit einem Mauerring und Wachturm über quadratischem Grundriß. Im 17. Jh. wurde ein tiefer gelegener Befestigungsring angelegt, ein breiter Zwinger mit Torhaus und Brücke über den

Burggraben, mit runder Bastion und mächtigem Keller im Süden. Im 13. Jh. war die Burg im Besitz der Herren von Güssing, 1446–71 war Andreas Baumkircher Eigentümer der Burg. Nach mehrfachem Besitzerwechsel ab 1648 in dem Besitz der Fam. Batthyány. 1912 wurde dann Franz Schmied Mitbesitzer, anschließend Verkauf an Dr. Selesky, nach dem Ersten Weltkrieg Abtretung an die Budapester Hermesbank. Ab 1957 gehörte Schlaining Minister a. D. DDDr. Udo Illig. Die guterhaltene Burg ist heute zu besichtigen, in den zahlreichen Schauräumen befinden sich eine bedeutende Kunsteisengußsammlung sowie eine Gemäldegalerie, weiters werden hier alljährlich große Sonderausstellungen veranstaltet. Darüber hinaus hat das österreichische Institut für Friedensforschung und Friedenserziehung seinen Sitz auf Burg Schlaining.
E: Land Burgenland
Lit: *Dehio, 289 f; ÖKT, XL, 476 ff; Prickler, 137 ff; Schmeller, 202 ff*

Siegendorf, Kastell
BH *Eisenstadt-Umgebung*
G *Siegendorf im Burgenland*
KG *Siegendorf*
Eine zweiflügelige Anlage über hakenförmigem Grundriß, an der Außenseite zwei Rundbastionen mit Kegeldach, vermauerte Nischen, schmiedeeiserne Fensterkörbe. Der heutige Bau wurde im 16. Jh. von Nikolaus Oláh anstelle eines älteren verfallenen Edelhofes errichtet. Nutzung als Veranstaltungsort und als Bücherei. Das Kastell beherbergt das österreichische Zuckermuseum.
E: Gemeinde Siegendorf
Lit: *Prickler, 143 f*

Stegersbach, Kastell
BH *Güssing*
G und **KG** *Stegersbach*
Von dem Kastell ist heute noch ein zweigeschoßiger Trakt mit Arkadengängen erhalten. Wahrscheinlich ist der gegenwärtige Baubestand der Rest einer größeren, im 17. Jh. erbauten Anlage. Das ehemals Batthyánysche Kastell ist jetzt Sitz eines Heimatmuseums, des Landschaftsmuseums für das südliche Burgenland und eines Restaurantbetriebes; der Keller wurde 1974 für kulturelle Veranstaltungen adaptiert. Außerdem unterhält die Gemeinde im Kastell einen Kindergarten.
E: Marktgemeinde Stegersbach
Lit: *Dehio, 294; Prickler, 146 f; Schmeller, 204*

Steinbrunn, Jagdschloß (Fasanerie)
BH *Eisenstadt-Umgebung*
G *Steinbrunn-Zillingtal*
KG *Steinbrunn*
Kleiner zweigeschoßiger Bau mit ebenerdigen Seitenflügeln, einer ansprechenden klassizistischen Fassade mit kleinen Balkons an Vorder- und Rückseite. Das um 1790 errichtete Schlößchen war im Besitz der Fam. Esterházy und dient heute als Jagdhaus. Bei der Restaurierung 1974 wurden die Fassaden stark vereinfacht.
E: Urbarialgemeinde Steinbrunn
Lit: *ÖKT, XXIV, 295*

Sulz, Kastell
BH *Güssing*
G *Gerersdorf-Sulz*
KG *Sulz*
Klassizistisches Herrenhaus mit monumentaler Säulenfront, um 1800

von den Grafen Festetics erbaut. Die Innenräume sind nüchtern und ohne künstlerischen Schmuck. Im 19. Jh. gab es in Sulz einen lebhaften Badebetrieb (von hier stammt auch das Güssinger Mineralwasser), das Heilbad wurde damals zum Rendezvousplatz der vornehmen ungarischen Welt. Die Güssinger Mineralwasser Gesellschaft m.b.H. verkaufte das Kastell an den Kastellverein Sulz, der die Restaurierung betreibt und ein Veranstaltungszentrum einrichtet.
E: Kastellverein Sulz
Lit: *Prickler, 148; Schmeller, 207*

T

Tabor-Schlößchen, Ansitz
BH *Jennersdorf*
G und **KG** *Neuhaus am Klausenbach*
Anno 1469 erbaute Ulrich Pressnitzer nach Zerstörung der Burg Neuhaus einen Tabor. Die zweigeschoßige Anlage (möglicherweise ein spätmittelalterlicher Kern) ist heute barockisiert. Im Hof befinden sich Rundbogenarkaden in beiden Geschoßen, eine Seite hat einen zu drei Viertel runden, turmähnlichen Abschluß. Das Tabor-Schlößchen liegt nahe an der jugoslawischen Grenze und ist das südlichste Objekt des Burgenlandes. Das Schloß ist Sitz des Heimatmuseums.
E: Fam. Batthyány
Lit: *Prickler, 109; Schmeller, 165*

U

Unterrabnitz, Kastell
BH *Oberpullendorf*
G *Piringsdorf-Unterrabnitz*
KG *Unterrabnitz*
Erhalten sind von einem mittelalterlichen, im 17. Jh. umgebauten Kastell das ehemalige Hofeinfahrtstor mit dem turmartigen Aufbau (bezeichnet 1719), und ein daran anschließender ebenerdiger Trakt. Das Hauptgebäude wurde durch modernen Umbau stark verändert. Neben dem Torturm ein modernes Wohnhaus. Fallweise werden hier künstlerische Malerwochen abgehalten.
E: Harro Pirch (akad. Maler)
Lit: *Prickler, 148; Schmeller, 210*

W

Werkschlößl (Antimonschlößl)
BH *Oberwart*
G *Mariasdorf*
KG *Bergwerk*
1869 wurde der bestehende Bau in romantischem Stil mit zinnenbekröntem Turm durch Joseph Eduard von Körmendy errichtet. Wahrscheinlich gab es im 17. Jh. an der gleichen Stelle ein älteres Verwaltungsgebäude oder Wohnhaus. Der Eigentümer erwarb das Schlößl von dem Philosophen Othmar Spann.
E: Lois Egg
Lit: *ÖKT, XL, 232; Schmeller, 83*

Winzerhof, ehem. Schloß
BH *Eisenstadt-Umgebung*
G und **KG** *Donnerskirchen*
Erste urk. Erwähnung Mitte des 14. Jh.s. Ursprünglich Herrschaftssitz, später dann Meierhof, heute Repräsentations- und Wirtschaftsgebäude der Winzergenossenschaft Sankt Martinus. Rechteckiger Hof mit monumentaler Einfahrt, ein rustiziertes Portalgewände, steinernes Gebälk mit Esterházy-

wappen und eine gewölbte Torhalle. Über der Einfahrt früher ein Turm mit Zwiebelhelm aus dem 17. Jh. Die Wirtschaftsgebäude entlang des weiten Hofes werden gegen Westen von der Ortsbefestigung begrenzt. In den großen Weinkellern mächtige Renaissance- und Barockgewölbe. Der Erbauer des Schlosses war Johann von Donnerskirchen. 1653 erwarb es Paul Esterházy. Außer als Wirtschaftsgebäude dient der Winzerhof heute auch als Gastgewerbebetrieb, Heuriger, Vinothek und Weinverkaufsstelle der Genossenschaft.

E: Seit 1964 Weinbau- und Vertriebsgenossenschaft „Martinschlößl"

Lit: *Prickler, 29 f; Schmeller, 97*

KÄRNTEN

Schloß Tentschach

A

Aich, Ansitz
G *Klagenfurt, Aich an der Straße*
Ein rechteckiges zweigeschoßiges, typisches Kärntner Herrenhaus mit sieben Achsen und hohem Walmdach. Der Balkonvorbau stammt aus jüngerer Zeit. Das Haus wurde 1553 im Besitz des Melchior Reinwald urk. genannt; 1576 im Besitz des Andrä Arräs, im Jahr 1684 der Familie Jabornegg. Der an der Straße Klagenfurt – Völkermarkt befindliche Ansitz liegt in einem schönen Park.
E: Fam. Fritsch-Tauschitz
Lit: *Dehio, 23; Wie., II/18 f*

Aichbichl, Schloß
→ Bichelhof, Schloß

Aichelberg, Burgruine
→ Eichelberg, Burgruine

Aichelburg, Burgruine
BH *Hermagor*
G *St. Stefan*
KG *St. Stefan an der Gail*
Ringmauer und Reste der Türme sind erhalten. Die Burg war urspr. nur über eine Holzbrücke erreichbar. Der Palas war rechteckig und zweistöckig, ein Bergfried fehlte. 1307 wird ein Turm im Besitz des Grafen Heinrich von Görz urk. erwähnt. Der Name „Aichelburg" ist erst seit 1432 urk.; Kaiser Friedrich III. nahm Aichelburg ein, Kaiser Maximilian I. belehnte um 1500 Christoph Viertaler (den Begründer der Familie Aichelburg) mit der Burg. 1627 wurde diese Familie in den Freiherrnstand, 1787 in den Grafenstand erhoben. 1516 durch Brand zerstört, wurde Aichelburg teilweise wieder aufgebaut und 1691 endgültig aufgegeben.
E: Agnes Neuner
Lit: *Dehio, 611; He., I/19 f; Valv., 8 f; Wie., III/6 ff*

Aichhof, Schloß
BH *St. Veit an der Glan*
G *Weitensfeld – Flattnitz*
KG *Altenmarkt*
Zweigeschoßiger kubischer Bau mit großen gewölbten Räumen. Als „Aichturm" erstmals 1244, Sitz von Ministerialen des Bistums Gurk, urk. erwähnt. Später wurde es als Lehen an die Familien von Aich, Seidenschwanz und Staudacher vergeben. In dem sehr gut erhaltenen Schloß ist heute eine Fremdenpension untergebracht.
E: Manfred Krenn
Lit: *Dehio, 26; Wie., I/6*

Albeck, Burgruine (Alt-Albeck)
BH *Feldkirchen*
G und **KG** *Albeck*
Von der einst stattlichen Burg sind nur noch die Reste eines romanischen Rundturmes sowie der romanischen Burgkapelle (12. oder 13. Jh.) erhalten. 1155 urk. erwähnt; seit 1264 Sitz der verschiedenen Ministerialengeschlechter des Stiftes Gurk. Unter Bischof Johann VIII. (1675–96) erfolgten Instandsetzungsarbeiten. Seit dem 18. Jh. ist Albeck unbewohnt. Bei Valvasor wird die Burg „Halbegg" genannt, als noch vollkommen erhalten bezeichnet und als „auf einem recht wilden und abscheulichen Ort gelegen" beschrieben.
E: Bistum Gurk
Lit: *Dehio, 422; Valv., 89 f; Wie., II/42 f*

Alt-Albeck, Burgruine
→ Albeck, Burgruine

Altes Schloß Gmünd
→ Gmünd, Burgruine

Altfinkenstein, Burgruine
BH *Villach-Land*
G *Finkenstein*
KG *Greuth*
Eindrucksvolle Anlage mit Palas, Hochburg, Hof, dem quadratischen Bergfried, gotischen Fensterumrahmungen, Tor mit Fallgittern und Kapelle. 1142 urk. erwähnt; in bambergischem Besitz wurde sie an Ministeriale verlehnt. Bis zum 15. Jh. war sie Besitz der Familie Finkenstein, von 1508 — 1861 der Grafen von Dietrichstein. Um 1469 soll hier der spätere Kaiser Maximilian I. mit seiner Mutter Eleonore von Portugal gelebt haben. Im Sommer kulturelle Veranstaltungen, beliebtes Ausflugsziel.
E: Christine Satran
Lit: *Dehio, 27f; He., I/28ff; Wie., III/135ff*

Althaus, Burgruine
BH *St. Veit an der Glan*
G *Hüttenberg*
KG *Unterwald*
Heute noch erhalten sind die Bruchsteinmauern eines einfachen rechteckigen Baues; Untergeschoß mit gewölbten Räumen zu beiden Seiten eines tonnengewölbten Ganges. Die auf einem steilen Felskegel nahe der kärntnerisch-steirischen Grenze gelegene Burgruine (schräg gegenüber der Ruine → Silberberg) wurde 1247 erstmals urk. erwähnt. Im 13. und 14. Jh. im Besitz des Erzbischofs von Salzburg bzw. des Bischofs von Lavant. 1628 wird die Burg zum letzten Mal erwähnt und ist seither im Verfall.
E: Fam. Neubauer
Lit: *Dehio, 570; Wie., I/7ff*

Althofen, Schloß
BH *St. Veit an der Glan*
G und **KG** *Althofen*
Heute eine Häusergruppe südlich der Kirche, deren Südfassade wahrscheinlich einem Mauerzug des ehem. Burgbereiches folgt; die Anlage besteht aus dem Haus Nr. 1 (im Kern gotisch, 1857 erneuert), dem Haus Nr. 2 (Treppengiebel, Fenster mit spätgotischen Steingewänden, 16. Jh.) und dem Haus Nr. 3 (ehemaliger Pfarrhof, dessen heutige Form von 1903 stammt). Die urspr. römische Siedlung gelangte anno 953 durch Schenkung König Ottos I. an das Erzbistum Salzburg. Sie wurde mit der Festung Rabenstein und dem Markt Althofen zur Befestigungsanlage ausgebaut. 1565–83 war hier der sehr bekannte Geschichtsschreiber Pastor Christallnigg tätig.
E: Firma Egon Wiltschek und Co. (Nr. 1), Günther Strauber (Nr. 2), Simon Ortner und Horst Stengg (Nr. 3)
Lit: *Dehio, 29ff; He., II/13; Valv., 8f; Wie., I/9ff*

Altmannsberg, Burg
→ Mannsberg, Burg

Altrechberg, Burgruine (Rechberg)
BH *Völkermarkt*
G *Eisenkappel-Vellach*
KG *Eisenkappel*
Reste des fünfeckigen Bergfrieds, des Burghofs und einer Wehrmauer. Zur Ruine gelangt man über eine Brücke auf Pfeilern. 1236 urk. erwähnt; die Burg war Besitz der Kärntner Herzöge, des Ulrich von Rechberg (1255), der Auffenstein (1361), des Lasla Prager (die Familiengruft der Prager befindet sich in der Kirche Altenburg bei Perg, OÖ). Die Burg diente als Talsperre und war bereits 1688 Ruine (laut Valvasor).
E: Bleiberger Bergwerks-Union AG

Lit: *Dehio, 491;*
He., II/144;
Valv., 184 f;
Wie., II/141 f

Altrosegg, Burgruine
→ Rosegg, Burgruine

Alt-Treffen, Burgruine
→ Treffen, Burgruine

Amthof, Ansitz
→ Greifenthurn, Ansitz

Annabichl, Schloß
G *Klagenfurt*
Dreigeschoßiger Bau mit barockisierter Fassade (Mitte des 18. Jh.s), Portal mit zwei steinernen Löwenreliefs, Balkon aus dem 19. Jh. mit darüberliegender Nische mit Schnitzgruppe der hl. Anna mit Maria; eine freistehende spätbarocke Anna-Kapelle; im Inneren übertünchte Stuckdecken aus dem 18. Jh., zierlicher Rokokoofen und klassizistischer Kamin aus dem späten 18. Jh. Bemerkenswert der ehemalige Terrassengarten, der bis zur Straße reicht. Georg Khevenhüller ließ um 1580 für seine zweite Gemahlin Anna geb. Thurzo von Bethlenfalva das Schloß erbauen. Weitere Besitzer waren die Familie Aichelt (1690), Erzherzogin Marianne (Schwester Kaiser Josefs II., 1774). Innen neu adaptiert. Ist seit 1958 Eigentum der Jungarbeiter-Bewegung (Sitz des Vereines der Freunde des Schlosses Annabichl).
E: Horst und Elisabeth Ballschweiler
Lit: *Dehio, 297;*
He., II/19;
Valv., 13 f;
Wie., II/19 f

Arnoldstein, Burgruine (Klosterburg)
BH *Villach-Land*
G und **KG** *Arnoldstein*
Die Ruinengruppe der ehem. Klosterburg überragt den Ort Arnoldstein. Heute noch erhalten sind die Kirchenruine, Teile des Klostergebäudes, Reste der Südwand und die mächtige Ostmauer. Die ehem. Bamberger Festung (1014) wurde 1106 zum Kloster (zu Ehren des hl. Georg). Die strategisch wichtige Lage des Benediktinerstiftes bedingte in der Folgezeit eine Verstärkung der Befestigungsanlage. Wiederholt kam es zu Plünderungen. Im 15. Jh., während einer Türkenbelagerung wurde das Kloster durch Brand teilweise zerstört. 1782 erfolgte die Aufhebung des Klosters unter Kaiser Josef II. 1883 wurde die Anlage durch Brand völlig zerstört.
E: Marktgemeinde Arnoldstein
Lit: *Dehio, 33;*
He., I/15;
Valv., 13 f;
Wie., III/130 ff

B

Bach, Schloß
BH *Feldkirchen*
G *St. Urban*
KG *Bach*
Mächtiger spätgotischer Bau aus der ersten Hälfte des 16. Jh.s; an zwei Ecken vorspringende quadratische Türme, an den beiden anderen Ecken Erker über Kragsteinen im obersten Geschoß. Zwillingsfenster, kreuzgewölbter Flur im Erdgeschoß, Teile des ehem. Laubenganges; die Schloßkapelle sowie Teile des Südtraktes fielen 1890 einem Brand zum Opfer. Schloß Bach wurde im Jahr 1433 urk. erwähnt und war im Besitz der Familien Mordax, Egkh von Hungersbach (1569), Seenuhs, Goëss und Clementschitsch.
E: Vitruv-Terrain Ges.m.b.H.
Lit: *Dehio, 38 f;*
He., II/19 ff;
Wie., II/43 f

Bayerhofen, Schloß (Payerhofen)
BH, G und **KG** *Wolfsberg*
Große unregelmäßige Anlage aus der zweiten Hälfte des 16. Jh.s. Zwei- und dreigeschoßige Bauteile um einen rechteckigen Hof. Der im Kern gotische Westtrakt mit drei Fassadengiebeln sowie drei parallel laufenden Krüppelwalmdächern. Rundbogiges Ostportal, bezeichnet 1566, tonnengewölbte Toreinfahrt mit Stichkappen; Arkadenhof von 1560/65 mit wuchtigen Säulen im Erdgeschoß und zierlichen Säulen mit einer doppelten Arkadenzahl im Obergeschoß; eine Mauer verbindet das Schloß mit einem Nebengebäude des 16. Jh.s; an der Mauer ein sechseckiger Turm mit Pyramidendach. Das am rechten Ufer der Lavant gelegene Schloß gehörte 1239 urkundlich einem „dominus Bawerus"; 1539 im Besitz des Klaus Amon (Pfleger des Bistums Bamberg), später der Familie Freidl (unter ihnen erhielt es sein heutiges Aussehen).
E: Seit 1807 Familie Schnerich/Erben (Auguste Kern)
Lit: *Dehio, 796;*
He., II/129 ff;
Valv., 168 f;
Wie., I/202 f

Biberstein, Schloß (Piberstein)
BH *Feldkirchen*
G und **KG** *Himmelberg*
Dreigeschoßiger Bau über unregelmäßigem Grundriß. Vierseitiger Arkadenhof; Arkaden – aus dem 16. Jh. – nur an zwei Seiten (heute durch ein mobiles Dach zeitweilig eingedeckt). Verbindungsgang über die Straße zur Kapelle. Ein bemerkenswertes Schmiedeeisengitter, das um 1920–25 aus barocken Grabkreuzen des 18. Jh.s zusammengestellt wurde. Räume des Obergeschoßes mit Stuckdecken von Kilian Pittner (um 1735), Kapelle mit Altarbild, die Anbetung der Könige darstellend (Kopie nach G. Lanfranco). Schloß Biberstein wurde urk. 1396 von Marchwart dem Pybriacher erbaut. 1571 im Besitz des Georg Khevenhüller, 1662 vom Salzburger Fürsterzbischof Paris von Lodron erworben, seit damals im Privatbesitz dieser Familie. In ausgezeichnetem Bauzustand, letzte Restaurierung 1969.
E: Nikolaus Lodron
Lit: *Dehio, 227 f;*
He., II/21 f;
Valv., 16 f;
Wie., II/65 f

Bichelhof, Schloß (Aichbichl)
BH *Hermagor*
G *St. Stefan an der Gail*
KG *Hadersdorf*
Rechteckiger einstöckiger Bau mit rundbogigem Eingangstor und darüberliegenden Zwillingsfenstern. Halle mit Kreuzgewölbe. Kapelle mit römerzeitlicher Grabinschrift für Elvissius und Lucretus, gestiftet von der Gattin und Mutter Matiu. Der urspr. Baucharakter wurde durch einen neueren Umbau (hölzerne Veranda) weitgehend verändert. Das Schloß wird erstmals 1660, im Besitz eines F. Gregoritsch, urkundlich erwähnt.
E: Werner Riekh
Lit: *Dehio, 52 f;*
Wie., III/8 f

Bleiburg, Schloß
BH *Völkermarkt*
G und **KG** *Bleiburg*
Von der alten Burg (12.–15. Jh.) sind heute noch erhalten: die Bauten um den unregelmäßigen Hof, der östliche Bergfried, der nordwestliche Turm und der Pa-

las. Im frühen 17. Jh. erfolgte der Umbau in ein dreigeschoßiges Schloß. Rustikaportal (bezeichnet 1606) aus grünem Basalt, gotische Kapelle, Erdgeschoßarkaden im Hof, gekuppelte Renaissancefenster in beiden Obergeschoßen, Fresken aus dem frühen 17. Jh. (Jagdtierdarstellungen); in einigen Sälen des ersten Obergeschoßes Laubwerkstukkaturen aus dem frühen 18. Jh.; Bibliothekssaal mit frühbarocker Kassettendecke und reich intarsierten Türen aus dem frühen 17. Jh. Vorzügliche Inneneinrichtung vom 17.–19. Jh. Wahrscheinlich entstand die Burg im 12. Jh. 1228 war die „Pliburch" Sitz der Grafen von Heunburg. 1368 fiel die Burg nach einer Belagerung an die Herzöge Albrecht und Leopold von Österreich. 1507 erlaubte Kaiser Maximilian I. dem Pfleger Graf Julian Lodron, 400 Gulden an der Festung zu verbauen. Ein weiterer Umbau erfolgte unter der Familie Ungnad von Sonnegg (16. Jh.). 1601 gelangte Bleiburg an Hans Ambros Graf von Thurn, der die Burg in ein Renaissanceschloß umbaute.

E: Seit 1601 Grafen Thurn-Valsassina

Lit: *Dehio, 58;*
He., II/23 ff;
Valv., 172 f;
Wie., II/108 ff

Bodenhof, Schloß

BH *Hermagor*
G *St. Stefan*
KG *St. Stefan an der Gail*

Zweigeschoßiger Bau mit Attikageschoß, barockem Portal und polygonalem Turm; bemerkenswerte Einrichtung in allen Räumen: gotische Stube, Wappensaal, Bibliothek; Kapelle zu den Heiligen Drei Königen im Unterbau des Turmes mit neugotischem Altar, Gemälde von Johann Martin Schmidt, Schnitzstatuetten der hl. Barbara sowie eines Mönches (16. Jh.), eine spätgotische Schnitzfigur des hl. Ulrich (1470/80). Im Schloßhof wurde ein latènezeitlicher Bronzearmreifen gefunden (dieser ist im Schloß aufbewahrt). Dieses Schloß stammt in seinen ältesten Teilen aus dem frühen 16. Jh., wurde mehrfach umgebaut, besonders im 17. Jh., und 1910 stark renoviert. 1501 wurde Bodenhof von Kaiser Maximilian I. an Christoph Viertaler als Lehen vergeben. Vom 16. bis ins 20. Jh. Besitz der Familie Aichelburg.

E: Agnes Neuner

Lit: *Dehio, 59;*
He., I/20 f;
Wie., III/9 ff

D

Damtschach, Schloß

BH *Villach*
G *Wernberg*
KG *Umberg*

Dreiflügeliger zweigeschoßiger Bau um einen rechteckigen Hof, der zum Garten hin geöffnet ist. Rustikaportal und rechteckige Fensterleibungen aus dem 17. Jh., Marmorwandbrunnen mit Engelsköpfen im Hof (um 1600), spätklassizistisches Pfeilerportal zum Garten aus dem frühen 19. Jh.; der Garten wurde 1824 angelegt. Die Pfarrkirche zum hl. Johannes dem Täufer befindet sich im Südflügel des Schlosses. In ihrer heutigen Form wurde sie im Jahr 1695 von Gräfin Maria Isabella Galler als Schloßkapelle erbaut. In der kleinen Kapelle im Friedhof befinden sich bemerkenswerte fast lebensgroße Schnitzfiguren (hl. Maria und hl. Johannes von einer Kreuzigungsgruppe aus dem frühen 18. Jh.). Urk. 1511

von Augustin Khevenhüller erbaut; später wurde das Schloß vielfach verändert. In seiner heutigen Form stammt es aus dem späten 17. Jh. 1715 Besitz der Familie Kaiserstein, später der Orsini-Rosenberg.
E: Dipl.-Ing. Felix Orsini-Rosenberg
Lit: *Dehio, 65 f;*
He., I/21 ff;
Wie., III/132 ff

Dietrichstein, Burgruine
BH *Feldkirchen*
G *Feldkirchen/Kärnten*
KG *Tschwarzen*
Heute noch erhalten sind der Stumpf des Bergfrieds, Trümmer der Palasmauer sowie noch erkennbare Gräben und Wälle der Befestigungsanlagen. 1103 mit dem Roprecht de Ditrichsteine urkundlich erwähnt. 1166 im Besitz des Bistums Bamberg, das die Dietrichstein bis 1483 mit der Burg belehnte. Zu diesem Zeitpunkt wurde sie von den Ungarn erobert und nach deren Abzug 1491 geschleift.
E: Oktavian Gassauer-Fleisner
Lit: *Dehio, 72;*
He., II/26 f;
Valv., 26 f;
Wie., II/44 f

Dietrichstein, Schloß
BH *Feldkirchen*
G *Feldkirchen/Kärnten*
KG *Tschwarzen*
Das unterhalb der Burgruine gelegene Wirtschaftsgebäude wurde im 16. Jh. schloßartig ausgebaut. Einfacher einstöckiger würfelförmiger Bau mit Dachreiter. Besitzer waren die Kulmer, später die Mandorf, die Grotta und 1838–1932 die Familie Fürst Dietrichstein. Das Schloß wurde in den Jahren 1972/73 vollständig restauriert.
E: Oktavian Gassauer-Fleisner
Lit: *Dehio, 72;*
He., II/26 f;
Valv., 26 f;
Wie., II/44 f

Dornbach, Schloß
BH *Spittal an der Drau*
G *Malta*
KG *Dornbach*
Dreigeschoßiger Bau mit Dachreiter, hoher Ringmauer (zum Teil mit Schießscharten) aus dem 14. Jh., Steinbrücke zum Tor an der Ostseite mit zwei barocken Steinfiguren, die Heiligen Maria und Johannes Nepomuk darstellend, bezeichnet 1778 und 1779. Die ehem. Kapelle aus dem 15. Jh. wurde in jüngster Zeit abgetragen. Die ehem. Wasserburg war 1452 urk. im Besitz des Andreas von Weißpriach und gelangte dann durch den Salzburger Erzbischof Paris von Lodron (1619–53) an die Grafen von Lodron (bis 1932 in deren Besitz). Der urspr. gotische Bau wurde im 16. Jh. erweitert, 1794 durch Brand zerstört und anschließend wieder aufgebaut; durch Kriegseinwirkung im Zweiten Weltkrieg wurde Dornbach beschädigt.
E: Paul Irsa
Lit: *Dehio, 77;*
He., I/23;
Wie., III/45 f

Dornhof, Schloß
BH *St. Veit an der Glan*
G *Frauenstein*
KG *Obermühlbach*
Einfacher dreigeschoßiger Bau, von vorgezogenen Ecktürmen flankiert. Im nordöstlichen Turm befindet sich die Schloßkapelle zu Unserer lieben Frau (1732 unter Baron von Söll erbaut). Um 1570/80 im Besitz der Staudacher, ab 1589 des Gewerken Georg Mägerl von und zu Dornhofen. Etwa einen Kilometer westlich von Dornhof befinden sich Reste einer vermutlich frühmittelalterlichen Befestigungsanlage (Alt-Dornhof).

Bei Valvasor (1688) findet man eine Ansicht dieser Ruine, im Hintergrund von Dornhof.
E: Seit 1888 Fam. Kampl
Lit: *Dehio, 77 f; He., II/27; Wie., I/15 ff*

Drasendorf, Schloß (Wucherer-Schlößl)
BH *St. Veit an der Glan*
G und **KG** *St. Georgen am Längsee*
Ein zweigeschoßiger Bau mit höher gelegenem mächtigen, dreigeschoßigen Wohnturm aus dem 15. Jh. Rundbogiges Tor und Fenster des unteren Baues mit Sgraffitoumrahmung.
1282 wird ein Ulbrich von Dresendorf urkundlich genannt. Von 1402 bis ins 17. Jh. war Drasendorf im Besitz der Familie Wucherer (im Volksmund wird das Schloß auch „Wucherer-Schlößl" genannt). Ein protestantischer Zweig dieser Familie emigrierte während der Gegenreformation nach Deutschland, wo noch heute deren Nachkommen leben. Weitere Besitzer waren das Kloster St. Georgen und Max Graf Egger (bis 1788). Das Schloß wird heute als Pension geführt.
E: Johann Werginz
Lit: *Dehio, 78; He., II/27 f; Wie., I/17 f*

Drasing, Schloß
BH *Klagenfurt-Land*
G und **KG** *Krumpendorf*
Dreigeschoßiger burgartiger Renaissancebau aus dem 16. Jh. Hauptturm, Zinnenbekrönung im Mittelteil der Nord- und der Südfront, quadratischer Laubenhof mit Pfeilern und Säulenarkaden, Rittersaal mit Renaissancekamin, Kapelle 1660 urk. erwähnt. Das Schloß wurde 1284 und 1362 urk. erwähnt. Es war vermutlich schon in karolingischer Zeit Vorburg der Pfalz Moosburg. 1492–1630 im Besitz der Feulner, dann der Deutenhofen, später des Thaddäus Lanner, der das Schloß 1842/43 neu instand setzen und den Turm erhöhen ließ. 1973 wurde die Anlage restauriert und neu eingedeckt. Der sehr gut erhaltene Bau ist heute Fremdenpension.
E: Fam. Kos
Lit: *Dehio, 320; He., II/28 f; Valv., 29 f; Wie., II/45 ff*

Drauhofen, Schloß
BH *Spittal an der Drau*
G *Lurnfeld*
KG *Möllbrücke III*
Dreigeschoßiges Hauptgebäude mit zwei Ecktürmen (17. Jh.). Im nördlichen Turm die ehem. Kapelle zum hl. Jakob, 1615 urk. erwähnt, mit Stuckreliefs an der Decke (Ende des 17. Jh.s). Im südlichen Turm eine Holzdecke aus dem 18. Jh. Das am südlichen Drauufer gelegene Schloß wurde vermutlich anno 1628 durch den Gewerken Augustin Schüttbacher ausgebaut (Wappen in der ehem. Kapelle). Schüttbacher war Oberstbergmeister der damals aufblühenden Gold- und Silberbergwerke. Spätere Besitzer waren die Attems (1710), die Renner, die Reinwaldt und die Wieser. 1965/66 erfolgte der Anbau von Nebentrakten; das Schloß wurde durchgehend restauriert und ist heute als eine landwirtschaftliche Fachschule für Mädchen in Verwendung.
E: Land Kärnten
Lit: *Dehio, 78; He., I/24; Wie., III/46 f*

E

Ebenau, Schloß
BH *Klagenfurt-Land*
G *Feistritz im Rosental*
KG *Weizelsdorf*
Rechteckiger Baublock, zweigeschoßig mit zwei kleinen Ecktürmchen. Über dem Westeingang ein moderner Balkon. Der in einem Park gelegene Edelmannssitz, dessen heutige Gestalt weitgehend aus dem 18. und 19. Jh. stammt, gehörte ehemals zur Herrschaft Hollenburg, ab 1220 zu Viktring, 1530–1602 wieder zu Hollenburg; es war ein Lehen der Dietrichstein, 1604 im Besitz der Intzkho, später der Suppantschitsch und der Rauscher sowie der Farlatti.
E: Fam. Huß
Lit: *Dehio, 780;*
He., II/29 f;
Wie., II/47 f

Ebenthal, Schloß
BH *Klagenfurt-Land*
G und **KG** *Ebenthal*
Ein stattlicher dreigeschoßiger Bau über rechteckigem Grundriß; zwei Turmerker mit Zwiebelhelmen (seit dem 17. Jh.), barocke mythologische Fresken von Josef Ferdinand Fromiller von 1748, 1970 restauriert; Bildnisse von Peter Kolb, bezeichnet 1739; ein geschnitzter Renaissancetürstock in der Bibliothek, bezeichnet 1592. Schöner Park mit Obelisk von Johann Probst, Steinfigur des hl. Johannes Nepomuk und ein Gedenkstein mit Doppelwappen, bezeichnet 1800 und 1801. Eine prächtige Lindenallee reicht vom Schloß bis an die Stadtgrenze Klagenfurts. Christoph von Neuhaus erbaute Ebenthal um 1566. Im 17. Jh. war es im Besitz der Familie Deutenhofer, seit 1704 im Besitz der Familie Goëss, die das Schloß im 18. Jh. in seine heutige Form umbauen ließen. 1919 und 1948 durch Brand beschädigt, wurde das Schloß jedoch wieder vollständig restauriert. Die vorbildlich gehaltene Anlage ist im Eigentum eines ehem. Präsidenten des Österreichischen Burgenvereines.
E: Dkfm. Dr. Leopold Goëss
Lit: *Dehio, 81 f;*
He., II/30 f;
Valv., 31 f;
Wie., II/48 f

Eberstein, Schloß
BH *St. Veit an der Glan*
G und **KG** *Eberstein*
Das heutige Schloß ist die ehemals untere Burg. Von der oberen Burg (urk. 1272) ist heute nichts mehr vorhanden. Wuchtiger Palas, Hofarkaden mit einer römerzeitlichen Grabinschrift, Burgkapelle zum hl. Georg, urk. 1252, mit Schnitzfiguren der Heiligen Georg, Martin, Florian, Maria mit heiliger Dreifaltigkeit und zwei Aposteln (?); Eberstein war im 14. Jh. im Besitz von Görzer Ministerialen, seit 1437 der Welzer, die die Burg in der zweiten Hälfte des 16. Jh.s ausbauten. 1630–1935 im Besitz der Grafen Christallnigg, die 1851 den Umbau in historisierenden neogotischen Formen durchführen ließen. Weitere Besitzer waren die Riedl und die Hermann-Göring-Werke.
Die Bezeichnung „Eberstein" stammt von dem früheren großen Wildschweinbestand.
E: Dr. Robert Hödel
Lit: *Dehio, 86 f;*
He., II/32 f;
Valv., 33 f;
Wie., I/18 ff

Eberwein, Schloß (Leifling)
BH *Völkermarkt*
G *Neuhaus*
KG *Leifling*
Dreigeschoßiger Bau über einem rechteckigen Grundriß mit Walmdach, Besitzerwappen der Stampfer, Thurn und Mohrenschildt, Stuck in mehreren Räumen des Obergeschoßes, um 1735–1740. Der nahe der Stadtgrenze gelegene Ansitz wurde 1571 als Edelmannssitz erwähnt. Zur Herrschaft Bleiburg gehörendes herzögliches Lehen. 1601 im Besitz der Prüggler, 1617 der Jabornegg, 1704 der Jöchlinger von Jochenstein und ab 1776 der Familie Thurn.
E: Johann Glawischnigg
Lit: *Dehio, 337;*
He., II/13;
Wie., II/127 f

Edenfest, Burgruine
→ Malenthein, Burgruine
(**G** *Maltaberg*)

Ehrenbichl, Schloß
G *Klagenfurt, Ehrenbichl, Haus Nr. 1*
Stattlicher frühbarocker zweigeschoßiger Bau mit hohem Walmdach und Dreieckgiebel mit Uhr. Stuckdekor um 1880 im Salon des ersten Stockwerkes, Mosaikboden im Erdgeschoß aus der Erbauungszeit. Frei stehende Kapelle, 1778 erbaut, mit römischem Grabstein seitlich des Einganges. Dieses auf einer künstlich angelegten Terrasse errichtete Gebäude war im späten 17. Jh. im Besitz von Benigna Rosina Khevenhüller, im 18. Jh. der Pirkenau, später der Platzer und der Knapitsch.
E: Seit 1949 Familie Schlamadinger
Lit: *Dehio, 91;*
He., II/33 f;
Valv., 37 f;
Wie., II/21 f

Ehrenegg, Schloß
BH *Völkermarkt*
G *Griffen*
KG *St. Kollmann*
Stattlicher dreigeschoßiger Renaissancebau über rechteckigem Grundriß; Inschrift im Erdgeschoß: „dieß gepew von gruenem wasen auf angefangen zu Pauen“ unter Eberhardt Erdtl von Haimstadt, 1586 (Erbauung). Im Mittelsaal des zweiten Stockwerkes barocke Stuckausstattung und Kamin. Spätgotischer Bildstock am Fuß des Berghanges aus dem frühen 16. Jh. Um 1660 im Besitz der Staudacher, 1673 der Dietrichstein, 1775–1884 der Egger, später der Helldorf. Das Schloß wurde im Zweiten Weltkrieg beschädigt, später renoviert und ist heute in sehr gutem Erhaltungszustand.
E: Fam. Piskernik
Lit: *Dehio, 550;*
He., II/34 f;
Valv., 35 f;
Wie., II/112 f

Ehrenfels, Schloß
BH *Wolfsberg*
G *Bad St. Leonhard im Lavanttal*
KG *St. Leonhard*
Einfacher Bau um einen unregelmäßigen Hof mit teilweise vermauerten Arkaden, Sonnenuhr mit Wappen der Nogaroll, marmornen Skulpturen. Der ehemals in die Stadtbefestigung einbezogene Bau wurde im 14. Jh. als Sitz von Bamberger Ministerialen errichtet. Im späten 16. Jh. erfolgten Um- und Zubauten unter dem damaligen Besitzer Georg Graf Nogaroll. Bis 1759 bambergisch, bis 1826 kaiserlich. 1945 wurde Ehrenfels durch Fliegerbomben stark beschädigt und 1949 wiederhergestellt.
E: Familien Sargent, Gerd und Sax
Lit: *Dehio, 45;*
He., II/35 ff;
Wie., I/144 ff

Ehrenhausen, Schloß
G *Klagenfurt, Suppanstraße 63*
Ein dreiteiliger Gebäudekomplex; Südosttrakt mit zwiebelhalmbekröntem Turm aus dem 16. Jh.; schlichter dreigeschoßiger Westtrakt mit Eckerkern aus dem 17. Jh.; der nördliche Zubau aus jüngster Zeit dient industriellen Zwecken. Die ersten Besitzer waren die Herren von Neuhaus, urk. 1588. Im 17. Jh. Besitz der Familie Deutenhofer (ihnen gehörten im 17. Jh. auch die Schlösser → Mageregg, → Ebenthal, → Drasing und → Neuhaus), 1844 im Besitz der Moro, später der Suppan.
E: Seit 1940 Fam. Kos
Lit: *Dehio, 297; He., II/37; Wie., II/22 f*

Ehrenthal, Schloß
G *Klagenfurt, Ehrenthaler Straße 119*
Stattlicher dreigeschoßiger Bau mit Eckrisaliten, Dreieckgiebel mit Uhr, Stuckplafond und Wappen der Aichelburg. Beim Umbau 1962 wurden Deckengemälde und Wandmalereien (Fromiller-Schule) zerstört. 1645 als „Wieltschnigg" im Besitz des Johann Weber von Ehrenthal; nach durchgreifenden Umbauten gelangte es 1688 in den Besitz der Kemeter, später der Staudach, der Goëss und der Aichelburg. 1942 im Eigentum der deutschen Luftwaffe und seit 1953 des Landes Kärnten. In dem sehr gut erhaltenen Bau ist eine landwirtschaftliche Berufsschule untergebracht.
E: Seit 1953 Land Kärnten
Lit: *Dehio, 298; He., II/37 f; Valv., 37 f; Wie., II/23 f*

Eichelberg, Burgruine (Aichelberg)
BH *Villach*
G *Wernberg*
KG *Umberg*
Heute noch erkennbar sind der fünfstöckige Palas, Reste des Bergfrieds, eine weitläufige Mauer mit Rundtürmen und Reste der Wirtschaftsgebäude. Die nördlich von Umberg gelegene Burg wurde 1224 mit dem Geschlecht der Eychelberg urk. erwähnt; 1431 wurde Hans Khevenhüller mit Eichelberg belehnt. Im Krieg Kaiser Friedrichs III. gegen Matthias Corvinus wurde die Burg weitgehend zerstört, anschließend wahrscheinlich wieder aufgebaut. Im Jahr 1629 gelangte Eichelberg mit den dazugehörigen Gütern durch Verkauf an Hans Siegmund Graf von Wagensberg.
E: Dipl.-Ing. A. F. Graf Orsini-Rosenberg
Lit: *Dehio, 725; He., I/17 ff; Valv., 6 f; Wie., III/6 ff*

Einersdorf, Ansitz
→ Staudacherhof, Ansitz

Emmersdorf, Schloß
G *Klagenfurt, Emmersdorfer Straße 44*
Ein langgestreckter Bau über einem rechteckigen Grundriß mit Mansardendach, Flügeltürmen mit Glockendächern aus dem frühen 20. Jh., vorspringendem Mittelteil mit Vordach und offener Veranda im Obergeschoß. 1136 urkundlich; 1569–1613 im Besitz der Kulmer von Rosenbichl, 1614 der Jormannsdorf, später der Reinprecht, im 18. Jh. der Glaunach, 1869 der Familie von Hempel, später dann des Dr. Rohrfelden. Durch verschiedene Umbauten verschwand das barocke Aussehen.
E: Seit 1984 Magistrat der Stadt Klagenfurt

Lit: *Dehio, 97;*
He., II/38 f;
Valv., 39 f;
Wie., II/24 f

F

Falkenberg, Schloß
G *Klagenfurt*
Zweigeschoßiger Bau auf einem rechteckigen Grundriß mit seitlichen Erkeranbauten und hohem Walmdach. Der urspr. mit Holzschindeln gedeckte Bau war im 16. Jh. bäuerliches Lehen von Schloß → Drasing. Unter Sigmund von Hallerstein wurde es um 1686 in die heutige Grundform gebracht. Falkenberg wurde 1973 renoviert.
E: Roman Gröblacher
Lit: *Dehio, 298;*
He., II/13;
Wie., II/26 f

Farrach, Schloß (Schützenhof, Trarichhof)
BH *Wolfsberg*
G *St. Andrä*
KG *Eisdorf*
Dieser große zweigeschoßige Bau wurde 1864 von Johann Zöttl in historischem Stil errichtet. Gegenüberliegend die Reste des alten Trarichhofes, eines ehem. Schützenlehens. 1882 im Besitz der Grafen Seilern, später der Familie Wetter-Rosenthal.
E: Seit 1928 Fam. Rath
Lit: *Dehio, 101;*
Wie., I/146 ff

Feistritz im Rosental, Schloß (Gößnitzerhof)
BH *Klagenfurt-Land*
G und **KG** *Feistritz im Rosental*
Langer zweistöckiger Bau aus dem 18. Jh. mit jüngeren Zubauten; das Schloß ist heute völlig modernisiert. 1495 durch Georg Rottal zu Talberg erbaut; das Palais der Familie Rottal in Wien, Singerstraße 17, war später dann die „Staatsschuldenkasse“ und ist heute das „Zentralbesoldungsamt“. 1550 Besitz der Delango, später der Schinigin und anderer Gewerken (damals blühende Eisenindustrie), um 1570 der Gößnitzer; 1813 wurde Schloß Feistritz im Kampf zwischen Franzosen und Österreichern schwer beschädigt und anschließend wieder aufgebaut. 1824 in Besitz der Egger, dann der Helldorf, 1955 der Webhofer und später der Familie Jungfer.
E: Inge Meyenburg
Lit: *Dehio, 109;*
He., II/13;
Wie., II/50

Feistritzschlößl, Burgruine
→ Sonnenburg, Burgruine

Feldsberg, Burgruine
BH *Spittal an der Drau*
G *Lurnfeld*
KG *Pusarnitz*
Reste der starken Wehrmauer, einige behauene Steine aus weißem Marmor aus der Römerzeit, Halsgräben im Süden und Westen. Unterhalb der Ruine das „Seilerschloß“; ein einfacher rechteckiger Bau (barock?), der wahrscheinlich aus Ruinenmaterial errichtet wurde. Als Burg → Hohenburg bei Pusarnitz aufgegeben wurde, erbaute das Salzburger Erzbistum Mitte des 12. Jh.s Burg Feldsberg. Dem jeweiligen Burgpfleger oblag bis zum Ende des 16. Jh.s die Gerichtsbarkeit (damals wurde das Gericht nach Sachsenburg verlegt). In dieser Zeit beginnender Verfall der Burg. 1848 (Staatsgut) erfolgte die Parzellierung und die bäuerliche Besitznahme. Der Friede von Pusarnitz, 1460, wurde hier zwischen Kaiser Friedrich III. und dem Grafen von Görz vorverhandelt.
E: Gabriele Pichler

Lit: *Dehio, 479; He., I/25 ff; Wie., III/53 f*

Flaschberg, Burgruine
BH *Spittal an der Drau*
G *Oberdrauburg*
KG *Flaschberg*
Von der ehemals stattlichen romanischen Anlage sind heute die Ruine des Palas sowie ein mehrgeschoßiger Turm erhalten. 1157 wird Flaschberg mit Cholo von Flaschberg urk. erwähnt. 1521 Erwähnung einer Kapelle zu Johannes dem Täufer im Schloß. Nachdem die Flaschberger im 16. Jh. Kärnten verließen, erfolgte die Übernahme der Burg durch die Herren von Mandorff. Im 17. Jh. beginnender Verfall. Spätere Besitzer waren die Widmann-Ortenburg (die im 17. Jh. das unterhalb der Ruine gelegene Schloß Flaschberg, das ehem. Verwalterhaus der Burg, errichteten, heute modern verändert), die Porcia und 1917 die Familie Klinger.
E: Hans Niedermüller
Lit: *Dehio, 117; He., I/30; Valv., 45 f; Wie., III/55 ff*

Flattachhof, Schloß
→ Neustein, Schloß

Frankenstein, Schloß (Ramschüßelhof)
BH und **G** *Völkermarkt*
KG *Waisenberg*
Zweigeschoßiger Bau aus dem 17. Jh. mit Veränderungen im späten 18. Jh. Im vorgestellten Turm die Kapelle zum hl. Josef mit Altar um 1680, Gemälde „Josef im Sterbebett" und Aufsatzbild aus dem späten 18. Jh. (heute profaniert). Vorläufer des Schlosses war eine urk. 1195 erwähnte Burg. Die Freiherren von Ramschüßel erbauten das Schloß im 17. Jh. und besaßen es bis 1718; unter den Freiherren von Schluga wurde es von napoleonischen Truppen niedergebrannt und 1797 wieder aufgebaut.
E: Seit 1958 Heinz Gfrerer
Lit: *Dehio, 537; He., II/39 f; Valv., 47 f; Wie., II/118 f*

Frauenstein, Schloß
BH *St. Veit an der Glan*
G *Frauenstein*
KG *Obermühlbach*
Die um einen trapezförmigen Hof gruppierte Anlage war urspr. von einem breiten Wassergraben umgeben. An der äußeren Umfassungsmauer liegen die Meierei, das Wirtschaftsgebäude und ein romantisches Tortürmchen aus dem 19. Jh. Zwei Wohntrakte mit zierlichen Ecktürmchen, starkwandiger Rundturm, runder Kapellenturm; der Hof mit Lauben und Arkaden, einem römerzeitlichen Grabstein sowie einem Gedenkstein mit Wappen der Familie Welzer von 1554; Allerheiligenkapelle, bezeichnet 1521, Räume mit Vertäfelungen, Renaissancefelderdecken, barocken Stuckdecken; im Jägerzimmer Wandmalereien aus dem 18. Jh. Erste urk. Erwähnung 1195; Christoph Welzer I. von Eberstein errichtete über den Resten einer älteren Anlage (1519–21) den bestehenden Bau. Spätere Besitzer waren die Traun, die Trauttmansdorff (16. Jh.); Frauenstein zählt zu den schönsten und am besten erhaltenen Schlössern Österreichs.
E: Seit 1909 Familien Wirth, Zahony und Ertl
Lit: *Dehio, 121 f; He., II/40 ff; Valv., 47 f; Wie., I/23 ff*

Freiberg, Burgruine
BH *St. Veit an der Glan*
G *Frauenstein*
KG *Obermühlbach*
Ausgedehnte, heute ver-

fallene und überwachsene Anlage. Reste von zwei ehemals verbundenen, quadratischen romanischen Bergfrieden, Grundmauern des Palas, isoliert liegende Ruine der ehem. Burgkapelle zu den Heiligen Nikolaus und Rupert. Die unweit von Schloß → Frauenstein auf einem Felskegel liegende ehem. Burg wurde 1181 als Hauptburg („castrum Vrieberch") der Kärntner Herzöge urk. erwähnt. 1292 Belagerung von Freiberg durch die Salzburger und die Bayern, wobei Ludwig, Sohn Herzog Meinharts, gefangengenommen und anschließend in St. Veit hingerichtet wurde. Seit 1325 Sitz des Landesgerichtes, im 15. Jh. wahrscheinlich schon verfallen (1553 bereits als „öder Turm" erwähnt). Bei Valvasor, 1688, wurde Freiberg, einst eine der größten Burganlagen Kärntens, nicht mehr erwähnt.
E: Dipl.-Ing. Robert Caldera
Lit: *Dehio, 186;*
He., II/44 f;
Wie., I/25 ff

Freudenberg, Schloß
BH *Klagenfurt-Land*
G *Magdalensberg*
KG *Freudenberg*
Kubischer viergeschoßiger Bau mit zwei Ecktürmen (15./16. Jh.), rundbogigem Eingangsportal, schweren Holzbalkendecken im Inneren, Saal mit achteckigem Pfeiler und Spitzbogengewölbe. Ein kurzer Verbindungstrakt (1860) führt dann zum südlich gelegenen schlichten Schloßbau von 1779. Die Schloßkapelle wurde 1616 ausgeraubt und profaniert. 1553 urk. erwähnt; 1572 im Besitz der Gleispach, später der Kulmer, der Jormannsdorf, der Galler und 1932 der Frick.
E: Seit 1938 Familie Mohrenschild
Lit: *Dehio, 124;*
He., II/46 f;
Valv., 49 f;
Wie., II/55 f

Freudenstein, Burgruine
→ Malenthein, Burgruine
(**G** *Hermagor*)

Freyenthurn, Schloß
G *Klagenfurt*
Urspr. burgartiger Renaissancebau mit zwei Kragsteinerkern, wovon der östliche noch im urspr. Zustand erhalten ist. Das im Westen von Klagenfurt nahe der Autobahn mit Ausblick auf das Klagenfurter Becken gelegene Schloß wurde 1541 durch den Hofzahlmeister Hans Angerer zu Freyenthurn erbaut; Besitz der Staudach bis 1644, später der Attems, 1743 der Grotta, 1884 des Wilhelm Freiherr von Westerholt, der es durch den Architekten Joseph Bierbaum in seine heutige Form bringen ließ (Tudor-Stil).
E: Herta Jilg
Lit: *Dehio, 298;*
He., II/46;
Wie., II/27

G

Geiersberg, ehem. Burg
→ Geyersberg, Burgruine

Geyersberg, Burgruine (Geiersberg, ehem. Burg)
BH *St. Veit an der Glan*
G und **KG** *Friesach*
Burganlage um einen quadratischen Hof; ein mächtiger fünfgeschoßiger romanischer Bergfried, zinnenbekrönte Ringmauer mit Zwinger, drei Tore, Verbindungsmauern zur ehemaligen Stadtbefestigung; die Kapelle zur hl. Anna, um

1400, über dem inneren Ringmauertor gelegen. Renaissanceportal, flache Holzdecke mit Rautenschnitzerei aus dem späten 16. Jh., Wandmalerei aus dem späten 14. Jh. Die erste Anlage wird 1271 erwähnt, stammt aber aus der Zeit Konrads I. (1130). Im Besitz des Erzbistums Salzburg, erhielt J. A. Auer 1690 die Burg als Lehen. Dieser ließ das damals abgebrannte Schloß vermutlich wieder instand setzen. In der Folgezeit häufiger Besitzerwechsel; seit 1750 unbewohnbar, wurde Geyersberg 1912 durchgehend restauriert und mit einem neuen Westtrakt ausgestattet (unter Wilhelm von Dietrich). In jüngster Zeit umfangreiche Restaurierungen.
E: Herbert Mayerhofer
Lit: *Dehio, 132;*
He., II/51 ff;
Valv., 51 ff;
Wie., I/36 f

Gillitzstein, Burgruine
BH *St. Veit an der Glan*
G *Eberstein*
KG *St. Oswald*
Heute nur mehr spärliche Reste einer spätmittelalterlichen Anlage erhalten. 1559 im Besitz des Leonhard Umfahrer (Stadtrichter zu Völkermarkt), 1605 der Christallnigg (die hier einen bedeutenden Hochofen betrieben), später der Mazzugon und anschließend wieder der Christallnigg. Mit dem Niedergang der Hüttenberger Bergwerke verfiel Gillitzstein.
E: Familien Riedl und Neuper
Lit: *Dehio, 580;*
He., II/13;
Wie., I/37 f

Glanegg, Burgruine
BH *Feldkirchen*
G und **KG** *Glanegg*
Ausgedehnte Anlage mit mehreren Toren und Höfen, rechteckigem romanischen Bergfried im zweiten Hof, unregelmäßiger Palas mit ursprünglich gotischer Kapelle, tonnengewölbte barocke Kapelle im Süden angebaut. Die beherrschend über dem engen Glantal liegende Burgruine wurde 1121 im Besitz des Herzogs Heinrich III. urk. erwähnt. Von den Türken wurde sie 1473–78 vergeblich belagert. 1534 als Lehen im Besitz des Ulrich von Ernau; unter ihm und seinen Söhnen wurde Glanegg umgebaut; nach 1530 Errichtung der Kapelle zu den Heiligen Peter und Paul. 1573 bereits baufällig, 1638 Errichtung der barocken Kapelle unter Johann Weber von Ehrenthal, 1813, während des Krieges gegen die Franzosen, wurde die Burg in Verteidigungszustand gesetzt. Nach 1860 beginnender Verfall. Unterhalb der Ruine liegt nun das Schlößchen Mauthbrücken; ein einfacher zweigeschoßiger kubischer Bau mit einem nach Osten gerichteten Vorbau.
E: Familien Zwillink und Bauer
Lit: *Dehio, 154 f;*
He., II/53 ff;
Valv., 59 f;
Wie., II/57 f

Gmünd, Burgruine (Altes Schloß)
BH *Spittal an der Drau*
G und **KG** *Gmünd*
Unregelmäßige vier- bis fünfgeschoßige Anlage mit dem mittelalterlichen Bergfried, Rittersaal mit Kamin, bezeichnet 1555. Ein Inschriftstein: „Erzbischove Leonhart von Saltzburg hat das Schloß lassen bauen anno domini 1506" (der Stein ist heute in Tanzenberg). Eine Säule von 1510 mit dem Keutschacher Wappen ist heute auf der Burg → Kreuzenstein,

Niederösterreich. 1252 urk. erwähnt; die romanisch-gotische Anlage wurde 1487 zerstört (durch die Ungarn) und 1502–06 durch den Salzburger Erzbischof Leonhard von Keutschach als Privatsitz wieder aufgebaut. Der Westtrakt wurde 1607–15 durch den Baumeister Daniel Deutta erbaut (im Besitz des Rudolf von Raitenau). Seit dem Brand im Jahr 1886 ist die Burg im Verfall.
E: Stadtgemeinde Gmünd
Lit: *Dehio, 160 f;*
He., I/30 ff;
Valv., 61 f;
Wie., III/57 ff

Gmünd, Schloß (Neues Schloß)
BH *Spittal an der Drau*
G und **KG** *Gmünd*
Eine dreiflügelige viergeschoßige Anlage um einen rechteckigen Hof. In den Ecken des Hofes zwei achtgeschoßige Treppentürme. Erdgeschoßarkaden mit den darüberliegenden Rundbogenfenstern. Im Garten zwei mächtige Steinlöwen (Lodronsche Wappentiere aus dem Mirabellgarten in Salzburg, um 1670/80), ein Denkmal mit Bronzekopf des Ferdinand Porsche von Sepp Dobner (Ferdinand Porsche lebte 1944–50 in Gmünd). In den Jahren 1651–54 wurde dieses Schloß durch den Grafen von Lodron errichtet (zu dieser Zeit verfiel die alte Burg). In dessen Familie verblieb der Bau bis 1932. Ein Brand von 1793 verursachte schwere Schäden; Instandsetzung unter Baumeister Johann Glanner aus Werfen. Im Schloß sind heute eine Schule, Depots der Freiwilligen Feuerwehr und ein Kultursaal untergebracht.
E: Seit 1950 Stadtgemeinde Gmünd
Lit: *Dehio, 165;*
He., I/32;
Valv., 61 f;
Wie., III/60 ff

Goldburg, Burg
→ Goldenstein, Burgruine

Goldenstein, Burgruine (Goldburg)
BH *Hermagor*
G und **KG** *Dellach*
Heute noch erhalten sind der untere Teil des Bergfrieds, Mauerreste des Palas und der Ummauerung sowie Teile einer Brücke. Von der ehem. Burg „Goldburg" ist heute nichts mehr vorhanden. Ulrich von Liechtenstein erwähnte sie im „Frauendienst", 1227. Urk. 1359 im Besitz der Görzer; um 1390 an Friedrich von Ortenburg, 1459 durch Johann von Görz eingenommen und zerstört; ab 1460 Besitz der Habsburger, die Goldenstein wieder aufbauten und mehrfach verpfändeten, u. a. an Hans von Mandorf Anfang des 16. Jh.s. Bereits seit 1528 im Verfall.
E: Oswald Daberer
Lit: *Dehio, 169;*
He., I/33 ff;
Wie., III/11 ff

Gomarn, Burgruine
BH *Wolfsberg*
G *Bad St. Leonhard im Lavanttal*
KG *St. Leonhard*
Erhalten sind der quadratische Bergfried aus dem 14. Jh., die Außenmauer des Palas aus dem 15. Jh. bis zu vier Geschoßen. Gomarn wird 1278 erstmals erwähnt, reicht jedoch wahrscheinlich viel weiter zurück. Die im wesentlichen spätgotische Anlage war bis 1759 in bambergischem Besitz (nach 700 Jahren endete damals die bambergische Herrschaft in Kärnten). 1762 durch Brand zerstört, anschließend wieder aufgebaut, im Jahr 1808 neuerlich nie-

dergebrannt und seit damals im Verfall.
E: Stadtgemeinde St. Leonhard im Lavanttal
Lit: *Dehio, 41; He., II/57f; Wie., I/143f*

Görtschacherhof, Ansitz
BH *St. Veit an der Glan*
G *Weitensfeld-Flattnitz*
KG *Glödnitz*
Heute stattlicher Bauernhof, einstöckig, hakenförmig, mit Mansarden. Es handelt sich hierbei um ein altes, bis ins frühe 13. Jh. zurückreichendes Gurker Schützenlehen. Zu dieser Zeit (1211) war Perengerus de Gorsach damit belehnt. Um 1729 im Besitz des Johann Wilhelm von Keller, anschließend rascher Besitzerwechsel.
E: Edith Ertl
Lit: *Wie., I/39*

Görtschachhof, Ansitz
BH *Klagenfurt-Land*
G *Ferlach*
KG *Kirschentheuer*
Einstöckiger Landsitz, großer Garten mit Wirtschaftsgebäuden, die ursprüngl. der Waffenerzeugung dienten (der Besitzer Thomas Just, 18. Jh., war zuerst Büchsenmacher und dann Waffenfabrikant). 1803 im Besitz der Familie Hoffer, später der Christallnigg und seit 1902 im Eigentum der Familie Voigt.
E: Carl Voigt-Firon/ Erben
Lit: *Wie., II/55*

Gößnitzerhof, Schloß
→ Feistritz im Rosental, Schloß

Gradenegg, Burgruine
BH *St. Veit an der Glan*
G *Liebenfels*
KG *Freundsam*
Um den romanischen rechteckigen Bergfried lag noch vor wenigen Jahrzehnten eine Gruppe ausgedehnter Wohnbauten des 14.–16. Jh.s, die von einer hohen gotischen Ringmauer mit kleinen Ecktürmen umschlossen waren. Seit 1192 urk. im Besitz der Gradenegger (laut Valvasor: „Diese Familie hatte von altersher das Recht, alle Wiesen abmähen zu lassen, solange der Herzog von Kärnten auf dem Stuhl zu Zoll Lehen verlieh.") 1578 im Besitz der Egkh, um 1634 der Grotta und später dann der Goëss.
E: Roman Mulle
Lit: *Dehio, 178; Valv., 63f; Wie., I/40f*

Grades, Schloß
BH *St. Veit an der Glan*
G *Metnitz*
KG *Grades*
Um einen viereckigen Hof gelagerter Bau des 15. Jh.s, der im 17. und 18. Jh. erneuert wurde. Eingangsturm mit Zwiebelhelm, mit bemerkenswerten Deckenstukkaturen in sechs Sälen des Hauptgeschoßes, aus dem frühen 18. Jh. (von Kilian Pittner?), ein Deckengemälde (von Josef Ferdinand Fromiller?), von 1750/60. Die freistehende, ehem. Kapelle von 1725 ist heute im Verfall. Von der ehem. Burg (wahrscheinlich um 1173 erbaut), ist heute nichts mehr vorhanden. Um die Mitte des 18. Jh.s war im Schloß Grades eine Seidentapeten- bzw. Tuchfabrik untergebracht. Das Schloß ist heute für eine Jugendherberge und ein Erholungsheim adaptiert.
E: Seit 1173 Bistum Gurk
Lit: *Dehio, 180; He., II/59; Wie., I/41f*

Gradisch, Schloß
BH *Feldkirchen*
G *Feldkirchen/Kärnten*
KG *Gradisch*
Dreigeschoßiger kubischer Bau, mit zwei vorspringenden runden

Ecktürmen mit Zwiebelhelmen und Laternen, holzschindelgedeckt. Der Schloßtrakt umschließt mit den zweigeschoßigen Nebengebäuden des 17. Jh.s einen rechteckigen Hof, der durch zwei Portale zugänglich ist. Kapelle im Südwestturm mit Christophorusgemälde aus der Mitte des 16. Jh.s, verschiedenen Heiligengemälden aus dem 17.–19. Jh. Im Inneren Räume mit Stuck um 1700. Saal mit Stuckdecke um 1680 und Wappen der Grafen von Platz. Der weithin sichtbare Renaissancebau wurde 1538–56 von Georg von Neuhaus-Paradeiser erbaut. 1652 Besitz der Grafen Platz. 1945 teilweise abgebrannt, heute vorbildlicher Bauzustand.
E: Seit 1729 Grafen Goëss
Lit: *Dehio, 181;*
He., II/60;
Valv., 63 f;
Wie., II/58 f

Grafenstein, Schloß
BH *Klagenfurt-Land*
G und **KG** *Grafenstein*
Dreigeschoßiger kubischer Bau mit dreigeschoßigem Arkadenhof; dieser mit Inschrifttafel des Erbauers Johann Andreas Rosenberg von 1638. Im Inneren Rokokostukkaturen aus dem Zeitraum 1760/70 und illusionistische Wandmalerei um 1780. Da das Schloß nach den beiden Weltkriegen jeweils stark beschädigt wurde, ist heute nur noch ein Nebengebäude bewohnbar.
E: Seit 1629 Familie Rosenberg
Lit: *Dehio, 185;*
He., II/61 ff;
Valv., 65 f;
Wie., II/60 f

Graiffenstein, Schloß
→ Greifenstein, Schloß

Greifenburg, Schloß
BH *Spittal an der Drau*
G und **KG** *Greifenburg*
Mehrgeschoßige Anlage mit zwei Trakten; die ehemals gotische Burg ist im Ostteil der heutigen Anlage verbaut bzw. einbezogen (seit dem 17. Jh.). Urk. 1166 im Besitz des Herzogs von Kärnten. 1295 starb hier Herzog Meinhard II. von Tirol. Im Jahr 1335 als Lehen der österreichischen Herzöge Albrecht und Otto dann an die Grafen von Görz vergeben. 1393–1537 habsburgisch, anschließend bis 1626 Besitz der Grafen von Ortenburg; danach bis 1943 der Rosenberg. Im 17. Jh. erfolgte der Umbau, im 19. Jh., während der Verwendung als Gerichtsgebäude, die Aufstockung des Gefängnistraktes. Dieses Schloß ist heute Hotel.
E: Schloß Greifenburg Apparthotel Aktiengesellschaft
Lit: *Dehio, 189;*
He., I/35 f;
Valv., 65 f;
Wie., III/62 ff

Greifenfels, Burgruine
BH *Klagenfurt-Land*
G und **KG** *Ebenthal*
Heute sind nur mehr spärliche Reste der Burg erhalten; ihr ehem. Aussehen ist nicht bekannt. 1230 urk. erwähnt (Erlaß Papst Gregors IX. gegen den Bau der Burg durch Wülfing und Heinrich von Gurnitz auf einem dem Kloster Viktring gehörenden Grund). 1315 Besitz der Auffensteiner, 1408 der Herren von Neuhaus. Bei Valvasor, 1688, ist Greifenfels bereits Ruine.
E: Seit 1704 Grafen Goëss
Lit: *Dehio, 190;*
He., II/63;
Valv., 67 f;
Wie., II/61

Greifenstein, Schloß (Graiffenstein, Greiffenstein)
BH *Hermagor*
G *St. Stefan*
KG *St. Stefan an der Gail*
Dreigeschoßiger Bau mit Erkertürmchen; 1556 von der Familie Aichelburg erbaut und bis 1689 in dieser Familie; später Besitz der Grotta und der Schluga sowie ab 1760 wieder der Aichelburg. Nach Bränden von 1919 und 1965 wurde es zur Gänze restauriert. Das vorbildlich gehaltene Schloß ist mit gutem Mobiliar und interessanten Familienporträts ausgestattet.
E: Dipl.-Ing. Anton und Rosemarie Liechtenstein
Lit: *Dehio, 611; He., I/36 f; Valv., 69 f; Wie., III/13 f*

Greifenthurn, Ansitz (Amthof)
BH *Feldkirchen*
G *Feldkirchen/Kärnten*
KG *Waiern*
Schloßartige Vierflügelanlage mit drei Ecktürmen; Innenhof mit korbbogigen Arkaden des 19. Jh.s. Diese sogenannte bambergische Stadtburg wurde im 16. Jh. erbaut und im 17. und 19. Jh. erneuert. 1604 Besitz der Familie Foregger (Bamberger Amtmänner, Bürger und Handelsherren), bis Ende des 18. Jh.s in dieser Familie.
E: Gundula Adami
Lit: *Dehio, 114; Wie., II/53 f*

Greiffenstein, Schloß
→ Greifenstein, Schloß

Griffen, Burgruine
BH *Völkermarkt*
G *Griffen*
KG *Griffnertal*
Auf einem romantischen Felskegel liegen Reste der ausgedehnten Anlage; gewaltige Mauern, Rundtürme mit Schießscharten, Kapelle, Wehrmauer aus Quadersteinen bis hinunter zum Markt. In früherer Zeit galt diese Festung als uneinnehmbar. Wahrscheinlich vor 1148 von den Bamberger Fürstbischöfen erbaut. Bis 1759 Bamberger Besitz. 1292 Besetzung der Burg durch Ulrich von Heunburg, 1293 Rückeroberung. 1666 wurde der kaiserliche Ing.-Adjunkt Michael Possanner beauftragt, den Ausbau der Festung zu berechnen. Zum Ausbau kam es jedoch nicht. 1759 gelangte Griffen in den Besitz Maria Theresias, später der Grafen Egger und der Freiherren von Helldorf. Im 18. und 19. Jh. Verfall der Anlage. 1952 wurde der Wald des Burgberges geschlägert, so daß die Ruine heute weithin sichtbar ist. Im Burgberg (Tropfsteinhöhle) wurden alt- und mittelsteinzeitliche Werkzeuge und Feuerstellenspuren gefunden.
E: Friederike Maria Zechner-Leitgeb
Lit: *Dehio, 192; He., II/63 ff; Valv., 69 f; Wie., II/120 ff*

Gröfelhof, Ansitz
BH *Spittal an der Drau*
G *Irschen*
KG *Rittersdorf*
Zweigeschoßiger Bau mit stark modernisierter Straßenfront. Seit Mitte des 13. Jh.s ein Landsitz im Besitz der Kärntner Herzöge, der als Lehen an verschiedene Pfleger vergeben wurde, u. a. an Hohenburg, 1576 an Jakob Niederwinkler, 1797 an Platzer und andere. Im 17. Jh. wurde der Ansitz zu seiner heutigen Form ausgebaut. Valvasor beschreibt ihn 1688: „. . . ist erst unlängst ausgebaut worden, nicht groß, der Meyerhof aber desto größer ...“. 1797 Besitz des Franz Xaver Platzer, später der Fami-

lie Ertl. Im gut erhaltenen Bau ist ein Gastbetrieb eingerichtet.
E: Fam. Pirkebner
Lit: *Dehio, 194;*
Valv., 73 f;
Wie., III/100 f

Groppenstein, Burg
BH *Spittal an der Drau*
G *Obervellach*
KG *Söbriach,* **BT** 7
Stattlicher dreigeschoßiger Bau, von Wehrtürmen und einer Zinnenmauer umgeben, mit dem mächtigen fünfgeschoßigen romanischen Bergfried, der durch eine Holzbrücke mit dem Hauptbau verbunden ist. In der Eingangshalle des Palas spätgotische Türgewände, Schlösser und Türbeschläge; im Rittersaal Rankenmalerei des 15. Jh.s (restauriert im 19. Jh.), ein Glasgemälde des 16. Jh.s, Fenster mit heraldischen Glasgemälden von Prof. Chvostek (Besitzer 1936–44). Freistehende Kapelle zur hl. Katharina, urk. 1460. Die Burg wird 1254 als „turris Croppensteine" urk. genannt. Sitz eines gleichnamigen Geschlechts (ortenburgische Ministeriale). 1470/80 Errichtung des Palas, um 1588 Besitz der Khevenhüller, 1612–1873 der Familien Lind und Sternbach, anschließend des Architekten Stipperger aus Wien (unter diesem Gesamtrestaurierung). Seit 1968 laufend Restaurierungen.
E: Dr. Robert Schöbel
Lit: *Dehio, 648;*
He., I/37 f;
Valv., 73 f;
Wie., III/68 f

Großkirchheim, Schloß
BH *Spittal an der Drau*
G *Großkirchheim*
KG *Döllach*
Zwei dreigeschoßige, durch Hofmauern verbundene Trakte; Südbau mit Krüppelwalmdach, Nordbau mit zwei türmchenartigen Runderkern. Die geschnitzte Kassettendecke des Hauptsaales ist jetzt in Schloß → Frauenstein. 1140/50 als „locus Chyrichaim" urk. erwähnt. Besitz des Klosters Admont (bis 1460). Ab 1460 Besitz der Habsburger, die es als Lehen vergeben. 1561 Neubau durch Melchior Putz, einen Gewerken im Edelmetallbergbau (dieser wurde wegen zu geringem Ertrag allmählich eingestellt). 1614 Besitz der Pötting, später der Fromiller und der Kulmer. Seit 1956 ist in dem gut erhaltenen Schloß ein Museum eingerichtet: Malerei, Plastik, Kunstgewerbe und Möbel des 15.–19. Jh.s, mechanische Musikinstrumente sowie eine heimatkundliche Sammlung und das Bergbaumuseum Großkirchheim.
E: Josef Lindsberger
Lit: *Dehio, 76;*
He., I/38 f;
Valv., 75 f;
Wie., III/69 ff

Großwinklern, Schloß
→ Silberberg, Schloß

Grottenegg, Schloß
→ Treffen, Schloß

Grünburg, Burgruine
BH *Hermagor*
G *Hermagor – Pressegger See*
KG *Möschach*
Teile eines rechteckigen gotischen Bergfrieds wurden in einen Bauernhof umgebaut, Reste der Umfassungsmauern sind noch erhalten. Urk. 1368; 1443 Wohnsitz von Katharina Gara (Gemahlin Heinrichs IV. von Görz und Tochter des Palatins von Ungarn). 1495 von Kaiser Maximilian I. an Michael von Wolkenstein verpfändet. 1521/22 erhielt Erzherzog Ferdinand von seinem Bruder Kaiser Karl II. die österreichischen Erblande. Dazu gehörte auch die Grafschaft Ortenburg mit

der Herrschaft Grünburg. Beide verlieh Erzherzog Ferdinand 1524 an Gabriel Salamanca. Bei Valvasor, 1688, ist Grünburg bereits Ruine.
E: Benno Härle
Lit: *Dehio, 195;*
He., I/39 f;
Valv., 75 f;
Wie., III/16 ff

Grünburg, Burgruine
BH *St. Veit an der Glan*
G *Klein St. Paul*
KG *Grünburg*
Von der einst stattlichen hochmittelalterlichen Anlage sind heute nur mehr der mächtige runde Bergfried und Reste einer gotischen Doppelkapelle erhalten. Die in 1000 m Höhe gelegene ehem. Zwillingsburg war 1217 urk. Sitz der Grünburger, der Ministerialen der Grafen von Görz. Im 15. Jh. im Besitz Kaiser Friedrichs III., 1626 des Hans Leonhard Windischgraetz, 1629 des G. F. von Ambthofer. In späterer Zeit wurde Grünburg der Herrschaft Eberstein einverleibt.
E: Ing. Walter Haslinger
Lit: *Dehio, 195;*
He., II/13;
Wie., I/45 ff

Gumisch, Ansitz
BH *Klagenfurt-Land*
G *Grafenstein*
KG *Saager*
Der Name leitet sich vom slawischen „gumnišče", zu deutsch „Dreschtenne", her. Der Ansitz, der heute als Wohnhaus in Verwendung ist, liegt in der Nähe eines alten Siedlungsplatzes (römische, awarische und langobardische Funde in der Umgebung). 1601 war Gumisch Sitz eines Pflegers, der dem Landgericht Maria Saal unterstand. Im Jahr 1775 Sitz des Pflegers der Herrschaft Grafenstein.
E: Johann Kerschbaumer
Lit: *Ko., I/103;*
Wie., II/62

Gundersdorf, Schloß
BH *Klagenfurt-Land*
G *Magdalensberg*
KG *Portendorf*
Zweigeschoßiger Bau über hufeisenförmigem Grundriß; die südliche Fassade wird im Mittelteil von Arkaden durchbrochen. Die in einem großen Park gelegene Anlage wurde Mitte des 18. Jh.s unter dem damaligen Besitzer Anton von Dreer in ihre heutige Form gebracht. 1802 Besitz der Familie Plasch, 1860 der Sterneck, 1913 der Tauschitz. Im 1973 restaurierten Schloß ist heute eine Fremdenpension untergebracht.
E: Seit 1964 Familie Dr. Horner
Lit: *Dehio, 196;*
He., II/66;
Wie., II/62 f

Gurnitz, Burgruine
BH *Klagenfurt*
G *Ebenthal*
KG *Gurnitz*
Westlich der Kirche liegen spärliche Reste der „alten Burg". 860 werden die Burg und der Ort urkundlich genannt (karolingischer Königshof?). 1315 Besitz des Dietmar von Greifenfels, später der Auffensteiner.
E: Seit 1714 Grafen Goëss
Lit: *Dehio, 208;*
He., II/66 f;
Wie., II/63

Gurnitz, ehem. Schloß (Gasthof zum Schloßwirt)
BH *Klagenfurt*
G *Ebenthal*
KG *Gurnitz*
Unterhalb der Burgruine liegt dieser stattliche zweigeschoßige Renaissancebau mit Erker, Walmdach, Gewölbe, Jahreszahl 1545 sowie Wandbild. In dem ehem. Herrenhaus ist heute ein Gasthof untergebracht.
E: Jakob Felsberger

Lit: *Dehio, 209 f;*
He., II/66 f;
Wie., II/64

Gut Weilern, Ansitz
→ Staudachhof, Ansitz

H

Hafnerburg, Burgruine
BH *Feldkirchen*
G *Feldkirchen/Kärnten*
KG *Feldkirchen*
Von der völlig verfallenen Anlage sind nur mehr geringe Mauerreste erhalten. 1292 mit Friedrich von Hafnerburg erwähnt; später wurden die Eberstein und die Liebenberger damit belehnt. Im 16. Jh. Sitz der Peuscher von Leonstein, 1750 Besitz des Freiherrn Franz Xaver von Schluga; seit 1870 der Kogler und deren Nachkommen. In der Nähe der Ruine das heutige Gut Hafnerberg, das bereits 1490 urk. genannt wird.
E. Fam. Scheiber
Lit: *Wie., II/64 f*

Hagenegg, Schloß
BH *Völkermarkt*
G *Eisenkappel-Vellach*
KG *Vellach*
Zweigeschoßiger Bau mit zwei über Eck gestellten Türmen mit Zwiebelhelmen; der barocke Trakt ist durch Seitenflügel mit einem Bau des 15./16. Jh.s verbunden. Der Hauptbau stammt aus der zweiten Hälfte des 17. Jh.s. Westtrakt mit Holzkassettendecke aus dem 16. Jh., Osttrakt mit barocken Stuckdecken um 1680 und einfachem Stuck des 18. Jh.s. Schloßkapelle zum hl. Josef mit einer spätgotischen Leonhardfigur aus der Mitte des 15. Jh.s. Das inmitten eines englischen Parks gelegene Schloß war vom 14. Jh. bis 1636 Sitz der Familie Hagen (Träger verschiedener landesfürstlicher Ämter). 1643 gelangte es an Johann Andreas von Rosenberg; nach mehrfachem Besitzerwechsel im 18. Jh. an die Familie Christallnigg. Seit 1887 ist Hagenegg Eigentum der Grafen Thurn-Valsassina. Das Schloß wurde 1955 restauriert und befindet sich nun in vorbildlichem Bauzustand.
E: Dr. Ariprand Thurn-Valsassina
Lit: *Dehio, 736;*
He., II/67 f;
Valv., 85 f;
Wie., II/114 ff

Haimburg, Burgruine
BH und **G** *Völkermarkt*
KG *Haimburg*
Heute sind noch der Torturm, Reste der Palasmauer sowie Reste von Stuckdekorationen um 1700 erhalten. 1103 wird die Burg als „Huneburch" urk. erwähnt. Die Grafen von Heunburg, ein bedeutendes Kärntner Geschlecht des 12. und 13. Jh.s, sind seit 1070 nachweisbar (1322 im Mannesstamm erloschen). 1362 Besitz der Grafen von Görz, ab 1460 habsburgisch. Trotz eines Brandes 1749 war die Burg bis ins 19. Jh. bewohnt (der Turm ist heute noch überdacht).
E: Dipl.-Ing. Volker Helldorf
Lit: *Dehio, 213 f;*
He., II/68;
Valv., 91 f;
Wie., II/122 ff

Hallegg, Schloß
G *Klagenfurt, Hallegger Straße 131*
Großer Renaissancebau mit burgartigem Charakter über unregelmäßigem Grundriß; Rundturm mit Kegelhelm, zu dessen oberstem Geschoß (Kapelle) offene Arkadengänge führen. Zwei Innenhöfe, wovon einer zahlreiche Sgraffitimedaillons, bezeichnet 1547, aufweist. Rittersaal mit Tonnengewölbe und gekuppelten Renaissancefenstern; vor dem

Eingang Wappen der Welzer-Khevenhüller und Inschriftstein von 1576; römerzeitliches Grabrelief mit Darstellung eines Schreibers. Schloßkapelle zum hl. Franziskus aus dem 16. Jh. mit übertünchten barocken Fresken vom Gurker Hofmaler Georg Pfisterer von 1749. 1213 wird die Burg „Heileke" als Sitz des Ministerialengeschlechts der Hallegger urk. erwähnt. 1546 ließ Moritz Welzer die Burg zu einem Schloß umbauen; Viktor Welzer ließ es 1576 vergrößern. Bis ins 17. Jh. im Besitz dieser Familie, später der Urschenbeck, der Goëss und der Mayenburg. In dem sehr gut erhaltenen Schloß sind Wohnungen und eine Fremdenpension untergebracht.
E: Fam. Hellmigk
Lit: *Dehio, 214 f;*
He., II/69 ff;
Valv., 87 f;
Wie., II/28 f

Harbach, Schloß (Kloster)
G *Klagenfurt, Harbacher Straße 70*
Der urspr. Bau wurde durch Zu- und Umbauten 1893–1962 (Nordtrakt, West- und Osttrakt, Kirchenanbau und Aufstockung) weitgehend verändert. Neugebaute Klosterkirche zum Hl. Herzen Jesu (1914–18), die 1968 umgestaltet wurde. Der urspr. Edelmannssitz wurde 1213 und 1303 urk. erwähnt. Oftmaliger Eigentümerwechsel. In dem sehr gut erhaltenen Bau ist eine Erziehungsanstalt für Mädchen untergebracht.
E: Seit 1898 Nonnen vom Guten Hirten
Lit: *Dehio, 298;*
Wie., II/29

Hardegg, Burgruine
BH *St. Veit an der Glan*
G *Liebenfels*
KG *Hardegg*
Eine Zweiturmanlage mit starkwandigem Turm des 13. Jh.s und abgestürztem, südwestlichem Turm. Etwas abseits ein mächtiger romanischer Rundturm mit hochgelegenem Einsteigtor. Ruine einer kleinen romanischen Kapelle, wahrscheinlich aus dem 12. Jh., Turm und Kapelle aus vorzüglichem Bruchsteinmauerwerk. Urkundl. 1134, im 13. Jh. bambergisches, ab dem 14. Jh. herzogliches Lehen; als solches 1346–68 Sitz der Auffensteiner. Später an viele Familien verpfändet (u. a. an die Khevenhüller). Hardegg war einst eine der Hauptburgen um die Herzogstadt St. Veit. Im 17. Jh. Verfall der Burg.
E: Karl Kirchmayer
Lit: *Dehio, 215 f;*
He., II/71 f;
Valv., 89 f;
Wie., I/51 ff

Hardeggerhof, Ansitz (Waldeck)
BH *St. Veit an der Glan*
G *Weitensfeld-Flattnitz*
KG *Glödnitz*
Von dem urspr. Bau sind heute nur mehr Spuren der Befestigung erhalten. Daneben ein einfaches einstöckiges bäuerliches Wirtschaftsgut. Urk. wird ein „castrum Waldeche" 1162 erwähnt; auf diesem saß der Gurker Ministeriale Poppo de Waldeche zu Lehen. Dieser ehemals wehrhafte Sitz, im Glödnitztal gelegen, ist gut erhalten.
E: Aloisia Starzacher
Lit: *Wie., I/53*

Hartneidstein, Burgruine
BH, G und **KG** *Wolfsberg*
Erhalten sind Mauern des mächtigen quadratischen Bergfrieds aus dem 13. Jh., ein gotisch profiliertes Tor, das Torwächterhaus und Reste des Palas, vermutlich aus dem 15. Jh. 1300 von Hartneid von Weissenegg erbaut,

ab 1331 Sitz der Herren von Wallsee, 1363 der Grafen von Cilli und 1425–1759 der Bamberger. Bei Valvasor, 1688, war die Burg – mit zwei Bergfrieden – noch völlig intakt. Der Verfall setzte im 18. Jh. ein.
E: Seit 1846 Grafen Henckel-Donnersmarck
Lit: *Dehio, 218;*
He., II/72 ff;
Valv., 91 f;
Wie., I/151 ff

Hetzelburg, Burgruine
→ Moosburg, Burgruine

Himmelau, Schloß
BH, G und **KG** *Wolfsberg*
Vierseitige Anlage um einen Hof; drei runde gotische Ecktürme, hoher Westtrakt, neugotische Südfassade und Arkadengang des 16. Jh.s; Schloßkapelle zum hl. Johannes Nepomuk mit spätgotischen Wandmalereien, die vierzehn Nothelfer darstellend. Das ehemalige Wasserschloß (der Wassergraben ist heute trockengelegt) wurde wahrscheinlich vor 1491 zu einem Schloß ausgebaut. Weitere Ausgestaltung erfolgte im 16. Jh. unter der Familie Kronegg. Danach mehrfacher Besitzerwechsel. Der gut erhaltene Bau ist heute ein Kloster der Karmeliterinnen.
E: Seit 1902 Diözese Gurk
Lit: *Dehio, 575;*
He., II/76 ff;
Wie., I/154 f

Hirschenau, Schloß
BH und **G** *Völkermarkt*
KG *St. Jakob*
Einfacher hufeisenförmiger zweigeschoßiger Bau mit Dreieckgiebel, Holzbalkon und freitreppenartigem Aufgang; der heutige Baucharakter stammt aus dem 18. und 19. Jh. 1767 mit dem Besitzer der Herrschaft Ehrenegg, Ernst Luschin, erstmals genannt. 1807 im Besitz der Kraßnigg, die das Schloß renovierten und 1893 der Wesenauer; 1817 wird die Herrschaft Hirschenau folgendermaßen beschrieben: „Herrenhaus, Wirtschaftsgebäude, 37 Joch Äcker, 21 Joch Wiesen und Wälder, Wert: 28.000 Gulden."
E: Seit 1902 Familie Helldorf
Lit: *Wie., II/126*

Hochkraig, Burgruine
→ Kraiger Ruinen

Hochliebenfels, Burgruine
→ Liebenfels, Burgruine

Hochosterwitz, Burg
BH *St. Veit an der Glan*
G *St. Georgen am Längsee*
KG *Osterwitz,* **BT** 5
Das Wahrzeichen Kärntens ist in seiner Art einmalig und zählt zu den imposantesten Burgen Österreichs. In einer großen Schleife führen die Befestigungsanlagen des Burgweges mit 14 großen Torbauten zur Höhe: Fähnrichstor, Wächtertor, Nautor, Engelstor, Löwentor, Mannstor, Khevenhüllertor, Landschaftstor, Reisertor, Waffentor, Mauertor, Brückentor, Kirchentor und Kulmertor. Der eigentliche Kern der Anlage, die Hochburg, ist ein selbständiger Wehrkörper mit Ecktürmen, Wehrmauer, einem südlichen Zubau, einem kleinen Burghof mit Arkaden auf Pfeilern und einem alten Ziehbrunnen, dem großen Burghof mit Laubengängen. Kleine Kapelle zum hl. Nikolaus, urk. 1321; unterhalb der Hochburg liegt die Kirche zu den Hll. Johannes Nepomuk und Nikolaus, urk. 927; im Burgmuseum sind zu besichtigen: Waffen, Rüstungen, Objekte aus der Geschichte der Burg, Kunstgegenstände, und

diverse Bilder sowie Porträts der Familie Khevenhüller. Keramikreste weisen auf die Besiedlung des Felsens ab der frühen Bronzezeit hin (Funde im Burgmuseum). Urk. wird die Burg 860 als „Astarwiza" (Scharfenberg) erwähnt; die Bezeichnung Hochosterwitz gibt es erst seit dem 17. Jh. Bis zum 12. Jh. Besitz des Erzbistums Salzburg, später als landesfürstliches Lehen in Händen der Herren von Osterwitz (bis 1478). Matthäus Lang, Bischof von Gurk und späterer Erzbischof von Salzburg, ließ 1509 den Umbau durchführen. 1541 wird die Burg an Christoph Khevenhüller verpfändet. Dieser ließ wahrscheinlich die Festungsbauten sowie die Bastionen durch Domenico dell'Allio errichten. 1571 erwarb der Landeshauptmann und Geheime Rat Erzherzog Karls, Georg Khevenhüller, Burg und Herrschaft durch Kauf und ließ sie in den folgenden Jahren (bis 1586) in ihre heutige Gestalt bringen. Wegen der einzigartigen Anlage der Burg Hochosterwitz wurde sie zum Symbol des österr. Burgenvereines erwählt (Abbildung auf den Ehrenplaketten).
E: Max Fürst Khevenhüller-Metsch
Lit: *Dehio, 232 ff;*
He., II/79 ff;
Valv., 158 f;
Wie., I/54 ff

Höhenbergen, Schloßruine (Höhenperg)
BH und **G** *Völkermarkt*
KG *Höhenbergen*
Dreigeschoßige Anlage über unregelmäßigem Grundriß, die einen kleinen Hof umschließt. Barocke Fassadengliederung im Ziegelrohbau; auch die Innenräume blieben unvollendet. Im 13. und 14. Jh. Sitz der Perger von Höhenperg (die Vorfahren der Familie Clam Martinic), 1457 urk. im Besitz des Wolfgang Gutenstein, 1614 der Windischgraetz. Um die Mitte des 18. Jh.s wurde mit dem heutigen Bau begonnen; dieser wurde jedoch nie vollendet.
E: Seit 1653 Fam. Orsini-Rosenberg
Lit: *Dehio, 236;*
He., II/83 f;
Valv., 95 f;
Wie., II/127

Hohenburg, Burgruine (Maria in Hohenburg)
BH *Spittal an der Drau*
G *Lurnfeld*
KG *Pusarnitz*
Reste des Bergfrieds, des Palas, Fensteröffnungen mit Rundbögen; aus der ehem. Burgkapelle ging im 18. Jh. die heutige Wallfahrtskapelle Maria in Hohenburg hervor. Diese hat ein bemerkenswertes Portal: ornamentaler Relieffries mit Flechtbandwerk und Tiergestalt aus dem 12./13. Jh. 1142 urk. erwähnt, im Besitz des Bischofs Altmann von Trient, später des Erzbistums von Salzburg, das 1311 die Grafen von Ortenburg belehnte. Bereits ab 1542 Ruine.
E: Adolf Pichler
Lit: *Dehio, 720;*
He., I/42;
Wie., III/71 ff

Hohenburg, Burgruine (Rosenberg)
BH *Spittal an der Drau*
G und **KG** *Oberdrauburg*
Reste des dreigeschoßigen Bergfrieds, des Palas und einer Wehrmauer mit Eckturm. Urk. 1202, als Signalposten für → Flaschberg und → Stein (BH Spittal an der Drau), erwähnt. Im 14. Jh. Le-

hen der Grafen von Ortenburg (Salzburger Besitz), im 15. Jh. der Grafen von Cilli; 1460 an Kaiser Friedrich III., 1605 an Balthasar von Aschau, 1729 an den Freiherrn von Sternbach, 1842 an die Familie Pichler. 1912, nachdem der Bergfried teilweise eingestürzt war, entstand der Plan, die Burg wieder aufzubauen; der Erste Weltkrieg verhinderte jedoch die Ausführung dieser Idee.
E: Marktgemeinde Oberdrauburg
Lit: *Dehio, 502; He., I/42 f; Wie., III/73 ff*

Höhenperg, Schloßruine
→ Höhenbergen, Schloßruine

Hohenpressen, Schloß
BH *St. Veit an der Glan*
G *Hüttenberg*
KG *St. Johann am Pressen*
Der Name „Pressen", urspr. „Frezen", bedeutet Birkenholz, Birken (slawisch). Zweigeschoßiger Bau des 16. Jh.s, der im 17. Jh. und in jüngerer Zeit erneuert wurde. 1162–71 erste Erwähnung des Gutes, das im 15. Jh. im Besitz der Gewerkenfamilie Rauscher war.
E: Dr. Kurt Burger-Scheidlin
Lit: *Dehio, 544; Wie., I/103 f*

Hohenstein, Schloß
BH *St. Veit an der Glan*
G *Liebenfels*
KG *Rosenbichl*
Zweistöckiger Bau mit wuchtigen Türmen, Hof mit Arkaden und Sgraffitomalereien, Zugbrücke (restauriert), Kapellenanbau, Wohnräume mit schönen Decken und Öfen. Das auf einer Terrasse – die schon in der Antike besiedelt war (es wurde eine Tempelanlage freigelegt) – gelegene Schloß wurde 1537/38 von Hermann Kulmer erbaut, gelangte um 1650 in den Besitz der Freiherren von Aschau, im 17. Jh. der Grotta, später der Goëss bis 1937. Diese setzten das damals baufällige Schloß wieder völlig instand. Es ist heute sehr gut erhalten und dient Wohnzwecken.
E: Freiherren von Maltzahn
Lit: *He., II/84 ff; Valv., 87 f; Wie., I/61*

Hohenwart, Burgruine (Schwarzes Schloß)
BH *Villach-Land*
G *Velden am Wörther See*
KG *Köstenberg*
Umfangreiche Anlage mit drei hintereinanderliegenden Höfen; Teile des quadratischen frühgotischen Bergfrieds, der in die äußere Burgmauer integriert ist, Reste der gotischen Doppelkapelle aus dem 14. Jh. sowie von Wohngebäuden und Wehrmauern sind erhalten. Pilgrim von Pozzuolo schenkte zwischen 1144 und 1149 Burg und Herrschaft dem Herzog Heinrich V. von Kärnten. Von dessen Bruder gelangte es 1162 in den Besitz des Gurker Bischofs Roman I. Bis 1456 bei den Grafen von Cilli und anschließend im Besitz Kaiser Friedrichs III. Vermutlich wurde Hohenwart im frühen 16. Jh. zerstört und nicht wieder aufgebaut. Bis 1913 im Besitz der Dietrichstein, später der Maresch-Wittgenstein und von Josef Neff.
E: Familien Hippel und Brandner
Lit: *Dehio, 235; He., I/40 f; Wie., III/138 ff*

Hollenburg, Burg
BH *Klagenfurt-Land*
G *Köttmannsdorf*
KG *Hollenburg*
Die äußere Front ist unregelmäßig und dem Felsen angepaßt. Prächtiger fünfeckiger Renaissancearkadenhof mit Römersteinen und einem Doppelwappen Dietrichstein-Starhemberg, 1588 (Vollendung des Baues). Saal im Erdgeschoß mit Kreuzgewölbe, Kapelle mit Fresken aus dem 14. Jh. (1945 entdeckt), Keller mit mächtigen Gewölben, lange, gedeckte Brücke (80 m, zum Teil Zugbrücke), Terrasse mit (berühmtem) Blick über das Rosental. Die Hollenburg, die zu einer der schönsten Burgen Kärntens zählt, wurde 1142 erstmals urk. erwähnt. 1246 Pettau, nach 1438 Stubenberg, 1469 Kaiser Friedrich III., der sie an verschiedene Pfleger vergab. Kaiser Maximilian I. verkaufte die Burg 1514 an Siegmund Dietrichstein; in dieser Familie verblieb sie bis 1913 (auch der Umbau um 1588 unter den Dietrichstein).
E: Hans Maresch/Erben (Kyrle)
Lit: *Dehio, 238 f; He., II/86 ff; Valv., 99 f; Wie., II/67 ff*

Hörbach, Schloß
BH *St. Veit an der Glan*
G *Hüttenberg*
KG *St. Martin am Silberberg*
Ein kleiner schloßartiger Bau mit zwei Geschoßen, aufgesetztem gemauertem Halbgeschoß und mächtigem Walmdach. In seiner heutigen Form stammt das Gebäude aus dem 17. Jh. 1720 urk. genannt; später im Besitz der Grafen von Dietrichstein, des Erzbistums Salzburg (Ende des 18. Jh.s), der k. k. Kammer, um die Mitte des 19. Jh.s des Eugen Ritter von Dickmann, 1886 der österreichisch-Alpinen Montangesellschaft, 1895 bis 1961 der Fam. Kluge.
E: Seit 1970 Christine Walzel
Lit: *Wie., I/62*

Hornburg, Burgruine
BH *St. Veit an der Glan*
G *Klein St. Paul*
KG *Unter St. Paul*
Von dieser Doppelruine Hoch-Hornburg sowie Nieder-Hornburg sind zwei Stockwerke des romanischen Wehrturmes, eine hohe Ringmauer mit Wehrgang und Turm von Hoch-Hornburg sowie spärliche Reste der westlich gelegenen Nieder-Hornburg erhalten. 1304–22 Besitz der Grafen von Görz, anschließend der Herren von Hornburg, später der Herzöge von Steiermark. 1461 Greisenecker, 1584 Welzer, 1630–1940 Christallnigg. Bei Valvasor, 1688, ist Hornburg bereits Ruine.
E: Familien Riedl und Neuper
Lit: *He., II/88 f; Valv., 97 f; Wie., I/62 ff*

Hornstein, Schloß
BH *Klagenfurt-Land*
G und **KG** *Krumpendorf*
Massiver quadratischer zweistöckiger Bau mit Rustikasteinportal, diagonalen Ecktürmen mit Kegeldächern; ein Doppelwappen Sterneck-Dickmann, gutes Mobiliar und Familienporträts. 1467 Ulrich Hornsteiner, 1688 Staudacher, später Hallerstein und seit 1865 Sterneck. Das Schloß ist gut erhalten und dient heute Wohnzwecken.
E: Fam. Steeb-Sterneck
Lit: *Dehio, 320; He., II/89; Valv., 97 f; Wie., II/69 f*

Hungerbrunn, Schloß
→ Hunnenbrunn, Schloß

Hunnenbrunn, Schloß (Hungerbrunn)
BH *St. Veit an der Glan*
G *Frauenstein*
KG *Kraig*
Einfaches rechteckiges Schloß mit zwei Rundtürmen, Brunnen mit Khevenhüllerwappen, 1585. Durch Um- und Zubauten wurde das Schloß stark verändert. Der Name nimmt Bezug auf die Tatsache, daß der Schloßbrunnen in trockenen Jahren (Hungerjahren) versiegte. 1546 genannt, urspr. zur Herrschaft Kraig gehörig, später Besitz der Pero, der Zenegg, der Mayrhofer, ab 1822 der Goëss, 1944 der Klimbacher. Im sehr gut erhaltenen Schloß ist eine Landwirtschaftsschule untergebracht.
E: Land Kärnten
Lit: *He., II/89 f; Wie., I/65 f*

Hüttenberg, Schloß (Süßenstein)
BH *St. Veit an der Glan*
G und **KG** *Hüttenberg*
Nach mehrfachem Umbau heute ein bäuerlicher Ansitz mit einem Gaststättenbetrieb. Der Ort Hüttenberg war einst der Hauptort der Eisenwurzen; er wurde 1266 erstmals urk. genannt und erhielt 1492 durch Kaiser Friedrich III. ein Wappen verliehen. Markt und Schloß waren bis 1805 im Besitz des Erzbistums von Salzburg.
E: Hermann Sint
Lit: *He., II/15; Valv., 101 f; Wie., I/67 f*

K

Karlsberg, Burgruine
BH und **G** *St. Veit an der Glan*
KG *Projern*
Reste des romanischen Bergfrieds, urspr. mindestens viergeschoßig; vor 1688 wurde er wegen Baufälligkeit gesprengt. Nördlich davon ein quadratischer romanischer Vorwerksturm. Reste der Kapelle. Die Burg wurde von Karl von Projern (nachweisbar 1137–64) erbaut; sein Sohn (?) nannte sich 1169 bereits Wichard I. von Karlsberg. Die Karlsberger waren seit 1245 Marschalle von Kärnten. 1294 fiel die Burg an Konrad von Auffenstein, 1368 an die Habsburger; 1511 Vicedom Andre Rauber. 1688 schrieb Valvasor über die Burg: „. . . an jetzo aber ist es bis auf den Grund ruiniert . . .“
E: Seit 1867 Grafen Goëss
Lit: *Dehio, 252; He., II/91 ff; Valv., 18 f; Wie., I/68 ff*

Karlsberg, Schloß
BH und **G**
St. Veit an der Glan
KG *Projern*
Vierflügeliger einstöckiger Bau um einen kleinen Hof; Kapelle im Südosten, Wandbrunnen mit Wappen der Khevenhüller, 1585, im Schloßhof, Doppelwappen Goëss-Sinzendorf; die Wohnräume sind mit guten Bildern sowie schönem Mobiliar ausgestattet. Ein Eckpfeiler im Schloßhof, der von einem römerzeitlichen Grabbau stammt. Drei Marmorreliefs nach 1300. Das Schloß wurde vermutlich im 2. Drittel des 17. Jh.s von Karl Rudolf Freiherr von Wangler errichtet. Seit 1687 Eigentum der Familie Goëss. Schloß Karlsberg ist sehr gut erhalten.
E: Dkfm. Dr. Leopold Goëss
Lit: *He., II/91 ff; Valv., 18 f; Wie., I/68 ff*

Karnburg, Burgruine
BH *Klagenfurt-Land*
G *Maria Saal*
KG *Karnburg*
Heute nur mehr spärli-

che Reste einer Burganlage erhalten. Urspr. eine römische Siedlung, „Curtis Carantana", 888 im Besitz von König Arnulf, 927 von Erzbischof Adalbert von Salzburg. Im Mittelalter war Karnburg mit Mauern, Palisaden, Wällen und Gräben befestigt. Aus der einstigen Pfalzkapelle entstand später die heutige Kirche St. Peter.
E: Geschichtsverein für Kärnten
Lit: *Dehio, 254; He., II/13 f; Wie., II/70 ff*

Kellerberg, Schloß
BH *Villach-Land*
G *Weißenstein*
KG *Kellerberg*
Ein wuchtiger dreigeschoßiger Vierkanter mit zwei diagonal gestellten Rundtürmen. Rundbogiges Portal, daneben eingemauerter Gedenkstein von 1548 mit dem Dietrichsteinschen Wappen. Im Inneren Stuckdecken und ein Kachelofen mit figuralen Darstellungen aus dem späten 17. Jh. Der alte Bau (Alt-Kellerberg) stammte von 1263 und wurde 1368 zerstört. Die heutige Anlage stammt aus dem 16. Jh. 1527–1676 im Besitz der Kellerberg, 1782 der Trotter, später Widmann.
E: Seit 1894 Familie Rothauer
Lit: *Dehio, 256; He., I/43 ff; Valv., 101 f; Wie., III/141 ff*

Kerschdorf, Schloß
→ Kerscheneck, Schloß

Kerscheneck, Schloß (Kerschdorf)
BH *Villach-Land*
G *Nötsch im Gailtal*
KG *Kerschdorf im Gailtal*
Zweigeschoßiger Bau mit Attikageschoß und Walmdach, aus der zweiten Hälfte des 16 Jh.s. Barockes Rundbogenportal, illusionistische barocke Fensterrahmungen, Sonnenuhr auf der Südseite. 1484 urk. erwähnt, 1590 im Besitz der Khuenburg, 1797 der Rechbach.
E: Fam. Aulitzky
Lit: *Dehio, 257; He., I/15; Wie., III/143 f*

Keutschach, Schloß
BH *Klagenfurt-Land*
G *Keutschach am See*
KG *Keutschach*
Viergeschoßiger kubischer Bau mit Walmdach; Fensterbekrönungen aus dem 18. Jh., Stützpfeiler des 19. Jh.s. Auf einer Untiefe des nahegelegenen Keutschacher Sees wurden frühe bronzezeitliche Pfahlbaureste gefunden; diese befinden sich heute im Kärntner Landesmuseum in Klagenfurt. Das südwestlich der Kirche gelegene Schloß wurde 1688 bei Valvasor als neuer Bau urk. erwähnt. Vom Vorgängerbau sind Reste der alten Ringmauer vorhanden. Die Herrschaft Keutschach wurde von Erzbischof Leonhard von Keutschach (gest. 1519) für seinen Vetter erworben. Ab 1659 im Besitz der Grafen Rosenberg, später der Egger und der Haßlacher. Das sehr gut erhaltene Schloß ist heute als Gemeindeamt in Verwendung.
E: Gemeinde Keutschach am See
Lit: *Dehio, 259; He., II/93; Valv., 104 f; Wie., II/74*

Khünburg, Burgruine
BH *Hermagor*
G *Hermagor – Pressegger See*
KG *Khünburg*
Mächtiger romanischer Bergfried sowie Teile der Umfassungsmauer und des ehem. Palas sind erhalten. 1189 urk. erwähnt, war die Burg Sitz eines gleichnamigen Geschlechts, das seit dem

13. Jh. als Ministeriale des Bistums Bamberg fungierte. 1311 wird Khuenburg an den Herzog von Kärnten verpfändet. Nach einem Brand um 1540 begann die Burg zu verfallen; neuer Sitz der Khuenburger wurde Schloß → Kühnegg. Der Bergfried dient heute als Aussichtsturm.
E: Stadtgemeinde Hermagor
Lit: *Dehio, 259;*
He., I/45 f;
Wie., III/18 ff

Kirchbichl, Schloß
BH, G und **KG**
Wolfsberg
Dieser heutige hufeisenförmige zweigeschoßige Biedermeierbau stammt von 1833. Renaissancezwillingsfenster mit den Wappen Zenegg und Gründtner von 1590. Gedenksteine von 1565 und 1592. Im Inneren befindet sich eine beachtliche Gemäldesammlung von deutschen und französischen, italienischen und niederländischen Meistern, die von der Familie Rosthorn angelegt wurde. 1358 wurde Wülfing Ungnad von Bamberg mit dem Hof belehnt; 1463 im Besitz der Rottenstein, später der Freydl, der Zenegg und der Rosthorn (1833).
E: Paul Kupelwieser
Lit: *Dehio, 542;*
He., II/93 f; Wie., I/155 f

Klosterburg, Burgruine
→ Arnoldstein, Burgruine

Kohlhof, Schloß
BH und **G** *Völkermarkt*
KG *Weinberg*
Renaissancebau, der in Form eines Hufeisens angelegt ist; Zwillingsfenster aus der Bauzeit, zinnenbekrönter Turm des 19. Jh.s, profanierte Rupertuskapelle. Dieses Schloß wurde im 16. Jh. von der Völkermarkter Ratsherrnfamilie Umbfahrer erbaut und im 19. Jh. verändert. Besitzer waren die Rauber von Reinegg, Propst K. L. Kließ und die Propstei Tainach.
E: Seit 1906 Fam. Mayrhofer-Grüenbühl
Lit: *Dehio, 762;*
He., II/94 f;
Wie., II/159

Kollegg, Schloß
BH *Wolfsberg*
G *St. Andrä*
KG *Kollegg*
Rechteckiger dreigeschoßiger Bau aus dem 16. Jh.; vorspringende Ecktürme an der Ostfassade, Westseite mit Gebäuden des 19. Jh.s um einen Hof, rundbogiges Portal um 1700, Thomaskapelle, 1619 urk. erwähnt. Das einfache Schloß liegt inmitten gepflegter Obstgärten in dominierender Lage auf einem Ausläufer der Saualpe (Fernblick über das Lavanttal). Von 1455 bis Mitte des 16. Jh.s im Besitz der Kohlweis, 1591 des Georg S. von Neuhaus, 1693 des Domstiftes St. Andrä, seit 1931 Eigentum des Jesuitenkollegs St. Andrä. Das sehr gut erhaltene Schloß ist heute Exerzitienheim und Sitz der Wirtschaftsführung des Ordens.
E: Jesuitenkolleg St. Andrä
Lit: *Dehio, 306;*
He., II/95 f;
Wie., I/156

Kölnhof, Schloß
BH, G und **KG**
St. Veit an der Glan
Frühklassizistische Fassaden und vorspringende Ecktürme mit flachen Hauben sowie Laternen von 1884, geschmiedete Fensterkörbe des 16. Jh.s an der Nordseite, Korbbogenportal; in einem Eckturm die Rosalienkapelle, Reste der gotischen Anlage im Erdgeschoß (Netzgratge-

wölbe, geschmiedete Fenstergitter, 15. Jh.), Gartentore mit klassizistischen Vasen und Schmiedeeisengitter des 18. und 19. Jh.s. Die Inneneinrichtung wurde 1945 durch Kriegseinwirkung zum Großteil zerstört. Kölnhof wurde 1378, 1418 und 1478 urk. erwähnt; seit dem 16. Jh. im Besitz verschiedener St. Veiter Gewerken- und Bürgerfamilien; 1778 im Auftrag von Prälat Mayerhofer, dem letzten Abt von Griffen, ausgebaut; 1891–1953 Eigentum des Landesverwesers Dr. Arthur Lemisch. Im gut erhaltenen Schloß sind Dienstwohnungen des Landwirtschaftsbetriebes untergebracht.

E: Dr. Hubert Knaus

Lit: *Dehio, 633 f;*
He., II/98;
Wie., I/71 f

Kraiger Ruinen
BH *St. Veit an der Glan*
G *Frauenstein*
KG *Obermühlbach*

Hochkraig: Teile des starkwandigen romanischen Bergfrieds, ein Vorwerkturm des 11. Jh.s, Reste der Zwingermauer, der gotischen Wohn- und Wirtschaftsbauten sowie einer tiefer gelegenen kleinen gotischen Kapelle.

Niederkraig (Neukraig): Zwei quadratische romanische Bergfriede, gotische Zubauten des südlichen Turmes (14./15. Jh.), Reste des dreigeschoßigen Palas aus dem 16. Jh., Johannes-Nepomuk-Kapelle in einem isoliert stehenden Rundturm (1730) mit zahlreichen römerzeitlichen Reliefs, einem Altar des 17. Jh.s und Schnitzfiguren des 18. Jh.s. 1091 mit den Herren von Kraig (Kreig, Kreigh) urk. erwähnt; dieses Geschlecht, das zu den ältesten Ministerialengeschlechtern von Kärnten zählt, stellte Anfang des 13. Jh.s die Truchsesse, im 15. Jh. einen Landeshauptmann von Kärnten. 1558 waren die Burgen im Besitz der Grafen Hardegg, 1591 der Khevenhüller, dann der Grottenegg, der Maierhofen und der Bogner. Seit 1822 im Eigentum der Grafen Goëss. Seit dem 17. Jh. sind beide Burgen mehr oder weniger in Verfall.

E: Dkfm. Dr. Leopold Goëss

Lit: *Dehio, 186 f;*
He., II/98 ff;
Valv., 106 f;
Wie., I/72 ff

Krastowitz, Schloß
G *Klagenfurt*

Dreigeschoßiger Bau auf einem rechteckigen Grundriß; Torturm mit Pyramidenhelm, dreiteilige Pfeilerarkaden im Erdgeschoß, darüber offene Säulenloggia, Besitzerwappen, Kapellenbau von 1390, von 100jährigen Eichen umgeben. Der Bau des 18. Jh.s wurde im 19. Jh. unter dem Freiherrn von Reyer in seine heutige historisierende Form gebracht. 1964 erfolgte nordseitig der Anbau eines Schulgebäudes (Bäuerliche Volkshochschule Dr. Arthur Lemisch).

E: Landwirtschaftskammer für Kärnten

Lit: *Dehio, 299;*
He., II/102;
Wie., II/29 f

Kreuzen, Schloß
BH *Villach-Land*
G *Paternion*
KG *Kreuzen*

Stattlicher zweigeschoßiger Vierkanter, mit Holzschindeln gedeckt. Zwei runde Ecktürme mit Kegeldächern: am Südwestturm gemaltes Wappen der Grafen von Ortenburg, am Südostturm eine Sonnenuhr. Kreuzgratgewölbe im Untergeschoß, alte Holzdecke im Obergeschoß. Kreuzen

war vermutlich ehemals Jagdschloß Kaiser Maximilians I.; der Ort war Mittelpunkt des Silber-, Blei- und später des Eisenbergbaus im Gebiet zwischen Drau und Gail. Im 19. Jh. kam der Bergbau zum Stillstand. Das Schloß wurde unter den Khevenhüller 1591 erbaut und war seit 1629 im Besitz der Familie Widmann (der späteren Grafen von Ortenburg).
E: Grafen Foscari-Widmann-Rezzonico
Lit: *Dehio, 318;*
He., I/47 f;
Wie., III/145 f

Krumpendorf, Schloß
BH *Klagenfurt-Land*
G und **KG** *Krumpendorf*
Schlichter dreigeschoßiger Bau mit hohem Walmdach; in der Halle des Erdgeschoßes Tonnengewölbe mit Stichkappen und Gurtbögen sowie marmorne Renaissancetürrahmung. „Franzosenzimmer" im ersten Stockwerk, mit eingelegtem Fußboden. Zwei Meiereigebäude, Stallgebäude, Schloßpark mit zwei Gartenhäusern von 1828, römischer Schalenbrunnen, zwei römerzeitliche Grabinschriften, die von Virunum stammen. Der ehem. Name „Krumpenfelbendorf" soll von der im Schloßhof stehenden krummen Weide (im Volksmund auch „Felber" genannt) stammen. Das Schloß wurde 1735–40 von Ursula Schluga erbaut, 1820/21 aufgestockt, 1827 umgestaltet und 1838 unter Thaddäus Lanner mit einer Musterwirtschaft ausgestattet (Brauerei, Brennerei, Zuckerfabrik). Das gut erhaltene Schloß ist Sitz einer Lehrwerkstätte.
E: Seit 1952 Österreichischer Gewerkschaftsbund
Lit: *Dehio, 319;*
Wie., II/74 f

Kühnegg, Schloß
BH *Hermagor*
G *Hermagor-Pressegger See*
KG *Egg*
Stattlicher dreigeschoßiger Bau in Hakenform mit rundem Wehrturm. 1953 wurde am Westflügel eine dreigeschoßige Laube errichtet. Das Innere ist stark modernisiert. Seit dem 15. Jh. ist das Schloß Sitz der Herren von Khuenburg (Baurechnungen des neuen Schlosses von 1466 und 1490). Nach Bränden 1586 und 1648 wurde es stark erneuert. Die Familie Khuenburg besaß zur Zeit Kaiser Maximilians I. viele Lehen der Ortenburg und der Görzer. Aus der Familie gingen drei Erzbischöfe von Salzburg, einer von Prag, ein Bischof von Gurk, einer von Seckau, zwei von Chiemsee und drei von Lavant hervor.
E: Eberhard Khuenburg
Lit: *Dehio, 90;*
He., I/46 f;
Valv., 108 f;
Wie., III/20 f

L

Landskron, Burgruine
G *Villach*
KG *Gratschach*
Heute noch erhalten sind ein Vorwerk, der Zwinger, der durch einen rechteckigen Turm gesicherte Torbau mit Rustikaportal, Wehrgänge, zinnenbekrönte Mauern, Basteien und Türmchen; im Westen ein vielstöckiger quadratischer Turm mit gewölbten Wohnräumen; gotische Kapelle. Urk. wurde die Burg nach 1351 erbaut, wurde 1392 an die Grafen von Cilli verpfändet, war 1456 in kaiserlichem Besitz, ab dem Jahr 1542 im Besitz der Khevenhüller (Christoph Khevenhüller kaufte Landskron mit der Verpflichtung, die beschädigte Festung wieder aufzubauen; 1552

war die Burg nahezu vollendet). Nachdem der Protestant Hans Khevenhüller 1629 hatte auswandern müssen, gelangte die Burg 1639 an die Grafen Dietrichstein. 1812 wurde sie durch Brand zerstört und ist seit damals im Verfall. 1952 wurde die Ruine von ÖR Hans Maresch zu einem Burgrestaurant mit Empfangsräumen, Bar und Taverne ausgebaut. Die Burgruine Landskron zählt zu den schönsten derartigen Anlagen in Kärnten.
E: Christine Kunz
Lit: *Dehio, 326 f;*
He., I/49 ff;
Wie., III/190 ff

Lang, Schloß
BH *Klagenfurt-Land*
G *Feldkirchen/Kärnten*
KG *St. Ulrich*
Zweigeschoßiger Bau (Fassadierung aus dem 19. Jh.), Mittelrisalit, doppelläufige Stiege (zwei römerzeitliche Votivaltäre für Jupiter sind an der Stiege eingemauert). Quadratischer Befestigungsturm mit Pyramidendach, der durch einen Mauerzug mit dem Hauptgebäude verbunden ist (hier verlief einst die Römerstraße). Kellergewölbe im Inneren, drei Empirekachelöfen im ersten Oberstock. Hinter dem Schloß die Rosalienkapelle von 1648. In der Nähe Überreste ehemaliger Befestigungsanlagen. Urk. erwähnt 1306, 1440 im Besitz der Familie Pybriacher; danach häufiger Besitzerwechsel. Lang war im 18. Jh. Besitz der Familie Jabornegg. 1810 durch Brand zerstört, 1831 Eigentum der Platzer, später der Breycha-Vauthier.
E: Souveräner Malteser Ritterorden
Lit: *Dehio, 327;*
Wie., II/75 f

Lavant, Burgruine
BH *St. Veit an der Glan*
G und **KG** *Friesach*
Die ehem. Residenz der Lavanter Bischöfe (im 9. und 10. Jh.) bestand einst aus drei großen Gebäuden, die sich um zwei Höfe gruppierten. Nach dem Brand 1673 wurde das Schloß dem Verfall preisgegeben. Ein Teil der Gebäude ist heute noch bewohnt, die Mauer- und Turmreste sind vom Verfall bedroht.
E: Familien Plankensteiner, Friedl und Schropper

Leifling, Schloß
→ Eberwein, Schloß

Leobenegg, Burgruine
BH *Spittal an der Drau*
G *Krems/Kärnten*
KG *Leoben*
Heute nur mehr wenige Mauerzüge, darunter die rund-, spitz- und korbbogenförmigen Türgewände. Die auf einem steilen Felskegel über dem Dorf Leoben liegende Burgruine wurde urkundl. 1208 mit dem Salzburger Ministerialen Eberhardus de liubnecke genannt. Die Herren von Leobenegg waren im 14. Jh. Marktrichter und Pfleger zu Gmünd (in der Pfarrkirche zu Gmünd ein prächtiger Grabstein des Phillip von Leobenegg, als Marschall des Bischofs von Brixen). Vor 1600 übersiedelte die Familie dann nach Neu-Leobenegg im Lurnfeld; damals beginnender Verfall der Burg.
E: Johann Koch vulgo Leobenegger
Lit: *Dehio, 338;*
He., I/55;
Wie., III/78

Leonstein, Burgruine
BH *Klagenfurt-Land*
G und **KG** *Pörtschach am Wörther See*
Von der langgestreckten Anlage sind der viergeschoßige Bergfried aus dem 12./13. Jh. sowie gotische Zubauten und

Zinnenmauern aus dem 14./15. Jh. erhalten. 1166 im Besitz der Leonstein, später der Erolzheim und der Peuscher (ein prächtiger Totenschild von Ulrich Peuscher, gest. 1530, derzeit in der Kirche Maria Wörth); im 17. Jh. war Leonstein bereits Ruine.
E: Gemeinde Pörtschach am Wörther See
Lit: *Dehio, 471;*
He., II/102 f;
Valv., 114 f;
Wie., II/76 f

Leonstein, Schloß
BH *Klagenfurt-Land*
G und **KG** *Pörtschach am Wörther See*
Langgestreckter zweigeschoßiger Bau, im Kern aus dem 16. Jh. stammend, vermutlich der ehem. Meierhof der Burg Leonstein. Reizvoller kleiner Innenhof mit Brunnen und Renaissancelöwen. Laubengang im Obergeschoß, überdachte Eckaltane mit Zwiebelhelm von 1937, ein Wappenfresko über dem Eingangstor, bezeichnet 1598. Moderne Zubauten an der Ostseite mit Arkaden auf Renaissancesäulen von 1956 und 1972. Stilistisch angepaßter Zubau an der Nordostecke von 1956. Im äußeren Hof Johannes-Brahms-Denkmal, in Erinnerung an den Aufenthalt des Künstlers, 1877/78 errichtet, bezeichnet Bertha Kuppelwieser geb. Wittgenstein, 1907. Dem ehem. Renaissancebau wurden die Erneuerungen des 19. und 20. Jh.s angepaßt. Im 17. Jh. Besitz der Familie Peuscher, Ende des 17. Jh.s Jesuitenkolleg. Das sehr gut erhaltene Schloß ist heute Hotelbetrieb.
E: Fam. Dr. Neuscheller
Lit: *Dehio, 470 f;*
He., II/103 f;
Wie., II/76 f

Lichtengraben, Schloß
BH *Wolfsberg*
G *Bad St. Leonhard im Lavanttal*
KG *Theißing*
Dreigeschoßiger Bau mit Attikageschoß, Uhrtürmchen, Rustikaportal, Arkadenhof mit eingemauerten Marmorreliefs, eines davon bezeichnet 1544. In der Einfahrt ein Relief, darstellend zwei Männer mit Dolchen, die einen Rinderkopf halten. Das Stiegenhaus im Hof wurde 1920 angebaut. Ehem. Kapelle im ersten Stock. 1544 (?) wurde das Schloß aus den Steinen der aufgegebenen Burg Painhof erbaut; mehrere Renovierungen im 16. und 17. Jh.; bis 1617 im Besitz der Familie Pain, 1711–1839 in dem der Teuffenbach. Im 19. Jh. wurde das Schloß ausgebaut.
E: Elisabeth Rittler
Lit: *Dehio, 339;*
He., II/107 f;
Valv., 116 f;
Wie., I/159 f

Liebenberg, Schloß
→ Liemberg, Schloß

Liebenfels, Burgruine (Hochliebenfels)
BH *St. Veit an der Glan*
G *Liebenfels*
KG *Rosenbichl*
Ausgedehnte Anlage mit zwei mächtigen romanischen Bergfrieden des 12./13. Jh.s. Spätgotische Wehrmauer, kleiner Torbau, spitzbogiges Tor; Reste der Wohnbauten (15./16. Jh.) gruppieren sich um den östlichen Bergfried; Reste der gotischen Doppelkapelle zum hl. Nikolaus (1419). Ein prächtiger Altar aus der Burgkapelle von Liebenfels ist derzeit im Kärntner Landesmuseum in Klagenfurt. 1333 urk. erwähnt; als herzogliches Lehen war die Burg im Besitz der Liebenberger, später der Schenken von Osterwitz; 1484 von den Ungarn erobert und bis 1490 besetzt. 1600–64 im Besitz der Wilden-

stein, ab 1696 im Besitz der Goëss. Seit 1688 im Verfall. Laufend Sicherungsarbeiten; während der Sommermonate wird die Ruine für kulturelle Veranstaltungen verwendet.
E: Seit 1696
Grafen Goëss
Lit: *Dehio, 231 f; He., II/104 ff; Wie., I/76 ff*

Liechtenstein, Schloß
→ Rosegg, Schloß

Liemberg, Burgruine
BH *St. Veit an der Glan*
G *Liebenfels*
KG *Liemberg*
Reste eines romanischen Rundturmes, eines annähernd quadratischen Bergfrieds aus dem 13. oder 14. Jh. sowie jüngerer Wohnbauten. Die Burg wurde 1147 urk. genannt; Besitz der Sponheimer, später der Ortenburger, der Grafen von Cilli, der Gradenegger, der Poppendorf, der Dietrichstein; seit 1688 ist die Anlage im Verfall.
E: Freiherren von Sterneck
Lit: *Dehio, 342; He., II/109; Valv., 118 f; Wie., I/78 f*

Liemberg, Schloß (Liebenberg)
BH *St. Veit an der Glan*
G *Liebenfels*
KG *Liemberg*
Wuchtiger viergeschoßiger Bau mit turmartigen Vorsprüngen und den gegenüberliegenden Wirtschaftsstöckeln mit gotisch profilierten Fenstern des 15. Jh.s. Das Schloß wurde unterhalb der gleichnamigen Burgruine vermutlich 1547 erbaut. Dieselben Eigentümer wie die der Ruine.
E: Seit 1985 Paulus Auer
Lit: *Dehio, 342; He., II/109 f; Valv., 118 f; Wie., I/79*

Lind, Schloß (Riedenegg)
BH *Klagenfurt-Land*
G *Grafenstein*
KG *Wölfnitz*
Schloßartiger dreigeschoßiger Ansitz mit Mittelrisalit und Portalvorbau. Durch Erneuerungen wurde die Anlage entstellt. 1196 bestätigte Papst Cölestin III. dem Stift St. Paul das „Castrum et predium in Lint“. 1433 Besitz des Oswald Mordax, 1842 der Familie Schludermann. Schloß Lind ist sehr gut erhalten.
E: Max Flora
Lit: *Dehio, 346; Wie., II/77 f*

Lippitzbach, Schloß
BH *Völkermarkt*
G *Ruden*
KG *Kraßnitz*
Zweigeschoßiger Bau; Kapellenanbau mit Meßlizenz von 1843; spitzbogiges Portal, Altar mit barockem Altarbild, neugotisches Holzoratorium; im Wald westlich des Schlosses eine Grabkapelle von 1864; nördlich des Schlosses ein Denkmal für Max T. Graf Egger, 1836 errichtet. 1791 erwarb Max T. Graf Egger das hier betriebene Hammerwerk und ließ durch zwei englische Sachverständige das erste Blechwalzwerk Mitteleuropas errichten. Im späten 19. Jh. wurde es stillgelegt. 1938 war das Schloß Besitz der Helldorf, 1942 des Otto Rzehak (Leinen- und Baumwollweberei).
E: Erbengemeinschaft Adolf Rzehak und Fam. Strohmaier
Lit: *Dehio, 349; Wie., II/128 f*

Litzlhof, Ansitz
BH *Spittal an der Drau*
G und **KG** *Lendorf*
Zweigeschoßiger Bau des 16. Jh.s, der mehrfach verändert wurde. 1910 wurde der Haupttrakt um ein zweites Obergeschoß erhöht.

1568 erwarb Christian Litzlhofer den Ansitz durch Kauf; ein Eduard Litzlhofer wurde 1859 nach der Schlacht bei Solferino mit dem Maria-Theresien-Orden ausgezeichnet. Der sehr gut erhaltene Ansitz ist heute eine landwirtschaftliche Fach- und Berufsschule.
E: Land Kärnten
Lit: *Dehio, 350;*
Valv., 118 f;
Wie., III/80 f

Löllinggraben, Schloß
BH *St. Veit an der Glan*
G *Hüttenberg*
KG *Lölling*
Ein massiger zweigeschoßiger Baukörper mit schlichter Fassadierung und steilem Walmdach. Lölling war Sitz des Bergrichters und im 18. Jh. Sitz der Löllinger Union, die in 29 Gruben des Reviers auf Erz schürfte. 1775 im Besitz der Susanna F. von Mayerhofen, 1806 des Josef Bogner Ritter von Steinberg, 1822 des Grafen Peter Goëss, später Graf Henckel-Donnersmarck, im 20. Jh. der Söhne des Thronfolgers Erzherzog Franz Ferdinand, 1968 des Volksschuldirektors Kreuzwirt.
E: Ing. Hubert Vistorin
Lit: *Wie., I/79 f*

M

Mageregg, Schloß
G *Klagenfurt, Mageregger Straße 175*
Zweigeschoßiger Bau auf einem rechteckigen Grundriß mit vier Ecktürmen, Rundbogenportal, Dreieckgiebel mit Uhr, gewölbter Eingangshalle, Gedenkstein des Erbauers Wolf Mager mit Bauinschrift, bezeichnet 1590. Im 17. Jh. war Mageregg im Besitz der Familie Deutenhofen. 1841 wurde das urspr. Wasserschloß zu einem repräsentativen Bau im Stil des 19. Jh.s umgebaut (damaliger Besitzer war Thomas Ritter von Moro, der den Baumeister Domenico Venchiarutti mit dem Umbau beauftragte). 1967/68 wurde dieses Schloß von der Kärntner Jägerschaft gründlich instand gesetzt. In dem sehr gut erhaltenen Schloß ist heute das Jagdmuseum der Kärntner Jägerschaft untergebracht; im prächtigen Park befindet sich ein Wildgehege.
E: Kärntner Jägerschaft
Lit: *Dehio, 299;*
He., II/112 f;
Valv., 124 f;
Wie., II/30 f

Malenthein, Burgruine (Prießenegg, Freudenstein)
BH *Hermagor*
G *Hermagor – Pressegger See*
KG *Möderndorf*
Nur mehr geringe Reste der kleinen, gotischen Anlage (im 16. Jh. erneuert) erhalten. Urk. 1317 erbaut, im Besitz der Görzer. Bis 1395 Sitz des Landgerichts. Später dann im Besitz Kaiser Friedrichs III.; dann Kaiser Maximilians I.; von diesem an Johann Geumann von Galsbach, den Hochmeister des St.-Georgs-Ordens zu Millstatt, verliehen (1506); dieser übergab die Burg an seinen Schwager Georg von Malenthein; von da an wird sie Malenthein genannt. 1768 durch einen Brand nach Blitzschlag zerstört und seither im Verfall. Unterhalb von Malenthein die ruinöse „Malenthein-Keusche“, die bis 1797 von der Witwe Fromiller bewohnt wurde (nach dem Brand der Burg).
E: Dr. Herbert Hasslacher
Lit: *Dehio, 321;*
He., I/56 f;
Wie., III/23 ff

Malenthein, Burgruine (Rauhenfest, Ödenfest, Edenfest)
BH *Spittal an der Drau*
G und **KG** *Maltaberg*
Erhalten sind nur mehr ein 8 m langer Mauerzug und einzelne Mauerreste. Die in 1000 m Seehöhe gelegene Anlage wurde 1075–90 urkundlich erwähnt. Sie war Sitz des Edlen von Heimo, Ministeriale des Bistums Brixen; seit dem 12. Jahrh. Besitz der Grafen von Heunburg, im 14. Jh. bereits verfallen.
E: Karl Truskaller
Lit: *Dehio, 361; He., I/15; Wie., III/81 f*

Mandorf, Schloß
BH *Hermagor*
G *Kötschach-Mauthen*
KG *Kötschach*
Wuchtiger dreigeschoßiger Bau über rechteckigem Grundriß; über dem Südportal Bezeichnung 1520; spätgotische Portale und Fenstergewände, Netzgratgewölbe in der Halle; westlich des Schlosses die ehem. Schloßkapelle, jetzt Maria-Loreto-Kapelle von 1657. 1280 wird ein Ulricus de Mannendorf genannt; 1623 sind die Mandorf im Goldbergbau tätig (in der Pfarrkirche Kötschach ein Grabstein des hier begrabenen Kaspar Mandorf, 1618). Bis 1765 verblieb das Schloß in dieser Familie. Weitere Besitzer waren Helfried von Lind (1771), Rechbach, Illitzstein. Im Schloß ist nun eine Buschenschank eingerichtet.
E: Seit 1802 Fam. Pichler
Lit: *Dehio, 362; He., I/57 f; Wie., III/30 f*

Mannsberg, Burg (Altmannsberg)
BH *St. Veit an der Glan*
G *Kappel am Krappfeld*
KG *Mannsberg*
Zwillingsanlage: Burg (Altmannsberg, Obere Burg): Eine guterhaltene Burg mit hochmittelalterlichen Bauteilen, polygonalem Grundriß. Viergeschoßiger, trapezförmiger Palas, Innenräume aus dem 16.–18. Jh., Balkendecke mit Wappen der Khevenhüller-Stubenberg, Deckenstukkaturen um 1730. Burgkapelle mit Stukkaturen.
Ruine (Untere Burg): Annähernd zur gleichen Zeit entstanden wie die Obere Burg. Heute nur noch Reste eines mächtigen Wohnturmes erhalten, unregelmäßiger sechseckiger Grundriß. Die Anlage, 1065–1075 erstmals urk. genannt, war ab 1301 im Besitz der Kärntner Herzöge. Um 1373 Montfort-Peggauer, ab 1591 Khevenhüller, 1627–1874 Gurker Domkapitel.
E: Fam. Larghi
Lit: *Dehio, 362*

Maria in Hohenburg, Burgruine
→ Hohenburg, Burgruine

Maria Loretto, Schloß
G *Klagenfurt, Lorettoweg 52*
Zweigeschoßiger Bau auf rechteckigem Grundriß mit hohem Walmdach; zwei vermauerte Arkaden an der Nordwestecke im ersten Stockwerk; Wappen der Familie Orsini-Rosenberg und Jahreszahl 1652. Im Garten ein Ziehbrunnen aus der Bauzeit mit schmiedeeiserner Bekrönung. Neben dem Schloß die 1658 erbaute Kapelle Maria Loretto (letzte Restaurierungen 1897), mit der schwarzen Lorettomadonna von 1652 aus Italien. Das Schloß wurde 1652 von Johannes Graf Orsini-Rosenberg als Lustschloß erbaut. Bei Valvasor, 1688, war es noch eine ausgedehnte

Schloßanlage „auf italienische Art", mit imposantem Torbau, zwischen Lendkanal und Wörther See gelegen. Nach dem Brand 1708 wurden Schloß und Kapelle in schlichter Form wieder aufgebaut.
E: Orsini-Rosenbergsches Familienkompossessorat
Lit: *Dehio, 299 f; He., II/110 ff; Valv., 126 f; Wie., II/31 f*

Mayerhofen, Schloß
BH *St. Veit an der Glan*
G *Friesach*
KG *St. Salvator*
Dreigeschoßiger Bau aus dem späten 17. Jh.; josefinische Fassaden, Wappen des Erzbistums Salzburg und der Familie Knapitsch im Giebel; in einigen Räumen des Obergeschoßes Stukkaturen aus dem 18. Jh. An der Straße ein Bildstock aus dem 17. Jh. mit Spitzhelmdach und Schmiedeeisengitter aus dem frühen 18. Jh. 1303 wird Mayerhofen als salzburgischer Meierhof urk. erwähnt. Im 17. und 18. Jh. wurde der Bau zu seiner heutigen Form ausgebaut; Besitzer waren die Aichelburg und die Gaisruck.
E: Seit 1844 Familie Knapitsch
Lit: *Dehio, 390; Wie., I/81*

Meiselberg, Schloß
BH *Klagenfurt-Land*
G *Maria Saal*
KG *Possau*
Stattlicher hufeisenförmiger Bau; Eckturm mit Zwiebelhelm, zweigeschoßige Flügelanbauten aus dem 17. Jh., rundbogige Arkaden, barocke Sonnenuhr, originelle Fassadengestaltung (zum Teil bunt marmoriert bemalt); in einigen Innenräumen Stuckdekorationen aus dem frühen 18. Jh. (vermutlich von Kilian Pittner); in einem Raum ein rundes Deckengemälde von Josef Ferdinand Fromiller (nach Tizian), „Abels Tod" darstellend. Um 1700 wurde dann im südlichen Teil des Schlosses die Kapelle zur hl. Dreifaltigkeit angebaut: Deckenstukkaturen aus dem frühen 18. Jh. und ein Deckengemälde aus der gleichen Zeit von Anton Zoller. Der Erbauer des Schlosses ist unbekannt; unter dem Grafen Stampfer erfolgten im 18. Jh. barocke Um- und Ausbauten. 1806 Besitz der Christallnigg, 1919 der Wydenbruck, später der Desfours.
E: Seit 1942 Familie Hanau-Schaumburg
Lit: *Dehio, 390 f; He., II/116 f; Valv., 134 f; Wie., II/85 f*

Metnitz, Burgruine (Trübenberg)
BH *St. Veit an der Glan*
G *Metnitz*
KG *Metnitz Land*
Nur mehr spärliche Reste der Ruine erhalten. Sitz der Herren von Metnitz, ein noch heute lebendes Geschlecht, das 1181 erstmals genannt wurde. Die Bezeichnung „Metnitz" kommt aus dem Slawischen „Montinica", und bedeutet auf deutsch „Trübenberg". 1302 erfolgte die völlige Zerstörung durch Herzog Rudolf III. von Österreich. Die Ruine und die danebenliegende Kalvarienbergkapelle sind Eigentum der Pfarre Metnitz.
E: Pfarre Metnitz
Lit: *Dehio, 396; He., II/14; Wie., I/84 ff*

Mittertrixen, Burgruine
BH und **G** *Völkermarkt*
KG *Mittertrixen*
Reste des Turmes, gotisch profilierte Portale und Fenster sowie Teile eines Kreuzgewölbes

sind erhalten. Bis ins 14. Jh. wurden die drei Burgen → Ober-, Mitter- und → Niedertrixen nicht unterschieden; 1322 gelangte Mittertrixen an die Witwe des Grafen Hermann von Heunburg; später im Besitz der Kärntner Herzöge, die sie an die Pfannberg, die Auffenstein und andere als Lehen vergaben; 1688 war die Burg laut Valvasor noch völlig intakt.
E: Engelbert Rabl und Paul Mairitsch
Lit: *Dehio, 410;*
He., II/126 ff;
Valv., 134 f;
Wie., II/129 ff

Mittertrixen, Schloß
BH und **G** *Völkermarkt*
KG *Mittertrixen*
Zweigeschoßiger Bau um einen rechteckigen Hof; in diesem teilweise Arkadengänge. Spätgotisches Portal, Kassettendecke des 16. Jh.s im Obergeschoß, Rokokostukkaturen und ein Ofen aus der Mitte des 19. Jh.s. Das südlich der gleichnamigen Burgruine gelegene Schloß wurde 1769/70 unter den Grafen Christallnigg erbaut und befand sich bis zum Jahr 1952 in deren Besitz.
E: Engelbert Rabl und Paul Mairitsch
Lit: *Dehio, 410;*
Valv., 134 f;
Wie., II/129 ff

Möchling, Schloß
BH *Völkermarkt*
G *Gallizien*
KG *Möchling*
Einfacher rechteckiger Bau, im Kern gotisch. Gotisches Kellertor an der Breitseite, im Saal Stukkaturen des späten 17. Jh.s, die Hauptfront ist auf den Park ausgerichtet. Das Schloß liegt jenseits der Drau, in der Nähe der für die Geschichte Kärntens so wichtigen St.-Anna-Brücke. Es war im Besitz des Stiftes St. Paul und wurde von Pflegern bewohnt. Nach dem Brand 1666 wurden bauliche Veränderungen durchgeführt.
E: Paul Petrasko
Lit: *Dehio, 411;*
Wie., II/132 ff

Möderndorf, Schloß
BH *Hermagor*
G *Hermagor – Pressegger See*
KG *Möderndorf*
Drei- bis viergeschoßiger Bau über unregelmäßigem Grundriß; Stützpfeiler im Osten von 1923. Zwei bemerkenswerte Öfen aus dem 16. Jh. Pfalzgraf Johann von Görz verlieh Möderndorf 1458 urk. an Siegmund Waidegger. Im 17. Jh. im Besitz der Herren von Rechbach, später der Fürsten Porcia (Wappen über dem Nebenportal). Im Schloß ist ein Museum eingerichtet.
E: Fam. Essl
Lit: *Dehio, 413;*
He., I/59;
Valv., 136 f;
Wie., III/26 f

Möderndorf, Schloßruine
BH *Klagenfurt-Land*
G *Maria Saal*
KG *Möderndorf*
Zwei zweigeschoßige rechteckige Baukuben. Spätgotisches, rundbogiges, abgefastes Portal aus rotem Sandstein. Bauteile an der Südseite sind eingestürzt; die Nordwestfront wurde neu angebaut und wird als Wirtschaftsgebäude genutzt. In der zweiten Hälfte des 13. Jh.s wird ein kleiner Ansitz, im 14. Jh. eine turmartige Befestigung erwähnt. Das heute bestehende Schloß wurde von den Keutschachern um 1526 erbaut. Ein mit 1662 bezeichneter Inschriftstein mit dem Wappen der Jabornegg und Keutschach berichtet vom weiteren Ausbau. Spätere Besitzer waren 1797 die Schluga,

später die Plappart, die Fam. Matschnig (1962).
E: Gertraud Gangl
Lit: *Dehio, 412;*
He., II/117 f;
Valv., 136 f;
Wie., II/86 ff

Mölltheuer, Burgruine (Penk)
BH *Spittal an der Drau*
G *Reißeck*
KG *Penk*
Die kleine, urspr. romanische Anlage diente zur Überwachung der Tauernstraße. Heute noch erhalten sind Reste des quadratischen Bergfrieds (ca. 12 m) sowie der Wohnbauten des 13. und 14. Jh.s. Urk. 1307 (das Geschlecht der Penk wird bereits 1134 genannt). 1460 gelangte die Burg an die Habsburger, die 1467 Erasmus Flekh damit belehnten. Damals wurde neben der Burg noch ein „Burgstall" erwähnt; 17.–19. Jh. Besitz der Sternbach.
E: Fam. Rindler
Lit: *Dehio, 457;*
He., I/59;
Wie., III/95 ff

Moosburg, Burgruine (Hetzelburg)
BH *Klagenfurt-Land*
G *Moosburg*
KG *Bärndorf*
Auf dem sogenannten Arnulfhügel ist heute noch ein dickwandiger Turm über quadratischem Grundriß (bis zu einer Höhe von 17 m sind noch Lichtscharten sichtbar) erhalten; er stammt vermutlich aus dem 10. oder 11. Jh. Auf dem Thurnerhügel verschiedene Mauerreste. Die einst umfangreiche Anlage befand sich auf vier Hügeln, war von Teichen umgeben und durch Mauern verbunden. Es handelte sich vermutlich um eine karolingische Pfalz. Die hier gefundenen Werkstücke aus dieser Zeit befinden sich heute im Landesmuseum in Klagenfurt. Urkundlich 879 (?), 12.–15. Jh. im Besitz der Grafen von Görz. 1460 war Kaiser Friedrich III. der Besitzer, 1501–1639 die Familie Ernau, von 1708 bis in die Gegenwart die Familie Goëss.
E: Kurt und Paula Falkner
Lit: *Dehio, 419;*
He., II/118 f;
Wie., II/88 f

Moosburg, Schloß (Neue Moosburg)
BH *Klagenfurt-Land*
G und **KG** *Moosburg*
Das Schloß ist an drei Seiten von einer Mauer umgeben, im Nordwesten und an der Nordseite sind Grundmauern von Türmen, im Nordosten ein Rundturm erhalten. Zwei wuchtige, dreigeschoßige Baukuben mit Sattelwalmdach; ein Laubengang aus dem frühen 17. Jh. verbindet den Schloßkomplex mit einem niedrigen, zweigeschoßigen Südflügel, dem ehemaligen Wirtschaftstrakt. Quaderportal mit eisenplattenbeschlagenem Tor mit den Wappen der Ernau und der Keutschach, bezeichnet 1616. Darüber ein marmornes Doppelwappen Kronegg-Zinzendorff, bezeichnet 1688. Im ersten Geschoß eine bemerkenswerte, spätgotische Halle, die darunterliegenden Räume des Kellergeschoßes sind tonnengewölbt. Im dritten Geschoß schöne Stuckdecke, bezeichnet 1590, im Stiegenhaus Stuckrahmendecke des 17. Jh.s. Die Schloßkapelle mit Zeltdach und Dachreiter, Holzkassettendecke, Hochaltar aus der Mitte des 17. Jh.s, zwei Gemäldekopien nach italienischen Meistern (17./18. Jh.) und ein Bild der Maria Immakulata (18. Jh.). Das Schloß wurde wahrscheinlich 1514 durch Leonhard von Ernau er-

richtet. Unter Ulrich II. von Ernau und dessen Sohn Hektor (der 1629 wegen seines evangelischen Glaubens seine Besitzungen verkaufen mußte) erfolgte die Umgestaltung und Erweiterung. Das sehr gut erhaltene Schloß ist seit 1708 Besitz der Grafen Goëss.
E: Dkfm. Dr. Leopold Goëss
Lit: *Dehio, 418;*
He., II/119 f;
Wie., II/88 f

Moosheim, Schloß (Prebl)
BH, G und **KG** *Wolfsberg*
Um die Mitte des 16. Jh.s errichteter Bau auf einem annähernd quadratischen Grundriß. Ein von Säulen getragener Vorbau mit Kreuzgratgewölbe; Renaissanceportal, bezeichnet 1551; vorspringender Kapellenbau. Erasmus von Moosheim erbaute um 1551 das Schloß; bis ins 18. Jh. verblieb es im Besitz dieser Familie. Heute ist das Dach eingestürzt, das Gebäude dem Verfall preisgegeben. Das danebenliegende Wirtschaftsgebäude wird als Wohnhaus verwendet.
E: Josefa Appé
Lit: *Dehio, 473;*
He., II/136; Wie., I/162 f

Mosern, Ansitz
BH *Wolfsberg*
G *St. Andrä*
KG *Mosern*
Zweigeschoßiger, im Kern spätgotischer Bau des 17. Jh.s, Säulenarkaden an der Westfassade, spätgotisches Portal. Die Ansicht bei Valvasor, 1688, entspricht bereits dem heutigen Bauzustand. Das „prädium Mosern“ wird als Besitz des Klosters St. Paul 1196 urk. erwähnt. 1255 Besitz der Familie Katzenstein, im 16. Jh. des Christoph von Thannhausen, 1676 der Dietrichstein und später wieder der Abtei St. Paul. Im Bau sind heute Mietwohnungen und eine Arztpraxis untergebracht.
E: Dr. Philipp Kanduth
Lit: *Dehio, 420;*
Valv., 140 f;
Wie., I/163

N

Nagerschigghof, Ansitz
→ Stiegerhof, Ansitz

Neidau, Ansitz
BH, G und **KG** *Wolfsberg*
Einstöckiger neunachsiger, heute vereinfachter Bau. Bei Valvasor, 1688, ist Neidau als liebliches Landschloß mit zweistöckigen Arkaden, Wirtschaftsgebäuden sowie einer Wassermühle zu sehen. Der bis in das 14. Jh. zurückreichende Ansitz war bis 1759 Besitz des Bistums Bamberg, das durch 200 Jahre die Familie Himmelberg damit belehnte. 1759 erfolgte der Verkauf der gesamten Bamberger Güter in Kärnten. Seit 1846 ist die Anlage Eigentum der Familie Henckel-Donnersmarck.
E: Ing. Anton Henckel-Donnersmarck
Lit: *Valv., 142 f;*
Wie., I/164 f

Neudenstein, Schloß
BH und **G** *Völkermarkt*
KG *Neudenstein*
Das heutige Schloß erhebt sich über unregelmäßigem, vieleckigem Grundriß, in Trakten von unterschiedlicher Höhe, die einen Hof umschließen; Säulenarkaden des 16. Jh.s, rundbogiges Portal mit Wappen des Freiherrn Johann Karl Kemeter und seiner Frau Freiin von Pranckh mit Inschriftstein von 1675; Reste der einstigen Ummauerung, der ehem. Turnierplatz im Osten. Schloßkapelle mit Resten gotischer Wandmalerei, einem Altar aus dem späten 17. Jh.; bemerkens-

werte Ausstattung im Südtrakt: Stuckdecken aus dem späten 17. Jh., Wandmalereien des späten 18. Jh.s, Jagdzimmer mit Kassettendecke und Biedermeierofen. Das in prächtiger Lage über dem Edlinger Stausee liegende Schloß wurde 1329 unter Konrad von Auffenstein erbaut. Um- und Zubauten erfolgten im 16. Jh. sowie in der zweiten Hälfte des 17. Jh.s, 1368 landesfürstlich, später im Besitz der Teuffenbach, der Windischgraetz, 1671–1738 der Kemeter.
E: Walter Comelli-Stuckenfeld
Lit: *Dehio, 422 f; He., II/121 f; Valv., 144 f; Wie., II/133 f*

Neue Moosburg, Schloß
→ Moosburg, Schloß

Neues Schloß Gmünd
→ Gmünd, Schloß

Neufinkenstein, Schloß
BH *Villach-Land*
G *Finkenstein*
KG *Gödersdorf*
Zweistöckiger rechteckiger Bau des 16. Jh.s mit auffallendem Portal und durchgehender Einfahrt. Bis 1861 im Besitz der Familie Dietrichstein, 1913 der Familie Wittgenstein, 1932 der Fam. Maresch und ab 1945 der Österreichischen Bundesforste.
E: Harald Pehr
Lit: *Wie., III/149 f*

Neuhaus, Schloß (Neuhäusl)
BH *Völkermarkt*
G und **KG** *Neuhaus*
Rechteckiger Grundriß mit Eckrisaliten; dreigeschoßige Hauptfassade mit rundbogigem Rustikaportal; quadratischer Hof mit barocken Säulenarkaden, Kapellenanbau mit Rokokoausmalung, Eisengittertor beim Aufgang zum Vorplatz des Schlosses mit der Jahreszahl 1720. 1278 urk.; anstelle eines Vorgängerbaues wird das Schloß nach einem Brand 1481 neu erbaut. Das barockisierte Renaissanceschloß war im Besitz der Ungnad, der Gall, der Herberstein, der Paradeiser und der Prüggler, der Platz, der Deutenhofen. Dacherneuerung 1972.
E: Dkfm. Herbert Liaunig
Lit: *Dehio, 424 f; He., II/122; Valv., 146 f; Wie., II/134 f*

Neuhäusl, Schloß
→ Neuhaus, Schloß

Neukraig, Burgruine
→ Kraiger Ruinen

Neustein, Schloß (Flattachhof)
BH *Spittal an der Drau*
G und **KG** *Steinfeld*
Zweigeschoßiges Renaissanceschloß des 16. Jh.s; Rundtürme mit Kegeldach und Schlüsselscharten, neue Dachmansarde, kleine spätbarocke Kapelle neben der Einfahrt. 1559 im Besitz der Gewerkenfamilie Kriegelstein, die in dieser Gegend nach Gold und Silber schürfte. Nach oftmaligem Besitzerwechsel gelangte Neustein um die Mitte des 18. Jh.s in den Besitz der Familie Novak (Pfleger und Landrichter von Porcia); Kaiserin Maria Theresia erhob Novak in den Adelsstand („von Neustein"). Die Nachkommen dieser Familie besitzen das Schloß bis heute.
E: Rosalinde Kohlmaier
Lit: *Dehio, 673; He., I/15; Wie., III/84 f*

Niederdorf, Schloß
BH und **G** *St. Veit an der Glan*
KG *Niederdorf*
Renaissancebau über einem hufeisenförmigen

Grundriß aus der Mitte des 16. Jh.s. Portal und Fenster mit Resten von Sgraffitomalereien, Südportal mit Doppelwappen der Familien Hagen und Welzer. Die Anlage war bedeutend größer; verschiedene Teile wurden erst im 20. Jh. abgetragen. 1492 Besitz der Sparnegkher, 1534 des Hans Hagen (verheiratet mit Anna Welzer), 1674 der Stubenberg, 1695–1949 der Goëss. Das sehr gut erhaltene Schloß wird zum Teil an Sommergäste vermietet.
E: Leo Kulterer
Lit: *Dehio, 425;*
He., II/123;
Wie., I/87 ff

Niederfalkenstein, Schloß (Unterfalkenstein)
BH *Spittal an der Drau*
G *Obervellach*
KG *Pfaffenberg*
Das etwa 200 m unterhalb der Burgruine → Oberfalkenstein gelegene ehem. Vorwerk wurde im 18. Jh. zum Schloß, um 1906 als Burg in historisierenden Formen ausgebaut. Nach einem Brand 1969 erfolgte der Wiederaufbau.
E: Fam. Öhmichen
Lit: *Dehio, 458 f;*
He., I/91 f;
Wie., III/49 ff

Niederkraig, Burgruine
→ Kraiger Ruinen

Niederosterwitz, Schloß
BH *St. Veit an der Glan*
G *St. Georgen am Längsee*
KG *Osterwitz*
Westlich von → Hochosterwitz gelegener, von einem Park umgebener einfacher Schloßbau über hakenförmigem Grundriß. Kleine Kapelle mit Säulenvorhalle auf einer Terrasse gelegen; besonders schöner Park mit bemerkenswerten Blumenanlagen. Unweit des Schlosses wurden Funde aus der Frühbronzezeit entdeckt (80 Flachbeile, die sich nun im Kärntner Landesmuseum in Klagenfurt befinden). 1541 wird das Schloß Niederosterwitz zusammen mit der Burg Hochosterwitz von Christoph Khevenhüller von Aichelberg erworben. 1645 gelangt es an den Hochosterwitzer Burggrafen Anton von Aichholt und ist seit 1690 wieder im Besitz der Familie Khevenhüller. Dieses Schloß ist ein typisches Beispiel dafür, daß die Burgbesitzer ihren Wohnsitz an den Fuß des Burgberges verlegten, nachdem die strategische Bedeutung der Burg verlorengegangen war.
E: Max Fürst Khevenhüller-Metsch
Lit: *Dehio, 426;*
He., II/123 f;
Valv., 158 f;
Wie., I/89

Niedertrixen, Burgruine
BH und **G** *Völkermarkt*
KG *Niedertrixen*
Reste eines viergeschoßigen Turmes und eines Rustikaportals. Am Fuße der Ruine das ehem. Schloß Niedertrixen (auch Tachenstein genannt), das im 18. Jh. durch Blitzschlag eingeäschert wurde und 1938 als Jagd- und Bauernhaus wiederaufgebaut wurde. Die ehem. Burg wurde anno 1251 durch Seyfried von Mahrenberg erbaut. Im Besitz des Berthold Bischof vom Bamberg (1260), der Urschenbeck (um 1600), der Rosenberg, der Egger und der Helldorf. Diese Burg wurde später zu einem Renaissancebau verändert und verfiel ab 1750 zur Ruine.
E: Aloisia Wigisser
Lit: *Dehio, 426;*
He., II/124 f;
Valv., 148 f;
Wie., II/135 f

Nußberg, Burgruine
BH *St. Veit an der Glan*
G *Frauenstein*
KG *Schaumboden*
Von der urspr. romanischen Burg ist heute nichts mehr vorhanden. Erhalten sind Reste der ausgedehnten Anlage aus dem 15. und 16. Jh.; einige Gewölbe der Erdgeschoßräume, darüberliegendes Mauerwerk, Zwingmauer, eine römerzeitliche Grabinschrift im Gewände eines Tores. Urk. 1148; im 14. Jh. Sitz der Värber auf Frauenstein, 1487 von den Ungarn erobert, im 19. Jh. Besitz der Fam. Goëss. Vor 1700 war Nußberg bereits Ruine.*
E: Ing. Dario Brida
Lit: *Dehio, 428 f;*
He., II/125 f;
Wie., I/89 f

O

Oberfalkenstein, Burgruine
BH *Spittal an der Drau*
G *Obervellach*
KG *Pfaffenberg*
Gut erhaltener Bergfried, Palas, Stall und Zwinger, von einer Wehrmauer umschlossen. Die Anlage stammt aus dem 12.–15. Jh. Die auf dem Felsgrat liegende Ruine (heute über dem Tauerntunnel) wurde 1164 mit Gumpoldus de Valchenstain urk. erwähnt; später Besitz der Grafen von Görz, 1445 Kaiser Friedrichs III., 1505 des Julian von Lodron, 1693–1885 der Freiherren von Sternbach; die heutige Filialkirche war die ehem. Burgkapelle.
E: Fam. Öhmichen
Lit: *Dehio, 458;*
He., I/62 ff;
Wie., III/49 ff

Oberhof Schattseite, Schloß
BH *St. Veit an der Glan*
G *Metnitz*
KG *Feistritz*
Kleiner villenartiger Bau in gotisierenden Formen mit stark vorspringendem viergeschoßigem Eckturm. Der älteste Teil ist ein zweigeschoßiger Bau mit Satteldach; an der Südseite ein jüngerer Anbau. 1285 wird eine Hube urk. genannt; 1557 Besitz der Caspar (?), 1699 des Philipp Reibnegger und des Philipp Gayer. Sonst kein Nachweis über weitere Besitzer. Das Schloß ist als Jagdschloß (Wohnobjekt) in Verwendung.
E: Dipl.-Ing. Eugen Haselmayer
Lit: *Wie., I/90 ff*

Oberlind, Burgruine
BH *Spittal an der Drau*
G *Kleblach-Lind*
KG *Lind*
Heute sind nur mehr Reste des Bergfrieds erhalten. Ehem. Sitz der Herren von Lind, diese urk. 1141–1425 Lehensnehmer der Burg (Ortenburgische Vasallen). Die mittelalterliche Anlage wurde im 15. Jh. von den Görzern zerstört.
E: Ambros Wernisch
Lit: *Dehio, 348;*
He., I/55 f;
Wie., III/78 ff

Obertrixen, Schloß
BH und **G** *Völkermarkt*
KG *Korb*
Unterhalb des Burgfelsens gelegene Anlage. Zwei langgestreckte, zweigeschoßige, parallele Teile, durch eine Zinnenmauer verbunden. Rechteckiger Hof, Innenausstattung großteils aus dem 17. Jh., Balken- und Kassettendecken, Stukkaturen; am Osttrakt dreiteiliges Renaissancefenster mit Inschrift; am Westtrakt frühbarockes Portal; über dem Südportal Wappenkartusche der Grotta. Schloßkapelle zum hl. Erasmus südwestlich außerhalb des Schlosses. Kleiner Saalbau aus dem 17. Jh.,

Netzgratgewölbe; an der nördlichen Eingangswand über drei Arkaden Fassadenturm mit Zwiebelhelm. Bis 1576 war das Schloß im Pfandbesitz der Rauber, 1629 kam es an die Grotta, später an die Christallnigg.
E: Fam. Kühnel
Lit: *Dehio, 437 f*

Ödenfest, Burgruine
→ Malenthein, Burgruine
(**G** *Maltaberg*)

Ortenburg, Burgruine
BH *Spittal an der Drau*
G und **KG** *Baldramsdorf*
Ausgedehnte Anlage, die heute von Hochwald überwachsen ist. Erhalten sind Brückenpfeiler, die turmbewehrte Vorburg, Teile des Bergfrieds (bestehend aus einem romanischen Turm in der ersten Ringmauer und einem vorgesetzten gotischen Turm); Mauerreste des Palas und der ehemals romanischen, später gotisch erneuerten Kapelle. Unterhalb der Anlage befinden sich Reste der mächtigen Sperren, die zur Sicherung der Straße übers Lurnfeld dienten. 1124–1418 Stammsitz der Grafen von Ortenburg. Nach dem Aussterben der Ortenburger gelangte die Burg an die Grafen von Cilli und 1456 an Kaiser Friedrich III.; 1524 Besitz des Gabriel von Salamanca, 1639 der Gebrüder Widmann und 1662 des Fürsten J. F. von Porcia; im Besitz dieser Familie verblieb Ortenburg bis 1917. Ortenburg war im Besitz der Gemeinde, des Sägewerkbesitzers Rudolf Edlinger. Die Ruine wird seit einigen Jahren von einem Verein renoviert und erhalten; in einem Teil der Anlage ist das „Kärntner Handwerksmuseum“ untergebracht.
E: Mag. Elisabeth Schurian-Edlinger
Lit: *Dehio, 729;*
He., I/64 f;
Valv., 150 f;
Wie., III/91 ff

Ortenburg, Schloß
BH *Spittal an der Drau*
G und **KG** *Baldramsdorf*
Unterhalb der Ruine liegt das Schloß Ortenburg, das auch „Unterhaus“ genannt wird. Nüchterner, zweistöckiger Bau, 16.–18. Jh., aus drei Trakten bestehend. In dem ehem. Ordenshaus sind heute Mietparteien untergebracht.
E: Gemeinde Baldramsdorf
Lit: *Dehio, 729*

Ottmanach, Schloß
BH *Klagenfurt-Land*
G *Magdalensberg*
KG *Ottmanach*
Großer zweigeschoßiger Bau, von einer Parkmauer umgeben. Schmaler rechteckiger Hof, in den man durch ein rundbogiges Portal mit gewelltem Giebel gelangt. Im schönen in Terrassen angelegten Park mehrere Steinfiguren, darunter eine Gußsteinfigur des Zeus. 1587 im Besitz des Christof von Mooshaim, nach oftmaligem Besitzerwechsel im späten 18. Jh. an die Freiherren von Gailberg; damals entstand der heutige Bau. Später im Besitz der Familien Engelhofer und Bockelmann (ein Sproß dieser Familie ist Udo Bockelmann, besser bekannt unter dem Namen Udo Jürgens). Seit 1957 war der sehr gut erhaltene Bau Eigentum des Josef Zdenko von Bromovsky.
E: Anthony Bromovsky
Lit: *Dehio, 452;*
He., II/14;
Wie., II/89 f

P

Packein, Schloß
→ Pakein, Schloß

Pakein, Schloß (Packein, Pockein)
BH *Klagenfurt-Land*
G *Grafenstein*
KG *Pakein*
Hufeisenförmiger zweigeschoßiger Bau mit Gewölben im Inneren; ein älterer Osttrakt, der Süd- und der Nordflügel aus jüngerer Zeit. Das Schloß wird erst im 17. Jh. urk. erwähnt; damals im Besitz der Perger, im 18. Jh. der Familie Maurer, 1805 der Janisch und 1886 der Gagern. Nach einer Urkunde umfaßte der Besitz im 19. Jh. ca. 150 Joch Land- und Forstwirtschaft.
E: Seit 1942 Familie Buxbaum
Lit: *Dehio, 241; Wie., II/90 f*

Paternion, Schloß
BH *Villach-Land*
G und **KG** *Paternion*
Verschiedene zwei- und dreigeschoßige Bauteile um einen rechteckigen Hof. Der Westtrakt mit dem Dietrichsteinschen Wappen mit der Jahreszahl 1558 ist der älteste Teil. Darin auch die ehem. Kapelle. Rustikatore und Doppelrundbogenfenster lassen auf eine Erweiterung der ehem. Burg im 16./17. Jh. schließen. Römerzeitliche Grabinschrift neben dem Schloßportal, verschiedene zum Teil gemalte Wappen. 1354 wird eine Burg urk. erwähnt. Seit 1518 im Besitz der Familie Dietrichstein; 1587 gelangte die Herrschaft an die Khevenhüller, die es weiter ausbauten. 1629 wurde es an den venezianischen Handelsherrn Martin Widmann verkauft. Unter den Grafen von Ortenburg erhielt die Burg ihr heutiges Aussehen. 1859 und 1897/98 wurden nach Bränden große bauliche Veränderungen durchgeführt. 1923/24 wurde der Seitentrakt mit Terrasse errichtet.
E: Grafen Foscari-Widmann-Rezzonico
Lit: *Dehio, 455; He., I/66 f; Wie., III/150 ff*

Payerhofen, Schloß
→ Bayerhofen, Schloß

Penk, Burgruine
→ Mölltheuer, Burgruine

Petersberg, Burgruine
BH *St. Veit an der Glan*
G und **KG** *Friesach*
Der älteste Teil ist der auf der Höhe des Berghanges gelegene Bergfried aus dem 11. Jh.; Mauern von 9 m Höhe, ein Rundbogenfenster mit Säulchen (frühromanisch) erhalten; ein zweiter, tiefer gelegener Wehrturm, worin 1926 Reste einer Burgkapelle mit Wandmalereiresten gefunden wurden. Im Osten ein großer Bergfried Konrads I.; dieser ist ein mächtiger, sechsgeschoßiger Wehr- und Wohnturm über rechteckigem Grundriß. 1893 wurde das Dach, nach der Darstellung im Stich Merians von 1649, erneuert. Südwestlicher Flügel mit dreigeschoßiger Arkadenfront (ehem. Burghauptmannschaft). Die ehem. Burgkapelle zum hl. Rupert (urk. 1394), mit Wandmalereien aus dem frühen 13. Jh. Spätgotische Burgküche mit hohem Rauchmantel. Die erste Burganlage bestand unter Erzbischof Gebhard noch vor 1077. 1124–30 Erweiterung und Bau des großen Bergfrieds. Unter Erzbischof Leonhard von Keutschach (1495–1519) Ausbau der Befestigungsanlagen. Um 1560 Errichtung der Burghauptmannschaft. 1673 durch Brand zerstört, seit

dem späten 18. Jh. im Verfall. Unter P. Grueber wurden 1893 Sicherungsarbeiten durchgeführt. 1927–32 umfangreiche Restaurierungen. In der Ruine sind eine Gastwirtschaft und ein Museum untergebracht.
E: Verschönerungsverein „Aktion Friesach"
Lit: *Dehio, 130 f;*
He., II/47 ff;
Wie., I/30 ff

Pfannhof, Schloßruine
BH *St. Veit an der Glan*
G *Frauenstein*
KG *Pfannhof*
Das in der zweiten Hälfte des 15. Jh.s errichtete Schloß wurde um 1580 im Renaissancestil erweitert und erneuert. Einige Fenster- und Türgewände wurden ins Schloß → Gradisch übertragen. Erbauer war angeblich Simon Pfanner; später gelangte Pfannhof in den Besitz von Kaiser Friedrich III., ab 1492 des St.-Georgs-Ordens, 1501 der Waldenburger, 1647 der Mandorf und seit 1682 des Kardinal Goëss, Bischof von Gurk. Seit 1930 ist Pfannhof verfallen.
E: Grafen Goëss
Lit: *Dehio, 459;*
He., II/132;
Wie., I/92 f

Pflüglhof, Ansitz
BH *Spittal an der Drau*
G und **KG** *Malta*
Ein gepflegter zweigeschoßiger Bau; erster Stock und Mansarde aus Holz. 1538 im Besitz eines Pfarrers Waldauf, später der Raitenau und dann der Lodron. Das ehem. Hammerwerk eines Bergbaubetriebes wurde im Ersten Weltkrieg zerstört und der Ansitz danach als Forst- bzw. Herrenhaus auf den Grundmauern des alten Gebäudes errichtet. In einem Teil des Gebäudes ist ein Gasthof eingerichtet.
E: Familien Lowry-Irsa und Seiser
Lit: *Wie., III/97*

Piberstein, Schloß
→ Biberstein, Schloß

Pichlern, Schloß
G *Klagenfurt, Josef-Sablatnig-Str. 269*
Zweigeschoßiger Bau auf einem rechteckigen Grundriß mit zwei über Eck gestellten Türmen. Vorgebaute Eingangshalle mit Balkon, darüber barockisierter Giebel. Im Inneren ein Deckengemälde von Josef Ferdinand Fromiller aus der Mitte des 18. Jh.s, die vier Jahreszeiten darstellend. Hauskapelle zur hl. Katharina. Der Ansitz wurde um die Mitte des 18. Jh.s unter Ignaz von Fresacher schloßartig ausgebaut. Weitere Besitzer waren die Familien Aineth, Grabutschnigg und Edelmann. Im 19. Jh. wurde Pichlern neu fassadiert.
E: Christoph Schludermann
Lit: *Dehio, 300;*
Wie., II/32

Pittersberg, Burgruine
BH *Hermagor*
G *Kötschach-Mauthen*
KG *Kötschach*
Erhalten sind Reste des vermutlich romanischen Bergfrieds, ein Teil der Zwingermauer sowie eine kreisrunde Zisterne. 1252 im Besitz der Görzer urk. erwähnt. Ab 1460 Burg der Habsburger, die sie an Pfleger verlehnten, u. a. an die Khevenhüller; anno 1533 wurde hier Georg Khevenhüller, Bauherr von → Hochosterwitz sowie → Wernberg, geboren. 1640 war Pittersberg bereits Ruine.
E: Alfred Ortner
Lit: *Dehio, 324;*
He., I/67 f;
Valv., 170 f;
Wie., III/33 ff

Pitzelstätten, Schloß
G *Klagenfurt, Glantaler Str. 59*
Zweigeschoßiger Hauptbau über rechteckigem Grundriß; niederer Bau an der Nordseite, ein schlichtes gerades Portal, rundbogiges Portal und Zwillingsfenster an der Westseite sowie barocke Stuckdecken um 1740 in zwei Räumen des Hauptgeschoßes. Wirtschaftsgebäude mit gemalter Sonnenuhr, bezeichnet 1529, neue Kapelle von 1965; Bruchsteinschüttkasten, vermutlich aus der ersten Hälfte des 17. Jh.s mit hölzerner Laube im Obergeschoß. 1311 urk. (ehem. Burg); der Umbau zum Schloß erfolgte 1529 (unter den Kulmern); weitere Besitzer waren die Khuenburg, die Putz und die Hallerstein. Valvasor beschreibt 1688 noch zwei Objekte. Die heutige Fassade stammt aus der Mitte des 18. Jh.s. Im sehr gut erhaltenen Schloß ist eine Höhere Bundeslehranstalt für landwirtschaftliche Frauenberufe untergebracht.
E: Seit 1950 Republik Österreich (Bundesgebäudeverwaltung)
Lit: *Dehio, 461; He., II/133; Valv., 172 f; Wie., II/32 ff*

Plazottahaus, Schloß
→ Singerhof, Schloß

Pockein, Schloß
→ Pakein, Schloß

Pöckstein, Schloß
BH *St. Veit an der Glan*
G *Straßburg*
KG *St. Georgen*
Großer viergeschoßiger Kastenbau über rechteckigem Grundriß. Über dem Dach eingeschoßiger Aufbau, der von einem laternenartigen Uhrtürmchen mit Zwiebelhelm bekrönt wird. Zweigeschoßige, fast quadratische Schloßkapelle; Prunkräume im Stil des späten Rokoko und des Empire; Empfangszimmer, Speisesaal mit illusionistischer Wandmalerei, Nobelantichambre mit Kamin, Aussichtszimmer in dem das Dach überragenden Holzaufbau. Zum Teil sind diese Räume mit qualitätvollen Biedermeiermöbeln ausgestattet. 1778–82 wurde das Schloß anstelle eines Hammerwerkes vom Salzburger Architekten Johann Georg Hagenauer unter Bischof Josef II. Fürst von Auersperg, errichtet. Bis 1790 war es Residenz der Gurker Bischöfe. Im Zweiten Weltkrieg wurde das Schloß durch Fliegerbomben schwer beschädigt, bald darauf jedoch wieder instand gesetzt. Auf einem isolierten Waldkegel liegen spärliche Reste der Burgruine Pöckstein (1147 unter Bischof Roman I. als eine Straßensperre errichtet).
E: Bischöflich Gurksche Temporalienverwaltung
Lit: *Dehio, 812 f; He., II/133 f; Wie., I/13 f*

Poitschach, Ansitz
BH *Feldkirchen*
G *Feldkirchen/Kärnten*
KG *Waiern*
Rechteckiger zweigeschoßiger Bau mit südlichem Turmanbau und Erker an der östlichen Fassade. Rundbogiges Portal, bezeichnet 1715, mehrere Räume mit Stuckdecken in geometrischen Formen, um 1800, römerzeitliche Steinfragmente mit Darstellung eines Trauergenius. Gegenüber dem Schloß ein rechteckiger zweigeschoßiger Bau, bezeichnet 1833. 1715 erbaut, war der Ansitz 1759 im Besitz der Rechbach, später der Spindler, 1800 der Grafen Gilleis; 1878 Ende der Eisenindustrie in Poitschach und Errichtung einer Papierfabrik.

E: Dipl.-Ing. Dieter Senitza
Lit: *Dehio, 467; Wie., II/54*

Pöllan, Schloß
BH *Villach*
G *Paternion*
KG *Nikelsdorf*
Zweigeschoßiger Bau aus unverputztem Bruchsteinmauerwerk mit vier Ecktürmen (davon zwei unausgebaut) und rundbogigem Portal aus rotem und braunem Stein. Pöllan wurde 1592–96 unter Moritz Christoph Khevenhüller erbaut. Wegen der Wirren der Gegenreformation blieb es jedoch unvollendet. Seit 1629 ist das Schloß im Eigentum der Familie Widmann.
E: Fam. Foscari-Widmann-Rezzonico
Lit: *Dehio, 468; He., I/68; Wie., III/152 f*

Pollheim, Ansitz
BH, G und **KG** *Wolfsberg*
Einfacher einstöckiger Ansitz mit ausgebauten Mansarden und Balkon. Urspr. bestand der Bau nur aus dem Erdgeschoß, die Zubauten wurden später errichtet. Die urspr. Mühle wurde im 13. Jh. zu einem Hammerwerk umgebaut. Besitzer waren 1292 das Bistum Bamberg, später das Kloster Griffen, Rudolf Graf Stadion, als Domkapitular und Vizedom für Kärnten, das Bistum Lavant.
E: Fam. Angermann
Lit: *Wie., I/166 ff*

Porcia, Schloß (Palast)
BH, G und **KG** *Spittal an der Drau,* **BT** 6
Vierflügeliger dreigeschoßiger Palast aus der Frührenaissance; Portal mit barockem Skulpturenschmuck, zwei diagonal situierte Rundtürme, gleichfalls diagonal angeordnete Treppenaufgänge im Inneren. Innenhof mit dreigeschoßigen Arkaden und überaus reicher skulpturaler Ausstattung (Rundmedaillons mit Kaiserköpfen usw.). Im Saal des ersten Stockwerkes Gebälk mit verschiedenen Besitzerwappen sowie Rankenornamentik am Portal (bezeichnet 1551); Turmzimmer mit reichem Stuck (mythologische Szenen, um 1590); verschiedene Römersteine und ein römisches Relief. Im zweiten Stockwerk befindet sich das Heimatmuseum: zwei spätgotische Altarflügel von 1500, Prunkbett, Spiegeltisch, eine Sitzgarnitur, Ecketagere und Wappen aus dem zweiten Rokoko. Schwerpunkt der Sammlung sind die Geschichte und die Volkskunde Oberkärntens. Das Schloß wurde im Auftrag des Gabriel von Salamanca ab 1533 erbaut. Die Vollendung des Baues erfolgte unter Hans Georg von Salamanca-Ortenburg um 1597. Erste Reparaturen und Erneuerungen wurden unter Fürst Johann Ferdinand von Porcia 1670 durchgeführt. 1797 wurde der Bau durch Brandeinwirkung stark beschädigt; die daran anschließenden Ausbesserungsarbeiten dauerten 30 Jahre. Verschiedene Ausstattungsarbeiten wurden unter Fürst Ferdinand von Porcia 1878–96 durchgeführt (Fresken an der Außenwand des Nordwesttraktes, von denen heute nur noch Spuren zu sehen sind). Der große Park stammt aus dem späten 19. Jh. 1918–30 im Besitz des Freiherrn Klinger von Klingesdorf. Neben dem Heimatmuseum sind in dem sehr gut erhaltenen Schloß das Fremdenverkehrsamt, die Stadtbücherei, ein Gastronomiebetrieb so-

wie Repräsentationsräumlichkeiten der Stadtgemeinde untergebracht. Während der Sommermonate im Arkadenhof Sommerfestspiele.
E: Stadtgemeinde Spittal an der Drau
Lit: *Dehio, 657 ff;*
He., I/78 ff;
Valv., 204 f;
Wie., III/112 ff

Porciahaus, Schloß
→ Singerhof, Schloß

Portendorf, ehem. Schloß
BH *Klagenfurt-Land*
G *Magdalensberg*
KG *Portendorf*
Von dem ehem. Schloß ist heute nur noch die Kapelle erhalten. 1904 wurde der Bau wegen des schlechten Zustandes gesprengt. Er genoß insofern Bedeutung, als sich mit seinem Besitz (im Mittelalter die Portendorfer und die Mordax) das sogenannte „Brennamt" verband: Es ermächtigte den jeweiligen Inhaber, in der Zeit, in der der Herzog am Herzogstuhl saß, im ganzen Land „zu brennen und zu sengen"; 1604 wurde dies abgeschafft. Schloßkapelle zur Hl. Dreifaltigkeit und zum hl. Nikolaus urk. 1185 geweiht. Kleiner romanischer Bau mit Wehrgeschoß sowie Schlüsselscharten, bezeichnet 1522, Altar aus der Mitte des 18. Jh.s, eine römische Grabinschrift sowie ein Grabrelief mit Trauergenius.
E: G. Hasslacher
Lit: *Dehio, 469;*
He., II/14;
Valv., 174 f;
Wie., II/91 f

Prägrad, Burgruine
BH *Feldkirchen*
G *Feldkirchen/Kärnten*
KG *Höfling*
Nur mehr der fünfeckige viergeschoßige Bergfried mit vorzüglicher Mauertechnik ist erhalten. 1166 in bambergischem Besitz; 1258 landesfürstlich, gelangte die Burg 1456 an Kaiser Friedrich III.; später Besitz der Familie Ernauer und ab 1628 des Stiftes Ossiach (bis zur Säkularisation). Das ehemalige Schloß Prägrad aus dem 16. Jh., das am Fuße des Berges lag, wurde 1967 abgetragen.
E: Fam. Buttazoni
Lit: *Dehio, 473;*
He., II/135 f;
Wie., II/92 f

Prägrad, Schloß
→ Thurnhof, Schloß

Prebl, Schloß
→ Moosheim, Schloß

Preblau, Ansitz (Sauerbrunnschloß)
BH *Wolfsberg*
G *Bad St. Leonhard im Lavanttal*
KG *Twimberg*
Schloßartiger Bau mit zwei Geschoßen, Mansarde und dreigeschoßigem Turm. Der langgestreckte Bau liegt in einem Kurpark. Um 1480 war in Preblau bereits von einer heilkräftigen Quelle die Rede, die auch Paracelsus bekannt war. Das Sauerbrunnhaus wurde 1674 unter Christian K. Waidmannsdorf errichtet. 1825 Besitz der Familie Eiselsberg.
E: Fam. Huß
Lit: *Dehio, 473;*
Ko., I/253 f;
Wie., I/168 ff

Pregelhof, Ansitz
BH *Völkermarkt*
G und **KG** *Neuhaus*
Ein zweigeschoßiger kubischer Baukörper mit Attikageschoß über hakenförmigem Grundriß. Einfacher Edelsitz mit schlichter Fassadierung aus dem 17. Jh. In nächster Nähe liegt die heutige Filialkirche und ehem. Burgkapelle zum hl. Georg, urk. 1440; diese gehörte zur Burg Alt-Schwabegg, von der heute nur mehr spärliche

Reste erhalten sind.
E: Erwin Kühnel
Lit: *Ko., I/254; Wie., II/144 f*

Prießenegg, Burgruine
→ Malenthein, Burgruine (**G** *Hermagor*)

R

Rabensdorf, Schloß (Radmannsdorf)
BH *Feldkirchen*
G *Feldkirchen/Kärnten*
KG *Rabensdorf*
Ehem., von Wasser umgebener Ansitz (nur über eine Holzbrücke erreichbar) mit wuchtigen Gewölben auf Pfeilern. Der Ansitz verfiel allmählich, und übrig blieb das gänzlich veränderte Objekt. 1215 wurde das Schloß vom Abt von Ossiach an Hermann von Radmarsdorff verliehen; 1352 Götz von Radmannsdorf, 1460 verlieh es der Landesfürst an Dietrichstein, im 17. Jh. im Besitz der Familie Seenuß. Heute ist in dem ehem. Schloß eine Gastwirtschaft untergebracht.
E: Johann Preschern
Lit: *Ko., I/258 f; Wie., II/93 f*

Rabenstein, Burgruine
BH *Wolfsberg*
G *St. Paul im Lavanttal*
KG *Granitztal – St. Paul*
Heute noch erhalten sind Teile des dreigeschoßigen Bergfrieds (nach 1307) sowie Reste der romanischen Burgkapelle. 1091 wurde die Burg zum Schutz des Klosters St. Paul errichtet; 1307 wurde sie zerstört und später wieder aufgebaut. Die Besitzer, die Sponheimer, die Herren von Pfannberg, die Fohnsdorfer, die Pappenheim (1478), die Dietrichstein (1514), die Eggenberg u. a., lagen in dauerndem Streit mit dem Kloster. 1567 ließ Seyfried von Dietrichstein diese Burg zu einem Renaissanceschloß ausbauen. 1629 wurde der Abt Marchstaller Besitzer; dieser ließ die 1240 urk. genannte Kapelle barockisieren (Neuweihe 1632). 1636 durch Brand zerstört, begann die Burg anschließend zu verfallen. Interessant ist der Aufbau der Mauern, die mit einem „Zwischenguß“ aus Kalk, Sand und Steinen, mit Wasser vermengt, und „brodelnd zubereitet“, verstärkt wurden.
E: Ernst Sommer
Lit: *Ko., I/259 f; Wie., I/171 ff*

Radlacher Turm
→ Rottenstein, Burgruine

Radmannsdorf, Schloß
→ Rabensdorf, Schloß

Radweg, Schloß
BH und **G** *St. Veit an der Glan*
KG *Hörzendorf*
Der im Kern spätmittelalterliche Bau ist heute stark modernisiert und liegt in einem weitläufigen Wirtschaftshof. 1431 urk. erwähnt; Lehensträger waren Simon Retwiger (1431), die Herren von Poppendorf (1447), Erasmus Mager von Fuchsstatt (1552).
E: Fam. Stendebach
Lit: *Wie., I/97*

Raggnitz, Ansitz
BH *Spittal an der Drau*
G *Steinfeld*
KG *Fell*
Zweigeschoßige Anlage, Fassade mit vorspringenden Eckrisaliten, Renaissanceportal des 16. Jh.s, Umfassungsmauer mit Turm, flachgedeckter Saal mit Rokokoofen, Kapelle (Meßerlaubnis von 1797). Das Schloß, das in seinen ältesten Teilen aus dem 15. Jh. stammt,

ist in seiner Gesamterscheinung als spätbarocker Bau (Ende 18. Jh.) zu bezeichnen. Raggnitz wird 1254 erstmals urk. erwähnt (salzburgisch) und war ab 1307 Besitz der Görzer. Mit dem beginnenden Verfall der beiden Burgen → Oberlind und → Unterlind wurde es Sitz der Herren von Lind (1613 Siegmund von und zu Lind und Adam Jakob von Lind auf Raggnitz und Groppenstein).
E: Seit 1872 Familie Wernisch
Lit: *Dehio, 486;*
He., I/15;
Wie., III/98 f

Rain, Schloß
BH *Klagenfurt-Land*
G und **KG** *Grafenstein*
Dreigeschoßiger Bau auf rechteckigem Grundriß mit vier über Eck gestellten niederen Turmanbauten. Portalvorbau auf Säulen und Spitzgiebel mit Madonnenrelief von Arnulf Pichler (1956). Der alte Ansitz („Christophgut") stammt aus dem 16. Jh. und wurde im 19. Jh. unter dem Besitzer Gustav von Metnitz ausgebaut. Ein weiterer Umbau erfolgte um 1900 unter Felix von Gutmannsthal; Neueindeckung 1970, Außenrestaurierung 1971/72. Das Schloß ist heute in sehr gutem Zustand, mit gutem Mobilar und Bildern ausgestattet und von einem gepflegten Park umgeben.
E: Dkfm. Vinzenz Graf Czernin
Lit: *Dehio 486 f;*
He., II/139 f;
Wie., II/94 ff

Ramschüßelhof, Schloß
→ Frankenstein, Schloß

Rastenfeld, Schloß
BH *St. Veit an der Glan*
G *Mölbling*
KG *Rastenfeld*
Unregelmäßig achteckige Anlage mit vier Geschoßen und rechteckigem Turm an der Südwestecke. Innenhof mit zwei spätgotischen Portalen. Rastenfeld wurde 1241 urkundlich erwähnt, war 1469–1530 im Besitz des Bistums Gurk (aus dieser Zeit stammt auch der heutige Bau), später der Familien Feistritz, Herberstein, der Wiener Operettendiva Marie Geistinger (bis 1894) und seit 1894 der Freiherren Auer von Welsbach. Carl Auer von Welsbach war der berühmte Erfinder des Gasglühstrumpfs!
E: Seit 1894 Freiherren Auer von Welsbach
Lit: *Dehio, 488;*
He., II/140 f;
Valv., 182 f;
Wie., I/98 f

Ratzenegg, Schloß
BH *Klagenfurt-Land*
G und **KG** *Moosburg*
Großer burghafter Bau mit teilweise verfallenen Burgtoren. Rundturm, zwei Eckerker auf Kragsteinen, Renaissancezwillingsfenster, Rustikahauptportal mit einem Besitzerwappen der Familien Hallegg (bis 1629), Staudach, Deutenhofen und Kronegg. Kleiner Hof mit vermauerten Arkaden und Spuren von Sgraffitodekor. Dieses Schloß wurde 1333 unter Friedrich von Hallegg erbaut und unter Adam von Hallegg um 1600 großzügig ausgebaut. Seit 1973 wird es restauriert und für Wohnzwecke adaptiert. Bis 1975 Eigentum der Fam. Leopold Graf Goëss.
E: Fam. De Lalanne Mirrless
Lit: *Dehio, 489;*
He., II/142 f;
Valv., 182 f;
Wie., II/96

Rauhenfest, Burgruine
→ Malenthein, Burgruine
(**G** *Maltaberg)*

Rauterburg, Burgruine
BH und **G** *Völkermarkt*
KG *Haimburg*
Geringe Reste eines viereckigen Baues, in vier ungleich große Räume geteilt. Die Vorläuferin der → Haimburg wurde 1070 (Besitz der Grafen von Heunburg) erwähnt, war anschließend Besitz der Grafen von Pfannberg und gelangte 1460 an die Habsburger, die sie an Bernhard Thalant (1499), Graswein (1531) und Urschenbeck (1623) verlehnten. 1920 wurde ein Großteil der Ruine abgetragen; das Material wurde für den Straßenbau verwendet.
E: Seit 1886 Familie Helldorf
Lit: *Dehio, 214;*
He., II/14;
Wie., II/139 ff

Rechberg, Burgruine
→ Altrechberg, Burgruine

Rechberg, Schloß
BH *Völkermarkt*
G *Eisenkappel-Vellach*
KG *Rechberg*
Dreigeschoßiger Bau mit Walmdach und turmartigem Vorbau. Schießscharten unter dem Dach. An der Westwand ein heute völlig verblaßtes Fresko (hl. Georg, bezeichnet 1581). Die ältesten Teile stammen aus dem späten 15. Jh.; Veränderungen erfolgten im 16. und 17. Jh. (außen) sowie im 19. Jh. (innen). 1495 stiftete Lasla Prager dieses Schloß dann dem St.-Georgs-Ritterorden als Kommende. 1598 wurde dieser Orden aufgelöst; Rechberg gelangte in den Besitz des Jesuitenordens (bis 1783). Im 18. Jh. Besitz des Bistums Gurk. Das Schloß ist gut erhalten und als Pfarrhof in Verwendung.
E: Röm.-kath. Kirche
Lit: *Dehio, 491;*
He., II/143 f;
Valv., 184 f;
Wie., II/141 f

Reichenfels, Burgruine
BH *Wolfsberg*
G und **KG** *Reichenfels*
Heute sind nur noch geringe Reste erhalten. Bei Valvasor (1688) wird die Burg noch als völlig intakt beschrieben: dreigeschoßig, mit Ecktürmchen, Erkern und hohem Walmdach. 1227 urk. genannt. 1288 Burggraf Eberhard als Pfleger des bambergischen Besitzes (bis 1759), später Religionsfonds, 1846–1929 Henckel-Donnersmarck. Das Wappen des Marktes Reichenfels gibt Zeugnis vom einst blühenden Silberbergbau dieser Gegend (drei silberne Felszacken in blauem Feld mit gekreuzten Hämmern).
E: Hespa-Domäne
Lit: *Dehio, 492;*
He., II/145;
Valv., 184 f;
Wie., I/173 f

Reideben, Schloß
BH und **G** *Wolfsberg*
KG *Reideben*
Renaissanceschloß mit drei zweigeschoßigen Flügeln, die zusammen mit einer Abschlußmauer einen rechteckigen Hof bilden. Vier Ecktürme, rundbogiges Quaderportal von 1591, Osttor mit dem Doppelwappen Henckel-Auersperg; großer Hof mit Laubengängen im Erdgeschoß und Arkaden im zweiten Geschoß. Zahlreiche behauene Steine: Wappensteine, der sogenannte Bischofstein. Der im Kern aus 1500 stammende Bau wurde 1354 urk. erwähnt (damals „Hof zu St. Urban"). Um 1448 gelangte das Schloß an Leonhard von Presing; zu dieser Zeit er-

hielt der Bau den Namen Reideben. 1480 wurde ein Großteil der Burg von den Türken zerstört. 1580 erwarb Alexander von Freyberg das Schloß und ließ Erneuerungen bzw. Umbauten durchführen (heutiger Bauzustand). Nach oftmaligem Besitzerwechsel gelangte Reideben 1672 an das Bistum Bamberg, 1686 an Otto Graf von Dernbach, der das Schloß im Jahre 1693 dem Domstift St. Andrä überließ. 1808 wurde es mit dem gesamten Stiftsvermögen dem k. k. Religionsfonds einverleibt. 1819 wurde Reideben an Anton von Pettenkofen (den Vater des berühmten Malers August Karl von Pettenkofen) versteigert. 1835 Josef Rainer von Harbach, seit 1846 Eigentum der Grafen Henckel von Donnersmarck. Restaurierungsarbeiten erfolgten 1921–24. Der heutige Besitzer des sehr gut erhaltenen Schlosses ist ein bekannter Burgenfachmann und Autor einschlägiger Fachliteratur.
E: Hugo Graf Henckel-Donnersmarck
Lit: *Dehio, 493;*
He., II/145 ff;
Wie., I/174 ff

Reifnitz, Burgruine
BH *Klagenfurt-Land*
G *Maria Wörth*
KG *Reifnitz*
Von der Burg, die einst eine der mächtigsten des Landes war (urk. 1195), sind nur noch geringe Reste der Hauptburg, des Turmes und der Vorburg erhalten. Inmitten der Mauerreste steht heute die Margarethenkirche (wahrscheinlich auf den Fundamenten der Burgkapelle). Besitzer: 1242 Herzog Friedrich II. von Österreich, 1283 die Grafen von Görz, im 14./15. Jh. die Liebenberg und 1456 die Grafen von Keutschach; diese errichteten die heutige Kirche (geweiht 1532). 1659–ca. 1750 im Besitz der Rosenberg, anschließend beginnender Verfall.
E: G. Hasslacher
Lit: *Dehio, 564;*
He., II/147;
Wie., II/97 f

Reinegg, Höhlenburgruine
BH und **G** *Völkermarkt*
KG *Klein-St. Veit*
Geringe Reste der in den Felsen eingemeißelten Räume und der aufgemauerten Anlagen. 1176 erstmals erwähnt, 1338 im Besitz der Landesfürsten, die Reinegg an die Schenk von Osterwitz, die Rauber, die Silberberg verliehen. 1629 kam Reinegg an die Familie Grotta, anschließend beginnender Verfall.
E: Wilma Sembach
Lit: *He., II/15;*
Wie., II/142 f

Reisberg, Burgruine
BH und **G** *Wolfsberg*
KG *Reisberg*
Heute ist nur noch die Ostmauer des Palas erhalten. Aus der ehem. Burgkapelle entstand die heutige Kirche. Sowohl in der Burgruine als auch in der Kirche sind Römersteine eingemauert. Urk. 1197 im Besitz der Walcher, weitere Besitzer: Albert de Risperch, das Bistum Salzburg und bis 1565 wieder die Fam. Reisberg.
E: Pius Schmuck
Lit: *Dehio, 496;*
He., II/148 f;
Wie., I/176 ff

Riedenegg, Schloß
→ Lind, Schloß

Rosegg, Burgruine (Altrosegg)
BH *Villach-Land*
G *Rosegg*
KG *Rosegg im Rosental*
Ausgedehnte Anlage mit Resten des hohen Bergfrieds aus dem 12. Jh., der gotischen Bauten und der Umfassungs-

mauer mit halbkreisförmigen Ecktürmen. Die heute im Rosegger Tiergarten gelegene Anlage wurde 1239 urk. erwähnt und war der zweite Stammsitz der Herren von Ras, die im 14. Jh. ausstarben. Danach ging die Lehensherrschaft an die Habsburger über. Nach einem Brand 1688 wurde die Burg erneuert. Bis ins frühe 19. Jh. war die Burg noch bewohnt (beginnender Verfall um 1820).
E: Alexander Prinz von und zu Liechtenstein
Lit: *Dehio, 501; He., I/69 ff; Valv., 186 f; Wie., III/154*

Rosegg, Schloß (Liechtenstein)
BH *Villach-Land*
G *Rosegg*
KG *Rosegg im Rosental*
Zweigeschoßiger Bau mit Mittel- und Eckrisaliten; ein ebenerdiger Verbindungstrakt zu den Seitenflügeln, einfache Walmdächer, Ovalsaal, zwei römerzeitliche Grabinschriften in der Gartenmauer, spätgotisches Jägerhaus. Der Außenbau sowie die innenarchitektonische Ausstattung sind an französischen Vorbildern orientiert. Dieses Schloß wurde um 1770/75 durch Franz Graf Orsini-Rosenberg erbaut und ist seit 1833 Eigentum der Liechtenstein.
E: Alexander Prinz von und zu Liechtenstein
Lit: *Dehio, 501; He., I/71 f; Wie., III/155 f*

Rosenbach, Schloß
BH *Villach-Land*
G *St. Jakob im Rosental*
KG *Frießnitz*
Ein langgestrecktes einstöckiges Gebäude mit starkem viereckigen Turm als Dachreiter. Das neben dem Nordausgang des Karawankentunnels liegende ehem. Gewerkenhaus war im 17. Jh. Eigentum des Theodor Regätschnigg, des Hammerwerkbesitzers Ferdinand Egger, der Orsini-Rosenberg, der Liechtenstein. Das Schloß ist heute als Forsthaus in Verwendung.
E: Helmut Ratz
Lit: *Wie., III/156 f*

Rosenberg, Burgruine
→ Hohenburg, Burgruine
(**G** *Oberdrauburg*)

Rosenbichl, Schloß
BH *St. Veit an der Glan*
G *Liebenfels*
KG *Rosenbichl*
Zwei senkrecht zueinander gestellte Flügel und anschließende Mauern bilden einen Hof. Durch Erneuerungen und eine Aufstockung wurde der Bau entstellt (1935). Das Schloß wurde im 16. Jh. unter der Familie Kulmer errichtet. Spätere Besitzer waren die Familien Aschau und Egger. In dem sehr gut erhaltenen Schloß ist heute eine Filiale des Elisabethinenklosters von Klagenfurt untergebracht.
E: Elisabethinenkloster Klagenfurt
Lit: *Dehio, 502; He., II/149 f; Valv., 188 f; Wie., I/99 f*

Rothenturn, Schloß
BH und **G** *Spittal an der Drau*
KG *Olsach*
Langgestreckter Bau, aus mehreren zwei- und dreigeschoßigen Trakten bestehend. Der älteste Teil, der hohe Mitteltrakt (der sogenannte Rote Turm), entstand im Kern wahrscheinlich im 11. Jh. Die anderen Teile stammen hauptsächlich aus dem 17. Jh. Kapelle zur hl. Barbara 1644. Mausoleum im Park in Form einer dreiseitig offenen Laube (1882). Erster nachweisbarer Besitzer Hans Kreutzer (1478). Im 16. Jh. im Besitz der Khe-

venhüller, ab 1629 des Ehrenholdt Eschey, im 18. Jh. der Gewerkenfamilien Eineter und Perscher.
E: Maria Pereira-Arnstein
Lit: *Dehio, 502;*
He., I/72 f;
Valv., 190 f;
Wie., III/117 f

Rottenstein, Burgruine (Radlacher Turm)
BH *Spittal an der Drau*
G *Greifenburg*
KG *Kerschbaum*
Von der ehemals kleinen Burganlage ist heute nur noch der teilweise eingestürzte Bergfried erhalten (Bruchsteinmauerwerk). Angeblich wurde diese Burg 1142 vom bayerischen Pfalzgrafen Aribo (Stammvater der Grafen von Görz) gegründet. Bis zum Frieden von Pusarnitz 1460 im Besitz der Görzer, dann der Habsburger. 1528 verkaufte Erzherzog Ferdinand die Burg samt Herrschaft und Gericht als freies Eigentum an Gabriel von Salamanca-Ortenburg. Bei Valvasor (1688) war die Burg bereits im Verfall.
E: Familien Trupp und Stotter
Lit: *Dehio, 504 f;*
He., I/74 f;
Valv., 188 f

Rottenstein, Höhlenburgruine
BH *Klagenfurt-Land*
G *Ebenthal*
KG *Rottenstein*
Heute sind nur noch drei aus dem Konglomerat gemeißelte Räume mit Balkenlöchern erhalten. 1287 urk. erwähnt. Als „Ratenstein" im Besitz von Aquileja, später Salzburger Besitz. 1476 erfolgte die Aufteilung der Feste an die Welzer und an die Keutschacher (dieser Umstand läßt ihr damaliges Ausmaß erahnen).
E: Josef Martinschitz
Lit: *Dehio, 504;*
Wie., II/98 f

Rottenstein, Schloß
BH *St. Veit an der Glan*
G und **KG** *St. Georgen am Längsee*
Zweigeschoßiger Bau mit Walmdach über rechteckigem Grundriß. In Wandnischen Statuen der Ceres und der Diana. Im Inneren Treppenaufgang vor repräsentativer Halle, einheitliche Ausstattung aus der Bauzeit und Dekorationsmalereien von Carl Eichmüller. Im Park ein aufwendig gestaltetes Badehaus sowie eine Kapelle zum hl. Karl Borromäus (geweiht 1871) und eine Familiengruft mit Kapellenvorbau aus 1880. Das hoch über dem Längsee liegende Schloß ist ein bemerkenswertes historisches Ensemble in einer großen Parkanlage. Es wurde um 1870 unter Gustav Graf Egger nach Plänen des Wiener Architekten Rudolf Bayer neu errichtet.
E: Fam. Gorton
Lit: *Dehio, 505;*
Wie., I/100 f

S

Saager, Schloß
BH *Klagenfurt-Land*
G *Grafenstein*
KG *Saager*
Zweigeschoßiger wuchtiger Bau mit Krüppelwalmdach sowie zwei rechteckigen Ecktürmen; der nördliche war vermutlich der ehem. Bergfried. Im Inneren Gewölbe- und Wandmalereien von Giselbert Hoke, 1969 mit dem Thema „Liebe". Das nahe der Kirche gelegene Schloß wurde als Turm 1382 urk. erwähnt (im Besitz der Metnitzer bis 1800). Der Ausbau erfolgte im 16. Jh. In den Abwehrkämpfen 1919 wurde es teilweise zerstört und 1920 wieder aufgebaut.

E: Seit 1961 Giselbert Hoke
Lit: *Dehio, 508; He., II/150; Wie., II/99 f*

Sachsenburg, Burgruinen
BH *Spittal an der Drau*
G *Lurnfeld*
KG *Sachsenburg*
Eine Befestigungsanlage. Mauerreste der ehemals wichtigen Talsperre im Schutz zweier Burganlagen auf dem Rücken des Sachsenburger Riegels. Im 12. Jh. Besitz des Erzbischofs von Salzburg, der in dauernder Fehde mit den Grafen von Görz lag. 1539 wird Christoph Khünburg als Pfleger genannt. Valvasor nannte „3 Burgen",die bereits 1688 verfallen waren. 1803 endete die Herrschaft der Salzburger.
E: Marktgemeinde Lurnfeld
Lit: *Dehio, 510; Valv., 192 f; Wie., III/104 ff*

St. Georgen am Längsee, Schloß
BH *St. Veit an der Glan*
G und **KG** *St. Georgen am Längsee*
Zu unterscheiden sind das ehem. Benediktinerkloster, die Pfarr- und die ehem. Stiftskirche sowie das ehem. Stiftsgebäude. Das ehem. Benediktinerkloster ist heute das Schloß. Stattlicher zwei- bis dreigeschoßiger Bau mit weitläufigem Arkadenhof, der durch die Kirche in zwei Hälften geteilt wird. Der ältere Teil stammt von 1546, die barocken Trakte wurden 1654–58 von Peter F. Carlone errichtet. Gräfin Wichpurch gründete zwischen 1002 und 1008 das Kloster an der Stelle einer älteren Georgskirche. Es ist dies die älteste Klostergründung Kärntens. Im 14. Jh. erfolgten Um- bzw. Neubauten an Kirchen und Kloster. 1782 wurde das Kloster aufgehoben und 1788 an den Grafen Egger verkauft. 1934 Besitz der Mariannhiller Missionskongregation, 1940 deutsches Eigentum. Eine Landwirtschaftsschule und eine Fremdenpension sind in dem sehr gut erhaltenen Schloß untergebracht.
E: Seit 1960 Bistum Gurk
Lit: *Dehio, 530 ff; Valv., 59 f; Wie., I/102 f*

St. Georgen am Sandhof, Schloß
G *Klagenfurt, Sandhofweg 8–10*
Einstöckiger Bau über rechteckigem Grundriß mit offener Arkadenloggia an der Südwestecke. Dieser Bau, urspr. aus dem 16. Jh., erhielt im 19. Jh. einen Zubau im rechten Winkel sowie einen Verbindungstrakt zur ehemals frei stehenden Kapelle. Schloßkapelle zur hl. Elisabeth mit bemerkenswertem Wappenstein des Erbauers Hans von Hauß mit Inschrift 1584. Schöner Altar aus der Mitte des 17. Jh.s. 1216 wurde das Schloß in einer Urkunde des Papstes Innozenz III. erwähnt. Besitzer waren Dominikus Hackl (1600), im 18. Jh. die Familien Colloredo und Liechtenstein; seit 1953 das Land Kärnten.
E: Hellfried Kuess
Lit: *Dehio, 534 f; Wie., II/34*

St. Jakob im Rosental, Schloß (Pfarrhof)
BH *Villach-Land*
G und **KG** *St. Jakob im Rosental*
Ein stattlicher zweigeschoßiger Bau mit Attikageschoß. Portal bezeichnet 1726, darüberliegende Doppelfenster in Renaissanceform; die übrigen Fenster mit ornamentaler, barocker Rahmung; neuer Zubau; Kapelle mit Gemälden der Heiligen Maria, Barbara

und Katharina, bezeichnet 1615. 1136 wird die Kapelle St. Jakob urk. erwähnt; vom 12. Jh. bis 1784 war das Kloster Ossiach Grundherr und Eigentümer. Zur Zeit der Kärntner Abwehrkämpfe 1919/20 waren Ort und Schloß hart umkämpft. Im Schloß ist die Pfarrkanzlei, im Neubau sind ein Theatersaal und Veranstaltungsräume untergebracht.
E: Röm.-kath. Pfarre St. Jakob im Rosental
Lit: *Dehio, 541; Wie., III/157 f*

St. Peter am Wallersberg, Schloß
BH und **G** *Völkermarkt*
KG *St. Peter am Wallersberg*
Ein barocker zweigeschoßiger Bau über hufeisenförmigem Grundriß. 1096–1672 im Besitz des Stiftes Ossiach; 1496 wird das Schloß urk. genannt. 1672 im Besitz der Maria Galler, 1707 der Deutenhofen, 1784 der Egger. In dem gut erhaltenen Schloß ist eine Gastwirtschaft untergebracht.
E: Stadtgemeinde Völkermarkt
Lit: *Dehio, 603; Wie., II/143 f*

St. Salvator, Schloß
BH *St. Veit an der Glan*
G *Friesach*
KG *St. Salvator*
Bei diesem langgestreckten zweigeschoßigen Gebäude ist vom urspr. Schloßbau nur mehr sehr wenig zu erkennen. 1123–30 im Besitz des Klosters St. Lambrecht urk. erwähnt. Im 16. Jh. Sitz des Landgerichtes, 1607 des Verwesers des Bistums Gurk.
E: Thimothea Jedlicka
Lit: *Wie., I/105 f*

St. Veit, Herzogsburg
BH, G und **KG** *St. Veit an der Glan*
Ein dreigeschoßiger Bau mit gotischen Portalen, Türen und Fenstern. Massiver fünfgeschoßiger quadratischer Eckturm mit Schießluken sowie Pyramidendach. Doppelgeschoßige Arkaden am westlichen Wohnflügel. Urspr. Sitz der Landesfürsten in der ehem. Landeshauptstadt, wurde die Burg 1523–29 als ein landesfürstliches Zeughaus ausgebaut. Blütezeit von St. Veit war um 1220, als auch Walther von der Vogelweide hier zu Gast war. 1518 wurde Klagenfurt Landeshauptstadt. Im Osttrakt ist seit 1948 das St. Veiter Heimatmuseum untergebracht: lokal- und kulturgeschichtliche Sammlung, diverse Grabsteine, Geschützkugeln, zwei römerzeitliche Inschriftfragmente, usw.
E: Fam. Panger
Lit: *Dehio, 631; Wie., I/106 ff*

Sauerbrunnschloß, Ansitz
→ Preblau, Ansitz

Schaumburg, Burgruine
BH *St. Veit an der Glan*
G *Frauenstein*
KG *Schaumboden*
Von der um 1200 genannten Burg sind heute nur noch Reste des runden, starkwandigen, romanischen Bergfrieds erhalten. Westlich davon die Reste eines Gebäudes aus jüngerer Zeit. 1200 im Besitz der Propstei Gurk, als Lehen der Trixener urk. erwähnt.
E: Michael Kampl vulgo Stadler in Schaumboden
Lit: *Dehio, 639; He., II/15; Wie., I/111 f*

Schletterhof, Ansitz
BH und **G** *St. Veit an der Glan*
KG *St. Donat*
Zweigeschoßiges Herrenhaus über rechteckigem Grundriß mit Walm-

dach. Ein vermauerter Rundturm mit Schlüsselscharten aus dem 16. Jh. Gewölbte Räume im Erdgeschoß. Der heutige Bau stammt aus dem 17. Jh., ist im Kern jedoch wahrscheinlich älter. Die Fassade wurde Mitte des 19. Jh.s erneuert. Andreas Schletter wird 1671 als Besitzer urk. erwähnt. Seit dem Jahr 1848 wechselte der Ansitz 15mal seinen Besitzer!
E: Consuelo Mels-Colloredo
Lit: *Dehio, 524;*
Wie., I/112 f

Schmelzhofen, Schloß
BH und **G** *Wolfsberg*
KG *St. Margarethen*
Durch mehrfache Umbauten büßte die Anlage ihren schloßartigen Charakter ein. Heute ist sie ein schmuckloser, dreigeschoßiger Bau; der ehem. Turm wurde abgetragen. Der Name stammt vermutlich von einem ehem. Kupferschmelzofen. Besitzer: 1601 Andreas Weiß von Schmelzofen, 18. Jh. Familie Kulmer. Bei Valvasor (1688) gibt es neben diesem Schloß noch einen prächtigen, dreigeschoßigen Schüttkasten. Oberhalb des Haupttraktes steht ein ca. 180jähriger exotischer Mammutbaum, Metasequoia (unter Naturschutz).
E: Seit dem 19. Jh. Fam. Geinsperger
Lit: *He., II/150 f;*
Valv., 194 f;
Wie., I/185

Schützenhof, Schloß
→ Farrach, Schloß

Schwarzes Schloß, Burgruine
→ Hohenwart, Burgruine

Seltenheim, Schloß
G *Klagenfurt, Unterkröllstraße 10*
Zweigeschoßiges Gebäude mit dreigeschoßigem Turm, Erker, Kapelle von 1668 mit bemerkenswertem Barockaltar. Um 1222 im Besitz der Herren von Seltenheim urk. erwähnt, 1348 im Besitz der Herren von Pettau, später der Liechtenstein und der Windischgraetz bis 1821; 1487 wurde das Schloß von den Ungarn zerstört. 1848 wurde an dem Gebäude ein gut gelungener Rekonstruktionsumbau durchgeführt. Seit 1951 Eigentum der Familie Hansemann-Wagensperg. Eine Restauration erfolgte 1972.
E: Ebba Habsburg-Lothringen
Lit: *Dehio, 646;*
He., II/151 f;
Valv., 196 f;
Wie., II/35 ff

Silberberg, Burgruine
BH *St. Veit an der Glan*
G *Hüttenberg*
KG *St. Martin am Silberberg*
Bei Valvasor (1688) erkennt man noch einen quadratischen Bergfried, Wohngebäude, eine Abschlußmauer samt Tor; heute sind davon nur mehr Mauerreste erhalten. 1214 urk., war die Burg Sitz der Familien von Silberberg (vermutlich einer Seitenlinie der Karlsberger), die sie bis 1756 besaß. Diese Familie dürfte protestantisch gewesen sein, da die ehem. Burgkapelle zum hl. Pankratius profaniert war.
E: Familien Walzel und Kluge
Lit: *He., II/153;*
Valv., 198 f;
Wie., I/115 ff

Silberberg, Schloß (Großwinklern)
BH, G und **KG** *Wolfsberg*
Von dieser ehemals größeren Schloßanlage ist heute nur noch ein dreigeschoßiger Bau erhalten. Die Holzdecke des Rittersaales, um 1580, mit

Tierbildern, Ornamenten und einer Darstellung des Schlosses bemalt, ist heute im Hotel Continental in München. Das Schloß stammt urspr. aus der Spätgotik und wurde im 16. Jh. ausgebaut. Von 1498 bis zum 18. Jh. Besitz der Fam. Siegersdorff, danach Silberberg.
E: Seit 1851 Fam. Henckel-Donnersmarck
Lit: *Dehio, 546; He., II/153 f*

Silberegg, Schloß
BH *St. Veit an der Glan*
G *Kappel am Krappfeld*
KG *Silberegg*
Dreiflügeliger, dreigeschoßiger Bau mit zwei Ecktürmen aus dem 16. Jh. Eine Gruppe von alten, zum Teil barocken Wirtschafts- und Wohngebäuden; ehem. Brauerei (1929 stillgelegt) mit Arkadenhof. Besitzer: Khulmer zum Rosenbichl (Erbauer), die Windischgraetz (1626), Amothofer (1631), Gaisruck (um 1700), die Wulff-Gegenbauer (1958). Eine Gastwirtschaft ist heute im Schloß untergebracht.
E: Helmut Schade
Lit: *Dehio, 649; He., II/154 f; Wie., I/117 f*

Singerhof, Schloß (Porciahaus, Plazottahaus)
BH *Spittal an der Drau*
G und **KG** *Steinfeld*
Ehemals drei-, jetzt zweigeschoßiger Bau; Umfassungsmauer mit Schießscharten sowie zwei quadratischen Ecktürmen. Der Singerhof wurde Mitte des 16. Jh.s als Berggerichtsgebäude erbaut. Im späten 18. Jh. war die Strumpf- und Schlafhaubenfabrik des Freiherrn von Ankershofen darin untergebracht. Zur Zeit der französischen Okkupation im Besitz des Kaufmanns Johann Plazotta; seit dem Jahr 1829 Besitz des Fürsten Porcia.
E: Familien Zeger, Hawryluck und Pechriggl
Lit: *Dehio, 673; Wie., III/122 ff*

Sommeregg, Burgruine
BH *Spittal an der Drau*
G *Seeboden*
KG *Lieseregg*
Heute noch erhalten sind Gewölbereste, Fenster- und Türrahmen sowie ein Erker des 16. Jh.s. Das unterhalb der Burg gelegene „Schlößl", in Teilen aus der Spätgotik, ist heute Burgrestaurant. 1237 urk. erwähnt; Ortolf von Sommereck wird vom Grafen von Ortenburg mit der Burg belehnt. Sitz der Familie von Graben bis zum frühen 16. Jh., dann Christoph Khevenhüller von Aichelberg (1550), der venezianische Handelsherr Hans Widmann (1628), 1651–1934 Fam. Graf von Lodron. Der jüngere Teil der Burg (16. Jh.) war um die Mitte des vorigen Jahrhunderts noch bewohnt.
E: Andreas Egger
Lit: *Dehio, 642; He., I/77 f; Wie., III/108 ff*

Sonnegg, Burgruine
BH *Völkermarkt*
G *Sittersdorf*
KG *Sonnegg*
Nur mehr Mauerreste aus dem Mittelalter und der Renaissance erhalten. 1267 urk., im Besitz der Kärntner Herzöge; 1426 wurde Sonnegg von Herzog Friedrich von Österreich an die Ritter Ungnad verliehen; der berühmte Ritter Georg Ungnad stiftete 1466 den prächtigen vergoldeten Silberkelch nach Maria Saal. Im 17. Jh. wurde Sonnegg durch ein Erdbeben zerstört.
E: Seit 1646 Grafen Orsini-Rosenberg

Lit: *Dehio, 654;*
He., II/155 ff;
Valv., 201 f;
Wie., II/145 f

Sonnegg, Schloß
BH *Völkermarkt*
G *Sittersdorf*
KG *Sonnegg*
Zweigeschoßiger Bau auf rechteckigem Grundriß mit auf Säulen gestütztem Vordach; gegenüberliegende Kapelle von 1784. Nach dem Erdbeben im 17. Jh., bei dem die Burg → Sonnegg zerstört wurde, wurde ein darunter liegender ehem. Wirtschaftshof zu einem Schloß ausgebaut. Das Schloß ist in vorzüglichem Zustand und mit gutem Mobiliar ausgestattet.
E: Grafen Orsini-Rosenberg
Lit: *Dehio, 654;*
Wie., II/145 f

Sonnenburg, Burgruine (Feistritzschlößl)
BH *Spittal an der Drau*
G und **KG** *Malta*
Mauerreste einer romanischen Burg, die bereits im Spätmittelalter verfallen war. Historische Unterlagen über den Bau sind nicht vorhanden, auch bei Valvasor (1688) wird sie nicht genannt.
E: Anton Feistritzer
Lit: *Dehio, 103;*
Wie., III/111 f

Sorgendorf, Ansitz
BH *Völkermarkt*
G *Bleiburg*
KG *Unterloibach*
Der Ansitz steht in einer Fabriksgebäudegruppe; ein dreigeschoßiger Bau, langgestrecktes Werksgebäude mit sezessionistischem Dekor. Dieses 1429 genannte Schloß wurde unter der Familie Stich ausgebaut (1629–1813). Im gut erhaltenen Schloß ist eine Brauerei untergebracht.
E: Seit 1867 Familie Thurn-Valsassina
Lit: *Dehio, 655;*
He., II/158;
Wie., II/146 f

Stadlhof, Schloß
BH und **G**
St. Veit an der Glan
KG *St. Donat*
Dreigeschoßiger Bau mit Ziergiebel, Fenster mit guten Korbgittern, Halle mit Stuck. Gepflegte Einrichtung, gute Bilder, in einigen Räumen Stuck. Vor der Fassade Terrasse mit Rondeau. Urk. 1599; das Schloß wurde um 1770/80, wahrscheinlich nach Plänen Johann Georg Hagenauers, neu gestaltet.
E: Fam. Fräss-Ehrfeld
Lit: *Dehio, 459 f;*
He., II/158 f;
Wie., I/118 f

Stall, Burgruine
→ Wildegg, Burgruine

Staudacherhof, Ansitz (Einersdorf)
BH *Völkermarkt*
G *Bleiburg*
KG *Moos*
Gefälliger einstöckiger Bau; von den ehemals vier Türmen ist heute nur noch einer mit Kegeldach erhalten. 1351 wird Friczel von Einestorf genannt. Laut einer Urkunde gelangte das Schloß 1429 vom Bistum Bamberg an Ulrich von Eynesdorf. Weitere Besitzer waren die Familie Khulmer zum Rosenbichl (1619) und Staudach (1680).
E: Paul Pleschiutschnig
Lit: *Wie., II/113 f*

Staudachhof, Ansitz (Gut Weilern)
BH *St. Veit an der Glan*
G *Friesach*
KG *St. Salvator*
Stattlicher dreigeschoßiger Bau über rechteckigem Grundriß mit zwei vorspringenden Ecktürmen. Die Herren von Weilern werden 1136 erwähnt, die von Staudach sind seit 1315 auf dem Ansitz nachweisbar. Der

heutige Bau stammt aus dem 16. Jh. Zu den Besitzern zählten die Schmelzer (1596), die Aichelburg, die Egger.
E: Friedrich Kornberger
Lit: *Dehio, 668;*
Wie., I/119 f

Stein, Burg
BH *Spittal an der Drau*
G *Dellach im Drautal*
KG *Stein*
Auf schwer zugänglichen Felsen gelegene Anlage, urspr. aus dem späten 12. Jh., deren romanisches Mauerwerk noch teilweise zu erkennen ist. Bergfried (heute Aussichtsturm), Palas, Kapelle: urk. 1334, um 1500 in eine Doppelkapelle umgebaut. Die untere Kapelle zum hl. Valentin mit bemerkenswerten Schnitzstatuetten der Heiligen Martin, Valentin und Pankraz, um 1470; eine Muttergottesfigur um 1520. Die Oberkapelle zum hl. Martin, laut Inschrift von 1503; an den Schlußsteinen gemalte Wappen von Görz-Tirol, Gonzaga, Österreich, Kärnten; die Wappen beziehen sich auf den Grafen Leonhard von Görz (gest. 1500); geschnitzte Bischofsfigur um 1500. Zwei Wendeltreppen verbinden die Innenräume dieser herrlichen Burg. 1190 wird Haidenrichs de Lapide genannt. Vom 13. Jh. bis 1335 Besitz der Grafen von Görz. 1440 gelangte die Burg an die Grafen von Cilli und 1456 an Kaiser Friedrich III., der Burgpfleger einsetzte. Weitere Besitzer waren die Familien von Graben und Peverellis. Die Burg ist sehr gut erhalten und dient Wohnzwecken.
E: Seit 1681 Rosenbergscher Besitz
Lit: *Dehio, 669 f;*
He., I/80 ff;
Valv., 206 f;
Wie., III/120 ff

Stein, Burgruine
BH *Wolfsberg*
G *St. Paul im Lavanttal*
KG *Steinberg*
Erhalten sind die romanischen Mauern des Palas, ein gekuppeltes Fenster, Teile der ehem. Kapelle. Der „Schloßbauer", gegenüber gelegen, war urspr. das Wirtschaftsgebäude der Burg. 1215 im Besitz des Erzbistums Salzburg; 1273 ging Stein an den Bischof von Lavant. 1289 stürmte der Söldnerführer Ulrich Kapeller im Auftrag von Herzog Albrecht diese Burg. 1480 eroberte Leonhard von Kollnitz in kaiserlichem Auftrag die Burg und zerstörte sie weitgehend. Um 1493 wurde sie durch Leonhard von Keutschach neuerlich befestigt. Ab 1498 war Stein wieder Sommerresidenz der Lavanter und der Salzburger Bischöfe. Wahrscheinlich seit Anfang des 18. Jh.s verfallen.
E: Ernst Knauder vulgo Gschlosser
Lit: *Dehio, 671;*
He., II/161 f;
Valv., 208 f;
Wie., I/186 ff

Stein im Jauntal, Burgruine (Pfarrkirche)
BH *Völkermarkt*
G *St. Kanzian am Klopeinersee*
KG *Stein im Jauntal*
Im 18. Jh. verwendete man die Steine der damals verfallenen Burg für die Erbauung der Pfarrkirche bzw. für die Ausgestaltung der ehem. Burgkapelle aus dem 13. Jh. Reste von Wandmalereien (13. Jh.) sind heute noch erhalten. 975 wird Albuin Bischof von Brixen genannt; später im Besitz der Grafen von Tirol, der Görzer, der Cilli; die damalige Wehrkirche wurde 1458 zerstört und anschließend erneuert. Weitere Besitzer waren Ambros Thurn und die Windischgraetz.

E: Fam. Rosenberg (Burgruine); Röm.-kath. Pfarre Stein im Jauntal (Pfarrkirche)
Lit: *Dehio, 670 f; He., II/160 f; Valv., 206 f; Wie., II/147 ff*

Sternberg, Burgruine
BH *Villach-Land*
G *Wernberg*
KG *Sand*
Heute noch erhalten sind Mauerreste des viereckigen Bergfrieds, die jetzt als Untergeschoß eines Blockhauses dienen; Teile des zugehörigen Wirtschaftsgebäudes am südlichen Abhang. Urk. 1170–80; 1267 wird Ulrich von Heunberg als Graf von Sternberg erwähnt. 1329 Verkauf von Burg und Herrschaft an den Grafen Otto von Ortenburg. Im Erbkrieg zwischen Kaiser Friedrich III. und den Grafen von Görz wurden Sternberg und die benachbarte Burg → Hohenwart zerstört.
E: Eberhard Hippel
Lit: *Dehio, 675; He., I/84 f; Wie., III/158 ff*

Steuerberg, Burgruine
BH *Feldkirchen*
G *Steuerberg*
KG *Wabl*
Stark verfallene langgestreckte rechteckige Anlage; Kapellenreste noch erkennbar. Steuerberg, am Eingang des als „enge Gurk" bezeichneten Tals, wurde urspr. „Dovernic" genannt; im Volksmund wird sie auch als „Marbauerschloß" bezeichnet. 1169 wird Reginher von Steierberg genannt; dessen Vater, Swiker von Hollenburg, war einer der wenigen, die vom Dritten Kreuzzug in die Heimat zurückkehrten. Weitere Besitzer waren die Ortenburg (1254), die Cilli, die Habsburger (1456), der St.-Georgs-Orden in Millstatt (1517), die Hallegger (17. Jh.), die Kaiserstein und die Fam. Göschen. Im Jahr 1880 war die Burg noch bewohnbar.
E: Dipl.-Ing. Dieter Senitza
Lit: *Dehio, 677; Wie., II/101*

Stiegerhof, Ansitz (Nagerschigghof)
BH *Villach-Land*
G *Finkenstein*
KG *Gödersdorf*
Ein zweigeschoßiger Vierkanter mit Krüppelwalmdach. Wuchtiges Rustikaportal, Renaissancedoppelfenster im zweiten Geschoß, Balkonvorbau an der Nordseite, ornamentale Sgraffitomalereien an West- und Ostfront, niedriger Anbau als Verbindungstrakt zu großem Neubau. Stichkappengewölbe im Untergeschoß. 1585 wird ein Edelmannssitz genannt. Seit 1951 ist im gut erhaltenen Schloß eine landwirtschaftliche Fachschule untergebracht.
E: Land Kärnten
Lit: *Dehio, 682; Wie., III/147 ff*

Straßburg, ehem. Bischofsburg
BH *St. Veit an der Glan*
G *Straßburg*
KG *Straßburg-Stadt*
Eine der schönsten und größten Wehranlagen Österreichs. Drei Tore, Bergfried (der sogenannte „Faulturm"), Arkadenhof mit Pfeilern im Erdgeschoß und darüberliegenden Säulenarkaden; Grabsteine von Bischöfen und Adeligen (15.–18. Jh.) an der Nordwand; der Nordtrakt mit zwei Turmbauten („Münzturm") und der „Rauchkuchl" im Erdgeschoß; Osttrakt mit ehem. Rittersaal, der Burgkapelle zum hl. Mauritius (urk. 1228) mit Stuck und Wandmalereien aus dem 17. Jh. Festsaaltrakt (1915 eingestürzt, 1959 mit Terrasse

neu erbaut), Westtrakt mit Schenke im Erdgeschoß und dem sogenannten „Kapellenraum“ im Obergeschoß; Stall- und Kastengebäude, Kapelle Maria Loreto, auf halbem Weg zwischen Stadt und Burg. Die erste Anlage wurde unter Bischof Roman I. 1147 fertiggestellt. 1180 wurde diese zerstört und unter Bischof Gerold 1326–33 neu errichtet. Zerstörungen durch Brand 1343 und 1368. 14.–18. Jh. Zu- und Anbauten. 1780 wurde der Bischofssitz nach Schloß → Pöckstein verlegt; 1856 Zerstörung des Daches und Brand infolge Blitzschlags (die Dachfläche hat ein Ausmaß von 2 ha = 20.000 m²!), 1859 Errichtung eines Notdaches. 1956 begann die Generalsanierung und die Planung der Museumsräume. Neben offiziellen Stellen beteiligte sich vor allem der Verein „Freunde der Straßburg“ (auch der Österreichische Burgenverein) an der Restaurierung der Burg. Straßburg ist heute sehr gut erhalten und wird weiter restauriert. Der Bischofssitz beherbergt heute ein Heimat-, ein Diözesan- und ein Jagdmuseum sowie Veranstaltungsräume und einen Gastbetrieb.
E: Bistum Gurk
Lit: *Dehio, 684 ff; He., II/162 ff; Valv., 210 f; Wie., I/120 ff*

Straßfried, Burgruine
BH *Villach-Land*
G *Arnoldstein*
KG *Maglern*
Reste des Bergfrieds aus Bruchsteinen mit Eckquadern. Schmaler Hof mit Resten der gotischen Wohn- und Wirtschaftsgebäude. 1279 und 1311 urk. erwähnt. Im Besitz des Bistums Bamberg bis 1441; unter den Herren von Gera Errichtung der Kapelle (1474). Eine Urkunde aus 1447 bezeugt, daß Hunde und Jäger zur Bärenjagd im Forst hinter Straßfried zur Verfügung gestellt werden. Bei einem Franzoseneinfall 1797 wurde die Burg gänzlich zerstört.
E: Ing. Karl Blaschke
Lit: *Dehio, 359; He., I/85 ff; Valv., 210 f; Wie., III/160 f*

Süßenstein, Schloß
→ Hüttenberg, Schloß

T

Taggenbrunn, Burgruine
BH *St. Veit an der Glan*
G *St. Georgen am Längsee*
KG *Taggenbrunn*
Ausgedehnte, weithin sichtbare Anlage mit Resten eines Wohnbaues des 15. Jh.s; große Ringmauern mit drei vorstehenden Rundtürmen und einem Zugbrückentor. Reste des Palas und der Wirtschaftsgebäude. 1157 als „Castrum Takenbrunne“ urk. erwähnt; damals Besitz der Salzburger Erzbischöfe. Im 13. und 15. Jh. zerstört; ein weitgehender Neubau erfolgte unter Erzbischof Leonhard von Keutschach (nach 1494). Bis 1692 in Salzburger Besitz, 1803 Staatsgut. 1974/75 erfolgte eine Restaurierung und der Einbau einer Gaststätte.
E: Ing. Kleinszig
Lit: *Dehio, 694 f; He., II/165 ff; Valv., 218 f; Wie., I/125 ff*

Tanzenberg, Schloß
BH und **G** *St. Veit an der Glan*
KG *Tanzenberg*
Mächtiger dreigeschoßiger Bau in beherrschender Lage über dem Zoll-

feld. Rechteckiger Arkadenhof, Rustikaportal an der Nordwestfront mit Wappenstein des Erzbischofs Leonhard von Keutschach, bezeichnet 1511. Im Nordosttrakt sind noch Teile der mittelalterlichen Burg erhalten: Rundturm, gotische Tore, Fenster und eine Kragsteingalerie. Eine Holzkassettendecke aus der Mitte des 16. Jh.s; zahlreiche Teile des Interieurs wurden in verschiedene andere Schlösser übertragen. Kirche zum hl. Florian und hl. Josef an der Südwestflanke dieses Schlosses. 1300 urk., wurde das Schloß um 1515 unter den Brüdern von Keutschach (Vettern des Erzbischofs Leonhard) in seiner heutigen Form errichtet. Tanzenberg zählte wohl zu den bedeutendsten Renaissancebauwerken Österreichs; durch Umbauten ab 1898 hat es jedoch einen Großteil seiner künstlerischen Substanz eingebüßt. 1898 im Besitz des Olivetanerordens. Eine Schule, ein Internat und das bischöfliche Knabenseminar wurden in Schloß Tanzenberg eingerichtet.
E: Seit 1953 Bistum Gurk
Lit: *Dehio, 697 f; He., II/167 f; Valv., 214 f*

Tentschach, Schloß
G *Klagenfurt*, **B** 27
Burgartiger dreigeschoßiger Bau mit wuchtigen Rundtürmen; rundbogiges Rustikaportal mit darüber liegendem Erker mit Wappen der Familien Göschen und Kaiserstein. Fenster mit Butzen- und Wappenscheiben nach einem Entwurf von Jakob Wald, Ende des 19. Jh.s. Quadratischer Innenhof mit verglasten Pfeilerarkaden. In Räumen des Obergeschoßes Glasfenstermedaillons und Stukkaturen des späten 17. Jh.s. Schloßkapelle zum hl. Nikolaus, 1700 geweiht, 1966 restauriert. Anstelle einer mittelalterlichen Burg (urk. im 13. Jh.) wurde das Schloß im 16. Jh. unter der Familie Rumpf oder Pruggmayer in seiner heutigen Form erbaut. Aus- bzw. Umbauten erfolgten unter den Grafen Kaiserstein um 1700 und unter Oskar Göschen nach 1886. Das sehr gut erhaltene Schloß hat eine bemerkenswerte Einrichtung.
E: Prof. Carl Kos
Lit: *Dehio, 699 f; He., II/169; Valv., 218 f; Wie., II/37 f*

Thalenstein, Schloß
BH und **G** *Völkermarkt*
KG *Haimburg*
Rechteckiger dreigeschoßiger Haupttrakt mit zwei vorgebauten Flügeln, Kapellenanbau mit Turm um 1720; Bernhard Thalant erbaute das Schloß 1499; 1517 im Besitz des Christoph Resch, Vicedomherr von Steyr. Abt Ulrich Phinzing bis 1530, später Wildenstein, Saurau und Rosenberg. Im 18. und 19. Jh. wurde das Schloß umgebaut und ist heute vorzüglich erhalten. Unter Kaiser Ferdinand I. war Georg Wildenstein mit der Aufsicht über den kaiserlichen Wildbann betraut und hatte die Reviere fallweise zu bereiten. Seit 1885 ist Thalenstein Eigentum der Fam. Helldorf.
E: Dipl.-Ing. Volker Helldorf
Lit: *He., II/169 f; Wie., II/151 f*

Thürn, Schloß
BH und **G** *Wolfsberg*
KG *Thürn*
Unregelmäßige Anlage mit zweigeschoßigem Palas, anschließendem quadratischen Turm,

dem ehem. Bergfried; zwischen Palas und Osttrakt ein Arkadengang; durch ein bemerkenswert intarsiertes Türprospekt aus der Renaissance gelangt man in die Kapelle, bezeichnet 1589. Die urspr. Kapelle im Raum über der Toreinfahrt (Reste gotischer Wandmalereien, Ende 15. Jh.). Diese mittelalterliche Anlage wurde im 16., 18. und 20. Jh. entscheidend verändert. 1243 urk. im Besitz des Wülfling von dem Thurn, 1480 des Wolfgang Fuchs, 1545 des Veith von Eibiswald (unter dessen Sohn der Bau erweitert wurde); weitere Besitzer waren 1675 Erzbischof Gandolf von Salzburg, ab 1679 das Domstift St. Andrä, 1859–1916 der Jesuitenorden. Danach mehrmaliger Besitzerwechsel.
E: Fam. Hollinger
Lit: *Dehio, 704 f;*
He., II/170 f;
Wie., I/189 ff

Thurnhof, Ansitz
BH *Hermagor*
G *Hermagor-Pressegger See*
KG *Möschach*
Dreigeschoßiger Turm (in seiner heutigen Form auf das 16. Jh. zurückgehend) mit angebautem Wohntrakt. 1342 wird Henricus de Turri urk. genannt. Später Ortenburger Lehen; weitere Besitzer: 1570 Grössing, 1616 Rosspacher, 1702 der Abt von Arnoldstein, 1786 Seebacher, die Spilat, Hasslacher. Die daneben gelegene Wallfahrtskirche Maria Thurn dürfte die Kapelle der ehem. Burg gewesen sein (1261 erwähnt).
E: Herbert Lampersberger
Lit: *Dehio, 705;*
He., I/87;
Wie., III/27 f

Thurnhof, Schloß (Prägrad)
BH *St. Veit an der Glan*
G *Weitensfeld-Flattnitz*
KG *Zweinitz*
Vierseitige Anlage, die an einen älteren Wehrturm angebaut ist; drei- bis viergeschoßig, mit vier aus dem Dach ragenden Ecktürmchen. Renaissanceportal an der Nordseite, bezeichnet 1560. Als „Pregrat" 1140 urk. erwähnt. Im 14. und 15. Jh. im Besitz der Hofman von Wald, 1585–1618 des Veith Jochner und 1700 der Egger. Das Schloß ist sehr gut erhalten und dient Wohnzwecken.
E: F. u. R. Treppo
Lit: *Dehio, 810;*
He., II/172;
Valv., 178 f;
Wie., I/130 f

Tiffen, Ansitz
BH *Feldkirchen*
G *Steindorf*
KG *Tiffen*
Von der einstigen Burg sind heute keine Spuren mehr zu sehen. Unterhalb des Burghügels liegt das dreigeschoßige, stattliche Gebäude, genannt „Gschlosser" (ehem. Meierhof). Rundbogenportal, Fassadenmalereien des 18. sowie 19. Jh.s; Teile des Gebäudes wurden in jüngster Zeit verändert.
E: Seit 1728 Familie Hinteregger
Lit: *Dehio, 709;*
Wie., II/102 f

Tigring, Schloß
BH *Klagenfurt-Land*
G *Moosburg*
KG *Tigring*
Dreigeschoßiges Gebäude über rechteckigem Grundriß mit Treppenflügel in der Mitte der Nordseite. Vorzügliche barocke Deckenstukkaturen, um 1660; tonnengewölbtes Stiegenhaus. Aus einem großen Bauernhof entstand Mitte des 17. Jh.s der heutige Bau (im Besitz der Familie Deutenhofen). 1671 Fro-

miller, später dauernder Besitzerwechsel. Seit 1967 dient der sehr gut erhaltene Bau als Bezirksaltersheim.
E: Bezirksfürsorgeverband Klagenfurt
Lit: *Dehio, 710;*
He., II/172 f;
Wie., II/103 f

Töllerberg, Schloß
BH und **G** *Völkermarkt*
KG *Töllerberg*
Das heutige Schloß besteht aus zwei über hakenförmigem Grundriß rechtwinkelig zueinanderstehenden dreigeschoßigen Trakten. Der westliche Teil des Südtraktes geht auf eine mittelalterliche Anlage zurück. Arkadengang an der Hofseite über dem Portal. Einige bemerkenswerte Stuckdekorationen im Inneren des Osttraktes, Anfang des 18. Jh.s. Jagdzimmer, Südwestzimmer mit josefinischen Wandmalereien. Urk. 1297, im 16. Jh. Besitz der Obdacher, der Welzer und der Windischgraetz. Rascher Besitzerwechsel im 17. Jh. Nach 1690 an die Familie Kließ (Karl-Ludwig Kließ, Propst zu Völkermarkt auf Tainach). 1713 Balthasar Graf Christallnigg. Der gut erhaltene Bau ist heute Eigentum der Nachkommen des Gabriel Ritter von Jessernig.
E: Familien Jessernig, Grimburg, Dobringer und Kopetz
Lit: *Dehio, 711 f;*
He., II/173 f;
Valv., 214 f;
Wie., II/152 ff

Töltschach, Ansitz
BH *Klagenfurt-Land*
G und **KG** *Maria Saal*
Rechteckiger zweigeschoßiger Bau mit Mittelrisaliten und Giebelaufsatz. Im Stiegenaufgang Deckenfresko von Josef Ferdinand Fromiller. Schloßkapelle zum hl. Johannes dem Täufer, Ende des 17. Jh.s, mit Rokokofreskenausstattung, datiert 1776; vor dem Schloß und in den Wirtschaftsgebäuden befinden sich eine Anzahl römerzeitlicher Denkmäler. Diese stammen durchwegs vom Zollfeld und von den Hängen des Töltschacher Berges, in welchem Gelände sich einst Virunum, die Hauptstadt der römischen Provinz Noricum befand. 1493 und 1520 urk.; 1582 vergrößert und 1691 umgebaut. Besitzer waren die Familien Neuschwert (1520), Himmelberg (1691), Grotta (18. Jh.), Johann Baptist Türk, der Freiheitskämpfer in den Napoleonischen Kriegen.
E: Seit 1913 Fam. Toff
Lit: *Dehio, 712 f;*
Valv., 222 f;
Wie., II/104 f

Töscheldorf, Schloß
BH *St. Veit an der Glan*
G *Althofen*
KG *Töscheldorf*
Stattlicher dreigeschoßiger barocker Bau; Säulenportikus mit Balkon; an den Fassaden Rankenstukkaturen um die Fenster aus dem Anfang des 18. Jh.s. Großer Saal in der Mitte des Hauptgeschoßes mit bemerkenswerten Wandmalereien von Josef Ferdinand Fromiller, Mitte des 18. Jh.s (mythologische Szene). Die Schloßkapelle liegt auf einer Terrasse südlich des Schlosses (errichtet 1597, erneuert Mitte des 19. Jh.s, restauriert 1897). Großer zweigeschoßiger Wirtschaftshof aus dem Biedermeier (1840) neben dem Schloß. Urk. 1531; der Eisengewerke Gschwindt von Böckstein erbaute das Schloß im 17. Jh. Unter den Freiherren von Ottenfels wurde es in der ersten Hälfte des 18. Jh.s ausgestaltet. Bis ins 19. Jh. vorwiegend im Besitz von Gewerkenfamilien.

Das sehr gut erhaltene Schloß wird heute für Schulzwecke verwendet.
E: Franz Knafl
Lit: *Dehio, 713 f; Valv., 224 f; Wie., I/131 f*

Trabuschgen, Schloß
BH *Spittal an der Drau*
G und **KG** *Obervellach*
Am Nordrand des Ortes gelegener dreigeschoßiger Bau. Spätgotisches Gewölbe in der ehem. Einfahrt, spätgotische Türgewände im ersten Stock. Die Fenster mit barocken Verdachungen. Großer Saal im zweiten Obergeschoß mit Deckengemälde von Josef Ferdinand Fromiller, bezeichnet 1716. Im Westzimmer Stukkaturen aus dem 18. Jh., ein Kamin um 1700. Das heutige Speisezimmer mit zwei bemalten Durchzugbalken. Barocke Ölgemälde, Stuckfelder mit Malerei im Stiegenhaus zum zweiten Stock. Kapelle im rückwärtigen Trakt, um 1727. 1434 urk., Besitzer Balthasar Khuenburg; im 15. und 16. Jh. umgebaut, stammt der heutige Bau aus dem 17. Jh. 1633 dann im Besitz der Familie Widmann, 1692–1803 der Stampfer von Walchenberg, später Batthyány, Ehrfeld, Mulli und Wenger. Der gut erhaltene Bau ist heute Pensionsbetrieb.
E: Maria Strach
Lit: *Dehio, 443; He., I/87 ff; Valv., 228 f; Wie., III/89 ff*

Trarichhof, Schloß
→ Farrach, Schloß

Treffen, Burgruine (Alt-Treffen)
BH *Villach*
G *Treffen*
KG *Winklern*
Von der einst umfangreichen Anlage sind heute noch ein viereckiges Tor mit Erkerüberbau (Ende des 15. Jh.s), der romanische Bergfried, rechteckige, gotische Türme sowie Reste des spätgotischen Zwingers erhalten. Der Ursprung der Burg reicht wahrscheinlich bis in das 9. Jh. zurück. Seit dem Ende des 11. Jh.s Sitz eines Grafengeschlechts („comes de Trevin"), das 1182 in der männlichen Linie erlosch (Patriarch Ulrich II. von Aquileja, 1161–82). Burg und Herrschaft fielen danach an das Patriarchat von Aquileja. Vor 1490 wurde die Burg zerstört und ist seither Ruine. Besitzer waren Meinhard von Tirol, Lasla Prager, Seenuß, Anna Liechtenstein (geb. Neumann), Grotta.
E: Karoline Kramer
Lit: *Dehio, 717; He., I/89 f; Wie., III/162 ff*

Treffen, Schloß (Grottenegg)
BH *Villach*
G und **KG** *Treffen*
Dreigeschoßiger Bau mit Walmdach, in der Art oberitalienischer Paläste. Zwei große Säle in den beiden Obergeschoßen mit bemerkenswerten Stuckdecken um 1700. Geschnitzte Türen, Öfen um 1780; die ehem. Einrichtung sowie die Gemälde wurden verkauft (teilweise an das Museum der Stadt Villach). Adam Seyfried Graf Grotta von Grottenegg erbaute 1691 das Schloß. In dieser Familie verblieb es bis ins 18. Jh.; später Christallnigg und Goëss.
E: Rudolf Frierss
Lit: *Dehio, 717; He., I/90 f; Wie., III/162 ff*

Treibach, Schloß
BH *St. Veit an der Glan*
G *Althofen*
KG *Treibach*
Großer historischer Bau mit Ecktürmen, Mittelrisalit mit Dachaufsatz und

reich dekorierter Fassade. Südöstlich davon barocker zweigeschoßiger Kasten des 17. Jh.s. Das ehemalige Schloß aus dem frühen 17. Jh., heute ein Direktionsgebäude der Treibacher Chemischen Werke, wurde 1867 fast völlig verändert. Im Besitz der Gewerkenfamilien Neppelsberg und Egger, ab 1897 des Carl Freiherr Auer von Welsbach, der hier eine elektrochemische Versuchsanstalt einrichtete.
E: Treibacher Chemische Werke AG
Lit: *Dehio, 719;*
Valv., 228 f;
Wie., I/132

Trübenberg, Burgruine
→ Metnitz, Burgruine

Twimberg, Burgruine
BH *Wolfsberg*
G *Bad St. Leonhard im Lavanttal*
KG *Twimberg*
Reste einer bedeutenden, an strategisch wichtiger Stelle gelegenen Burg. Stirnbastei, drei Höfe, Reste des mächtigen Bergfrieds, Reste eines Wachturms. Die ehemalige Zwingburg und das umliegende Gebiet gelangten um 931 durch königliche Schenkung an das Erzbistum Salzburg. Der Lehensnehmer Hartneid von Weissenegg, der Erbauer der etwas höher gelegenen Feste Pirkenstein, verkaufte die Burg zwischen 1326 und 1329 an Bischof Dietrich von Lavant. Bis zum 19. Jh. im Besitz der Lavanter Bischöfe. Seit der Mitte des 17. Jh.s im Verfall. 1932–34 konstituierte sich ein Verein zur Erhaltung dieses interessanten Bauwerkes.
E: Peter und Hermine Guggi
Lit: *Dehio, 724;*
He., II/175 f;
Wie., I/191 ff

U

Ulrichsberg, Kirchenruine
G *Klagenfurt*
Die heutige Kirche auf dem historischen Kultberg war vorrömische Fliehburg, später ein römischer Tempel und seit 1485 die Kirche zum hl. Ulrich. 1786 wurde die letzte heilige Messe gelesen, da die Kirche zu dieser Zeit durch Blitzschlag zerstört wurde. Nahe der Kirchenruine befinden sich Ausgrabungen des Kulthauses der Isis-Noreia und einer frühchristlichen Saalkirche aus dem 5. Jh. n. Chr. (restauriert 1970). Am Dreinagelfreitag (nach dem ersten Sonntag nach Ostern), wird seit 1335 urk. der „Vierbergelauf" durchgeführt; die vier Berge sind Ulrichsberg, Helenenberg, Veitsberg und Laurenziberg. Die Kirche wird renoviert; seit 1959 ist sie Gedächtnisstätte für die Gefallenen beider Weltkriege.
E: Dkfm. Dr. Leopold Goëss
Lit: *Dehio, 725;*
Wie., II/38

Unterfalkenstein, Schloß
→ Niederfalkenstein, Schloß

Unterlind, Burgruine
BH *Spittal an der Drau*
G *Kleblach-Lind*
KG *Lind*
Nur geringe Reste der Grundmauern, die auf einem Hügel unterhalb von → Oberlind liegen, sind erhalten. Diese Burg bestand urk. bereits im 14. Jh. Am Berghang liegt die ehemalige Burgkapelle Mariahilf (1347 geweiht); 1955 wurden Wandmalereien entdeckt.
E: Ambros Wernisch
Lit: *Dehio, 348;*
He., I/55 f;
Wie., III/78 ff

V

Velden, Schloß

BH *Villach*
G und **KG** *Velden am Wörther See*
Ehemals dreigeschoßiger, heute zweigeschoßiger Renaissancebau mit vier Türmen. Frühbarockes Rustikaportal, bezeichnet 1603, mit den Wappen des B. Khevenhüller und seiner drei Frauen: der Gräfin von Schernperg, der Gräfin Thurn und der Freiin von Thannhausen. Um 1590 erbaut (B. Khevenhüller), gelangte das Schloß 1639 im Zuge der Gegenreformation an die Grafen von Dietrichstein und verblieb bis 1861 in deren Besitz. 1920 wurde Velden weitgehend umgebaut und als Schloßhotel adaptiert.
E: KR Sophie Günzl und Dr. Elsa Böhm
Lit: *Dehio, 735 f;*
He., I/92 f;
Valv., 238 f;
Wie., III/167 ff

Viktring, Schloß (Stiftsgebäude)

G *Klagenfurt, Stift Viktring Straße 25*
Vom mittelalterlichen Bestand sind nun nur noch die Prälatur und die nördlich davor gelagerten Bauten, mit zwei vortretenden Halbrundtürmen, erhalten. Die Prälatur ist dreigeschoßig und wurde im 19. Jh. zum Teil neugotisch verändert. Die übrigen Stiftsanlagen, die beiden dreigeschoßigen Arkadenhöfe und die imposante 130 m lange Südfront stammen aus der ersten Hälfte des 18. Jh.s (Bauherr war Abt Benedikt Mulz). Deckenstuckdekoration im großen Saal, urk. 1728, von Kilian Pittner. Rokokostukkaturen in zwei Räumen des ersten Stockes im östlichen Teil. Im westlichen Hof befindet sich ein Marienbrunnen, bezeichnet 1675. Viktring wurde 1142 von Bernhard von Sponheim als Zisterzienserkloster gegründet (Erzbistum Salzburg). Im 15. Jh. durch Brände und Türkeneinfälle arg in Mitleidenschaft gezogen. 1786 erfolgte die Aufhebung des Klosters. Weitere Besitzer waren die Liechtenstein (1834), die Moro, die Aichelburg, 1943–56 Oswald Dreihann-Holenia. Im Schloß sind eine Schule mit Internatsbetrieb und ein Kindergarten untergebracht.
E: Seit 1973 Republik Österreich (Bundesgebäudeverwaltung)
Lit: *Dehio, 739 f;*
Wie., II/38 ff

Virgilienberg, Kirchenruine

BH *St. Veit an der Glan*
G und **KG** *Friesach*
Erhalten sind spärliche Reste des Propsteigebäudes im Süden der Kirche und die Ruine des Chors (nach 1309). Die ehemals befestigte Anlage wurde vor 1217 durch Erzbischof Eberhard II. gegründet, 1309 durch Brand beschädigt und 1606 aufgehoben. Nach neuerlichem Brand 1752 wurde nur noch der Chor der Kirche eingedeckt. Seit 1816 im Verfall. 26. 4.–6. 5. 1224 fand in Friesach das berühmte Turnier mit 300 gewappneten Rittern statt; anschließend erfolgte die Aussöhnung zwischen Bernhard von Sponheim und Markgraf Heinrich von Istrien.
E: Kollegiatskapitel Friesach
Lit: *Dehio, 133;*
Wie., I/34

W

Waidegg, Burgruine
BH *Hermagor*
G *Kirchbach*
KG *Waidegg*
Nur mehr geringe Reste der romanischen Burganlage (heute unter der Grasnarbe gelegen). 1288 urk., im Besitz der Görzer, die die Burg an verschiedene Ministerialen verliehen. Zerstörung im 14. Jh., Wiederaufbau und neuerliche Zerstörung um die Mitte des 15. Jh.s. Seither im Verfall.
E: Familien Stattmann, Hochenwarter und Patterer
Lit: *Dehio, 768; Wie., III/37 ff*

Waisenberg, Burgruine
BH und **G** *Völkermarkt*
KG *Waisenberg*
Von der einst ausgedehnten spätgotischen Anlage (Anfang des 16. Jh.s von der romanischen Burg nichts mehr erhalten) sind heute noch die Ringmauer mit zwei Tortürmen (einer mit Wendeltreppe), das innere Burgtor, der Bergfried und Teile eines annähernd quadratischen dreigeschoßigen Palas erhalten. Durch eine Schenkung der Gräfin Hemma von Friesach-Zeltschach gelangte die Burg 1043 an das Bistum Gurk, bei dem sie mit Unterbrechungen bis 1530 verblieb. Danach Kauf durch Hans von Silberberg; nach mehrmaligem Besitzerwechsel in der ersten Hälfte des 18. Jh.s an die Familie Christallnigg. Bis zur Brandkatastrophe 1790 waren Burg und Kapelle noch völlig intakt; danach Auflassung und beginnender Verfall.
E: Alfred Christallnigg
Lit: *Dehio, 770; He., II/176 ff; Valv., 253 f; Wie., II/160 f*

Waldeck, Ansitz
→ Hardeggerhof, Ansitz

Waldegg, Schloß
→ Weildegg, Schloß

Waldenstein, Schloß
BH und **G** *Wolfsberg*
KG *Waldenstein*
Mächtiger, großteils romanischer Bergfried des 13. Jh.s, drei- und viergeschoßige Zubauten, die sich darum gruppieren (Gotik und Renaissance). Schloßkapelle zu Mariae sieben Schmerzen, urk. 1464. Als bambergisches Lehen wird die Burg 1255 urk. erwähnt. 1282 Lehen der Ungnad (1352 wird ein Hammerwerk unter der Burg erwähnt). Einer der Ungnads hatte, als eifriger Protestant, in der Burg eine Buchdruckerpresse zur Verbreitung der lutherischen Lehre untergebracht; napoleonische Truppen verschleppten diese Presse, die heute im Louvre in Paris zu besichtigen ist. 1638 Verkauf der Burg an den Bischof von Bamberg (aufgrund der Konflikte um den Erzbergbau), 1695 an die Grafen Schönborn (bis 1807), 1852 an Hugo Graf Henckel-Donnersmarck. Später Eigentum der Hespa-Domäne.
E: Kärntner Montan-Industrie
Lit: *Dehio, 773; He., II/178 ff; Wie., I/192 ff*

Wasserhofen, Schloß
BH *Völkermarkt*
G *Eberndorf*
KG *Kühnsdorf*
Zweigeschoßige Anlage des 16. Jh.s mit kleinem quadratischen Innenhof mit Renaissancesäulenarkaden im zweiten Geschoß. Vorspringender Turm mit Schießöffnungen. Im Schloß waren einst wertvolle Kachelöfen und schöne Täfelungen untergebracht. Nach dem Ersten Welt-

krieg wurde ein Großteil der Einrichtung durch die Besatzung zerstört. Besitzer des Schlosses waren das Chorherrenstift Eberndorf (bis 1529), Ungnad von Sonnegg, Leonhard von Keutschach (1577), Hans Freiberger (1584), der Bischof von Bamberg, später der Jesuitenorden und das Stift St. Paul. Das Schloß war 1948 Besitz der Firma V. Leitgeb (Sägewerk).
E: Fam. Fritz
Lit: *Dehio, 774;*
He., II/181 f;
Wie., II/161 f

Wasserleonburg, Schloß
BH *Villach*
G *Nötsch im Gailtal*
KG *Saak*
Eine Kombination von Bauteilen aus verschiedenen Zeiten (der urspr. Bau wurde wahrscheinlich durch ein Erdbeben von 1348 zerstört). Bergfried mit Zinnenkranz und Schlüsselscharten aus dem 14./15. Jh. Renaissancelaubenhof mit eingemauertem romanischen (?) Fratzenkopf; Rustikaportal, Schloßkapelle zum hl. Josef, durch A. v. Semler neu eingerichtet. Im Ostteil des Parks Reste der Burgmauer. Urk. 1253; in älteren Urkunden wird das Schloß als „Löwenburg, Lewenburch", oder „Leumburg" bezeichnet. Ehemals bambergisch, ab 1336 im Besitz der Habsburger, ab 1522 des Villacher Bürgers Wilhelm Neumann. Seine Tochter Anna Neumann, die es zu großem Reichtum brachte, war sechsmal verheiratet: mit Hans Thannhausen, Christoph Liechtenstein, Ludwig Ungnad, Karl Teuffenbach, Ferdinand Ortenburg und 1617, im Alter von 82 Jahren (!), mit dem „Jüngling" Georg Schwarzenberg. Weitere Besitzer waren die Semler (1723), Paul Münster (1923), Welczek, der Marquis de Cuevas.
E: Heinz Friedrichs
Lit: *Dehio, 509 f;*
He., I/93 ff;
Valv., 251 f;
Wie., III/169 ff

Wayer, Schloß
→ Weyer, Schloß

Weidenburg, Burgruine und Schloß
BH *Hermagor*
G *Kötschach-Mauthen*
KG *Würmlach*
Burgruine: mehrstöckiger Turm und Reste des Wohngebäudes.
Schloß: kubischer dreigeschoßiger Bau des 16. Jh.s. Verfallene Kapelle östlich des Schlosses.
1264 wird ein „castro Weideberch" genannt; Besitzer waren Ulrich und Hugo Reifenberg, Kaiser Friedrich III. (durch den Frieden von Pusarnitz an ihn gefallen), Georg Khevenhüller ab 1571; damals begann Weidenburg zu verfallen. Danach Bau des neuen, darunterliegenden Schlosses durch die Familie Khevenhüller. Von 1630 bis zur Mitte des 18. Jh.s Besitz der Fam. Fromiller.
E: Seit 1975 Margot Scholta
Lit: *Dehio, 799;*
He., I/96 ff;
Valv., 247 f;
Wie., III/39 ff

Weildegg, Schloß (Waldegg)
BH *Hermagor*
G *Kötschach-Mauthen*
KG *Würmlach*
Ein dreigeschoßiger kubischer Bau mit vier kreisrunden Ecktürmen. Pechnase an der Ostseite, saalartiger Raum mit Besitzerwappen. Das Schloß wurde 1537 von Hieronymus Weilandt erbaut. 1618 im Besitz der Familie Neuhaus, 1648 des Khulmer zum Rosenbichl, später des Erasmus Lang, 1773 der Gängl

von Ehrenwert, ab 1818 der Familie Thurner, später der Fam. Pichler.
E: Hermann Aichwalder
Lit: *Dehio, 799; He., I/98 f; Valv., 249 f; Wie., III/42 f*

Weissenau, Schloß
BH, G und **KG** *Wolfsberg*
Dreigeschoßiger Bau über hufeisenförmigem Grundriß. Die Fassaden wurden im 19. Jh. neugotisch gestaltet; Turm mit Zinnenbekrönung. Das urspr. „Thalleshof" genannte Schloß wurde 1517 von Andreas Weiß erbaut (oder ausgebaut?), 1683 unter Franz K. von Stadion ausgebaut und 1890 unter Laura Gräfin Henckel-Donnersmarck stark verändert.
E: Seit 1919 Fam. Thun-Hohenstein
Lit: *Dehio, 776; He., II/182 ff; Valv., 251 f; Wie., I/195 f*

Weißenegg, Burgruine
BH *Völkermarkt*
G und **KG** *Ruden*
Heute sind von der einst ausgedehnten Burganlage nur noch der Rundturm aus dem 13. Jh. mit bis zu 2 m dicken Mauern und Reste der Hauptburg über rechteckigem Grundriß, Mauerreste des turmartigen, gotischen Palas erhalten; verfallener Brunnen im inneren Hof. 1243–63 wird Dietmar von Weißenegg als bambergischer Ministeriale urk. erwähnt; 1332 Besitz der Wallseer, 1363–1425 der Grafen von Cilli; danach die Bamberg, deren Herrschaft bis zum 1759 erfolgten Verkauf an die Egger dauerte; weitere Besitzer waren die Familien Helldorf und Leitgeb. Seit Schlägerung des Waldbestandes ist die Anlage frei sichtbar.
E: Dkfm. Friederike Zechner-Leitgeb
Lit: *Dehio, 506 f; He., II/184 f; Wie., II/162 ff*

Weißenstein, Burgruine
BH *Villach-Land*
G und **KG** *Weißenstein*
Nur noch Reste eines Mauerzuges aus Bruchsteinmauerwerk sind erhalten. 1179 wird Heinrich II., Bischof von Brixen, urk. genannt, der Hermann von Weißenstein mit dem „castrum Wizzensteine" belehnte. 1283 Ortenburg, später die Grafen Cilli, die Görzer, die Habsburger (1460), Leininger, Meixner, die Fürsten Porcia (1662); zu dieser Zeit war Burg Weißenstein, die im Volksmund auch „Heidenschloß" genannt wird, jedoch längst verfallen.
E: Albin Serro, Hubert Mayer und die röm.-kath. Pfarre Weißenstein
Lit: *He., I/16; Wie., III/173 f*

Welsbach, Schloß
BH *St. Veit an der Glan*
G *Mölbling*
KG *Rastenfeld*
Späthistoristischer zweigeschoßiger Bau mit turmartigen Eckrisaliten; das in einem gepflegten Park gelegene Schloß wurde 1898–1900 von den Architekten Bierbaum errichtet. Ing. DDr. Auer von Welsbach erwarb 1894 von der bekannten Schauspielerin Marie Geistinger den Besitz → Rastenfeld samt der Villa Mariahof; aus dieser entstand Schloß Welsbach. Carl Auer von Welsbach war der Erfinder des Gasglühstrumpfes (1891), der elektrischen Osmiumglühlampe (1898) und der ersten pyrophoren Legierung („Auermetall", 1903); er starb hier 1929.
E: Dr. Hermann Auer von Welsbach

Lit: *Dehio, 488; He., II/185 f; Wie., I/135*

Welzenegg, Schloß
G *Klagenfurt, Welzenegger Straße 36*
Am Ostrand der Stadt gelegener dreigeschoßiger Renaissancebau mit vier vorspringenden Ecktürmen, Zubau an der Südseite von 1919, der mit dem alten Gebäude verbunden und harmonisch angepaßt ist. Oberhalb des Einfahrtsportals eine marmorne Inschrifttafel mit den Erbauerwappen. Quadratischer Arkadenhof mit verdoppelter Arkadenanzahl im Obergeschoß; Holzdecken, eine bezeichnet 1671, und Stukkaturen aus derselben Zeit in den Räumen des Osttraktes. 1575 wird Welzenegg von Viktor Welzer erbaut (urspr. als Wasserschloß geplant); seit 1670 im Besitz der Grafen (und späteren Fürsten) Orsini-Rosenberg.
E: Fam. Schmid
Lit: *Dehio, 300; He., II/186 f; Valv., 255 f; Wie., II/40 f*

Wernberg, Schloß
BH *Villach*
G und **KG** *Wernberg*
Dreigeschoßiger Renaissancebau; drei Trakte umschließen einen schönen Hof mit zweistöckigen Laubengängen. Vier wuchtige Ecktürme, Schloßkirche anschließend an den Nordwestturm. Im Arkadenhof ein Brunnentrog um 1575. Im Inneren „Engelsaal" (heute Speisesaal) mit schönen Stukkaturen um 1675; „Prälatensaal" im ersten Stock, mit Stukkaturen und Deckenmalereien aus der zweiten Hälfte des 17. Jh.s; überlebensgroße barocke Holzfigur des hl. Georg in Ritterrüstung, um 1700. Schloßkirche zum kostbarsten Blut, um 1730 erbaut, 1962–64 wiederhergestellt; Fresken von Josef Ferdinand Fromiller um 1730/1740. Die erste Nennung erfolgte 1227; 1520–1672 im Besitz der Khevenhüller (unter Georg Khevenhüller, dem späteren Erbauer von → Hochosterwitz, erfolgte der Neubau des Schlosses), bis 1783 des Stiftes Ossiach. Danach oftmaliger Besitzerwechsel. Ein Teil des Schlosses ist heute für Fremdenverkehrszwecke adaptiert.
E: Kongregation der Missionsschwestern vom kostbarsten Blut
Lit: *Dehio, 780 ff; He., I/100 ff; Valv., 257 f;*

Weyer, Schloß (Wayer)
BH, G und **KG**
St. Veit an der Glan
Ein wehrhafter dreigeschoßiger Renaissancebau, mit einem möglicherweise älteren Kern. Massige Ecktürme, Erker, Torturm, trapezförmiger Arkadenhof; an einigen Fenstern der Außenfront noch die geschmiedeten Fensterkörbe der Erbauungszeit. Das ehem. Wasserschloß war 1532 urk. im Besitz des St. Veiter Bürgers Gortschacher, anschließend der Familie Rülko (Rainer Maria Rilke leitete seine Abstammung von diesem Kärntner Geschlecht ab). 1585 erfolgte der Umbau durch Anna von Liechtenstein-Khünburg. Im 17. Jh. Besitz des Bistums Gurk (bzw. des Klosters St. Georgen am Längsee), anschließend im Besitz von St. Veiter Familien (Dr. Hubert Knaus); im Schloß ist heute eine Tierklinik untergebracht.
E: Familien Dr. Leber und Dr. Liebich
Lit: *Dehio, 634; He., II/187 f; Valv., 257 f; Wie., I/135 ff*

Wiesenau, Schloß
BH *Wolfsberg*
G *Bad St. Leonhard im Lavanttal*
KG *St. Leonhard*
Dreigeschoßiger Renaissancebau aus der zweiten Hälfte des 16. Jh.s über annähernd quadratischem Grundriß, hohes Walmdach, Dachreiter und vier Ecktürme. An der Südfassade rundbogiges Steinportal, drei gekuppelte Renaissancefenster; im Inneren eine kleine römerzeitliche Sammlung von Grabdenkmälern, die unweit des Schlosses freigelegt wurden (diese stammen von einer Siedlung, die mit dem auch in der Römerzeit betriebenen Goldbergbau in Zusammenhang stand). 1579 von der Gewerkenfamilie Pain errichtet, 1652 im Besitz der Familie Siegersdorf-Kirchheimegg, 1757 der Sternbach, 1843 der Henckel-Donnersmarck.
E: Seit 1923 Hespa (Holzeinkäufer der Schweizerischen Papierfabriken Luzern)
Lit: *Dehio, 784;*
He., II/188 ff;
Valv., 261 f;
Wie., I/196 f

Wildegg, Burgruine (Stall)
BH *Spittal an der Drau*
G *Stall*
KG *Sonnberg*
Mauerreste im Ausmaß von ca. 30 x 20 m, bis zu vier Geschoßen hoch, mit gotischen Schießscharten und Fenstergewänden. Ehemals zwei Burgen, „Stall" und „Wildegg". Von der ersten ist nichts mehr bekannt, die zweite wurde 1271 mit dem Grafen von Görz urkundlich erwähnt. Nach einem Brand 1354 wurde sie erneuert und fortan Sitz eines salzburgischen Ministerialengeschlechts. 1723 bat der Amtsbote von Stall, der noch in der Burg „hauste", sich außerhalb eine „Keusche" erbauen zu dürfen, da die Burg baufällig sei. Tatsächlich stürzte sie 1732 „unter großem Krachen nach drei Seiten auseinander".
E: Maria Zraunig vulgo Jakober
Lit: *Dehio, 654;*
He., I/102;
Wie., III/119 f

Wildenstein, Burgruine
BH *Völkermarkt*
G *Gallizien*
KG *Enzelsdorf*
Nur noch spärliche Reste eines Turmes sowie von Gräben und Wällen erhalten. 1147–1154 urk., wurde die Burg wahrscheinlich 1348 durch ein Erdbeben zerstört und ist seit dem 15. Jh. Ruine. Die Familie der Wildensteiner ist noch später nachweisbar: 1476 kämpfte Niklas der Wildensteiner erfolgreich gegen die Türken.
E: Karl Hösel
Lit: *Dehio, 787;*
Wie., II/165

Wimitzstein, Ansitz
BH *St. Veit an der Glan*
G *Frauenstein*
KG *Kraig*
Dreigeschoßiges turmartiges Gebäude im Kern aus dem frühen 16. Jh. 1928 stark erneuert und in seine heutige Form gebracht. Im 15. Jh. genannt, 1648 im Besitz der Eisenhört, 1822 der Goëss, 1928 der Trauttenberg (Umbau). Valvasor, 1688, zeigt den dreistöckigen Turm sowie davor umfangreiche Wirtschaftsgebäude. Als damalige Besitzer nennt er Keutschach und Stadler. Der Ansitz ist gut erhalten.
E: Heinrich Krebs
Lit: *Dehio, 787;*
He., II/190;
Valv., 259 f;
Wie., I/137 f

Wolfsberg, Schloß
BH, G und **KG**
Wolfsberg
Das Schloß ist vor allem in der Fassadengestaltung durch die Erneuerung im 19. Jh. geprägt; im Grundriß und in der Baumasse entspricht es jedoch weitgehend dem urspr. Bestand. Zwei mächtige Rundtürme, ein Treppenturm (alle Türme zinnenbekrönt), langgestreckter Südtrakt; die übrigen, um einen unregelmäßigen fünfseitigen Hof gelagerten Trakte sind im Kern gotisch und ebenfalls von einem Zinnenkranz bekrönt. Neugotische Torhalle und seitliches Treppenhaus. Neugotische Kapelle zum hl. Ulrich; bemerkenswert sind die zahlreichen Gedenksteine von Bischöfen und Vizedomen aus dem 16. Jh. an den Außenmauern des Schlosses. 1178 wird Wolfsberg als Burg des Bistums Bamberg urk. erwähnt; bis 1759 bambergisch. 1825 wurde sie von den Brüdern Rosthorn erworben; ab 1846 Besitz der Grafen Henckel-Donnersmarck. Die mittelalterliche Anlage wurde im 16. Jh. festungsmäßig ausgebaut und 1846–53 durch die Wiener Architekten Johann Julius Romano und August Schwendenwein romantisch-historistisch erneuert.
E: Kärntner Montan-Industrie Ges.m.b.H.
Lit: *Dehio, 790 ff;*
He., II/190 ff;
Valv., 261 f;
Wie., I/197 ff

Wörnhof, Ruine
BH *St. Veit an der Glan*
G *Mölbling*
KG *Rastenfeld*
Großes Gehöft, das bis 1945 bewohnt war, heute bereits stark verfallen und verwachsen. Massiger Wohnbau mit gewölbten Kellern. 1590 wird der Gewerke Christoph Geschürr genannt, 1616 ein Konrad Wernher. Mitte des 18. Jh.s Besitz der Freiherren von Ranftelshofen (bis 1823). Spätere Besitzer waren das Kollegiatsstift Straßburg und die Familie Pichler.
E: Seit 1895 Dr. Carl Auer von Welsbach/Nachfahren
Lit: *Wie., I/138*

Wucherer-Schlößl, Schloß
→ Drasendorf, Schloß

Wullroß, Burgruine
BH *St. Veit an der Glan*
G *Weitensfeld-Flattnitz*
KG *Wullroß*
Spärliche Reste eines quadratischen Turmes, einer gotischen Kapelle und des Palas aus dem 16. Jh. Um 1200 urk. erwähnt, von „Wolrich" erbaut; 1343–1446 im Besitz der Herren zu Wullroß, 1480 des Bischofs Lorenz von Gurk, 1747 der Fam. Egger. 1815 durch einen Brand nach Blitzschlag zerstört und seither im Verfall.
E: Republik Österreich (Österreichische Bundesforste)
Lit: *Dehio, 798;*
He., II/193 f;
Wie., I/138 ff

Wurmhof, Schloß
BH *Klagenfurt-Land*
G *Moosburg*
KG *Tigring*
Rechteckiger zweigeschoßiger Bau mit Dreieckgiebel über dem Portal und Wirtschaftsgebäude. Das Schloß stammt im Kern wohl aus dem 17. Jh., die Besitzer sind jedoch erst seit 1821 (B. Schorn) bekannt; 1851 Pichler, 1894 Ehrenfeld. Der Name des gut erhaltenen Schlosses dürfte von der Familie Wurm stammen, die 1608 mit Schloß Portendorf belehnt wurde.
E: Seit 1958 Fam. Jaritz
Lit: *Dehio, 787;*
Wie., II/106 f

Z

Zigguln, Schloß
G *Klagenfurt, Schloßweg 28*
Einfacher zweigeschoßiger Vierkantbau um Innenhof; in der Mitte schmiedeeiserner Balkon des 19. Jh.s; einfache Fensterprofilierung. Das am Nordwestrand der Stadt gelegene Schloß wurde 1547 als Hube urk. erwähnt; 1633 erwarb es der Jesuitenorden, der anschließend bauliche Vergrößerungen durchführen läßt. 1773, nach Auflösung des Ordens, ging es an die Familien Galler und später Mühlbacher; ab 1959 Besitz der Kammer für Arbeiter und Angestellte für Kärnten, 1984 des Österreichischen Gewerkschaftsbundes.
E: Ing. Robert Tschuck (Deutschland)
Lit: *Dehio, 300 f; He., II/194; Wie., II/41*

Zossenegg, Ansitz
BH *Hermagor*
G *St. Stefan*
KG *St. Stefan an der Gail*
Zweigeschoßiger Ansitz mit großen Fenstern und Balkon. Der Ansitz liegt in einem Garten auf erhöhtem Fundament. Der heutige Bau stammt aus 1919; 1668 verkaufte A. W. von Aichelburg dem Christoph Lattacher sein Gut Zossenegg (dieser Name stammt von der alten Gewerkenfamilie Lattacher von Zossenegg); der heutige Ansitz dürfte daher einen Vorgänger im 17. Jh. gehabt haben.
E: OSR Hermann Petschauer
Lit: *Wie., III/43 f*

NIEDERÖSTERREICH

Schloß Artstetten

A

Achleiten, Schloß

BH *Amstetten*
G *Strengberg*
KG *Limbach*

Einstöckiger 13achsiger Bau, Mittelrisalit mit Balkon und Giebel, die dreiachsigen Seitenflügel geringfügig vorspringend. Das ehem. Schloß, welches Vischer 1672 zeichnete, wurde abgerissen und 1727 neu erbaut. Die Herrschaft Achleiten war von 1011 bis 1806 Besitz des Klosters Tegernsee. Nach der Säkularisierung wurde es 1837 an den Freiherrn von Blomberg verkauft. Ab 1894 Eigentum der Ritter von Skoda.

E: Frau Dr. von Weichs-Glon
Lit: *Dehio 1953, 9*

Aggstein, Burgruine

BH *Melk*
G *Aggsbach*
KG *Aggstein*
BT 8

Die 300 m über dem rechten Donauufer gelegene Burgruine, mit ihrem prächtigen Ausblick über das Donautal, ist wegen ihrer Größe und geschichtlichen Bedeutung eine der wichtigsten derartigen Anlagen in Österreich. Der über 100 m lange Bau besteht aus der Vor-, Mittel- und Hauptburg, dem Halsgraben, dem Tor- und Verliesturm, einer gotischen Kapelle, der Küche und dem Speisehaus, dem Brunnenhof, einer Schildmauer sowie der Ringmauer mit dem ehem. Wehrgang. Über eine 6,5 m hohe Holztreppe gelangt man zum Eingangstor der Hochburg mit ihrem viergeschoßigen Kemenatenbau. Außerhalb der Burganlage befindet sich ein schmaler Felsvorsprung mit dem berühmten „Rosengärtlein". Urk. 1231 von den Kuenringern gegründet, wurde die Burg 1295 zerstört. 1429 Besitz des Georg von Scheck, 1529 Zerstörung durch die Türken, nach 1606 Besitz der Anna von Polheim, anschließend bis 1672 der Familie Abensperg und Traun, ab 1685 der Familie Starhemberg, die Aggstein mit der Herrschaft Schönbühel vereinigte; zu diesem Zeitpunkt wird die Burg dem Verfall preisgegeben. Die Ruine ist heute ein beliebtes Ausflugsziel (Burgschenke). Regelmäßige Restaurierungsarbeiten.

E: Grafen Seilern-Aspang
Lit: *Dehio 1953, 10 f*

Albrechtsberg, Burg

BH *Krems*
G und **KG** *Albrechtsberg an der Großen Krems*

Auf einem steilen Hügel liegt der stattliche Bau mit drei Höfen, Zufahrtstor mit Bezeichnung 1675, Vorhof, dreigeschoßiger Hochburg und einem kleinen Burghof (Arkadengang); Ringmauer mit Zinnen, Scharten und Turmbastionen, viereckiger Turm neben dem Haupttor mit Pechnase. Die Burg ist mit der Kirche baulich verbunden. Im Inneren teilweise schöne Einrichtung, so u. a. eine Holzdecke mit Doppelwappen von 1604. 1230 urk. Besitz des Gundacker Starhemberg, später häufiger Besitzerwechsel (im 16. Jh. protestantisch). Von 1695 bis 1973 war das Schloß Eigentum der Fam. Freiherr von Lempruch.

E: Prof. DDr. Alexander Tollmann
Lit: *Dehio 1990, 7*

Albrechtsberg an der Pielach, Schloß

BH *Melk*
G *Loosdorf*
KG *Albrechtsberg*

Hochragendes drei- bis viergeschoßiges Schloß, das seinen Wehrcharakter noch bewahrt hat.

Eine Steinbrücke führt über den Halsgraben zu der unregelmäßig-rechteckigen Anlage. Gequadertes Haupttor, Rundturm, Erker, zwei Höfe (im kleineren Laubengänge), Holzgalerie im ersten Obergeschoß. Frühgotische, heute profanierte Burgkapelle mit bemerkenswertem figuralen Epitaph des David Enenkel, um 1600, sowie einer Muttergottes aus Stein über dem Portal (16. Jh.). Um 1100 wird an dieser Stelle ein „Festes Haus" erwähnt. 1147 Besitz der Brüder Hademar und Siegfried von Mauer (Gefolgsleute der Grafen von Schalla); im 13. Jh. Erwähnung der Kapelle. 1378–98 Besitz der Kilber, von 1400 bis 1605 der Enenkel, später oftmaliger Besitzerwechsel (Tschernembel, Starhemberg u. a.). Im 19. Jh. erfolgten starke bauliche Veränderungen. Von 1909 bis 1950 Eigentum der Fam. Fürst Rohan.
E: Franz Falkensteiner

Allentsteig, Schloß
BH *Zwettl*
G und **KG** *Allentsteig*
Das Schloß mit seinem kleinen Park liegt heute mitten in der verbauten Stadt. Ein quadratischer Bergfried mit romanischem Kern, zweigeschoßiger Schloßbau mit Arkaden im Hof. Um 1100 Gründung durch die Kuenringer, 1150 werden Stadt und Kirche urk. erwähnt. 1300 Besitz des Minnesängers Kol von Niuzen („Neunzen"?), im 15. Jh. Besitz der Herren von Polheim; 1619 Zerstörung durch die Wallonen, 1645 durch die Schweden; 1682 und 1752 wird das Schloß durch Feuer zerstört. Im 19. Jh. Besitz der Familien Pereira und Preuschen (bis 1938). 1938 wurde durch die deutsche Wehrmacht auf einem Areal von ca. 6000 Hektar (auf ehem. bäuerlichen Siedlungen und Ortschaften!) der Truppenübungsplatz Döllersheim errichtet. In dem Schloß war 1938–45 das Kommando des Truppenübungsplatzes untergebracht. Ab 1955 ist der Truppenübungsplatz unter dem Namen Allentsteig in Verwendung des österreichischen Bundesheeres (Kommando im Schloß).
E: Republik Österreich
Lit: *Dehio 1990, 10*

Alt-Kettenhof, Schloß (Dreherschloß)
BH *Wien-Umgebung*
G und **KG** *Schwechat*
Ein stattlicher zweigeschoßiger Bau aus der Barockzeit, mit hoher Altane auf Säulen, vorgeschobenem Mittelrisalit, reizvoller Fassade, hohem Mansardendach und Auffahrt. 1252 wird Hadmar von Sonnberg als Besitzer der Burg am „Alt-Kettenhof" genannt. 1305 Besitz des Eberhard von Wallsee, bis 1807 der Fam. Hoyos, bis 1921 des Anton Dreher, der das Gebäude auch weitgehend umbauen ließ. Heute befinden sich im Schloß die Justizschule Schwechat und das Bezirksgericht.
E: Republik Österreich

Altprerau, Schloß
BH *Mistelbach*
G *Wildendürnbach*
KG *Altprerau*
Ausgedehntes hufeisenförmig angelegtes Schloß in großem Park. 1591 anläßlich einer Verleihung an Freiherr von Breuner erstmals genannt. 1809 von den Franzosen geplündert.
E: Dr. Robert Harmer
Lit: *Dehio 1990, 40*

Am Hof, Herrenhaus
→ Wolfpassing, Schloß
(**G** *Zeiselmauer*)

Araburg, Burgruine
BH *Lilienfeld*
G *Kaumberg*
KG *Laabach*
In den äußeren Burghof gelangt man von Osten durch ein einfaches Tor; der Zutritt in die innere Burg wird durch einen Torturm mit Wachstube gesichert, durch ein drittes Tor gelangt man zur Hochburg. Kapelle zum hl. Georg, Palas und keilförmiger Bergfried („Schnabelturm"). Die Zinnenbekrönung des Bergfrieds wurde abgetragen, statt dessen wurde ein kreisrunder Aufbau mit Kegeldach, der als Aussichtswarte dient, angebracht. Urk. 1209, ab 1590 Besitz der Familie Jörger (der sogenannte „Adlerberg" war ein Zufluchtsort der Protestanten). Bis 1780 wurden regelmäßig am 23. April, dem „Georgitag", in der Burgkapelle Messen gelesen. Die Burg wurde 1945 durch Kriegseinwirkung und 1948 durch Blitzschlag schwer beschädigt. 1956 wurden die meisten Schäden behoben; der Turm kann heute wieder bestiegen werden und ist beliebtes Ausflugsziel.
E: Seit 1626 Stift Lilienfeld
Lit: *Dehio 1953, 139*

Arbesbach, Burgruine
BH *Zwettl*
G und **KG** *Arbesbach*
Auf einem mächtigen Granitkegel liegt die markante Burgruine, die „Stockzahn des Waldviertels" genannt wird. Erhalten sind Reste des fünfeckigen Bergfrieds, der Burggraben, ein Rundbogentor, der Vorhof sowie Reste der Wohngebäude. Seit 1970 befindet sich im Burgbereich ein ausgebautes Wohnhaus, das unter Berücksichtigung des Altbestandes mit modernem Wohnkomfort ausgestattet wurde. Die Burg wurde vermutlich im späten 12. Jh. von den Kuenringern gegründet (als Vorwerk von Rapottenstein). 1423 Besitz der Starhemberg, 1428 von den Böhmen zerstört, 1593 Fertigstellung des Herrenhauses im Ort (seither war die Burg unbewohnt), 1756 durch Brand schwer beschädigt; 1877 verkaufte die Fam. Dietrichstein die Herrschaft Arbesbach an Ferdinand Altzinger. Seit 1884 auf der Ruine eine Aussichtswarte, von der man an klaren Tagen bis zum Ötscher- und Hochschwabgebiet sieht.
E: Fam. Altzinger
Lit: *Dehio 1990, 47*

Arbesbach, Herrenhaus
BH *Zwettl*
G und **KG** *Arbesbach*
Ein wuchtiger zweigeschoßiger Bau, mitten im Ort gelegen. An der Hauptfront siebenachsig, drei Satteldächer, über dem Eingang Stein-Wappen der Familie Dietrichstein. Links neben der Einfahrt eine lebensgroße, (auf barockem Sockel) sitzende hl. Anna aus dem späten 18. Jh. In einer Mauernische im ersten Stockwerk eine schöne spätbarocke Immakulata. Die breite lange Durchfahrt mit schönem Gewölbe, Stiegenhaus mit Netzgratgewölbe, im Obergeschoß über der Einfahrt großer Saal. 1593 unter Erasmus von Starhemberg erbaut; 1690–1877 Besitz der Familie Dietrichstein. Im Haus befinden sich Kanzleien und Dienstwohnungen der Forstverwaltung Altzinger.
E: Fam. Altzinger
Lit: *Dehio 1990, 47*

Ardagger, Schloß
BH *Amstetten*
G *Ardagger*
KG *Ardagger-Stift*
Drei Flügel bilden einen unregelmäßigen Hof, mit acht Achsen an der Hauptfront, Arkaden im Hof (im ersten Stock verglast), Freitreppe zum ersten Stock. Das zweigeschoßige Schloß wurde an das ehem. Stift angebaut. Urk. wird Ardagger 1049 erwähnt; die Gründung des Kollegiat-Stiftes zu Ehren der hl. Margarethe erfolgte im Jahre 1063, 1622–1700 Bau des heutigen Schlosses, 1813 Verkauf an Alois Graf von Geniceo, 1861 Besitz der Fam. Eltz.
E: Seit 1917 Fam. Ita
Lit: *Dehio 1953, 20*

Arndorf, Schloß
BH *Melk*
G *Pöggstall*
KG *Arndorf*
Zweigeschoßiger Bau mit drei Flügeln, Türmchen, anschließendem Wirtschaftsgebäude und ehem. Wallgräben. Urk. wird Otto von Aerendorf 1321 als Besitzer des Schlosses genannt; es verblieb im Besitz dieser Familie bis ins 15. Jh. Nach mehrfachem Besitzerwechsel 1824 Besitz des Kaisers Franz I., von 1918 bis 1976 der Österreichischen Bundesforste.
E: Siegfriede Schmied
Lit: *Dehio 1990, 47f*

Arnsdorf, Schloß
→ Mitterarnsdorf, Schloß

Artstetten, Schloß
BH *Melk*
G *Artstetten-Pöbring*
KG *Artstetten,* **B** 105
Dreigeschoßiger Bau mit vier Rundtürmen, bekrönt mit Zwiebelhelmen; die angebaute Kirche enthält bedeutende Kunstschätze, die vom Thronfolger Erzherzog Franz Ferdinand gesammelt wurden. Unterhalb der Kirche Gruftkapelle, in der der Thronfolger und seine Gemahlin Sophie Herzogin von Hohenberg, geb. Gräfin von Chotek, begraben sind. Gegen Süden ein zweigeschoßiger Altan mit je drei Arkaden. Im Norden der etwas tiefer gelegene Zubau mit zwei kleineren Zwiebeltürmen. Das Schloß ist äußerst gepflegt gehalten und liegt in einem schönen Park. Urk. 1263, 1560–1592 Umbau durch Matthias Grundreching, 1691 Besitz der Familie Rotenhaus, 1823 durch Kaiser Franz I. käuflich erworben und seit damals Besitz des kaiserlichen Hauses. Nach dem Tod Erzherzog Franz Ferdinands war dessen Sohn, Herzog Max von Hohenberg, Besitzer des Schlosses. Im Schloß ist heute das „Erzherzog Franz Ferdinand-Museum“ untergebracht. Außerdem werden jedes Jahr Sonderausstellungen gezeigt.
E: Herzogin Elisabeth von Hohenberg/Graf und Gräfin d'Harambure
Lit: *Dehio 1990, 49f*

Aspang, Schloß
BH *Neunkirchen*
G *Aspang-Markt*
KG *Aspang*
Unregelmäßiger zweistöckiger Bau; dreieckiger Hof mit Türmen, Torbau mit Rundtor und Pforte. Im 12. Jh. erbaut; ein Umbau erfolgte 1555 durch Pantaleon von Königsberg; im 17. und 18. Jh. war das Schloß im Besitz der Familie Graf Seilern und Aspang. Die ehem. Bibliothek sowie einige Räume des Westtraktes werden für Ausstellungen verwendet.
E: Univ.-Prof. Dipl.-Ing. Othmar Ruthner
Lit: *Dehio 1953, 22*

Asparn an der Zaya, Schloß
BH *Mistelbach*
G und **KG** *Asparn an der Zaya*
Wuchtiger zweistöckiger Bau mit neun Achsen an der Hauptfront, zwei mächtige Ecktürme; der linke sechsgeschoßig mit Erkern, der rechte mit Wehrgang auf Kragsteinen. Spitzbogentor mit Einmanntürl, Wappensteine der Wallseer und der Breuner. Im Inneren Halle mit Säulen sowie ein Saal mit Deckenmalerei. Im prächtigen Park befindet sich ein Freilichtmuseum mit Rekonstruktionen prähistorischer Bauten. Urk. 1121, Umbau 1421 durch Reinprecht von Wallsee, 1651 Wiederherstellung nach Verwüstung durch die Schweden. Von 1609 bis heute Besitz der Familie Graf Breuner, bzw. deren Nachfahren; 1945 und in den Folgejahren stark beschädigt, wurde das Schloß ab 1967 vom Amt der NÖ Landesregierung gepachtet und völlig restauriert. Anschließend Einrichtung des Museums für Urgeschichte.
E: Franz A. Metternich-Sandor, Herzog von Ratibor
Lit: *Dehio 1990, 52 f*

Aue, Ansitz
BH *Neunkirchen*
G *Gloggnitz*
KG *Aue*
Einfaches Herrenhaus, ohne besondere architektonische Merkmale, vermutlich aus dem 17. Jh. stammend. In den letzten Jahren war es als Wirtschaftsgebäude in Verwendung.
E: Familien Kaltenberger und Schützlhofer
Lit: *Dehio 1953, 312*

B

Baumgarten, Schloß
BH *Krems*
G *Mautern*
KG *Baumgarten*
Dieses anmutige spätbarocke Schloß erhebt sich in Höhenlage nahe von Mautern. Giebelbekrönter Mittelrisalit, vorgelagerter Balkon, Schmiedeeisengitter und reicher Figurenschmuck. Gartenterrassen mit Gartenhäuschen und Steinvasen. Im Innern ein Deckenfresko und reizvolle Stuckdecken. Das urspr. im Besitz des Stiftes Göttweig befindliche Schlößchen gehörte zuletzt dem Schriftsteller Egon Cäsar Conte Corti.
E: Antoinette Prinzessin Hohenlohe

Baumgarten, Schloß
BH *St. Pölten*
G *Neulengbach*
KG *Ollersbach*
Zweigeschoßiger Bau, auf einer Anhöhe nahe der Westautobahn gelegen, mit vier runden, aus der Front vortretenden Türmen. Eine elegante Steinbrücke führt über einen tiefen Graben in die Mitte der Hauptfront. Durch ein Rundbogenportal gelangt man in den Hof mit Korbbögen und Resten einer Bemalung. An zwei Seiten des Hofes Arkaden. Kapelle im Westflügel der Anlage. 1140 wird Dietrich von Baumgarten als Besitzer des Schlosses urk. genannt. 1575 Besitz der Trauttmannsdorff, 1683 Zerstörung durch die Türken, anschließend Wiederaufbau. 1709 Besitz der Auersperg, um 1800 der Familie Hildebrandt von Prandau, später der Familie Bussy und der Fam. Dr. Lechner. 1945 durch Brand zerstört und nach dem Krieg wiederhergestellt.
E: Dr. Friedrich Riedl-Riedenstein
Lit: *Dehio 1953, 242*

Bergau, Schloß
BH *Lilienfeld*
G *Rohrbach an der Gölsen*
KG *Oberrohrbach*
Dreigeschoßiger Schloßbau mit rechteckigem Innenhof; Reste des ehem. Wehrganges und quadratischer Schloßturm mit Pyramidendach sind erhalten. Rundbogenportal in der Mitte der Südfront, gewölbte Räume im Erdgeschoß, barocke Kapelle mit erkerartiger Apsis und über zwei Geschoße reichendem Saal. 1287 Besitz des Ulrich von Pergau, im 16. Jh. Umbau durch die Jörger von Tollet. Ab 1626 Besitz des Stiftes Lilienfeld, 1825 wird es bereits als unbewohnt bezeichnet. Das Schloß wurde in den letzten Jahren vorbildlich restauriert.
E: Maria Rasper
Lit: *Dehio 1953, 282*

Berghof, Schloß
BH und **G** *Lilienfeld*
KG *Stangental*
Zweigeschoßiger Bau mit Balkon und Walmdach; zu beiden Seiten ebenerdige Flügel und neu errichtete Zubauten. 1840 vom Dichter Ignaz Franz Castelli erbaut. Seit 1950 ist in Schloß Berghof eine Landesberufsschule untergebracht.
E: Land Niederösterreich

Berghof, Schloß
BH *Wiener Neustadt*
G *Bad Fischau-Brunn*
KG *Bad Fischau*
Kleines von einem Park umgebenes Gebäude. Der Berghof war urspr. der Lesehof des Stiftes Neuberg. Im 14. Jh. Besitz der Teuffenbacher, um 1610 zum steiermärkischen Stift Neuberg gehörend.
E: Karl Flechl
Lit: *Dehio 1953, 27*

Bertholdstein, Burgruine
→ Hollenburg, Burgruine

Bisamberg, Schloß
BH *Korneuburg*
G und **KG** *Bisamberg*
Dreigeschoßiger regelmäßiger Bau mit neunachsiger Hauptfront und vier kleinen Ecktürmen. Von Säulen getragener Söller über dem Eingang. Bemalte Landschaftstapeten in einem Saal, 1945 zerstört. Das Schloß liegt in einem schönen Park mit großen Platanen. 1568 unter Johann von Weber erbaut. Vom 17. Jh. bis 1955 Besitz der Grafen Abensperg und Traun. In Teilen des Gebäudes ist eine Möbeltischlerei eingerichtet. Im Schüttkasten Veranstaltungszentrum der Gemeinde.
E: Fam. Petricek
Lit: *Dehio 1990, 63 f*

Bockfließ, Schloß
BH *Mistelbach*
G und **KG** *Bockfließ*
Gebäude mit ehemals umfangreichen Verteidigungsanlagen, von denen Bastionen und der Wehrgraben noch gut zu erkennen sind. Auf der Außenmauer befinden sich Bogenzinnen als Bekrönung. Schöner dreigeschoßiger Arkadenhof. Um 1780 wurde das Schloß durch ein zusätzliches Geschoß erhöht. Nach schweren Kriegsschäden 1945 und während der Folgejahre wurde das Gebäude später wieder völlig instand gesetzt. Schloß und Herrschaft Bockfließ befinden sich seit 300 Jahren im Besitz der Familie Traun.
E: Maya Gräfin Goëss, geb. Gräfin Abensperg und Traun
Lit: *Dehio 1990, 68*

Braiten, Schloß
BH und **G** *Baden*
KG *Braiten*
Klassizistischer dreigeschoßiger Bau mit klassizistisch-gotisierendem Gartenhaus. 1840 von

Anton Hantl erbaut. Nun sind im Schloß eine Schule und ein Internat des Bundesinstitutes für Heimerziehung untergebracht.
E: Verein der Förderer des Malerhandwerkes und seiner Meisterschule
Lit: *Dehio 1953, 25*

Braunsdorf, Schloß
BH *Hollabrunn*
G *Sitzendorf*
KG *Braunsdorf*
Heute nur mehr ein Teil des Schlosses erhalten. Urk. 1200; im 17. Jh. neu erbaut und im 19. Jh. zum größten Teil abgetragen.
E: Günter Schmid-Gaus
Lit: *Dehio 1990, 72f*

Breiteneich, Altes Schloß
BH und **G** *Horn*
KG *Breiteneich*
Zweistöckiger Vierkanter mit Mittelturm, Renaissance-Tor im Erdgeschoß, bemerkenswerter Innenhof mit Laubengängen und Sgraffitodekorationen, reich geschmückte Steintore, Kreuzgewölbe mit Stuck. Die Sgraffiti wurden 1967/68 restauriert. 1223 urk. erwähnt, 1541 im Besitz des Erasmus von Schneckenreith, später des Grafen Hoyos. In den Sommermonaten werden im Schloß Kammermusikkurse sowie Konzerte veranstaltet.
E: Maria von Roretz
Lit. *Dehio 1990, 73ff*

Breiteneich, Neues Schloß
BH und **G** *Horn*
KG *Breiteneich*
Ein zweistöckiges rechteckiges Gebäude, dessen Westflügel sich hakenförmig gegen Norden fortsetzt. Geändertes Erdgeschoß, Obergeschoße durch Lisenen zusammengefaßt. Das Schloß wurde vor 1670 erbaut; die Putzgliederung stammt von 1740.
E: Hermine Wesner
Lit: *Dehio 1990, 75*

Brunn, Schloß
BH *Wiener Neustadt*
G *Bad Fischau-Brunn*
KG *Brunn an der Schneebergbahn*
Die ehem. Wasserburg ist ein mehrflügeliger Bau und steht auf den Untermauern eines älteren Gebäudes. Rundbogentor mit zweigeschoßigem Vorbau und geschweiftem Giebel, der Rundturm mit Kegeldach. 1198 wird Heinrich von Prun erwähnt; 1708 ließ Paul Fürst Esterházy den Bau erneuern.
E: Christine Hummel-Haubensack
Lit: *Dehio 1953, 35*

Brunn am Walde, Schloß
BH *Krems*
G *Lichtenau im Waldviertel*
KG *Brunn am Walde*
Wasserschloß inmitten eines Teiches gelegen und über eine gemauerte Brücke zugänglich. Vier dreigeschoßige Flügel bilden einen quadratischen Hof. In den Innenräumen Stuckplafonds und barocke Kachelöfen. Im 12. Jh. vermutlich von den Kuenringern gegründet. 1584 Besitz der Familie Trauttmannsdorff, 1968 der Creditanstalt-Bankverein, 1976 des Dr. Josef Mitterbach.
E: Peter Klaus Blümel
Lit: *Dehio 1990, 80*

Buchberg, Schloß
BH *Horn*
G *Gars am Kamp*
KG *Buchberg*
An einer Kamptalwindung liegt die große zweigeschoßige Anlage. Die Baugruppen mit zwei Höfen wurden auf dem gewachsenen Fels errichtet. Zugbrückentor, Torturm, überragender quadratischer Bergfried mit Zinnen, bemerkenswertes Renaissancetor zum inneren Burghof, tonnengewölbte Schloß-

kapelle. Urk. 1160 erwähnt. Im 16. und 17. Jh. viele bauliche Veränderungen. Im 19. Jh. Besitz der Familie Auersperg, bis 1980 des Prinzen Karl Croy. Schloß Buchberg beherbergt heute die Ausstellungsräume des Vereines „Exakte Tendenzen“ (Moderne Kunst).
E: Fam. Bogner
Lit: *Dehio 1990, 82ff*

Burgschleinitz, Schloß
BH *Horn*
G und **KG** *Burgschleinitz*
Dreigeschoßiger Bau, der seinen Burgcharakter noch teilweise erhalten hat; gewölbte Räume, Kapelle, Rittersaal und alte Küche. Urk. 1074 erwähnt; 1482 zerstört, um 1589 wieder neu errichtet. Ab 1624 Besitz der Familie Kuefstein, später der Familie Satzenhofen bzw. deren Erben.
E: Dr. Friedrich Eckert
Lit: *Dehio 1990, 88f*

C

Coburg, Schloß
→ Walterskirchen, Schloß

D

Deinzendorf, Schloß
BH *Hollabrunn*
G *Zellerndorf*
KG *Deinzendorf*
Einstöckiger um einen Hof gruppierter Bau, der in seiner heutigen Form von 1670 stammt. Umfangreiche Wirtschaftsgebäude. Erste urk. Erwähnung im 13. Jh.
E: Dipl.-Ing. Johannes Schubert
Lit: *Dehio 1990, 91*

Deutsch-Altenburg, Schloß (Ludwigstorff)
BH *Bruck an der Leitha*
G und **KG** *Bad Deutsch Altenburg*
Einstöckiges Gebäude mit vier Flügeln, die einen Hof umschließen. Die Anlage wurde urspr. als Wasserschloß erbaut, im 19. Jh. jedoch umgestaltet und der Wassergraben zugeschüttet. Seit 1705 im Besitz der Familie Ludwigstorff. Im Schloß ist das Afrika-Museum des berühmten Forschers Ernst Zwilling untergebracht.
E: Lieselotte Rhomberg
Lit: *Dehio 1953, 38f*

Dietmanns, Schloß
BH *Waidhofen an der Thaya*
G und **KG** *Dietmanns*
Am Fuße des Buchberges gelegene Gebäudegruppe, bestehend aus einstöckigen, größtenteils aus dem 16. Jh. stammenden Objekten, die einen Hof bilden. Urspr. Tor an der Rückseite zur alten Dorfstraße. Das neue Tor mit Wappenbekrönung an der heutigen Hauptstraße stammt aus der Mitte des 18. Jh.s. Schloß Dietmanns von Wolfgang Lunzer 1542 erbaut und durch Heinrich Städter von Adelsheim 1755 umgestaltet, ist seit 1865 Teil der daneben errichteten Seiden- und Samtbänderfabrik.
E: Fa. Schiel AG
Lit: *Dehio 1990, 95*

Dobersberg, Schloß
BH *Waidhofen an der Thaya*
G und **KG** *Dobersberg*
Großer Vierkanter mit ehem. klassizistischer Einrichtung, die jedoch 1945 und während der Besatzungszeit völlig zerstört wurde. 1305 wird Freiherr von Tobransperg urk. erwähnt. 1570 läßt die Familie Puchheim das Schloß umbauen. Ab 1802 Besitz der Grafen Grünne und später bis 1948 der Grafen Szapáry. Der Bau hat 1945 und während der Folgejahre schwer

gelitten. Dieses Schloß dient heute als Amtshaus.
E: Marktgemeinde Dobersberg
Lit: *Dehio 1990, 100*

Dobra, Burgruine
BH *Zwettl*
G *Pölla*
KG *Reichhalms*
Auf einer vorgeschobenen Landzunge über dem Stausee der EVN-Kraftwerksgruppe liegen die Reste einer bedeutenden Burganlage. Nun noch erhalten sind der quadratische Torturm, der langgestreckte äußere Burghof und der romanische Bergfried (auf gewachsenem Fels stehend), der innere Burghof mit Tor und zweistöckigem Palas, ein dritter Hof mit hohem quadratischen Turm. Urk. 1200 erwähnt; 1725 verlegte der damalige Besitzer, Freiherr Ehrmanns, seinen Wohnsitz nach Wetzlas und ließ Dobra verfallen. 1906 erfolgte der Einsturz von Gebäudeteilen auf der Straßenseite. Die Ruine ist heute beliebtes Ausflugsziel.
E: Windhaagsche Stipendienstiftung
Lit: *Dehio 1990, 101*

Dreherschloß, Schloß
→ Alt-Kettenhof, Schloß

Drosendorf, Schloß
BH *Horn*
G *Stadt Drosendorf*
KG *Drosendorf*
Vier dreigeschoßige Flügel bilden einen rechteckigen Hof. Reste von Sgraffitobemalung, eingemauerte Wappentafel an der Südseite des Hofes bezeichnet 1548; bemalte Hoffassaden. Gotische Kapelle, die 1681 barockisiert wurde. Altar von 1630. Zimmer mit Stuckdecken und Einrichtung aus dem frühen 18. Jh., Gemälde des 17. und 18. Jh.s. 1180 urk. genannt; nach einem Brand 1649 umgebaut. Ab 1822 Besitz der Fam. Hoyos-Sprinzenstein.
Das Schloß wurde 1945 stark in Mitleidenschaft gezogen und seit 1980 restauriert. Das Schloß ist an den Gewerkschaftsbund verpachtet, der es als Erholungsheim verwendet.
E: Dipl.-Ing. Hans Graf Hoyos
Lit: *Dehio 1990, 108 f*

Drösiedl, Schloß
BH *Waidhofen an der Thaya*
G *Ludweis-Aigen*
KG *Drösiedl*
Großer dreigeschoßiger Bau um einen quadratischen Hof; die Anlage ist von einem tiefen Graben umgeben. Über eine Brücke gelangt man zum Rundbogentor; im Stiegenhaus, in der Einfahrt und den Arkadengängen Netz- und Gratgewölbe. An der West- und Ostseite des Hofes dreigeschoßige Laubengänge. Saal mit Stuck von 1750. Kapelle, gewölbter Raum mit Renaissancemalerei 2. Hälfte 16. Jh. Im Jahr 1283 wird Nikolaus de Dreyzidler als Besitzer von Drösiedl urkundlich erwähnt.
E: Reinhard Hütter
Lit: *Dehio 1990, 112 f*

Droß, Schloß
BH *Krems*
G *Stratzing-Droß*
KG *Droß*
Dreigeschoßiger mächtiger Vierkanter der Renaissance mit Laubengängen im Hof, Umfriedungsmauer mit runden Türmchen, Rittersaal mit Deckenfresko aus dem 18. Jh., Kamine um 1800. Unmittelbar vor dem Schloß liegt die ehem. Schloßkapelle mit Fresken um 1300, die 1967/68 restauriert wurden. 1135 urk. erwähnt, 1726 umgestaltet; ehem. Besitz der Familie Guttmann, später der öster-

reichischen Bundesforste.
E: Seit 1974 Dr. Franz Haubenberger
Lit: *Dehio 1990, 116 f*

Dürnkrut, Schloß
BH *Gänserndorf*
G und **KG** *Dürnkrut*
Durch den Wirtschaftshof und über eine gemauerte Brücke, die den ehemaligen Wassergraben überquert, erreicht man das erhöht liegende Schloßgebäude. Das Hauptgebäude ist zweigeschoßig und wurde im 19. Jh. verändert. Fünfgeschoßiger Torturm und Schloßkapelle mit Stuck aus dem 17. Jh. 1200 wird Hadmar von Kuenring genannt; am 26. August 1278 fand hier die Entscheidungsschlacht zwischen Kaiser Rudolf I. von Habsburg und König Ottokar von Böhmen statt, die mit dem Sieg Rudolfs und dem Tode Ottokars endete. Weitere Besitzer des Schlosses waren 1361 die Herren von Zelking, 1580 die Familie Lembach, später die Landau, die Grafen Althan und die schottische Familie Hamilton (18. Jh.). Das Schloß wird als Amtsgebäude und für kulturelle Zwecke verwendet.
E: Marktgemeinde Dürnkrut
Lit. *Dehio 1990, 119*

Dürnstein, Burgruine
BH *Krems*
G und **KG** *Dürnstein*
Die Hauptburg nur in Mauerresten erhalten, welche jedoch im Donautal weithin sichtbar sind. Am besten erhalten sind die Reste der ehem. Burgkapelle. Die Burganlage samt Vorburg ist mit der Stadt durch Mauerzüge und Wehrtürme verbunden. Durch Albero III. von Kuenring im 12. Jh. erbaut, war die Burg Sitz der Linie Kuenring-Dürnstein.
Dem Sohn Alberos III., Hadmar II., wurde König Richard Löwenherz 1193 zur Bewachung übergeben. Dürnstein wurde 1458 von Friedrich III. wegen Empörung des Pfandinhabers Stephan Eitzinger belagert und 1646 von den Schweden gesprengt.
E: Heinrich Rüdiger Fürst von Starhemberg
Lit: *Dehio 1990, 122*

Dürnstein, Schloß
BH *Krems*
G und **KG** *Dürnstein*
Der kubische Baukörper besteht aus vier dreigeschoßigen Flügeln, welche den Innenhof umschließen. Vorgelagerte Vorburg mit schönem Portal in Rustikarahmung und Durchblick zum Hauptgebäude. Die Gesamtanlage malerisch auf einem Felsen am Donauufer gelegen, den westlichen Stadtteil von Dürnstein beherrschend. 1622 durch Christoph Wilhelm von Zelking an der Stelle von 10 Häusern des ehemaligen Chorherrenstiftes erbaut und von seinem Schwiegersohn Otto Heinrich von Zinzendorf verschönert. Später im Besitz der Fürsten Starhemberg. Schloß Dürnstein ist heute als Schloßhotel in Verwendung.
E: Hans Thiery
Lit: *Dehio 1990, 132 f*

E

Ebendorf, Schloß
BH und **G** *Mistelbach*
KG *Ebendorf*
Freundlich wirkendes, dreigeschoßiges Schloß mit zwei Ecktürmen und mit benachbartem Wirtschaftsgebäude. Die Einrichtung wurde 1945 zum Großteil zerstört. 1134 wird Hertwig von Ebendorf genannt. Der älteste Teil des Schlosses stammt von 1622, ein Umbau erfolgte 1874.

E: Dipl.-Ing. H. Mitscha-Märheim
Lit: *Dehio 1990, 135*

Ebenfurth, Schloß
BH *Wiener Neustadt*
G und **KG** *Ebenfurth*
Mächtiges dreigeschoßiges Schloß. Zehnachsige Hauptfront mit vorspringendem Mittelrisalit und zwei Ecktürmen. Hinter dem Schloß ein französischer Park. Im ersten Stock kleine Kapelle mit gemalter Rokokoarchitektur sowie einem Deckenfresko von F. A. Maulbertsch. 1945 wurde die wertvolle Einrichtung (bedeutende barocke Gemälde und Gobelins) zum größten Teil vernichtet. Ebenfurth wurde als Wasserburg im späten 17. Jh. erbaut; die künstlerische Ausstattung erfolgte 1754. Das Schloß war lange Zeit im Besitz der Fam. Suttner.
E: Med.-Rat Dr. Gerhard und Dr. Johanna Liebleitner
Lit: *Dehio 1953, 48*

Ebenthal, Schloß
BH *Gänserndorf*
G und **KG** *Ebenthal*
Vornehmer barocker Bau aus der ersten Hälfte des 18. Jh.s. Zweigeschoßig, eine 16achsige Hauptfront mit übergiebeltem Mittelrisalit und Mansardendach; weitläufiger Innenhof. Im Gebäudeinneren elegantes Treppenhaus und zweigeschoßiger Saal mit einem Deckenbild „Olympische Götter". 1371 urk. erwähnt, im 19. Jh. Besitz der Familie Sachsen-Coburg und Gotha. In den letzten Jahren umfangreiche Restaurierungsarbeiten am Schloß.
E: Seit 1970 Karel Strümpf
Lit: *Dehio 1990, 136 f*

Ebergassing, Schloß
BH *Wien-Umgebung*
G und **KG** *Ebergassing*
In einem schönen Gelände mit Parkbäumen und Pappelalleen liegt das ehem. Wasserschloß. Die weitläufige Anlage bildet mit den niedrigeren seitlichen Wirtschaftsgebäuden einen Ehrenhof. Im Arkadenhof Wappensteine von 1436 und aus dem 19. Jh., spätgotische Kapelle, Saal mit Pilastergliederung aus rotem Marmor und einer Stuckdecke mit Malereien. Die Wasserburg aus dem 16. Jh. wurde im 18. Jh. in ihre heutige Form gebracht. Im Jahr 1945 und während der Besatzungsjahre wurden Bau und Inventar schwer beschädigt.
E: Fam. Marenzi
Lit: *Dehio 1953, 49*

Ebreichsdorf, Schloß
BH *Baden*
G und **KG** *Ebreichsdorf*
Großer dreigeschoßiger Bau mit gequadertem Erdgeschoß, zwei Wehrtürmen (einer mit Zeltdach, der andere mit Spitzdach und vier Erkern), rechteckigem Hof mit derzeit verglasten Erdgeschoßlauben und Wappensteinen von Besitzern, freistehender Kapelle mit gotischem Chor und römischen Grabsteinen (im 19. Jh. erneuert). Im Inneren gepflegte Räume mit Balkendecken. Das in einem herrlichen Park gelegene Wasserschloß wurde 1294 unter Otacher von Ebreichsdorf urk. erwähnt. Im 14. Jh. Besitz der Herren von Wallsee, 1487 von Matthias Corvinus erobert, 1529 von den Türken zerstört und 1581–88 teilweise neu errichtet (unter Hieronymus von Ebreichsdorf). 1639 Besitz des Wiener Bürgermeisters Daniel Moser, 1704/05 durch Pilati umgestaltet. Nach den Zerstörungen 1945 und während der Besatzungszeit wurde Ebreichsdorf durch den Architekten Prof. Lippert

vorbildlich restauriert und mit gutem Inventar ausgestattet.
E: Fam. Baron Drasche-Wartinberg
Lit: *Dehio 1953, 49 f*

Eckartsau, Schloß
BH *Gänserndorf*
G und **KG** *Eckartsau*
Elegantes barockes Jagdschloß; vier zweigeschoßige Flügel um einen rechteckigen Hof. 15achsige Hauptfront mit schräg vorspringendem Mittelrisalit und Pilasterordnung. Attika mit Giebelplastiken von Lorenzo Mattielli; Hof mit Brunnennische und Maske von 1725. Reich stukkierte Decken, 18. Jh., in der Kapelle. Ovales Deckenfresko von Franz von Roettiers. Im großen Saal Deckenfresko von Daniel Gran mit Plastiken von L. Mattielli. Prunkvolles Stiegenhaus. 1190 urk. genannt, 1722–32 unter Einbeziehung des mittelalterlichen Baues neu errichtet. 1760 vom Hofe erworben und umgebaut. Unter Erzherzog Franz Ferdinand wurden der Süd- und Ostteil teilweise neu erbaut (1897–98). Letzter Aufenthaltsort 1918–1919 von Kaiser Karl I. Die Kriegsschäden von 1945 wurden behoben. Das Schloß ist Sitz der Forstverwaltung der österr. Bundesforste und Veranstaltungszentrum.
E: Republik Österreich
Lit: *Dehio 1990, 142 ff*

Edla, Schloß
BH *Amstetten*
G und **KG** *Ferschnitz*
Gepflegter Ansitz auf kleiner Anhöhe neben dem Markt Ferschnitz. Die Anlage besteht aus einem zweistöckigen Wohngebäude und den nach Westen angebauten Wirtschaftsgebäuden sowie Stallungen. Das in einem gepflegten Park gelegene Schloß wurde um 1790 erbaut und stammt in seiner heutigen Form aus dem 19. Jh. Nach mehrfachem Besitzerwechsel war es bis 1975 im Besitz der Familie Graf Schaffgotsch, später des Heinrich Baron Tinti und bis 1987 Eigentum der Gräfin Irene Starhemberg. Rund um den Ansitz wurde ein Golfplatz angelegt.
E: Seit 1988 Michael und Theresia Hülmbauer

Eggenburg, Stadtburg
BH *Horn*
G und **KG** *Eggenburg*
Mittelalterliche Burganlage von der Stadtmauer umschlossen. Spätgotisches Zugbrückentor mit Fußgängerpforte, ehem. Burggraben mit vorgelagerter Bastion, Zwinger mit Zwingermauer, Burgtor 17. Jh. Turm aus Bruchsteinmauerwerk 12. Jh. Im Hof Herrenhaus aus dem 19. Jh.
E: Dr. Hans Seitz und Dr. Susanne Böhler
Lit: *Dehio 1990, 155 f*

Ehrendorf, Schloß
BH *Gmünd*
G *Großdietmanns*
KG *Ehrendorf*
Schloß Ehrendorf war eine Gründung der Arndorffer und wurde 1427 erstmals urk. erwähnt. Zerstört im Jahr 1619. Kleiner Rechteckbau, 17. Jh. (?). Ein rustiziertes Sockelgeschoß, Haupt- und Attikageschoß mit Pilasterriesenordnung und Ortsteinrahmung, Rechteckfenster mit Keilsteinen, Walmdach. Auf der Nordseite ein runder Treppenturm mit Kegeldach, doppelgeschoßige Pilasterordnung.
E: Gemeinde Großdietmanns
Lit: *Dehio 1990, 173*

Eibenstein, Burgruine
BH *Waidhofen an der Thaya*
G *Raabs an der Thaya*
KG *Eibenstein*
Die Burgruine liegt auf

einem steil zur Thaya abfallenden Felsen östlich des Ortes. Bergfried und Palas sind weithin sichtbar. Die Ruine war einst durch Halsgraben und ehemalige umgebende Schutzmauern gesichert. Urk. um 1194 Riwin und Leopold Iwenstein. Die Burgruine zählte zu einer ganzen Reihe von Burgen, die eine Kette entlang der Thaya bildeten. Bis 1543 im Besitz der Eibensteiner als ritterliche Lehensträger. 1543 im Besitz der Herren von Schreckenreith, später zur Herrschaft Drosendorf gehörig. Die Burg befindet sich seit dem 16. Jh. im Verfall. Wehrturm an der Westspitze, unzugänglich hoch angesetzt, nachträglich 2fach erhöht, die Ost- sowie die abgerundete Nordflanke zum Haupthof hin erhalten, die Südseite zum Fluß 1867 eingestürzt. An der Hofseite des Grates isolierter, zum Teil in den Felsen eingebauter, gut erhaltener Küchenbau. Gotisch ausgebauter Haupthof an der Nordseite auf niedriger Terrasse. Im Westen ehem. Palas, an den Bergfried durch einen zwickelförmigen Bau in der Südwestecke angeschlossen. Im Osten Spuren eines ehem. selbständigen dreigeschoßigen Einbaues zwischen Hofmauern und Flanke des Felsplateaus.

E: Gemeinde Eibenstein

Lit: *Dehio 1990, 174 f*

Eichbüchl, Schloß

BH *Wiener Neustadt*

G und **KG** *Katzelsdorf*

Eine umfangreiche Anlage mit vier Ecktürmen und Pyramidendächern. Der ehemalige Bergfried wurde im 20. Jh. mit einem Aufbau versehen. 1348 urk. erwähnt; 1687 Besitz der Fam. Hoyos, später Verfall, 1868 Wiederherstellung und im 20. Jh. vollständiger Umbau. Nach dem Zweiten Weltkrieg war Schloß Eichbüchl im Eigentum des Amerikaners Mr. Safford.

E: Ing. Gideon Wein

Lit: *Dehio 1953, 55*

Emmerberg, Burgruine

BH *Wiener Neustadt*

G *Winzendorf-Muthmannsdorf*

KG *Emmerberg*

Am Rande des Steinfeldes liegt die Ruine dieser alten Burg, die einst ein wichtiges Bollwerk der Karantanischen Mark darstellte. Heute noch vorhanden sind drei Tore, Gräben, Zugbrücken und eine Kapelle. 1170 unter den Herren von Emmerberg urk. genannt; um 1430 Besitz der Familie Wolfenreit, ab 1760 rascher Verfall. 1833 wird die Anlage von Erzherzog Rainer erworben.

E: Alexandra de Riera, geb. Habsburg-Lothringen

Lit: *Dehio 1953, 56*

Engelstein, Burg

BH *Gmünd*

G *Großschönau*

KG *Engelstein*

Auf einem Granitfelsen, von Teichen umgeben, liegt die gut erhaltene Burganlage. Spätromanischer Bergfried, spitzbogiges Tor mit Resten der Zugbrücke, Kapelle mit bemerkenswerter Ausstattung. Im 13. Jh. urk. erwähnt; vom 13. bis zum 15. Jh. Lehen der Wallseer, ab 1417 oftmaliger Besitzerwechsel. Die 1476 errichtete Kapelle wurde im 19. Jh. umgebaut (Umbauten an der Burg erfolgten 1810–1839). Engelstein war lange Zeit im Besitz der Familie Kloss.

E: Fam. Erich Meinl

Lit: *Dehio 1990, 193 ff*

Enzersdorf im Thale, Schloß
BH *Hollabrunn*
G und **KG** *Enzersdorf im Thale*
Von dem ehem. Schloß ist heute nur mehr ein Flügel erhalten. Heute ist darin die Forstverwaltung untergebracht. Im ehem. Haupttrakt früher Saal mit Fresken von Greippel, 1769. Der Bau war von Wassergräben umgeben. Ein älterer Bau wurde im 19. Jh. verändert. 1945 wurde das Schloß durch Artilleriebeschuß zerstört und nicht mehr aufgebaut.
E: Max Graf Schönborn-Buchheim
Lit: *Dehio 1990, 195*

Enzesfeld, Schloß
BH *Baden*
G *Enzesfeld-Lindabrunn*
KG *Enzesfeld*
In einem schönen Park liegt diese hufeisenförmige zweigeschoßige Anlage; das Schloß ist an den mächtigen Bergfried angebaut. Im Inneren Speisezimmer mit Holzdecke aus dem 16. Jh. Brunnen im Garten aus Werkstücken der Wiener Stephanskirche. Der Bergfried stammt aus dem 12. Jh., die übrigen Teile aus dem 18. und 19. Jh. Eine Restaurierung erfolgte im Jahre 1882. Das Schloß war lange Zeit im Besitz der Familie Rothschild (die Sammlungen von Eugen von Rothschild wurden 1945 und während der Besatzungszeit zum größten Teil zerstört), später des Baron Pantz. Im Schloß befinden sich Mietwohnungen.
E: Golfpark Ges.m.b.H. Enzesfeld
Lit: *Dehio 1953, 59*

Erla, Schloß (Erlakloster)
BH *Amstetten*
G *St. Pantaleon-Erla*
KG *Erla*
Das ehem. Kloster ist ein umfangreiches Gebäude mit zwei Höfen, schlankem Viereckstурm, Ostflügel mit Durchfahrt, auffallend hohem Dach mit zwei Reihen von Dachgaupen und ehem. kreuzgewölbten Kreuzgang; im rechteckigen Brunnenhof Grabsteine der ehem. Besitzer bzw. Äbtissinnen. Die Anlage macht einen imposanten wehrhaften Eindruck. Um 1130 von Otto von Machland gegründet und als Benediktinerinnenabtei gestiftet. Otto von Machland ließ in den Jahren 1120 bis 1149 folgende Klöster und Burgen errichten: Baumgartenberg, Waldhausen, Säbnich und die Burgen Clam und Sarmingstein. 1583 wurde das Kloster Erla aufgehoben und Kaiser Rudolf II. widmete die Gebäude mit der Gutsherrschaft dem Königinkloster in Wien. 1782 neuerlich aufgehoben und ab 1832 mehrfacher Besitzerwechsel (die Familien Pereira, Fries, Coudenhove, u. a.).
E: Seit 1906 Familie Goldschmidt
Lit: *Dehio 1953, 59*

Ernegg, Schloß
BH *Scheibbs*
G *Steinakirchen am Forst*
KG *Ernegg*
Unregelmäßiges zweistöckiges Gebäude mit schönen Arkaden in allen drei Geschoßen. Im Osten schlanker Rundturm mit Zeltdach. Rundbogenportal und Fußgängertor, eine gewölbte Einfahrt, spätgotische Wendeltreppe, kunstvoll überwölbter Saal im Erdgeschoß, Kapelle mit Bauinschrift der Familie Auersperg. Hinter dem Schloß liegt der Park mit einer tausendjährigen Linde und der Gedenktafel an den in der Schlacht bei Austerlitz gefallenen Major Josef Graf Auersperg. 1291 erwähnt, 1330 Besitz der Zelking, 1596

der Streun von Schwarzenau, von 1656 bis heute der Grafen Auersperg bzw. deren Nachkommen. In dem Schloß ist eine Fremdenpension eingerichtet.
E: Mrs. Lee, geb. Auersperg
Lit: *Dehio 1953, 60*

Ernstbrunn, Schloß
BH *Korneuburg*
G und **KG** *Ernstbrunn*
Umfangreicher Bau mit vier Höfen in Nordsüdrichtung. Der Haupteingang mit Torturm und Wappen der Familie Sinzendorf, klassizistische Fassade mit großen Vasen in Mauernischen, zweiter Hof mit Uhrturm und protestantischer Kapelle, dritter Hof mit Hochschloß (gewölbte Wohnräume mit gediegener Einrichtung), vierter Hof (dreieckig) mit katholischer Kapelle und Rittersaal (Theatersaal), Bergfried mit eigenartigem Dach (Pyramide mit Kugel). Vor dem Schloß bemerkenswerter barocker Brunnen. Im 11. Jh. urk. erwähnt, 1654 Umbau durch die Sinzendorf, 1775 neuerlicher Umbau und Erweiterung. Seit 1822 Besitz der Prinzen von Reuß-Köstritz, (die Veränderungen im Inneren des Schlosses durchführen ließen). 1945 und während der Besatzungszeit wurden das Inventar und die Gebäude stark beschädigt bzw. zerstört. Bis 1955 USIA-Betrieb, anschließend Rückstellung an Familie Reuß; seither große Restaurierungsarbeiten. Während Erdarbeiten 1984/85 wurde ein sensationeller Fund von ca. 100 lebensgroßen barocken Sandsteinfiguren gemacht.
E: Dipl. Volkswirt Heinrich IV. Prinz zu Reuß, Fürst Köstritz
Lit: *Dehio 1990, 200 ff*

F

Falkenstein, Burgruine
BH *Mistelbach*
G und **KG** *Falkenstein*
Die Landschaft hoch überragend liegt die Ruine, mit Bastionen und Mauerringen, Resten des Bergfrieds (der aus dem natürlichen Fels herausragt) und der Kapelle mit Rundtürmen (teilweise erhalten). Urk. 1115, anschließend Lehen der Babenberger, später Besitz der Familien Streun, Liechtenstein, Trautson, Auersperg; ab 1645 Verfall.
E: Georg Graf Thurn-Vrints
Lit: *Dehio 1990, 210*

Feistritz, Burg
BH *Neunkirchen*
G und **KG** *Feistritz am Wechsel*
Umfangreiche Anlage, Vorhof mit niedriger Ringmauer, Burgtor mit Wippzugbrücke und Fallgitter, Hungerturm mit Verlies, dreistöckige Wohngebäude, die den Hof umschließen. Im Inneren Burgkapelle mit Glasmalereien, Rittersaal, Bibliothek, Rüstkammer, Gerichtsstube, einige Decken mit Gotik- und Renaissancevertäfelungen. Volkskundliche Sammlung. 1136 wird Adalbertus von Viustritze urk. genannt; Umbauten erfolgten 1685 (Wappen über dem Eingang) und nach 1815. Oftmaliger Besitzerwechsel. Burg Feistritz ist zu besichtigen und es werden hier Hobbykurse veranstaltet.
E: Sabine Reichhold
Lit: *Dehio 1953, 63*

Felling, Schloß
BH *Krems*
G *Gföhl*
KG *Felling*
Einfaches einstöckiges Landschlößchen: Sockelgeschoß mit Rustikabänderung, Schloßkapelle

im ersten Stock mit Holzfiguren die Mutter Gottes und die Heiligen Peter und Paul darstellend. 1232 erwähnt; ein Umbau erfolgte 1797, im 20. Jh. wurde das Gebäude vollständig erneuert.
E: Fam. Graf Gudenus
Lit: *Dehio 1990, 213*

Fels am Wagram, Schloß

BH *Tulln*
G und **KG** *Fels am Wagram*
Kleines einstöckiges Gebäude mit zwei Flügeln, die einen Hof bilden; schlanker Rundturm mit Kegeldach. 1160 mit Leopold und Konrad von Velze genannt; der Bau stammt in seiner heutigen Form aus dem 17. Jh. Im Schloß sind das Heimatmuseum, der Kindergarten, eine landwirtschaftliche Fortbildungsschule und einige Veranstaltungsräume der Gemeinde untergebracht.
E: Marktgemeinde Fels am Wagram
Lit: *Dehio 1990, 214f*

Fischau, Schloß

BH *Wiener Neustadt*
G *Bad Fischau – Brunn*
KG *Bad Fischau*
Einstöckiger Bau in einem Garten gelegen. 1163 urk. erwähnt; die Bevölkerung von Bad Fischau hatte im Türkenkrieg von 1683 besonders zu leiden: so wurde ein Großteil der Bevölkerung niedergemetzelt oder in Gefangenschaft verschleppt. 1728 wurde das Schloß unter Otto von Heussenstamm umgebaut; ein weiterer Umbau erfolgte 1830 unter Erzherzog Rainer. 1852 wurde es vom Ärar angekauft und darin eine Militärerziehungsanstalt, eine Landwehrkaserne und ein Rekonvaleszentenheim untergebracht. 1877 war das Schloß Militärwaisenhaus.
E: Erzherzogin Immakulata Habsburg-Lothringen
Lit: *Dehio 1953, 27*

Frankenfels, Burgruine

→ Weissenburg, Burgruine

Freundorf, Schloß

BH *Tulln*
G *Judenau-Baumgarten*
KG *Freundorf*
Kleines zweistöckiges Schlößchen mit drei Achsen im Hauptbau und rückwärtig anschließendem zweigeschoßigen Trakt mit Arkadengang und Altane. Der Bau stammt aus dem 17. Jh. und wurde im 19. Jh. umgestaltet. Er war ehemals im Besitz der Familie Herzog von Beaufort.
E: Alfred Knopfhart
Lit: *Dehio 1953, 67*

Freydegg, Schloß

BH *Amstetten*
G und **KG** *Ferschnitz*
Von dem einst prachtvollen Prunkbau des Richard Streun von Schwarzenau ist nur mehr ein Vorbau mit vierstöckigem Turm erhalten geblieben. Rundbogenportal mit zwei roten Marmortafeln, die Einfahrt mit Tonnengewölbe, gewölbte Räume im Erdgeschoß. Urk. 1339 unter Heinrich von Zelking; 1575 ließ Richard von Streun die Anlage großartig umgestalten: Hauptschloß, sechsstöckiger Turm, Wehrmauern, dreigeschoßige Bastionstürme. Berühmt war auch die Ausstattung des Schlosses mit ägyptischen und indischen Altertümern. 1615 Besitz der Familie Zinzendorf, 1629 des Otto Heinrich Fugger zu Kirchberg, 1678–1934 der Starhemberg.
E: Dipl.-Ing. DDr. Zvara
Lit: *Dehio 1953, 67*

Fridau, Schloß
BH *St. Pölten*
G *Obergrafendorf*
KG *Fridau*
Ein in schönem Park gelegenes zweistöckiges Schloß mit zwei Seitenflügeln. An der Vorderseite siebenachsiger Mittelteil mit Giebel, an der Gartenseite vorspringender Mittelrisalit. Über der Sala terrena liegt der prächtige Saal mit Marmorpilastern und Fresken von Daniel Gran. Östlich des Schlosses steht die barocke ehem. Orangerie. Im 13. Jh. erwähnt; Erasmus Feuchter ließ die Anlage im 15. Jh. umbauen. Ein neuerlicher Umbau erfolgte in den Jahren 1750–70 unter dem damaligen Besitzer Grechtler.
E: Land Niederösterreich
Lit: *Dehio 1953, 234*

Frohsdorf, Schloß
BH *Wiener Neustadt*
G *Lanzenkirchen*
KG *Frohsdorf*
Großes zweistöckiges Gebäude mit neunachsiger Fassade, Flachgiebel mit Wappen, fünfachsigem Mittelrisalit, Haupttor mit zwei kleineren Seitentoren, Hof, schöner Marmorplastik im Park. Die ehem. Wasserburg wurde 1321 urk. genannt; der Bau in seiner heutigen Form stammt aus dem 18. Jh. (damals Besitz der Grafen Hoyos). Bis 1958 Eigentum von Baronin Blanka Wurmbrand. Im Schloß befindet sich eine Schule mit Internat für Fernmeldemonteure.
E: Österreichische Post- und Telegrafendirektion
Lit: *Dehio 1953, 67*

Fronsburg, Schloß
BH *Horn*
G *Weitersfeld*
KG *Fronsburg*
Zweigeschoßige Gebäudegruppe mit Tor, um zwei unregelmäßige Höfe angeordnet. Neugotischer Turm, zweigeschoßige zierliche Arkaden im zweiten Hof, Portal mit Khevenhüllerwappen. 1230 urk.; urspr. Sitz der Grafen von Hardegg. Seit 1300 mehrfacher Besitzerwechsel. Der bestehende Bau stammt aus der Zeit der Renaissance. Ab 1739 Besitz der Familie Khevenhüller.
E: Dipl.-Ing. Albrecht Bongart
Lit: *Dehio 1990, 230*

Fünfkirchen, Schloß (Steinebrunn)
BH *Mistelbach*
G *Drasenhofen*
KG *Steinebrunn*
Dreigeschoßiger Bau mit auffallend starken Mauern um den Hof. Viereckige, schräg gestellte Ecktürmchen. Die Ostseite ist Hauptfront mit Tor und kleinem Giebel, im Hof befindet sich eine Sonnenuhr. 1258 urk. genannt; als Lehensherren erscheinen die Liechtenstein, Kuenringer und Wallseer auf. 1276 ist Leupold von Fünfkirchen Besitzer der Burg; 1458 wird sie von Georg von Podiebrad zerstört und erst 1602 durch die Grafen von Fünfkirchen wieder aufgebaut. 1805 wurden verschiedene Umbauten durchgeführt.
E: Seit 1970 Dr. Franz und Erich Fuhrmann
Lit: *Dehio 1990, 233*

G

Gaaden, Pfarrhof (ehem. Schloß)
BH *Mödling*
G und **KG** *Gaaden*
Neben der Kapelle liegt das Untergeschoß des ehem. Wehrturmes, das aus starken Quadermauern besteht und heute einen Teil des Pfarrhofes bildet. Bis 1790 war dieser Turm dreigeschoßig. Urk. 1136, in den Türkenkriegen 1529 und 1683 zerstört, 1689 wieder hergestellt. Seit 1749

Pfarrhof. Aus der Umgebung des Ortes holte sich der bekannte Maler Ferdinand Waldmüller viele seiner Motive und der österreichische Dichter Ferdinand Raimund vollendete hier 1833 sein Meisterwerk „Der Verschwender".
E: Stift Heiligenkreuz
Lit: *Dehio 1953, 69*

Gaaden, Schloß
BH *Mödling*
G und **KG** *Gaaden*
In einem schönen Park liegt der klassizistische Bau, der einst Jagdschloß der Familie Skoda war. Im Zweiten Weltkrieg wurde es stark beschädigt und in den Jahren 1960–65 durch den damaligen Besitzer KR Ferdinand Pöltzl mit großem Aufwand restauriert.
E: KR Anton Fröschl
Lit: *Dehio 1953, 69*

Gainfarn, Schloß
BH *Baden*
G *Bad Vöslau*
KG *Gainfarn*
Klassizistischer zweigeschoßiger Bau mit Altane in der Mitte. 1136 erwähnt; 1777 wurde das Schloß umgebaut, 1816 in seine heutige Form gebracht. Im Schloß ist die Bundesförsterschule untergebracht.
E: Republik Österreich (Bundesministerium für Land- und Forstwirtschaft)
Lit: *Dehio 1953, 70*

Gänserndorf, Schloß
BH, G und **KG** *Gänserndorf*
Mächtiger dreigeschoßiger Bau aus dem 16. Jh. Eingangshalle mit Wappentafel von 1508. Ehem. Herrschaftshof der Grafen Pálffy. 1945 wurde das Schloß durch Brand zerstört und 1946–48 wiederaufgebaut. Das Gebäude wird als Rathaus und Bezirksgericht verwendet.
E: Stadtgemeinde Gänserndorf
Lit: *Dehio 1990, 236*

Gars am Kamp, Burgruine (Thunau)
BH *Horn*
G *Gars am Kamp*
KG *Thunau*
Oberhalb der Stadt Gars liegt diese weitläufige Ruine. Erhalten sind die Kapelle über dem Burgtor, ein Torbau mit Rundbogentor für eine Zugbrücke, der „Diebsturm", die von einer Mauer umschlossene, alte Hochburg mit dem zweistöckigen Palas. Im 11. Jh. urk. erwähnt; 1096 bis 1121 Besitz des Bischofs Ulrich von Passau. 1709 wird dieses mächtige Schloßgebäude vollendet und 1809 während der Franzosenkriege zerstört. In den Sommermonaten Veranstaltungen auf der Burg.
E: Dkfm. Fritz Bogner
Lit: *Dehio 1990, 1176 f*

Gatterburg, Schloß
→ Retz, Schloß

Gerasdorf am Steinfeld, Schloß
BH *Wiener Neustadt*
G *St. Egyden am Steinfeld*
KG *Gerasdorf am Steinfeld*
Dieser ehem. dreigeschoßige wehrhafte Bau wurde im 18. Jh. umgestaltet. Kapellenanbau aus dem 17. Jh., quadratischer Bergfried im Südosten. 1204 wird das Schloß mit Rudolf von Gerasdorf genannt. Im neuzeitlich umgestalteten Gebäude befindet sich heute eine Sonderanstalt für Jugendliche.
E: Republik Österreich (Justizverwaltung)
Lit: *Dehio 1953, 76*

Gilgenberg, Schloß
BH *Waidhofen an der Thaya*
G *Waldkirchen an der Thaya*
KG *Gilgenberg*
Schloß mit hakenförmigem Grundriß, hori-

zontalgebändertem Erdgeschoß, breiten Rundtoren in Steinfassung, zierlichem Türmchen mit Zwiebel. Im 12. Jh. urk. erwähnt, im 14. Jh. Besitz der Pillunger von Gilgenberg, später der Truchseß und der Puchheim. Der Baukern stammt aus der Spätrenaissance. In den letzten Jahrzehnten war das Schloß Eigentum der Wilheimschen Gutsverwaltung.
E: Johannes Hohlrieder
Lit: *Dehio 1990, 269*

Glaswein, Schloß
BH *Korneuburg*
G und **KG** *Glaswein*
Ein anmutiges zweigeschoßiges Barockschloß, Mittelrisalit mit Balkon; Freskomalereien mit Szenen aus dem Landleben von Greipel. Das ganz im Wald gelegene Jagdschloß stellt mit seinem schönen Inventar ein kleines Juwel des Barock dar. 1762 unter den Grafen Sinzendorf (angeblich bei einem Glas Wein beschlossen) erbaut. Besitzer waren die Vrints, die Seuter von Lötzen.
E: Maria Zeschek
Lit: *Dehio 1990, 271*

Gloggnitz, Schloß
BH *Neunkirchen*
G und **KG** *Gloggnitz*
In beherrschender Lage über der Stadt liegt der zweigeschoßige Bau mit abgeschrägten Ecken. In der Mitte des Hofes die frei stehende Pfarrkirche. Zweigeschoßige Lauben im Hof, Umfassungsmauern mit Eckbastionen, Sgraffitoreste und ein bemerkenswertes inneres Tor: kreuzrippengewölbte Torhalle, Pechnasen und Schießscharten. Die ehem. Propstei des Benediktinerklosters Formbach wurde 1094 durch Eckbert Graf von Formbach gegründet. Die Bauten stammen zum Großteil aus dem 16. Jh. 1741 wurde das Gebäude barockisiert und 1803 das Kloster aufgehoben. 1933/34 erfolgte an anderer Stelle der Pfarrkirchenneubau durch Clemens Holzmeister. Teile des Schlosses wurden für Ausstellungszwecke adaptiert.
E: Stadtgemeinde Gloggnitz
Lit: *Dehio 1953, 77 f*

Gmünd, Schloß
BH, G und **KG** *Gmünd*
Die in der Südwestecke der Stadt gelegene Burg ist heute von einem Park mit Teich umgeben. Der Kern der Anlage stammt aus dem 13. Jh. Der dreigeschoßige kubische Baublock ist durch den gotischen Torturm zugänglich und wird in der Südwestecke vom mittelalterlichen Eckturm, in dem sich die Burgkapelle befindet, überragt. Der Hof weist einen Treppenturm mit spätgotischer Spindeltreppe und vorspringender Renaissanceloggia auf. An der nördlichen Außenseite ist ein Rest des ehemaligen Wehrgrabens erhalten. Die Herrschaft Gmünd ist alter Kuenringerbesitz und gelangte 1418–84 in den Besitz der Puchheim, denen es nach Ende der Ungarnherrschaft unter Matthias Corvinus strafweise entzogen wurde. 1518–1615 gelangte Gmünd in den Besitz der protestantischen Familie Greiß und wurde nach mehrfachem Besitzwechsel 1859 von Erzherzog Sigismund erworben. Das Schloß wurde in den letzten Jahren für Wohnzwecke adaptiert.
E: Gemeinnützige Wohnbauges.m.b.H. „Schönere Zukunft“
Lit: *Dehio 1990, 276 f*

Gneixendorf, Schloß
BH *Krems*
G *Krems an der Donau*
KG *Gneixendorf*
Ein zweistöckiges recht-

eckiges Gebäude mit dreistöckigem Turm in der Mitte, Pilastergliederung mit Bandelwerk, eckturmartige Vorbauten auf der Gartenseite. 1170 urk. erwähnt, damals zum Stift Baumgartenberg (OÖ) gehörend. 1725–30 erfolgte die Gliederung der heutigen Fassade. Die Sonnenuhr mit Fresko stammt aus dem späten 18. Jh. 1820 war das Schloß im Besitz des Johann van Beethoven (Bruder des Komponisten); der Komponist Ludwig van Beethoven verbrachte hier seinen letzten Sommer.
E: Paul Feichtinger
Lit: *Dehio 1990, 281*

Gobelsburg, Schloß
BH *Krems*
G und **KG** *Gobelsburg*
Gutshof mit reizvoller Fassadenwirkung; Stuckdecken in der Kapelle und den meisten Zimmern, prächtige Öfen und Fußböden aus der Barockzeit, Mittelsaal. Ehem. Besitz der Kuenringer, später der Hohenfeld. Das Schloß stammt im Baukern aus dem 16. Jh. und wurde 1725 herrschaftlich ausgebaut. Das Schloß ist als Gutshof (Weinkellerei) in Verwendung. Außerdem ist im Schloß ein Volkskunst-Museum (Außenstelle des Volkskundemuseums Wien) untergebracht.
E: Stift Zwettl
Lit: *Dehio 1990, 284 f*

Goldburg, Burgruine
BH *St. Pölten*
G *Weißkirchen an der Perschling*
KG *Murstetten*
Heute nur mehr Reste der einst mächtigen Burganlage erhalten. 1180 wird Henricus de Muristetin als Besitzer erwähnt; 1529 zerstört, seit 1552 im Besitz der Familie Graf Althan. Seit dieser Zeit führen sie zusätzlich den Namen Goldburg zu Murstetten. Nach der neuerlichen Zerstörung durch die Türken 1683 ließ Ludwig Gundaker Graf von Althan 1706 ein hochbarockes Prunkwasserschloß errichten, das den Wiener Adelspalästen ebenbürtig sein sollte. Die Besitzerfamilie veranstaltete großartige Feste, an denen auch Kaiserin Maria Theresia und Kaiser Josef II. teilnahmen. 1809 wurde das Schloß von den Franzosen in Brand gesteckt und zerstört. Von der einstigen Pracht sind nur mehr einzelne Steinfiguren erhalten geblieben, die sich heute auf der ehem. Gartenterrasse der Goldburg, vor dem Posthof in Perschling, beim Schloß Zwentendorf und vor dem Schloß Wasserburg befinden.
E: Dipl.-Ing. Alexander Graf Althan
Lit: *Dehio 1953, 224*

Goldegg, Schloß
BH *St. Pölten*
G *Neidling*
KG *Neidling und Goldegg*
Umfangreiche Anlage mit viereckigem Bergfried, der vierstöckigen Hauptfront sowie hohem Walmdach und Kapelle mit schönem Stuck. 1293 wird Wetzil von Goldegg genannt; die Anlage wird im 17. Jh. durch die Familie Trautson und im 18. Jh. durch die Auersperg umgebaut. Laufend Restaurierungen; 1987 wurde ein Golfplatz um das Schloß angelegt.
E: Franz Prinz Auersperg
Lit: *Dehio 1953, 80*

Göllersdorf, Schloß
BH *Hollabrunn*
G und **KG** *Göllersdorf*
Vier Flügel umschließen einen rechteckigen Hof, im Südosten Verbindungsflügel zum Nordostturm. Tor mit Inschrift zu Ehren Karls VI., Obelisken, Löwen und Sta-

tuen. Hof mit Arkaden und Sgraffitodekorationen, spätgotische Kapelle mit Netzrippengewölbe, im Inneren Reste von gotischen Decken. Das Schloß wurde um 1500 durch die Herren von Puchheim erbaut; 1632 war das Schloß Schauplatz einer Zusammenkunft zwischen Fürst Eggenberg und Wallenstein, in deren Verlauf der Feldherr zur Übernahme seines zweiten Generalamtes bewogen werden konnte. Das Schloß war seit der Erbauung im Besitz der Familie Puchheim bzw. Schönborn-Buchheim. Vom Bundesministerium für Justiz wurde darin eine Sonderstrafanstalt untergebracht.
E: Republik Österreich
Lit: *Dehio 1990, 291 f*

Göpfritz an der Wild, Schloß
BH *Zwettl*
G und **KG** *Göpfritz an der Wild*
Langgestreckter zweigeschoßiger Mittelbau, mit Giebelvorbau und zwei turmartigen Eckflügeln mit Mansardendächern; 16achsige Längsfront, Balkon, flacher Dreiecksgiebel, gewölbte Räume im Erdgeschoß. Der heutige Zustand der Fassade stammt aus dem 19. Jh. 1303 urk. erwähnt, im 18. und 19. Jh. umgebaut. Das Schloß wird als Gemeindehaus verwendet.
E: Marktgemeinde Göpfritz
Lit: *Dehio 1990, 294*

Gozzoburg, Burg
BH, G und **KG**
Krems an der Donau
Ein dreigeschoßiges Gebäude von beträchtlichen Ausmaßen; gotisches Portal mit flachem Kleeblattbogen und reichem Stabwerk. Vier Höfe, von denen besonders der Wappen- und Arkadenhof sehr reizvoll ist. An der Ostfront Apsis der Katharinenkapelle. Gegen den Hohen Markt frühgotische Loggia. Im 13. Jh. Sitz des Stadtrichters Gozzo. Die Burg umfaßt die Häuser Hoher Markt 10, 11 und 12 sowie Margarethenstraße 12 und 14. 1477 und 1487 durch Matthias Corvinus belagert. Umbauten erfolgten um die Mitte des 15. Jh.s., 1526 und Anfang des 19. Jh.s., wobei der einst sechsstöckige Bergfried abgetragen wurde. 1958–64 wurde eine Generalsanierung durchgeführt.
E: Matthias Moser und Stadtgemeinde Krems
Lit: *Dehio 1990, 573 f*

Grabenhof, Ansitz
BH *Melk*
G *Dunkelsteinerwald*
KG *Gansbach*
Gefälliger kleiner Ansitz, mit altem Baukern. Nordtrakt mit wehrhaftem Charakter, steingerahmte Fenster, im Hof Reste von Sgraffiti. 1181 nannte sich ein Zweig der Kuenringer nach „Kamzisebach". 1355 vermutlich Besitz der Maissauer, 1661 des Georg Ehrenreich Stettner, später des Stiftes Göttweig.
E: Seit 1970 Familie Dr. Martin Eder

Grafenegg, Schloß
BH *Krems*
G *Etsdorf-Haitzendorf*
KG *Grafenegg*
Romantisches Schloß im Stil der englischen Schlössergotik. Von der ehem. Renaissanceanlage um einen rechteckigen Hof sind die Eckbastionen, der Wassergraben und die Steinbrücke noch erhalten. Die Kapelle, der Rittersaal, die Bibliothek, Kachelöfen in bester Qualität und hervorragende Holzschnitzarbeiten sind der künstlerische Höhepunkt dieses Schlosses. Urk. 1294; im 15. Jh. Besitz der Familie Prüschenk, 1533 des Turzó

von Bethlenfalva (Renaissancetor), später der Hardegg und der Verdenberg. 1645 wurde das Schloß von den Schweden erobert und drei Monate lang besetzt. August Graf Bräuner (1796–1877) ist der Schöpfer des neuen Schlosses. Es wurde nach Entwürfen des Architekten Leopold Ernst umgestaltet; mit der Innenarchitektur des Ludwig Wechtler und dem prächtigen englischen Landschaftsgarten wurde in Österreich diese Kunstrichtung zum ersten Mal in die Tat umgesetzt (ähnliche Bauten: die Franzensburg in Laxenburg, Schloß Anif bei Salzburg, u. a.). Von der Familie Bräuner gingen Schloß und Herrschaft an den Fürsten Ratibor über. Das Schloß wurde in der Besatzungszeit 1945–55 völlig verwüstet. Die hervorragenden Sammlungen, darunter große Teile des Archivs, wurden vernichtet. Durch das große Engagement des heutigen Eigentümers sowie mit Hilfe des Bundes und des Landes Niederösterreich wurde unter Beratung des Bundesdenkmalamtes das Schloß völlig wiederhergestellt. Grafenegg mit seinen Landesausstellungen, Einzelausstellungen, Konzerten und nicht zuletzt durch die Veranstaltung „Grafenegger Advent" ist in den letzten Jahren zu einem Kulturzentrum ersten Ranges geworden.

E: Franz Metternich-Sandor, Herzog von Ratibor

Lit: *Dehio 1990, 303 ff*

Greifenstein, Burg

BH *Tulln*
G *St. Andrä-Wördern*
KG *Greifenstein*

Auf einem Felsvorsprung über dem südlichen Donauufer in herrlicher Lage. Hoher Bergfried, Reste der Umfassungsmauer, eine Steintreppe, ehem. Zwinger, Spitzbogenportal, Knappenstube (die frühere Waffenkammer). Über eine Holztreppe erreicht man die neugotischen getäfelten Gebäudeteile. Die gewölbte gotische Kapelle stammt noch von dem alten Baubestand. Interessante Waffensammlung mit Radschloßflinten, mit Steinschloßgewehren, Harnischen, Armbrüsten und Hellebarden. 1135 urk. erwähnt (Vertrag vom Bischof von Passau und dem Markgrafen Leopold III.) Die Burg wurde oft belagert und zerstört (Ungarn, Türken) und immer wieder aufgebaut. Im Jahr 1807 erwarb Johann I. Fürst von Liechtenstein die Burg und ließ sie in romantischer Art wieder aufbauen. Die Burg beherbergt Schauräume und ein Restaurant und ist beliebter Ausflugsort.

E: Seit 1930 Dr. Johannes Hübner

Lit: *Dehio 1953, 88*

Greillenstein, Schloß

BH *Horn*
G *Röhrenbach*
KG *Greillenstein*

Herrlicher Bau mit Renaissancehof, barocken Steinfiguren und Vasen, Hauptfassade von 1700, Brücke über den Schloßgraben mit barocken Figuren; im Inneren schöne Türen und Kamine aus dem späten 16. Jh., gemalte Holzdecke von 1590, Rokokoöfen von 1770, Gemälde vom 17. bis zum 19. Jh., Schloßkapelle mit Kanzel um 1600, Statue der hl. Anna selbdritt und Altar von 1604. 1210 bis 1313 wird das Geschlecht der Grellen genannt; erste urk. Erwähnung 1371. Seit 1534 Besitz der Grafen Kuefstein. Umbauten erfolgten im 16., Ende des 17. und Anfang des 18. Jh.s.

Der Bau wurde 1945 schwer beschädigt und später wieder vollständig renoviert. Das Schloß war eines der ersten, das als Museum der Öffentlichkeit zugänglich gemacht wurde. Aufgrund seiner interessanten Exponate (Türken-Erinnerungen, Gerichtsbarkeit der Herrschaft, wertvolles Inventar, etc.) erfreut es sich großer Beliebtheit.
E: Karl Graf Kuefstein
Lit: *Dehio 1990, 309 ff*

Grimmenstein, Burgruine
BH *Neunkirchen*
G und **KG** *Grimmenstein*
Am Hang des Kulm-Riegels liegen Reste der Vorburg, darunter ein mittelalterlicher turmartiger Quaderbau mit Resten eines Tores; auf dem Gipfel die spärlichen Reste der Hochburg, welche urspr. sehr umfangreich gewesen sein dürfte. Diese Burgruine stammt aus dem 12. Jh. und ist seit dem 15. Jh. verfallen. Besitzer waren 1155 die Grimmensteiner; nach deren Aussterben im 14. Jh. wurde die Anlage mit der Herrschaft Pitten vereint und gelangte in landesfürstlichen Besitz. Im Jahr 1444 schenkte Kaiser Friedrich III. die damals bereits öde Festung dem Chorherrenstift in Wiener Neustadt. 1468 Besitz des St. Georgs-Ordens, 1693 der Freiherren von Petrowitsch und ab 1720 der Grafen von Stella-Caracciolo (bis 1848). Seit 1961 wird die Ruine durch den jetzigen Eigentümer zu einer neoromantischen Anlage ausgebaut.
E: Johann Riegler
Lit: *Dehio 1953, 89*

Groß, Schloß
BH und **G** *Hollabrunn*
KG *Groß*
Zweigeschoßiger Bau mit runden Ecktürmen (diese sind bis zur Dachhöhe abgetragen) um einen kleinen Hof. Das Schloß wurde in der zweiten Hälfte des 16. Jh.s erbaut.
E: Terese Gabriele Erice, geb. Gräfin Schönborn-Buchheim
Lit: *Dehio 1990, 317 f*

Großau, Schloß
BH *Baden*
G *Bad Vöslau*
KG *Großau*
Einfaches einstöckiges Gebäude, welches als Ohmann-Villa bezeichnet wird. 1136 wird Ludewiede Grazow als Besitzer genannt. Im 19. Jh. wurde das Gebäude vollständig umgebaut.
E: Republik Österreich (Bundesministerium für Land- und Forstwirtschaft)

Großau, Schloß
BH *Waidhofen an der Thaya*
G *Raabs an der Thaya*
KG *Großau*
Breiter harmonisch wirkender Bau, an drei Seiten von einem Wassergraben umgeben. Barocke Altane mit Steinbalustrade, gedrungener Viereckstum, gemauerte Brücke, idyllischer Hof mit Arkaden auf zwei Seiten. Das Geschlecht der Grossauer ist seit dem 13. Jh. bekannt. Der Bau in seiner heutigen Form stammt aus dem 17. Jh. Einige Zimmer werden an Gäste vermietet; im Park wird eine Hundepension betrieben.
E: Josef Mühle-Krinninger
Lit: *Dehio 1990, 319*

Großenzersdorf, ehem. Stadtburg
BH *Wien-Umgebung*
G und **KG** *Großenzersdorf*
In der Mitte der Stadt, deren Mauerring fast vollständig erhalten ist, stand die Burg der Freisinger

Bischöfe, welche durch Berthold von Wähingen erbaut wurde. 1483 durch Matthias Corvinus zerstört. Im 18. Jh. wurde an ihrer Stelle das damals noch vom Ringgraben umgebene Brauhaus errichtet. Heute sind nur mehr Mauerreste vorhanden.
E: Stadtgemeinde Großenzersdorf
Lit: *Dehio 1990, 325*

Großgerungs, Schloß (Oedenschlößl)
BH *Zwettl*
G und **KG** *Groß-gerungs*
Südlich der Ortschaft Großgerungs liegt die kleine Anlage, die heute als Schloß nicht mehr erkennbar ist. Noch erhalten sind Restbauten der ehem. Wehranlage mit kleinen Fenstern und Schießscharten. An der Stelle des heutigen Kleinoedschlößls erhob sich seit 1160 eine später zum Schloß ausgebaute Burg. Die Gegend war altes Hoheitsgebiet der Kuenringer und Starhemberger. 1698 durch Feuersbrunst teilweise zerstört. Die Propstei Zwettl verkaufte die Gebäude an Kleinhäusler.
E: Familien Navara, Leister, Mayer und Wiesmüller
Lit: *Dehio 1990, 327*

Großpertholz, Schloß
BH *Gmünd*
G *Bad Großpertholz*
KG *Großpertholz*
Vier einstöckige Flügel umschließen einen quadratischen Hof. An der Nordwestecke ein dreistöckiger Turm mit Zinnen und Kapelle; Tor mit Flachgiebel. Unter den Arkadengängen im Hof befinden sich sechs barocke Plastiken von vorzüglicher Qualität, die Jahreszeiten darstellend (jeweils zwei Monate). Der ehem. Freihof wird 1351 urk. genannt. Der Schloßbau entstand nach 1653. Sein heutiges Aussehen bekam das Schloß in den Jahren 1741–58. Seit dem 17. Jh. Besitz der Grafen von Hackelberg. Die letzte Gräfin Hackelberg verkaufte 1934 Schloß und Forstverwaltung Großpertholz (5000 Hektar) gegen Leibrente.
E: Fam. Pfleiderer
Lit: *Dehio 1990, 345*

Großrußbach, Schloß
BH *Korneuburg*
G und **KG** *Großrußbach*
Zweigeschoßiges elfachsiges Gebäude, harmonisch gegliedert, mit flachem Mittelrisalit, Portal mit Steinvasen und Eisengitter, Torwappen; im Inneren schöne spätbarocke Räume, darunter der Speisesaal (ehem. Barbarakapelle) mit reicher Stuckdecke. Im 12. Jh. urk. erwähnt; der heutige Bau wurde unter Verwendung älterer Teile um 1700 errichtet. Im Schloß ist ein katholisches Bildungshaus untergebracht.
E: Erzdiözese Wien
Lit: *Dehio 1990, 350*

Groß-Schweinbarth, Schloß
BH *Gänserndorf*
G und **KG** *Groß-Schweinbarth*
Zweigeschoßiger Hauptbau; zwei Seitenflügel, welche höherliegende Dachfirste als der Haupttrakt haben. Heute ist das Schloß von trockenen Gräben umschlossen. An der Hofseite des Haupttraktes wurden 1978 zweigeschoßige Pfeilerarkaden freigelegt. Das Rundbogenportal mit darüberliegendem Doppelfenster. Der Westtrakt ist unterkellert, die übrigen Teile sind auf einem Steinfundament erbaut. Gewölbte Räume im Erdgeschoß, ehem. wassergefüllter Ringgraben mit Holzbrücke. 1281 urk. erwähnt; ehem. Besitz der Kuenringer. Von

1658 bis heute im Besitz der Familie Grafen Abensperg und Traun. In den siebziger Jahren unseres Jahrhunderts wurde das Schloß vollkommen restauriert (durch Architekt Dipl.-Ing. Wehdorn, der Wappenstein wurde von Prof. Josef Fastl ausgeführt, 1978 wurde die Generalrestaurierung abgeschlossen).
E: Hugo Graf Abensperg und Traun
Lit: *Dehio 1990, 353 f*

Groß-Siegharts, Schloß
BH *Waidhofen an der Thaya*
G und **KG** *Groß-Siegharts*
Mächtige in der Stadt gelegene Anlage; zweigeschoßige Flügel bilden einen rechten Winkel, hoher Viereckturm mit Zinnenkrone, anschließend Gebäude um einen kleinen rechteckigen Hof; tonnengewölbte Durchfahrt, Renaissanceportal mit Wappen. Ehem. Schloßkapelle mit Wandmalereien vermutlich von Carlo Carlone. 1681 bis 1732 Besitz der Grafen Mallentheim. Graf von Mallentheim brachte 1720 eine große Textilfabrik nach Groß-Siegharts und erbaute im Ort viele Kleinhäuser („Bandlkramerland"). Weitere Eigentümer waren die Edlen von Grosser (1785–1808), später die Familie van der Straaten. Im Schloß befinden sich heute das Stadtamt sowie die Stadtbücherei.
E: Stadtgemeinde Groß-Siegharts
Lit: *Dehio 1990, 357 f*

Großtaxen, Schloß
BH *Waidhofen an der Thaya*
G *Kautzen*
KG *Großtaxen*
Hochgelegene Anlage mit vier Flügeln, quadratischem Torturm, Resten von Sgraffiti, offener Loggia im Hof, Wohn- und Wirtschaftsgebäude; in den Innenräumen flache Decken mit einfachen Stuckrahmen. Urk. 1347; die heutige Anlage stammt aus dem 17. Jh., der Westtrakt aus dem 18. Jh.
E: Anton Ulm
Lit: *Dehio 1990, 361 f*

Großweichselbach, Schloß
→ Weichselbach, Schloß

Grub, Burg
BH *Horn*
G *Irnfritz*
KG *Grub*
Auf einem felsigen Berghügel stehend, ist die Burg nur vom Osten her über den Halsgraben zugänglich. Rechteckiger Vorhof mit mächtigem Bergfried über fünfeckigem Grundriß, beidseitig ehem. Wohngebäude mit teilweise erhaltenen schweren Gewölben. Die Burgkapelle auf einer kielförmigen Felszunge stehend, besitzt in den Fensterleibungen Freskenreste aus dem 14. Jh. Pilgram von Grueb 1237 urk. genannt; dessen Geschlecht war bis 1336 im Besitz der Burg. Seit der Mitte des 15. Jh.s mehrfacher Besitzwechsel, u. a. Eigentum des steirischen Ritters Hans von Matschach. Ihm folgten die Rauber, Auersperg und Puchheim. Erst im 17. Jh. wurde die in protestantischem Besitz befindliche Burg zerstört. In den letzten Jahren umfangreiche Wiederherstellungsarbeiten.
E: Fam. Josef und Maria Magdalena Hampapa
Lit: *Dehio 1990, 366*

Grünau, Schloß
BH *Waidhofen an der Thaya*
G *Windigsteig*
KG *Grünau*
Vier zweigeschoßige Flügel bilden einen kleinen Hof; die Anlage ist von

einem Graben umgeben, in einer Hofecke befindet sich eine Wendeltreppe; Wirtschaftsgebäude mit Giebel, gekröntem Mittelrisalit und Türmchen. Die aus dem 16. Jh. stammende Anlage wurde im 19. Jh. umgebaut.
E: Fam. Noe von Nordberg
Lit: *Dehio 1990, 367*

Grünbühel, Schloß (Kilb)
BH *Melk*
G und **KG** *Kilb*
Dreistöckiger rechteckiger Bau mit Rundtürmchen an den Ecken. Im Erdgeschoß Halle mit Säulen und Beginn des Stiegenhauses. Von der alten Burg ist nur mehr ein Rundturm „Hungerturm", eingebaut in das Wirtschaftsgebäude, erhalten. Im 15. Jh. Besitz der Herren von Veldern-dorf, 1830 des Carl Graf von Wickenburg, der es umbaute.
E: Fam. Schlöcht von Heraltitz und Baron Friedel
Lit: *Dehio 1953, 140*

Guntersdorf, Schloß
BH *Hollabrunn*
G und **KG** *Guntersdorf*
Großes zweistöckiges Schloß um einen rechteckigen Hof mit Arkaden in beiden Geschoßen. Prächtige Einfahrt mit bemerkenswerten gotischen Netzrippengewölben und Wappenschlußsteinen. 1108 urk. erwähnt; der Neubau wurde 1536 von Georg von Roggendorf errichtet. Seit 300 Jahren ist das Schloß Eigentum der Freiherren von Ludwigstorff.
E: Dominik Freiherr von Ludwigstorff
Lit: *Dehio 1990, 371 f*

Guntramsdorf, Gartenpavillon des ehem. Schlosses
BH *Mödling*
G und **KG** *Guntramsdorf*
Pavillon des ehem. gleichnamigen barocken Schlosses mit zweiarmiger Freitreppe und Mansardendach. Im Inneren Reste von Fresken (Tiere in Bandelwerkrahmungen, 18. Jh.). Dach mit Holzschindeln. Erbaut wurden Schloß und Pavillon durch einen Schüler Lukas von Hildebrandts. 1844 Besitz der Familie Kühn (das Schloß wurde auch Kühnhof genannt). 1945 durch Kriegseinwirkung zerstört und 1951 abgebrochen. 1900–70 Besitz der Familie Hussareck-Heinlein. Der Pavillon wird heute für kulturelle Zwecke verwendet.
E: Marktgemeinde Guntramsdorf
Lit: *Dehio 1953, 100*

Gurhof, Schloß
BH *Melk*
G *Dunkelsteinerwald*
KG *Gansbach*
Gefällige dreigeschoßige Anlage, zwei Seitenflügel und zwei Türme. Zwei Höfe, die nur durch niedere Steinmauern mit Pfeilertoren getrennt sind. Die Gebäude sind außen um ein Geschoß niedriger als hofseitig. Schloßkapelle mit schönem Portal, Stukkaturen in zwei Räumen. 1483 bis 1493 urk. genannt, 1515 Besitz des Stephan Mühlwanger, 1549 der Geyer von Osterburg, 1615 der Starhemberg, später des Stiftes Göttweig. In der Nähe des Schlosses betreibt der Eigentümer eine Pferdezucht.
E: Rudolf Pisez
Lit: *Dehio 1953, 72*

Gutenbrunn, Schloß
BH und **G** *Baden*
KG *Gutenbrunn*
Das umgebaute Schloß wurde unter Zerstörung der spätbarocken Kapelle und des vornehmen spätbarocken Saales in eine Kuranstalt umgewandelt. Dieser ehem.

Posthof wurde 1480 urk. genannt und 1783 umgebaut. Der Bau in seiner heutigen Form stammt von 1896. Das Schloß ist heute Kuranstalt.
E: Dipl.-Ing. Walter Nemetz
Lit: *Dehio 1953, 100*

Gutenbrunn, Schloß
BH *Zwettl*
G und **KG** *Gutenbrunn*
Hufeisenförmiger Bau mit zweistöckigem Mittelteil und ebenerdigem Seitenflügel. Hauptgebäude mit mächtigem Mansardendach und Balkon mit schönem Eisengitter. Südlich der Anlage die Kapelle, rund um das Schloß einige Wohnhäuser des Personals; vor dem Schloß stehen Steinpyramiden. Im Inneren eine bemerkenswerte doppelarmige zweigeschoßige Treppe. Im Bereich der harmonischen Anlage befinden sich schöne Lindenbäume aus der Zeit der Erbauung. Urk. 1556; 1771 wurden das Schloß und seine Nebengebäude durch Josef von Fürnberg erbaut. Bis 1905 war Gutenbrunn Sitz einer Glashütte, die hier bedeutendes Glas erzeugte („Mildnergläser"). Ebenso berühmt war die Holztrifft, die von hier zur Donau führte, um Holz vom Weinsberger Forst nach Wien zu transportieren. Seit 1791 kaiserlicher Privatbesitz.
E: Habsburg-Lothringensches Gut Persenbeug
Lit: *Dehio 1990, 374*

Gutenstein, Burgruine
BH *Wiener Neustadt*
G und **KG** *Gutenstein*
Über einem steil abfallenden Felsen liegt die große Anlage mit zwei Vorhöfen, Burgtor mit Fußgängerpforte, Küche mit pyramidenförmigem Aufbau und dem Bergfried; in dessen Obergeschoß ehemals eine Katharinenkapelle. Unter Leopold VI. wird die Burg 1220 erbaut; 1330 starb hier Friedrich der Schöne, 1320 ließ dessen Gemahlin Isabella von Aragon, die Burgkapelle errichten. 1450 Belagerung durch Ladislaus Posthumus und später wurde hier Matthias Corvinus in Haft gehalten. 1529 wurde Gutenstein erfolglos von den Türken belagert. Seit 1595 Eigentum der Grafen Hoyos. Um 1980 Restaurierungsarbeiten.
E: Dr. Heinrich Graf Hoyos
Lit: *Dehio 1953, 100*

Gutenstein, Schloß
BH *Wiener Neustadt*
G und **KG** *Gutenstein*
Dreigeschoßiger Bau mit Mansarden, heute in klassizistischer Art. Stimmungsvoller Hof mit Pfeilerarkaden, dreizehnachsige Hauptfront, Mittelrisalit mit Balkon auf Säulen. Das sehr gepflegte Schloß liegt in einem schönen Park. Im Inneren eine Sammlung von Jagdtrophäen der Grafen Ernst und Rudolf Hoyos aus Übersee. 1674 von Johann Balthasar Graf Hoyos erbaut. 1945 und während der Besatzungszeit wurde Gutenstein schwer beschädigt, später aber wieder völlig instand gesetzt.
E: Dr. Heinrich Graf Hoyos
Lit: *Dehio 1953, 100*

H

Hadersfeld, Schloß
BH *Tulln*
G *St. Andrä-Wördern*
KG *Hadersfeld*
Auf dem Plateau oberhalb der Burg Greifenstein liegt die Schloßanlage von Hadersfeld. Sie besitzt einen hakenförmigen Grundriß, einen dreigeschoßigen Hauptflügel mit gewölbter Durchfahrt sowie ein Obergeschoß mit Glas-

veranda und Dreiecksgiebel. Im Jahr 1806 ließ Johann I. Fürst von und zu Liechtenstein die Anlage völlig umändern; als Kern der Anlage wurde damals die Schloßkapelle verwendet. Ab 1888 verfiel das Schloß. 1954 wurde Hadersfeld von den heutigen Eigentümern erneuert.
E: Werner und Anneliese Olbrich

Hagenberg, Schloß
BH *Mistelbach*
G *Fallbach*
KG *Hagenberg*
Streng quadratische Anlage: Viergeschoßiger Würfel, von Bastionen, Wassergraben und ehem. Garten umgeben, mit dem Ort durch Allee verbunden. Innenhof mit achteckigem Brunnen. Ebenerdig: Ehrenhalle für Christian Ludwig von Sinzendorf † 1867, südseitig Sala terrena mit Muschelwerk und Wasserspielen. Zwei Hauptgeschoße mit Stuckdecken und z. T. Fresken. Urk. 5. 5. 1332: „Feste und Herrschaft Hakkenberch". Ab 1679 von Theodor Graf Sinzendorf mit See und Gongolieri zur einheitlichsten Schloßanlage des Weinviertels umgestaltet. Nach 1778 graduelle Verfall; als Wirtschaftshof der Herrschaft Ernstbrunn blieb die Bausubstanz im urspr. Ausmaß erhalten.
E: Horst von Wächter
Lit: *Büttner-Madritsch, 158 f; Dehio 1990, 382 f*

Haghof, Schloß
→ Wolfpassing, Schloß

Hainburg, Burgruine
BH *Bruck an der Leitha*
G und **KG** *Hainburg an der Donau*
Weithin sichtbar, oberhalb der Stadt, über einen schmalen Weg erreichbar, liegt diese weitläufige Anlage, die urspr. als Grenzbefestigung des Reiches erbaut wurde. Noch erhalten sind ein äußerer Hof, zwei Innenhöfe, der Wohnturm, ein Kapellenbau, Reste von Fensterbänken und Kaminen sowie Kasematten mit Gängen, die ins Freie führen. Urk. 1043, Besitz der Landesfürsten. In der Burgkapelle heiratete am 8. April 1252 König Přzemysl Ottokar die Herzogin Margarethe, Schwester des letzten Babenbergers, Friedrichs II. In den Jahren 1960–80 durch den Burgenerhaltungsverein laufend Restaurierungen. In der Burgruine werden Theateraufführungen, Konzerte, Lesungen und Ausstellungen abgehalten.
E: Stadtgemeinde Hainburg an der Donau
Lit: *Dehio 1953, 104 f*

Haindorf, Oberes Schloß
BH *Krems*
G *Langenlois*
KG *Haindorf*
Einfacher zweistöckiger Bau mit Resten von Sgraffiti; Einfahrtstor mit Zinnengiebel. Urk. 1624; lange Zeit im Besitz der Grafen von Hardegg. Im Schloß ist der Bauhof der Stadt untergebracht.
E: Stadtgemeinde Langenlois
Lit: *Dehio 1990, 641*

Haindorf, Unteres Schloß
BH *Krems*
G *Langenlois*
KG *Haindorf*
Zweigeschoßiger Bau mit stark erneuerter, barocker Fassade, Freitreppe, Flachgiebel, Gartenmauer mit Steinvasen, ein Stiegenaufgang mit Deckenfresko. Alle Fassaden sind durch Bänderung und Lisenen reizvoll barockisiert. Die in einem prächtigen Park, der in die Kampauen übergeht, gelegene Anlage wurde 1624 urk. genannt, war lange Zeit im Besitz der Grafen von

Hardegg, zuletzt der Familie Sachseneder. Ein Schulungszentrum mit Internat ist heute im Schloß untergebracht.
E: Niederösterreichische Handelskammer
Lit: *Dehio 1990, 643*

Hainstetten, Schloß
BH *Amstetten*
G *Viehdorf*
KG *Hainstetten*
Unregelmäßiger dreiflügeliger Bau mit mittelalterlichem dreistöckigen Bergfried (Ostseite), Kapelle zur hl. Barbara mit Glockenturm (Westseite) und zwei Höfen. Hans von Sinzendorf ließ 1578 das Schloß erbauen; 1673 wurde die Kapelle errichtet, im 19. Jh. ließ Graf Saint Julien den Umbau durchführen. Die Eigentümer betreiben im Schloß ein Altersheim, ein Krankenhaus sowie einen Landwirtschaftsbetrieb mit Gartenbau.
E: Kongregation der Schulschwestern vom dritten Orden
Lit: *Dehio 1953, 108*

Hanselburg, Ruine
BH *Mistelbach*
G *Fallbach*
KG *Loosdorf*
Johann Fürst Liechtenstein (daher der Name „Hanselburg") ließ Ende des 18. Jh.s auf dem Areal des ihm gehörigen Schlosses Loosdorf eine künstliche Ruine, bestehend aus einem Rundturm und Nebengebäuden errichten. Von der ehem. Ausstattung ist ein Grabstein des Adam Gall (1574) heute im Schloß Loosdorf aufgestellt.
E: Manfred Graf Piatti

Hardegg, Burg
BH *Hollabrunn*
G und **KG** *Hardegg*
Auf einem Felsrücken liegt diese prächtige umfangreiche Anlage. Vier Türme (einer quadratisch mit Bruchsteinmauerwerk, einer mit Spitzbogentor), zwei Wohngebäude, zwei Tore innerhalb der Hochburg. Im Inneren Wandgemälde aus dem 14. Jh. Urk. 1140, mit Otto von Hardegg, genannt; um 1200 Umbauten durch Graf Plien, ab 1635 Verfall. Die südwestlichen Teile der Burg wurden um 1890, damals im Besitz der Khevenhüller, durch Gangolph Kaiser und Walcher von Moltheim, in romantischem Stil wiederhergestellt. Im Burgmuseum befindet sich eine Dokumentation über Kaiser Max von Mexiko.
E: Gotthard und Francesca Graf Pilati
Lit: *Dehio 1990, 391 f*

Hardeggerhof, Schloß
→ Wolfpassing, Schloß

Harmannsdorf, Schloß
BH *Horn*
G *Burgschleinitz-Kühnring*
KG *Harmannsdorf*
Vierflügelige Schloßanlage um einen quadratischen Innenhof; mittelalterlicher Wehrturm. Über eine steinerne Brücke, die von zwei Löwen flankiert wird, gelangt man in das Wasserschloß, dessen tiefer Graben derzeit trocken liegt. Im Inneren die Kapelle mit schöner Stuckdecke u. schönem Schmiedeeisengitter. Der Zugang zum Park an der Rückseite des Schlosses erfolgt über eine gemauerte Brücke mit Steinbalustrade und spätbarocker Vasenbekrönung. Im großen Park und auf den Balustraden befinden sich zahlreiche Schmuckvasen und barocke Statuen. Der Park wird von einer langen Mauer mit Rundtürmchen an den Ecken begrenzt. Neben dem Schloß liegt ein mächtiger Schüttkasten mit reichen Volutenaufbauten und Steinfiguren. 1280

wird ein Ritter von Hadmarstorff urk. erwähnt; um 1500 war am „Höllturm" (Bergfried) die Bezirksgrenze der drei Landgerichte: Eggenburg, Gars und Horn. Spätere Besitzer des Schlosses waren die Familie Suttner (Berta von Suttner) sowie die Familie der Grafen Abensperg und Traun (1934–75). Im Schloß ist nun eine veterinärmedizinische Forschungsanstalt untergebracht.
E: Dr. Erich Glawischnig
Lit: *Dehio 1990, 393 ff*

Harras, Schloß
BH *Mistelbach*
G und **KG** *Großharras*
Breit gelagertes zweigeschoßiges Gebäude, dessen Mitte durch ein Rundbogentor betont wird. Der Bau des 17. Jh.s wurde später umgestaltet. Mehrfacher Besitzerwechsel.
E: Familien Leitner und Seidl
Lit: *Dehio 1990, 331*

Hartenstein, Burgruine
BH *Krems*
G *Weinzierl am Walde*
KG *Nöhagen*
Die Burgruine liegt ca. 3 Kilometer von Nöhagen im Tal der Kleinen Krems. Imposanter Anblick, sie liegt auf einem Felsen, der 70 Meter hoch ist. Weitläufige Anlage aus dem 12.–15. Jh. auf steigendem Gelände. Der Zugang zur Ruine erfolgt über eine Brücke im Süden der Anlage. Neugotischer Umbau der Vorburg, dreigeschoßig mit flankierenden Rundtürmen. Innen Badekabinen, Schwimmhalle mit Galerie und Wintergarten. Teilweise ist auch die Ausstattung vom Umbau 1892–96 erhalten. Vom Vorwerk umschlossen ist der Bergfried, auch erhalten ein frei stehend, wuchtiger runder Turm aus ca. 4 Meter dickem Bruchsteinmauerwerk, mit Zinnenbekrönung, Spitzbogenfenster mit Hausteingewänden, Rechteckschlitze. Nördlich der Hauptburg hohe Umfassungsmauer. Im Norden ein hoher, die Anlage überragender Rundturm aus dem 13. Jh., der in die Umfassungsmauer eingestellt ist. Südlich der Umfassungsmauer langer ehem. dreigeschoßiger Trakt mit östlich anschließender Obergeschoßkapelle. Im ehem. Kapellenraum Reste von Wandmalerei. Es handelt sich um eine Gründung der Kuenringer urk. 1187 mit Heinricus de Hertensteine. Im 14.–15. Jh. Besitz der Herren von Maissau, danach oftmaliger Besitzerwechsel. Im 17. Jh. beginnender Verfall. 1726 Besitz der Grafen Gudenus, im 19. Jh. wurden die Türme als Schüttkasten verwendet. 1892–96 Umbau der Vorburg zur Adaptierung als Kaltwasserheilanstalt, die bis ins Jahr 1938 in Betrieb war.
E: Dr. Erich Buchmeier
Lit: *Dehio 1990, 801*

Hausenbach, ehem. Burg
BH *St. Pölten*
G *Karlstetten*
KG *Hausenbach*
Die ehem. Burg besteht heute aus einem mächtigen Turm, dem zweigeschoßigen Palas (heute Speicher) und einem Torbau. Im 16. Jh. erbaut. 1663 wurde die Anlage als Fliehburg bestimmt. Der ganze Waldrücken war durch eine Türkenschanze absperrbar.
E: Werner und Monika Gradinger (Schloß), Dr. Hartmann Decker (Turm)
Lit: *Dehio 1953, 112*

Hauskirchen, Schloß
BH *Gänserndorf*
G und **KG** *Hauskirchen*

Zweistöckiger Hauptteil mit Seitenflügeln, die einen kleinen Ehrenhof bilden. Im Zweiten Weltkrieg wurden die Gebäude schwer beschädigt. 1602 unter Johann Reinhard Ehrenreiter erbaut, dann lange Zeit im Besitz der Fürsten Liechtenstein. Später Eigentum der Gemeinde Hauskirchen.
E: Familien Wilfing, Vaywill, Eigner, Koller, Edl, Leputsch und Schwarz
Lit: *Dehio 1990, 408 f*

Heidenreichstein, Burg
BH *Gmünd*
G und **KG** *Heidenreichstein,* **BT** 9
Mächtigste und besterhaltene Wasserburg von Niederösterreich. Torgebäude mit Zugbrücke sowie Renaissancetor, zweiter Torbau mit Zugbrücke und Gußerker, an der Westseite Nebengebäude, an der Ostseite mächtiger quadratischer Bergfried; der Einstieg in den Bergfried befindet sich in 14 m Höhe. Südturm mit Spitzbogentor und Verlies, Wehrgang, das Wohngebäude mit Freitreppe, kleiner Innenhof, Wendeltreppe, Arkaden im Hof, an den Ecken verschieden starke Rundtürme; ehemals romanische Kapelle mit Holzdecke und Resten von Malerei (1456). 1200 wird die Burg mit Otto von Heidenreichstein urk. erwähnt. Der Bergfried stammt aus dem 13. Jh., die meisten Gebäudeteile aus dem 15. und 16. Jh. Ab 1684 Besitz der Familie Fürst Pálffy und deren Erben. Zu besichtigen ist ein interessantes Burgmuseum, fallweise werden auch Freilichtaufführungen im Burghof veranstaltet.
E: Graf Christian und Gräfin Josefine Kinsky, geb. van der Straaten
Lit: *Dehio 1990, 414 ff*

Heiligenkreuz, Schloß
BH *St. Pölten*
G *Herzogenburg*
KG *Gutenbrunn*
Mächtiger Bau mit fünfzehnachsiger Fassade, fünfachsigem Mittelteil, großer Pilasterordnung, Attika und Flachgiebel. Prächtiges Stiegenhaus mit reichen Stuckdekorationen, Kapelle mit Fresken von Paul Troger; der Südflügel des Schlosses ist mit der Pfarr- und Wallfahrtskirche verbunden, die durch Deckenfresken und Altarbilder von F. A. Maulbertsch sowie einem Hochaltar von Joh. Hetzendorf von Hohenberg berühmt ist. 1233 Besitz des Dietmar von Gutenbrunn, 1567 der Jörger, 1621 der Herberstein. Der Wiener Weihbischof Franz Anton Marxer ließ nach der Mitte des 18. Jh.s das Schloß großzügig umgestalten. Seit 1964 wurde in dem Schloß die Barocksammlung des NÖ Landesmuseums untergebracht.
E: Fam. Figdor
Lit: *Dehio 1953, 118*

Hernstein, Burgruine
BH *Baden*
G und **KG** *Hernstein*
Oberhalb des Schlosses liegen die Reste eines romanischen dreigeschoßigen quadratischen Wehrturmes mit rundbogigem Eingangstor. In den Jahren 1120–30 wird Reginold de Herrandstein genannt; der Wehrturm stammt aus dem 11. und 12. Jh.
E: Kammer der Gewerblichen Wirtschaft für Wien
Lit: *Dehio 1953, 119*

Hernstein, Schloß
BH *Baden*
G und **KG** *Hernstein*
Urspr. ein um einen rechteckigen Hof gelagerter Bau, der 1856–80 durch Theophil Hansen

im Stil der englischen Gotik umgebaut und mit reicher Ausstattung versehen wurde. Im Inneren sowie in der Kapelle Malereien von Karl Rahl. Das Schloß liegt in einem gepflegten Park an einem großen Teich. Im Schloß wird ein Institut für Unternehmensführung betrieben.
E: Kammer der Gewerblichen Wirtschaft für Wien
Lit: *Dehio 1953, 119*

Hinterhaus, Burgruine
→ Spitz, Burgruine

Hintersdorf, Schloß
BH *Tulln*
G *St. Andrä-Wördern*
KG *Hintersdorf*
Zweigeschoßiges vierachsiges Hauptgebäude und dreieckiger Seitentrakt. Die Zierde des hakenförmigen Baues ist das schindelgedeckte Mansardendach. 1304 genannt, um 1580 gelangte das Schloß von den Ruebern an die Jörger, 1672 Besitz der Kielmannsegg, 1829–1919 der Fürsten Liechtenstein, 1953–80 der Fam. Nemezeck.
E: Josef Goldstoff und Gertrude Smith

Hirschbach, Schloß
BH *Gmünd*
G und **KG** *Hirschbach*
Das heute nicht mehr als Schloß erkennbare Gebäude bildete früher eine großartige Anlage mit mehreren Türmen, Bastionen, Zugbrücke und Wehrmauer. Es wurde seit 1847 an 16 einzelne Eigentümer verkauft. Urk. 1280; 1470 bis 1612 Besitz der Grafen Streun, 1619 geplündert und teilweise zerstört. Neben Wohnungen befindet sich im Schloß die Volksschule. Die ehemalige Schloßkapelle ist heute Pfarrkirche.
E: Diverse
Lit: *Dehio 1990, 424*

Hochwolkersdorf, Schloß
BH *Wiener Neustadt*
G und **KG** *Hochwolkersdorf*
Zweigeschoßiges Schloß mit einem Längstrakt und zurückspringenden Seitenflügeln, die mit dem Berghang den Hof einschließen. 1543 wurde ein älterer Bau von Hanns Freiherr von Weispriach umgebaut; der heutige Bau stammt aus dem Jahr 1805. Im Schloß sind das Landesjugendheim und eine Mädchenschule untergebracht.
E: Amt der NÖ. Landesregierung
Lit: *Dehio 1953, 123*

Hof, Schloßruine
BH *Bruck an der Leitha*
G und **KG** *Hof am Leithagebirge*
Quadratische Anlage mit drei Rundtürmen und Ringmauer. Freskenreste in der ehem. Kapelle. In einem Park gegenüber der Schule liegt die Ruine, die auch Turmhof genannt wird. 1208 wird Hof als Besitz des Aribonen Botho aus Wieselburg (die Herrschaft gehörte damals zu Ungarn) urk. genannt. Der heutige Bau stammt aus dem 16. Jh. Um 1635 wurde die Anlage an Offiziere der Grenztruppen verliehen.
E: Fam. Erich und Ilse Kladler
Lit: *Dehio 1953, 123*

Hohenberg, Burgruine
BH *Lilienfeld*
G und **KG** *Hohenberg*
Heute noch erhalten sind Reste einer umfangreichen Burganlage mit ehem. Torturm, Zwinger, der Vorburg, dreieckigem Hofraum, Stallgebäude, die äußere Wehrmauer mit einer schmalen Pforte und Reste eines Kaminschlotes. Die Talenge südlich des Marktes zwischen dem Schloßberg und Rierkogel war einst durch eine

Mauer gesperrt. Bis zum Bahnbau 1892 stand auf dem rechten Traisenufer auf einem Felsen der viereckige Pfeil- oder Hungerturm. Im Jahre 1100 mit Otto Gottfried und Herand von Hohenberg urk. genannt. 1589 Besitz der Familie Jörger, 1620 der Hoyos. Die Ruine ist zu besichtigen.
E: Seit 1933 Familie Wittgenstein
Lit: *Dehio 1953, 125*

Hohenegg, Burgruine
BH *St. Pölten*
G *Hafnerbach*
KG *Hengstberg*
Reste der einst sehr umfangreichen Anlage mit Vorburg, nördlichem Tor zwischen zwei Rundbastionen, zweitem Tor im fünfstöckigen Turm, drittem Tor mit Fußgängerpforte in den Palas, Befestigungstürmen mit Dacherkern und Gußlöchern, Burgkapelle, Batterieturm, Zwinger und geräumiger Aussichtskanzel. Die Größe der Burg ist heute noch gut erkennbar. Urk. erwähnt im 12. Jh., damals im Besitz der Grafen Poigen. Spätere Besitzer waren um 1350 Reinprecht von Wallsee, 1479 die Spaur, 1575 die Enenkl und von 1629 bis heute die Grafen Montecuccoli. Um 1800 wurden die Dachziegel der Burg abgetragen und an das Stift Melk verkauft; seither Verfall der Burg.
E: Dipl.-Ing. Albert Montecuccoli
Lit: *Dehio 1953, 125*

Hohenstein, Burgruine
BH *Krems*
G *Gföhl*
KG *Hohenstein*
An einer Talschleife der Krems liegen hohe Mauerreste vom mittelalterlichen Bergfried. In einem isoliert stehenden turmartigen Gebäude befinden sich vermutlich Reste der Burgkapelle. 1347 urk. genannt, um 1600 bereits verfallen. Seit dem 18. Jh. mit der Herrschaft Felling (Graf Gudenus) vereint.
E: Maria Renee Gudenus
Lit: *Dehio 1990, 438 f*

Hollenburg, Burgruine (Bertholdstein)
BH und **G** *Krems an der Donau*
KG *Hollenburg*
Reste einer einst bedeutenden Burg mit herrlichem Ausblick über das Donautal. 1248 vom Bischof Johann von Freising erbaut; 1408 nach dem damaligen Bischof Berthold von Wähingen „Bertholdstein" genannt. 1487 Belagerung und Einnahme durch Matthias Corvinus, 1698 durch einen Großbrand teilweise zerstört. Seit 1811 im Besitz der Familie Geymüller.
E: Rudolf Freiherr von Geymüller
Lit: *Dehio 1953, 127*

Hollenburg, Schloß
BH und **G** *Krems an der Donau*
KG *Hollenburg*
In einem prächtigen Park liegt das dreigeschoßige rechteckige Gebäude mit zweistöckiger Straßenfront; im Park befindet sich außerdem ein beachtenswerter Gartenpavillon. Jakob von Geymüller ließ 1812–44 das Schloß neu erbauen.
E: Rudolf Freiherr von Geymüller
Lit: *Dehio 1953, 127*

Horn, Schloß
BH, G und **KG** *Horn*
Mächtiger dreigeschoßiger Bau mit mittelalterlichem Wehrturm. Angebaut ist das ehem. Landgericht mit Renaissancelaubengang. Schöne barocke Hauptfassade; das sehr gut erhaltene und gepflegte Schloß enthält gute Bilder aus der Barockzeit, Familienporträts der Hoyos-Sprinzenstein sowie Mö-

bel aus dem Empire und Biedermeier. Vor der Einfahrt zwei steinerne Löwen, die früher bei der Aspernbrücke in Wien standen. Im 12. Jh. Besitz der Grafen von Poigen; 1347 wurde die Pankratiuskapelle genannt. Der heutige Bau 1539 durch Hans von Puchheim erbaut. Seit 1580 war Horn Sitz der reformatorischen Bewegung (Hornerbund). Die Fassade wurde im 18. Jh. und um 1850 umgestaltet. Von 1659 bis heute ist das Schloß Eigentum der Sprinzenstein bzw. der Hoyos-Sprinzenstein. Ein Teil des Schlosses ist an das Finanzamt Horn vermietet.
E: Dipl.-Ing. Johann Graf Hoyos
Lit: *Dehio 1990, 457f*

Hubertendorf, Schloß
BH *Melk*
G *Blindenmarkt*
KG *Kottingburgstall*
Dreigeschoßiger Bau, dreiflügelig. Elfachsige Hauptfront, Rundturm mit Kegeldach, Mittelteil mit Giebel, Balkon und ein Schmiedeeisengitter über der gewölbten Einfahrt. Eine schöne Lindenallee führt von der alten Bundesstraße zum Schloß, welches in einem parkartigen Auwaldgelände liegt. 1614 von einer Bauernmühle zu einem Jagdschloß umgebaut. 1782 bis 1813 ließ Georg Adam von Starhemberg aus den Steinen der Ruine → Karlsbach Schloß Hubertendorf errichten. 1890 wurde ein drittes Geschoß aufgesetzt. Das Schloß wurde 1945–55 devastiert und war bis 1980 im Besitz der Fam. Starhemberg.
E: Franz Mörtinger
Lit: *Dehio 1953, 30*

Hundsheim, Wehrtürme
BH *Bruck an der Leitha*
G und **KG** *Hundsheim*
Im Ort befinden sich zwei gotische Wehrtürme aus Bruchsteinmauerwerk; diese sind Reste der alten Ortsbefestigung (Haus Nr. 58 und 78). Urk. 1122; spätere Besitzer waren Jans von Brunn, Jörg von Hundsheim, von 1535 bis ins 20. Jh. die Grafen Walterskirchen.
E: Rudolf Kammlander (Haus Nr. 58), Familie Konradsheim (Haus Nr. 78)
Lit: *Dehio 1953, 130*

Hürm, Schloß und Burgruine
→ Sooß, Schloß und Burgruine

I

Idolsberg, Schloß
BH *Krems*
G *Krumau am Kamp*
KG *Idolsberg*
Rechteckiger Bau um einen hübschen Hof, mehrere gewölbte Räume, Tür mit herrlichen Schmiedeeisenbeschlägen; im Inneren gutes Mobiliar. Das sehr gepflegte Schloß ist mit der Pfarrkirche baulich verbunden. 1164 urk.; 1332 ist Idolsberg bereits Pfarre. Nach einem großen Brand im Jahr 1835 wurde das Schloß umgebaut.
E: Dr. Alexander Graf Waldstein
Lit: *Dehio 1990, 465*

Illmau, Schloß
BH *Waidhofen an der Thaya*
G *Kautzen*
KG *Illmau*
Einstöckiger Bau mit viergeschoßigem Mittelturm. Großes gequadertes Rundbogentor (Rest der Umfassungsmauer), tonnengewölbte Einfahrt mit Stichkappen, südliche Pforte mit Steinrahmung, daneben die Fußgängerpforte; Spindeltreppe in spätgotischer Form. Ehem. Wasserschloß, im 14. Jh. urk. genannt; ein Großteil des

heutigen Baues aus dem 16. Jh. Besitzer waren die Familien Puchheim, Herberstein und Grünne.
E: Dr. Werner Ehrlich-Ehrenfeldt
Lit: *Dehio 1990, 466*

Imbach, Burgruine
BH *Krems*
G *Senftenberg*
KG *Imbach*
Die Burgruine liegt westlich des Kremsflusses auf einem Bergkegel im Burgtal. Die Umfassungsmauer aus dem 12.–13. Jh. erkennbar. Ostseitig Fundamente einer Kapelle mit Rundapsis. Die Freilegung erfolgte 1979/80.
E: Gemeinde Imbach
Lit: *Dehio 1990, 466 f*

J

Jaidhof, Schloß
BH *Krems*
G und **KG** *Jaidhof*
Urk. erwähnt 1381; im 16. Jh. baufällig, 1668 an Georg Ludwig Graf von Sinzendorf; Um- und Neubauten um 1800 sowie ab 1884 unter Wilhelm Ritter von Gutmann. Außen dreigeschoßig, hofseitig zweigeschoßige Dreiflügelanlage. Schlichte Lisenengliederung und Fensterfaschen um 1800, zahlreiche Schornsteine. Haupttrakt im Norden, außen- und hofseitig über dem Mittelrisalit Dreieckgiebel, vorgestellte vorklassizistische Pfeileraltane mit Balustrade. Den Schmalseiten im Süden vorgestellte, halbkreisförmige Terrassen mit Balustrade. Im Inneren zentraler Saal mit Spiegelgewölbe, mehrere Kamine. Östlich des Schlosses ausgedehnter Garten mit Teichen im englischen Stil; Reste eines Gartenpavillons.
E: Gemeinde Jaidhof
Lit: *Dehio 1990, 472 f*

Janaburg, Burg
→ Mautern, Burg

Jedenspeigen, Schloß
BH *Gänserndorf*
G und **KG** *Jedenspeigen*
Zweigeschoßiger Bau mit Wallgraben und vorgelagertem rechteckigen Turm. Die südlichen Flügel (mit Arkaden im Erdgeschoß) bilden mit dem Wirtschaftsgebäude einen rechteckigen Hof. Die einstige Zugbrücke über den Wallgraben wurde durch eine Steinbrücke ersetzt. Doppelwappen Kollonitsch/Fuchs von Fuchsberg. Am 26. August 1278 fand hier die denkwürdige Entscheidungsschlacht zwischen Přzemysl Ottokar und König Rudolf I. von Habsburg statt, bei der der Böhmenkönig die Schlacht und sein Leben verlor. Von 1295 bis 1497 war das Schloß Besitz der Familie von Jedenspeigen, später der Steinpeiß, 1524–70 der Lamberg, 1578–85 des Generals Konrad von Pappenheim, später der Kollonitsch und des Erzbistums von Wien. Im Schloß befindet sich ein Museum, in dem 1978 die große Ausstellung „700 Jahre Schlacht bei Dürnkrut und Jedenspeigen" gezeigt wurde.
E: Marktgemeinde Jedenspeigen
Lit: *Dehio 1990, 477 f*

Jeutendorf, Schloß
BH *St. Pölten*
G *Böheimkirchen*
KG *Jeutendorf*
Liebliches zweigeschoßiges Schloß in einem schönen Park gelegen; Balkon mit Steingeländer, zweiarmige Freitreppe mit Terrasse und Balustrade (von Josef Kornhäusel errichtet), Tür mit Rundbogen, gewölbte Eingangshalle; auf der Hochfläche im Süden über dem Schloß die Reste eines nie vollendeten Schloßbaues. Jeutendorf dürfte nach

Jutta von Peilstein, der Gattin Otto von Machlands, benannt worden sein. Später Besitz der Plankensteiner, der Hohenberger und der Zeller. Im Jahr 1532 wurde das heutige Schloß erbaut. Oftmaliger Besitzerwechsel.
E: Seit 1918 Familie von Rys
Lit: *Dehio 1953, 134*

Johannstein, Burgruine
BH *Mödling*
G *Hinterbrühl*
KG *Sparbach*
Kleiner Burgbau aus Bruchstein, in den Fels gebrochener Halsgraben, ein Spitzbogentor. Oberhalb der Ruine liegt eine Kellerhütte, die im 19. Jh. erneuert wurde und möglicherweise der Aussichtsturm der Burg war. Die Burg wurde 1529 durch die Türken zerstört.
E: Familie Fürst Liechtenstein
Lit: *Dehio 1953, 329*

Judenau, Schloß
BH *Tulln*
G *Judenau-Baumgarten*
KG *Judenau*
Das ehem. Wasserschloß besteht aus dem dreigeschoßigen Wohngebäude und vier mächtigen runden Ecktürmen, von denen drei mit barocken Helmen versehen sind. Renaissanceportal mit Alliance-Wappen. Urk. 1270; 1529 und 1683 durch die Türken zerstört; ehem. Besitz der Jörger von Tollet. 1690 ließ Johann Graf von Verdenberg das Schloß wieder herstellen. Seit 1858 als Waisenhaus in Verwendung. Im Schloß ist das Schüler- und Lehrlingsheim „Rettet das Kind" untergebracht.
E: Amt der Niederösterreichischen Landesregierung
Lit: *Dehio 1953, 135*

Juliusburg, Schloß
→ Stetteldorf, Schloß

K

Kaja, Burgruine
BH *Hollabrunn*
G *Hardegg*
KG *Niederfladnitz*
Auf einer steilen Felsengruppe liegt diese malerische ausgedehnte Anlage. Durch das erste Tor gelangt man über eine lange Brücke zum spitzbogigen Haupttor mit dem hohen Bergfried. Das zweite Tor war ehem. mit einem Fallgitter verschließbar. Bergfried an der Nordostseite. 1160 urk. genannt; Besitzer waren die Hardegg, die Trautson, die Eitzinger, die Auersperg und die Waldstein. Seit 1975 ist die Ruine an den Burgen- und Schlössererhaltungsverein verpachtet. Dieser führte Restaurierungsarbeiten an der Burgkapelle und am Palas durch. Teile der Anlage sind als Museum in Verwendung.
E: Dr. Clemens Graf Waldstein
Lit: *Dehio 1990, 785*

Kälberhart, Schloß
BH *Melk*
G *Mank*
KG *Kälberhart*
Kleine zweigeschoßige Anlage mit Rundtürmchen und Schlüsselscharten an den Ecken. 1389 mit Hertel Kälberharter urk. erwähnt. Der heutige Bau stammt aus dem 17. Jh. und war ehem. Besitz der Familie Mitscha von Mährheim.
E: Alois König
Lit: *Dehio 1953, 135*

Karlsbach, Schloß
BH *Melk*
G *St. Martin-Karlsbach*
KG *Karlsbach*
Zwei Rundtürme der alten Burganlage sowie Umfassungsmauern sind noch erhalten. Die Turmmauern sind bis zu drei Meter stark und weisen in jedem Geschoß zwei

bis drei Geschützscharten auf. Zu unterscheiden ist das Hochschloß des 16. Jh.s und das Vorschloß des 17. Jh.s. 1254 wird Otto de Chornspach genannt; weitere Besitzer waren die Wallseer, die Althan und von 1684 bis 1934 die Starhemberg. Im Jahre 1783 wurde der Großteil der alten Burg abgerissen und zum Bau des Schlosses → Hubertendorf verwendet. Der Wirtschaftshof wurde in den Jahren 1950–60 vom heutigen Eigentümer zu einem wohnlichen und gepflegten Schloß ausgebaut, wobei die alten Teile Verwendung fanden.

E: Dipl.-Ing. Rupert Hatschek

Karlslust, Schloß

BH *Hollabrunn*

G *Hardegg*

KG *Niederfladnitz*

Zweigeschoßiger 15achsiger Bau mit dreiachsigem Mittelrisalit, der durch den Giebel mit dem Wappen der Familie Auersperg betont wird. Zwei Seitenflügel stehen in flachem Winkel zum Hauptgebäude. Dieses Jagdschloß im Empirestil ist mit einheitlicher Einrichtung aus der Bauzeit ausgestattet (Fresken, Tapeten und prächtige Öfen). 1791–94 ließ Karl Fürst von Auersperg das Schloß erbauen. Teile des Schlosses werden im Sommer fallweise für Tagungen und kulturelle Zwecke verwendet.

E: Dipl.-Ing. Dr. Clemens Graf Waldstein

Lit: *Dehio 1990, 785f*

Karlstein, Burg

BH *Waidhofen an der Thaya*

G *Karlstein an der Thaya*

KG *Karlstein*

Auf einer Felsnase über der Thaya liegt diese vieleckige Bautengruppe. Zugang mit gewölbter Einfahrt, Torturm mit Zwiebelhelm, bemerkenswerter dreieckiger Hof, Rundturm und Kapelle. Malerische Gruppierung der einzelnen Bauteile; im Inneren Kassettendecken, Kamine, Stuckdecken, spätgotische Schloßkapelle mit beachtlicher Einrichtung. Urk. 1112; Besitzer waren die Truchseß, die Hauser, die Puchheim und die van der Straaten. 1645 wurde die Burg von den Schweden vergeblich belagert. Im 18. Jh. befand sich in der Burg eine Erzeugung von Schwarzwälder Uhren, aus der die heutige Bundesfachschule für Uhrmacher in Karlstein hervorging. Das Schloß wird für kulturelle Veranstaltungen zur Verfügung gestellt.

E: Hans und Brigitte Daum

Lit: *Dehio 1990, 486f*

Karlstetten, Schloß

BH *St. Pölten*

G und **KG** *Karlstetten*

Heute sind noch ein dreigeschoßiger Bau und bescheidene Reste des ehem. Schlosses vorhanden. Urk. 1157 mit Wilradus von Carlstettin erwähnt; ehem. Besitz der Zinzendorf, 1643 der Familie Traun; 1683 von den Türken zerstört, 1728 durch Freiherrn von Lassberg wiederaufgebaut. 1913 Besitz der Freiherren von Suttner, 1920–38 des bayrischen Industriellen Franck.

E: Seit 1955 Marktgemeinde Karlstetten

Lit: *Dehio 1953, 137*

Karnabrunn, Schloß

BH *Korneuburg*

G *Großrußbach*

KG *Karnabrunn*

Dreigeschoßiger Bau mit zweiachsigem Mittelrisalit und großer Pilasterordnung. Sechsachsige Hauptfront mit Lisenengliederung, Fassade mit Wandbrunnen, darüber Balkon; die Rückseite des kleinen rechteckigen Hofes wird von einem Schüttkasten abgeschlossen. Das Schloß ist heute noch mit einem Graben umgeben. Schönes Stiegenhaus und gepflegte Innenräume, barocke Kapelle. Urk. 1176 bis 1300 Besitz der Ritter von Chernerbrunne. Ihr Besitz stand vermutlich auf dem Steinmeiselberg, auf dem heute die Wallfahrtskirche liegt. Das heutige Schloß wurde um 1800, mit Dreifaltigkeitskapelle und Pranger errichtet.

E: Ing. Hans Koller
Lit: *Dehio 1990, 489*

Kattau, Schloß
BH *Horn*
G *Meiseldorf*
KG *Kattau*
Großer Kastenbau um einen quadratischen Mittelhof, drei gedrungene Ecktürme, Gittertor in der Umfassungsmauer, Brücke über den Burggraben zum Haupttor. Im Inneren schönes Stiegenhaus und reizvolle Rokokokapelle. 1644 wurde das Schloß neu errichtet. Im 18. Jh. erfolgten umfassende Umbauten. Kattau war lange Zeit im Besitz der Familie von Geymüller.
E: Johann Hiller
Lit: *Dehio 1990, 491*

Katzelsdorf, Schloß
BH *Wiener Neustadt*
G und **KG** *Katzelsdorf*
Zweigeschoßige langgestreckte Anlage mit Laubengängen und Renaissancetor; an der Südostecke ein Turm. Wolf Mathias von Königsberg ließ das Schloß im 17. Jh. neu erbauen. 1822–30 im Besitz der Königin Carolina von Neapel, der Schwester Napoleons I.; 1845 der Herzogin Angoulême, der Tochter König Ludwigs XVI. und der Königin Marie Antoinette, später des Grafen Chambord. Ab 1856 Redemptoristenkloster. Bis 1940 war es im Besitz des Prinzen Don Jaime von Bourbon.
E: Gertrude Szivatz
Lit: *Dehio 1953, 139*

Kemmelbach, Schloß
→ Neudenburg, Schloß

Kilb, Schloß
→ Grünbühel, Schloß

Kirchberg, Schloß
BH *Gmünd*
G und **KG** *Kirchberg am Walde*
Mächtige drei- bis viergeschoßige Anlage mit zwei vorspringenden Ecktürmen. Haupttrakt mit klassizistischer Fassade, Steinbalustern und Putti. Der große Hof wird vom Hauptgebäude, dem Wirtschaftshof und dem Schüttkasten gebildet. Die spätmittelalterlichen Türme sind mit Schlüsselscharten ausgestattet. In der Schloßkapelle befinden sich Altarbilder sowie ein Kuppelfresko von Johann Georg Schmidt. Im 12. Jh. wird Rudolf von Kirchberg genannt; Kirchberg war später im Besitz der Kuenringer, der Hohenfeld und der Kollonitsch. Im Schloß befinden sich Erinnerungsstücke von Frankreichs letztem Bourbonenkönig Karl X., der hier kurzfristig seinen Wohnsitz hatte.
E: Josef Fischer von Anckern
Lit: *Dehio 1990, 503 f*

Kirchberg an der Pielach, Schloß
BH *St. Pölten*
G und **KG** *Kirchberg an der Pielach*
Unregelmäßige zweigeschoßige Bautengruppe mit rundem Eckturm, Ringmauer, teilweise erhaltenem Wassergraben, rechteckigem zweigeschoßigen Torbau. Die tonnengewölbte Halle ist heute gegen den Hof offen. Das Altschloß ist ein unregelmäßiger dreigeschoßiger Gebäude-

block, das Neuschloß ein Kastenbau mit zwei Fensterachsen. Kleiner idyllischer Arkadenhof mit Laubengängen in allen Stockwerken. Über den Türen einige Steinwappen. Ehemals zweigeschoßiger, heute profanierter Kirchenraum. Urspr. Besitz der Herren von Wallsee, im 15. Jh. der Mainberger und der Kling, 1531 der Mamming und 1751 der Grechtler. Bis 1932 Eigentum der Familie Isbary. Nach deren Aussterben erfolgte der Abverkauf von einzelnen Schloßteilen, sodaß das Gebäude heute im Eigentum von 18 Mitbesitzern ist. Dies ist ein früher Versuch, ein Schloß in Eigentumswohnungen umzuwandeln; Dach, Keller und Garten sowie die Erhaltungskosten werden anteilsmäßig geteilt.
E: Diverse
Lit: *Dehio 1953, 143*

Kirchberg an der Wild, Schloß
BH *Zwettl*
G *Göpfritz an der Wild*
KG *Kirchberg an der Wild*
Massiver zweistöckiger Rechteckbau mit vorgelagertem kleinen Hof, Hoftor mit hübschem Schmiedeeisengitter, einem quadratischen Ostturm und einfacher Putzgliederung der Wände; im Inneren Zimmer mit Stuckdecken. „Die Wild" ist das ausgedehnte Waldgebiet, welches schon um 1150 genannt wird. 1431 fand hier eine Schlacht gegen die Hussiten statt. Eine ältere Anlage, die von einem Graben umgeben war, wurde um 1740 zum heutigen Schloß umgebaut.
E: Dipl.-Ing. Adolf Frühwirth
Lit: *Dehio 1990, 507*

Kirchschlag, Burgruine
BH *Wiener Neustadt*
G *Kirchschlag in der Buckligen Welt*
KG *Kirchschlag*
Oberhalb des gleichnamigen Marktes auf dem Hutkogel liegt die Burgruine mit viereckigem Bergfried, Renaissancetorbau sowie Resten einer gotischen Kapelle. Teilweise erhalten ist die Ringmauer, die einst mit zehn Türmen befestigt war. Die Wehrmauer reichte urspr. bis ins Tal und umfaßte auch den Markt. Die Burg wurde im 12. Jh. als Besitz der Kuenringer urk. erwähnt. 1246 wurde sie von König Bela von Ungarn und 1483 von Matthias Corvinus belagert und eingenommen. Im 16. Jh. Besitz der Puchheim, 1683 durch die Türken zerstört. In der Burganlage von Kirchschlag werden heute Veranstaltungen abgehalten.
E: Marktgemeinde Kirchschlag
Lit: *Dehio 1953, 144*

Kirchstetten, Schloß
BH *Mistelbach*
G *Neudorf bei Staatz*
KG *Kirchstetten*
Schöne Anlage mit hohem Saalgeschoß und Seitenflügel, im 17. und 18. Jh. umgebaut. Der Ausbau des Haupttraktes erfolgte durch Johann Bernhard Fischer von Erlach. Dreiachsiger hoher Mittelrisalit mit Giebel. Portal mit darüberliegendem Balkon und hohen rundbogigen Festsaalfenstern. Im Festsaal ein Deckenbild von F. A. Maulbertsch. Bekrönender Dreieckgiebel mit Steinvase, Uhr und zwei Putten. Reiche Innenausstattung; weitläufige Wirtschaftsgebäude mit Torturm bilden zwei Höfe. 1161 wird Udalrich von Kirchstetten genannt. Das Schloß war lange Zeit im Besitz der Fam. Baron Suttner.

E: Seit 1970 Christine Pasquali, Maria Foglar-Deinhardstein und Matthias Suttner-Gatterburg
Lit: *Dehio 1990, 509*

Kirnberg, Schloß
BH *Melk*
G *Kirnberg an der Mank*
KG *Kirnberg*
Zweigeschoßiges Gebäude um einen rechteckigen Hof; Schloß und Kirche sind ein Komplex von regelmäßiger Erscheinung. Das ehem. Kloster wurde 1338 urk. genannt und war damals im Besitz der Herren von Plankenstein. Bis 1613 im Besitz der Zinzendorf, später der Dompropstei St. Stephan zu Wien. Von den späteren Eigentümern (um 1900 Kuppelwieser) wird es als Schloß bezeichnet. Es dient heute als Sommersitz des Dompropstes.
E: Dompropstei St. Stephan zu Wien
Lit: *Dehio 1953, 145*

Klafterbrunn, Schloß
BH *Lilienfeld*
G und **KG** *Eschenau*
Schlichter Bau mit Walmdach und einstöckiger Hauptfront mit Flachgiebel, niedrige Wirtschaftsgebäude. Dieses Schloß liegt in schöner Wald- und Berglandschaft. In seiner heutigen Form stammt das Schloß aus dem 19. Jh. 1945 durch Kriegseinwirkung beschädigt und später wieder instand gesetzt.
E: Amelie Baronin D'Aboville

Klamm, Burgruine
BH *Neunkirchen*
G und **KG** *Breitenstein*
Einst mächtige Felsenburg in herrlicher Lage. Starke Umfassungsmauern, hohe Gebäude und große Kellerräume, Bergfried, Turmschacht mit Wendeltreppe, Burgkapelle mit bemerkenswerter Einrichtung. Urk. 1186 im Besitz der Herren von Chlame (nicht verwandt mit der Familie Clam aus Oberösterreich). 1487 von Matthias Corvinus und 1529 von den Türken erobert, 1805 von den Franzosen niedergebrannt. 1830 ließ Fürst von Liechtenstein die Burg zur Unterbringung seiner Sammlungen, Gemälde und Rüstungen teilweise restaurieren. Einige Räume sind zu besichtigen.
E: Richard Worahnik
Lit: *Dehio 1953, 146*

Klein-Neusiedl, Schloß
BH *Wien-Umgebung*
G und **KG** *Klein-Neusiedl*
Eine stattliche dreigeschoßige Anlage mit Mittelrisalit, hohem Mansardendach sowie zwei Vorbauten, klassizistischem Balkongitter mit der Inschrift PvE (Pachner von Eggenstorf). Urk. 1203 Besitz des Bischofs von Passau, später des Balthasar von Starhemberg. 1793 gründete hier Theodor Pachner von Eggenstorf die erste und größte Papierfabrik von Niederösterreich. 1837 wurde sie von Borkenstein zu einer der größten Papierfabriken Europas ausgebaut. Im Schloß ist heute das Direktionsgebäude der Eigentümer-Firma untergebracht.
E: Firma Ludwig Polsterer, Vereinigte Walzmühlen
Lit: *Dehio 1953, 148*

Kleinwetzdorf, Schloß
BH *Hollabrunn*
G *Heldenberg*
KG *Kleinwetzdorf*
Einstöckiger Bau mit drei Höfen, prunkvollem Gartenportal mit klassizistischen Löwen. Anschließend an den Schloßpark der „Heldenberg“: Eindrucksvoller

Erinnerungspark mit zahlreichen Denkmälern von Helden der Feldzüge Radetzkys. Über der mächtigen Freitreppe die Säulenhalle mit Büsten der Feldherren Daun, Prinz Eugen, Erzherzog Karl und Laudon. Grabstätte des Feldmarschalls Graf Radetzky, des Generals Graf Wimpffen und Josef Pargfrieders. Das Schloß stammt aus dem 17. Jh., Veränderungen erfolgten 1726–33 und in der ersten Hälfte des 19. Jh.s. Der Heldenberg wurde nach 1849 durch den Armeelieferanten und damaligen Besitzer des Schlosses Josef Pargfrieder errichtet. Die Einrichtung aus der Zeit Radetzkys ist heute noch teilweise vorhanden. Schloß und Heldenberg sind zu besichtigen.

E: Jutta Fichtl (Schloß), Republik Österreich (Heldenberg)

Lit: *Dehio 1990, 525 ff*

Klement, Schloß

BH *Korneuburg*

G *Ernstbrunn*

KG *Klement*

Ein Viereck bildendes zweigeschoßiges Gebäude in Bauformen der 2. Hälfte des 16. Jh.s. Im Inneren schwere Kreuzgratgewölbe. Daneben stattlicher Schüttkastenbau, einstöckig, zehnachsig und langgestreckt. Das Gebäude wird als Wirtschaftshof der Herrschaft Ernstbrunn genutzt. 1150 wird Konrad von Clement genannt; Umbauten am Schloß erfolgten in der 2. Hälfte des 16. Jh.s, der Schüttkasten stammt von 1600. Bis 1822 Besitz der Familie Sinzendorf.

E: Fam. Prinz Reuß

Lit: *Dehio 1990, 531*

Knappenhof, Schloß

BH *Mödling*

G und **KG** *Perchtoldsdorf*

Beachtlicher schloßartiger Barockbau mitten im Markt gelegen, mit schöner Freitreppe, die von Atlanten getragen wird, gelber Fassade mit grünen Jalousien und Steinfiguren aus Leithakalk im Garten. Schon im gotischen Knappenhof war eine Badeanstalt untergebracht, welche 1593 und 1691 urk. genannt wird.

E: Marktgemeinde Perchtoldsdorf

Lit: *Dehio 1953, 247*

Kollmitzgraben, Burgruine

BH *Waidhofen an der Thaya*

G *Ludweis-Aigen*

KG *Kollmitzgraben*

Auf einer Felsnase über einer Thayaschleife liegt die Burgruine, die zu den größten Anlagen Österreichs zählt. Die Zinnenmauer ist ca. 160 Meter lang und wird durch drei quadratische Türme verstärkt. Erhalten sind der halbkreisförmige Torturm mit Spitzbogentor, ein Rundturm, der Bergfried und Reste eines zweigeschoßigen Wohngebäudes. Im 13. Jh. urk. genannt; der Palas wurde um 1700 erneuert, um 1800 wurden die Dächer wegen der Dachsteuer abgetragen. Die Burg war im Besitz verschiedener Adelsgeschlechter, später des Stiftes Geras und der Gutsherren von Raabs. Ein Verein bemüht sich, die Anlage zu erhalten und führt fallweise kulturelle Veranstaltungen durch.

E: Stadtgemeinde Waidhofen an der Thaya

Lit: *Dehio 1990, 532 ff*

Kottingbrunn, Schloß
BH *Baden*
G und **KG** *Kottingbrunn*
Wasserschloß, urspr. nur über den großen Wirtschaftshof mit Eckbastionen und Torturm mit Zwiebelhelm erreichbar. Eingangstor zu einem dreigeschoßigen, aus vier Flügeln bestehenden Hauptgebäude an der Ostseite. Ecktürme mit Zwiebelhelmen, zwei Brücken über den mit Wasser gefüllten Graben. Stuckdekorationen Anfang und Mitte 18. Jh. in der Kapelle und einigen Räumen. 1310 urk. genannt; im 14. Jh. im Besitz der Trauttmannsdorff, 1484 bis 1637 der Kuenburg, später der Brandis, der Lamberg und im 19. Jh. des Industriellen Bohr. Später war es Besitz des Jockey-Clubs von Österreich, der neben dem Schloß eine Pferderennbahn betrieb. Das Schloß in seiner heutigen Form stammt aus dem 17. Jh. Im Schloß ist unter anderem ein Restaurantbetrieb untergebracht.
E: Heinrich Jezek
Lit: *Dehio 1953, 161 f*

Kranichberg, Schloß
BH *Neunkirchen*
G *Kirchberg am Wechsel*
KG *Kranichberg*
Dreigeschoßiger Renaissancebau mit barocken Veränderungen; viereckiger fünfgeschoßiger Bergfried, Schloßkapelle zur hl. Ursula mit bemerkenswertem Sakramentshäuschen, kleiner Hof, zwei befestigte Tore, Pechnasen und Zinnen, Schlüsselscharten, zweifache Wehrgänge und Reste der Umfassungsmauer. Vom 12. bis zum 16. Jh. Besitz der Herren von Kranichberg, die mehrere Schlösser an der Donau besaßen (z. B. Petronell). 1480 von Matthias Corvinus eingenommen, 1745 durch Brand zerstört und später durch Josef Graf Lamberg wiederaufgebaut. Von 1769 bis 1969 war das Schloß Besitz der Erzdiözese Wien (Sommersitz des Erzbischofs), anschließend bis 1980 des Industriellen Henry Reichhold. Das Schloß wird heute für gastgewerbliche Zwecke verwendet.
E: Dr. Hans Hübner
Lit: *Dehio 1953, 162*

Kreisbach, Schloß
BH *St. Pölten*
G *Wilhelmsburg*
KG *Kreisbach*
Von der ehem. Burg sind heute nur mehr zwei Gebäudetrakte erhalten, die mit einem Torturm in stumpfem Winkel zusammenstoßen. Die öffentliche Straße führt durch die tonnengewölbte zweieinhalb Meter hohe Durchfahrt. Über dem runden Torbogen das Wappen des Abtes Ignaz Kraft von Lilienfeld. Der an den Torturm anschließende Ostflügel ist hofseitig stark gegliedert. Zweigeschoßiger Verbindungsbau mit Schloßkapelle, Giebelwand mit Dachreiter, Glockenstube und Zeltdach. Die Kapelle war ehem. ein Ballsaal (die Stukkaturen stammen noch aus dieser Zeit). 1100 urk. Besitz der Bischöfe von Passau; 1140 wird Markward de Chreuzbach erwähnt; bis 1556 Besitz der Roggendorf, später der Jörger. 1853/54 teilweise wegen Baufälligkeit abgerissen.
E: Stift Lilienfeld
Lit: *Dehio 1953, 387*

Kreuzenstein, Burg
BH *Korneuburg*
G und **KG** *Leobendorf*
Als romanisch-gotische Idealburg, unter Verwendung alter Bauteile, im 19. Jh. neu errichtete Anlage. Über eine Steinbrücke gelangt man zum äußeren Burgtor mit Pechnase, dann zum Zwinger mit Wehrgängen. Erster Hof mit Gesindestube, zweiter Hof mit Küche und Arbeitsraum, Palas mit hervorragend ausgestatteter, großer Rüstkammer, Kapelle mit gotischem Flügelaltar, bemerkenswerten Glasfenstern, dem gotischen Sakramentshäuschen und Taufbecken; Rittersaal mit Kachelofen, Gobelines und gotischem Schrank; Burgküche mit 7,5 m langem Tisch (aus einem Stück), Bibliothek, Fürstenstube, großer und kleiner Saal, „Kaschauer Gang". Anno 1115 wird „Grizanesstein" genannt, 1260 im Besitz der Landesfürsten, 1620 an Karl Graf Saint Hilaire verliehen, (der an der Spitze der Dampierre-Kürassiere Kaiser Ferdinand II. aus der Hofburg befreite), 1645 durch die Schweden zerstört; (Die dabei verwendeten Belagerungsmaschinen sind heute noch im schwedischen Schloß Skokloster zu besichtigen.) Der berühmte österreichische Kunstmäzen und Philanthrop Hans Graf Wilczek (Gründer der Wiener Rettungsgesellschaft) ließ von 1874 bis 1907 die Burg neu errichten; Berater waren Gangolf Kayser und Walcher von Moltheim. 1945 stark beschädigt, später vollständig renoviert. In der Burg ist ein interessantes Museum zu besichtigen.
E: Seit 1702 Fam. Graf Wilczek
Lit: *Dehio 1990, 665 ff*

Kronsegg, Burgruine
BH *Krems*
G *Langenlois*
KG *Mittelberg*
Bedeutende Burgruine mit Resten von zwei Bergfrieden, Ringmauern mit Zinnen und Rundbogentor. Durch zwei weitere Tore (das eine mit Wappen der Familie Hackelberg) gelangt man zum hohen Palas mit einer zweigeschoßigen Kapelle (Reste von Wandmalereien). Im Hof eine eingebaute Küche mit pyramidenförmiger Esse. 1280 urk. im Besitz der Markgrafen von Brandenburg. Der Bergfried stammt aus dem 13. Jh., die Wandmalereien von 1400. 1678 Besitz der Hackelberg (bis 1700 noch bewohnt).
E: Stadtgemeinde Langenlois
Lit: *Dehio 1990, 1032*

Krumau am Kamp, Burg
BH *Krems*
G und **KG** *Krumau am Kamp,* **BT** 11
In malerischer Höhe oberhalb des Kamps gelegen, mit Ringmauer, Wehrgängen, Palas, gewölbter Durchfahrt in den langen Vorhof, einer Terrasse, Zinnenmauer, oberem Hof sowie tonnengewölbten Räumen. 1172 urk. genannt; Margarethe von Österreich lebte hier seit der Trennung ihrer Ehe von Pȓzemysl Ottokar II. von 1261 bis zu ihrem Tode 1267. Auf einer Marmortafel von 1522 ist zu lesen: „Gregor Rawber der Zeit Her zu Krumbnaw hat disen Stockh paven lasen." 1540 Besitz der Puchheim, 1619 stark zerstört; 1620 von Bouquoy unter kaiserlichen Schutz genommen und 1667/68 großzügig wiederaufgebaut. Seit dem 18. Jh. Verfall der Burg.
E: Wolfgang Jonke
Lit: *Dehio 1990, 616*

Krumbach, Burg
BH *Wiener Neustadt*
G und **KG** *Krumbach*
Mächtige gut erhaltene Burg mit fünf Toren, hohem Bergfried, doppelter Ringmauer mit neun Rundtürmen (darunter der Hungerturm). Dreigeschoßiges Burggebäude mit rechteckigem Hof, im Süden Türkenturm mit Halbmond, Kapelle mit vier Nischen und Apostelstatuen. 1192 urk. Besitz des Gerhard von Chrumpach; spätere Besitzer waren 1548–71 die Puchheim, 1657 bis 1874 die Familie Pálffy; 1683 wurde die Burg von den Türken vergeblich belagert. Seither im Besitz der Familien Münz, Matscheg und Muckenschnabel.
E: Dipl.-Ing. Arch. Walter Harwalik GmbH.
Lit: *Dehio 1953, 171 f*

Krummnußbaum, Schloß
BH *Melk*
G und **KG** *Krummnußbaum*
Einstöckiger Bau mit Turm und einem kurzen vorspringenden Flügel, hohem Walmdach und hölzernem Balkon. 1073 als Schenkung des Pfalzgrafen Kuno an das Kloster Rott in Bayern genannt. Seine heutige Gestalt erhielt das Schloß im 19. Jh. 1967 erfolgte ein tiefgreifender Umbau.
E: Bernhard Jensch

L

Laa an der Thaya, Burg
BH *Mistelbach*
G und **KG** *Laa an der Thaya*
An der Nordostecke der Stadt liegt das interessante Bauwerk. Ehem. mittelalterliches Wassersperrwerk für die Wallgräben, das später zur Wohnburg ausgebaut wurde. Anschließend an die hohen zinnenbekrönten Wehrmauern, ein hoher runder Turm mit Kragsteinen für einen Wehrgang. 1148 Besitz der Herren von Machland, nach deren Aussterben der Clam-Velburg. 1190 Besitz der Landesfürsten, im 15. Jh. Umbau in eine Wohnburg. Im 30jährigen Krieg beschädigt, 1866 Quartier für die Preußen, 1945 schwere Beschädigung durch direkten russischen Artilleriebeschuß. In der Burg befindet sich ein Gasthaus sowie das Biermuseum der Stadtgemeinde Laa.
E: Andreas Hofer
Lit: *Dehio 1990, 624 f*

Ladendorf, Schloß
BH *Mistelbach*
G und **KG** *Ladendorf*
Mächtiger dreigeschoßiger Bau, der von einem Graben umgeben wird. Elfachsige Hauptfront, Parkfront mit schöner Freitreppe, durch zwei Geschoße reichender Saal, Stuckdecken, Kamine, Kapelle. Ein großes Verwaltungsgebäude. Am Eingang barocke Schmiedeeisengitter und Pfeilerplastiken. Urk. 1228 im Besitz des Otto von Ladendorf. Im 17. Jh. erfolgte ein Umbau. 1658 Besitz der Grafen Daun, von 1750 bis heute der Familie Khevenhüller und deren Nachfahren. 1866 nach der Schlacht bei Königgrätz wurde hier eine große Parade der siegreichen preußischen Truppen abgehalten. 1945 wurde das Gebäude schwer beschädigt und die Innenausstattung zerstört.
E: Dipl.-Ing. Max Huck
Lit: *Dehio 1990, 628 f*

Langschlag, Schloß
BH *Zwettl*
G und **KG** *Langschlag*
Das Schloß besteht aus zwei einfachen einstöckigen, im rechten Winkel aneinander-

stoßenden Trakten, die mit einer niedrigen Mauer einen rechteckigen Hof umschließen. Gewölbte Erdgeschoßräume, zentrales Stiegenhaus mit schöner hölzerner Treppe, Innenausstattung im Empire- sowie Biedermeierstil. Ehem. Lehen der Kuenringer, später der Rapottensteiner. 1625 Besitz der Herren von Landau, 1653 des Joachim von Enzmiller, Graf von Windhaag, 1684 bis 1926 der Grafen von Hackelberg. 1899 wurde das ehem. Landhaus zum heutigen Schloß umgebaut.

E: Hubertus Freiherr von Lazarini

Lit: *Dehio 1990, 652*

Laxenburg, Schloß

BH *Mödling*

G *Markt Laxenburg*

KG *Laxenburg*

Das ehem. kaiserliche Lustschloß besteht in der Hauptsache aus den folgenden Objekten: altes Schloß im Park, Franzensburg inmitten eines vielarmigen verschlungenen Teiches, Blauer Hof, Passespielhaus, Speisesaaltrakt, Theater und Grünnehaus. Erstmals genannt 1224. 1291 bis Anfang des 14. Jh.s Familie der Laxendorfer. Ab 1333 habsburgisch, bereits Anlage eines Wildparks. Am Ostrand des Wienerwaldes gelegen, 1381 Herzog Albrecht III. damit belehnt. Friedrich III. erbaute ein kleines Schloß an den Seitenarmen der Schwechat und brachte 1440 am Tor der Vorburg die Anfangsbuchstaben seines Wahlspruches A. E. I. O. U. an. 1485 von Matthias Corvinus eingenommen. Kaiser Maximilian I. hielt sich nachweislich 1506–15 hier auf, wobei die Falkenbeize für ihn und seine Nachfolger eine große Rolle spielte. Auf dem Stich nach Vischer (1672) sieht man noch die hölzerne Brücke über den Wassergraben, den Torturm des Vorhofes, die Zugbrücke und zwei Türme, davon der eine der Kapellenturm. 1683 von den Türken verwüstet, unter Kaiser Karl VI. durch den Baumeister Burnacini wieder instand gesetzt. Im Jahr 1729 wurden bei einer Reiherbeize 180 Reiher von Falken erbeutet. Kaiserin Maria Theresia erbaute 1753 durch Nikolaus Pacassi das Theater, in welchem Theaterstücke und Ballette aufgeführt wurden. Zur Zeit Kaiser Franz II., zwischen 1795 und 1800, wurden im Park der Concordiatempel, der chinesische Pavillon und das Haus der Laune errichtet. Aus Übersee wurden exotische Pflanzen und Bäume in dem weitläufigen Park eingesetzt. Das Material für diese Bauten wurde aus abgebrochenen Klöstern wie z. B. Säusenstein und Waldhausen gewonnen. Aus Klosterneuburg wurde ein Teil der „capella speciosa“ (um 1220) in die Franzensburg übertragen und die große Säule mit Ritterfiguren aufgestellt. Von einigen Schlössern und Klöstern wurden intarsierte Holzdecken hierher gebracht, wie z. B. aus Melk, Kremsmünster, Zwettl und aus den Schlössern Maissau und Greillenstein. In der Kapelle sind auch die Wappen von Otto von Machland und Jutta von Peilstein zu sehen. Im Habsburgersaal sind Statuen von Rudolf I., Maximilian I. bis zu Maria Theresia aufgestellt. Die Franzensburg wurde in neugotischem Stil errichtet und der Park zu einem englischen Landschaftsgarten umgestaltet. In der Zeit von 1848–1918 erlebte das Schloß keine großen

Veränderungen, da Kaiser Franz Joseph I. kein Interesse an Laxenburg hatte. An besonderen Ereignissen sind zu vermerken: Kronprinz Rudolf wurde hier 1858 geboren, 1917 besuchte der deutsche Kaiser Wilhelm II. im Schloß Kaiser Karl I. und im selben Jahr versuchte Kaiser Karl I. Friedensgespräche mit dem Prinzen Sixtus von Bourbon-Parma. Zu erwähnen ist noch der Lothringersaal mit zwanzig lebensgroßen Ölbildnissen des Hauses Habsburg-Lothringen von bedeutenden Malern wie Waldmüller, Amerling, Kupelwieser, Meytens und Glasmalereien von Kothgasser. Der Blaue Hof ist ein spätbarocker Bau, zweigeschoßig mit rechteckigem Hof, sechsachsigen Seitenflügeln, elfachsigem Mitteltrakt mit dreiachsigem Risalit. Die große Pfeilervorhalle im Erdgeschoß mit laternenartigem Aufbau und dreitorigem Haupteingang. Die umfangreiche Anlage wurde im Jahr 1963 durch einen Vertrag zwischen der Stadt Wien und dem Land Niederösterreich zur „Schloß Laxenburg Betriebsgesellschaft" umgewandelt und erfreut sich als Ausflugsziel großer Beliebtheit.

E: Schloß Laxenburg Betriebsgesellschaft

Lit: *Dehio 1953, 178 ff*

Leesdorf, Schloß

BH und **G** *Baden*

KG *Leesdorf*

Vier Flügel umschließen einen rechteckigen Hof. Umfassungsmauer mit Eckrundtürmen sowie fünfgeschoßigem quadratischen Bergfried mit Balustrade und neuem Dachaufbau. Festsaal mit barockem Deckenfresko, Treppenhaus mit griechischem Grabrelief. Die ehemalige Wasserburg wurde 1114 urk. erwähnt. 1719–21 wurde das Schloß umgebaut (unter Abt Dietmeier von Melk); im vorigen Jahrhundert Besitz der Fam. Baltazzi. Im Schloß ist die Fach- und Meisterschule des Österreichischen Malerhandwerkes untergebracht.

E: Kongregation der Schwestern des dritten Ordens des hl. Franziskus, genannt „von der christlichen Liebe"

Lit: *Dehio 1953, 25*

Leiben, Schloß

BH *Melk*

G und **KG** *Leiben*

Die Hochburg ist ein viergeschoßiger unregelmäßiger massiver Bau mit Rundtürmen und zwei Höfen. In der ehem. Kapelle und im großen Saal Holzdecken mit mythologischen und allegorischen Bildern. In den Felsen gehauenes Burgverlies, freistehender Turm im Westen, Halsgraben, Schloßtaverne. 1196 und 1237 urk. genannt; vor 1338 im Besitz der Landesfürsten, im 18. Jh. der Freiherren von Fürnberg, ab 1796 des Kaiserhauses, ab 1918 Bestandteil des sogenannten „Habsburg-Lothringischen Familienfonds". Seit 1945 im Eigentum der Republik Österreich „Österreichische Bundesforste". Einige Räume werden für kulturelle Veranstaltungen verwendet. Seit Juni 1991 Traktorveteranen-Museum im Schloß untergebracht.

E: Marktgemeinde Leiben

Lit: *Dehio 1990, 658 f*

Lengenfeld, Schloß

BH *Krems*

G und **KG** *Lengenfeld*

Das „Neue Schloß" ist ein mit Ortssteinen eingefaßtes Gebäude mit Schindelwalmdach, rundbogigem Haupttor und vier kleinen Türmen. Vom „Alten Schloß" sind nur

mehr Mauerreste sowie die Kapellenruine vorhanden. Um 1140 wird Wolfger von Lenginfeld genannt; die Kapelle stammt von 1426, das Schloß aus dem 16. und 17. Jh. Im 19. Jh. Besitz der Familie Baron Allesina, später der Österreichischen Bundesforste. Im Schloß fallweise Ausstellungen.
E: Christa Fuhrmann
Lit: *Dehio 1990, 663*

Leopoldsdorf, Schloß
BH *Gänserndorf*
G *Leopoldsdorf im Marchfeld*
KG *Leopoldsdorf*
Ehem. einstöckige dreiflügelige, einen Ehrenhof bildende Anlage mit Mittelrisalit und Ziergiebel in einem umzäunten Park am Ufer des Rußbaches gelegen. Die mittelalterliche Anlage, seit 1592 im Besitz von Hans Caspar von Pirker, wurde 1645 von den Schweden zerstört und um 1760 durch Bernhard Dismas Freiherr von Kempfen-Angret zu einem barocken Landschlößchen umgestaltet. 1903 erfolgte unter Rudolf Freiherr von Wienerwelten ein neuerlicher Ausbau zur Unterbringung seiner wertvollen Sammlungen. 1945 wurde das Schloß durch Brand größtenteils zerstört und später bis auf wenige Reste abgebrochen.
E: Dipl.-Ing. Georg Freiherr von Prosoroff
Lit: *Dehio 1990, 670*

Leopoldsdorf, Schloß
BH *Schwechat*
G und **KG** *Leopoldsdorf*
Dreigeschoßiges Wasserschloß mit zwei Diagonaltürmen. Das Schloß ist von einem zweifachen Mauerring und doppelten Wassergräben umgeben. 1140 urk. genannt; 1581 umgebaut. 1825 die Umgestaltung durch Josef Kornhäusel und 1890 vollständige Erneuerung. 1945 und während der Besatzungszeit Zerstörungen an Baubestand und Inventar.
E: Blanka Gittler und Theodora Majstrik-Thonet
Lit: *Dehio 1953, 185*

Lichtenau, Schloß
BH *Krems*
G *Lichtenau im Waldviertel*
KG *Lichtenau*
Einfaches einstöckiges Schloß mit drei Flügeln um einen unregelmäßigen Gartenhof. Die Anlage wird von einer Mauer mit kleinen vorspringenden Türmen eingefaßt. 1157 genannt, im 16. Jh. umgebaut, im 17. Jh. großzügig restauriert. Freilegung von Arkaden 1985.
E: Baron Ehrenfels
Lit: *Dehio 1990, 671 f*

Lichtenfels, Burgruine
BH und **G** *Zwettl*
KG *Friedersbach*
Heute auf einer Halbinsel am nördlichen Ufer des Kamp-Stausees Ottenstein gelegen. Mächtige Anlage mit hohem Bergfried und Kapellenturm, durch einen Halsgraben vom Hinterland getrennt. Am Mauerwerk reiche Sgraffitodekorationen. Bereits 1159 wurde Hartung von Rauhenstein von Herzog Heinrich II. Jasomirgott mit der Burg belehnt. Das Geschlecht nannte sich ab 1200 „Tursen". Im 18. Jh. Verfall der Burg.
E: Philipp Graf Thurn-Valsassina
Lit: *Dehio 1990, 228 f*

Liechtenstein, Burg (Feste)
BH *Mödling*
G und **KG** *Maria Enzersdorf am Gebirge*
Auf einem Felsvorsprung gelegen. Untergeschoß mit Wirtschaftsräumen, darüber das Hauptgeschoß mit romanischer

Kapelle und Fenstern, Knappensaal und Rittersaal. 1165 urk. genannt; 1529 und 1683 zerstört. Nach 1808 wurde ein Großteil der Burg, unter Fürst Johann I. von und zu Liechtenstein wiederhergestellt und später unter Beratung von Gangolf Kayser sowie Walcher von Moltheim stilgerecht erneuert. 1945 durch Kriegseinwirkungen beschädigt und später vom Fürsten Liechtenstein an die Pfadfinder mit der Verpflichtung übergeben, für die Erhaltung der Burg zu sorgen. Seit 1975 an die Marktgemeinde Maria Enzersdorf verpachtet. Die Burg ist zu besichtigen; im Sommer (Nestroy-) Festspiele.
E: Hans Adam Fürst von und zu Liechtenstein
Lit: *Dehio 1953, 186f*

Liechtenstein, Schloß
BH *Mödling*
G *Hinterbrühl*
KG *Sparbach*
Auf der gegenüberliegenden Seite der Burg gelegen; mächtiger klassizistischer zweistöckiger Bau von Josef Engel. Säulenportikus mit Attika, Bacchantenfries von Josef Klieber über den Fenstern des Saalbaues, Lunettenfresken von den neun Musen. 1820–22 vom Fürsten von Liechtenstein erbaut. 1945 stark beschädigt; 1964 hätte das Schloß abgerissen werden sollen, wurde schließlich doch erhalten und ist heute in gutem Zustand. Im Schloß ist ein Seniorenheim untergebracht.
E: Austria-BWA-Wohnungsgemeinschaft
Lit: *Dehio 1953, 187*

Limberg, Schloß
BH *Hollabrunn*
G *Maissau*
KG *Limberg*
Unregelmäßiges zweigeschoßiges Gebäude über viereckigem Grundriß mit Arkadenhof, darin befindlicher Altane sowie südlich gelegenem Turm. Im Garten ein barockes Brunnenbecken. Das Schloß wurde im 17. Jh. unter den Herren von Kirchberg erbaut.
E: Benediktinerstift Altenburg
Lit: *Dehio 1990, 674f*

Litschau, Schloß
BH *Gmünd*
G und **KG** *Litschau*
Unregelmäßige dreigeschoßige Anlage mit Ringmauer, Rundtürmen und Grabenresten. Runder Bergfried mit vollständigem Kranz von Kragsteinen unter den Zinnen. Durchfahrten durch zwei Türme, erster Hof mit schönem Stiegenaufgang; das Schloß ist mit gutem Mobiliar und interessanten Trophäen ausgestattet. 1215 urk. genannt; Besitzer waren die Kuenringer, die Puchheim. 1431 wurde das Schloß durch die Hussiten schwer beschädigt, im späten 18. Jh. erfolgte der Neubau.
E: Seit 1763 Grafen von Seilern-Aspang
Lit: *Dehio 1990, 678f*

Loosdorf, Schloß
BH *Mistelbach*
G *Fallbach*
KG *Loosdorf*
Unregelmäßiger zweigeschoßiger rechteckiger Bau mit vorspringendem Torteil, Gartenfassade mit Balkon auf Säulen, Fassadendekoration von 1810 sowie Renaissancegrabsteinen im Hof. Mächtige Freitreppe im Westen der Anlage. Die prachtvolle Empireeinrichtung wurde 1945 zum Großteil zerstört. 1320 wird Konrad der Gnäuzze von Lobstorf genannt; das urspr. Schloß wurde 1644 durch die Schweden zerstört. Der Bau in seiner heutigen Form stammt aus der zweiten Hälfte des 17. Jh.s. Seine heu-

tige Gestalt erhielt das Schloß durch die Familie Liechtenstein.
E: Grafen Piatti
Lit: *Dehio 1990, 684 f*

Loschberg, Schloß
BH *Zwettl*
G *Waldhausen*
KG *Loschberg*
Ehem. weitläufige Anlage aus der 2. Hälfte des 17. Jh.s. Zum Teil Ruine. Zweigeschoßiges Gebäude mit Spitzgiebel, Konsolgesims und Ortsteinquaderung. Rechtwinkelig anschließend eingeschoßiger Trakt mit Spitzgiebel und gequadertem Portal. Im Norden und Westen weitläufige Stallungen. Im 15. Jh. Besitz der Herren von Rappach, später häufiger Besitzerwechsel. Zu Beginn des 17. Jh.s Neubau unter Leopold Josef Lonberg. 1754 Besitz der Bartenstein, seit damals mit der Herrschaft Rastenberg verbunden.
E: Eleonore Herberstein
Lit: *Dehio 1990, 685*

Luberegg, Schloß
BH *Melk*
G *Emmersdorf an der Donau*
KG *St. Georgen*
An der Donauuferstraße liegt diese reizvolle Anlage, die aus fünf Gebäuden besteht. In der Mitte das eigentliche Schloß mit höherem zweigeschoßigen Mittelrisalit. Am Portal Karyatiden mit dem darüberliegenden schmiedeeisernen Balkon, Stiegenhaus mit schmiedeeisernem Gitter und Laternenputten. Frühklassizistische Innenausstattung mit Leinentapeten von Ablasser. Vor dem holzschindelgedeckten Schloß bemerkenswerte Türme, die zur Beleuchtung der Holzverladerampe dienen sollten. 1780 durch Freiherr von Fürnberg erbaut. Seit 1795 kaiserlicher Besitz und als Pferdewechselstation für Kaiser Franz I., am Wege von Wien nach Persenbeug, in Verwendung.
E: Anna Hohenberg-d'Harambure
Lit: *Dehio 1990, 686*

Luden, Ruine
BH *Waidhofen an der Thaya*
G *Raabs an der Thaya*
KG *Luden*
Südöstlich des Ortes mitten im Gaberwald gelegen. Die Ruine ist teilweise überwachsen. Der ehem. Burgkomplex ost- und nordseitig von Erdwall umgeben. Zum Inneren hin durch Bruchsteinmauern zu einem vertieften Graben abgemauert. Ehem. Burgbereich durch das Schuttmaterial hügelig, herausragende Mauerreste. Urk. 1327, bis 1405 ein danach bekanntes Geschlecht nachweisbar; zeitweise im Besitz der Eibensteiner, urk. 1551 als öde bezeichnet; seither Verfall.
E: Gemeinde Luden
Lit: *Dehio 1990, 686*

Ludwigstorff, Schloß
→ Deutsch-Altenburg, Schloß

M

Mahrersdorf, Burgruine
BH *Horn*
G *Altenburg*
KG *Mahrersdorf*
Die Burgruine liegt auf einem Hügel über der Kleinen Taffa. Erhalten sind Reste von Graben und Ringmauer mit Rundtürmen und westliches Vorwerk; zur Taffa Mauerzug mit Zinnen und Wehrgang, Bruchsteinmauerwerk, zum Teil wiederaufgebaut und ergänzt; die innere westliche Mauer mit Pecherker; Palasteil mit rundbogigen Öffnungen, spitzbogige Öffnung 14. Jh., Segmentbogenfenster; quadratischer Bergfried (?). 1276–1409 im

Besitz der Marchartsdorfer, dann Dachsner; Degenhart Dachsner 1474 nach Kampf gegen die österreichischen Landstände bezwungen. 1480 Zerstörung durch die Ungarn, 1496 vom Stift Altenburg gekauft.
E: Benediktinerstift Altenburg
Lit: *Dehio 1990, 688*

Mailberg, Schloß
BH *Hollabrunn*
G und **KG**
Mailberg
Mächtiger zweistöckiger Bau, von Graben und Ringmauer umgeben. Vortretender Torbau, im Osten als Abschluß des Hofes die Kirche, Wirtschaftsgebäude sowie ehem. Befestigungen um das Schloß. Im Inneren gewölbte Räume, großer Saal und Repräsentationsräume. Seit dem 12. Jh. Besitz des Johanniter- bzw. Malteser Ritterordens. 1128 als Hospiz genannt; 1451 fand hier die Gründung des „Mailberger-Bundes" statt; es war dies ein Bündnis der Stände gegen Ladislaus Posthumus. Seine heutige Form erhielt das Schloß 1595 unter Komtur Karl von Tettau. Ein weiterer Umbau erfolgte 1762 unter Komtur Anton Graf Colloredo. Im Zweiten Weltkrieg wurde das Schloß schwer beschädigt und seit 1974 gründlich restauriert. Im Schloß sind das Malteser Ritter-Museum sowie eine Frühstückspension untergebracht. Verschiedene Räume werden für Ordenszusammenkünfte und kulturelle Veranstaltungen verwendet.
E: Souveräner Malteser Ritterorden
Lit: *Dehio 1990, 693 f*

Maissau, Schloß
BH *Hollabrunn*
G und **KG**
Maissau
Mächtige umfangreiche Anlage, die aus dem „Alten" und dem „Neuen" Schloß besteht. Dreigeschoßige Gebäudegruppe mit mehreren Türmen, tiefem Graben, Brücke, Torturm, wuchtigem Bergfried, Burghof mit offenem zweigeschoßigen Laubengang; im Inneren gotische Halle, Reitstiege, Archivräume und Kapelle. 1122 urk. genannt; Inschriften und Wappenschilder von 1460, 1478, 1557 und 1638. Besitzer waren die Herren von Maissau, später die Eckhartsauer. Teile des Schlosses werden heute für kulturelle Veranstaltungen zur Verfügung gestellt.
E: Seit 1538 Grafen von Abensperg und Traun
Lit: *Dehio 1990, 699 f*

Mannersdorf, Schloß
BH *Bruck an der Leitha*
G und **KG** *Mannersdorf am Leithagebirge*
Mächtiges Schloß, das vermutlich von Fischer von Erlach umgebaut wurde. Prächtige Fassade, zwei dreigeschoßige Eckrisalite mit Giebelkrönung, viergeschoßiger Mittelteil, zwei Rundbogentore. Auf der Rückseite Hof mit dreigeschoßigem Seitenflügel und Arkaden im Untergeschoß. Im Inneren bemerkenswertes Treppenhaus und Saal mit Deckenfresken. 1355 urk., um 1600 umgebaut. Besitzer waren die Familien Scharfenegg und Trauttmannsdorff, später Kaiserin Maria Theresia. Im Schloß sind das Gemeindeamt, das Postamt, eine Sonderschule sowie 52 Gemeindewohnungen untergebracht.
E: Seit 1942 Marktgemeine Mannersdorf
Lit: *Dehio 1953, 195 f*

Marbach, Schloß
BH *Melk*
G und **KG** *Marbach an der Donau*
Ein stattliches zweigeschoßiges, ehem. Her-

renhaus, das mitten im Ort an der Donaustraße gelegen ist. Zwei runde Ecktürme mit Kegeldächern, gemalte Wappen der Familie Starhemberg und Löwenstein. Im 16. Jh. erwähnt; bis 1971 im Besitz der Herrschaft Persenbeug. Im Schloß sind der Landeskindergarten sowie eine Ordination für Ärzte untergebracht.
E: Marktgemeinde Marbach
Lit: *Dehio 1990, 707*

Marchegg, Schloß
BH *Gänserndorf*
G und **KG** *Marchegg*
Eine mächtige barocke Schloßanlage mit zwei Geschoßen, in einem schönen Park gelegen. Wassergraben mit einer Brücke, Mittelteil mit Giebel und Tor, geschmückt mit Wappen und Hirschgeweihen. Vor dem Schloß barocke Gitter zwischen gemauerten Pfeilern. Im Inneren einige Stuckdecken, ehem. zweigeschoßige Kapelle, Festsaal und elegante Treppenanlage. Die Stadt Marchegg wurde 1268 von König Přzemisl Ottokar II. gegründet und zeigt mit ihren Toren und Mauern heute noch einen wehrhaften Charakter. Die mittelalterliche Anlage wurde in den Jahren 1568, 1639 und 1733 umgebaut. Mehrere Jahrhunderte im Besitz der Pálffy. 1945 schwere Zerstörungen und Verlust des gesamten Inventars. Im Schloß ist heute das Niederösterreichische Landesjagdmuseum eingerichtet.
E: Stadtgemeinde Marchegg
Lit: *Dehio 1990, 712 ff*

Margarethen am Moos, Schloß
BH *Bruck an der Leitha*
G *Enzersdorf an der Fischa*
KG *Margarethen am Moos*
Zweigeschoßiges vierflügeliges Schloß in einem schönen Park gelegen. Das ehem. Wasserschloß wurde urspr. als Glied in der Kette der Grenzbefestigungen gegen Ungarn errichtet. Im Inneren bemerkenswerte Kapelle mit Fresken aus dem Maulbertsch-Kreise. Urk. 1336, 1683 umgebaut, im 18. Jh. in seine heutige Form gebracht. Besitzer waren die Familien Harrach, Breuner, Batthyány und Montenuovo.
E: Dr. Hans Dorn
Lit: *Dehio 1953, 198*

Marienhof, Ansitz
BH *Korneuburg*
G und **KG** *Spillern*
Der inmitten von Pferdekoppeln gelegene anmutige Ansitz vermittelt einen gepflegten Eindruck, ähnlich einem englischen Landsitz mit Reitpferden, Wohngebäuden, Wirtschaftsgebäuden und Pferdestallungen. Im 18. und 19. Jh. urk. genannt. Besitzer waren die Familien Colloredo, Ypsilanty und Rothschild.
E: Dr. Gustav Harmer

Matzen, Schloß
BH *Gänserndorf*
G *Matzen-Raggendorf*
KG *Matzen*
Hochgelegene unregelmäßige Baugruppe mit Hof; dreigeschoßiges Hauptgebäude mit Erkeranbau, Galerien im Hof, zinnenbekrönte Mauern und Viereckturm. Neben dem Schloß der riesige Weinkeller, in den die Fuhrwerke bis zur Tiefe einfahren können. 1136 urk. genannt; Besitz der Familien Herberstein, Fünfkirchen und anderer. 1827 durch den Grafen Kinsky in die heutige Form gebracht (Umbau in romantisch-neugotischer Art). Im Zweiten Weltkrieg dann schwer beschädigt und

ab 1963 vorbildlich renoviert. Im Schloß befinden sich ein Heurigenlokal und eine Außenstelle des Museums für Völkerkunde, im Schloßhof werden fallweise Theater- und Konzertveranstaltungen abgehalten.
E: Ulrike Reitinger
Lit: *Dehio 1990, 726 f*

Matzleinsdorf, Schloß
BH *Melk*
G *Zelking-Matzleinsdorf*
KG *Matzleinsdorf*
Einstöckiger Bau über rechteckigem Grundriß, im Inneren kleiner Marmorsaal mit Pilasterordnung. Die barocke Einrichtung ist heute nicht mehr vorhanden. Ehem. Besitz der Fam. Heussenstamm.
E: Fam. Kottek
Lit: *Dehio 1953, 206*

Mautern, Burg (Janaburg)
BH *Krems*
G und **KG** *Mautern*
Zweigeschoßiger Gebäudeflügel mit großangelegtem Renaissanceportal; je zwei Säulen auf beiden Seiten des Torbogens, zwischen den Säulen Statuen; im Rundbogen Wappen, Name und Leitspruch des Sebaldus Janer. Im Hof ein Göttweiger Wappenstein und ein steinerner Brunnen mit dem Wappen der Janer. Reste einer Freitreppe, Renaissanceloggien im Obergeschoß, Durchfahrt zum Garten mit Tonnengewölbe. 1576 ließ Sebaldus Janer das Schloß erbauen und nannte sich Ritter von Janaburg. Ehem. Besitz des Stiftes Göttweig.
E: Alfred Mayer
Lit: *Dehio 1953, 209*

Mautern, Schloß
BH *Krems*
G und **KG** *Mautern*
In der Nordwestecke der ehem. Stadtbefestigung liegt der vierflügelige Bau mit rechteckigem Hof. Marmortafel mit Wappen und Inschrift des Bischofs Wolfgang Graf Salm von Passau, gewölbte Räume im Erdgeschoß, gotische kreuzrippengewölbte Kapelle, Treppentürmchen mit gotischen Fenstern im Hof. Die ältesten Baureste befinden sich im Nordflügel, der Osttrakt stammt aus der Spätgotik, der Südtrakt aus der Mitte des 16. Jh.s und der Westtrakt aus dem 17. Jh. 899 erstmals genannt, 1551 Besitz des Bischofs von Passau, 1680 Umbau; im 17. Jh. Besitz der Freiherren von Caretto, 1710 Verkauf des Bistums Passau an die Familie Graf Schönborn.
E: Stadtgemeinde Mautern
Lit: *Dehio 1953, 208 f*

Meires, Schloß
BH *Waidhofen an der Thaya*
G *Windigsteig*
KG *Meires*
Das ehem. Wasserschloß stammt in seiner heutigen Form aus dem 16. Jh. Es besteht aus dem rechteckigen Kernbau mit Rundtürmen an drei Ecken sowie einem anschließenden langgestreckten Flügel mit Hofarkaden. Den Abschluß bildet ein zweigeschoßiger Baukörper, in dessen Untergeschoß sich die Schloßkapelle befindet. 1205 urk., im 14. Jh. landesfürstliches Lehen, 1574 zerstört, in der zweiten Hälfte des 16. Jh.s neu errichtet. Im 19. Jh. Besitz der Familie Noe-Nordberg.
E: Seit 1977 Arnfried Spiegel
Lit: *Dehio 1990, 729 f*

Merkenstein, Burgruine
BH *Baden*
G *Bad Vöslau*
KG *Gainfarn*
Dreifache Vorburg mit zwei Toren, zwei kleine Höfe, Außenmauern der

Hochburg, spätgotische Formen an den Toren und im Inneren der Burgkapelle erkennbar. Urk. 1150; Besitzer waren die Wallseer und die Hohenberg. 1529 wurde die Burg von den Türken erfolglos belagert, hingegen 1683 eingenommen und alle 173 Personen, die hier Zuflucht gesucht hatten, niedergemetzelt. Beethoven hielt sich einst hier auf und vertonte ein Gedicht auf Merkenstein (Opus 100).
E: Bundesministerium für Land- und Forstwirtschaft
Lit: *Dehio 1953, 216*

Merkenstein, Schloß
BH *Baden*
G *Bad Vöslau*
KG *Gainfarn*
Ein neugotischer zweigeschoßiger Bau. Schloß Merkenstein wurde Anfang des 19. Jh.s erbaut.
E: Österreichische Bundesforste
Lit: *Dehio 1953, 216*

Michelstetten, Schloßruine
BH *Mistelbach*
G *Asparn an der Zaya*
KG *Michelstetten*
Ehem. Renaissancewasserschloß. Von außen wirkt die Ruine wie ein runder starker zinnenbekrönter Turm. Innen ein vieleckiger Hof mit offener Galerie, ehem. zweigeschoßiger Torraum, Küche, Saal mit Galerie und Palas erhalten. Das Rundbogentor mit vermauerter Fußgängerpforte, das man über eine Steinbrücke erreicht, ist heute zerstört. Im 14. Jh. urk. genannt; das Wasserschloß wurde im 16. Jh. erbaut.
E: Dr. Eva Braunegger
Lit: *Dehio 1990, 736 f*

Missingdorf, Schloß
BH *Horn*
G *Siegmundsherberg*
KG *Missingdorf*
Die ehem. Wasserburg wird heute noch von einem Ringgraben umschlossen. Von den drei Türmen ist heute nur noch ein Viereckturm erhalten, der neben dem einstigen Burgtor liegt. Im Erdgeschoß dieses Turmes ist die Kapelle untergebracht. Die übrigen Gebäude bilden heute einen Meierhof. 1156 urk.; bis 1469 im Besitz der Missingdorfer, später der Puchheim, anschließend zur Herrschaft Kattau gehörig.
E: Christoph Schneider
Lit: *Dehio 1990, 737*

Mistelbach, Schlössel
BH, G und **KG**
Mistelbach
Im Ort gelegener, völlig regelmäßig gestalteter zweigeschoßiger Bau mit giebelgekröntem Mittelrisalit, Mansarddach und barockem Portal. Am Stiegenaufgang zwei weibliche Statuen in Nischen, Innenräume mit Stuckdekoration. Im Jahr 1330 wird eine Burg in Mistelbach urk. erwähnt, die aber bereits 1597 abgebrochen wurde. Die noch vorhandenen Grundmauerreste wurden 1827 eingeebnet und der Burghügel in eine Parkanlage verwandelt. Das Schlössel stammt aus der Barockzeit. Es werden Konzerte und kulturelle Veranstaltungen darin abgehalten. Außerdem ist das Heimatmuseum Mistelbach im Gebäude untergebracht.
E: Stadtgemeinde Mistelbach
Lit: *Dehio 1990, 744*

Mitterarnsdorf, Schloß (Arnsdorf)
BH *Krems*
G *Rossatz*
KG *Mitterarnsdorf*
Zweistöckiger einfacher Bau mit gelber Fassade; das Schloß, das Schulgebäude, das Lehrerhaus

und die Kirche werden von einer Mauer umgeben und bilden zusammen eine anmutige Anlage, die von der Donau aus sichtbar ist. 977 urk. genannt (Otto II.); die Herrschaft verblieb bis 1806 beim Bistum Salzburg, 1829 und 1890 weitgehende Umgestaltung. Um 1900 Besitz der Familie Graf Strachwitz.
E: Henriette Vogelsang

Mitterau, Schloß
BH *St. Pölten*
G *Markersdorf-Haindorf*
KG *Mitterau*
Am Ende einer gepflegten Allee, in einem freundlichen Park, liegt der zweistöckige viereckige Bau mit runden Ecktürmen und Spitzhelmen. Im 14. Jh. werden die Wallseer urk. genannt; Umbau und Errichtung der Kapelle um 1750, als Franz Raimund von Montecuccoli den Familiensitz von Hohenegg nach Mitterau verlegte.
E: Seit 1710 Familie Graf von Montecuccoli
Lit: *Dehio 1953, 219*

Mittergrabern, Schloß
BH *Hollabrunn*
G *Grabern*
KG *Mittergrabern*
Dreigeschoßiger hufeisenförmiger Bau. Freitreppe mit Löwen, Treppenhaus an der Rückseite, in gepflegtem Park gelegen. 1536 wurde eine ältere Anlage durch Wilhelm von Roggendorf umgebaut (heutiger Bau aus dem späten 17. Jh.). Bis 1945 im Besitz der Familie Graf Waldstein (damals mit schönem Mobiliar ausgestattet). Im Schloß ist eine landwirtschaftliche Fachschule für Mädchen untergebracht.
E: Land Niederösterreich
Lit: *Dehio 1990, 748*

Mödling, Burgruine
BH, G und **KG** *Mödling*
Längliche Anlage, von der heute nur mehr Teile der Umfassungsmauer, ein schmaler Mauerblock (vom alten Bestand) sowie der Palas (von 1812) erhalten sind. Im 11. Jh. genannt; 1812 durch den Fürsten Liechtenstein restauriert und erneuert sowie altertümlich eingerichtet.
E: Stadtgemeinde Mödling
Lit: *Dehio 1953, 221*

Mollenburg, Burgruine
BH *Melk*
G *Weiten*
KG *Mollendorf*
Äußeres Tor mit zwei Gußerkern, dahinter das bewohnte Hochschloß; über einen tiefen Grabeneinschnitt gelangt man in den Burghof. Brücke mit Zinnenmauer, noch erkennbar die Burgküche und die Kapelle, im Süden zwei achteckige Türmchen mit Spitzbogenfries. 1295 als Kuenringer-Burg genannt, 1540–50 Umbau durch die Roggendorfer, im 16. Jh. Umgestaltung der Burg in ein Schloß durch die Familie Geyer. Später Besitz der Familie Lindegg, die Mollenburg 1839 an Kaiser Ferdinand verkauften. 1860 wurde das Dach abgetragen und die Burg begann zu verfallen. 1975 erwarb Stadtrat Dr. Jörg Mauthe die Ruine, begann die Anlage zu restaurieren und teilweise wohnlich zu gestalten.
E: Edith Mauthe sowie Söhne Dr. Andreas, Philipp und Thomas
Lit: *Dehio 1990, 757f*

Mühlbach, Schloß
BH *Hollabrunn*
G *Hohenwarth-Mühlbach am Manhartsberg*
KG *Mühlbach am Manhartsberg*
Zweistöckiges unregelmäßiges Sechseck mit ebensolchem Hof, reich gestaffelter Fassade, Steinportal mit Zug-

brückenanlage, gedrungenem Torturm, zwei seitlichen Türmen; die ganze Anlage ist von einem Wehrgraben umgeben. Im Inneren einige Stuckdecken. Die Schloßanlage bildet mit dem Wirtschaftshof, der Pfarrkirche, dem Pfarrhof und einem einst prächtigen Landschaftsgarten ein einmaliges Ensemble. 1150 urk. genannt, 1481 zerstört, um die Jahrhundertwende vom 16. zum 17. Jh. Errichtung des „Neuen Schlosses". Im 19. Jh. erfolgten große Umbauten. Besitzer waren die Wallseer, die Hofkircher.
E: Seit 1840 Fam. Graf Gudenus
Lit: *Dehio 1990, 761 f*

Mühlfeld, Schloß
BH und **G** *Horn*
KG *Mühlfeld*
Von einer Mauer umgebener, langgestreckter giebelständiger Bau aus der Mitte des 18. Jh.s. Erhalten sind Sockel- und Hauptgeschoß, hofseitig mit ionisierender Pilastergliederung, Putzfeldparapete, gekehlte Sohlbänke. Auf der Hofseite eine Freitreppe mit Balustern aus der Mitte des 18. Jh.s. Erhalten sind auch das Gartentor, gequaderte Pfeiler mit Büstenaufsätzen, die Mauer mit über den Abschluß reichenden Ovalfenstern. Im Hof befindet sich eine Balustrade zum Garten.
E: Maria Frundsberg und Dr. Walter Oppeck
Lit: *Dehio 1990, 763*

N

Neuaigen, Schloß
BH und **G** *Tulln*
KG *Neuaigen*
Anmutiges frühbarockes einstöckiges Schloß mit zehnachsiger Hauptfront, viereckigem Torturm mit doppeltem Pyramidendach, Einfahrt und schönem Portal. Auf den Eckrisaliten reiche Spätrenaissancegiebel; Statuennischen mit Muschelbekrönung. Im Hof Arkaden und Sonnenuhr (Prof. Fastl), im Garten westlich des Schlosses bemerkenswerte Steinfiguren aus Zogelsdorfer Stein, die urspr. im Park von Harmannsdorf standen. In der Schloßachse Waldschneise bis zur Donau. 1494 mit den Freiherren von Hofkirchen genannt. Im 15. u. 16. Jh. im Besitz der Puchheim, seit 1750 der Breuner. Nach schweren Zerstörungen im Zweiten Weltkrieg wurde das Schloß vollständig restauriert und mit erlesenem Mobiliar ausgestattet.
E: Franz A. Metternich Sandor, Herzog von Ratibor
Lit: *Dehio 1990, 770*

Neudenburg, Schloß (Kemmelbach)
BH *Melk*
G *Neumarkt an der Ybbs*
KG *Kemmelbach*
Das Schloß besteht aus drei Gebäuden: an der Bundesstraße liegt ein turmartiges zweigeschoßiges Stöckel über quadratischem Grundriß, im Westen ein kleiner Anbau und im Südwesten ein freistehender zweigeschoßiger Rundturm; die Schaufront ist mit Eckrisaliten und einem zentralen dreigeschoßigen rechteckigen Torturm, der aus der Front hervortritt, ausgestattet. Walmdächer, Balkon mit Eisengitter über der Eingangstür. 1330 urk. mit Ulrich dem Hauser genannt; 1390 Besitz der Zelking und 1675 der Hohenegg. 1820 ließ der damalige Besitzer Rhoman den Vordertrakt des Schlosses abreißen, angeblich um einen vergrabenen Schatz zu suchen. 1904 wurde die Kapelle eingebaut, 1913 Besitz des Grafen Walterskir-

chen, 1967 bis 1985 des Monsignore Viktor Dudzinski. Im Schloß ist ein Niederösterreichischer Landeskindergarten untergebracht.
E: Marktgemeinde Neumarkt an der Ybbs

Neuhaus, Schloßruine
BH *Baden*
G *Weissenbach an der Triesting*
KG *Neuhaus*
Zweigeschoßige Anlage, die von einer Umfassungsmauer mit runden und mit quadratischen Wehrtürmen verstärkt wird. Eingang durch viergeschoßigen Turm mit Rundbogentor. Die ehem. mächtige Burganlage wurde 1246 urk. erwähnt und unter den Wolzogen 1595 bis 1631 umgebaut (im Jahr 1621 Bau einer evangelischen Schloßkirche, die heute die katholische Pfarrkirche ist). 1683 von den Türken verwüstet, 1726 durch Kaiser Karl VI. instand gesetzt und als Spiegelfabrik in Verwendung. 1889 vom Grafen Simon Wimpffen erworben, welcher damals drei Hotels und dreißig luxuriös eingerichtete Villen im Ort erbauen ließ. In einem der Hotels ließ Graf Wimpffen 1914–18 ein Erholungsheim für verwundete Offiziere einrichten. 1945 wurden die Gebäude zum Großteil zerstört.
E: Röm.-kath. Pfarre St. Nepomuk (Kirche), Erna Huemer (Ruine)
Lit: *Dehio 1953, 226*

Neulengbach, Burg
BH *St. Pölten*
G und **KG** *Neulengbach*
Hoch über dem Markt in dominierender Lage befindet sich die Burg, die aus einem dreigeschoßigen Bau und acht Türmen besteht. Prächtiger Renaissancehof mit Säulen, von denen je zwei eine Erdgeschoßlaube tragen, schöner Brunnen. Mächtiges Renaissancetor, zweifacher Wehrring mit kleinen Türmen. Anno 1197 mit Otto von Lengenbach urk. erwähnt. 1258 bis 1310 landesfürstliches Lehen, 1565 Besitz des Rudolf Khuen von Belasy, der 1577 den Umbau in die heutige Renaissanceform durchführen ließ. Später Besitz der Gräfin Sidonie Pálffy, geborene Prinzessin Liechtenstein, die die Burg 1683 erfolgreich gegen die Türken verteidigte. 1912 großteils durch Brand zerstört. Zwischen den beiden Weltkriegen Kinderheim der Gemeinde Wien. Das Schloß wird teilweise für kulturelle Zwecke verwendet.*
E: Martin Wakonig
Lit: *Dehio 1953, 227*

Neusiedl an der Zaya, Burgruine
BH *Gänserndorf*
G und **KG** *Neusiedl an der Zaya*
Mitten im Ort liegt die Ruine eines gotischen, acht Meter hohen Turmes (ähnlich einem Bergfried). 1170 urk. genannt, 1217 Besitz der Kuenringer, 1330 der Burggrafen von Nürnberg und 1446 bis 1506 der Liechtenstein.
E: Marie Martin
Lit: *Dehio 1990, 780*

Neutenstein, Schloß
BH *St. Pölten*
G *Böheimkirchen*
KG *Untergrafendorf*
Dreigeschoßiger Bau mit sieben Achsen an der Hauptfront, Rundbogenportal und Mittelgiebel mit Uhr, Laubengängen im Innenhof, tonnengewölbter Durchfahrt, Schloßkapelle, gediegener Einrichtung, teilweise aus dem Nachlaß des Prinzen Eugen. An den Seitenfronten im Süden und Norden sind die Wassergräben noch erhalten. 1468 Besitz des

Heinrich von Himmelberg, seit 1608 der Name Neydenstein; 1631 Besitz des Hans Gottfried Felderndorfer, 1669 des Johann Gottfried von Clam (2. Gatte der Maria Regina Felderndorfer), später oftmaliger Besitzerwechsel. 1909 Besitz der Fam. Graf Segur.
E: Johannes Baar von Baarenfels
Lit: *Dehio 1953, 358*

Nexing, Schloß
BH *Gänserndorf*
G *Sulz im Weinviertel*
KG *Nexing*
Urspr. Wirtschaftsgut mit weitläufigen Teichanlagen. Nexing ist ein zweigeschoßiger Bau mit zentralem zinnenbekrönten viergeschoßigen Torturm und Korbbogenportal; an der östlichen Gebäudeecke ist ein schlanker polygonaler Turm erhalten. Im Westen der Anlage Wirtschaftsgebäude. Dieses Schloß gehörte einst dem Zisterzienserstift Heiligenkreuz, urk. 1259, in dessen Besitz es bis in die erste Hälfte des 16. Jh.s verblieb. Im 17. Jh. gehörte es zur Herrschaft der Grafen Sinzendorf, ab 1802 im Besitz von Franz Ritter von Heintel; unter diesem kam es zum Bau eines kleinen Jagdschlosses in romantisierender Form.
E: Ing. Erich Kloimwider
Lit: *Dehio 1990, 781*

Niederabsdorf, Schloß
BH *Gänserndorf*
G *Ringelsdorf-Niederabsdorf*
KG *Niederabsdorf*
Vierflügeliger rechteckiger Bau mit Hof und Turm in der Mitte der Hauptfront. Nach 1604 erbaut; das Gebäude ist als Meierhof in Verwendung.
E: Regierender Fürst von und zu Liechtenstein
Lit: *Dehio 1990, 782*

Niederfellabrunn, Schloß
BH *Korneuburg*
G *Niederhollabrunn*
KG *Niederfellabrunn*
Eine vierflügelige einstöckige Anlage im Kern 16./17. Jh. Siebenachsige Hauptfront mit zentralem Portal und kreuzgratgewölbter Einfahrt. Fassaden 2. Hälfte 19. Jh. teilweise verändert. 1115–20 die Herren von Fallabrunn bereits urk. genannt. Im 17. Jh. durch Heirat an Sebastian von Abensperg-Traun. Es folgen Lamberg, Enckevort, Brenner von Flamberg, Graf Wilczek u. 1889 Familie Himmelbauer.
E: Seit 1955 Dr. Anton Roßkopf
Lit: *Dehio 1990, 783*

Niederfladnitz, Schloß
BH *Hollabrunn*
G *Hardegg*
KG *Niederfladnitz*
Schlichter einstöckiger Bau mit zwei runden Ecktürmen und hohen Hauben; ein Spätrenaissancetor mit Wappen der Familie Trautson, im Hof achteckiger Mittelturm. Der in der Mitte des Ortes gelegene Bau stammt aus dem 17. Jh. und war Sitz der Familie Auersperg (bevor im 18. Jh. das Schloß Karlslust erbaut wurde). Das Schloß ist heute als Kindergarten und Musikheim in Verwendung.
E: Stadtgemeinde Hardegg
Lit: *Dehio 1990, 784f*

Niederhollabrunn, Schloß
BH *Korneuburg*
G *Niederbrunn*
KG *Niederhollabrunn*
Nachfahre der verschwundenen Burg Praunsberg. Das Herrenhaus bildet mit der Pfarrkirche und dem Pfarrhof eine bauliche Einheit. L-förmiger Grundriß im Kern aus der zweiten Hälfte des 17 Jh.s. Einstöckige und elfachsige Hauptfront; im 19. und

20 Jh. stark verändert. Ab 1120 urk. genannt. 1253–1789 im Besitz des Hochstiftes Passau, 1595 von Vikar und Erzbischof von Wien Melchior Khlesl umgebaut. Seit 1958 Erholungsheim der Barmherzigen Schwestern vom hl. Franziskus.
E: Orden der Barmherzigen Schwestern vom hl. Franziskus
Lit: *Dehio 1990, 788 f*

Niederkreuzstetten, Schloß
BH *Mistelbach*
G *Kreuzstetten*
KG *Niederkreuzstetten*
Großer rechteckiger Bau mit Säulenlauben im Hof. Der Westteil ist ein dreigeschoßiger Block. Haupttor über der Brücke an der Ostseite. 1125 wird ein Adalbert de Grizansteten genannt, 1485 von Matthias Corvinus erobert und zerstört. 1620 von Montecuccoli besetzt. 1781 bis 1803 wird das Schloß durch die Grafen Johann Philipp und Johann Ernst Hoyos in seinen heutigen Zustand gebracht.
E: Josseline Baronin Riedl-Riedenstein
Lit: *Dehio 1990, 789 f*

Niederleis, Schloß
BH *Mistelbach*
G und **KG** *Niederleis*
Bedeutende Anlage, die aus unregelmäßigen Gebäudegruppen besteht: runde Ecktürme, mächtiger Torturm mit Laterne, bemerkenswerte Figuren von Giovanni Giuliani aus dem Jahr 1735 auf der Steinbrücke, Sammlung romanischer, gotischer und Renaissanceplastiken aus dem Besitz des Grafen Wallis, Schüttkasten, der zu einem Saal umgebaut wurde. Das ehem. Wasserschloß liegt in einem Park. Urkundlich 1309, Portal mit Inschrift von 1652, im 17. Jh. Besitz des Stiftes Heiligenkreuz, im 19. Jh. der Grafen Wallis.
E: Dipl.-Ing. Hubert Graf Schaffgotsch
Lit: *Dehio 1990, 791*

Niedernondorf, Schloß
BH *Zwettl*
G *Waldhausen*
KG *Niedernondorf*
Zweigeschoßiges breitgelagertes Schloß mit rechteckigem Hof, flachem Dreiecksgiebel, Fenster in Putzrahmungen und Voluten; südseitig ein freistehender Trakt mit Verwaltungsgebäuden. Vom frühen 15. Jh. bis 1722 Besitz der Herren von Zelking. Im 18. Jh. wurde die alte Anlage umgebaut, die Fassade stammt von 1840. Seit dem vorigen Jahrhundert ist das Schloß im Besitz der Familie Thurn.
E: Dipl.-Ing. Philipp Graf Thurn-Valsassina
Lit: *Dehio 1990, 792 f*

Niederranna, Schloß (Prandhof)
BH *Krems*
G *Mühldorf*
KG *Niederranna*
An der Zufahrtsstraße zur Burg Oberranna steht in Verbindung mit der Pfarrkirchenanlage der Rest der einst vierflügeligen Anlage mit Mittelrisalit. Im Inneren einige Räume mit Stuckdecken. Die ältere Anlage wurde 1730–40 unter dem Abt Bessel von Göttweig umgebaut und 1937 erweitert und dann teilweise abgebrochen. Durch den heutigen Eigentümer wieder instand gesetzt.
E: Ernst Deutsch
Lit: *Dehio 1990, 794*

Niederweiden, Schloß
BH *Gänserndorf*
G und **KG** *Engelhartstetten*
Jagdschloß mit querovalem Mitteltrakt und beidseitigen Flügeln, zentra-

les Eingangstor von zierlichem Balkon bekrönt; schindelgedecktes Mansarddach. Seitliches Stiegenhaus, Hauptsaal mit Wandmalereien, in den Seitentrakten die große ehem. Jagdküche. 1695 von Johann Bernhard Fischer von Erlach für Ernst Rüdiger Graf Starhemberg erbaut. 1725 von Prinz Eugen erworben und von Lukas Hildebrandt in die heutige Form gebracht. Durch Kaiserin Maria Theresia 1755 und 1770 ausgestaltet. Seit 1918 im Verfall. 1945 verwüstet. Ab 1960 wieder restauriert und für die „Prinz-Eugen-Ausstellung" 1986 erneut vollkommen instand gesetzt. Die Durchführung von weiteren Ausstellungen ist geplant.
E: Republik Österreich (Österreichische Bundesforste)
Lit: *Dehio 1990, 191f*

Nußdorf an der Traisen, Schloßruine
BH *St. Pölten*
G und **KG** *Nußdorf an der Traisen*
Ehem. einfacher zweigeschoßiger Bau mit zwei kurzen Seitenflügeln und Dachreiter über dem Tor. Heute sind nur mehr Mauern des Schloßkellers vorhanden. 1937 ließen die Besitzer in der Nähe eine neue Villa erbauen und nach dem Jahr 1945 erweitern. Das ehem. Schloß stammt aus dem 17. Jh. und wurde im 19. Jh. abgetragen.
E: Marktgemeinde Nußdorf (Schloßruine), Fam. Graf Bubna (Villa)
Lit: *Dehio 1953, 233*

O

Oberhöflein, Schloß
BH *Horn*
G *Weitersfeld*
KG *Oberhöflein*
Die ehem. Wasserburg wird heute noch von einem Ringgraben umgeben. Brücke, rundbogiges Portal im Torturm mit Sonnenuhr im Giebel. Ein zweiter vierstöckiger Viereckturm mit Schindelpyramidendach in der Nordwestecke. Kurzer Seitenflügel mit hohem Giebeldach, der aus der Ostfront hervorspringt. An drei Seiten des Hofes verglaste Rundbogengänge. In der Südwestecke des Hofes ein runder Treppenturm mit Schneckenstiege. Neben dem Schloß liegen weitläufige Wirtschaftsgebäude und eine Taverne. Im Inneren zwei Räume mit Wandmalereien in der Art des Johann Bergl. Im 13. Jh. urk. genannt; Umbauten erfolgten im 16. Jh. und im Jahre 1724 (durch Matthias Freiherr von Suttner).
E: Seit 1724 Freiherren von Suttner
Lit: *Dehio 1990, 814f*

Oberlanzendorf, Schloß
BH *Wien-Umgebung*
G *Lanzendorf*
KG *Oberlanzendorf*
Zweigeschoßiger Bau um einen quadratischen Hof, daneben alte Wirtschaftsgebäude. Empireanbau nach Art von Montoyer. 1758 ließ Bernhard von Lanzendorf das Schloß umbauen und erneuern, nachdem es zweimal von den Türken zerstört worden war. 1966 wurde das Schloß von der Caritas der Erzdiözese Wien vollkommen restauriert und als Rehabilitationsheim für körperbehinderte Kinder eingerichtet.
E: Caritas der Erzdiözese Wien
Lit: *Dehio 1953, 236*

Obermixnitz, Schloß
BH *Horn*
G *Weitersfeld*
KG *Obermixnitz*
Kleiner, inmitten des Ortes gelegener kubischer

Baukörper, ehem. von Wassergraben umgeben, oberhalb des Ortes Schafhof und ehem. Dorotheakapelle. 1140 Werigant de Muchsnice, 1731 Reichsgraf Sigismund Friedrich von Khevenhüller, in dessen Familienbesitz dieses „Schlössel" bis in unsere Zeit verblieb.
E: Diverse
Lit: *Dehio 1990, 823*

Oberranna, Burg (Ranna)
BH *Krems*
G *Mühldorf*
KG *Oberranna,* **BT** 10
Sehr gut erhaltene Burganlage auf einem hohen Berghügel gelegen, mit Ringmauern und Rundtürmen, Ringgraben und Brücke, romanischer Burgkapelle zum hl. Georg und einer sehr beachtlichen, in Österreich einzigartigen Krypta (vermutlich aus derselben Zeit wie die Kapelle, vor 1125): quadratische Halle mit Kreuzgewölbe, gotischen Freskenresten (Apostel und Evangelisten) von 1420 und 1500, romanischen Rundbogenfenstern und dem Altar von 1617 mit einem venezianisch beeinflußten Bild. Urk. 1114 bis 1125 genannt; Umbauten erfolgten um 1560. 1725 Besitz der kaiserlichen Familie, 1905 des Baron Hammerstein und 1930 des Laurent Deleglise; dieser ließ die romanische Kirche wiederherstellen. In der Burg ist eine Hotelpension untergebracht.
E: Dipl.-Ing. Roland Nemetz
Lit: *Dehio 1990, 826 f*

Oberrußbach, ehem. Schloß
BH *Korneuburg*
G *Rußbach*
KG *Oberrußbach*
Das Schloß liegt auf einem von einem Wall und Graben umgebenen Erdkegel, dem ehem. Hausberg. Urk. erwähnt im 12. Jh., 1491 als befestigt genannt. Ab 1502 im Besitz der Grafen Hardegg. Zweigeschoßiger Rechteckbau unter Satteldach als Rest einer urspr. umfangreicheren wehrhaften Anlage des Mittelalters. Urspr. durch einen ummauerten Wehrhof oder einen symmetrisch gegenüberliegenden Flügel ergänzt. Der Hauptflügel stammt in seiner heutigen Gestalt aus dem 16. Jh. 1797 kam es zu einem Teilabbruch, danach diverse Umbauten.
E: Georg Stradiot
Lit: *Dehio 1990, 831*

Oberseebarn, Schloß
→ Seebarn, Schloß
(**G** *Grafenwörth)*

Obersiebenbrunn, Schloß
BH *Gänserndorf*
G und **KG** *Obersiebenbrunn*
Einstöckiger vierflügeliger Bau um einen rechteckigen Hof, elf Fensterachsen, viergeschoßiger Torturm, mehrere Räume mit Stuckdecken (einer davon jetzt als Kapelle in Verwendung). An der Rückseite des Schlosses ein großzügig angelegter Garten mit nach Plänen von Johann Lukas von Hildebrandt errichtetem Gartenpavillon, dessen Saal mit Groteskmalereien von Jonas Drentwett ausgestattet ist. Im 17. Jh. erbaut; 1725 erwarb Kaiser Karl VI. die Herrschaft vom Wiener Erzbischof Kollonitsch und schenkte sie dem Prinzen Eugen, der hier ein neues Schloß errichten ließ. Spätere Besitzer waren die Kongregation der Schwestern vom Guten Hirten, Architekt Dipl.-Ing. Staber (Planverfasser der Wiener Uno-City).
E: Seit 1985 Favorit Liegenschafts- und Verwaltungs AG
Lit: *Dehio 1990, 833 f*

Lit: *Dehio 1990, 833 f*

Oberstockstall, Schloß (Winkelberg)
BH *Tulln*
G *Kirchberg am Wagram*
KG *Oberstockstall*
Zweigeschoßiger Bau um einen rechteckigen Hof, im Westflügel Kapelle und Wendeltreppe, im nördlichen Teil Wirtschaftsgebäude sowie kleine Wohnungen. Gotische Kapelle mit Kreuzrippengewölbe, Maßwerkfenstern, Freskenresten und reichem Hochaltar. Kapelle vor 1326 erbaut; das Schloß wurde von einem Passauer Kanonikus errichtet. In der Kapelle Fresken aus dem 15. Jh. und Hochaltar von 1652.
E: Fritz Salomon
Lit: *Dehio 1990, 836*

Oberwaltersdorf, Schloß
BH *Baden*
G und **KG** *Oberwaltersdorf*
Unregelmäßiger zweigeschoßiger Bau mit vierstöckigem runden Bergfried an der Ecke mit den stark vortretenden Kranzgesimsen. In der 2. Hälfte d. 19. Jh.s umgestaltet. Die ehem. Burg wurde nach dem Türkeneinfall von 1683 durch Otto Graf von Heissenstein als Schloß neu erbaut und 1770 von Maria Gräfin von Schulenburg erweitert; diese ließ auch den prächtigen Park anlegen.
E: Wilfried Schnedl
Lit: *Dehio 1953, 240*

Oberzell, Schloß
→ Zell an der Ybbs, Schloß

Ochsenburg, Schloß
BH *St. Pölten*
G und **KG** *St. Georgen am Steinfeld*
Zweistöckiger Bau mit Hof und Steinbrücke. Schöne Kapelle mit Bildern von Kremser Schmidt und Deckenmalereien. 1180 wird Rudolfus de Ossenburch genannt; von 1383 bis 1531 und ab 1770 im Besitz des Bischöflichen Ordinariates St. Pölten. Im Sommer 1821 weilten hier Franz Schubert und Moritz von Schwind. Das Schloß ist als Sommersitz des Bischofs von St. Pölten in Verwendung.
E: Bischöfliches Ordinariat St. Pölten
Lit: *Dehio 1953, 241*

Oedenschlößl, Schloß
→ Großgerungs, Schloß

Orth, Schloß
BH *Gänserndorf*
G und **KG** *Orth an der Donau*
Mächtiger Bau mit Vierecktürmen und hohen Zeltdächern, welche im Marchfeld weithin sichtbar sind. Drei gewaltige Flügel umschließen einen quadratischen Hof. Die vierte Seite, die früher mit einer Schildmauer abgeschlossen war, ist heute offen. 1140 erbaut; der Neubau wurde durch den Grafen Salm um 1550 errichtet. Im 16. Jh. wurde der ehem. Speisesaal mit der Türvertäfelung versehen. 1679 ließ Augustin von Auersperg einen Zubau anfügen. Im Jahr 1824 wurde das Schloß von Kaiser Franz I. erworben und dem Familienfonds angegliedert. Die Marktgemeinde Orth ist Mieter des Schlosses. Im Gebäude ist heute das Fischereimuseum untergebracht.
E: Republik Österreich
Lit: *Dehio 1990, 846 f*

Osterburg, Burgruine
BH *St. Pölten*
G *Haunoldstein*
KG *Osterburg*
Ein zweistöckiger Palas, flach gedeckter Saal, Kapelle mit spätgotischem Gewölbe, kleiner Hof

mit Wappen der Geyer und Wältzer; auf der gegenüberliegenden Straßenseite ein runder romanischer Bergfried mit spiralenartiger Treppenanlage in der Wand, daneben ein kleiner Rundturm; oberhalb der Burgruine ein mittelalterlicher Meierhof. Urk. 1200 genannt; um 1400 ließ Rudolf Turso von Tierenstein die Anlage erweitern. 1766 ließ Zeno Graf Montecuccoli die meisten Wohnbauten abbrechen, um das Schloß Mitterau zu errichten; seither befindet sich die Burg im Verfall.
E: Dipl.-Ing. Werner Solarzyk
Lit: *Dehio 1953, 243*

Ottenschlag, Schloß
BH *Zwettl*
G und **KG** *Ottenschlag*
Mächtiger dreigeschoßiger Bau, an drei Ecken gedrungene Rundtürme mit Kegeldächern, Renaissanceportal mit Wappen und Grotesken. Das innere Hochschloß wurde seinerzeit abgebrochen und mit dem Steinmaterial der Schloßgraben ausgefüllt. 1096 urk. erwähnt, 1380 Lehen der Maissauer, im 16. Jh. Hochburg der Protestanten. Das Schloß wurde im 30jährigen Krieg sowie durch Brände in den Jahren 1696, 1830 und 1865 arg in Mitleidenschaft gezogen. Im Schloß sind heute eine landwirtschaftliche Mädchenschule und das Bezirksgericht untergebracht.
E: Land Niederösterreich
Lit: *Dehio 1990, 848*

Ottenstein, Burg
BH *Krems*
G *Rastenfeld*
KG *Peigarten*
Eine der bedeutendsten Burganlagen des Waldviertels. Mächtiger Bergfried, Vorwerk und Hauptburg mit dazwischenliegendem Graben, über den eine Steinbrücke mit zwei steinernen Doggen (Wappentiere der Familie Lamberg) führt. Mehrere Türme, Umfassungsmauer, romanische Kapelle aus dem 12. Jh.; diese ist mit den umfangreichsten Fresken dieser Zeit ausgestattet, die 1975 freigelegt wurden. Papstzimmer mit 241 Köpfen aller Päpste von Petrus bis Innozenz XI. Urk. 1177; 1530 Umbau, 1637 Verstärkung der Wehranlagen durch Johann Albrecht Lamberg. 1660 und 1680 weitere Umbauten durch die Lamberg (Besitzer bis 1938). Seither Eigentum der Windhagschen Stipendienstiftung, die die Burg an die EVN verpachtet hat. Im Gebäude befinden sich ein Restaurant sowie Ausstellungs- und Konferenzräume.
E: Windhagsche Stipendienstiftung
Lit: *Dehio 1990, 849 f*

P

Paasdorf, Schloß
BH und **G** *Mistelbach*
KG *Paasdorf*
Inmitten eines Parkes gelegene hakenförmige Anlage mit schlichter Fassadengliederung und loggienartigem Zubau. 1645 von den Schweden zerstört und 1740 unter Raimund Graf Perlas neu erbaut. Im 19. Jh. neuerlich umgestaltet.
E: Udo Proksch
Lit: *Dehio 1990, 854*

Peigarten, Schloß
BH *Waidhofen an der Thaya*
G *Thaya*
KG *Peigarten*
Vier zweigeschoßige Flügel um einen rechteckigen Hof; auf einer Felsnase liegt eine eindrucksvolle Bastion, die von einem kräftigen Rundturm flankiert wird. Kapelle mit Stukkaturen an der Decke und einem

Wappen des Stiftes Lilienfeld. Urk. 1201 mit Konrad von Pigarten genannt. 1386 wird die Kapelle erwähnt. Von 1644 bis 1798 Besitz des Stiftes Lilienfeld. Im 19. Jh. erfolgte die Umwandlung in eine Teppichfabrik.
E: Dr. Martin Wolfer
Lit: *Dehio 1990, 861*

Pellendorf, Schloß
BH *Mistelbach*
G *Gaweinstal*
KG *Pellendorf*
Mächtiger dreigeschoßiger Bau mit vorspringenden Eckteilen und Mansardendächern (Doppelwalmdächer). Das in einem großen Park gelegene Schloß wurde 1319 mit Simon von Pellendorf urk. erwähnt. Veränderungen erfolgten im 17., 18. und 19. Jh. 1945 wurde das Schloß arg in Mitleidenschaft gezogen und die wertvolle Inneneinrichtung ist verschleppt worden. Seit 1976 wird eine vollständige Restaurierung durchgeführt.
E: Max Fürst von Khevenhüller
Lit: *Dehio 1990, 862*

Perchtoldsdorf, Burgruine (ehem. Herzogsburg)
BH *Mödling*
G und **KG** *Perchtoldsdorf*
Die Anlage besteht aus dem freistehenden, 45 Meter hohen Wachturm mit Doppelbogenfenstern, Pecherkern auf Steinkonsolen und Sitzbänken in den Fensternischen der oberen Geschoße, der Kirche, der Martinskapelle und der Burgruine. Turm und Nordturm zeigen einen ungewöhnlich interessanten Baucharakter, wobei die verschiedenen Bauetappen erkennbar sind. Der Ort wurde 1130 genannt. 1286, nach dem Aussterben der Herren von Perchtoldsdorf, Besitz der Landesfürsten. Die Burg wurde 1340 von Albrecht II., als Witwensitz für seine Gemahlin Johanna von Pfyrt, vollendet. Der freistehende Turm wurde vor 1500 erbaut. 1529 wurde der Türkeneinfall erfolgreich abgewehrt, der neuerliche Angriff im Jahre 1683 bedeutete für Perchtoldsdorf hingegen eine Katastrophe: 400 bis 500 Personen fanden den Tod und fast alle Gebäude wurden niedergebrannt. Umbauten erfolgten zur Zeit Kaiser Josefs II., damals wurden die Ringmauern der Kirchenfestung und die meisten Markttore abgerissen. In den letzten Jahren wurde die Burg teilweise restauriert und das Innere zu einem modernen Saalbau ausgestaltet. In der ehem. Burg werden Konzerte und andere kulturelle Veranstaltungen abgehalten.
E: Marktgemeinde Perchtoldsdorf
Lit: *Dehio 1953, 246 f*

Persenbeug, Schloß
BH *Melk*
G *Persenbeug-Gottsdorf*
KG *Persenbeug*
Mächtiger dreigeschoßiger Bau, auf einem Felsen über der Donau gelegen, mit einer steilen Auffahrt, Torbau, fünfeckigem Hof und quadratischem Bergfried mit barockem Helm. An der Nordwestecke ein zweiter Viereckturm (Michaelerturm) mit flachem Dach. Im Inneren Kapelle, Räume mit Stuck, Bilder von Ender und Rebell, gepflegte Einrichtung mit historischen Familienporträts des Kaiserhauses. Urk. 970 mit den Grafen von Sempt-Ebersberg erwähnt. Im Mai des Jahres 1045 stürzte der Rittersaal ein,

wobei der Bischof von Würzburg und der Abt von Ebersberg tödlich verunglückten. 1617 wurde das Schloß umgebaut. 1593 bis 1800 Besitz der Gafen Hoyos. 1887 wurde hier der letzte Herrscher der österreichisch-ungarischen Monarchie, Kaiser Karl I. geboren.
E: Habsburg-Lothringensches Gut Persenbeug
Lit: *Dehio 1990, 870 f*

Petronell, Schloß
BH *Bruck an der Leitha*
G *Petronell-Carnuntum*
KG *Petronell,* **BT** 7a
Prächtiger dreigeschoßiger Bau um einen großen Hof mit herrlicher Freitreppe und achteckigen Ecktürmen. Außenfront mit Stuck verziert, Hoffassade mit Pilastergliederung und Medaillons mit römischen Kaisern. Das ehem. Wasserschloß erreicht man über eine lange Steinbrücke. Über der Freitreppe Uhrturm mit Kegeldach, auf schlanken Säulen ruhend. Die ganze Westfront einnehmend der große zweigeschoßige Rittersaal mit gemalter architektonischer Gliederung, mit Skulpturenschmuck und Fresken von Carpoforo Tencalla. Goldene Zimmer mit Holztäfelung und Ahnenbildern, bemerkenswerte Kapelle mit Stuckverzierungen an Wänden und Decken (aus der Erbauungszeit). Eine vornehme Stiege führt in das zweite Geschoß. Interessante breite Gänge mit Trophäensammlungen.
Im Erdgeschoß Sala terrena, in nächster Nähe des Schlosses die Ausgrabungen von Carnuntum sowie im Ortsgebiet die romanische Rundkapelle (Abensperg-Traunsche Gruft), die zu den wertvollsten romanischen Rundbauten in Österreich zählt. Carnuntum war die vorrömische Siedlung beim uralten Donauübergang vom Marchtal nach Süden (Bernsteinstraße). Nach dieser Siedlung benannt wurde sowohl das Legionslager (auf einer Hochfläche zwischen Deutsch-Altenburg und Petronell) als auch die bedeutende Grenzstadt (an der Stelle des heutigen Marktes Petronell und des zur Herrschaft Traun gehörenden Tiergartens). Vom Lager (gegründet kurz nach Christi Geburt) ist noch die Umfassungsmauer, die sich als Wall deutlich vom Gelände abhebt, zu sehen. Teile der Zivilstadt wurden seit 1948 freigelegt. Urk. 1077 mit Königin Agnes erwähnt. Um 1200 Besitz der Liechtenstein, im 14. Jh. der Kranichberger. 1673 wurde das Schloß durch Domenico Carlone und Carlo Canevale in seine heutige Form gebracht. 1976 wurden die Innenfassaden polychrom restauriert.
E: Seit 1656 Grafen Abensperg und Traun
Lit: *Dehio 1953, 251 ff*

Petzenkirchen, Schloß
BH *Melk*
G und **KG** *Petzenkirchen*
Einfaches einstöckiges Gebäude, vorspringender Turm mit Pyramidendach in der Mitte der Hauptfront, ehem. Zugbrücke noch erkennbar, tonnengewölbte Einfahrt, Wappen im Hof und an das Schloß anschließendes Wirtschaftsgebäude. 1185 urk. genannt; 1581 Besitz des Heinrich Hager, 1717 der Familie von Riesenfels. 1823 erwarb Kaiser Franz I. das Schloß. Heute wird das Schloß als Versuchsanstalt für Kulturtechnik und Bodenwasserhaushalt verwendet.
E: Republik Österreich

Lit: *Dehio 1953, 253*

Pfaffenschlag, Schloß
BH *Waidhofen an der Thaya*
G *Pfaffenschlag bei Waidhofen an der Thaya*
KG *Pfaffenschlag*
Das sogenannte Schloß ist ein alter Freihof, der auch „zum Himmelstor" genannt wird. Einstöckig, Pilastergliederung, rustikal, kräftiger Baukern, im Erdgeschoß gebändert. Bau 18. Jh.; nach einem Brand Ende des 19. Jh.s wurde das zweite Stockwerk abgetragen.
E: Fam. Annerl
Lit: *Dehio 1990, 876*

Pielach, Schloß
BH und **G** *Melk*
KG *Pielach*
Turmbau einer älteren Anlage mit anschließenden stumpf abgewinkelten Flügeln, in den Innenräumen Wandmalerei von Johann Bergl. 1133 mit Niko von Pielach genannt, 1619 durch Brand zerstört, 1622 vom Stift Melk erworben und 1766 durch Abt Urban von Melk umgebaut.
E: Alfons Maderna
Lit: *Dehio 1953, 254*

Pillichsdorf, Schloß
BH *Mistelbach*
G und **KG** *Pillichsdorf*
Einstöckiges, im Kern aus dem 17. Jh. stammendes regelmäßiges Gebäude mit hohem Mansarddach über dem dreiachsigen Mittelteil und geschwungenen beidseitigen Ziergiebeln, kreuzgratgewölbte Einfahrt, darüber Mittelbalkon mit Schmiedeeisengitter. Das alte Schloß der Herren von Pillichsdorf wurde in der ersten Hälfte des 18. Jh.s durch Philipp Ferdinand von Sonau neu gebaut, heute Gemeindeamt.
E: Marktgemeinde Pillichsdorf
Lit: *Dehio 1990, 880*

Pitten, Schloß
BH *Neunkirchen*
G und **KG** *Pitten*
In dominierender Lage befinden sich das Schloß und Reste einer mittelalterlichen Burg, die später zu einem zweigeschoßigen Jagdschloß umgestaltet wurde. Ringmauern, Burgkapelle, Rundbogentor, Turm mit Zeltdach sowie ein bemerkenswerter Felsbrunnen, der angeblich 140 m tief ist. Die Burg wird im Nibelungenlied genannt. 1482 von Matthias Corvinus belagert und eingenommen. 1842 erfolgte ein Umbau, seither war Pitten wieder bewohnbar.
E: Marion Planner
Lit: *Dehio 1953, 256*

Plankenberg, Schloß
BH *Tulln*
G *Sieghartskirchen*
KG *Plankenberg*
In einem kleinen Park liegt dieses dreigeschoßige Jagdschloß. Mittelteil mit Eingangshalle, über dem Tor Wappen der Familie Graf Frieß, an der Rückseite zwei vorspringende Ecktürme mit großen Zwiebelhelmen, Uhr im Giebel. Eine Inschrift weist auf die Jahre 1665 und 1674 hin. In jüngster Zeit wurde das Schloß vergrößert. Es war während der letzten Jahrzehnte im Besitz der Österreichischen Kunststoffwerke (KR Heinrich Schmidberger).
E: Friederike Witt
Lit: *Dehio 1953, 256*

Plankenstein, Burg
BH *Melk*
G *Texingtal*
KG *Plankenstein*
In landschaftlich reizvoller Umgebung auf einem Berg gelegen. Unregelmäßige Gebäudegruppe von drei bis vier Geschoßen, vorspringender

Torbau, Laubengänge im Hof. Schöne unregelmäßige Kapelle, die bis vor kurzem als Pfarrkirche in Verwendung war. Urk. 1187 mit Heinrich von Plankenstein genannt. 1634–52 im Besitz der Tattenbach, von 1713 bis 1938 der Freiherren von Tinti, anschließend bis 1945 des Freiherrn von Nagel. Mustergültige Restauration durch den jetzigen Besitzer. Heute ist in dem Gebäude ein Gastronomiebetrieb untergebracht (Schloßpension).
E: Seit 1976 Dipl.-Arch. Hans-Peter Trimbacher
Lit: *Dehio 1953, 256*

Pöchlarn, Schloß
BH *Melk*
G und **KG** *Pöchlarn*
Urspr. zweigeschoßiges Wasserschloß, von dem ein Teil des Wassergrabens noch erhalten ist. Dreigeschoßiger Südflügel, quadratischer Bergfried im Nordwesteck, am Tor eine Inschrift von 1576. Das Schloß liegt in einem schönen Park. Der Bau in seiner heutigen Form stammt aus dem 19. Jh. Im Nibelungenlied wird Rüdiger von Bechelaren genannt. Von 900 bis 1000 Besitz der Babenberger, 1576 des Bischofs David von Regensburg, ab 1823 der Familie Borsch, von 1860 bis 1985 der Familie Baron Tinti.
E: Maria Amberger
Lit: *Dehio 1953, 258*

Pöggstall, Schloß (Rogendorf)
BH *Melk*
G und **KG** *Pöggstall*
Eine mächtige unregelmäßige Anlage mit Wehrturm, Ringgraben und vorgelagertem Rondell (50 m Durchmesser). Zum Innenhof des Hauptgebäudes gelangt man über die Zugbrücke des Wehrgrabens. Die einstige Schloßkapelle ist heute als Pfarrkirche in Verwendung. Arkadenhof, Renaissancetore, Turnierhof mit Rundzinnenmauer. Im Inneren Saal mit reicher Stuckverzierung (die geschnitzte Holzdecke derzeit in Schloß Laxenberg), im Bergfried originale Folterkammer. Besitzer waren die Rogendorfer, die Maissauer, die Sinzendorf und die Fürnberg. Im Schloß ist ein Heimatmuseum, im Rondell die Strafrechtssammlung des niederösterreichischen Landesmuseums zu besichtigen.
E: Marktgemeinde Pöggstall
Lit: *Dehio 1990, 891 ff*

Porrau, Jagdschloß
BH *Hollabrunn*
G *Göllersdorf*
KG *Porrau*
Eine weitläufige eingeschoßige Anlage, die nach einem Projekt mit drei zueinander parallelen Ehrenhöfen um 1720/30 in verringertem Umfang mit einem zentralen Ehrenhof erbaut wurde. Sie wird Johann Lucas von Hildebrandt zugeschrieben. Erwähnt im Jahr 1737. Heute langgestreckter 15achsiger Gartentrakt. Die Wirtschaftstrakte wurden angefügt. Durchgehende Bänderung bis auf den Gartenrisalit, Ortsteingliederung, genutete Fenster, Oberlichtportale, Ziegelwalmdächer. Im Inneren des Gebäudes Flachdecken mit Stuck- und Putzschnittspiegeln, urspr. war ein zentraler Festsaal vorhanden. Das Jagdschloß war den Grafen Schönborn zugehörig.
E: Dipl.-Ing. Friedrich-Karl Schönborn-Buchheim
Lit: *Dehio 1990, 896*

Pottenbrunn, Schloß
BH und **G** *St. Pölten*
KG *Pottenbrunn*
Die Anlage besteht aus zwei Teilen, die heute noch von Wasser umge-

ben sind. Über eine Steinbrücke gelangt man zum Torbau des neueren Teiles: Zweigeschoßiges Hauptgebäude, von Ecktürmen mit Zeltdächern flankiert, Freitreppe im Hof. Das ältere Schloß ist viergeschoßig, mit dem herrlichen romanischen Bergfried. Um das ganze Gebäude läuft unter dem Dach eine offene Galerie (mit Steinbalustrade und Arkaden). Die ältesten Teile stammen vermutlich aus dem 12. Jh. 1529 schwer beschädigt, 1562 umgebaut und Errichtung der Galerie (durch Vater und Sohn Grabner, die auch die Rosenburg verschönerten). 1945 schwer beschädigt, 1961 stürzte der sechsgeschoßige Turm teilweise ein. In dem vorbildlich gehaltenen Schloß ist das österreichische Zinnfigurenmuseum untergebracht.
E: Dr. Johannes Graf Trauttmannsdorff
Lit: *Dehio 1953, 259*

Pottendorf, Burgruine
BH *Baden*
G und **KG** *Pottendorf*
Urspr. Anlage mit drei viereckigen Buckelquadertürmen mit vorkragenden Erkern, rundbogigem Portal sowie darüberliegendem Wappen, spätgotischer Kapelle, Rüstkammer. Das angebaute Schloß wurde 1945 zerstört und befindet sich heute im Verfall. Die gesamte Anlage liegt in einem schönen englischen Park. 1136 wird Rudolf von Pottendorf genannt; die Schloßkapelle stammt von 1474. Erhalten sind zahlreiche bemerkenswerte Wappengrabsteine der Familien Pottendorf und Zinzendorf.
E: Fam. Esterházy
Lit: *Dehio 1953, 260*

Pottschach, Schloß
BH *Neunkirchen*
G *Ternitz*
KG *Pottschach*
Ausgedehntes Gebäude über rechteckigem Grundriß mit Schießscharten. Die Ecktürmchen (Pfefferbüchsen), die hohen Giebel und kleinen Fenster geben dem Bau noch immer ein wehrhaftes Aussehen. Der Fünfeckturm und die Schloßmauer sind noch teilweise erhalten. Eingangshalle mit Mittelsäule, Tonnengewölbe mit reizvollen spätgotischen Stuckrippen. Die Einrichtung stammt zum größten Teil aus dem 19. Jh. Das ehem. Wasserschloß wurde 1395 durch Hans von Pottschach erbaut. 1597 erfolgte ein Neubau unter Georg Bernhard von Urschenböckh.
E: Dr. Barbara Burtscher
Lit: *Dehio 1953, 261*

Poysbrunn, Schloß
BH *Mistelbach*
G *Poysdorf*
KG *Poysbrunn*
Zweistöckiges Schloß mit großem Hof. Die im Süden gelegene Freitreppe führt in einen schönen Park. An der Nordseite ein Turm, im rechten Seitenflügel eine gotische Kapelle. Vom ersten Stock des Schlosses gelangt man über eine Steinbrücke in den Garten. Der Bau (16. Jh.) wurde im 18. Jh. durch die Grafen Trautson stark verändert. Besitzer waren die Grafen Vrints, später Graf Thurn (Bleiburg). Im Jahr 1945 durch Kriegseinwirkung teilweise schwer beschädigt, seither laufend Restaurierungsarbeiten durch den Besitzer.
E: Dr. Alphons Koller-Vaast
Lit: *Dehio 1990, 898*

Prandhof, Schloß
→ Niederranna, Schloß

Primmersdorf, Schloß
BH *Waidhofen an der Thaya*
G *Raabs an der Thaya*
KG *Primmersdorf*
Weitläufige Schloßanlage mit anschließenden Wirtschaftsgebäuden und mächtigem Schüttkasten. Dreigeschoßiger Südostflügel, in der Mitte des Nordflügels Torturm mit schöner Stuckdecke in der Durchfahrt, Westflügel mit Kapelle, Südseite mit sogenanntem Bacchuskeller, Verbindungstrakt mit Terrassenvorbau. 1567 werden die Reste einer alten Burg erwähnt. An deren Stelle wurde vor 1667 das neue Schloß errichtet. Teile davon werden 1724 durch Propst Leopold Planta von Herzogenburg erbaut. Die Stuckdecken stammen von 1680, der Verbindungstrakt aus dem 19. Jh. Das Schloß war längere Zeit im Besitz der Familie Weiss. Das Schloß dient heute Wohnzwecken.
E: Diverse
Lit: *Dehio 1990, 903*

Prinzendorf an der Zaya, Schloß
BH *Gänserndorf*
G *Hauskirchen*
KG *Prinzendorf*
Dreigeschoßiger Bau mit kurzen Seitenflügeln, dreiachsigem Mittelrisalit, Kapelle mit ovaler Kuppel, die gewölbten Räume mit einfachem Stuck, Schüttboden im zweiten Stock. Urk. 1319; der heutige Bau wurde 1751 durch den geistlichen Orden der Kamaldulenser vom Kahlenberg errichtet und gelangte dann in den Besitz des Stiftes Klosterneuburg.
E: Hermann Nitsch
Lit: *Dehio 1990, 906*

Prugg, Schloß
BH *Bruck*
G und **KG** *Bruck an der Leitha*
Mächtiger Bergfried aus frühgotischer Zeit, der Anfang des 18. Jh.s in die barocke Anlage (Gesamtentwurf von Johann Lukas von Hildebrandt) einbezogen wurde. Die im 19. Jh. neugotisch umgestaltete Anlage ist um einen rechteckigen Hof gelagert, der in den Park übergeht (angeblich von Christoph Lübeck 1829 angelegt). Kapelle mit Stucchi von 1710, Altarbild von Johann Georg Schmidt von 1721, Gobelinsaal, Ahnensaal des 19. Jh.s. Das prächtige Mobiliar aus dem 18. und 19. Jh. wurde 1945 teilweise verschleppt, konnte jedoch später zum Teil wieder rückgeführt werden. Schloß Prugg geht vermutlich auf eine Babenbergergründung zurück. Umgestaltungen erfolgten im 18. und 19. Jh.
E: Seit 1600 Grafen von Harrach
Lit: *Dehio 1953, 34 f*

Purgstall, Schloß
BH *Scheibbs*
G *Purgstall an der Erlauf*
KG *Purgstall*
Unregelmäßige wehrhafte Anlage, am Flußufer der Erlauf gelegen. Brücke über den Graben, Tor mit Sprenggiebel und darüberliegendem Doppelfenster, Turm mit Buckelquadern sowie Wappen. Am Schnittpunkt der beiden Flügel ein runder Turm. Im Hof Laubengang und Freitreppe, im Inneren hohe gotische Kapelle mit Kreuzrippengewölbe. Der vorletzte Besitzer Graf Schaffgotsch, der ein berühmter Botaniker war, gestaltete den Schloßpark zu einer Sehenswürdigkeit. 1120 urk. mit Otto von Purgstall genannt. Ab 1492 Besitz der Auersperg, 1493 Bau der Kapelle, im 16. Jh. Erbauung der heutigen Anlage.

E: Ing. Dr. Florian Klement
Lit: *Dehio 1953, 266*

Purkersdorf, Schloß
BH *Wien-Umgebung*
G und **KG** *Purkersdorf*
Vier dreigeschoßige Flügel um einen rechteckigen Hof; zweiachsiger Vorbau mit turmartigem Risalit und Tor. Die ehemalige Wasserburg wurde in der Barockzeit umgebaut. Urk. 1158 mit Albero de Purchartsdorf genannt. 1529 durch Brand zerstört und 1642 vollständig umgebaut. 1842 wurde der Markt durch einen Brand zerstört und das Mauerwerk des ebenfalls abgebrannten Schlosses sollte niedergerissen werden; es widerstand jedoch den Sprengversuchen der Pioniere, und man entschloß sich daher, das Gebäude wiederherzustellen. Das Schloß ist als Amtsgebäude (Forstverwaltung und Bezirksgericht) sowie Heimatmuseum in Verwendung.
E: Republik Österreich (Österreichische Bundesforste)
Lit: *Dehio 1953, 266*

R

Raabs, Burg
BH *Waidhofen an der Thaya*
G *Raabs an der Thaya*
KG *Oberndorf bei Raabs*
Eine imposante unregelmäßige Anlage, hoch über der Thaya gelegen. Zugang durch die Vorburg, fünfseitiger Bergfried mit flachem Pyramidendach, zwei Rundtürme. Durch das zweite Tor und über die Brücke gelangt man durch den langen Torweg in den Burghof. Dreigeschoßiges Hauptgebäude, Laubengang im kleinen Mittelhof, Kapelle mit Deckenbild von Franz Geyling, Bibliothek, Stuckdecke; Votivbild der Familie Georg Puchheim von 1513, im Jahr 1976 freigelegt. Urk. 1074 genannt; die Besitzer der Burg, die Grafen von Raabs, hatten bis 1192 die Burggrafenschaft von Nürnberg inne. 1358 bis 1701 im Besitz der Puchheim. In der Burg finden Ausstellungen und Veranstaltungen statt.
E: Willy Enk
Lit: *Dehio 1990, 926 ff*

Rabensburg, Schloß
BH *Mistelbach*
G und **KG** *Rabensburg*
Mächtiger Bau mit starken Bastionen. Drei Flügel bilden den äußeren Hof, der innere Hof mit dreigeschoßigen Arkaden, romanischer Turm, gotische Spindeltreppe, zweigeschoßiger Saal. Von dem sogenannten „Neuen Schloß“ gelangt man durch eine gewölbte Durchfahrt in den Hof des kleineren, „Alten Schlosses“. Ehemaliger Besitz der Kuenringer; ab 1385 Besitz der Familie Fürst von Liechtenstein. 1540–50 Umbau durch Georg Hartmann von Liechtenstein. 1633 wird der sogenannte „Rittersaal“ erbaut. 1645 Eroberung durch die Schweden. Im 19. Jh. war im Schloß eine Parkettenfabrik untergebracht.
E: Hans Adam Fürst von und zu Liechtenstein
Lit: *Dehio 1990, 933 f*

Ragelsdorf, Schloß
BH *Hollabrunn*
G *Pernersdorf*
KG *Ragelsdorf*
In einem schönen Park liegt diese einfache einstöckige Anlage mit Altane an der Nordseite. Aus dem Ragelhof entstand im 18. Jh. das Schloß. Bis in die 70er

Jahre war es als Volksschule in Verwendung.
E: Alois Schwabl
Lit: *Dehio 1990, 937*

Raggendorf, Schloß
BH *Gänserndorf*
G *Matzen-Raggendorf*
KG *Raggendorf*
Quadratischer dreigeschoßiger Bau mit Hof in der Mitte, steilem Dach mit Uhrtürmchen, Torhalle mit Einfahrt, Stiegenhaus mit gegenläufigem Treppenaufgang, Kapelle mit Stuckdecke im ersten Stock. Ein Grundstein im Keller weist auf das Jahr 1559, mit der Inschrift des Ritters Zopl von Haus, hin. Auf einem Stich von Vischer (1672) ist die Hauptfront so wie heute gestaltet; 1733 Errichtung der zweigeschoßigen Schloßkapelle. 1911 erwarb der Verein der Gärtner und Gartenfreunde, unter ihrem damaligen Protektor Erzherzog Franz Ferdinand, das Schloß und ließ es als Altersheim für Gärtner umbauen; bis 1950 war Raggendorf im Besitz dieses Vereines.
E: Erwin Klenkhart
Lit: *Dehio 1990, 938 f*

Ramingdorf, Schloß
BH *Amstetten*
G *Behamberg*
KG *Ramingdorf*
Freundlich wirkendes, dreigeschoßiges Schloß mit zweiflügeliger Freitreppe zum Eingangstor und darüberliegendem Viereckturm mit Uhr. Runde Ecktürmchen mit Schlüsselscharten und Kegeldächern. Besitzer seit 1309 waren die Starhemberger, die Wallseer, die Schaumberger. Danach oftmaliger Besitzerwechsel.
E: Karl Hardegger
Lit: *Dehio 1953, 270*

Ranna, Burg
→ Oberranna, Burg

Rannahof, Schloß
BH *Krems*
G *Spitz*
KG *Schwallenbach*
Einfaches Gebäude mit Hof und quadratischem Turm. 1414–24 Besitz des Hans von Neydeck. Später zum Pauliner-Mönchskloster von Oberranna gehörig. 1783 wurde das Kloster aufgehoben und das Gebäude ging in Privatbesitz über.
E: Elfriede Wesely
Lit: *Dehio 1990, 1067*

Rappoltenkirchen, Schloß
BH *Tulln*
G *Sieghartskirchen*
KG *Rappoltenkirchen*
Heute ein mächtiger dreigeschoßiger Bau, in klassizistischem Stil, von Theophil Hansen neu erbaut. Schön profilierte Fenstergewände, flaches Dach, kleiner Innenhof mit Glasdach und Verbindungsgang zum fünfstöckigen Renaissanceturm. Das Schloß liegt in einem schönen Park. 1210 urk. genannt; 1355 Besitz des Schenk von Dobra, 1590 durch Erdbeben zerstört, 1623 Besitz der Freiherren von Questenberg; mit der Feste Rappoltenkirchen war das Jägermeisteramt als Amtslehen verbunden. 1710 Besitz der Familie Kuefstein, 1860–1880 der Freiherren von Sina. Georg Freiherr von Sina ließ 1868 das neue Schloß über älteren Grundfesten erbauen.*
E: Eva Buschmann
Lit: *Dehio 1953, 271*

Rappottenstein, Burg
BH *Zwettl*, **BT** 8a
G und **KG** *Rappottenstein*
Eine der bedeutendsten sowie besterhaltenen Burganlagen von Österreich. Zwischen zwei

Rundtürmen mit Kegeldächern liegt das spitzbogige Eingangstor. An der Westseite Ringmauern mit Schwalbenschwanzzinnen, gegenüber der steil ansteigende Burgfelsen. Im ersten Hof liegt an der linken Seite das Brauhaus und daneben das zweite, rundbogige Tor. Zwischen dem Felsen und der Ringmauer der schmale zweite Hof. Drittes Tor und dritter Hof mit Zisterne und Wirtschaftsgebäude; in diesem der Eingang zu dem in den Fels gesprengten Verlies. Vierter Hof von Ringmauer und Felsen umgeben. Torbau mit fünftem Tor und zwingerförmiger fünfter Hof. Nachdem man nun fast einen vollen Kreis um die Hauptburg beschrieben hat, gelangt man über sechs Stufen zum rundbogigen sechsten Tor, das in den innersten Burghof führt. Zweistöckiger Palas mit Rundbogenarkaden im Hof, im Norden die Hochburg und der von einer Zinnenmauer eingefaßte Zwingergarten mit viereckigem Uhrturm. An der Angriffsseite der fünfseitige Bergfried mit zahlreichen Kragsteinen, der die Burg überragt. Offene Halle mit Kreuzrippengewölbe („Knappenküche"), zweigeschoßige Burgkapelle mit bemerkenswertem Altar, ornamentale und figurale Fresken im Archiv und dem anschließenden länglichen Speisesaal. Die Burg wurde vermutlich von Rapoto von Kuenring 1157–76 erbaut. Die Kapelle und ein Teil der östlich gelegenen Gebäude wurden 1378 unter der Familie Dachsberg errichtet. Eine Inschrift im Sgraffito des Innenhofes lautet: „Im 1574ten Jahr ist dises gepei gemachd worden". Nach den Dachsbergern waren die Starhemberg, die Landau Besitzer der Burg. Die Freilegung der Fresken und Sgraffiti erfolgte 1950–60. Die Burg wird unter größtem Interesse der Besitzerfamilie vorbildlich erhalten und restauriert. Die prachtvolle Anlage ist nun öffentlich zugänglich (Burgmuseum).

E: Seit 1664 Grafen Abensperg und Traun

Lit: *Dehio 1990, 942f*

Rastbach, Schloß

BH *Krems*

G *Gföhl*

KG *Rastbach*

Einstöckiges dreiflügeliges Schloß mit rundbogigem Tor und Fußgängerpforte in der Mitte der Eingangsfront. Im Osten anschließend die Pfarrkirche. 1192 urk. mit Hartwich von Resperch genannt. Die alte Burg ist völlig verschwunden; ein Bau um 1600, den Maximilian Polheim durchführen ließ, wurde 1619 zerstört und nicht wieder aufgebaut.

E: Mireille Ehrenfels

Lit: *Dehio 1990, 945*

Rastenberg, Burg

BH *Krems*

G *Rastenfeld*

KG *Rastenberg*

Auf einem steilen Felskegel liegende, mächtige, gut erhaltene Burganlage, die von einem schönen alten Baumbestand umgeben ist. Über eine Steinbrücke gelangt man durch den Torturm in den Vorhof und über eine längere Steinbrücke dann zum hochragenden Hauptgebäude. Doppelfenster, romanische Kapelle, gotischer Flügelaltar, gepflegtes Inventar (von der Renaissance bis zur Gegenwart). Urk. 1205 mit Hugo von Rastenberg genannt. Im 17. Jh. Besitz der Grafen Lamberg.

E: Grafen Thurn-Valsassina

Lit: *Dehio 1990, 945f*

Rauheneck, Burgruine
BH, G und **KG** *Baden*
Heute sind noch Reste des dreiseitigen Bergfrieds, des Innenhofes sowie der Kapelle aus dem frühen 13. Jh. erhalten.
E: Stadtgemeinde Baden
Lit: *Dehio 1953, 27*

Rauhenstein, Feste
→ Weißenalbern, Burg

Rauhenstein, Ruine
BH, G und **KG** *Baden*
Heute nur mehr Reste des quadratischen romanischen Bergfrieds, des Palas aus dem 12. Jh. und der Kapelle aus dem 13. Jh. erhalten. Urspr. Anlage mit drei Höfen. Urk. 1160 genannt; ab dem frühen 16. Jh. Verfall.
E: Dipl.-Ing. Hubert Doblhoff-Dier

Rehberg, Burgruine
BH, G und **KG** *Krems*
Die Burgruine ist flankiert von einem spätmittelalterlichen zweigeschoßigen Rundturm mit Schlüsselscharten. Eine Restaurierung erfolgte 1970. Im Inneren, sowohl im Erd- als auch im Obergeschoß Kreuzgratgewölbe, im Obergeschoß auf Eckpilastern, mit reicher sternförmiger Stuckierung. Urk. erwähnt im Jahr 1141 mit Hartwig von Rechberg, 1235–1501 in landesfürstlichem Besitz; 1314 urk. im Besitz der Anna von Ungarn, im 16. Jh. Eigentum der protestantischen Familie Thonradl. Ab 1822 Verfall.
E: Verein zur Förderung der Erneuerung von Krems an der Donau
Lit: *Dehio 1990, 954*

Retz, Schloß (Gatterburg)
BH *Hollabrunn*
G *Retz*
KG *Retz-Stadt*
Am Rande der Stadt in schönem Garten liegt der dreigeschoßige neunachsige Bau mit großem Hof. In der Mitte Dachreiter mit Uhr und zierlichem Zwiebelhelm. Im Inneren großer Saal mit Renaissancedecke, Stukkaturen, schöne Kamine und Öfen. Urk. 1307; 1427 von den Hussiten und 1485 von Matthias Corvinus erobert. Im 17. Jh. von der Familie Hoyos umgebaut, 1711 von den Gatterburg übernommen und mit Türmchen verziert.
E: Dorothea Baronin Suttner
Lit: *Dehio 1990, 970f*

Ried am Riederberg, Burgruine
BH *Tulln*
G *Sieghartskirchen*
KG *Ried am Riederberg*
Erhalten sind Reste des einst groß angelegten Wall- und Grabensystems der Burg, mit Halsgraben, rundem Wehrturm und Ringmauer. In der Mitte der Anlage ein kleiner Hof. Der mächtige Wall der äußeren Verteidigungslinie zieht sich bis zum Talboden hinab. 1033 wird Bischof Eigilbert von Freising genannt. Im 13. Jh. Besitz der Bischöfe von Passau und der Kuenringer. 1447 wird nur mehr von einem Burgstall und nicht mehr von der Burg gesprochen. Die Burg wurde nicht mehr aufgebaut und gelangte im 16. Jh. in den Besitz der Herrschaft Rappoltenkirchen.
E: Gemeinde Ried am Riederberg
Lit: *Dehio 1953, 280*

Riegersburg, Schloß
BH *Hollabrunn*
G *Hardegg*
KG *Riegersburg*
Urspr. Wasserburg; 1735 zu einem großartigen Barockbau von Franz Anton Pilgram umgestaltet. Dreigeschoßige Hauptfront, vorspringende

turmartige Pavillons mit Kuppeldächern, Attika mit Mittelrisalit und Walmdach, reiche Plastik, Pilasterordnung, drei Tore, Innenhof. Im Inneren elegantes Stiegenhaus, zweigeschoßiger Hauptsaal, Zimmer mit reichen Stuckdecken, zweigeschoßige Kapelle. 1367 urk.; von 1731 bis heute im Besitz der Khevenhüller. Nach schweren Kriegsschäden 1945 wurde das Schloß 1958–67 sachgemäß restauriert und mit Exponaten der Wiener Museen eingerichtet. Das Schloßmuseum wird als Außenstelle des österreichischen Museums für angewandte Kunst geführt.
E: Dr. Gotthard und Franceska Gräfin Pilati
Lit: *Dehio 1990, 978 ff*

Rittersfeld, Schloß
BH *St. Pölten*
G und **KG** *Traismauer*
Einstöckiger rechteckiger Bau mit auffallend hohem Dach. An den vier Ecken des Giebels standen einst kleine Obelisken, von denen heute nur mehr einer erhalten ist. Das Schloß liegt in einem kleinen Park. Von den Salzburger Bischöfen erbaut und als eine Pflegerwohnung benützt. Im 17. Jh. erstm. genannt. Rittersfeld gehörte mit den Schlössern Traismauer, Hollenburg, Nußdorf und Wagram an der Traisen bis 1931 der Familie Geymüller.
E: Maria Lederer-Trattnern, Maria Fuhrmann und Gertrude Creutz

Rogendorf, Schloß
→ Pöggstall, Schloß

Rohrau, Schloß
BH *Bruck an der Leitha*
G und **KG** *Rohrau*
Eine freundliche zweigeschoßige Anlage, die einst von breiten Wassergräben umgeben war. Die ehem. Wasserburg wurde mehrfach baulich verändert und besteht heute aus der malerischen Brückenanlage, dem Vorschloß und dem Hauptschloß, großen Höfen mit klassizistischen Fassaden, Risaliten mit Doppelsäulen, Balkon, Giebel mit Uhr, dem idyllischen Viereckstum mit Schindeldach im Vorhof. Das äußerst gepflegte Schloß liegt in einem schönen Park. Urk. 1266 genannt; von 1524 bis heute im Besitz der Familie Graf von Harrach. 1722 erfolgte ein Umbau und 1770 wurde der heutige, klassizistische Bau errichtet. Im Ort Rohrau befindet sich das Geburtshaus der Komponisten Joseph und Michael Haydn. Deren Mutter war von 1740–50 im Schloß beschäftigt. Seit 1970 ist im Hauptgebäude des Schlosses die berühmte Harrachsche Bildergalerie untergebracht; diese zählt zu den bedeutendsten Privatsammlungen der Welt, mit prachtvollem Mobiliar, reichem Kunstgewerbe und wertvollen Gemälden, die zum Großteil aus Spanien, Neapel und den Niederlanden stammen (→ Harrach Palais, Wien).
E: Stéphanie Gräfin Harrach
Lit: *Dehio 1953, 281*

Rohrbach, Schloß
BH *Amstetten*
G *Weistrach*
KG *Rohrbach*
Dreigeschoßiges anmutiges Schloß über quadratischem Grundriß. Vier vorspringende Ecktürme mit Zwiebelhelmen, kleinerer Turm an der Ostseite, Fassade mit Rundbögen unter dem Dachgesims, gewölbte Räume im Inneren. Schloß und Meierhof sind durch einen Schwibbogen verbunden. Im Park befindet

sich die barocke Schloßkapelle zum hl. Johannes Nepomuk mit einem Altarbild von Johann Martin Schmidt. 1490 mit Ulrich von Rohrbach urk. genannt; später Besitz der Bamberger, 1461–63 des Hanns von Rohrbach zu Klingenbrunn (dieser war 1462 mit Kaiser Friedrich III. in der Wiener Burg eingeschlossen). 1487 wurde das Schloß durch Matthias Corvinus besetzt, von 1664 bis 1932 war es im Besitz der Familie Freiherren von Riesenfels, später der Familie Baar-Baarenfels.
E: Dkfm. Marius Mautner-Markhof
Lit: *Dehio 1953, 282*

Rorregg, Schloß
BH *Melk*
G *Yspertal*
KG *Kapelleramt*
Dreigeschoßiger Bau mit mächtigem Walmdach, kleinem Uhrtürmchen an der Ostseite, Sonnenuhrfresko an der Südfront, Gartenmauer mit rundem Türmchen. Einige Räume mit Stuck. Charakteristische Rauchfänge, teilweise schmiedeeiserne Fensterkörbe. In jedem Geschoß als Mittelachse eine gewölbte Halle. Im Südwesten die großen Wirtschaftsgebäude. Das sehr gepflegte Schloß wurde 1411 urk. als Rorfeldhof genannt. 1670 wurde der Bau von Adam Eusebius Hoyos neu errichtet.
E: Habsburg-Lothringensches Gut Persenbeug
Lit: *Dehio 1990, 485*

Rosenau, Schloß
BH und **G** *Zwettl*
KG *Rosenau Schloß*
Regelmäßiger dreigeschoßiger Bau um einen rechteckigen Hof mit Torvorbau, hohem Turm mit barocker Haube; Wandgliederung durch Lisenen und reiche Fensterumrahmungen, Zimmerdecken mit Stuckierungen und allegorischen Fresken von Daniel Gran und Rincolin. Urk. 1200 mit Rüdiger von Rosenau genannt. 1570 erfolgte ein Umbau, 1740 in die heutige Form gebracht; anno 1739 wurde die Kapelle errichtet, 1746/47 das Stiegenhaus und verschiedene Räume mit vorzüglichen Fresken ausgestattet. 1736–47 wurde unter Leopold Christoph Graf von Schallenberg eine Freimaurerloge eingerichtet. Bis 1921 war Georg Ritter von Schönerer (Deutschnationaler, „Los-von-Rom-Bewegung") Besitzer von Rosenau, später die Stadtgemeinde Zwettl. Seit 1970 ist das Schloß als Freimaurermuseum, Hotel, Restaurant und als Veranstaltungszentrum in Verwendung.
E: Land Niederösterreich
Lit: *Dehio 1990, 995 ff*

Rosenburg, Burg
BH *Horn*
G *Rosenburg-Mold*
KG *Rosenburg*
In beherrschender Lage über dem Kamp liegt diese Burg, die zu den schönsten Anlagen von Niederösterreich zählt. Von der großzügig gestalteten Altane überwältigender Blick über das Kamptal. Turnierhof, der von Arkaden mit Malereien begrenzt wird; in diesen gelangt man durch den Torturm mit Seiteneingang. Vierecks-türme an drei Ecken der Umfassung. Vor dem Burgtor frei stehender Triumphbogen, dahinter ein achteckiger Turm mit Balustrade und Arkadenrundgang unter dem Pyramidendach. Zugbrücke mit Aufzugvorrichtung, rundbogiges Tor, spitzbogige Fußgängerpforte. Hauptburg mit unregelmäßigem viereckigen Innenhof, der von zwei-

geschoßigen Flügeln umgeben wird. Vierstöckiger quadratischer Bergfried mit Galerie auf Konsolen, Kapelle mit Netzrippengewölbe und Maßwerkfenstern. Im Inneren zwei Stiegenhäuser mit Steingeländer, Räume mit Kassettendecken, interessante Möbel und Waffen, kunstgewerbliche Gegenstände sowie die urgeschichtliche Sammlung des Freiherrn von Engelshofen. 1175 urk. erwähnt; nach 1478 Erweiterung durch die Familie Rogendorf. Im 16. Jh. Stützpunkt der protestantischen Stände (Horner-Bund). 1659 ließ Joachim Freiherr von Windhag die Burg vollständig ausbauen. Von 1679 bis heute im Besitz der Familie Graf Hoyos. 1809 wurde die Burg durch Brand zerstört und 1859 durch die Besitzerfamilie wiederaufgebaut. In der Burg ist ein interessantes Museum zu besichtigen; im Turnierhof werden laufend Vorführungen mit Greifvögeln von den dort stationierten Falknern durchgeführt.
E: Dipl.-Ing. Hans Graf Hoyos
Lit: *Dehio 1990, 999 ff*

Rossatz, Schloß
BH *Krems*
G und **KG** *Rossatz*
Wuchtiger dreigeschoßiger Renaissancebau, mit neun Fensterachsen (die Fenster im ersten Obergeschoß mit Korbgittern), steingerahmtem Rundbogenportal, Resten von Bemalung, Arkaden im Hof. 985–991 Besitz des bayrischen Klosters Metten, später der Kuenringer, der Wallseer, der Spaur und von 1769 bis 1859 der Schönborn.
E: Agrargemeinschaft Rossatz
Lit: *Dehio 1953, 285*

Rotenhof, Schloß (Rothenhof)
BH *Krems*
G *Dürnstein*
KG *Emmersdorf*
Heute ein einfaches Schlößchen mit zwei Geschoßen, hohem Turm und kleinem angebauten Turm. Erbaut von Friedrich dem Streitbaren, 1402 von Ulrich von Dachsberg abgerissen, später wiederaufgebaut. Die Kapelle zum hl. Johannes Nepomuk von 1800. Nach 1883 wurde das Schloß umgebaut. Besitzer waren die Familien Filipek und Rakus.
E: KR Kurt Rieder
Lit: *Dehio 1990, 1004*

Rothenhof, Schloß
→ Rotenhof, Schloß

Rothmühle, Schloß
BH *Wien-Umgebung*
G *Schwechat*
KG *Rannersdorf*
Einstöckiges Jagdschloß mit wahrscheinlich altem Kern. An den Seiten Ecktürme mit Zwiebelhelmen, rundes Einfahrtstor mit figuralem Schmuck, Kapelle mit Stuck und Fresko. Die Rothmühle gehörte zu jenen elf Mühlen, deren Rechte bis 1280 zurückreichen. 1341 erwarb der Deutsche-Ritterorden die damals den Johannitern gehörende Mühle. Späterer Besitzer war Heinrich Plank. Vorübergehend war das Gebäude als Lederfabrik in Verwendung. Lange Zeit im Besitz der Familie Dreher. Im Gebäude ist heute das Schwechater Heimatmuseum „Vereinigung Rothmühle" eingerichtet.
E: Seit 1968 Stadtgemeinde Schwechat
Lit: *Dehio 1953, 271*

Rottenhof, Schloß
BH *Melk*
G *Hofamt Priel*
KG *Rottenhof*
Das Schlößchen besteht aus einem dreigeschoßigen Wohntrakt über hakenförmigem Grundriß

mit einem mächtigen Walmdach. Steingewändefenster; nordöstlich des Schlosses ein langgestrecktes zweigeschoßiges Wirtschaftsgebäude. Die gesamte Anlage ist von einer Mauer mit Einfahrtstor umgeben. Urk. 1395 als landesfürstliches Lehen, Herrschaft urk. 1533; 1633–40 sowie 1720–1800 Besitz der Familie Hoyos, gemeinsam mit Persenbeug 1800 an die Fam. Habsburg-Lothringen. Die Anlage wurde im 18. Jh. verkleinert und im 19. und 20. Jh. abgeändert.
E: Habsburg-Lothringensches Gut Persenbeug
Lit: *Dehio 1990, 1005*

Rundersburg, Burgruine
BH *Krems*
G und **KG** *St. Leonhard am Hornerwalde*
Die Burg liegt schwer zugänglich über dem Tal des Fronbaches. Heute sind noch Reste von Mauer und dem Fundament der Burg erhalten. Um 1180 und urk. 1194 Ministerialengeschlecht Ronneberc, bereits ab dem 14. Jh. Verfall der Burg.
E: Dr. Bernhard Hoyos
Lit: *Dehio 1990, 1017*

Ruppersthal, Schloß
BH *Tulln*
G *Großweikersdorf*
KG *Ruppersthal*
Gutshofanlage, deren Zentrum das aus dem 18. Jh. stammende Schloß bildet; ein rechteckiger Grundriß, an den beiden Schmalseiten schließen Wirtschaftsgebäude an. An der Westseite ein zweigeschoßiger Schüttkasten und Weinkeller, an der Ostseite eine eingeschoßige Scheune. Weitläufige, L-förmige Anlage mit Innenhof. Kleine ehem. Kapelle, heute als Brunnenhaus in Verwendung.
E: Dr. Karl und Marie Koch, Franz und Anna Wichtl
Lit: *Dehio 1990, 1008*

S

Sachsendorf, Burgruine
BH *Horn*
G *Burgschleinitz-Kühnring*
KG *Sachsendorf*
Die Burgruine liegt am westlichen Ortsende, von einem Wassergraben umgeben und war vermutlich Sitz des Minnesängers Ulrich von Sachsendorf. Ehem. Festes Haus aus der Mitte des 11. Jh.s. Dahinter aufgeschütteter Ringwall mit eingebauten späteren Kellern und zwei Wallgräben mit Mauerresten und Terrassen. Bei Grabungen 1987/88 wurden Mauern eines rechteckigen Kirchenbaues gefunden.
E: Stadtgemeinde Eggenburg
Lit: *Dehio 1990, 1010*

Sachsengang, Schloß
BH *Gänserndorf*
G *Großenzersdorf*
KG *Oberhausen*
Auf einem künstlich aufgeworfenen kegelförmigen Hügel gelegener Bau, der eher Burg- als Schloßcharakter aufweist. Ein zweistöckiger Steinbau mit nahezu kreisrundem Grundriß, rechteckigem Wehrturm, zwei Brücken, Vorburg, Wirtschaftshof und Tor mit Wappen. Die Anlage ist von einem Wassergraben und einer Ringmauer umgeben und ist als „überraschender Anblick im Marchfeld“ zu bezeichnen. Im Jahr 1160 werden Hartnid und Herat von Sachsengang (Dienstmannen der Bischöfe von Freising) urk. genannt. Das spätere Jagdschloß ist ab 1649 Besitz der Freiherren von Thavonat, deren Verwandte es heute noch besitzen. Eine Tafel

erinnert an den Franzosenkrieg 1809, als durch die heldenhafte Verteidigung das Schloß nicht eingenommen werden konnte.
E: Familien Ettmayer, Nägerl, Niemann, Erb, Hennerberg, Karner und Gabardi-Nägerl
Lit: *Dehio 1990, 811 f*

Salaberg, Schloß
BH *Amstetten*
G *Haag*
KG *Salaberg*
Bedeutendes Bauwerk mit drei Höfen, Doppeltor, wuchtigem Uhrturm; im innersten Hof Säulengänge in allen drei Geschoßen, im mittleren Hof zwei Ecktürme; der große Hof wird durch Nebengebäude und den Torbau, mit Wappen der Salburg, gebildet. Kapelle an der Westseite dieses Hofes. Im Ahnensaal lebensgroße Bilder der Familie Salburg und eine Reihe historischer Porträts der Dogen von Venedig; interessantes Deckengemälde. Vom Saal gelangt man ebenerdig in den Garten, der mit barocken Steinfiguren und einer bemerkenswerten Badegrotte mit Muscheldekoration ausgestattet ist. 1282 erstmals genannt; von 1607 bis heute im Besitz der Familie Salburg bzw. deren Verwandten. Das Schloß wurde durch die zehnjährige Besatzung nach dem Krieg arg in Mitleidenschaft gezogen und die Inneneinrichtung zum größten Teil zerstört. Seit 1965 werden mit Hilfe des Bundesdenkmalamtes Renovierungen durchgeführt. Nordwestlich des Schlosses befindet sich seit 1970 der Tierpark Stadt Haag.
E: Dr. Hermann Graf Saurma-Jeltsch
Lit: *Dehio 1953, 287*

Salau, Schloß
BH *St. Pölten*
G *Gerersdorf*
KG *Salau*
Zwei Flügel mit Rundturm, dreigeschoßige Arkaden, je ein saalartiger Raum in jedem Stockwerk, schmiedeeisernes Tor, das den Schloßhof abschließt. Der ehem. Gutshof wurde im 16. Jh. zum Schloß ausgebaut. Neben dem Keilstein des Quadertorbogens befindet sich ein Wappen mit der Jahreszahl 1660. Sämtliche Besitzer seit 1629 sind im Gerersdorfer Heimatbuch verzeichnet.
E: Anton und Annemarie Huber
Lit: *Dehio 1953, 287*

St. Pantaleon, Schloß
BH *Amstetten*
G *St. Pantaleon-Erla*
KG *St. Pantaleon*
Gepflegtes einstöckiges Wasserschloß, im Ort gelegen, mit Brücke über den Wassergraben und mehreren gewölbten Räumen im Inneren. Von 1500–24 im Besitz der Perger von Höhenperg, der späteren Grafen Clam. Die Begräbnisstätte der Schloßbesitzer befindet sich in der berühmten Krypta (12. Jh.) der Pfarrkirche von St. Pantaleon. Umbauten am Schloß erfolgten im 18. Jh.
E: Gottfried und Christa Warsch
Lit: *Dehio 1953, 296*

St. Peter, Schloß
BH *Amstetten*
G *St. Peter in der Au*
KG *St. Peter in der Au-Markt*
Großes zweistöckiges Gebäude über quadratischem Grundriß, mit neun bzw. zehn Fensterachsen, Steinbrücke über den Graben, mächtigem Tor, zinnenbekröntem Bergfried, der das Gebäude um zwei Stockwerke überragt. Großer Hof mit Arkaden, ein Verbindungsgang über Schwibbogen zur anstoßenden Kirche, große

Torhalle im Inneren. Urk. 1277; das ehem. Wasserschloß wurde im 15. Jh. zerstört und im 16. Jh. durch Wilhelm von Seemann wiederaufgebaut. Lange Zeit im Besitz der Grafen Segur.
E: Dkfm. Dr. Franz Lugmaier
Lit: *Dehio 1953, 296*

Saubersdorf, Schloß
BH *Neunkirchen*
G *St. Egyden am Steinfeld*
KG *Saubersdorf*
Zweigeschoßiges Gebäude mit zwei Flügeln, romanischer Schloßkapelle, Kreuzgewölbe unter der barocken Orgelempore. Der Baukern des Schlosses stammt aus der Barockzeit. Das Schloß wurde im 19. Jh. baulich verändert. Im Zweiten Weltkrieg und der Nachkriegszeit stark beschädigt und später nur zum Teil wiederhergestellt.
E: Mag. Otto Lorenz und Prof. Walter Leitner
Lit: *Dehio 1953, 303*

Säusenstein, Schloß
BH *Melk*
G *Ybbs an der Donau*
KG *Säusenstein*
Ausgedehnte Baugruppe mit dreigeschoßigem zwölfachsigen Mittelteil und vorspringenden Seitenteilen. Im Erdgeschoß ehem. Sommerrefektorium, im ersten Stock ehem. Winterrefektorium; bemerkenswerte Grabsteine. In den baulichen Einzelheiten wird Schloß Säusenstein dem Prandtauerschen Kreis zugeschrieben. 1334 gründete Eberhard von Wallsee eine Zisterzienserabtei. 1789 als Kloster aufgehoben und 1856 wegen dem Bau der Westbahn teilweise abgerissen. Seit 1985 wird das Schloß in Zusammenarbeit mit dem Bundesdenkmalamt restauriert. In Teilen des Schlosses werden Ausstellungen veranstaltet.
E: Dipl.-Ing. Karl Wittmann
Lit: *Dehio 1953, 303*

Schallaburg, Schloß
BH *Melk*
G *Schollach*
KG *Schallaburg*
Der bedeutendste Renaissanceprofanbau von Niederösterreich, mit zwei Höfen, zwei Freitreppen, mächtigem Bergfried, Turnierhof, romanischer Unterkirche und riesigen Kellern. Herrlicher Arkadenhof mit reichen Terrakottafiguren, gemalten und gemeißelten Wappen der Besitzerfamilien (Losensteiner, Traun, Tinty). Kapelle mit Gratgewölbe, ein ebenerdiger, südwestlich gelegener Gebäudeteil mit Gratgewölben und Schlußsteinen (der sogenannte „Poggenhammer“, um 1570). 1132 wird Sieghart von Schalla urk. genannt; 1572 bis 1600 Umbau unter Wilhelm von Losenstein, 1907/08 Erneuerung und Renovierung durch Freiherr von Tinty, dessen Familie es von 1762 bis 1937 inne hatte. Später Besitz des Freiherrn von Nagel, dann deutsches Eigentum, später „USIA“, anschließend die Republik Österreich. Das durch die lange Besatzungszeit völlig heruntergekommene Schloß wurde seit 1968 von Land und Bund großzügig restauriert. Das Schloß wird für kulturelle Veranstaltungen (Landesausstellungen) verwendet.
E: Land Niederösterreich
Lit: *Dehio 1953, 304*

Schauenstein, Burgruine
BH *Zwettl*
G *Pölla*
KG *Krug*
Heute noch erhalten sind der sechsstöckige Bergfried, das spitzbogige Eingangstor, ein Wendel-

treppenturm, tonnengewölbte Räume, Freskenreste und die schwarze Küche. Von der Burgruine herrlicher Blick über das Kamptal. Schauenstein wurde, wie die meisten Kamptalburgen, im 12. Jh. als Verteidigungsanlage gegen Böhmen errichtet. 1320 wurde Hadmar von Schowenstein urk. genannt; 1476 wurde die Burg zerstört und 1477 wiederaufgebaut. 1642 bereits als Ruine beschrieben.
E: Seit dem 16. Jh. Fam. Graf Kuefstein
Lit: *Dehio 1990, 615 f*

Schiltern, Schloß
BH *Krems*
G *Langenlois*
KG *Schiltern*
Ein zweigeschoßiges Schloß, das von zwei Rundtürmen mit Zwiebelhelmen eingefaßt wird. Schönes Rundbogenportal, von Säulen flankiert mit Wappen der Familie Aichelburg. Achtachsige Hauptfront, vierseitiger Turm mit Uhr über dem Haupteingang. Im Inneren durchgehend gewölbte Räume (Erdgeschoß), Kapelle, Stuckdecken, interessante Rauchfänge. Gegenüber dem Schloß liegt der Barockgarten, in den man durch ein reiches Rokokoschmiedeeisengittertor gelangt und dessen Abschluß ein anmutiger Gartenpavillon bildet. 1192 urk. genannt und 1636 umgebaut; ehem. Besitz der Grafen von Aichelburg, später der Kongregation der Englischen Fräulein (Schule mit Internat).
E: „Psychosozialen-Zentrum-Schiltern" Ges.m.b.H.
Lit: *Dehio 1990, 1032*

Schlag, Schloß
→ Ziegersberg, Schloß

Schleinz, Schloß
BH *Wiener Neustadt*
G *Walpersbach*
KG *Schleinz*
Freundliches kleines regelmäßiges Schloß mit josefinisch-klassizistischer Fassade, zweigeschoßigem Torvorbau mit Säulen, sehr gepflegter Inneneinrichtung (Möbel und Gemälde aus der ehem. Czernin-Galerie). Der Ort wird um 900 genannt; der heutige Schloßbau stammt von 1770. Frühere Besitzer waren die Familien Billroth, Thonet und Pálffy. Das bis 1945 stark verfallene Schloß wurde vom heutigen Eigentümer Rudolf Czernin stilvoll umgestaltet und restauriert.
E: Rudolf Graf Czernin
Lit: *Dehio 1953, 307*

Schloßhof, Schloß
BH *Gänserndorf*
G *Engelhartstetten*
KG *Markthof*
Die ehem. vierflügelige Burganlage wurde unter Prinz Eugen 1725–29 durch Johann Lukas von Hildebrandt zu einem Barockschloß mit Ehrenhof und Mansardendächern umgestaltet. Meierhofanlage sowie Schafflerhof ebenfalls nach Plänen von J. L. v. Hildebrandt. Unter Kaiserin Maria Theresia wurde ein zweites Stockwerk aufgesetzt, die Fassaden durch Lisenen und Pilaster gegliedert. Der ehem. zweiachsige Mittelrisalit an der Hofseite mit Aufsatz und Uhr wurde auf vier Achsen verbreitert sowie der Gartenseite eine auf vier Säulenpaaren ruhenden Altane vorgebaut. Park mit prächtigen Treppenanlagen, die bis an die March führen. Das unterste Parterre ist mit einem mächtigen Gittertor abgeschlossen. Das Juwel des Schlosses ist die Kapelle in der Südostecke mit Deckenfresken von Carlo Carlone und dem Altarbild von Francesco Solimena. Ein Großteil

der prachtvollen Einrichtung wurde durch Kriegseinwirkungen zerstört. Im 13. Jh. Besitz der Eckartsauer, später von Matthias Corvinus geplündert. 1898/99 erfolgte der Umbau des Schlosses zum Reitlehrinstitut. Ab 1970 Restaurierung, 1986 „Prinz-Eugen-Ausstellung", für die Zukunft sind weitere Ausstellungen und kulturelle Veranstaltungen geplant. Weiters ist beabsichtigt, die einst berühmten Gartenterrassen und Wasserspiele zu restaurieren.
E: Republik Österreich
Lit: *Dehio 1990, 1037ff*

Schmerbach, Burgruine
BH *Zwettl*
G *Pölla*
KG *Schmerbach am Kamp*
Östlich des Ortes gelegen; um 1180 erbaut, charakteristische Abschnittburg innerhalb der Verteidigungslinie am mittleren Kamp als Vorwerk für Burg Krumau. Vermutlich seit dem 13. Jh. Verfall, Mitte des 15. Jh.s schon Ruine. Nur mehr geringe Reste sind heute erkennbar.
E: Rosa Pfeisinger
Lit: *Dehio 1990, 1040*

Schmida, Schloß
BH *Korneuburg*
G *Hausleiten*
KG *Schmida*
Ehem. Wasserschloß, Umbau vermutlich durch Jakob Prandtauer beeinflußt. Heute ein kleines zweigeschoßiges Jagdschloß; vier Flügel mit Innenhof, Umgang im Obergeschoß, zweigeschoßige Kapelle mit einem Altarbild von Johann Georg Schmidt. 1350 wird Leb vom Schmida genannt. Seit 1482 im Besitz der Familie Hardegg bzw. deren Erben. Die Kapelle wurde 1719 erbaut.
E: Georg Stradiot
Lit: *Dehio 1990, 1041*

Schönau an der Triesting, Schloß
BH *Baden*
G und **KG** *Schönau an der Triesting*
Das heutige Schloß stammt aus dem 19. Jh., mit hohem Turm, von Wasser umgeben, mit langer Brücke und Löwentor, in einem schönen Park gelegen. 1187 wird Hartungus de Sconowe urk. genannt. Von der mittelalterlichen Wasserburg ist heute nichts mehr erhalten. Im 19. Jh. ließ Peter Freiherr von Praun dann den Schloßpark zu einer romantischen Anlage mit befahrbaren Kanälen ausgestalten (in Nachahmung von Laxenburg). Um 1900 war das Schloß vorübergehend Wohnsitz der Kronprinzessin Stephanie von Österreich. 1945 und in der Besatzungszeit schwer beschädigt, war es später Durchgangsheim für Flüchtlinge und ist heute an die Gendarmeriesondereinheit „Kobra" vermietet.
E: Alexandrine Happack
Lit: *Dehio 1953, 309*

Schönborn, Schloß
BH *Hollabrunn*
G *Göllersdorf*
KG *Schönborn*
Das Schloß gehört zu den reizvollsten Anlagen dieser Art in Österreich. Durch einen zierlichen Torturm gelangt man in den großen hufeisenförmigen Hof; Hildebrandtscher Giebelbau mit Attika und Steinplastiken. Mansardendächer, Treppentürmchen, reizvolle Wanddekoration, vorgelagerter Balkon mit Eisengitter. Der umfangreiche Park mit Apollotempel und Kleindenkmälern von einer Mauer umgeben. Nach Süden eine Wiesenfläche mit der Orangerie (eine einge-

schoßige Anlage mit zwei Höfen) als Abschluß. Weitläufige Nebengebäude, zweigeschoßige Kapelle mit Deckenmalerei von Jonas Drentwett 1715. Johann Nepomuk-Kapelle von Johann Lukas von Hildebrandt im Norden. Die westliche Querachse reicht bis zum großen Löwentor an der Bundesstraße. Die ganze Anlage wirkt geschlossen einheitlich und besitzt eine äußerst malerische Tiefenwirkung. Die ehem. wertvolle Einrichtung wurde 1945 zum größten Teil zerstört. Die baulichen Schäden aus dieser Zeit wurden mittlerweile wieder behoben. Reichsvizekanzler Friedrich Graf von Schönborn ließ in den Jahren 1712–17 das Schloß durch Johann Lukas von Hildebrandt erbauen. Derzeit werden der prachtvolle Park als Golfplatz und das Schloß als Clubhaus verwendet.
E: Schönborn-Buchheim
Lit: *Dehio 1990, 1047 ff*

Schönbühel, Schloß
BH *Melk*
G *Schönbühel-Aggsbach*
KG *Schönbühel an der Donau*
Auf einem Felsen, die Donau beherrschend, liegt das zweistöckige Schloß mit dem fünfstöckigen Turm, der mit dem Vorwerk durch eine Steinbrücke verbunden ist. Das Schloß ist von einem Park umgeben und bietet weithin sichtbar einen äußerst gepflegten Eindruck. Im 12. Jh. erbaut, im 13. Jh. im Besitz der Herren von Wesen, 1396 der Starhemberg, die 1685 auch die Herrschaft Aggstein dazu erwarben (bis heute mit Schönbühel vereinigt). 1819 Besitz der Familie Graf Beroldingen, welche den Hauptbau in seine heutige Gestalt brachte.
E: Seit 1927 Grafen Seilern von Aspang (Schloßgut Schönbühel-Aggstein AG.)
Lit: *Dehio 1953, 310*

Schönkirchen, Schloß
BH *Gänserndorf*
G *Schönkirchen-Reyersdorf*
KG *Schönkirchen*
Mehrgeschoßiger Bau mit zwei nach rückwärts laufenden einstöckigen Flügeln; das Schloß liegt auf einer Anhöhe im Westen des Marktes, vor 1100 urk. gen.; das Schloß wurde unter dem Freiherrn von Walhorn 1695 umgebaut und 1822 durch Erzherzog Rainer klassizistisch erneuert. Das Schloß dient heute Wohnzwecken.
E: Prof. Mag. Johannes Legler-Diesbach
Lit: *Dehio 1990, 1055*

Schrattenthal, Schloß
BH *Hollabrunn*
G und **KG** *Schrattenthal*
Weitläufige Anlage mit Steinbrücke über den Wassergraben sowie Freitreppe im Hof. Freistehende gotische Kapelle mit Wehrgang, Gußlöchern und gedecktem Übergang zum Schloß. Gartenpavillon, Reste der Schloßbefestigung mit Torturm. 1438 wird Ulrich von Eytzing urk. genannt. Der heutige Bau stammt großteils aus dem 17. Jh. Nach 1620 (Schlacht am Weißen Berg) wurde den Herren von Eytzing, als führenden Protestanten, die Herrschaft konfisziert. 1645 von den Schweden belagert, 1660 Besitz der Familie Hartig. In den Jahren 1822 und 1826 diente das Schloß dem Dichter Nikolaus Lenau längere Zeit als Aufenthaltsort. Oftmaliger Besitzerwechsel.
E: Dipl.-Ing. Heinz Schubert
Lit: *Dehio 1990, 1059 f*

Schrems, Schloß
BH *Gmünd*
G und **KG** *Schrems*
Mächtige Anlage mit vier Flügeln um einen quadratischen Hof. Die südliche Hauptfront mit zwei Toren, dazwischen ein Risalit mit Balkon und Flachgiebel. An den Ecken runde Erker, die in Türmchen übergehen. Doppelwappen der Familien Thurn-Vrints und Osy-Bartenstein. Urk. 1278; bis 1481 Besitz der Familie Hardegg, später der Puchheim, der Falkenhayn, der Thurn. Das Schloß ist als Landesberufsschule mit Internat in Verwendung.
E: Seit 1928 Stadtgemeinde Schrems
Lit: *Dehio 1990, 1063*

Schwadorf, Schloß
BH *Wien-Umgebung*
G und **KG** *Schwadorf*
Zweigeschoßiger Kastenbau mit ungleichen Quertrakten, wuchtigem Tor mit Giebelkrönung und Passauer-Wappen, Altane mit Steinbalustrade. 1220 wird Eberhard von Schwabedorf urk. genannt. Durch Jahrhunderte war das Schloß im Besitz des Bistums Passau. Der heutige Bau stammt von 1600 und wurde im 19. Jh. umgestaltet. 1806 vom Staat eingezogen und 1826 an Private veräußert. Das schwere Erdbeben vom 8. Oktober 1927 hatte in Schwadorf sein Epizentrum; dabei blieb kein Gebäude unbeschädigt.
E: Gertrude Auer-Welsbach
Lit: *Dehio 1953, 313*

Schwallenbach, Schloß
BH *Krems*
G *Spitz*
KG *Schwallenbach*
Ein unregelmäßiges Gebäude mit vierstöckigem Turm; stimmungsvoller Hof mit offenen Arkadengängen, mächtige Gewölbe, Freitreppe, schöne Tore, erneuerte Schwalbenschwanzzinnen, Steinplastiken, Renaissanceholzdecke im ersten Stock. Der erste Bau wird den Kuenringern zugeschrieben, später war er Lehen von Niederaltaich. 1463 durch Brand zerstört, 1617 durch die Polheim umgebaut. Bis 1960 war in dem Gebäude das Gasthaus „Glöckerl von Schwallenbach" untergebracht.
E: Seit 1962 Rainhold Hofstätter
Lit: *Dehio 1990, 1067*

Schwarzau, Burgruine
BH *Zwettl*
G *Artstetten*
KG *Artstetten-Pöbring*
Die Burgruine liegt auf einem Hügel im Süden des Ortes. Urk. 1179, seit Anfang des 15. Jh.s verödet. Erhalten sind heute noch zwei etwa 12 Meter hoch aufragende, im rechten Winkel aufeinanderstoßende Bruchsteinmauern auf einem künstlich angelegten, nach Süden abfallenden Hügel.
E: Anton Schmid/Erben
Lit: *Dehio 1990, 1068*

Schwarzau, Schloß
BH *Neunkirchen*
G und **KG** *Schwarzau am Steinfelde*
Das in einem Park gelegene, vornehme Gebäude erinnert an Fischer von Erlach. Zweistöckiger Mittelbau mit großem Giebelfeld, ein Relief, den hl. Georg darstellend; zwei kurze zurückspringende Nebenflügel, die den Hof umschließen. Großes Einfahrtstor mit Balkon sowie Balusterverkleidung. Das Schloß wurde 1697 erbaut. Im 17. Jh. Besitz der Grafen Wurmbrand, 1826 der Caroline Murat, der Schwester Napoleons I., die an der Kapelle Umbauten vorneh-

men ließ. Später Besitz der Herzöge von Parma. 1911 fand hier die Hochzeit der Prinzessin Zita von Bourbon-Parma mit Erzherzog Karl, dem späteren Kaiser Karl, statt. Das Schloß ist heute als Frauenstrafanstalt in Verwendung.
E: Seit 1951 Bundesministerium für Justiz
Lit: *Dehio 1953, 314*

Schwarzenau, Schloß
BH *Zwettl*
G und **KG** *Schwarzenau*
Eine stattliche dreigeschoßige Anlage, vier Flügel um einen Hof, zwei mächtige Ecktürme, Dachreiter. Bemerkenswerte Kapelle, durch zwei Geschoße reichend, mit Stuckarbeiten von Giovanni B. Allio und drei Altären. 1197 urk.; das ehem. Wasserschloß war von 1261 bis 1636 Besitz der Familie Streun, später der Polheimer, der Strassoldo, der Thurn und Taxis und bis 1945 der Familie Rapaport. Nach dem Zweiten Weltkrieg Eigentum des Dr. Watzal, später der Familie Conelli-Stuckenfeld.
E: KR Dkfm. DDr. Silvio Unterguggenberger
Lit: *Dehio 1990, 1068 ff*

Schwarzenöd, Burgruine
BH *Zwettl*
G *Pölla*
KG *Schmerbach am Kamp*
Die Burgruine liegt auf einer schmalen Felszunge an der Mündung des Schmerbaches in den Kamp. Sie hat einen ähnlichen Grundriß wie die Burg Schmerbach und wurde vermutlich im 13. Jh. zerstört. Die Hauptburg bestand urspr. aus drei Quermauern und war in vier Abschnitte unterteilt. Von den ehem. Gebäuden sind nur geringe Reste erhalten geblieben.
E: Windhagsche Stipendienstiftung
Lit: *Dehio 1990, 1040*

Seebarn, Schloß
BH *Korneuburg*
G *Harmannsdorf*
KG *Seebarn*
Ein freundliches Landschloß, in schönem Park gelegen. Die Anlage besteht aus zwei einstöckigen Gebäuden, die einen Hof umschließen. Kunstvolle Fenstergitter, im Erdgeschoß kreuzgewölbte Räume, Kapelle, Halle, gediegene Inneneinrichtung. Urk. 1497; seit dem 18. Jh. zur Herrschaft Kreuzenstein gehörend. 1945 wurde ein Teil des Schlosses zerstört und nicht mehr aufgebaut.
E: Fam. Graf Wilczek
Lit: *Dehio 1990, 1074*

Seebarn, Schloß (Oberseebarn)
BH *Tulln*
G *Grafenwörth*
KG *Seebarn*
Einstöckiges Gebäude mit hohem rechteckigen mittelalterlichen Wehrturm mit runden Zinnen. Im Hof kurzer Verbindungstrakt mit Galerie. 1339 mit Schenk von Seebarn genannt. Seit 1688 mit der Herrschaft Grafenegg vereint. Schloß und Wirtschaftsgebäude wurden 1945 schwer beschädigt.
E: Franz Metternich-Sandor, Herzog von Ratibor
Lit: *Dehio 1990, 1075*

Seebenstein, Burg
BH *Neunkirchen*
G und **KG** *Seebenstein*
Bedeutende Burganlage des Pittentales, auf dem Gipfel eines Waldkegels gelegen. Vier Tore, hoher Bergfried, malerischer Hof mit überdachter Treppe, viergeschoßiges Hochschloß mit Freitreppe, Säulenbaldachin und zwei parallelen Satteldächern. Im Inneren dreieckige Kapelle mit bemerkens-

werter Einrichtung, Rittersaal, Schatz- und Rüstkammer. Eine wertvolle Sammlung: Waffen, Möbel und Plastiken. Im 11. Jh. urk. genannt; Besitz der Grafen von Formbach und Pitten. 1488 vergeblich durch Matthias Corvinus belagert. Von 1790 bis 1823 Sitz der „Wildensteiner-Ritterschaft", einer romantischen Vereinigung. Bis 1950 Besitz des Fürsten Liechtenstein, später Frau Nehammer-Prinz. Im Schloß werden fallweise Kunstausstellungen gezeigt.
E: Christine Vopara
Lit: *Dehio 1953, 317*

Seefeld, Schloß
BH *Hollabrunn*
G *Seefeld-Kadolz*
KG *Seefeld*
Auf einem Hügel weithin sichtbar, liegt das dreigeschoßige Schloß mit elfachsiger Hauptfront, Giebel, vorspringendem Balkon, Hof mit Arkaden im Erdgeschoß. Im Inneren Kapelle mit Deckenfresko aus der Maulbertschschule und Saal mit Wandmalereien. Um 1150 wird Chadold von Sevelde genannt. Noch im 17. Jh. als starke Feste bezeichnet. Das heutige Schloß wurde im frühen 18. Jh. von Graf Hardegg erbaut. 1945 wurden Gebäude und Inventar stark beschädigt und seither völlig wiederhergestellt.
E: Fam. Graf Hardegg
Lit: *Dehio 1990, 1076 f*

Seibersdorf, Schloß
BH *Baden*
G und **KG** *Seibersdorf*
Eine vornehme dreigeschoßige Anlage in einem prächtigen Park gelegen. Siebenachsige Fassade, vorspringender Mittelturm mit spätbarockem Helm, Hof, Mansardendach, vier freistehende niedrige Eckbauten, Wassergraben, schmiedeeisernes Tor und schöne Statuen. Kapelle im Turm, Landschaftsmalereien in einem Zimmer, großer Festsaal und gefälliges Stiegenhaus. 1559 urk. genannt; der heutige Bau stammt aus dem 17. Jh.; Bis 1945 waren Schloß und Herrschaft im Besitz der Familie Riedemann-Ledebur. Nach den starken Verwüstungen 1945 und während der Besatzungszeit, wobei das gesamte Inventar verlorenging, wurde das Schloß an eine Hotel-AG verkauft, während der übrige Besitz veräußert wurde.
E: Firma Import-Export Seibersdorf
Lit: *Dehio 1953, 318*

Seisenegg, Schloß
BH *Amstetten*
G *Viehdorf*
KG *Seisenegg*
Große unregelmäßige Anlage, die aus verschiedenen Zeiten stammt. Unregelmäßiger Hof mit Brunnen, Kapelle mit bemerkenswerten Glasfenstern, Arkaden im Erdgeschoß, geschlossene Einfahrt. 1248 urk. genannt; die gotische Kapelle wurde vor 1429 erbaut. Besitzer waren die Wallseer, die Schaunberger, die Schallenberger, und von 1664 bis heute die Freiherren von Riesenfels bzw. deren Erben. Seit 1945 befindet sich das Schloß im Verfall; der hohe Turm wurde 1968 neu eingedeckt.*
E: Generalkonsul Thomas Wassibauer
Lit: *Dehio 1953, 318*

Senftenberg, Burgruine
BH *Krems*
G und **KG** *Senftenberg*
Heute noch erhalten sind drei Tore, der quadratische Bergfried, eine Schildmauer sowie ein bemerkenswerter Turm, der unten rechteckig, in der Mitte oval und oben sechseckig ist. Die Burg

mit der tieferliegenden Wehrkirche stellte einst eine mächtige Talsperre dar. 1197 urk. genannt; im 13. Jh. Besitz der Zebinger und der Herren von Wallsee, im 16. Jh. der Schaunberger und der Fürsten von Eggenberg.
E: Fam. Fürst Starhemberg
Lit: *Dehio 1990, 1080*

Senftenegg, Schloß
BH *Amstetten*
G *Ferschnitz*
KG *Innerochsenbach*
Einstöckige viereckige Gebäudegruppe, kleiner Hof, drei Türme mit spitzen Pyramiden- bzw. Giebeldächern, Schloßkapelle. Hof mit Arkaden und Laubengang sowie Wappen der früheren Schloßbesitzer (diese wurden erst um 1900 gemalt). Dem Nordflügel wurde nachträglich ein dreigeschoßiger Anbau vorgesetzt. Das Schloß liegt in einem englischen Park, in dem neben dem schönen Baumbestand noch Nebengebäude wie die Orangerie und das Treibhaus erhalten sind. 1367 vermutlich im Besitz des Hans Häusler, später der Zelking und der Puchheim, danach oftmaliger Besitzerwechsel. Von 1795 bis 1934 Besitz der Familie Starhemberg. Der Vater des heutigen Besitzers Dr. Karl Friedrich Freiherr von Frank war ein bekannter Genealoge und Heraldiker. Bekannt sind die von ihm herausgebrachten „Senftenegger Blätter zur Genealogie". Im Schloß ist heute ein Gasthaus untergebracht.
E: Karl Friedrich Frank
Lit: *Dehio 1953, 323*

Seyring, Schloß
BH *Wien-Umgebung*
G und **KG** *Gerasdorf bei Wien*
Ehem. zweigeschoßiger klassizistischer Bau mit eingeschoßigen Seitenflügeln, der teilweise erhalten ist. Ehem. Seitenflügel, langgestreckter eingeschoßiger Bau mit 5achsigem Mittelrisalit und Flachgiebel; Fenster mit Rundbogenlunetten; Beim Gartenportal Stein mit einer Inschrift: Seyring anno 1699. Urk. erwähnt 1442 Feste Seyring an Georg von Kuenring; im 15. Jh. verfallen. Der heute erhaltene Bau wurde wahrscheinlich unter Maria Josefa Fürstin von Auersperg errichtet, 1797 an Paul Josef von Beroldingen verkauft.
E: Liselotte Parr
Lit: *Dehio 1990, 1085*

Sierndorf, Schloß
BH *Korneuburg*
G und **KG** *Sierndorf*
Zweistöckiger Bau mit vier Flügeln um einen großen Hof, Wendeltreppen und Rundtürmchen. Die äußerst gepflegte Anlage liegt in einem schönen Park. Festsaal mit reich bemalter Decke, spätbarockes Stiegenhaus, Geländer mit Putten und Ziervasen. Die Schloßkapelle (heute Pfarrkirche) mit Halbfiguren, darstellend Wilhelm von Zelking und seine Gattin Margarethe von Sandizell, vermutlich aus der Werkstätte Anton Pilgrams in Wien. Prächtiger Renaissancealtar aus Stein mit Flügeln aus Holz, Wappen der Zelkinger und Sandizell, Totenschilder, Taufstein und Gruftdeckel mit Wappen. Urk. 1282; 1516 unter Wilhelm von Zelking neu erbaut. Im 18. Jh. durch die Familie Colloredo umgebaut. Besitzer waren die Zelking, die Herberstein, die Schallenberg und von 1755 bis heute die Grafen bzw. Fürsten von Colloredo. Das Schloß wurde 1945 sowie während der Besatzungszeit stark beschädigt und das Inventar großteils vernichtet. Seit-

her erfolgten laufend Restaurierungsarbeiten, sodaß das Schloß heute in äußerst gutem Zustand ist.
E: Rudolf Graf Colloredo-Mansfeld
Lit: *Dehio 1990, 1088*

Sitzenberg, Schloß
BH *Tulln*
G *Sitzenberg-Reidling*
KG *Sitzenberg*
Auf einer Anhöhe gelegene, weithin sichtbare, dreigeschoßige Anlage mit runden Ecktürmen und Zwiebelhelmen. Altane im Hof, schönes Stiegenhaus, Wehrmauer mit Bastionen und Wehrgraben. Der rückwärtige Flügel wurde abgetragen (im 19. Jh.). Im 15. Jh. Besitz der Herren von Seepeck, im 16. Jh. der Greiß, 1913–38 der Freiherren von Springer. Große Zerstörungen im Jahre 1945. Heute ist im Schloß eine Bundeslehranstalt für landwirtschaftliche Frauenberufe untergebracht.
E: Republik Österreich
Lit: *Dehio 1953, 326*

Sitzendorf, Schloß
BH *Hollabrunn*
G *Sitzendorf an der Schmida*
KG *Sitzendorf*
Dreigeschoßiger Ziegelrohbau mit Eckrisalit. Das Schloß wurde vollkommen umgebaut und für Schulzwecke adaptiert (1954). Die für das ehem. Schloß charakteristischen Bauteile sind beim Umbau verschwunden; außerdem wurde noch ein Zubau angefügt. 1144 mit Rapoto von Sizinesdorf genannt; die alte Burg wurde laut Inschrift 1745 abgerissen und 1765 durch die Dietrichstein großzügig erneuert. Das Schloß dient heute als Hauptschule.
E: Marktgemeinde Sitzendorf an der Schmida
Lit: *Dehio 1990, 1095*

Sitzenthal, Schloß
BH *Melk*
G *Loosdorf*
KG *Sitzenthal*
Freundliches zweigeschoßiges Gebäude, am Ufer der Pielach gelegen. Die Anlage macht eher den Eindruck eines neuzeitlichen Landhauses. Im ersten Stock eine von Säulen und Rundbögen getragene Halle. Bemerkenswerte Sammlung von Kunsthandwerk, Bildern und Möbeln. Urk. 1278; das Schloß wurde im 16. Jh. und im Jahre 1835 umgebaut.
E: Max von Braida
Lit: *Dehio 1953, 326*

Sommerein, Schloß
BH *Bruck an der Leitha*
G und **KG** *Sommerein*
Hufeisenförmige zweigeschoßige Anlage, der Mittelteil dreigeschoßig mit Doppelpilastergliederung und Walmdach. Rundbogenportal mit Stuckdecke in der Durchfahrt. Im Erdgeschoß Pfeilerarkaden und schöne Treppenanlage. Das Schloß wurde um 1720 von Maria Gräfin Fuchs (genannt „Füchsin"), der Erzieherin der späteren Kaiserin Maria Theresia, erbaut. Das Schloß ist als Amtshaus und Volksschule der Gemeinde in Verwendung.
E: Marktgemeinde Sommerein
Lit: *Dehio 1953, 327*

Sonnberg, Schloß
BH und **G** *Hollabrunn*
KG *Sonnberg*
Ehem. Wasserschloß mit Graben und Steinbrücke. Dreigeschoßige Anlage mit mächtigem achteckigen Turm, Balustrade, Freitreppe zum Garten, im Inneren Festsaal mit Stuckdekoration; die

Wirtschaftsgebäude flankieren die Zufahrtsstraße und sind durch Wassergräben vom Schloß getrennt. Urk. 1188; Umbauten erfolgten um 1600 und 1864 durch die Familie Schönborn. 1645 Besetzung durch die Schweden. Im Schloß ist heute eine Haftanstalt untergebracht.
E: Bundesministerium für Justiz
Lit: *Dehio 1990, 1097 f*

Sooß, Schloß und Burgruine ((Hürm)
BH *Melk*
G *Hürm*
KG *Sooß*
Auf einem Felsen die Ruine der ehem. Burg mit Resten des Turmes; daran anschließend das „Stöckel" mit zwei Toren; das sogenannte neue Schloß ist ein zweistöckiger rechteckiger Renaissancebau mit quadratischem Turm. Arkadengang von 1901, Kapelle, quadratischer mit Rundtürmen eingefaßter Bau. Urk. 1227; vom 12. bis zum 14. Jh. Besitz der Soosser, vom 15. bis 16. Jh. der Familie Schirmer. Veränderungen bzw. Erweiterungen erfolgten im 16., 17. und Anfang des 20. Jh.s. Bis 1938 war die Anlage im Besitz des Grafen Edgar Hoyos. Damals mit erlesenem Inventar ausgestattet. Eine landwirtschaftliche Fachschule ist heute in dem Gebäude untergebracht.
E: Niederösterreichische Landesregierung
Lit: *Dehio 1953, 130 f*

Sparbach, Schloß
BH *Mödling*
G *Hinterbrühl*
KG *Sparbach*
Freundliches zweigeschoßiges Schloß mit Mansardendach und vorspringendem Quertrakt. Das Schloß ist mit gediegenem Mobiliar ausgestattet. 1627 genannt, in seiner heutigen Form aus dem Jahr 1810 stammend. Ferdinand Raimund arbeitete hier an seinem Werk „Alpenkönig und Menschenfeind". 1985/86 wurde das Schloß als Wohnsitz des Fürsten Liechtenstein eingerichtet. Es liegt am Eingang zum großen Tiergarten, der in den letzten Jahren zu einem beliebten Ausflugsziel vieler Touristen wurde.
E: Fam. Fürst Liechtenstein
Lit: *Dehio 1953, 329*

Spitz, Burgruine (Hinterhaus)
BH *Krems*
G und **KG** *Spitz*
Sehenswerte Ruine in der Wachau; langgestreckte Anlage mit Rundtürmen, viereckigem Bergfried, zinnenbekrönten Mauern, Schußlöchern sowie Pechnasen. Urk. 1243 genannt; Besitzer waren das Kloster Niederaltaich und die Kuenringer. 1805 und 1809 wurde die Burg von den Franzosen zerstört. Hinterhaus war die obere Burg der Herrschaft Spitz und wurde daher auch „Oberhaus" genannt. Der Verkehrsverein von Spitz hat sich seit 1977 vertraglich verpflichtet, die Ruine zu erhalten und alljährlich Sanierungsarbeiten durchzuführen.
E: Marktgemeinde Spitz
Lit: *Dehio 1990, 1107*

Spitz, Schloß
BH *Krems*
G und **KG** *Spitz*
Unregelmäßige zweigeschoßige Flügel bilden einen rechteckigen Hof. Vermauerte Arkaden, zwei Einfahrten, zwei Doppelwappen (Kuefstein-Puchheim und Dietrichstein-Questenberg). Das Schloß dient heute als Forstamtsgebäude und für Wohnzwecke. 1312 erwähnt; die ältesten Teile stammen von 1600. Neben dem Schloß Reste

der protestantischen Kapelle, die 1620 abbrannte.
E: Stadt Wien
Lit: *Dehio 1990, 1108*

Staatz, Burgruine
BH *Mistelbach*
G und **KG** *Staatz*
Unmittelbar aus der Ebene erhebt sich eine weithin sichtbare Kalksteinklippe, auf der die Burgruine liegt. Von der weitläufigen Anlage sind heute noch Reste von Bergfried und Palas, Mauern und Turmreste entlang des Burgweges sowie auf der Anhöhe das Gemäuer eines viereckigen Gebäudes, mit spitzbogigem Torbogen und Spuren eines romanischen Fensters erhalten. Urk. 1182; 1645 von den Schweden zerstört. Unterhalb der Ruine lag das durch Freiherrn von Breuner 1672 neu erbaute Schloß, das 1945 völlig zerstört wurde. Besitzer waren Fürst Collalto, später Graf Piatti.
E: Marktgemeinde Staatz
Lit: *Dehio 1990, 1115*

Stallegg, Burgruine
BH *Horn*
G und **KG** *Rosenburg-Mold*
Burgruine auf einem steilen Hügel zwischen Kamp und Höllgraben. Höhenburg, urk. 1212, 1487 an die Herrschaft Rosenburg, im 16. Jh. verödet. Aus dem Fels gehauener Halsgraben, Reste von Bergfried und romanischer Burgkapelle mit Halbkreisapsis.
E: Dipl.-Ing. Hans Hoyos
Lit: *Dehio 1990, 1116*

Starhemberg, Burgruine
BH *Wiener Neustadt*
G *Markt Piesting*
KG *Dreistetten*
Stattliche Reste einer ausgedehnten Burgruine mit Spitzbogentor, Zwinger, Turmkapelle mit Halbkreisapsis, Annenkapelle im Burghof, Turnierplatz sowie Rundbastionen, Hauptbau aus der Renaissance mit Stiegenhaus, Saal und Rauchküche. Am Fuß des Berges der Meierhof mit Renaissancewappen. 1145 erstmals genannt; Erbauer war Ottokar V. von Steiermark. Ab 1192 Besitz der Babenberger; die Burg war Zufluchtsort des letzten Babenbergers Friedrich II. des Streitbaren. Nach seinem Tod hütete der Deutsche Ritterorden das Familienarchiv und den Hausschatz der Babenberger auf der Burg. 1561 bis 1817 Besitz der Familie Heussenstein, nach 1800 Verfall der Burg. Seit 1913 Besitz der Familie Habsburg-Lothringen bzw. deren Erben Riera. Nach Zerstörungen 1945 wurde die Ruine durch den Verein „Freunde der Burg Starhemberg", unter Leitung von Prof. Halmer, vor dem Verfall gerettet und laufend restauriert.
E: Anton Habsburg-Lothringen
Lit: *Dehio 1953, 331 f*

Starrein, Schloß
BH *Horn*
G *Weitersfeld*
KG *Starrein*
Wasserschloß; Teile des Grabens noch heute mit Wasser gefüllt. Vier dreigeschoßige Flügel mit Hofarkaden, quadratischem Innenhof, Steinbrücke mit Spitzbogentor, Kapelle mit Maßwerkfenstern im Südflügel und reicher Innenausstattung. 1198 urk. erwähnt; 1431 bis 1618 Besitz der Stockhorner, die hier den Protestantismus einführten. Nach einem Brand 1887 wurde das Schloß anschließend wiederhergestellt.
E: Dipl.-Ing. Herbert Eichinger
Lit: *Dehio 1990, 1116 f*

Steinabrunn, Schloß
BH *Korneuburg*
G *Großmugl*
KG *Steinabrunn*
Mächtiger zweigeschoßiger Bau, vier wuchtige Ecktürme mit Pyramidendächern, Reste des Ringgrabens. 1298 urk. genannt; im 17. Jh. ließ die Familie Volkra einen Neubau errichten. Der Kernbau wurde im 18. Jh. unter Wenzel Graf von Sinzendorf abgerissen. Nach oftmaligem Besitzerwechsel war das Schloß bis 1972 im Eigentum der Familie Ruthammer.
E: Fam. Tiefenbrunner
Lit: *Dehio 1990, 1118*

Steinbach, Schloß
BH *Scheibbs*
G *Göstling an der Ybbs*
KG *Ybbssteinbach*
Ehemals zweistöckiges Jagdschloß mit Anbauten, Fachwerk und großem Balkon im Obergeschoß, Saalbau mit Steilgiebel über dem Eingang und hohen Kaminen. Das Schloß ist in einem herrlichen Wald gelegen. Um 1900 wurde es als Jagdschloß erbaut und war bis 1930 im Besitz der Familie Rothschild.
E: „ERGE"-Ges. zur Errichtung gewerblicher Anlagen GesmbH.

Steinebrunn, Schloß
→ Fünfkirchen, Schloß

Stetteldorf, Schloß (Juliusburg)
BH *Korneuburg*
G und **KG** *Stetteldorf am Wagram*
Auf einer Anhöhe des Wagram gelegener, weithin sichtbarer, mächtiger zweigeschoßiger Bau. Über einen Graben gelangt man zum Steinportal mit Hardegg-Wappen, das von Johann Lukas von Hildebrandt 1731 gestaltet wurde. Das nach Plänen von Andreas Piazoll errichtete Hauptgebäude mit neunachsiger Hauptfront, hohem Dach und Ehrenhof war außen und innen prächtig ausgestaltet und von altem Baumbestand umgeben. 1585–1602 von Julius Graf Hardegg erbaut („Juliusburg"). 1703–1707 durch Castelli erweitert, 1731 Errichtung des Portals, 1774 werden die Landschaftsmalereien von Andreas Jäger geschaffen. Das Schloß mit seiner einst prächtigen Innenausstattung wurde 1945 devastiert; in den letzten Jahren erfolgte eine teilweise Restaurierung.
E: Georg von Stradiot
Lit: *Dehio 1990, 1121 f*

Steyersberg, Burg
BH *Neunkirchen*
G *Warth*
KG *Steyersberg*
Bedeutendste Burganlage der Buckligen Welt. Umfangreiche Anlage mit vier Höfen, äußerem und innerem Tor, Bergfried, Burgkapelle, malerischem unregelmäßigen Hof mit zweigeschoßigen Laubengängen, gemauertem Wehrgang, Wappen der Familie Wurmbrand (Lindwurm) in Bronze auf einem Steinsockel; im Inneren herrliche Einrichtung mit getäfelten Türen und Decken aus der Renaissance. Urk. 1306; seit 1574 Besitz der Familie Graf Wurmbrand-Stuppach. Die Anlage in ihrer heutigen Form wurde 1622 errichtet. Sie konnte 1683 von den Türken nicht erobert werden und überstand das Jahr 1945 relativ gut.
E: Leonora de Wertheimer
Lit: *Dehio 1953, 337*

Stickelberg, Burgruine
BH *Wiener Neustadt*
G und **KG** *Hollenthon*
Kleine Anlage mit starker Befestigung; doppelter tiefer Graben, Tor, Ringmauer mit fünf vorspringenden Türmen. Vom

13.–15. Jh. Besitz der Herren von Stickelberg, später der Freiherren von Weißpriach, im 16. Jh. der Neydegger und später der Wurmbrand. Die Burg gehörte zur Herrschaft Steyersberg und ist seit 1810 Ruine.
E: Josef Graf Wurmbrand-Stuppach
Lit: *Dehio 1953, 338*

Stiebar, Schloß
BH *Scheibbs*
G *Gresten*
KG *Ybbsbachamt*
Dreigeschoßiger mächtiger Bau mit Hof. An der Südostfront tritt der mehrgeschoßige viereckige Kapellenraum vor: spätgotische Maßwerkfenster, Dachreiter mit kleinem Zwiebelhelm, Fresken, die 1960 freigelegt wurden. Sechsachsige Hauptfront mit Doppelportal und Steinwappen der Herren von Stiebar. Über eine große Stiege gelangt man in die gepflegten Innenräume mit guten Bildern und qualitätvollem Mobiliar. Reizvolle Wand- und Deckenmalereien im Festsaal des ersten Stockes. Das gepflegte Schloß liegt in einem großen Park. Im 12. Jh. werden die Grafen von Peilstein genannt, um 1400 Besitz der Zinzendorf, 1790 vollständiger Umbau durch Johann von Stiebar, der dem Schloß seinen Namen gab (früher Hausegg). 1820 Besitz der Freiherren von Knorr. Das Schloß wird fallweise für Ausstellungen und Konzerte zur Verfügung gestellt.
E: Seit 1908 Fam. Graf Seefried
Lit: *Dehio 1953, 89*

Stixenstein, Burg
BH *Neunkirchen*
G *Ternitz*
KG *Sieding*
Mittelalterlicher viereckiger Bergfried mit eigenartigem Abschluß; vier Meter dicke Mauern. Urspr. gotische Kapelle, sechseckiges Giebeltürmchen, gotische Fenster, spätgotisches Tor. Herrlicher Park, der sich bis in das Tal erstreckt. 1182 urk. genannt; 1347 erneuert und seit 1547 im Besitz der Fam. Hoyos. 1802 durch Brand zerstört und 1843 teilweise wiederhergestellt.
E: Stadtgemeinde Wien
Lit: *Dehio 1953, 338*

Stockerau, Rathaus (ehem. Schloß)
BH *Korneuburg*
G und **KG** *Stockerau*
Schauseite mit Giebelrisalit und ionischer Pilasterordnung, Uhrturm, breitem Tor mit Säulen und Statuen; im Inneren Sitzungssaal mit Stuckdecke und Bildnissen der Habsburger. Innenausstattung von 1750. Das ehem. Puchheimsche Schloß stammt aus dem späten 17. Jh.
E: Stadtgemeinde Stockerau
Lit: *Dehio 1990, 1132 f*

Stockern, Schloß
BH *Horn*
G *Meiseldorf*
KG *Stockern*
Zweigeschoßige regelmäßige Anlage um einen rechteckigen Hof, Rundtürme an den Ecken, Steinbrücke mit Haupttor und Wappen der Familie Engelshofen, Innenräume teilweise mit alten Balkendecken und mit Stuckplafonds, Möbel und Ölgemälde aus dem 17. und 18. Jh. Park mit schönen Alleen, Parkmauer mit Ecktürmchen. Die ehem. Wasserburg war bis ins 15. Jh. Besitz der Stockhorner. 1474 zerstört, 1570 wurde ein Großteil der heutigen Anlage errichtet. Im Jahre 1899 schrieb hier die berühmte Schriftstellerin Bertha von Suttner ihr Hauptwerk „Die Waffen nieder“ und erhielt

dafür den Friedensnobelpreis.
E: Fam. Suttner
Lit: *Dehio 1990, 1139 f*

Stoitzendorf, Schloß
BH *Horn*
G *Eggenburg*
KG *Stoitzendorf*
Vier zweigeschoßige Flügel bilden einen rechteckigen Hof; Zinnenturm, Kapellenturm, Haupttor mit Doppelwappen des Stiftes Klosterneuburg und des Prälaten Ernst Perger. Hof mit zweigeschoßigen Arkaden, schöner Freitreppe und Tor. Prälatensaal mit Stukkaturen, Josefssaal mit Wandgemälden, die sich auf das Leben Josefs von Ägypten beziehen. In seiner heutigen Form wurde das Gebäude vor 1629 erbaut (als Pfarr- und Gutshof). Zubauten erfolgten 1713/14, die Malereien stammen von 1760.
E: Dr. Hermann Buchner
Lit: *Dehio 1990, 1141 f*

Stollberg, Burg
BH *St. Pölten*
G *Brand-Laaben*
KG *Stollberg*
Zweigeschoßiger Hauptbau mit eingeschoßigem hakenförmigen Anbau und Holzveranda. Die Burg liegt auf einer Anhöhe mit schöner Aussicht. 1429 urk. genannt; 1571 umgebaut, 1827 Besitz des Fürsten Croy, seit 1910 des Grafen Wimpffen.
E: Fam. Maroschek

Streitdorf, Schloß
BH *Korneuburg*
G *Niederhollabrunn*
KG *Streitdorf*
Biedermeierliche Anlage, einstöckig, streng symmetrisch und mit allseits abgewalmtem Dach. Der neunachsigen Hauptfront ein auf Pfeilern ruhender Balkon vorgesetzt. Drei einander zugeordnete Baukörper. Im 12. Jh. bereits urk. erwähnt, 1303 Ulrich von Streitdorf. Über das Frauenkloster St. Jakob an der Hülben in Wien kam Streitdorf an die Volkra auf Steinabrunn. 1816 erwarb Josef Melchior Ritter von Baldauf den Besitz, der das Schloß neu errichten ließ.
E: Dipl.-Ing. Karl Ratzenböck
Lit: *Dehio 1990, 1155*

Streitwiesen, Burg
BH *Melk*
G *Weiten*
KG *Streitwiesen*
Große Anlage, von der heute noch die Ringmauer mit Zinnen und Rundtürmen sowie Teile der Vorburg erhalten sind. Mächtiger Bergfried, Burgkapelle zum hl. Pankraz mit bemerkenswerten Wappengrabsteinen. 1144 bis 1396 Stammsitz der Streitwieser, später Besitz der Familien Schrot (1463) und Rot (1559).
E: Seit 1972 Bund zur Errichtung und Erhaltung einer österreichischen Jugendburg
Lit: *Dehio 1990, 1155 ff*

Stronsdorf, Schloß
BH *Mistelbach*
G und **KG** *Stronsdorf*
Einfache Anlage aus dem 17. Jh., auf die im 18. Jh. ein Stockwerk aufgesetzt wurde. Vor dem Schloß eine schöne Dreifaltigkeitssäule. Nach 1480 Besitz der Wallseer, von 1650 bis 1810 der Sinzendorf, ab 1858 der Familie Kammel (später Kammel-Hardegger).
E: Alexandra Revay
Lit: *Dehio 1990, 1160*

Stuppach, Schloß
BH *Neunkirchen*
G *Gloggnitz*
KG *Stuppach*
Zweigeschoßiger zwölfachsiger Bau mit Souterrain und ausgebautem Mansardendach. Aus der Zeit der Renaissance ist ein runder Eckturm mit Schlüsselscharten noch

erhalten. Die Anlage stammt aus dem 16. Jh., Umbauten erfolgten im 17. und 18. Jh. Stuppach ist das Stammschloß der Grafen von Wurmbrand-Stuppach. Am 21. März 1782 übernachtete hier Papst Pius VI., am Weg von Rom nach Wien, und traf am darauffolgenden Tag mit Kaiser Josef II. zusammen.
E: Peter Krispel und Miteigentümer
Lit: *Dehio 1953, 344*

T

Tannenmühle, Schloß
BH *St. Pölten*
G und **KG** *Altlengbach*
In einem großen Park liegt dieses gepflegte Schloß, das an ein englisches Landhaus erinnert. Zweistöckiger Bau mit großer Halle und Marmorsäule, breite Holztreppen, freundliche Zimmer mit sehr schönem Mobiliar. Hufeisenförmiger Grundriß, neugotische Kapelle mit Glockenturm (hofseitig angebaut). Aus den ebenerdigen eleganten Räumen gelangt man direkt in den Park. Aus dem Material des nächstgelegenen Kalksandsteinbruches wurde der neue Linzer Dom errichtet. Das Schloß wurde an der Stelle einer alten Mühle, in der zweiten Hälfte des 19. Jh.s erbaut. Besitzer waren 1862 Graf Lützow, später die Esterházy, die Fam. Resseguier, 1920 Franz Graf Clam Gallas, später seine Enkelin Sophie Trauttmannsdorff.
E: Peter und Elisabeth von Blaas

Teisenhoferhof, Schloß
→ Weißenkirchen, Schloß

Thalheim, Schloß
BH *St. Pölten*
G *Kapelln*
KG *Thalheim*
Das Schloß bildet mit den Wirtschaftsgebäuden eine dreigeschoßige weitläufige Gebäudegruppe. Schloßgebäude mit hohen Walmdächern sowie Kaminen, die Dachreitern ähneln. Über dem Tor Khevenhüller-Wappen. Dieses Schloß stammt aus dem 17. Jh., ein Zubau wurde im 18. Jh. angefügt. Am 21. Juli 1692 wurde in der Schloßkapelle der berühmte Baumeister Jakob Prandtauer getraut.
E: Brigitta Schön Ges.m.b.H. Wien
Lit: *Dehio 1953, 345f*

Therasburg, Schloß
BH *Horn*
G *Sigmundsherberg*
KG *Theras*
Auf einem Bergrücken im Wald gelegen, durch einen Halsgraben gesichert, mit Steinbrücke, Torbau, romanischem Bergfried mit neuzeitlichen Zinnen, zweigeschoßiger Hauptburg, Hof und Freitreppe, rundbogigem Portal mit zierlicher Umrahmung aus weißem Sandstein und darüberliegender Inschrift „Erbaut 1172, renoviert 1893". Urk. 1327; 1473 vom Raubritter Kratzer eingenommen. 1842 wurde die Burg durch den Grafen Hermann Attems erneuert und dabei das zweite Stockwerk abgetragen. Größere Restaurierungen erfolgten 1893 und nach 1945.
E: Dr. Manfred Graf Attems
Lit: *Dehio 1990, 1170f*

Theresienau, Ansitz
BH *Mödling*
G und **KG** *Perchtoldsdorf*
Ehem. Mühlengebäude, das heute als Meierhof verwendet wird. Einstöckiger einfacher Bau, schönbrunngelb gefärbt, mit gewölbter Einfahrt sowie anschließendem

großen Wirtschaftshof. Von einem freundlichen Park umgeben. Im Wirtschaftsgebäude befindet sich heute ein Reitstall. 1791 erbaut; früher Besitz des Dr. Brenner.
E: Dipl.-Ing. Christine Weiss-Tessbach, Elisabeth Berger-Waldenegg und Sophie Faber

Thernberg, Burgruine
BH *Neunkirchen*
G *Scheiblingkirchen-Thernberg*
KG *Thernberg*
Die Burg stellt den Typus eines Wehrbaues der ältesten Zeit (10. bis 11. Jh.) dar. Auf der höchsten Angriffsseite der Bergfried; das schloßartige Wohngebäude ist seit 1945 im Verfall. 1147 urk.; Anfang des 19. Jh.s Besitz von Erzherzog Johann, 1825 vom Fürsten Liechtenstein erworben.
E: Lilian Tuider
Lit: *Dehio 1953, 348*

Thomasberg, Burgruine
BH *Neunkirchen*
G und **KG** *Thomasberg*
Eine der interessantesten Burgruinen von Niederösterreich. Über einem breiten Graben befindet sich die heute noch bewegliche Zugbrücke. Aus der Ringmauer hervortretende Türme, Schildmauer mit Verteidigungsgang, vieleckiger mehrstöckiger Renaissancebau mit Hof. In der ehem. Kapelle ist noch der auf einer Säule ruhende Musikchor erhalten. Die Zeit der Entstehung ist unbekannt (vermutlich 12. Jh.). 1503 urk. genannt; im Besitz der Königsberg, Pergen, Jörger, Batthyány und der Freiherren von Dietrich.
E: Hans Martin Prinzhorn und Dr. Lutz
Lit: *Dehio 1958, 348*

Thunau, Burgruine
→ Gars am Kamp, Burgruine

Thurnberg, Burgruine
BH *Zwettl*
G *Pölla*
KG *Wegscheid am Kamp*
Die Burgruine liegt westlich des Ortes auf dem Höhenrücken zwischen Kamp und Bruchetbach. Reste einer ehem. Abschnittburg; vermutlich um 1180/90 erbaut, bald wieder verlassen oder zerstört. Heute sind nur mehr geringe Reste des rechteckigen Wehrbaues mit zwei Halsgräben und einem Turm im Westen sichtbar.
E: Österreichische Bundesforste
Lit: *Dehio 1990, 1245*

Thürnthal, Schloß
BH *Tulln*
G *Fels am Wagram*
KG *Thürnthal*
Würfelförmiger viergeschoßiger Baukörper mit kräftiger Wandgliederung, rechteckigem Hof, Wehrgraben; die vier Schauseiten sind durch Mittelrisalite betont. Einfahrtshalle auf vier Säulen mit Deckenstuck um 1720. Seitlich Wirtschaftsgebäude aus dem 18. Jh. 1569 urk. im Besitz des Richard Strein. 1696 durch Brand zerstört, 1720 neu erbaut durch Wenzel Graf von Enkevoirt. Schloß, Park und Steinfiguren wurden 1945 und danach schwer beschädigt.
E: Erwin Stauber
Lit: *Dehio 1990, 1178 f*

Totzenbach, Schloß
BH *St. Pölten*
G *Kirchstetten*
KG *Totzenbach*
Stattlicher Bau mit Wassergräben, mit zweigeschoßigem Turmbau, Palas, Torturm, Zugbrücke und gewölbten Räumen. 1224 begleitet der Minnesänger Totzenbach Ulrich von Liechtenstein nach Friesach. 1374 Besitz des Hans von Totzenbach, 1394 der Polheimer, von 1513 bis 1823 der Trauttmanns-

dorff und der Liechtenstein. 1747 heiratete Freiherr von Totzenbach die Gräfin Maria Anna von Martinic. 1857 wurde das Schloß teilweise abgebrochen und das Material für das Bahnhofsgebäude von Kirchstetten verwendet.
E: Seit 1974 Josef Figl

Traismauer, Schloß
BH *St. Pölten*
G und **KG** *Traismauer*
An der Nordwestecke der ehem. Stadtbefestigung liegt der drei- bzw. viergeschoßige Bau mit Hof, frühbarocken Hofgalerien, einem Wappenstein des Erzbischofs Harrach und verschiedenen Römersteinen. Schloß Traismauer war eine berühmte römische Siedlung mit Reitercastell, ehem. als Augustiana bezeichnet. Eine Inschrift aus dem Jahr 140–144 n. Chr. ist über dem Barockportal eingemauert. Einige Bauteile stammen aus dem 14. Jh. Von 1825 bis 1964 Besitz der Fam. Geymüller. Heute ist das Museum für Frühgeschichte des Landes Niederösterreich im Schloß untergebracht.
E: Stadtgemeinde Traismauer
Lit: *Dehio 1953, 351*

Trautmannsdorf, Schloß
BH *Bruck an der Leitha*
G *Trautmannsdorf an der Leitha*
KG *Trautmannsdorf*
Eine weitläufige zweigeschoßige Anlage, mit Wirtschaftsgebäude um einen rechteckigen Hof im Park. Dreigeschoßiger Mittelteil mit Attika und Wappenkartusche. Großer auf Säulen ruhender Balkon, ovale Kapelle mit Kuppel, im Inneren Rittersaal mit romantischen Wandmalereien. 1292 urk. genannt; 1477 von Matthias Corvinus und 1529 von den Türken zerstört. Philipp Batthyány ließ im 19. Jh. (vermutlich von Josef Kornhäusel) einen Neubau errichten.
E: Fam. Batthyány
Lit: *Dehio 1953, 352*

Tribuswinkel, Schloß
BH *Baden*
G *Traiskirchen*
KG *Tribuswinkel*
Einfacher einstöckiger Bau um einen viereckigen Hof. 1136 wird ein Jubost de Tribanswinchele genannt. Im Jahr 1918 wurde das Schloß umgebaut. Der ehem. Besitzer Ludwig Urban schenkte das Schloß dem jetzigen Besitzer, der ein Kindererholungsheim darin einrichtete.
E: Stadtgemeinde Wien
Lit: *Dehio 1953, 353*

Trumau, Schloß
BH *Baden*
G und **KG** *Trumau*
Einstöckiger Bau um einen Hof mit zwiebelbekrönten Ecktürmchen. Kleine tonnengewölbte Kapelle mit gutem Altarbild. Doppelfenster mit Flachgiebel, Portal mit Jahreszahl 1650. Das Schloß war ehem. Sommersitz der Äbte des Stiftes Heiligenkreuz. Heute sind das Pfarramt und eine Heimstätte für die Pfarrjugend darin untergebracht.
E: Seit 1138
Stift Heiligenkreuz
Lit: *Dehio 1953, 353*

U

Ulmerfeld, Schloß
BH und **G** *Amstetten*
KG *Ulmerfeld*
Die Anlage besteht aus dem Torturm, dem rundbogigen Tor, einem darüberliegenden Balkon auf Kragsteinen, vier Trakten um einen unregelmäßigen Innenhof, Pultdächern gegen den Hof, dem Bergfried, der Kapelle mit Freskenresten und der Torhalle mit gotischem Kreuzgewölbe. Die ehem. römische

Siedlung wurde 995 urk. genannt. Vom 14. Jh. bis 1803 war das Schloß im Besitz der Freisinger Bischöfe, im 20. Jh. der Neusiedler Papierfabrik. Das Schloß wird für ein kulturelles Veranstaltungszentrum adaptiert.
E: Stadtgemeinde Amstetten
Lit: *Dehio 1953, 356*

Ulrichskirchen, Schloß
BH *Mistelbach*
G *Ulrichskirchen-Schleinbach*
KG *Ulrichskirchen*
Zweistöckiges Schloß mit großem Hof (Arkaden im Erdgeschoß), von einem Wassergraben und einem Ringwall umgeben; Kapelle mit Schmiedeeisengitter und bemerkenswerter Einrichtung. Im 12. Jh. genannt; im 14. Jh. Besitz der Dachsberger, im 15. Jh. der Pottendorfer und im 16. Jh. der Zelkinger. Seit langer Zeit im Besitz der Fam. Hardegg. Die schweren Schäden von 1945 wurden zur Gänze behoben.
E: Maria Gräfin Bulgarini, geb. Hardegg
Lit: *Dehio 1990, 1191*

Unterdürnbach, Schloß
BH *Hollabrunn*
G *Maissau*
KG *Unterdürnbach*
Zweigeschoßiges rechteckiges Gebäude mit Arkadenhof und Wassergraben. Schloßkapelle mit Barockaltar, Vorsaal der Prälatur mit Stuckdecke und Wappen des Abtes Peckendorfer. Urk. 1196; oft zerstört, 1481 durch die Ungarn, 1619 und 1620 durch Matthias Thurn und Buquoy und 1645 durch die Schweden. 1672 wurde das Schloß wiederaufgebaut. Unterdürnbach ist als Pfarrhof in Verwendung.
E: Seit 1644 Stift Lilienfeld
Lit: *Dehio 1990, 1195 f*

Untermixnitz, Schloß
BH *Horn*
G *Weitersfeld*
KG *Untermixnitz*
Dreiflügelige ehrenhofartige Anlage, zweigeschoßig über Sockelgeschoß, 16. Jh., ehem. von einem Wassergraben und einer Mauer umgeben. Urk. 1393, 1445 Feste Nieden Müchsniz. Nördlich Reste der Umfassungsmauer aus Bruchstein. Im 19. Jh. Anbauten. Im Inneren die teilweise gewölbten Erdgeschoßräume.
E: Ferdinand Melichar
Lit: *Dehio 1990, 1201*

Unterstinkenbrunn, Schloß
BH *Mistelbach*
G *Gartenbrunn*
KG *Unterstinkenbrunn*
Einfacher einstöckiger Bau; der Wohntrakt wird auf drei Seiten von Wirtschaftsgebäuden umschlossen; Kapelle. Das Schloß wurde um 1630 von den Grafen Zinzendorf-Ernstbrunn erbaut. 1934 wurde das Gebäude aufgeteilt und gehört heute mehreren Eigentümern.
E: Josef Hagen, Josef Peitl, Franz Hartmann
Lit: *Dehio 1990, 1211*

Urschendorf, Schloß
BH *Neunkirchen*
G *St. Ägyden am Steinfeld*
KG *Urschendorf*
Einstöckiger, heute sehr einfacher klassizistischer Bau (um 1790) mit Säulen, darüberliegendem Wappen und Inschrift A.E.I.O.U. – 1487. Der kleine Innenhof wurde in jüngster Zeit mit einem Glasdach gedeckt und stellt nun eine sehr wohnliche Halle dar. 1432 erstmals urk. erwähnt. Das in einem gepflegten großen Park gelegene Schloß wird seit

1984/85 laufend restauriert.
E: Dipl.-Vw. Carl Baron Weigelsperg
Lit: *Dehio 1953, 360*

V

Velm, Schloß
BH *Wien-Umgebung*
G *Himberg*
KG *Velm*
Zweistöckiger Wohntrakt an der Straßenfront mit breiter Tordurchfahrt; Meierhof mit zwei großen Höfen und Stallungen. Die heutige Anlage stammt aus dem 19. Jh. (älterer Baukern). Besitzer waren die Ankerbrot Fabrik AG und Ing. Ludwig Karl.
E: Seit 1955 Familie Matthias Dürr
Lit: *Dehio 1953, 122*

Vestenötting, Schloß
BH und **G** *Waidhofen an der Thaya*
KG *Vestenötting*
Langgestrecktes einstöckiges Gebäude mit zwei Flügeln. In der Mitte Viereckturm mit Zwiebelhelm, im Inneren einige Decken mit barocken Profilen. 1255 wird Ernest von Nettich erwähnt; 1430 von den Hussiten zerstört; im 16. Jh. ließ Pilgrim von Puchheim aus den Mauerresten das neue Schloß erbauen. Vestenötting ist Bestandteil der Herrschaft Waidhofen an der Thaya.
E: Philipp Graf Gudenus
Lit: *Dehio 1990, 1215f*

Vestenthal, Schloß
BH *Amstetten*
G *Haidershofen*
KG *Vestenthal*
Kleines, ehem. Wasserschloß mit vier kleinen Türmen und Pfefferbüchsen, Brücke und Tor sowie einfachen Innenräumen. Im 15. Jh. erstmals genannt, bis zum 16. Jh. Besitz der Herren Perger von Höhenperg zu und auf Clam.
E: Maria Heiligenmann

Viehofen, Schloßruine
BH und **G** *St. Pölten*
KG *Viehofen*
Zweistöckiger langgestreckter Bau mit Kapelle von 1463. Das Schloß hat unter den Kriegseinwirkungen 1945 so schwer gelitten, daß man sich entschloß, einen Teil davon abzutragen. Auch die restliche Anlage ist heute dem Verfall preisgegeben. 1130–1297 Erwähnung der Herren von Viehofen (Passauer Lehen). Die heutige Anlage stammt aus dem 17. Jh.
E: Franziska Kurz, geb. Gräfin Kuefstein
Lit: *Dehio 1953, 361*

Völkrahof, Ansitz
BH *Amstetten*
G *Euratsfeld*
KG *Gafring*
Einstöckiger Ansitz mit Vorbau und Balkon. Der aus dem 19. Jh. stammende Bau hat keine besondere historische Bedeutung und wird teilweise für den land- und forstwirtschaftlichen Betrieb verwendet.
E: Familien Kubasta und Hagg

Vösendorf, Schloß
BH *Mödling*
G und **KG** *Vösendorf*
Dreigeschoßige Anlage mit hohem Turm (mit neuer Haube). Teilweise sind noch Wassergräben erhalten. 1175 erstmals genannt, im 16. Jh. umgebaut und 1808 unter Kaiser Franz I. in seine heutige Form gebracht. Besitzer waren die Henckel-Donnersmarck, die Kielmannsegg, die Starhemberg, von 1794 bis 1918 der Habsburg-Lothringsche Familiengüterfonds und anschließend bis 1940 der Invalidenfonds.
E: Stadt Wien
Lit: *Dehio 1953, 361*

Vöslau, Schloß
BH *Baden*
G *Bad Vöslau*
KG *Vöslau*
Viergeschoßiges klassizistisches (von Ferdinand Hetzendorf von Hohenberg umgebautes) Schloß in einer romantischen Parkanlage; zweigeschoßiger Saal, Verkaufshalle (Bazar) von Theophil Hansen, nach 1955 abgebrochen. Das ehem. Wasserschloß wurde im 12. Jh. urk. erwähnt. 1945–55 wurde Vöslau von der ausländischen Besatzungsmacht besetzt und arg in Mitleidenschaft gezogen. Erst in den letzten Jahren vollständig restauriert. Im Schloß ist das Rathaus untergebracht.
E: Stadtgemeinde Bad Vöslau
Lit: *Dehio 1953, 361 f*

Vöstenhof, Schloß
BH *Neunkirchen*
G und **KG** *Vöstenhof*
Unregelmäßiger Bau mit vieleckigem Hof, Graben, Steinbrücke, Rundbogentor, Fußgängerpforte; hohe schmale spätgotische Kapelle, wertvolle Inneneinrichtung. Urspr. Besitz der Neidegger, seit 1549 der Hoyos, im frühen 20. Jh. des Fürsten Schwarzenberg und von diesem im Erbweg in den Besitz des Generals Emil Graf Spannocchi (ehem. Armeekommandant des Österreichischen Bundesheeres) und seiner Gemahlin, geborene Gräfin Czernin, übergegangen.
E: Peter Max Vertriebs-GesmbH.
Lit: *Dehio 1953, 362*

W

Waidhofen an der Thaya, Schloß
BH, G und **KG** *Waidhofen an der Thaya*
Ein zweigeschoßiger schlichter Bau um einen rechteckigen Hof. Einfahrt mit Wappen der Sprinzenstein 1649. Im Inneren qualitätvolle Bilder, Möbel und Waffen sowie ein interessantes Archiv. Die alte Burg 1171 urk. genannt. 1451 wurde ein Heidenreich Truchseß von Grub und 1525 ein Wilhelm von Puchheim genannt. Das heutige Schloß wurde 1770 von den Freiherren von Gudenus errichtet.
E: Philipp Heinrich Graf Gudenus
Lit: *Dehio 1990, 1225 f*

Waidhofen an der Ybbs, Schloß
BH, G und **KG** *Waidhofen an der Ybbs*
Ein viereckiger Bergfried mit neun Stockwerken, Wehrgang, stimmungsvoller Hof mit Arkaden, Zwinger mit Torturm. Im 12. Jh. erbaute der Graf von Peilstein eine Burg, die 1407 unter Bischof Berthold Wähingen zu einem Schloß ausgebaut wurde. Im 19. Jh. Besitz der Familie Rothschild, die die Anlage 1885–87 durch den Dombaumeister Friedrich Schmidt umbauen ließ. 1930 war die Familie im Zug der Bankenkrise gezwungen, das Schloß zu veräußern. Heute ist es als Forstfachschule in Verwendung.
E: Republik Österreich
Lit: *Dehio 1953, 365*

Wald, Schloß
BH *St. Pölten*
G *Pyrha*
KG *Wald*
Unregelmäßiges dreigeschoßiges Wasserschloß (Gräben nun teilweise trockengelegt), mit rundem Bergfried in der Mitte (mit Galerie und Kegeldach) und kleinem Hof mit Turm; Triumphbogen von 1848. Wertvolle Innenausstattung, gediegene Möbel und

schöne Öfen. 1140 wird Adalschalk von Wald urk. erwähnt. 1429 Besitz des Georg Scheck von Wald (Neuerbauer Burgruine → Aggstein); Umbauten erfolgten im 16. und 17. Jh. Nach mehrfachem Besitzerwechsel wurde Wald 1930 vom Prinzen Auersperg-Breuner erworben.
E: Fam. Auersperg-Breuner
Lit: *Dehio 1953, 367*

Waldreichs, Schloß
BH *Zwettl*
G *Pölla*
KG *Waldreichs*
Ehem. Wasserschloß mit Torturm und vier runden Ecktürmen, Vorburg, dreistöckigem Osttrakt mit ehem. Kapelle. Die wertvolle Steinkanzel ist seit 1945 verschollen. Urk. 1258; Das Gebäude wird heute als Verwaltungssitz des Eigentümers verwendet.
E: Windhagsche Stipendienstiftung
Lit: *Dehio 1990, 1235*

Walkenstein, Schloß
BH *Horn*
G *Sigmundsherberg*
KG *Walkenstein*
Die zweigeschoßigen Flügel mit Arkaden umschließen einen großen Hof. Kapelle mit Wandmalereien, großer Saal mit Mittelpfeiler. 1074 Besitz der Babenberger, im 13. Jh. der Kuenringer; die heutige Form erhielt das Schloß 1670. Das Stift Geras war längere Zeit im Besitz des Schlosses. Von 1890 bis 1938 wurde hier eine Kaltwasser-Kuranstalt betrieben. 1945 schwer beschädigt.
E: Otto Melchard
Lit: *Dehio 1990, 1236*

Walkersdorf, Schloß
BH *Krems*
G *Etsdorf-Haitzendorf*
KG *Walkersdorf*
Einfaches einstöckiges Landschloß mit Balkon; Flachgiebel mit Rundfenster und Seitenflügel, die einen Hof umfassen. Urspr. Lehen der Melker, 1530 des Siegmund Alhartsbeck; das Schloß in seiner heutigen Form stammt aus dem 18. Jh. Seit einigen Jahren wird im Schloß ein Heurigenlokal betrieben.
E: Wolfgang Graf Stubenberg
Lit: *Dehio 1990, 1237*

Wallhof, Schloß
BH *Wien-Umgebung*
G *Schwechat*
KG *Rannersdorf*
Schloßähnlicher zweigeschoßiger Bau mit mächtigem Turm und historistischem Turmhelm. Ein hohes Satteldach, schmale offene Arkaden im Hof, barocker Saal und Kapelle mit Deckengemälde. 1662 erbaut; Besitz der Familie Paar, später der Gortner und von 1755 bis 1895 des Dominikanerordens.
E: Gemeinde Wien
Lit: *Dehio 1953, 271*

Wallsee, Schloß
BH *Amstetten*
G *Wallsee-Sindelburg*
KG *Wallsee*
Wehrhafte weitläufige Anlage mit Vorschloß und Rudolfstor, Steinbrücke zum Hauptschloß, 40 Meter hohem Bergfried mit Galerie, gotischer Kapelle, unregelmäßigem Innenhof mit Brunnen und dreistöckigem Wohntrakt; aus dem Felsen gehauener Burggraben.
Zahlreiche römische Funde bestätigen eine größere römische Siedlung im Bereich dieses Ortes („Adiuvense"). 1364 von Reinprecht von Wallsee erbaut. Umbauten erfolgten im 16. u. 17. Jh. u. a. unter den Grafen Saint Julien, im 18. u. 19. Jh. umfassende Renovierungen unter Feldmarschall Graf Daun und Erzherzog Franz Salvator. 1895 erwarben Erzherzogin Marie-Valérie

und Erzherzog Franz Salvator Schloß und Herrschaft. Kaiser Franz Josef hielt sich später selbst fallweise dort auf. Im Mai 1945 fand hier ein historisches Ereignis statt: Die Heerführer der amerikanischen und russischen Armeen, General Patton und Marschall Tolbuchin, trafen im großen Saal des Schlosses, unter dem geschmückten Bild Kaiser Franz Josefs I., das erste Mal im besetzten Österreich zusammen.
E: Ing. Franz Salvator Habsburg-Lothringen
Lit: *Dehio 1953, 368 f*

Walpersdorf, Schloß
BH *St. Pölten*
G *Inzersdorf-Getzersdorf*
KG *Walpersdorf*
Zweistöckiges Hauptgebäude mit Turm und großem Hof mit Laubengängen. Im Osten des Ortes ehem. Fasanerie mit Mauer und Ecktürmen. Im Inneren großer Saal; Loreto-Kapelle mit Gruft der Familien Colloredo und Montecuccoli. Walpersdorf wurde 1572 von Ulrich von Ludmannsdorf als prächtiger Feudalsitz errichtet. Später lange Zeit im Besitz der Fam. Graf Falkenhayn; Marie Gräfin Falkenhayn vermachte es schließlich dem jetzigen Besitzer.
E: Orden „St. Petrus Claver Solidarität"
Lit: *Dehio 1953, 369*

Walterskirchen, Schloß (Coburg)
BH *Mistelbach*
G *Poysdorf*
KG *Walterskirchen*
Dreigeschoßiger Bau mit Balkon und Giebeln, zweigeschoßigen Seitenflügeln, die einen Arkadenhof umschließen. Das Schloß lag einst in einem schönen Park. Urk. 1249; ein Umbau erfolgte im 17. Jh.
E: Philipp August Prinz Sachsen Coburg und Gotha
Lit: *Dehio 1990, 1240*

Wang, Schloß
BH *Scheibbs*
G und **KG** *Wang*
Mitten im Dorf gelegenes, einstöckiges Gebäude mit Grüntalwappen über dem Tor, Arkaden im Erd- und Obergeschoß, Kapelle und Freitreppe. Das Schloß wurde Ende des 16. Jh.s von Wolfgang Nikolaus von Grüntal erbaut. Heute sind im Schloß das Postamt, das Gemeindeamt, die freiw. Feuerwehr und mehrere Mietwohnungen untergebracht.
E: Marktgemeinde Wang
Lit: *Dehio 1953, 369*

Wartenstein, Schloß
BH *Neunkirchen*
G *Raach am Hochgebirge*
KG *Wartenstein*
Mächtige Anlage auf beherrschender Höhe, mit hohem Turm, Rundtor, romanischem Bergfried, gotischer Dreikönigskapelle und langgestrecktem Hof. Im 12. Jh. gegründet, 1529 durch die Türken zerstört. 1645 umgebaut und 1875 durch den Fürsten Liechtenstein restauriert. 1945 stark beschädigt und 1950 von der „Wener Gren Foundation for Anthropology" erworben und mit größtem Aufwand ausgestattet.
E: Raymond A. Rich
Lit: *Dehio 1953, 370*

Wartholz, Villa
BH *Neunkirchen*
G *Reichenau an der Rax*
KG *Reichenau*
Dreistöckige große Villa mit Türmen, Balkon, Treppe und Nebengebäuden. Das in einem parkartigen Wald gelegene Schlößchen ist ein Bau des 19. Jh.s und wurde im 20. Jh. durch Zubauten verändert. Kaiser Karl, der letzte Herrscher der österreichisch-

ungarischen Donaumonarchie, hielt sich fallweise hier auf. Eigentümer der Villa waren Dr. Otto von Habsburg-Lothringen und das Land Niederösterreich.
E: Dipl.-Ing. Paul Schuberth

Wasserburg, Schloß
BH und **G** *St. Pölten*
KG *Wasserburg*
Zweistöckiges Wasserschloß mit schöner architektonischer Gliederung; niedrige Nebengebäude mit Rundtürmen (mit zierlichen Helmen). Zimmer mit guten Wandmalereien von Daniel Gran 1718; Tor mit Zinzendorfwappen. Bis 1945 war Wasserburg herrlich möbliert. Bei Kriegsende wurde das Inventar geplündert und zerstört. 1230 wurde ein Heinrich von Wazzerburg genannt, 1508 bis 1813 war es im Besitz der Zinzendorfer, die das Schloß 1725 in seine heutige Form bringen ließen. Das Schloß wird seit 1989 laufend restauriert und ist nunmehr wieder bewohnt.
E: Seit 1923 Grafen Seilern-Aspang
Lit: *Dehio 1953, 370*

Weichselbach, Schloß (Großweichselbach)
BH *Melk*
G und **KG** *St. Leonhard am Forst*
Größerer Wohntrakt innerhalb eines Vierkanters, an den Ecken zwei schlanke Rundtürme mit spitzen Kegeldächern, die Südseite wird durch eine Mauer mit Tor abgeschlossen. Urk. im 12. Jh. genannt; in den Jahren 1822–65 verfallen und 1882 durch den Abt Karl von Melk restauriert. Das Schloß diente in der Folge lange Zeit als ein Wirtschaftsgebäude des Gutsbetriebes des Stiftes Melk.
E: Seit 1970 Dipl.-Ing. Karl und Maria Grill
Lit: *Dehio 1953, 370*

Weikendorf, Pfarrschloß
BH *Gänserndorf*
G und **KG** *Weikendorf*
Zweigeschoßiger Barockbau mit Arkaden und Sala terrena um 1710 nach Entwürfen von Jakob Prandtauer errichtet. Urspr. war das Schloß von einem Wassergraben umgeben. Die von J. P. (von Prandtauer) umgestaltete Pfarrkirche ist mit dem Pfarrhof zu einer Anlage verbunden.
E: Stift Melk
Lit: *Dehio 1990, 1247*

Weikersdorf, Schloß
BH und **G** *Baden*
KG *Weikersdorf*
Mittelalterliche vierflügelige Anlage mit romanischem Bergfried, rechteckigem Hof mit Laubengängen, bemerkenswertem zweiteiligen Hoffenster aus der Renaissancezeit und reizvollen Stuckdecken im Inneren. In der ehem. Kapelle Altarbild von Anton Schoonjans. Im Park Gartenhaus mit Fresken. Die ehem. Wasserburg wurde 1233 urk. erwähnt, 1692 restauriert und 1859 umgebaut. Im 19. und 20. Jh. im Besitz der Fam. Doblhoff. Das Schloß ist als Hotel in Verwendung.
E: Liselotte Papst
Lit: *Dehio 1953, 25*

Weikertschlag an der Thaya, Burgruine
BH *Waidhofen an der Thaya*
G *Raabs an der Thaya*
KG *Weikertschlag an der Thaya*
Auf einer Anhöhe in der ersten Hälfte des 12. Jh.s durch den Ministerialen Heinrich von Zöbing errichtet, dessen Geschlecht dann Weikertschlager genannt wurde. 1399 nach Einnahme durch Ulrich von Rosenberg bei Rückeroberung

zerstört. Urk. 1633 als öder Burgstall erwähnt. Ehem. Burgkapelle zum hl. Pankraz 1784 aufgehoben. Heute eine turmartige Ruine aus Bruchsteinmauerwerk, nordseitig romanische Rundbogenfenster. Die Anlage ist von Wällen umschlossen.
E: Stadtgemeinde Raabs an der Thaya
Lit: *Dehio 1990, 1249*

Weilburg, Schloßruine
BH, G und **KG** *Baden*
Bedeutender klassizistischer Schloßbau, der einst zu den großartigsten in Österreich zählte. Von der hufeisenförmigen Anlage sind heute nur mehr geringe Reste erhalten. Erzherzog Karl ließ in den Jahren 1820–23 das Schloß von Josef Kornhäusel erbauen. Gegen Ende des Zweiten Weltkrieges wurde es durch Brandlegung schwer beschädigt und im Jahr 1964 sowohl die Schloßruine als auch die seitlichen Stallgebäude und die neugotische Kapelle im Zuge einer Parzellierung abgebrochen.
E: Karl Löschner
Lit: *Dehio 1953, 25*

Weinern, Schloß
BH *Waidhofen an der Thaya*
G *Groß-Siegharts*
KG *Weinern*
Vornehmes Schloß in schönem Park gelegen, Fassade in schönbrunnergelb, einstöckiger Haupttrakt, prächtiges Portal, Kapelle; große Räume mit gutem Mobiliar, Ölbildern und Stuckdecken. Urk. 1343; später im Besitz der Puchheim, der Selb und der van der Straaten. Der heutige Bau wurde im 17. Jh. von Karl Aichbichl (als Vormund des Johann Anton Freiherr von Selb) errichtet und 1740 durch einen Anbau erweitert. Seit 1966 laufend fachmännische Restaurierungen.
E: Maurizio Graf Bossi-Fedrigotti
Lit: *Dehio 1990, 1250 f*

Weinzierl, Schloß
BH *Scheibbs*
G *Wieselburg-Land*
KG *Weinzierl*
Zweistöckige Anlage mit starken Rundtürmen an den Ecken. Hof mit Arkaden, mehrere Räume mit Stuckdecken, frei stehende Kapelle von 1741. Der aus dem 16. Jh. stammende Bau ist in seiner heutigen Form eine Anlage des 17. Jh.s. Josef Haydn soll hier einige Quartette geschrieben haben. Die landwirtschaftliche Fachschule „Francisco-Josefinum“, die in Weinzierl untergebracht ist, ist die größte und älteste derartige Bundeslehranstalt in Österreich. Der Schulbetrieb wurde bereits vor 110 Jahren aufgenommen.
E: Republik Österreich
Lit: *Dehio 1953, 373*

Weißenalbern, Burg (Rauhenstein, Feste)
BH *Gmünd*
G *Kirchberg am Walde*
KG *Weißenalbern*
Urspr. ein Kuenringer-Wachtturm; dreistöckiger massiver Baublock aus Granitbruchstein; Wendeltreppe und schwarze Küche. Das Gebäude wird im Volksmund das „Gmäu“ genannt. 1293 wird Ortolf von Kirchberg genannt; 1743 von Leopold Kuefstein zum Schüttkasten umgebaut und heute wieder als Wohnobjekt verwendet.
E: Josef Binder
Lit: *Dehio 1990, 1254*

Weissenberg, Burgruine
BH *Melk*
G *Münichreith-Laimbach*
KG *Kollnitz*
Urk. erwähnt im 12. Jh. Heute sind nur mehr die Reste eines Turmes in ca. vier Meter hohem Bruchsteinmauerwerk mit einer ausgebrochenen Fensteröffnung im Westen erhalten. Von der übrigen Anlage sind Halsgraben und verwachsene Grundmauern übriggeblieben. 1268 Besitz von Otto de Weizzenbergkh, nach einem Neubau durch Samson Prätzl um 1560 Sitz einer bedeutenden Herrschaft. Seit Ende des 17. Jh.s Verfall der Burg.
E: Herbert und Marianne Ballwein
Lit: *Dehio 1990, 534*

Weissenburg, Burgruine (Frankenfels)
BH *St. Pölten*
G und **KG** *Frankenfels*
Heute noch erhalten sind Reste des Wohngebäudes, der Kapelle im ersten Burghof, des rechteckigen Bergfrieds, der Tortürme und von zwei Halsgräben mit Toren. Um 1270 durch Dietrich von Rabenstein erbaut, um 1640 unter Georg Graf Tattenbach umgebaut (Inschrift über dem Burgtor); seit 1656 im Verfall.
E: Dipl.-Ing. Dr. Stefan Zapotocky
Lit: *Dehio 1953, 65*

Weißenkirchen, Schloß (Teisenhoferhof)
BH *Krems*
G und **KG** *Weißenkirchen in der Wachau*
Wappengeschmückte Straßenfront, großer Hof mit Arkaden, zwei Vierecktürme, großes Wappentor mit Resten des gotischen Türgewändes. 1439–65 ist Heinrich Teisenhofer nachweisbar. Das Schloß wurde 1964 von der niederösterreichischen Landesregierung teilweise restauriert und als „Wachaumuseum" eingerichtet.
E: Marktgemeinde Weißenkirchen
Lit: *Dehio 1953, 374*

Weitenegg, Burgruine
BH *Melk*
G *Leiben*
KG *Weitenegg*
Eine der bedeutendsten Burgruinen an der Donau. Langgestreckte mehrstöckige Anlage mit Palas, zwei Bergfrieden, vier Höfen und zwei Küchen, hohen Rauchfängen und Ringmauer. Urk. 1108; vor 1260 Besitz der Kuenringer. 1645 gegen die Schweden erfolgreich verteidigt. 1738 Besitz des Freiherrn von Fürnberg und von 1800 bis 1918 des Habsburg-Lothringschen Familiengüterfonds. 1870 wurden große Teile der Burg abgetragen, um das Material für die Ultramarinfabrik am Fuße des Burgfelsens zu verwenden. Ab 1918 Besitz des Kriegsgeschädigtenfonds, ab 1945 der Republik Österreich.
E: Seit 1983 Kommerzialrat E. Wipplinger
Lit: *Dehio 1990, 1267 f*

Weitra, Schloß
BH *Gmünd*
G und **KG** *Weitra*
Eine mächtige dreigeschoßige Anlage um einen großen Hof. Bergfried, Auffahrt mit Allee entlang der ehem. Wehrmauer, Steinportal, vier Giebel an den Schmalseiten, dreigeschoßige Arkaden im Hof. Das Schloßtheater aus der zweiten Hälfte des 19. Jh.s (1885 von Helmer und Fellner erbaut), wurde 1982 restauriert. Die Stadt wurde 1208 gegründet (wahrscheinlich fällt in diese Zeit auch die Erbauung der Burg).

1231 wurde Weitra von Friedrich II. dem Streitbaren erobert. Belagerungen durch die Böhmen, die Hussiten und die Schweden blieben erfolglos. Der heutige Bau wurde 1590–1606 nach Plänen von Pietro Ferabosco errichtet.
E: Johannes Prinz und Landgraf zu Fürstenberg
Lit: *Dehio 1990, 1275 f*

Wenzersdorf, Schloßruine
BH *Mistelbach*
G *Gnadendorf*
KG *Wenzersdorf*
Ehem. dreigeschoßiger Bau um einen großen Hof, mit achteckigen Ecktürmen und Pultdach. Der aus dem 16. Jh. stammende Schloßbau ist 1945 ausgebrannt und seither Ruine.
E: Heinrich IV. Prinz zu Reuß
Lit: *Dehio 1990, 1281*

Wetzlas, Schloß
BH *Zwettl*
G *Pölla*
KG *Wetzlas*
Zweigeschoßige Anlage mit „astronomischem Turm" neben der Einfahrt, ehemals schöner Kapelle im Erdgeschoß, Vorhof mit Wirtschaftstrakten und Wappen der Ritter von Andreae. Dieser ehem. Gutshof von Dobra (16. Jh.) wurde um 1720 zum Schloß erweitert. Das Obergeschoß wurde 1844 aufgesetzt. Erste Besitzer waren die Herren von Ehrmanns. Nach 1939 wurde das damals noch sehr gut erhaltene Schloß durch Einbeziehung in den Truppenübungsplatz Döllersheim stark in Mitleidenschaft gezogen.
E: Mag. Peter Laubichler
Lit: *Dehio 1990, 1283*

Weyerburg, Schloß
BH und **G** *Hollabrunn*
KG *Weyerburg*
Das einstöckige Schloßgebäude umschließt zwei Höfe; Steinbrücke über den ehem. Wassergraben, Rundbogentor, Kapelle im jüngeren Teil, gotische Wendeltreppe. In den Arkadengängen moderne Malereien mit Jagdszenen. Im 13. und 14. Jh. genannt, stammt der heutige Bau aus dem 16. Jh. 1448 durch Georg Podjebrad erobert, 1645 von den Schweden erfolglos belagert, 1945 durch Kriegseinwirkung beschädigt und später wiederhergestellt. Dieses Schloß ist heute wieder mit gutem Mobiliar ausgestattet und wird laufend restauriert.
E: Dipl.-Ing. Friedrich Karl Graf Schönborn-Buchheim
Lit: *Dehio 1990, 1285 f*

Wiedendorf, Herrenhaus
BH *Krems*
G *Straß im Straßertale*
KG *Wiedendorf*
Kleinere bescheidene Anlage aus dem 18. Jh. Tonnengewölbte Durchfahrtshalle, Rollen der ehem. Zugbrücke noch vorhanden. Der Bau ist gut erhalten.
E: Christoph Baron de Gruben, Jutta und Marianne Vogelsang
Lit: *Dehio 1990, 1286*

Wiener Neustadt, Burg
BH, G und **KG** *Wiener Neustadt*
Mächtige Anlage um einen rechteckigen Hof; von den vier quadratischen Ecktürmen nur der sog. Rákoczy-Turm erhalten, hohe Wehrmauer mit Torbau; Westfassade mit Inschrift „A.E.I.O.U." 1457, klassizistische Freitreppe sowie Uhrturm im Hof von Nicolaus Pacassi 1752 erbaut. Torbau von 1777. St.-Georgs-Kapelle aus dem späten 15. Jh., die als Gruftkapelle für Kaiser Friedrich III. ausgebaut wurde: schöne Glasmalereien auf den Kapellenfenstern, Grab

von Kaiser Maximilian I. unter dem Hochaltar. Bemerkenswert ist die mit 1453 bezeichnete Wappenwand im Hof: 107 Wappenreliefs, Marienstatue (Kopie) und eine Statue von Kaiser Friedrich III. Wahrscheinlich wurde die Burg in der zweiten Hälfte des 13. Jh.s erbaut. Im 14. Jh. durch ein Erdbeben zerstört, 1378 neu errichtet. Um- bzw. Zubauten erfolgten im späten 15. Jh. und um die Mitte des 18. Jh.s. Kaiserin Maria Theresia ließ 1752 die Burg durch Pacassi umbauen und später als Militärakademie einrichten. Durch Kriegseinwirkung 1945 wurde die Anlage weitgehend zerstört und in den Nachkriegsjahren wiederhergestellt. Seit 1960 befindet sich darin die Militärakademie des Österreichischen Bundesheeres.
E: Republik Österreich
Lit: *Dehio 1953, 382*

Wieselburg, Schloß
BH *Scheibbs*
G und **KG** *Wieselburg*
Zweistöckige Anlage mit drei Flügeln und Flachgiebel. Vor dem Schloß fünf Figuren, die Nebenflüsse der Donau darstellend (Kopien der Figuren von der Wiener Albrechtsrampe). 979 „gestattet Kaiser Otto dem Bischof Wolfgang von Regensburg dortselbst eine Burg zu erbauen“. Die heutige Anlage stammt von 1824 und wurde nach dem Kauf durch Kaiser Franz I. umgebaut.
E: Stadtgemeinde Wieselburg
Lit: *Dehio 1953, 384*

Wiesenreith, Schloßruine
BH *Zwettl*
G *Waldhausen*
KG *Wiesenreith*
Die Schloßruine liegt auf einer Anhöhe in der Mitte des Ortes. Osteinfahrt mit Ortsteinfassung, Grundmauern und Kellergewölbe sind erhalten. Niedrige Umfassungsmauer, ebenso ein Schüttkasten, zweigeschoßig mit Walmdach aus dem 18. Jh. Die Schloßruine war ein Rittersitz, urk. 1556 erwähnt. Um 1690 ein Erweiterungsbau, 1748 als dreigeschoßiger Bau mit fünf Türmen, einer Schloßkapelle sowie zwanzig Herrschafts- und Offizierszimmern beschrieben. Nach einem Brand im Jahr 1779 Verfall des Schlosses.
E: Anton und Ernestine Görgl
Lit: *Dehio 1990, 1288*

Wildberg, Burg
BH *Horn*
G *Markt Messern*
KG *Messern*
Mächtige Anlage auf hohem Felsen, zwei Höfe, ehem. Wehrgang, riesige Rauchküche, die vollständig erhalten ist und von Arkaden umschlossen wird. Um 1130 Grafen Poigen, 1135 wird Pilgrim von Wiltperch urk. erwähnt. Um 1210 Grafen von Vohburg (Hohenburg). Die Babenberger übernahmen das Wappen der Hohenburg-Wildberg „Österreichischer Bindenschild“. 1545 ließen die Puchheim die Burg umbauen und vergrößern. Um 1600 befand sich hier eine protestantische Druckerei. Ab 1620 Traun, später Selb, von 1767–1951 Besitz des Stiftes Altenburg, später der Familie Widhalm.
E: Dipl.-Ing. Dr. Ulf von Salis
Lit: *Dehio 1990, 733 f*

Wildegg, Burg
BH *Mödling*
G *Wienerwald*
KG *Sittendorf*
Unregelmäßige Anlage mit angebautem Vor-

werk (statt dem Burggraben), Bergfried, Rundtor mit Rollen der Zugbrücke noch erhalten. Dreigeschoßige Arkaden und schönes Inventar: Öfen und Bilder des 17. u. 18. Jh.s. Urk. 1188, ab 1486 Besitz der Neidegger, ab 1686 des Zisterzienserstiftes Heiligenkreuz. 1683 von den Türken zerstört, 1686 wiederhergestellt und seither laufend instand gehalten. In der Burg ist eine Jugendherberge eingerichtet
E: Erzdiözese Wien
Lit: *Dehio 1953, 325 f*

Wilfersdorf, Schloß
BH *Mistelbach*
G und **KG** *Wilfersdorf*
Gefällige einstöckige Anlage; reizvoll gegliedertes Hauptgebäude mit Steinschmuck und Flachgiebel, schmucke Wohn- und Wirtschaftstrakte. 1436 Burg und Herrschaft von den Maissauern an die Liechtenstein. 1720 von Ospel neu erbaut. 1866 preußisches Feldlazarett. Kriegsschäden von 1945 wurden in den Folgejahren behoben. Wilfersdorf ist Sitz der Fürst Liechtensteinischen Gutsverwaltung.
E: Regierender Fürst von Liechtenstein
Lit: *Dehio 1990, 1290 f*

Wimburg, Burgruine
BH *Melk*
G *Yspertal*
KG *Wimberg*
Heute noch erhalten sind zwei Halsgräben, Reste von Fenstern, Lichtschlitzen, die Kapelle mit Kreuzgewölbe und die spitzbogige Eingangstür. 1296 war die Burg Witwensitz der Königin Agnes von Ungarn (daher der Name des anschließenden Forstreviers „Königwald"). 1572 bereits leerstehend und ab 1615 im Verfall. 1830 wurde der mittlere Turm abgetragen.
E: Habsburg-Lothringensches Gut Persenbeug
Lit: *Dehio 1990, 1294*

Winkelberg, Schloß
→ Oberstockstall, Schloß

Wisent, Schloß
BH *Horn*
G *Burgschleinitz-Kühnring*
KG *Amelsdorf*
Einstöckiger Bau mit großem Hof; Arkaden auf gedrungenen Säulen, einige gewölbte Innenräume. Die urk. 1353 erwähnte Anlage wurde 1571 unter Valentin Polani (Inschrift über dem Haupttor) umgebaut, 1619 von den Truppen Buquoy's geplündert und 1900 durch Brand arg beschädigt. Danach wurde der zweite Stock abgetragen. Das Schloß ist heute als Gutshof des Stiftes Altenburg in Verwendung.
E: Stift Altenburg
Lit: *Dehio 1990, 44*

Wolfpassing, Schloß, (Hardeggerhof, Haghof)
BH *Korneuburg*
G *Hausleiten*
KG *Seitzersdorf-Wolfpassing*
Kubisches Herrenhaus mit hohem Mansarddach, umgeben vom ummauerten, im Geviert angelegten Meierhof. An der Nordwestecke imposanter spätgotischer Kapellenbau. Der Haghof wurde im Auftrag von Heinrich II. Graf Hardegg (Bruder des Erbauers von Schloß Stetteldorf) errichtet. Die Kapelle wurde 1582 als protestantisches Gotteshaus geweiht. 1645 wird der Hof von den Schweden verwüstet, Ende des 17. Jh.s wurde die gesamte Anlage umgestaltet. Im 19. Jh. wurde das Obergeschoß des Herrenhauses als Schüttboden adaptiert.
E: Fam. Hardegg
Lit: *Dehio 1990, 1078*

Wolfpassing, Schloß
BH *Scheibbs*
G und **KG** *Wolfpassing*
Viergeschoßiger mächtiger Bau mit vier Ecktürmen und spitzen Kegeldächern. Arkaden im Hof, barocke Kapelle. Das Schloß mit den Wirtschaftsgebäuden sowie den anschließenden Feldern macht einen sehr gepflegten Eindruck. Im 12. Jh. werden die Herren von Wolfpassing genannt; seine heutige Gestalt erhielt das Schloß bei dem Umbau unter Ferdinand Graf Auersperg um die Mitte des 18. Jh.s. Das Gebäude ist heute als Bundeslehr- und Versuchsanstalt für Milchwirtschaft in Verwendung.
E: Republik Österreich
Lit: *Dehio 1953, 389*

Wolfpassing, Schloß (Am Hof, Herrenhaus)
BH *Tulln*
G *Zeiselmauer*
KG *Wolfpassing*
Einfache Anlage aus dem 19. Jh. Zweigeschoßiger Bau mit Rundbogenportal, zweigeschoßigen Arkaden mit Rundbögen an der Hofseite und Kapelle. Ehem. Besitz der Familie Köchert, später der Frau Holda von Bischof.
E: Dr. Hartmann Decker

Wolfsberg, Schloß
BH *Krems*
G *Krems an der Donau*
KG *Angern*
Am südlichen Steilabfall zur Donau gelegen. Dreigeschoßige Anlage aus dem 17. Jh. mit Pfeilerarkaden im Innenhof. Im 19. Jh. teilweise umgestaltet und mit drei Fassadentürmen bereichert. 1368 erhielt Rudolf von Losenstein Wolfsberg als Lehen. 1489 an das Stift Göttweig, später an Geyer von Osterburg, wurde es 1764 neuerlich von Abt Odilo für das Stift Göttweig erworben. Zuletzt als Alters- und Erholungsheim in Verwendung.
E: SM. Bau- und Liegenschaftsverwertungsges.m.b.H.

Wolfsthal, Schloß
BH *Bruck an der Leitha*
G *Wolfsthal-Berg*
KG *Wolfsthal*
Zweigeschoßiger Bau mit Türmen, Erkern, Altanen sowie Zinnen; 1460–1544 werden die Herren von Zelking als Besitzer genannt. Seit 1544 Besitz der Familie Graf von Walterskirchen. Der Baukern stammt aus dem 17. Jh., eine Erneuerung erfolgte im 18. Jh.; im Jahr 1880 wurde das Schloß im neugotischen Stil umgebaut. Die schweren Verwüstungen von 1945 (direktes Kriegsgebiet!) wurden vom damaligen Besitzer zum größten Teil behoben, das Inventar ging jedoch zur Gänze verloren.
E: Monika Konradsheim, geb. Walterskirchen
Lit: *Dehio 1953, 390*

Wolkersdorf, Schloß
BH *Mistelbach*
G *Wolkersdorf im Weinviertel*
KG *Wolkersdorf*
Mächtiger Bau mit viergeschoßiger Hauptfront, zwei starken quadratischen Türmen (um zwei Geschoße höher), Arkaden im Hof, Nordportal mit Bezeichnung 1745 und zwei romanischen Bildsteinen im Toreingang. 1178 urk. erwähnt; um die Mitte des 18. Jh.s erfolgte der barocke Umbau unter Beibehaltung mittelalterlicher Teile; die beiden klassizistischen Obergeschoße wurden um 1820 zugebaut. Im Jahr 1809 hatte Kaiser Napoleon I. sein Hauptquartier im Schloß. Das ehem. Wasserschloß war bis 1884 im Besitz der Familie Apensperg und Traun, später der Sparkasse. Im Schloß sind heute das Bezirks-

gericht, Clubräume von ortsansässigen Vereinen, ein Künstleratelier und Ausstellungsräume der Stadtgemeinde untergebracht.
E: Stadtgemeinde Wolkersdorf
Lit: *Dehio 1990, 1303 f*

Würmla, Schloß
BH *Tulln*
G und **KG** *Würmla*
Eine u-förmige zweigeschoßige einfache Anlage in einem schönen Park. Der Eingang mit Freitreppe. Urk. im 14. Jh. erwähnt und im 19. Jh. umgebaut. In dem Gebäude ist heute ein Kunstdarmbetrieb untergebracht.
E: Gemeinde Würmla
Lit: *Dehio 1953, 393*

Y

Ybbs an der Donau, ehem. landesfürstliche Burg
BH *Melk*
G und **KG** *Ybbs an der Donau*
Heute ein dreistöckiges Mietshaus mit breitem Erker. Vom burgartigen Charakter dieser Anlage ist nichts mehr zu erkennen. Urspr. war an der Stelle des heutigen Ortes ein römischer Waffenplatz – „ad pontem Ises"; 837 wird „Ipusa" genannt. Im 14. Jh. wurden die Stadtbefestigung und die landesfürstliche Burg errichtet. Die Burg wurde mehrmals zerstört und wechselte häufig die Besitzer.
E: Fam. Morawek und Margarethe Sesser
Lit: *Dehio 1953, 394*

Z

Zeillern, Schloß
BH *Amstetten*
G und **KG** *Zeillern*
Zweistöckiger vierflügeliger (die Nordwestecke ist offen) Bau um einen Hof; Umfassungsmauer mit drei Rundtürmen, Arkaden im Hof, Tonnengewölbe mit Stuckrippen und Felderrahmungen im Westtrakt, großer Festsaal mit Stuckdecke aus der Mitte des 17. Jh.s. 1052 wird Chuno von cidelaren erwähnt. Das ehem. Wasserschloß (die Gräben sind noch teilweise erhalten) wurde im frühen 17. Jh. weitgehend umgebaut und nach schweren Kriegsschäden in den Jahren 1947/48 instand gesetzt. Seit der Revitalisierung 1988 musisches Schulungszentrum.
E: Marktgemeinde Zeillern
Lit: *Dehio 1953, 395*

Zeiselmauer, ehem. Burg
BH *Tulln*
G und **KG** *Zeiselmauer*
Auf römischen Grundmauern errichteter Bau mit hohem Walmdach und Steinportal mit Inschrift 1581. Nordwestlich davon Gußsteinmauerreste aus der Römerzeit. Von der ehem. Passauer Burg ist heute nur mehr der Schüttkasten aus dem Spätmittelalter erhalten. In dem Gebäude sind Lagerräume für landwirtschaftliche Produkte untergebracht.
E: Siegfried und Otto Reisenthaler
Lit: *Dehio 1953, 396*

Zeißing, Schloß
BH *Krems*
G *Maria Laach am Jauerling*
KG *Zeißing*
Vier zweigeschoßige Flügel bilden einen rechteckigen Hof; rundbogiges Tor mit Wappen der Kuefstein und der Jahreszahl 1617. Toreinfahrt und ein Raum mit Stuckrippengewölbe aus dem frühen 17. Jh. Neben dem Schloß die Ruine eines Wirtschaftsgebäudes mit Resten der bemerkenswerten Fassade. Zeißing wurde 1617 als Wasserschloß

neu errichtet.
E: Hedwig und Walter Kernstock
Lit: *Dehio 1990, 1318*

Zelking, Burgruine
BH *Melk*
G *Zelking–Matzleinsdorf*
KG *Zelking*
Heute sind von der Anlage nur mehr Reste von Bruchsteinmauerwerk erhalten. 1100 wird Werner von Zelking erwähnt; die Herren von Zelking (landesfürstliche Ministeriale) besaßen die Burg bis zu ihrem Aussterben 1634. Ebenfalls in ihrem Besitz war das Schloß Weinberg in Kefermarkt, Oberösterreich (damals noch „Keferdorf"). Für deren Pfarrkirche ließen die Herren von Zelking in den Jahren 1490–98 den heute weltberühmten „Kefermarkter Flügelaltar" errichten. Die Identität des Künstlers ist allerdings bis heute unbekannt geblieben. Bis 1802 war die Burg Besitz der Grafen Sinzendorf, die jedoch auswärts residierten und die Burg verfallen ließen. Spätere Besitzer waren die Grafen Harrach zu Rohrau und die Familie Galgozy-Galantha.
E: Maria Bauer
Lit: *Dehio 1953, 396*

Zell an der Ybbs, Schloß (Oberzell)
BH *Amstetten*
G *Waidhofen an der Ybbs*
KG *Zellmarkt*
Vier dreigeschoßige Flügel, mächtiger fünfgeschoßiger Turm mit Zwiebelhelm, rundbogiges Portal mit Wappen in Stuckrahmen; im Inneren Tonnengewölbe mit Stuckgraten. Der Kern des Gebäudes stammt aus dem frühen 17. Jh. (bei Vischer 1672 ist das Schloß bereits zu sehen). Das Schloß wurde 1928 durch Eduard Trinkls Erben zu einem Schloßhotel umgestaltet. Späterer Besitzer war M. B. Butuk.
E: Ing. Herbert Müller-Guttenbrunn
Lit: *Dehio 1953, 396*

Zellerndorf, Schloß
BH *Hollabrunn*
G und **KG** *Zellerndorf*
Eine dreiseitige dreigeschoßige Anlage mit mächtigem Rundbogentor in Steinrahmung. Im Erdgeschoß und Obergeschoß Stuckdecken aus dem 16. und 17. Jh. Urk. im 14. Jh. Herren von Dachpeck, im 16. Jh. Grabner von Rosenburg, 17. Jh. Althan, 18. Jh. Jesuiten und ab 1826 im Besitz des Schottenstiftes.
E: Dr. Rudolf Ruisinger
Lit: *Dehio 1990, 1320*

Ziegersberg, Schloß (Schlag)
BH *Wiener Neustadt*
G und **KG** *Zöbern*
Symmetrische Anlage mit einem Längstrakt und zwei Seitenflügeln; vorspringender Mittelteil. In der Nähe des Schlosses Reste der Burgruine Ziegersberg, die im 15. Jh. Besitz der Königsberger und im 18. Jh. der Walsegger war. Das Schloß wurde unter Dr. Jakob Singer, durch den Wiener Baumeister Dr. Schönthaler, in den Jahren 1896/97 neu erbaut. Bis 1917 Besitz der Familie Singer, bis 1940 von Frau Hilda Brunner, 1940–45 des Dr. Carlos Wetzl.
E: Hilda Brunner
Lit: *Dehio 1953, 397*

Zistersdorf, Stadtschloß
BH *Gänserndorf*
G und **KG** *Zistersdorf*
Vier zweigeschoßige Flügel umschließen einen Hof. Dreigeschoßiger Saalbau mit Stuckdecke im Südosten, Bastionen an den Enden des Westflügels, klassizistisches rundbogiges Haupttor (bezeichnet 1810), gewölbte Einfahrt. Die Um-

bauten in jüngerer Zeit gaben dem Schloß ein nüchternes Aussehen. Der mittelalterliche Bau wurde vom späten 16. Jh. bis zur Mitte des 17. Jh.s umgebaut. Neuerliche Veränderungen erfolgten Mitte des 18. Jh.s. Von der alten Anlage ist heute nichts mehr vorhanden. 1622 Besitz des Heerführers Rudolf von Teuffenbach, später der Grafen von Althan, 1810 bis 1927 der Theresianischen Akademie, 1927 der Stadtgemeinde Zistersdorf. Das Gebäude wird als Internat und als Landesberufsschule der Sanitär- und Heizungsinstallateure verwendet.

E: Handelskammer von Niederösterreich

Lit: *Dehio 1990, 1329*

Zogelsdorf, Schloß

BH *Horn*

G *Burgschleinitz-Kühnring*

KG *Zogelsdorf*

An der Straße gelegen. Seit dem 13. Jh. sind die Kalksandsteinbrüche „Zogelsdorf" weltbekannt. Zweigeschoßige Anlage aus dem 16./17. Jh., im 19./20. Jahrhundert verändert. Vor der südlichen Fassade Einfriedung aus quadratischen Pfeilern mit Pyramidendächern. An der Südfront Balusterbalkon mit Pultdach auf zwei toskanischen Säulen. Im Erdgeschoß Eingangshalle und Räume mit Tonnengewölben. Seit 1522 Besitz adeliger Familien, 1628 an Harmannsdorf, 1670 Umbau; 1831 wurde es in einen Gasthof umgewandelt. 1839 ging der Besitz an die Fam. Suttner.

E: Frau. Dr. Friedrich und Ilse Perko

Lit: *Dehio 1990, 1334*

Zwentendorf, Schloß

BH *Tulln*

G *Zwentendorf an der Donau*

KG *Zwentendorf*

Zweigeschoßiger Bau mit achtseitigen Ecktürmchen, vorspringendem giebelgekrönten Mittelteil, langgestrecktem Wirtschaftsflügel mit Volutengiebeln aus dem 18. Jh.; die Vasen auf dem Parktor stammen aus der Goldburg (Murstetten). Die Grafen von Althan, die bis zu diesem Zeitpunkt auf der Goldburg residierten, errichteten um 1750 das Schloß. Der Bau wurde im späten 19. Jh. verändert. In nächster Nähe des Schlosses steht das stillgelegte Atomkraftwerk.

E: Dipl.-Ing. Alexander Althan

Lit: *Dehio 1953, 399 f*

OBERÖSTERREICH

Schloß Gneisenau

A

Achleiten, Schloß
BH *Linz-Land*
G *Kematen an der Krems*
KG *Achleiten*
Mächtiger dreigeschoßiger Bau auf einer Anhöhe; in jedem Stockwerk befindet sich eine Halle, im Garten ein Pavillon mit Stuck. Urk. wird Achleiten 1189 erstmals genannt; die heutige Anlage stammt aus dem 17. Jh. Besitzer des Schlosses waren die Herren von Achleithen, die Sinzendorf, Ernst Graf Thun, Erzbischof von Salzburg, die Familien Plankh, Boschan und Teufenstein.
E: Hans und Elisabeth Max-Theurer
Lit: *Dehio, 15; Sekker, 1 ff*

Aich, ehem. Schloß
BH *Freistadt*
G *Bad Zell*
KG *Aich*
Dieses abgekommene Schloß war an einen Felsen angebaut und wurde später auf einen bäuerlichen Hausstock reduziert. Nur der ehem. Torturm ist noch erhalten. 1220 erstm. genannt, waren die Besitzer die Familien Tannpeck (1422), Lasla und Friedrich von Praga (1492–1597), Jörger und Salburg. Palas und Kapelle wurden im Jahr 1823 abgetragen.
E: Fam. Wahl
Lit: *Baumert I, 154; Sekker, 3 f*

Aichet, Ansitz (Aichet-Schlößl)
BH, G und **KG** *Steyr*
Dieses „Schlößl" ist heute verbaut (Sierninger Straße 82), nur noch ein schöner Erker erinnert daran (der Name „Aichet" stammt von den schönen Eichen, die einst das Schloß umgaben). Im 16. Jh. wurde der Ansitz von dem reichen Händler Michael Aiden als Freisitz erbaut. 1615–36 im Besitz der Katzianer, später der Riesenfels und der Köstler (bis 1930).
E: Fam. Pampel
Lit: *Dehio, 333; Hille, 4*

Aichet-Schlößl, Ansitz
→ Aichet, Ansitz

Aigen, Schloß
BH *Vöcklabruck*
G und **KG** *Atzbach*
Kleiner zweiflügeliger Bau mit Wappenstein (1593) und kleinem Eckturm. Im Park des Schlößchens befinden sich Zwergenfiguren aus dem 18. Jh. Der Bau wurde durch Restaurierungen stark verändert. Im Wallseer Urbar wurde Schloß Aigen 1449 erstmals genannt. Die Besitzer waren die Wolfsegger, die Ostermann, die Stenglin, die Familien Koran, Spiegelfeld und Auer.
E: Ernst Joachim Schausberger
Lit: *Dehio, 16*

Aistersheim, Schloß
BH *Grieskirchen*
G und **KG** *Aistersheim*
Mächtiges Wasserschloß mit vier Ecktürmen, einem prächtigen Hof mit Arkadengängen in allen drei Stockwerken, mit Rittersaal und Schloßkapelle. Der heutige Bau stammt aus dem 16. Jh., um 1771 wurden Umbauten durchgeführt (erste urk. Erwähnung im Jahr 1159). Die Besitzer waren Dietmar von Aistersheim (bis 1426 im Besitz der Familie) und die Hohenfelder (bis 1824). Aistersheim ist eines der schönsten Wasserschlösser des Landes, hervorragend gepflegt, mit wertvollem Inventar ausgestattet und wird für kulturelle Veranstaltungen verwendet.
E: Elisabeth Birnleitner
Lit: *Dehio, 17; Sekker, 5 ff*

Alkoven, Herrenhaus (Prägartenhof)
BH *Eferding*
G und **KG** *Alkoven*
Dreigeschoßiger Bau mit Türmchen und Vorbau, wobei der Eingang als Halle gestaltet ist. Alkoven wurde im 19. Jh. als Jagdschlößl in einem schönen Park in den Donauauen errichtet. Einige Zubauten stammen aus dem 20. Jh. Die Inneneinrichtung besteht aus erlesenem Mobiliar aus dem 19. Jh.
E: Fam. Ledebur

Almegg, Schloß
BH *Wels-Land*
G *Steinerkirchen an der Traun*
KG *Almegg*
Die unregelmäßige Anlage besteht aus Hochburg und Vorburg, aus einem mächtigen Turm mit steilem Dach und einem stimmungsvollen Hof. Erste urk. Erwähnung 1183. Hochburg und Vorburg stammen aus dem 16. und 17. Jh., die Kapelle samt Felsvorsprung stürzte 1809 in die Tiefe. Die Besitzer waren Otto de Alben, die Achleitner, die Familie Sachs, 1537–1808 die Hohenfelder. Almegg, auch Albmegg genannt, das in alten Landtafeln als „Veste" bezeichnet wird, ist in vorzüglichem Zustand und ein bekanntes Kulturzentrum, in dem die verschiedensten Aktivitäten wie z. B. Töpfereikurse, stattfinden. Außerdem ist hier eine Schloßschenke untergebracht.
E: Seit 1870 Freiherren von Handel
Lit: *Dehio, 18 f; Grabherr, 361 f; Sekker, 7 ff*

Altenhof, Schloß
BH *Rohrbach*
G *Pfarrkirchen im Mühlkreis*
KG *Altenhof*
Schön gelegenes zweistöckiges Schloß, mit Gebäudegruppen auf Terrassen, einer angebauten Kapelle (Pfarrkirche), die 1708 neu errichtet wurde und im Inneren reich mit Stuck verziert ist. Schönes Mobiliar im Schloß. Unterhalb des Schlosses liegt der in Terrassen gegliederte Garten. Besitzer des 1204 urk. erstmals erwähnten Schlosses waren Wernhardus de Altinhoven, Tragenreuter, Hörleinsperger (1485–1602). Schloß Altenhof wird laufend stilgerecht restauriert.
E: Seit 1602 Familie Salburg
Lit: *Dehio, 20; Grabherr, 189 f; Sekker, 9 f*

Altpernstein, Burg
BH *Kirchdorf an der Krems*
G *Micheldorf in Oberösterreich*
KG *Untermicheldorf*
Guterhaltene Burg, die auf einer Felsklippe hoch über dem Kremstal steht. Der viergeschoßige langgestreckte Hauptbau ist über eine dreibogige Brücke erreichbar. Rittersaal, Burgkapelle mit Stuck (1628), Rüstkammer, ein Renaissancetor, Brunnen im Innenhof. 1689 wurde die Burg durch Blitzschlag und durch Brand beschädigt. 1177–1200 urk. erwähnt, waren die Besitzer: Pillung von Pernstein, die Truchsen, die Herren von Wallsee, die Liechtenstein, die Jörger und die Heberstorf. Teile der Burg sind heute mit modernem Komfort ausgestattet, die Diözese Linz als Pächter führt hier ein katholisches Jugendheim und eine Tagungsstätte für religiöse Veranstaltungen.
E: Seit 1629 Stift Kremsmünster
Lit: *Dehio, 231*

Altwartenburg, Burg
BH *Vöcklabruck*
G *Timelkam*
KG *Wartenburg*
Von der Burganlage sind nur noch Reste des Bergfrieds, zwei durch eine Brücke verbundene Baugruppen und der hufeisenförmige Wirtschaftshof erhalten. Anno 1128 erstmals urk. erwähnt, war die Burg erst steirisches, später österreichisches Lehen. Besitzer waren die Wartenburger, die Polhamer, Saint-Julien-Wallsee (1729–53), Ghelen (1766), Grechtler und seit 1869 wieder Saint-Julien.
E: Fam. Strachwitz
Lit: *Dehio, 363 f; Grüll II, 122 f*

Arbing, Schloß
BH *Perg*
G und **KG** *Arbing*
Vom einstigen Schloß ist nun nur der viereckige Wohnturm mit hohem Dach mehr erhalten. Der Kirchturm mit seinen interessanten Pfefferbüchsen an den vier Ecken war einst der Schloßturm. Im ersten Stock des Wohnturms befindet sich eine schöne Tramdecke aus Lärchenholz (15./16. Jh.). Die Familien Wetzel, Walch von Arbing, Meggau, Dietrichstein sowie Clam Martinic (1825–1906) waren die Besitzer des 1137 erstmals genannten Schlosses. Heute ist eine Gaststätte mit Heurigem im Schloß untergebracht.
E: Johann Schwaiger
Lit: *Dehio, 25; Grabherr, 250 f; Sekker, 11 f; Ulm, 55*

Aschach, Schloß
BH *Eferding*
G und **KG** *Aschach an der Donau*
Große Anlage, in prächtigem Donaupark gelegen. Arkadengänge in allen drei Geschoßen. Der Ostflügel, das sogenannte Fürstenstöckl, wurde 1709 von Johann Lukas von Hildebrandt erbaut, von dem auch der Entwurf der Kapelle mit Altar (1712) stammt. Urk. wurde Aschach 1130 erstmals erwähnt, die Besitzer waren Bernhard von Aschach, die Schaunberger (bis ins Jahr 1559), die Liechtenstein, die Jörger und die Familie Harrach (1622–1962). Aschach hatte große Bedeutung als Mautstelle an der Donau, ein Umstand, der im 14. und 15. Jh. Anlaß zu dauernden Streitigkeiten zwischen Herzog Albrecht III., den Schaunbergern sowie den Liechtenstein war.
E: Gordon und Aloisia Gertner
Lit: *Dehio, 26; Sekker, 12 ff*

Au an der Traun, Schloß
BH *Gmunden*
G und **KG** *Roitham*
Ein kleiner rechteckiger Bau mit Ecktürmen und einer schwachen Ringmauer. Die danebenstehende Kapelle, der hl. Apollonia geweiht, mit einem guten Altar von Joachim Sandrart, stammt aus dem Jahr 1660. 1446 als Wallseer Lehen urk. genannt, war das Schloß später Liechtensteinsches Lehen und anschließend im Besitz der Familien Pinter, Wiellinger und Salburg. Um 1900 gelangte Schloß Au an der Traun in das Eigentum der Familie Kesselstadt.
E: Seit 1910 Familie Ruttnigg
Lit: *Dehio, 260; Grüll II, 8; Sekker, 15*

Auhof, Schloß
G *Linz, Altenberger Straße 69*
Eine unregelmäßige Anlage mit Mansardendach, Kapelle aus dem 17. Jh. mit Hochaltar 1738 und Steinsäulen, im Innenhof ein Brunnen aus dem

17. Jh. Das Schloß liegt im Park der Universität. Die heutige Anlage (1355 erstmals urkundlich erwähnt) stammt aus dem 17. und 18. Jh. und war im Besitz von Jans von Capellen, der Liechtenstein, der Familie Schallenberg und ab 1689 der Starhemberg. Diese verkauften 1961 Schloß Auhof an das Land Oberösterreich, welches die Anlage restaurierte und so für Hochschulzwecke adaptierte.
E: Republik Österreich (Linzer Hochschulfonds)
Lit: *Dehio, 186; Grüll I, 9 f; Sekker, 15 f*

Auhof, Schloß
BH und **G** *Perg*
KG *Pergkirchen*
Ein kleines zweistöckiges Landschloß, in einem schönen Park gelegen, mit Freitreppe, Kapelle und Stuckplafonds. Hanns der Rauber (urkundlich erstmals 1430 erwähnt) war der erste Besitzer, dann folgten Zeller, Flußhart von Stain, Enzmiller, das Kloster Baumgartenberg (1676 kaufte Abt Bernhard das Schloß und nannte es „Bernhardshof"), Pfisterer, Baselli. 1945 wurde Auhof stark verwüstet und seiner Einrichtung beraubt. Seit 1955 laufend Restaurierungsarbeiten.
E: Familie Löw-Baselli
Lit: *Dehio, 31; Grüll I, 10 ff; Sekker, 16*

Aurolzmünster, Schloß
BH *Ried im Innkreis*
G und **KG** *Aurolzmünster*
Die an Schloß Nymphenburg erinnernde Anlage wurde 1691 von Baumeister Antonio Riva errichtet. Das Schloß liegt in einem Park und ist noch von einem Wassergraben umgeben. Ein Ehrenhof, zweistöckiger Festsaal, Kapelle, Fresken und Stuck. Die Einrichtung kam 1926 in das oberösterreichische Schloß → St. Martin (damals Arco-Besitz). Urk. wurde Albert von Hals 1248 mit Aurolzmünster belehnt. Die Tannberger besaßen das Schloß bis 1676, die Grafen von der Wahl und die Familie Arco-Valley folgten als Eigentümer. 1926 verkaufte Graf Ferdinand Arco-Valley Schloß Aurolzmünster an Karl Schapeller, der bereits versuchte, die Atomspaltung nutzbar zu verwerten.
E: Helmut Mittermaier
Lit: *Dehio, 33; Grabherr, 64 f*

Außenstein, Schloßruine (Außernstein)
BH *Perg*
G *Baumgartenberg*
KG *Puchberg im Machlande II*
Erhalten sind heute noch die Reste des Bergfrieds und des äußeren Wohntraktes. Ehemals von einem Wassergraben umgeben, steht die Ruine in einer Talsohle auf einem Sandsteinfelsen. Die Stallungen und Keller sind in den Sandstein gehauen. Das Tor mit Pechnase, ein Wohnerker auf Kragsteinen und Reste eines Sgraffitos sind heute noch zu sehen. 1294 wird Außenstein erstmals urk. erwähnt. Die ersten Besitzer waren die Brüder Fleischeß, dann folgten die Familien Capeller, Stundecker, Flußhart, Hacke und 1665–1966 Clam Martinic. Seit 1976 Restaurierungs- und Erhaltungsarbeiten.
E: Seit 1976 Alois Mucha
Lit: *Grabherr, 251 ff; Sekker, 17 f*

Außernstein, Schloßruine
→ Außenstein, Schloßruine

B

Bad Ischl, Jagdschloß (Kaiservilla)
BH *Gmunden*
G *Bad Ischl*
KG *Jainzen*
Die einstöckige Anlage, in einem herrlichen Park mit Springbrunnen gelegen, hat zwei Flügelanbauten, einen Vorbau und eine Terrasse. 1853 wurde das Biedermeierhaus der Fam. Dr. Eltz vom kaiserlichen Hof angekauft und weitgehend umgebaut. Die ehemaligen Wohnräume Kaiser Franz Josephs I. mit wertvollem Inventar und interessanten Jagdtrophäen sowie der große Park mit seinen seltenen Bäumen sind öffentlich zugänglich und zu besichtigen.
E: Mag. Markus Salvator Habsburg-Lothringen
Lit: *Dehio, 36*

Bergheim, Schloß
BH *Urfahr-Umgebung*
G *Feldkirchen*
KG *Bergheim*
Die Anlage besteht nun aus dem dreigeschoßigen Hauptbau und den angebauten Flügeln aus neuerer Zeit. Im Erdgeschoß befinden sich Arkaden, das Stiegenhaus stammt aus dem Barock. Urk. wird das Schloß 1415 erstmals genannt (der Ort Feldkirchen bereits 1111), die Besitzer waren die Geutzenstetter, die Kammerer, die Fieger, die Salburg, die Familien Starhemberg und Hirsch-Gereuth. Die vorletzte Besitzerin, Frau von Hirsch-Gereuth, hinterließ das in einem sehr schönen Park gelegene Schloß dem Land Oberösterreich mit der Auflage, hier eine landwirtschaftliche Schule einzurichten, was auch geschehen ist.
E: Land Oberösterreich
Lit: *Hille, 26 f; Ulm, 63 f*

Bergschlößl, Schloß
G *Linz, Bergschlößlgasse 1*
In einem großen Park (ehemals zum Botanischen Garten gehörend) gelegener einstöckiger Bau mit Mansardendach; Steinfiguren von 1720, Gartentor mit Pförtnerhaus. 1718 wurde mit dem Bau des Schlößchens begonnen. 1987 wurde das Gebäude durch Brand stark beschädigt, anschließend renoviert und soll nun für kulturelle Zwecke adaptiert werden.
E: Stadt Linz
Lit: *Dehio, 186 f*

Bernau, Schloß
→ Fischlham, Schloß

Bischofshof, Freihaus (Kremsmünsterer Freihaus)
G *Linz, Herrenstraße 19*
Dreigeschoßiger Bau mit neun Fensterachsen. Barockes Einfahrtsportal, Innenhof, Garten mit Steinfiguren. Zu Beginn des 18. Jh.s ließ Franz Michael Greiner an der Stelle des heutigen Bischofshofes ein neues Haus errichten. Nach den Plänen von Jakob Prandtauer wurde es 1721–1726 von Michael Pruckmayr für das Stift Kremsmünster umgebaut. Bei der Gründung der Diözese Linz bestimmte Kaiser Josef II., am 29. Jänner 1784, das Haus als neuen Bischofshof. Das Bistum Linz erwarb das Gebäude; der Vertrag sah Ratenzahlungen vor, die letzte Rate wurde erst 1918 beglichen. Noch heute ist das ehem. Freihaus Sitz des Bischofs von Linz.
E: Bistum Linz

Bogenhofen, Schloß
BH *Braunau am Inn*
G *St. Peter am Hart*
KG *Hagenau*
Ein einfacher einstöckiger Bau mit Dreieckgie-

bel und Mansarden. Dieses ehem. Wasserschloß erhielt seine heutige Form 1834, erstmals genannt wurde es 1438. Die Besitzer waren die Rohrer, die Loser, die Pinzenauer, die Familien Seiboltstorf, Riesenfels sowie Handel (1842–1921) und Pereira. Im sehr gut gehaltenen Schloß hat eine Glaubensgemeinschaft ihren Seminarort und ihr Internat untergebracht.
E: Pflegestättenverein der Adventisten-Alpenvereinigung
Lit: *Dehio, 40*

C

Clam, Burg
BH *Perg*
G und **KG** *Klam,* **BT** 14
Burg Clam, die zu den besterhaltenen Burgen Österreichs zählt, wurde 1149 von Otto von Machland erbaut. Die Burg besteht aus drei Höfen, dem fünfstöckigen Palas mit Pultdach, einer Kapelle und dem erhöht neben der Burg stehenden Bergfried. In der romanischen Kapelle befinden sich Fresken aus 1380. Mobiliar, Skulpturen und Bilder der Burg stammen aus dem 15. und 16. Jh., Sgraffiti im Innenhof aus 1581. Nach den Herren von Machland waren die Clam-Velburg und die Familie Hardegg Besitzer von Clam. Das bekannte Burgmuseum (seit 1967) zeigt das Familienmuseum, die gotische Kapelle, Waffensammlungen und eine Porzellansammlung, das Weltreisemuseum, eine originale Burgapotheke usw. Im ehem. Brauereigelände (von 1531) wurde 1990 eine Kleinbrauerei nach englischem Muster installiert, und seither wird wieder Bier nach traditionellen böhmischen und bayerischen Rezepten gebraut.
E: Seit 1454 Fam. Clam (Heinrich Clam Martinic)
Lit: *Dehio, 132 f;*
Grüll I, 48 ff;
Sekker, 29 ff;
Ulm, 64 ff

Cumberland, Schloß
BH und **G** *Gmunden*
KG *Schlagen*
Dreigeschoßiger neugotischer Bau mit Türmen, Erkern, Säulen und Zinnen. Schloß und Park wurden auf dem Areal von vier Bauernhöfen angelegt, nach den Plänen des hannoveranischen Architekten Schorbach (1882–86). Auftraggeber war Ernst August Herzog von Cumberland. Heute ist die ehem. „Heilanstalt für Tuberkulose-Kranke" eine Landes-Pflegeanstalt des Landes Oberösterreich.
E: Land Oberösterreich
Lit: *Hille, 37;*
Grüll II, 141

D

Dachsberg, Schloß
BH *Eferding*
G *Prambachkirchen*
KG *Dachsberg*
Rechteckiger dreigeschoßiger Bau aus dem 17. Jh. mit einer neuen Fassade aus dem 18. Jh. Der Festsaal mit der Stuckdecke (1673) ist heute Kapelle. In den Kartuschen befinden sich die Wappen der früheren Besitzer. Urk. wurde Daxberg (Dachsberg) 1218 erstmals erwähnt; bis 1423 war es im Besitz der Daxberger. Als Eigentümer folgten die Starhemberg (bis 1493), die Pernecker und die Schiefer (bis 1713). Heute befindet sich im Schloß eine Missionsschule.
E: Seit 1920 Kongregation der Oblaten des hl. Franz von Sales
Lit: *Dehio, 49;*
Sekker, 40 f

Dietach, Schloß
BH *Wels-Land*
G *Schleißheim*
KG *Dietach*
Ein dreigeschoßiger Bau mit hohen Satteldächern, vorspringendem Turm (jetzt verbaut), vorzüglichen Stuckdecken, Kapelle mit Rokokoaltar und Totenschilder der Grienthaler (um 1600). 1260 wird Dietach erstmals urk. genannt. Die Besitzer waren die Familie Haunolt, Hans von Liechtenstein, dann die Pirchinger, die Grienthal, Clam (um 1800), Caroline Wurmbrandt (1911), Bleileben.
E: Fam. Ruthensteiner
Lit: *Dehio, 50; Sekker, 41 f*

Dornach, Burgruine
BH *Freistadt*
G und **KG** *Lasberg*
Erhalten sind der Bergfried mit Kegeldach, die Umfassungsmauern, der Torturm mit Brücke und zwei Rundtürme. 1416 wird Dornach erstmals urk. erwähnt; ab 1505 ist es Teil der Herrschaft Weinberg. Besitzer waren die Lasberger, die Volkra, die Zelkinger, die Thürheim. Nach 1650 verfiel Dornach zur Ruine. Der jetzige Eigentümer führt laufend stilgerechte Restaurierungen durch. In den Räumlichkeiten ist ein Museum untergebracht.
E: Franz Burgermeister
Lit: *Dehio, 51; Grüll I, 19 f; Sekker, 43 f*

Dornach, Schloß
BH *Perg*
G *Saxen*
KG *Letten*
Das zweigeschoßige, im Stile der Jahrhundertwende mit Türmen und Zinnen erbaute Schloß stammt aus dem Jahr 1890. Die großen Innenräume sind mit Stuckdecken, Möbeln und Bildern aus dem 19. und 20. Jh. ausgestattet. Eigentümer des Schlosses waren die Familie Braganza,die Fürstin von Thurn und Taxis, Freiherr Viktor von Offermann, Ing. Dr. Robert Koller. Im Haus unmittelbar neben dem Schloß lebte im Jahr 1893 der schwedische Dichter August Strindberg.
E: Fam. Taubländer
Lit: *Hille, 41*

E

Ebelsberg, Schloß
BH und **G** *Linz*
KG *Ebelsberg*
In einem schönen Park gelegenes mächtiges Gebäude oberhalb der Traun, mit großem Innenhof und zwei Treppentürmen. 1154 erstmals urk. erwähnt, war es bis 1803 (mit kurzen Unterbrechungen) Eigentum des Hochstiftes Passau. 1444 wohnte hier Enea Silvio Piccolomini, der spätere Papst Pius II. Umbauten am Schloß wurden im 16. Jh., vermutlich von Canevale, durchgeführt. Unterhalb des Schlosses liegt nun die berühmte Traunbrücke, die oftmals schwer umkämpft war, so auch 1809 gegen die Franzosen, heldenhaft verteidigt durch Major Hiller (Hiller-Kaserne, Ebelsberg) und die Wiener Freiwilligen. Heute ist in dem prächtig restaurierten Schloß ein Museum untergebracht.
E: Llewellyn Kast
Lit: *Dehio, 187; Sekker, 45 ff*

Ebenzweier, Schloß
BH *Gmunden*
G *Altmünster*
KG *Ebenzweier*
Große nüchterne Anlage mit zwei Höfen, einem Säulenportikus gegen den Garten zu und Bogengängen an der Rückwand. Die Schloßkapelle hat einen schönen Altar (um 1660), eine reich geschnitzte Tür (1633) und Heiligenbilder aus dem 17. Jh. Das vielfach re-

staurierte und umgebaute Schloß wird 1380 erstmals genannt, 1446 wird es im Lehensbuch von Wallsee urk. erwähnt. Besitzer waren die Familien Schachner, Seeau, Engl von Wagrein, Erzherzog Max Josef von Österreich-Este und die Prinzen von Bourbon. In den letzten Jahren wurde das Schloß erneut restauriert und als Internat für Kochlehrlinge adaptiert.
E: Land Oberösterreich
Lit: *Dehio, 52; Grüll II, 11 f; Sekker, 44 f*

Eferding, Schloß
BH, G und **KG** *Eferding*
Eine weitläufige dreigeschoßige Anlage um einen großen Hof mit Arkaden, Renaissancetüren und Kassettendecken. 1255 erstmals urk. erwähnt, wird das sogenannte „Alte Schloß" um 1400 erbaut, der klassizistische Südflügel 1784. Bis 1367 waren die Bischöfe von Passau Besitzer, es folgten die Schaunberger (bis 1587). Im guterhaltenen Schloß befinden sich das Heimatmuseum, das Stadtmuseum und das Familienmuseum der Starhemberg.
E: Seit 1587 Familie Starhemberg
Lit: *Dehio, 55; Grabherr, 123 ff; Sekker, 48 ff*

Egererschlößl, Schloß
→ Weyer, Schloß
(**G** *Weyer Markt*)

Eggendorf, Schloß
BH *Linz-Land*
G *Eggendorf im Traunkreis*
KG *Eggendorf*
Der heutige Bau (aus 1580) ist zweistöckig, hat zwei Rundtürme und ein Renaissanceportal. Nebenflügel mit Laubengängen. In der Schloßkapelle gotische Madonna und Barockaltar. 1224 erstmals urk. erwähnt, waren die Besitzer Ortholf und Heinrich Eggendorfer (als Lehensleute des Stiftes Kremsmünster), die Familien Ostermayer, Schallenberg, Hohenegg (1709 war Georg Adam von Hohenegg, der berühmte Genealoge, Besitzer von Eggendorf).
E: Seit 1885 Fischer von Anckern
Lit: *Dehio, 57; Sekker, 53 f*

Engelhof, Schloß
BH, G und **KG** *Steyr*
Einer der schönsten Renaissancebauten von der Stadt Steyr, zweigeschoßig, mit Arkadenhof (heute verglast) und vorspringenden quadratischen Türmen. Nebengebäude mit rundem Turm, einem gewölbten Raum im Erdgeschoß und einem spätgotischen Gewölbe im ersten Stock. Im 13. Jh. wird Schloß Engelhof erstmals erwähnt. Die Besitzer sind jedoch erst ab 1543 urk. bekannt: Zumvernumb, Strasser, Händel, Lamberg und die Jesuiten.
E: Seit 1887 Familie Reder-Hrad
Lit: *Dehio, 333; Hille, 50 f*

Engelseck, Schloß (Teufelseck)
BH, G und **KG** *Steyr*
Zweigeschoßiger Renaissancebau auf hufeisenförmigem Grundriß, ein Hof mit quadratischem Turm, umgeben von einer Mauer mit Zinnen, zwei Rundtürmchen und einer Johann-Nepomuk-Statue (auf der Mauer). Im 13. Jh. wird das Schloß urk. erwähnt. Der Steyrer Bürgermeister Josef Achtmark besaß damals Schloß Teufelseck 1641–45. Kaiser Ferdinand III. bewilligte ihm die Namensänderung auf „Engelseck". Zu den späteren Besitzern gehörten die Familien Riesenfels, Werndl und Lamberg.

E: Stadtgemeinde Steyr
Lit: *Dehio, 333; Grüll II, 141; Hille, 51 f*

Enns, Burg (ehem. landesfürstliche Burg)
BH *Linz-Land*
G und **KG** *Enns*
Heute sind noch einzelne gotische Bauteile wie Tore, Gänge mit Kragsteinen usw. erhalten. Urk. 901 erwähnt, waren die Burg und die befestigte Stadt Bollwerk gegen die Ungarn. Am 17. August 1186 wurde auf dem Georgenberg im Norden der heutigen Stadt Enns Herzog Leopold V. von Österreich von Herzog Ottokar IV. von Steiermark, dem letzten Markgrafen von Steyr, der ohne Nachkommen war, als Erbe des Landes Steiermark eingesetzt. (Seit Ottokars Tod 1192 ist die Steiermark bei Österreich.) 1475 wurde die Burg neu errichtet, nach dem Brand im Jahr 1730, und den Plünderungen durch die Franzosen 1742 blieben nur die noch heute erhaltenen Teile der Burganlage bestehen. Diese Burgreste sind in Wohn- und Kaufhäusern verbaut.
E: Familien Hager und Löbl sowie „Verein Volksheim", Enns
Lit: *Dehio, 67; Sekker, 57 ff*

Ennsegg, Schloß
BH *Linz-Land*
G und **KG** *Enns*
Weitläufige Anlage mit zwei Höfen, massivem Eckturm, Kapellenturm mit Zwiebelhelm, Arkaden, Renaissanceöfen, Rokokozimmer, Stuckdecken und römischen Exponaten (von den Ausgrabungen in Lauriacum). Anno 1565 wurde Ennsegg aus Resten der landesfürstlichen Burg erbaut. Besitzer waren Georg Gienger (Hofvizekanzler), die Familien Ungnad von Weissenwolf, Trautson, Auersperg und Fürstenberg. Kaiser Napoleon I. übernachtete hier im Jahr 1809, und am 14. 3. 1810 hielt sich Erzherzogin Marie Louise von Österreich, die spätere Gemahlin Napoleons, auf ihrem Weg nach Paris im Schloß Ennsegg auf.
E: Familie Walderdorff
Lit: *Dehio, 66; Grabherr, 284 f; Sekker, 60 f*

Erb, Schloß (Untererb)
BH *Braunau*
G *Lengau*
KG *Krenwald*
Einfacher zweistöckiger Bau mit drei Türmen, hohem Satteldach, rechteckigem Hof, angebauter Kapelle, Rittersaal, Erkerzimmer mit kassettierten Rautendecken. Als in Schloß Erb die Glasfabrik Schneegattern untergebracht wurde, riß man die wertvolle Einrichtung heraus und der Bau wurde stark vernachlässigt. Erst 1966 wurde mit der Wiederinstandsetzung begonnen, das Dach erneuert und die Innenräume für moderne Wohnzwecke adaptiert. Besitzer des 1365 erstmals urk. erwähnten Schlosses waren Rainer von Erb, die Familien Lerchenfeld und Törring, die Glasfabrik Schneegattern und Achim von Haebler.
E: Fam. Haupt-Stummer
Lit: *Dehio, 68; Grabherr, 50 f; Hille, 53 f*

Eschelberg, Schloß
BH *Urfahr-Umgebung*
G und **KG** *St. Gotthard im Mühlkreis*
Die langgestreckte durch Gräben befestigte Anlage umfaßt ein Hauptgebäude (1598), ein Pflegerstöckl, ein Renaissancetor mit Wappensteinen, einen Torturm und einen rechteckigen Hof. Die wertvolle Ein-

richtung – Holz-, Balken- und Kassettendecken – wurde in das Schloß → Eferding übertragen. Die Familie Leonberg, die Traun, die Abensperg und Traun (Eschelberger Linie) und die Gera waren die Besitzer des im Jahr 1209 erstmals erwähnten Schlosses, das heute Wohnzwecken dient.

E: Fam. Starhemberg
Lit: *Dehio, 68;*
Grüll I, 20 ff;
Sekker, 62 ff;
Ulm, 68

Etzelsdorf, Schloß
BH *Wels-Land*
G *Pichl bei Wels*
KG *Weilbach*
Ein einstöckiger schlichter, rechteckiger Bau aus dem späten 17. Jh., mit einfachen Stuckdecken und schmiedeeisernen Fensterkörben. Erwähnt wurde Etzelsdorf erstmals 1380. Besitzer waren Kaspar Jörger von Tollet (1421), die Familie Jörger (1556), Gera, Schmidtauer von Oberwallsee, Maria Nöbauer und deren Erben. Heute dient das Schloß Wohnzwecken.

E: Hanns Jeitschko
Lit: *Dehio, 69;*
Grabherr, 158 ff;
Hille, 56

F

Falkenstein, Burgruine
BH *Rohrbach*
G und **KG** *Hofkirchen im Mühlkreis*
Erhalten sind das Vorgebäude mit gotischem Haupttor, der Verteidigungsturm sowie der große runde Wasserturm. Adelram von Falchenstein, einer der Gefolgsmannen des Bischofs Reginbert von Passau, war der erste Besitzer (1140 urk. erwähnt); ihm folgte Budiwoi von Rosenberg (ein Witigone, 1217), dessen Sohn Zawisch sich mit Kunigunde, der Witwe des Königs von Böhmen, vermählte und so der Beherrscher Böhmens wurde. 1571 wurde die Burg durch ein Feuer zerstört, später wiederhergestellt und ab 1605 erblicher Besitz der Salburg (vorher waren sie Pfleger). Das berühmte Volkslied „Es liegt ein Schloß in Österreich" (aus „Des Knaben Wunderhorn") erinnert an Falkenstein und Zawisch von Rosenberg, der hier 1289 gefangengehalten und hingerichtet wurde.

E: Seit 1605 Familie Salburg
Lit: *Dehio, 69;*
Götting, 25;
Sekker, 64 ff

Feldegg, Schloß
BH *Grieskirchen*
G *Pram*
KG *Feldegg*
Einfaches dreigeschoßiges Gebäude mit kleinem Turm, Gewölbe, fünf Renaissance- bzw. Rokokoöfen, barocken Türen sowie anderem wertvollen Inventar. 1453 wurde das ehem. Schloß Feldegg erbaut, der heutige Bau stammt aus 1589. Die Besitzer waren Pilch zu Paumgarten und Feldeck, die Familien Retschan, Hochberg, Pranckh und Walcher von Moltheim (1917–66). Alfred Walcher Ritter von Moltheim, der bekannte Historiker und Kunstsammler, der Berater beim Bau von Burg → Kreuzenstein (NÖ) und bei der Restaurierung von Burg → Moosham (Slbg.) war, erwarb 1917 das herabgekommene Schloß, ließ es wieder ganz instand setzen und mit wertvollem Inventar ausstatten.

E: Ing. Georg Hanreich
Lit: *Dehio, 69;*
Grabherr, 111 f;
Sekker, 68

Feyregg, Schloß
BH *Steyr-Land*
G *Pfarrkirchen bei Bad Hall*
KG *Feyregg*
Reizvolle dreigeschoßige Anlage mit zwei Türmen, gotischem Kern, mit barock verkleideter Hofseite, barocken Stuckdecken im Obergeschoß, einer Renaissanceholzdecke sowie schönen Öfen. Der Bau stammt vorwiegend aus dem 17. Jh., 1717 erhöhte Baumeister Johann Michael Prunner das Schloß um ein Stockwerk. 1170 wird Otto Sun als Inhaber der „Feuerhube" (an der Stelle des heutigen Schlosses) urk. genannt. 1378 wird erstmals ein Schloß urk. erwähnt. Die Besitzer waren die Anhanger, die Sinzendorf, Schütter von Klingenberg, die Plankh, Teuber. Der Südflügel des sehr gut erhaltenen Schlosses wurde 1970 zu einer Schloßpension ausgestaltet.
E: Seit 1937 Familie Harmer
Lit: *Dehio, 71; Grüll II, 16 ff; Sekker, 68 ff*

Fischlham, Schloß (Bernau)
BH *Wels-Land*
G und **KG** *Fischlham*
Dreigeschoßiges Wasserschloß mit vier runden Ecktürmen mit pagodenartigen Dächern, die barocke Fassade stammt aus 1732, das Erdgeschoß ist durchgehend gewölbt. Im Vorgebäude mit dem mächtigen Torturm befinden sich schöne Holzdecken. Die Pernauer waren die Erbauer des urk. erstmals 1406 erwähnten Schlosses, es folgten die Anhanger, die Jörger und die Spindler als Eigentümer.
E: Herbert Handlbauer
Lit: *Dehio, 71 f; Sekker, 18 f*

Forstern, Edelsitz
BH *Braunau am Inn*
G *Burgkirchen*
KG *Forstern*
Dreigeschoßiges turmartiges Hochhaus, ehemals von einem Wassergraben umgeben, mit Torhaus, Erker, Durchfahrt; erreichbar ist der Edelsitz über eine hölzerne Brücke. 1180 wird Dietrich von Vorstern urk. als Besitzer genannt, ihm folgten die Neußlinger (1383), die Egker (1403), die Stadt Braunau (1504–1850) und die Futschik als Eigentümer.
E: Fam. Zöhner
Lit: *Dehio, 48; Grabherr, 44 f*

Frankenburg, Schloß (Frein)
BH *Vöcklabruck*
G *Frankenburg am Hausruck*
KG *Frein*
Zweistöckiger rechteckiger Baublock mit kupfernem Walmdach. Heute ist der Wassergraben trockengelegt. Die ehemalige Burg wird 1160 als Besitzung des Bamberger Hochstiftes urkundl. genannt. Im 13. und 14. Jh. ist Frankenburg im Besitz der Schaunberger und anschließend in dem des Heinrich von Wallsee, der Polhamer, der Khevenhüller, der Pausinger und der Schaupp. Frankenburg wurde durch das sogenannte Frankenburger Würfelspiel berühmt, das 1625 am Haushamerfeld stattfand. Nach einer Erhebung der Bauern ließ der bayerische Statthalter Adam von Herberstorff die Verhafteten um ihr Leben würfeln und 17 davon hängen. Das war der unmittelbare Anlaß für den offenen Aufstand der protestantischen Bauern unter ihrem Anführer Stephan Fadinger. Schloß Frankenburg beherbergt ein Heimatmuseum.
E: Fam. Limbeck

Lit: *Dehio, 72; Grüll II, 20 ff; Sekker, 77 ff*

Frauenstein, Schloßruine
BH *Braunau am Inn*
G und **KG** *Mining*
Heute sind nur mehr der Torturm, der Getreidekasten mit Satteldach und das Rundportal mit Pilastern aus dem 17. Jh. erhalten. Der Felsen, auf dem die ehem. Burg stand, war schon in der Keltenzeit besiedelt, die Burg wird im 11. Jh. erstmals genannt. Bis ins 12. Jh. waren die Grafen Ering die Besitzer. Ihnen folgten die Frauenhofer (14. Jh.), Herzog Heinrich der Reiche (1435) und die Paumgartner (1508–1883). Das Schloß wurde während der Besatzungszeit (1945–55) stark beschädigt.
E: Fam. von Venningen
Lit: *Dehio, 74; Hille, 63 f*

Frein, Schloß
→ Frankenburg, Schloß

Freistadt, Schloß
BH, G und **KG** *Freistadt*
Weitläufige Anlage mit Bergfried, großem Hof, Schloßkapelle, Säulenhalle (1588), Umrahmungen von Fenstern und Türen, Gewölbe. Erbaut wurde dieses Schloß 1363–97 als Sitz der Witwe nach Herzog Albrecht III. Anschließend wurde es an die Wallseer, die Zelkinger, Lasla Praga, die Meggau und die Familie Slawata als Lehen vergeben. Weitere Besitzer waren die Familien Harrach und Kinsky. 1880 brannte das Schloß teilweise ab, war dann bis 1937 Kaserne, wurde 1955 restauriert und beherbergt heute Wohnungen, Ämter und das Heimatmuseum, mit zum Beispiel einer bedeutenden Sammlung von Hinterglasmalereien.
E: Republik Österreich
Lit: *Dehio, 78; Grüll I, 27 ff; Sekker, 85 ff; Ulm, 71 ff*

Friedegg, Villa
BH *Perg*
G und **KG** *Schwertberg*
Die einstöckige, in einem schönen Park gelegene Villa, mit einem Vorbau und Turm, wurde 1842–44 in dem Auftrag der Fürstin Konstantine Rasumofsky geb. Thürheim von Baumeister Ing. Meerheim erbaut. Das gepflegte, mit gutem Mobiliar ausgestattete Haus war bis zum Jahr 1923 Besitz der Gräfin Hoyos-Whitehead, bis 1967 im Eigentum der Großherzogin Alice von Toscana. Die Villa wurde von dieser Eigentümerin mit großer Sachkenntnis restauriert und dann mit modernem Komfort ausgestattet.
E: Dr. Alice Ledebur

Fuxenhof, ehem. Edelsitz
BH, G und **KG** *Freistadt*
Im westlichen Ortsteil von Freistadt, St. Peter, liegt der unregelmäßige zweigeschoßige Bau mit Turm, Stuckdecken und einem Totenschild aus 1635. 1377 wird Fuxenhof als Freisitz erwähnt. Im 17. Jh. wurde er mit Turm in seinen heutigen Zustand gebracht.
E: Fam. Affenzeller
Lit: *Dehio, 286; Grüll I, 139*

G

Gallspach, Schloß
BH *Grieskirchen*
G und **KG** *Gallspach*
Das Wasserschloß (der urspr. Bau ist heute nur noch teilweise erhalten) besteht aus einem Rundturm, einer Brücke, der Torhalle, einem Hof mit Arkaden, dem Wohn- und dem Wirtschaftstrakt. Um 1120 wird das Schloß erstmals genannt, urk. scheint Eberhard von Wallsee 1343 als erster Besitzer auf. Die

weiteren Besitzer waren die Familien Geumann, Weiß von Würtling, Hohenegg (1710–1912). Der Vater des jetzigen Eigentümers, Dr. Valentin Zeileis, gründete 1920 das weltberühmte strahlenphysikalische Institut.
E: Seit 1912 Fam. Zeileis
Lit: *Dehio, 81;*
Grabherr, 103 f;
Sekker, 90 f

Gneisenau, Schloß
BH *Rohrbach*
G und **KG** *Kleinzell*
B 215
Einst war Gneisenau ein Wasserschloß, von dem heute nur noch die Vorderfront und der große Torturm mit hohem Schindeldach erhalten sind. 1161 wird Gneisenau erstmals genannt, Besitzer waren die Gneissenau, die Teurwanger, Neidhard von Waxenberg, die Starhemberg und Josef Penn. 1950 wurden wesentliche Zu- und Umbauten durchgeführt, um im Schloß ein Altersheim unterzubringen.
E: BH Rohrbach
Lit: *Dehio, 95;*
Grüll I, 34 f;
Sekker, 98 f;
Ulm, 85 f

Götzendorf, Schloß
BH *Rohrbach*
G *Oepping*
KG *Götzendorf*
Im Hof des Schlosses befinden sich Arkaden, über dem Tor ein Wappen der Öder (Besitzerfamilie im 17. und 18. Jh.); die Schloßkirche (heute Pfarrkirche) ist sehenswert. Erhalten sind Reste von Sgraffitomalereien im Hof und Teile der Ringmauer mit Türmchen. Urk. erstmals erwähnt 1180. Besitzer war Walter Goczynesdorf, dessen Familie das Schloß bis ins 15. Jh. besaß, Familie Öder bis 1758, die Grafen Lamberg bis 1912. Der heutige Bau stammt aus dem 17. Jh. Volksschule und Pfarrhof sind heute im Schloß untergebracht.
E: Gemeinde Oepping
Lit: *Dehio, 96;*
Grüll I, 36;
Sekker, 93 f;
Ulm, 86

Greinburg, Schloß
BH *Perg*
G und **KG** *Grein,* **BT** 16
Mächtiger viergeschoßiger Bau, oberhalb der Donau gelegen, mit fünf Türmen, einem großen Hof und dreigeschoßigen Arkaden. Ein Erdgeschoßraum mit Zellengewölbe, prächtiger Rittersaal, durch zwei Stockwerke reichend, die Kapelle mit einem Marmoraltar aus 1625, interessante Familienporträts der Coburger, Wappenzimmer, Coburgzimmer, Steinmosaik im Untergeschoß, Kassettendecke im Fürstenzimmer. Das 1488 von den Brüdern Prüschenk (sie nannten sich später „Grafen Hardegg von Glatz und im Machlande“) erbaute Schloß hieß urspr. „Heinrichsburg“ (Heinrich Prüschenk), seit 1522 Greinburg. Weitere Besitzer waren die Löbl, Meggau, Salburg und Dietrichstein. Das Schloß beherbergt das oö. Schiffahrtsmuseum und war Schauplatz der alljährlich stattfindenden „Greiner Donaufestwochen“ (Theater, Konzerte, Lesungen, Ausstellungen usw.). Die Greinburg ist neu restauriert und eines der besterhaltenen Schlösser des Landes Oberösterreich.
E: Seit 1823 Fam. Sachsen-Coburg-Gotha
Lit: *Dehio, 97;*
Grüll I, 37 f;
Sekker, 102 ff;
Ulm, 89 f

Gries, Schloß (ehem. Gschwendt)
BH *Linz-Land*
G *Neuhofen an der Krems*
KG *Gries*
Heute sind von der einst umfangreichen Anlage nur zwei Flügel mit Tor und Einfahrt erhalten. Das Portal ist wappengeschmückt und mit Säulen und Engeln ausgestattet. 1347 wurde die Anlage erstmals urk. erwähnt, die Besitzer waren die Volkenstorfer, die Losensteiner (bis zu ihrem Aussterben 1692) und die Auersperg (bis 1851). Das ehemals befestigte Wasserschloß ist heute eine Landes-Pflegeanstalt für Geisteskranke.
E: Land Oberösterreich
Lit: *Dehio, 97; Sekker, 112 ff*

Grub, Schloß
BH *Gmunden*
G und **KG** *Obertraun*
Schloß Grub wurde 1522 erbaut, Besitzer waren bis 1864 die Familie Eiselsberg (Mathias von Eiselsberg stiftete 1652 den Dreifaltigkeitsaltar in der St.-Michaels-Kirche zu Hallstatt) und der russische Botschafter Tschaffkinie (bis 1890).
E: Fam. Kürschner
Lit: *Dehio, 99; Hille, 80*

Grünau, Schloß
BH *Perg*
G und **KG** *Ried in der Riedmark*
Der mehrstöckige Bau mit Turm, der im nördlichen Teil gelegenen Kapelle mit Stuckaltar und Schmiedeeisengitter aus 1764 stammt in seiner heutigen Form aus dem 18. und 19. Jh. Vom Charakter des alten Schlosses ist nur noch wenig zu erkennen. 1212 wurde Schloß Grünau erstmals urk. erwähnt, die Besitzer wechselten im Lauf der Jahrhunderte in rascher Folge: Ortolf von Volkenstorf, die Familien Laun, Hack, Riesenfels (1700–74), Hackelberg usw. Das Schloß wird heute landwirtschaftlich genützt.
E: Leopold und Pauline Mayr
Lit: *Dehio, 100; Grüll, 38 ff; Sekker, 105 ff*

Gwenghof, ehem. Edelsitz
→ Quenghof, Schloß

H

Haag, Schloß
→ Starhemberg, Schloß

Hackledt, ehem. Edelsitz
BH *Schärding*
G und **KG** *Eggerding*
Langgestreckter zweigeschoßiger Bau mit gewalmtem Satteldach, Zimmer mit Balken- und Stuckdecken, einer Kapelle aus 1664, einem Flur mit Rippengewölbe (mit Segelkappen) und dem First mit Dachreiter. Vermutlich war Hackledt einst ein hölzerner Bau, auf einem Erdkegel liegend und von einem Graben umgeben, der bei Bedarf mit Wasser gefüllt werden konnte. 1377 wird Chunrad Hakelöder als Besitzer der Anlage genannt, die bis 1800 im Besitz dieser Familie verblieb. Später folgen die Familien Peckenzell, Matz und Rachbauer als Inhaber.
E: Irmgard Jermann
Lit: *Dehio, 103; Grabherr, 84 f*

Hagenau, Schloß
BH *Braunau am Inn*
G *St. Peter am Hart*
KG *Hagenau*
Dreigeschoßige Anlage mit runden Türmen an der Südseite und quadra-

tischen Ecktürmen an der Nordseite. Das Schloß befindet sich in herrlicher Lage am Inn, die Schloßkapelle daneben wurde 1515 geweiht und ist mit einer Stuckdecke aus 1728 ausgestattet. Der heutige Bau stammt aus 1788, die alte Burg wurde um 1140 von Bischof Reginhart von Passau errichtet. Besitzer waren die Ortenburg, die Törring, die Aheimer (1410) und die Theimer (1495).

E: Colette Freifrau von Handel

Lit: *Dehio, 103; Grabherr, 62 f; Hille, 87*

Hagenberg, Schloß

BH *Freistadt*

G und **KG** *Hagenberg im Mühlkreis*

Langgestreckte Anlage, auf einem Bergrücken gelegen, mit drei Höfen, mit Vorgebäuden, Wirtschaftsgebäuden, Kapelle (die jetzige Pfarrkirche) und einer heute nur noch teilweise erhaltenen Ringmauer. Der hohe Turm stammt aus dem 19. Jh., die Arkaden aus dem 16. Jh. Besitzer des 1370 erstmals urk. erwähnten Schlosses waren die Familien Stadler, Capeller, Hohenegg, Schallenberg, Thürheim, Dürkheim-Montmartin. 1945–55 war das Schloß als deutsches Eigentum von der russischen Besatzungsmacht beschlagnahmt und hat in diesen Jahren sehr gelitten. Vom Inventar ist nichts mehr vorhanden. Ein Teil des Schlosses vermietet an die Universität Linz, ein Teil als Gemeindezentrum verwendet.

E: Hans und Hilde Preining

Lit: *Dehio, 104; Grüll I, 41 f; Sekker, 115 f*

Haichenbach, Burgruine (Kerschbaumer Schlößl)

BH *Rohrbach*

G *Hofkirchen im Mühlkreis*

KG *Marsbach*

Von der einst ausgedehnten Burganlage sind heute nur noch Reste des Wohnturms, das Westtor und einige Mauerzüge erhalten. 1160 wurde die Burg erbaut; der Bischof von Passau belehnte damit die Eichenbacher (bis 1486). 1529 wurde die Passauer Verwaltung ins benachbarte Schloß Marsbach verlegt und Burg Haichenbach begann zu verfallen.

E: Georg Stradiot

Lit: *Dehio, 104; Götting, 39; Grüll I, 42 ff*

Haiding, Schloß

BH *Wels-Land*

G *Krenglbach*

KG *Haiding*

Vom einstigen umfangreichen Wasserschloß sind nur noch der Ost- und der Südtrakt erhalten. Der Westteil ist vollständig restauriert, jedoch ohne Bezugnahme auf den früheren Charakter. An der Vorderfront befindet sich das Portal mit einem Schlußstein aus 1602, an der Hofseite Reste von Arkaden. Das erstmals 1340 urk. erwähnte Schloß war im Besitz der Geltinger, Schaunberg, der Familien Strattmann und Batthyány. Das Schloß wird als Wohnung und für kulturelle Veranstaltungen genutzt.

E: Friedrich Achleitner

Lit: *Dehio, 104; Hille, 89 f; Sekker, 121*

Hall, Schloß

BH *Steyr-Land*

G und **KG** *Bad Hall*

Zweigeschoßiger Bau mit turmartigem Ausbau über dem Haupteingang, im Charakter eher ein Stadtpalais als ein Schloß. Das Schloß entstand aus einem bürgerlichen Haus nach Abtrennung des Amtes in Hall von der Herrschaft Steyr und nach der Übergabe

an Max Graf Trauttmansdorff 1645. Heute wird das sehr gut erhaltene Schloß als Altersheim geführt.
E: Caritas der Diözese Linz
Lit: *Dehio, 35; Grabherr, 295*

Hartheim, Schloß
BH *Eferding*
G *Alkoven*
KG *Hartheim*
Ein bedeutender Renaissancebau mit vier Geschoßen. An den Ecken achteckige Türme mit Zeltdächern, im rechteckigen Hof Arkaden in allen Geschoßen. In einem Raum im ersten Stock eine Kassettendecke. Die Inneneinrichtung wurde 1925 (anläßlich des Verkaufes des Schlosses durch die Familie Starhemberg an das Land Oberösterreich) nach Schloß → Eferding gebracht und dort aufgestellt. Die Hartheimer, die Steinböck, die Kueffstein, die Thürheim und die Starhemberg waren die Besitzer des 1287 erstmals erwähnten Schlosses. In Hartheim ist heute eine Nervenheilstätte des Landes Oberösterreich eingerichtet.
E: Land Oberösterreich
Lit: *Dehio, 109; Hille, 94 f; Sekker, 118 f*

Haus, Schloß
BH *Freistadt*
G und **KG**
Wartberg ob der Aist
Dreigeschoßige Anlage mit vielen Zubauten aus dem 19. Jh. 1391 wird Schloß Haus erstmals urk. erwähnt. Besitzer waren die Hauzenberger, Familie Sinzendorf, Schweinpöck, Landau (1524), Meggau (1622), Cavriani (bis 1708), anschließend Starhemberg. Der heutige Bau wurde 1721–29 durch den Linzer Baumeister Pruckmayr neu aufgeführt. Im Schloß ist heute ein Bezirksaltenheim untergebracht.
E: Land Oberösterreich
Lit: *Dehio, 111; Grüll I, 44 f; Sekker, 119 f*

Helfenberg, Schloß
BH *Rohrbach*
G und **KG** *Helfenberg*
Zweigeschoßiges Schloß mit vier kleinen Türmen, großem Torturm mit Einfahrt, einem Brunnen aus 1625 sowie einer schönen Gartenanlage mit steinernen Zwergenfiguren. Wulfing von Helfenberg war der erste Besitzer des 1224 erstmals erwähnten Schlosses, ihm folgten Greisenecker, von Oedt (sie führten 1607 den Neubau des Schlosses durch), Gneissenau, Seeau. Das sehr gepflegte Schloß ist mit gutem Mobiliar ausgestattet.
E: Seit 1893 Familie Revertera
Lit: *Dehio, 114; Grüll I, 45 f; Sekker, 123 f*

Hochburg, Schloß
BH *Braunau am Inn*
G *Hochburg-Ach*
KG *Hochburg*
Hufeisenförmiges zweigeschoßiges Schloß mit Halle und gutem Mobiliar sowie Familienporträts in den Repräsentationsräumen. Das Schloß wurde um 1900 östlich von Hochburg (der Ort wurde bereits 878 urk. genannt) erbaut und befindet sich in sehr gutem Zustand.
E: Fam. Castell-Castell

Hochhaus, ehem. Schloß
→ Vorchdorf, Schloß

Hochscharten, Schloß
BH *Grieskirchen*
G und **KG**
Waizenkirchen
Die heutige Anlage ist zweistöckig, mit Pilastern und Dreieckgiebel ausgestattet und in ei-

nem prächtigen Park gelegen. Der ehem. Bauernhof wurde 1826 durch den Pfleger Saxinger von Weidenholz ausgebaut. Weitere Umbauten erfolgten 1856 durch Dr. Esterle und 1896 durch Botho Graf Coreth. Bis 1942 blieb Schloß und Gut Hochscharten im Besitz der Familie Coreth. 1951/52 wurde Hochscharten für eine Berufsschule für Lebensmittel-Kleinhandel adaptiert, heute befindet sich das Bildungsheim der Kammer der gewerblichen Wirtschaft in der gut gehaltenen Anlage.
E: Kammer der gewerblichen Wirtschaft
Lit: *Hille, 102*

Hohenbrunn, Schloß
BH *Linz-Land*
G *Markt St. Florian*
KG *Enzing*
Die reizvolle einstöckige Anlage weist gute Stuckarbeiten aus 1730 auf, ein Raum ist mit Jagdszenen bemalt, einer mit Segelschiffen. Die Lauben erinnern an das Stiegenhaus von Stift St. Florian. Die beiden Loggien sind noch mit Jagdtrophäen geschmückt. 1725–29 wurde das Jagdschloß von Propst Johann Baptist Födermayr nach Plänen von Jakob Prandtauer erbaut. 1961 wurde das bis dahin stark verfallene Schloß auf Initiative von Dr. Alfons von Wunschheim mit Unterstützung der Landesregierung, des Bundesdenkmalamtes sowie des oberösterr. Landesmuseums, der oberösterr. Jägerschaft und freiwilliger Spender vollkommen instand gesetzt und restauriert und beherbergt heute das vielbesuchte Landesjagdmuseum von Oberösterreich.
E: Verein zur Erhaltung und Rettung von Schloß Hohenbrunn
Lit: *Dehio, 119; Hille, 103 f*

Holzheim, Schloß (Painherrnhof)
BH *Linz-Land*
G *Leonding*
KG *Holzheim*
Ein dreigeschoßiges Gebäude mit prächtigem Portal, mit Säulen und Wandpfeilern an den Fronten. 1075 wird Holzheim erstmals urk. erwähnt. Die Herren von Holzheim waren die Besitzer bis 1376, es folgten die Aczpeckh bis 1481; anschließend gelangte das Schloß in den Besitz der Herrschaft von Steyregg. Das gut erhaltene Schloß dient nun Wohnzwecken.
E. Dr. Karl Tscherne
Lit: *Dehio, 157*

Hueb, Schloß
BH *Ried im Innkreis*
G *Mettmach*
KG *Hub*
Dreigeschoßige Anlage mit Kapelle. Das 1530 erstmals urk. erwähnte Schloß hatte Hans von Dachsberg (Taxperg) zum ersten Besitzer, in dessen Familie Schloß Hueb 300 Jahre lang blieb. Es folgten die Familien Franking und Handel-Mazzetti als Eigentümer. 1960 wurde das Schloß restauriert.*
E: Dr. Friedrich Turek-Herrenhorst
Lit: *Hille, 105*

I

Innernstein, Schloß
BH *Perg*
G *Münzbach*
KG *Innernstein*
Auf einem Felskopf liegende kleine Feste mit schönem Hof, der an drei Seiten Laubengänge mit den Wappen der Besitzer (mit Jahreszahlen) aufweist. Ein Turm über der Einfahrt sowie ein Rundturm an der Südwestecke. Urkundlich 1209 erstmals erwähnt, war das Schloß im Besitz von Chunrad de Staine, Capeller, dann Liechten-

steinsches Lehen bis in das 18. Jh., Stainer, Steinböck, der Schweinpöck, Flußhart (1517–1611), Kaiserstain (bis 1731), Stiebar, Rosenberg, Clam Martinic, Salm, Tinti. Das Schloß wurde 1950–60 restauriert.
E: Fam. Brandner
Lit: *Dehio, 122;*
Grüll I, 47 f;
Sekker, 127 f;
Ulm, 104

Irnharting, Schloß
BH *Wels-Land*
G *Gunskirchen*
KG *Irnharting*
Ehemals gab es zwei Wasserschlösser, mit einer Brücke verbunden. Der ältere, zweigeschoßige Teil stammt aus 1533, der jüngere, dreigeschoßige Bau aus 1640. Der Wassergraben ist heute trockengelegt, das Schloß mehr oder weniger im Verfall begriffen, nur ein Teil ist restauriert und bewohnbar. Im Hof befindet sich ein interessanter achteckiger Brunnen. Die erste urk. Erwähnung von Irnharting erfolgte 1349, die Besitzer waren Utz von Tann, die Polheimer, die Spindler, die Familien Schmelzing und Uitz.
E: Familien Fischer von Ankern und Wessely
Lit: *Dehio, 122;*
Grabherr, 151 f;
Sekker, 129 f

K

Kaiservilla, Bad Ischl
→ Bad Ischl, Jagdschloß

Kammer, Schloß
BH *Vöcklabruck*
G *Schörfling*
KG *Kammer*
Massiver dreigeschoßiger Hauptbau mit zwei niedrigeren Seitenflügeln, einem Laubengang im Erdgeschoß des Hofes, einer Kapelle mit Stuck, dem zweistöckigen Festsaal und dem Stiegenhaus aus dem 18. Jh. Die heutige Anlage stammt aus dem 17. Jh. 1260 urk. erwähnt, waren Gottfried und Haidolf von Chammer, die Schaunberger, Reinprecht von Wallsee (als der letzte dieses Geschlechts, bis 1478), die Familien Polham und Khevenhüller die Besitzer des Schlosses.
E: Fam. Jeszensky
Lit: *Dehio, 123;*
Grüll II, 34 ff;
Sekker, 25 ff

Katzenberg, Schloß
BH *Ried im Innkreis*
G *Kirchdorf am Inn*
KG *Katzenberg*
Die heutige Anlage stammt aus dem 16. Jh., mit älteren Befestigungen, hohem Torturm mit Wappen, Schloßhof mit Arkaden, Kapelle mit Stuck und guten Bildern, mit Rittersaal und barocken Öfen. Die Stuckdecke dieser Kapelle stammt vermutlich von Johann Peter Camuzzi, einem Schüler Giovanni Battista Carlones. Als Passauer Besitz wird Schloß Katzenberg 1196 erstmals urk. erwähnt. 1251 wurden die Grafen Ortenburg damit belehnt. Die weiteren Besitzer waren die Mautner von Burghausen, die Familien Taufkirchen sowie Thienen und die Familie Dubsky.
E: Fam. Steinbrenner
Lit: *Dehio, 124;*
Hille, 113 f

Katzenberg, Schloß
BH *Vöcklabruck*
G und **KG** *Atzbach*
Einfacher Bau mit Walmdach aus dem 17. Jh. Im 19. Jh. wurde Schloß Katzenberg baulich verändert. Urk. um 1600 erstmals erwähnt, gehörte Katzenberg urspr. zur Herrschaft Köppach. Die weiteren Besitzer waren Hofrat Langhans (um 1900), die Familien Sachsenhofer und Zenninger. Seit 1950 steht dieses

Schloß als Bauernhaus in Verwendung.
E: Fam. Six
Lit: *Dehio, 124;*
Grüll II, 142,
Hille, 113

Kerschbaumer Schlößl
→ Haichenbach, Burgruine

Klaus, Schloß und Burgruine
BH *Kirchdorf an der Krems*
G und **KG** *Klaus an der Pyhrnbahn*
Dreistöckiger Bau mit Turm und einem Wehrgang, der zu den Wirtschaftsgebäuden führt. Das Schloß wurde im 18. Jh. erneuert; von der alten Feste sind nur Teile erhalten. Die Geschichte der ehem. Burg und des Schlosses läuft großteils parallel. 1160 wird Dietmar von Cluse (vermutlich von Aistersheim) als Besitzer der Anlage urk. genannt. Die Burg wurde landesfürstliches Lehen, die Babenberger, die Habsburger, die Polham, die Wallseer und die Gemeinde Spital am Pyhrn folgten als Eigentümer bzw. Besitzer. 1578 erfolgte der Neubau der unteren Burg durch Ulrich Storch. 1632 gelangte Klaus in den Besitz der Familie Salburg, 1742 eroberte der Pandurenoberst Trenck die Burg. 1889 wurde die Familie Schaumburg-Lippe Eigentümer des Schlosses. 1983/84 wurden an dem Schloß ausgedehnte Umbauten durchgeführt; der Pächter von Schloß Klaus, die „Evangelisten-Kirchengemeinde", hält hier Seminare und Tagungen ab.
E: Fam. von Sydow
Lit: *Dehio, 133;*
Grüll II, 37 ff

Klingenberg, Burgruine
BH *Perg*
G und **KG** *St. Thomas am Blasenstein*
Reste der Hauptburg, der ersten und der zweiten Vorburg sowie des Turmes sind heute noch erhalten. 1217 erstmals urk. erwähnt, wurde die Burg vom Herrn von Clam-Velburg im Erbweg von den Herren von Machland erworben und ging nach seinem Tod (im Kreuzzug) in das Eigentum des Landesfürsten über. Dieser verpfändete die Burg an die Traun, Neudecker, Schneckenreuter, Kollonitsch. 1630 wurde Burg Klingenberg an das Stift Waldhausen verkauft, 1750 brannten Teile durch Blitzschlag ab, 1835 stürzte der Großteil der Burg ein. Die Burgen nördlich der Donau, von Clam über Kreuzen und Klingenberg bis zur Burg Rappottenstein im Waldviertel, konnten sich in früherer Zeit durch Leuchtfeuer untereinander verständigen. Heute ist der Turm von Klingenberg, früher weithin sichtbar, vom Wald fast vollständig verdeckt. Beliebtes Ausflugsziel.
E: Linzer Domkapitel
Lit: *Dehio, 134;*
Götting, 47;
Sekker, 130 ff

Kogl, Schloß
BH *Vöcklabruck*
G und **KG** *St. Georgen im Attergau*
Die barocke Anlage mit dem klassizistischen Vorbau (18. Jh.) liegt in einem prächtigen Park. Im vorzüglich gehaltenen Schloß befinden sich Bibliothek, Kapelle und Speisesaal. Die alte Burg, oberhalb des Schlosses auf einem „Kogl" gelegen, wurde bereits im 9. Jh. urk. genannt. Heute sind nur mehr spärliche Reste erhalten. Das Bistum Bamberg, die Schaunberger, die Wallseer und die Khevenhüller waren die Besitzer der Burg bzw. des

Schlosses Kogl. Die Geschichte der Herrschaft Kogl bildet einen wichtigen Teil der oberösterreichischen Geschichte.
E: Fam. Mayr-Melnhof
Lit: *Dehio, 134; Grüll II, 42 ff; Sekker, 132 ff*

Krempelstein, Burg
BH *Schärding*
G *Esternberg*
KG *Pyrawang*
Viergeschoßiger Wehrturm mit Kapelle, gotischen Fenstern, gemalten Wappen (Passau), Treppen und Gängen in Mauerstärke. Der angebaute Palas ist mit Erkern ausgestattet. Diese sagenumwobene Burg (Schneiderschlößl) liegt auf einem senkrecht zum Donautal abfallenden Felsen und bietet einen prächtigen Rundblick. Als bischöflich Passauer Lehen wird Krempelstein 1203 erstmals urk. erwähnt. Die Burg wurde von Pflegern bewohnt und mit Burg → Vichtenstein gemeinsam verwaltet. 1868 gelangte die Burg in den Besitz der Fam. Pachta-Rayhofen. Die Burg ist ein beliebtes Ausflugsziel an der oberen Donau und dient einem Motorsportverein als Klublokal.
E: Seit 1934 Familie Schulz-Wulkow
Lit: *Dehio, 136; Grabherr, 9 f*

Kremsegg, Schloß
BH *Kirchdorf an der Krems*
G *Kremsmünster*
KG *Kremsegg*
Einstöckiger Vierflügelbau mit Arkadenhof und dem vorgelagerten Wirtschaftshof mit Einfahrt. Urk. 1230 erstmals erwähnt. Das Schloß war zuerst landesfürstliches, dann Losensteiner Lehen, die nachfolgenden Besitzer waren die Grünthaler (bis 1626), das Stift Kremsmünster und die Familie Kinsky. 1707 erfolgte ein Umbau durch Abt Martin Resch, 1807 wurde der Schloßturm durch Brand nach einem Blitzschlag zerstört und nicht mehr aufgebaut. 1813 waren im Schloß Munition und Bekleidung der Landwehr gelagert. Im Wirtschaftstrakt befindet sich ein ausgezeichnet eingerichtetes Oldtimer-Automobil- und Motorradmuseum.
E: Schloß Kremsegg Betriebsges.m.b.H.
Lit: *Dehio, 136; Grüll II, 46 ff; Sekker, 34 f*

Kremsmünsterer Freihaus
→ Bischofshof, Freihaus

Kreuzen, Burgruine
BH *Perg*
G *Bad Kreuzen*
KG *Kreuzen*
Heute noch erhalten sind der Rundturm, Reste der Ringmauer, Torbauten und der Verbindungsbau zwischen den beiden ehemaligen Burgen. 1209 erbaute Hermann de Kruzen die aus zwei Teilen bestehende Burg, dann wurde sie landesfürstliches Lehen, war anschließend im Besitz der Familien Volkenstorfer, Schweinpöck, Meggau (zusammen mit der → Greinburg). 1783 wurde Burg Kreuzen abgebrochen und das Material später für die Errichtung einer Kuranstalt verwendet. In der restaurierten Burg, die der Eigentümer der Gemeinde für div. Aktivitäten zur Verfügung stellt (Sommerfeste), ist eine Jugendherberge untergebracht.
E: Fremdenverkehrsverband Kreuzen
Lit: *Dehio, 147; Grüll I, 53 ff; Sekker, 37 ff*

L

Lamberg, Schloß
→ Steyr, Schloß

Leonding, Schloß
→ Rufling, Schloß

Leonstein, Schloß
BH *Kirchdorf an der Krems*
G *Grünburg*
KG *Obergrünburg*
Rechteckige vierflügelige Anlage mit Hof und Einfahrt. Auf dem Berg über dem Schloß stand die alte Burg, die im 17. Jh. verfiel (erste urk. Erwähnung 1140). Das Schloß wurde 1724 erbaut und war bis 1919 im Besitz der Familie Salburg. Im 17. Jh. war Georg Matthäus Vischer, dem wir die Landkarte vom „Lande ob der Enns" und die „Topographia Austriae Superioris" verdanken, Pfarrer in Leonstein. Heute ist Schloß Leonstein ein Landeskinderheim.
E: Land Oberösterreich
Lit: *Dehio, 157 f; Grüll II, 48 f; Sekker, 143 ff*

Lichtenau, Schloß
BH *Rohrbach*
G *Lichtenau im Mühlkreis*
KG *Lichtenau*
Dieses ehemals große Schloß wurde gegen Ende des Zweiten Weltkrieges durch Brand zerstört und 1969 unter größtmöglicher Bedachtnahme auf den historischen Bestand, als ein bewohnbares, kleineres Schloß aufgebaut und äußerst kunstverständig eingerichtet. Von der ehem. Anlage (erste urk. Erwähnung 1293) sind heute noch der Torbau, die Torhalle, ein Laubenaltan, der Vorhof und der Innenhof sowie die Eingangsflügel erhalten. Besitzer waren die Hugenberger, die Rosenberg, die Jörger, die Götzendorfer (1496), die Sprinzenstein (1661), die Welsberg und die Fölser.
E: Seit 1870 Fam. Vonwiller
Lit: *Grabherr, 181 f; Grüll I, 56; Sekker, 146 f*

Lichtenegg, Schloß
BH und **G** *Wels*
KG *Lichtenegg*
Zweistöckiger Bau mit zwei Ecktürmen aus dem 16. Jahrh. (1573). Das Schloß wurde im 18. Jh. erneuert, 1944 bombenbeschädigt und 1952/53 zu Wohnzwecken wiederhergestellt. Dieser ehem. Polheimer-Besitz ging in das Eigentum der Familie Enenkel-Albrechtsberg über; es folgten die Schallenberg und die Pilati; 1890–97 war Schloß Lichtenegg im Besitz der Erzherzogin Marie Valerie (Tochter Kaiser Franz Josephs). Später waren die Durisolwerke (Prinz von Braunschweig-Hannover) Eigentümer.
E: Miteigentümergemeinschaft Schloß Lichtenegg
Lit: *Dehio, 371; Hille, 138 f; Sekker, 147 f*

Lichtenhag, Burgruine
BH *Urfahr-Umgebung*
G und **KG** *Gramastetten*
Von der kleinen Anlage, die seit dem 17. Jh. verfiel, sind heute noch der gotische Wohnturm sowie der Wehrturm, das Zugbrückentor und der Burghof erhalten. Burg Lichtenhag wird als ein landesfürstliches Lehen 1409 erstmals erwähnt. Die Inhaber waren die Familie Aspan, die Gera, die Starhemberg (bis 1964). Danach kam die Burgruine in den Besitz von Prof. Kurt Wöß. An der Burgruine werden

laufend Erhaltungsarbeiten durchgeführt.
E: Gertrude Doblhofer
Lit: *Dehio, 159; Götting, 65; Sekker, 148 f*

Lindach, Schloß
BH *Gmunden*
G *Laakirchen*
KG *Lindach*
Ein langgestreckter einstöckiger Bau, der mit seinen Wirtschaftsgebäuden und der Pfarrkirche einen malerischen Platz bildet. Die einfache Anlage mit gepflegter Inneneinrichtung und einer Durchfahrt in der Mitte wurde um 1700 erbaut. 1446 erstmals urkundlich erwähnt, war Familie Hayden zu Dorff 1470–1758 Eigentümer des Schlosses; nach der Familie Frey mehrmaliger Besitzerwechsel.
E: Familie Matuschka-Gablenz
Lit: *Dehio, 159; Grüll II, 50 f; Sekker, 149*

Linz, Schloß (ehem. kaiserliches Schloß)
G *Linz*
Große Anlage mit zwei Höfen, Friedrichstor (mit Wappenstein, 1481), Arkadenhof mit Brunnen und großer Terrasse mit prächtigem Blick auf die Stadt und das Mühlviertel. 799 erstmals urk. erwähnt, gelangte die mittelalterliche Burg an Herzog Leopold VI. von Österreich und damit in landesfürstlichen Besitz. 1485–93 diente sie Kaiser Friedrich III., der hier starb, als Residenz. Auf den Grundfesten der Burg Friedrichs III. errichtete Kaiser Rudolf II. einen gewaltigen Neubau, dessen Rohbau 1607 stand. Im Schloß waren die Wohnräume des Landeshauptmanns, seiner Beamten und deren Kanzleien untergebracht. Die Kaiserzimmer befanden sich im obersten Stock. 1743 fand auf Schloß Linz die Erbhuldigung vor Maria Theresia statt. Das noch heute mächtige Schloß ist jedoch nur mehr ein Torso, da die durch einen Brand 1800 zerstörten Teile (Südtrakt, Teile des Ost- und des Mitteltraktes) nicht wiederaufgebaut wurden. 1851–1945 war im Schloß eine Kaserne untergebracht; nach dem Zweiten Weltkrieg diente das Schloß als Flüchtlingsquartier. Nach seiner prächtigen Restaurierung beherbergt das Schloß nun seit 1963 die Sammlungen des Oberösterreichischen Landesmuseums.
E: Republik Österreich
Lit: *Dehio, 179; Grabherr, 28 ff; Sekker, 149 ff*

Linzer Landhaus
G *Linz, Promenade 24, Klosterstraße 11*
Ein weit ausladender Baukörper mit drei Höfen und etwa 400 Räumen. Barockes Südtor mit Putten, steinernem Landeswappen und Adler mit ausgebreiteten Schwingen; im dritten Obergeschoß erinnert eine lateinische Inschrift an den Wiederaufbau der durch den Stadtbrand zerstörten Gebäudeteile (1800). Einfahrt mit imposantem Tonnengewölbe und breiten Granitpfeilern; Nordtor aus rotem und teilweise bunt bemaltem Marmor von 1570 mit zwei Putten und drei Wappen mit Herzogshüten (Österreich unter der Enns, Österreich ob der Enns und der traditionelle österreichische Bindenschild). Das Kernstück des Landhauses ist der prachtvolle Arkadenhof mit dem Steinbrunnen in der Mitte, der von 1568–74 erbaut wurde und als eine der größten architektonischen Leistungen des Landes in

der Renaissance gilt. In diesem Trakt befand sich auch die sogenannte „Ständische Landschaftsschule“, an der Johannes Kepler 14 Jahre lang lehrte. Heute noch zu sehen sind „Kritzeleien“ der Studenten aus 1579 (im ersten Stock unter den Arkaden). Im östlichen Teil des Arkadenhofes entspringt der mächtige Landhausturm, der an der Spitze des Helmes einen vergoldeten Doppeladler trägt. An der Nordfront des Hauses befindet sich die urspr. gotische, später im Rokokostil neu aufgebaute, ehemalige Minoritenkirche, die ab 1785 als „Ständische Hofkirche“ in Verwendung war. Im Inneren einige Prunksäle; brauner Saal mit der prachtvollen Rokokouhr, steinerner Saal mit Wandpfeilern aus rotem Marmor und Stuckplafond, blaues Zimmer, Regierungssitzungszimmer usw. 1563 wurde das Klostergebäude der Minoriten den oberösterreichischen Landständen als Landhaus auf Dauer überlassen. Bereits ein Jahr später wurde das alte Kloster abgerissen und mit dem Neubau begonnen (Fertigstellung 1571). Architekten waren Christoph Canevale, Caspar Toretto und Peter Guet. Der für den Bau benötigte Granit stammt aus den Steinbrüchen von Mauthausen, der Marmor aus dem Salzburger Land und das Eisen aus der alten Eisenstadt Steyr. In dem Erdgeschoß des Ständehauses war das Zeughaus untergebracht, im ersten Stock befanden sich der prunkvolle Ständesaal, die Ratsstube, das Einnehmeramt, das Archiv, die Bibliothek und die Kanzleien. 1800 fiel ein Teil des Landhauses einer Brandkatastrophe zum Opfer. Nach dem Abzug der Franzosen wurde mit dem Wiederaufbau des Landhauses begonnen. Das Landhaus selbst zeigt sich seit dieser Zeit in den klassizistischen Formen des Empire. 1861 erhielt Oberösterreich sowie jedes andere Kronland eine Landesverfassung, aufgrund der das Volk in freier Wahl seine Vertreter in den Landtag entsenden konnte. Die Gewählten bildeten im Landtag sogenannte „Kurien“, die den Großgrundbesitz, die Handelskammer sowie die Industrieorte und die Landgemeinden vertraten. 1918 wurde das allgemeine, gleiche und geheime Wahlrecht für die Landtagswahlen eingeführt. Bis 1934 war das Amt des Landeshauptmannes mit dem des Landtagspräsidenten verbunden. Seither ist das Landhaus Sitz des Oberösterreichischen Landtages mit dem Landtagspräsidenten und der Landesregierung mit dem Landeshauptmann (Dr. Josef Ratzenböck).
E: Land Oberösterreich

Lobenstein, Burgruine
BH *Urfahr-Umgebung*
G und **KG**
Oberneukirchen
Heute sind von dieser Anlage nur mehr der Turm mit sechseckigem Grundriß, die Ringmauer und ein Erdwall vorhanden. 1243 wurde Lobenstein erstmals erwähnt, die Lobensteiner und die Starhemberg waren Inhaber des landesfürstlichen Lehens. Im 17. Jh. verfiel die Anlage. Lobenstein war eine der drei Burgen (neben → Rottenegg und → Lichtenhag), die den Salzweg entlang des Rodltals (von der Donau bis Böhmen) sicherten. Heute ist der Turm restauriert und für Wohnzwecke adaptiert.

E: Dr. Karlheinz Burg
Lit: *Dehio, 187; Grüll I, 59 f; Sekker, 155 f; Ulm, 128*

Losenstein, Burgruine
BH *Steyr-Land*
G und **KG** *Losenstein*
Viergeschoßiger Palas, von einer Verteidigungsmauer mit Türmen umgeben, mit einem romanischen Bergfried, einem Vorwerk mit mächtigem Wehrturm, Zwillingsfenstern u. einer Sitznische. Die Losensteiner besaßen die 1186 urk. erstmals erwähnte Burg bis 1692 als landesfürstliches Lehen. Um die Mitte des 14. Jh.s erwarb diese Familie auch Schloß → Losensteinleiten und verlegte ihren Wohnsitz dorthin, sodaß Burg Losenstein allmählich verfiel. Bis 1904 war die Familie Auersperg Besitzer der Burg. Laufend Erhaltungsarbeiten, beliebtes Ausflugsziel im Ennstal.
E: Land Oberösterreich
Lit: *Dehio, 190; Grüll II, 54 ff; Sekker, 156 f*

Losensteinleiten, Schloß
BH *Steyr-Land*
G *Wolfern*
KG *Losensteinleiten*
Hufeisenförmiger zweistöckiger Bau mit zwei quadratischen und zwei runden Türmen. Das ehemalige Wasserschloß wurde 1740–1800 in die heutige Form umgebaut. Im Zweiten Weltkrieg und in der nachfolgenden Besatzungszeit wurde Schloß Losensteinleiten schwer beschädigt, die Inneneinrichtung geraubt. Bis 1692 war Schloß Losensteinleiten im Besitz der Herren von Losenstein (erste urk. Erwähnung 1442), es folgten die Fürsten Auersperg (bis 1945). Die Brüder Staudinger besaßen es bis 1960. Im restaurierten Schloß sind ein Internat und ein Gymnasium der Eigentümer untergebracht.
E: Österreichischer Kamillianerorden
Lit: *Dehio, 190; Grüll II, 59 ff; Sekker, 157 f*

M

Mannstorff, Palais
G *Linz, Landstraße 32*
Dreigeschoßiger Bau mit Mansardendach, in der Landstraße mit neun, in der Bischofstraße mit fünf Achsen. Mittelrisalit, reiches Stuckwerk in den Fensterverdachungen, Hauptportal, das in ein querovales Vestibül führt. Die erste urk. Erwähnung erfolgte 1630; vor 1720 wurde die Liegenschaft von Johann Josef Freiherr von Mannstorff und Dachsberg erworben, das alte Haus niedergerissen und durch Johann Michael Prunner neu erbaut (1716–18). Bis 1785 verblieb das Palais im Besitz de Familie Mannstorff. 1883–86 erfolgten die Aufstockung und die Adaptierung des Gebäudes.
E: Ärztekammer für Oberösterreich
Lit: *ÖKT, L, 155*

Marbach, Schloß
BH *Perg*
G *Ried in der Riedmark*
KG *Marbach*
Rechteckiger Bau, ehemals mit Ecktürmchen und Wirtschaftsgebäuden. Die Innenräume sind vermutlich mit Stuck- und Holzbalkendecken ausgestattet, die schöne Kapelle (1686-89) stammt von Carlo Antonio Carlone, die Stuckaltäre von Giovanni Battista Carlone und die Gemälde von Johann Michael Rottmayr (1704). 1145 wurde Schloß Marbach erstmals urk. erwähnt. Die Eigentümer waren Eberhard von Marbach, Ulrich von Clam-Velburg und das

Stift St. Florian. 1947 wurde Marbach von Lothar Harmer erworben.
E: Dr. Lothar Harmer
Lit: *Dehio, 191; Grüll I, 60; Sekker, 165 f*

Marsbach, Schloß
BH *Rohrbach*
G *Hofkirchen im Mühlkreis*
KG *Marsbach*
Umfangreiche dreigeschoßige Anlage, mit Bergfried und einem Arkadenhof mit Rundturm, in prächtiger Lage oberhalb der Donau. 1187 urk. erwähnt, wurde Marsbach als Passauer Lehen in der Folge an die Herren von Marspach, Kraft, Oberhaimer vergeben. Öfter kam es zu großen Streitigkeiten zwischen dem Bistum und den Inhabern der Burg. Der heutige Bau wurde 1561–98 errichtet. Nach 1803 erfolgte die Säkularisierung und Versteigerung der Burg. 1936 kaufte Ing. Mayr die Herrschaft Marsbach und richtete 1958 in einem Teil des Schlosses eine Fremdenpension ein.
E: Georg Stradiot
Lit: *Dehio, 193; Grüll I, 60 ff; Sekker, 166 ff*

Mattighofen, Schloß
BH *Braunau am Inn*
G und **KG** *Mattighofen*
Dieses heute zweigeschoßige Schloß entstand im 19. Jh. nach der Umgestaltung eines Renaissancebaues. Urk. wird bereits 788 eine Anlage erwähnt (agilolfingische Pfalz), später stand an derselben Stelle dann ein karolingischer Wirtschaftshof. 1007 schenkte Kaiser Heinrich II. die Pfalz dem von ihm gegründeten Hochstift Passau; dieses belehnte die Grafen von Ortenburg mit dem Schloß. Im 15. Jh. folgten die Herzöge von Bayern als Besitzer (bis zur Abtretung des Innviertels an Österreich 1779). Anschließend gelangte Mattighofen in den Besitz der Hofkammer und später des k. k. Familienfonds. 1918–38 im Eigentum des Kriegsopferverbandes, 1938–45 der Deutschen Reichsforste.
E: Republik Österreich (Bundesforste)
Lit: *Dehio, 194; Grabherr, 52 f; Hille, 154*

Mistelbach, Schloß
BH *Wels-Land*
G *Buchkirchen*
KG *Mistelbach bei Wels*
Das ehem. Wasserschloß mit Doppelwalmdach, einem schönen Portal, mit Stuckornamenten im zweiten Stock und Fenstern mit Stuckumrahmungen wurde durch Umbauten im 18. und 19. Jh. in seinem Bauzustand stark verändert. Mistelbach (erste urk. Erwähnung 1343 als Lehen der Schaunberger) war im Besitz der Schaunberger, der Strachner, der Kirchberger (1437 erhielt Siegmund Kirchberger, der den Grafen Bernhard Schaunburg auf der Fahrt ins Heilige Land begleitet hatte, die Herrschaft Mistelbach als Leibgedinge), sowie der Familien Gera, Traun, Polheim, Firmian und ab 1878 der Oberösterr. Volkskreditbank. Heute ist das Schloß Sitz einer landwirtschaftlichen Fach- und Berufsschule für Mädchen.
E: Land Oberösterreich
Lit: *Dehio, 198; Grabherr, 150 f; Sekker, 172 ff*

Mondsee, Schloß
BH *Vöcklabruck*
G und **KG** *Mondsee*
Die heutige Anlage wurde nach dem Brand 1776 neu errichtet. Der älteste Teil des Schlosses ist der kleine Hof mit Kreuzgang (1448) sowie

der ehem. Kapitelsaal. 748 wird Mondsee bereits erwähnt, und zwar als Kloster und Kirche nach einer Stiftung des Agilolfinger Herzogs Odilo. 1791 wurde das Kloster dann aufgehoben. Nach dem verlorenen Krieg von 1809 fiel die Herrschaft Mondsee an Napoleon, der sie als französisches Mannlehen an den bayerischen Feldmarschall Karl Philipp von Wrede vergab. Auch nach dem Wiener Kongreß blieb Mondsee im Besitz der später gefürsteten Familie Wrede, die das Kloster zu einem Herrschaftssitz umgestaltete. Durch Heirat gelangte Mondsee an die Grafen Almeida. Heute befinden sich die bekannte „Castello-Bar", das Bezirksgericht und Amtsräume der Gemeinde sowie Veranstaltungsräume in dem teilweise restaurierungsbedürftigen Schloß.
E: Firma Asamer & Hufnagl
Lit: *Dehio, 202*

Mühldorf, Schloß
BH *Urfahr-Umgebung*
G *Feldkirchen an der Donau*
KG *Mühldorf*
Schloß Mühldorf ist eine dreigeschoßige Anlage, wobei die Türme und das Hauptgebäude durch Flügel verbunden sind; im Inneren Stuckrahmendecken und Balkendecken, eine elliptische Schloßkapelle mit einem Gemälde von Bartolomeo Altomonte (1750). Das Schloß war urspr. (1347 erstmals erwähnt) von einem Wassergraben und vier Türmen umgeben. Die Wallseer und später die Liechtensteinschen Lehensträger waren die Premser, die Herberstein, die Familien Clam und Hoch. Seit 1746 war Schloß Mühldorf Eigentum des Stiftes Wilhering. Der heutige Eigentümer stellt das Schloß für Seminare zur Verfügung. In den Wirtschaftsgebäuden ist ein Reitbetrieb eingerichtet.
E: Seit 1980 Fam. Würmer
Lit: *Dehio, 204 f;*
Grüll I, 65 f;
Hille, 160

Mühlgrub, Schloß
BH *Steyr-Land*
G *Pfarrkirchen bei Bad Hall*
KG *Mühlgrub*
Heute sind von diesem einst umfangreichen Schloß mit seiner Umfassungsmauer und den 13 Türmchen nur noch der Hauptbau mit seinem kleinen Hof und zwei Rundtürme sowie ein schönes Quadertor erhalten. Besitzer der 1299 urk. erstmals erwähnten Anlage waren die Asperger, die Katzianer, das Stift Schlierbach, die Familie Pechpöck und die Hager. Das Schloß ist vorbildlich restauriert.
E: Mag. Hubert Fein
Lit: *Dehio, 205;*
Grüll II, 66 f;
Sekker, 109 f

Mühlleiten, ehem. Freisitz
BH und **G** *Gmunden*
KG *Traundorf*
Zweistöckiges Wohngebäude mit runden Erkertürmen, an das eine Mahlmühle sowie eine Brettersäge an der Traun anschließen. Der Ansitz befindet sich in der Kurzmühlgasse Nr. 6 und wird heute „Kurzmühle" genannt (Familie Kurz war einst im Besitz des Ansitzes). Die Besitzer waren Wolfgang Pagkhl (1565), Graf Schernberg (1580), Abraham von Rohrbach (1607), die Familie Kurz (1827) und die Papierfabrik Steyrermühl.
E: Fam. Tausch
Lit: *Grüll II, 67 f*

N

Neuhaus an der Donau, Schloß
BH *Rohrbach*
G *St. Martin i. Mühlkreis*
KG *Neuhaus*
Schloß Neuhaus ist ein umfangreicher Bau und hat einen Bergfried mit Kragsteinen und Wasserspeiern. Am westlichen Ende befindet sich der älteste Teil, im Erdgeschoß des östlichen Teiles eine Längsdurchfahrt. Im Inneren schöne Möbel und Ahnenbilder. 1282 wird der hoch über der Donau gelegene imposante Bau erstmals urk. erwähnt. Im Besitz des Bistums Passau wird Werhard von Schaunberg damit belehnt, in dessen Familie Schloß Neuhaus bis 1481 blieb. Dann folgte Herzog Albrecht IV. von Bayern als Eigentümer. 1506-19 war Kaiser Maximilian I. Besitzer, dann übernahm die Familie Sprinzenstein Neuhaus als „freies Eigen". In der gut erhaltenen Anlage ist eine Guts- und Forstverwaltung untergebracht.
E: Fam. Freiherr von Plappart
Lit: *Dehio, 209;*
Grüll I, 66 ff;
Hille, 165 f;
Sekker, 181 ff

Neupernstein, Schloß
BH, G und **KG**
Kirchdorf an der Krems
Einfache quadratische Anlage mit bemerkenswerten Stuckdecken. 1228 als „Hube zu Hanvelden" urk. genannt, 1717 nach Entwurf von Jakob Prandtauer von Kremsmünster aus erbaut. Das Schloß wurde meist von Pflegern des Stiftes bewohnt und verwaltet. Heute ist in Neupernstein eine Landesmusikschule untergebracht.
E: Gemeinde Kirchdorf an der Krems
Lit: *Dehio, 231;*
Grüll II, 83 ff;
Sekker, 19 ff

Neuscharnstein, Schloß
→ Scharnstein, Schloß

Neuwartenburg, Schloß
BH *Vöcklabruck*
G *Timelkam*
KG *Wartenburg*
Ein edler Barockbau mit langgestrecktem, einstöckigen Hauptbau, Ehrenhof mit geschwungener Mauer und zwei Torpavillons, ebenerdigen Seitenflügeln, einem Prunksaal mit Fresken von Bartolomeo Altomonte, Stuckdecken, Kapelle mit schönem Altar und Figuren aus der Erbauungszeit. Das sehr gut erhaltene Schloß ist von einem gepflegten Park umgeben und durch eine Doppelallee erreichbar. 1730-32 von Anton Erhard Martinelli, anläßlich eines Besuches Kaiser Karls VI. bei Graf Johann Albert Saint-Julien, neu errichtet. Im 1968 vollkommen instand gesetzten und restaurierten Schloß ist ein Museum untergebracht.
E: Fam. Strachwitz
Lit: *Dehio, 363 f;*
Grabherr, 143 ff;
Grüll II, 122 ff

Niederwesen, Schloß
→ Wesen, Schloß

O

Obernberg am Inn, Burg
BH *Ried im Innkreis*
G und **KG** *Obernberg am Inn*
Heute noch erhalten sind die Reste des einstöckigen Baues mit Treppengiebel aus dem Jahr 1550. 1199 wurde die Burg unter Bischof Wolfker von Passau erbaut und blieb bis 1782 (mit Unterbrechungen) im Besitz des Bistums Passau. Nach der Säkularisierung wurde der österreichische Staat der

Eigentümer. Zeitweilig war die Burg Obernberg Sitz und Residenz der Bischöfe. Ende des 16. Jh.s setzte der Verfall ein, 1807 wurden Burgturm, Umfassungsmauer und Zugbrücke abgetragen.
E: Finanzlandesdirektion für Oberösterreich
Lit: *Dehio, 217*

Oberwallsee, Burgruine
BH *Urfahr-Umgebung*
G *Feldkirchen an der Donau*
KG *Lacken*
Von der einst bedeutenden Burg sind Reste des Wohntraktes mit angebauter Kapelle, das Nordtor zur Vorburg und die Ringmauer mit Strebepfeilern erhalten. 1333 urk. erwähnt, war die Burg bis zum Aussterben der Familie 1483 im Besitz der Wallseer, dann der Schaunberger (bis 1559), später der Starhemberg, die 1717 mit der Übernahme des Erbmarschallamtes die Burg als Dotationsgut erhielten. Laufend Erhaltungsarbeiten.
E: Familien Prokisch und Frank
Lit: *Dehio, 220; Grüll I, 69 ff; Sekker, 302 ff*

Oberweis, Schloß
BH *Gmunden*
G *Laakirchen*
KG *Oberweis*
Würfelförmiges zweistöckiges Gebäude ohne besondere architektonische Bedeutung. 1725 entstand ein Neubau, der im 19. Jh. stark verändert wurde. Urk. wird Oberweis als Wallseer Lehen 1446 erstmals erwähnt. Später gelangte es ins Eigentum der Landesfürsten, dann der Familien Geumann, Grüntal und Hoheneck. Bis 1960 war Rittmeister Karl Weller Besitzer des Schlosses.
E: Dkfm. Ing. Josef Swoboda
Lit: *Dehio, 221; Grüll II, 75 ff; Sekker, 184 f*

Ort, Landschloß
BH, G und **KG** *Gmunden*
Die vierflügelige Anlage aus dem 17. Jh. umschließt einen quadratischen Hof, sie ist mit vier Eck- und Zwiebeltürmen ausgestattet, mit schmiedeeisernen Fensterkörben und gemalten Wappen der 17 Besitzerfamilien geziert. Starke Umbauten im 19. und 20. Jh. Im Festsaal befindet sich eine Holzdecke mit allegorischen Malereien, im Hof ein schmiedeeiserner Brunnen aus 1777. Urk. 1138 erstmals erwähnt, verlief die Besitzergeschichte wie die des Seeschlosses (→ Ort, Seeschloß). Im Landschloß ist heute die Forstliche Ausbildungsstätte Ort untergebracht.
E: Republik Österreich
Lit: *Dehio, 223; Grüll II, 77 ff; Sekker, 185 ff*

Ort, Seeschloß
BH, G und **KG** *Gmunden,* **BT** 12
Unregelmäßige dreieckige Anlage (im Kern gotisch) um einen Hof, durch eine Holzbrücke mit dem Land verbunden, mit mächtigem Torturm, zweigeschoßigen Arkaden (16. Jh.) an zwei Seiten des Hofs, barockisierter gotischer Kapelle mit Fresken (um 1634) und bedeutender Einrichtung. Das Seeschloß ist das Schmuckstück des Traunsees. Urk. im Jahr 1138 erwähnt, waren Hartnid von Ort, die Wallseer (1350), die Starhemberg, die Herberstorff, die Salburg, Kaiser Leopold I. (1689), Erzherzog Johann Salvator (bis 1879; er nannte sich nach seinem Ausscheiden aus dem Kaiserhaus nach diesem Schloß Johann Orth). Seit 1914 ist

der österr. Staat Eigentümer. 1954 wurden in dem prächtigen Schloß Fresken und Sgraffiti freigelegt und restauriert.
E: Republik Österreich
Lit: *Dehio, 222; Grüll II, 77 ff; Sekker, 185 ff*

Ottensheim, Schloß
BH *Urfahr-Umgebung*
G *Ottensheim*
KG *Oberottensheim*
Das über der Donau gelegene Schloß wurde vielfach verändert und umgebaut, sodaß heute nur mehr der Bergfried mit den Ecktürmchen als Altbestand anzusehen ist. 1148 vom Stifter des Klosters Wilhering, Udalrich von Wilhering, erbaut, wechselte Schloß Ottensheim in rascher Folge die Besitzer: landesfürstliches und später Liechtensteinsches Lehen, dann die Jörger, das Jesuitenkolleg, ein Studienfonds und zuletzt Frau Wightman.
E: Dr. Helmut Wildmoser, Dr. Helmut Schützeneder und Karl Pichler
Lit: *Dehio, 225; Grüll I, 72; Sekker, 187 ff*

P

Painherrnhof, Schloß
→ Holzheim, Schloß

Partenstein, Schlößl (ehem. Burg)
BH *Rohrbach*
G *Kirchberg ob der Donau*
KG *Grub*
In Passauer Besitz wird die Burg 1262 erstmals urk. genannt. Bischof Otto verpfändete sie an Pilgrim von Tannberg. 1338 waren die Harrach Besitzer, 1370–90 war Urleinsperger als Pfleger eingesetzt. 1520 wurde Burg Partenstein mit der Herrschaft Marsbach vereinigt. Dann verfiel die Burg. 1677 wurde im stehengebliebenen Teil die „Herberg im Schloß" urk. genannt. Im Jahr 1793 wurde das heutige „Schlößl" als Gasthaus für die „Schwemmarbeiter" (an der Schwarzenbergschen Holztrift) neu aufgebaut.
E: Ing. Stefan Schlögl
Lit: *Grüll I, 73 f; Sekker, 191*

Parz, Landschloß
BH und **G** *Grieskirchen*
KG *Parz*
Dreistöckiger Bau mit Laubengängen, einem Haupt- und zwei Seitenflügeln, großem Portal mit Inschrift und Holzdecken aus 1600. Urk. wurde das Schloß Ende des 14 Jh.s erstmals erwähnt, die Besitzer waren jeweils jene des Wasserschlosses (→ Parz, Wasserschloß). Zwischen 1515–1600 wurde das Landschloß von Sigmund Ludwig Polham neu erbaut, nachdem der alte Bau abgerissen worden war. 1987 wurden an der südlichen Außenfassade des Schlosses Renaissancefresken entdeckt, die wahrscheinlich von einem einheimischen Künstler stammen. Der Fund gilt als sensationell, da es sich vermutlich um die größte Freskenfläche der Renaissance nördlich der Alpen (ca. 600 m^2) handelt. Das Bundesdenkmalamt wird die Fresken in den folgenden Jahren freilegen und renovieren.
E: Dr. Georg Spiegelfeld
Lit: *Dehio, 227; Grabherr, 105 f; Sekker, 192*

Parz, Wasserschloß
BH und **G** *Grieskirchen*
KG *Parz*
Einstöckiges, noch heute von Wasser umgebenes Schloß, mit gewölbten Räumen, ohne Einrichtung; erreichbar ist das Schloß über eine Brücke

vom Landschloß aus. Urk. Ende des 14 Jh.s erstmals erwähnt, waren die Besitzer die Lerbühler, die Jörger, die Polhamer, Weissenwolff und deren Erben (Mensdorff-Pouilly). Nun wird das Schloß von der „Künstlergilde Parz" bewohnt, die dort in ihren Ateliers fallweise Ausstellungen veranstaltet.
E: Dr. Georg Spiegelfeld
Lit: *Dehio, 227; Sekker, 192*

Pernau, Schloß
BH und **G** *Wels*
KG *Pernau*
Das einstöckige Schloß wird 1414 erstmals urk. erwähnt. 1610 entstand ein Neubau durch Niklas und Juliane Rottenburg. 1694 wurde Pernau durch Sigmund Schiffer erneut umgestaltet. Auch im 18. Jh. veränderten die verschiedenen Besitzer das Aussehen des Schlosses. Nach der Französischen Revolution wurde Pernau Sitz für viele Emigranten, so z. B. des Grafen Heinrich von Luzern. Weitere Besitzer waren die Familien Schallenberg, Katzian und Wendt.
E: Dr. Hofman
Lit: *Dehio, 371; Hille, 184f*

Peuerbach, Schloß
BH *Grieskirchen*
G und **KG** *Peuerbach*
Von dem urspr. Bau ist heute nur noch das zweigeschoßige Renaissanceportal, mit Wappen und Figuren, erhalten. 1130 erstmals urk. erwähnt, war Peuerbach im Besitz der Schaunberger, der Starhemberg, der Verdenberg und der Batthyány. Während der Bauernkriege fand bei Peuerbach eine Schlacht statt, bei welcher der bayerische Statthalter Herberstorff vernichtend geschlagen wurde. Nach dem Brand 1571 wurde Schloß Peuerbach wieder aufgebaut, 1830 die Anlage neu umgestaltet. Heute befindet sich das Bauernkriegsmuseum in der restaurierten Anlage.
E: Marktgemeinde Peuerbach
Lit: *Dehio, 234; Sekker, 197ff*

Pfaffstätt, Schloß
BH *Braunau am Inn*
G und **KG** *Pfaffstätt*
Das Gebäude wurde um 1910 gänzlich modernisiert und besteht heute aus zwei Geschoßen und einem Mansardendach. In den flachen Dreieckgiebeln stuckierte Wappen, in der Mitte des Gebäudes ein dreiachsiger Dachausbau mit Pyramidendach. Das Schloß liegt in einem schönen Park und hat eine gute Innenausstattung. Erster nachweisbarer Besitzer war Georg Reuter zu Pfaffstätt (gest. 1422); in weiterer Folge war das Schloß im Besitz von Hans Wolf Walch (bis 1617), der Freiherren von Vieregge (bis 1721), der Grafen Wartenberg (bis 1764), der Grafen Taufkirchen (bis 1800), Adolf Graf Peckenzell, der das Schloß erneuerte, und von Prinz Schaumburg-Lippe. Das Schloß dient Wohnzwecken.
E: Heinrich Lohberger
Lit: *Grabherr, 59f; Hille, 188f*

Piberstein, Burgruine
BH *Rohrbach*
G und **KG** *Ahorn*
Mächtige Burganlage mit einer Ringmauer und drei Rundtürmen. Ein Tortum mit Vorburg, zwei Innenhöfe, Arkaden und Reste von Sgraffiti. 1285 wird Piberstein erstmals urk. erwähnt, die ersten Besitzer waren die Brüder Rüdiger und Otto Piber, dann folgten die Hader, die Aschauer, Schallenberg (1428–1675), Seeau (bis 1893). Der Mieter der Burg-

ruine, Dipl.-Ing. Kleinhans, führt laufend fachkundige Restaurierungen durch.
E: Fam. Revertera
Lit: *Dehio, 237;*
Grüll I, 74 ff;
Sekker, 199 ff;
Ulm, 160 f

Polheim, Schloß
BH, G und **KG** *Wels*
Unregelmäßiger Bau mit Turm und Schloßkapelle, innerhalb der Stadtbefestigung von Wels gelegen. 1280 erstmals urk. erwähnt, wurde es im Lauf der Zeit mehrmals umgebaut: mit Schloßkapelle und Turm aus 1519, Portal und Fensterleibungen um 1542. Die Polheimer waren die Erbauer und Besitzer bis 1622, 1695 ging das Schloß in das Eigentum der Stadt Wels über. Um 1513 soll hier Hans Sachs gelebt und gedichtet haben, wovon auch eine Gedenktafel an der Außenmauer des Schlosses zeugt. Gegenwärtig dient Schloß Polheim Wohnzwecken.
E: Dr. Johannes Charwat-Pessler
Lit: *Dehio, 371;*
Grabherr, 380 f;
Hille, 193 ff

Poneggen, Schloß
BH *Perg*
G und **KG** *Schwertberg*
Ein viergeschoßiges Gebäude mit hohem Dach, vermauerten Arkaden im ersten Stock; der Hausflur war einst eine gewölbte Halle. 1237 wird Poneggen erstmals urk. erwähnt, die Besitzer waren Hans Lasberger (1380), Wankhammer (1537), Lasla von Prag (oder Prager, Praga), Meggau (1630), Starhemberg (bis 1749), Thürheim, Switer (1899), Hoyos (ab 1911). 1749 gründete Graf Thürheim in Poneggen eine Seidenraupenzucht und die „k. k. privilegierte Wollenzeug-Strumpffabrique zu Poneggen". Die kleinen Häuser rund um das Schloß wurden damals für die Fabriksarbeiter errichtet. Noch heute zeugen Maulbeerbäume von der berühmten Seidenraupenzucht auf Schloß Poneggen.
E: Herr Lammerhuber
Lit: *Sekker, 205 f*

Prägartenhof, Herrenhaus
→ Alkoven, Herrenhaus

Pragstein, Schloß
BH *Perg*
G und **KG** *Mauthausen*
Würfelförmiger viergeschoßiger Bau, der gegen die Strömung der Donau kielartig zugespitzt ist (Pragstein stand bis 1860 auf einer Donauinsel, durch die Donauregulierung jedoch heute am linken Donauufer), mit einem hohen Dach auf einem Stichbogenfries. Die gewölbten Räume sind mit Renaissancestuckrahmen verziert. Das Schloß wurde 1491 durch Lasla Prager erbaut. Die Familie Prager stammte aus Kärnten und führte in ihrem Wappen einen goldenen Affen an einer Kette. Die Bezeichnungen „Pragstein" und „Pragthal" stammen von dieser Familie, deren Gruft in der ehemals wehrhaften Kirche Altenburg, Bez. Perg liegt. Weitere Besitzer waren die Tschernembel (Protestantenführer), die Meggau, Cavriani, Thürheim. Im gut erhaltenen Schloß sind das Gemeindemuseum, eine Musikschule und Mietwohnungen untergebracht.
E: Seit 1901 Gemeinde Mauthausen
Lit: *Dehio, 195;*
Grüll I, 78 ff;
Sekker, 209

Prandegg, Burgruine
BH *Freistadt*
G *Schönau im Mühlkreis*
KG *Prandegg*
Eine bedeutende langgestreckte Anlage, auf einem schmalen Bergrücken gelegen, mit mächtigem Bergfried zwischen Vorburg und Hochburg. 1298 wird Prandegg erstmals urk. erwähnt, die Besitzer waren je zur Hälfte Ulrich von Kapellen und Haug von Reichenstein, dann Tannpeck (14. Jh.), Walch von Arbing, die Jörger (bis 1631), Scherffenberg, Salburg und seit 1823 die Herzöge von Coburg. Beliebtes Ausflugsziel mit herrlichem Rundblick.
E: Herzoglich Sachsen-Coburg-Gotha-Familienstiftung
Lit: *Dehio, 242;*
Grüll I, 80 ff;
Sekker, 210 f

Puchberg, Schloß
BH und **G** *Wels*
KG *Puchberg*
Diese hufeisenförmige zweistöckige Anlage mit Türmen ist in einem schönen Park gelegen. Im Hof befindet sich ein Brunnen mit Sandsteinfiguren. Erbaut 1618 durch Christoph Puechner, im 19. Jh. völlig umgebaut. Die Besitzer waren die Familien Seeau, Engl von Wagrein sowie Dr. Dehne und Reithofer. Das Schloß wird als katholisches Bildungshaus geführt.
E: Diözese Linz
Lit: *Dehio, 242;*
Sekker, 213 f

Puchenau, Schloß
BH *Urfahr-Umgebung*
G und **KG** *Puchenau*
Der alte Baubestand (1674 von Christoph von Schallenberg errichtet) ist nur mehr teilweise erhalten. Schönes Portal und Eingangshalle, hohe Räume. Die Besitzer nach Schallenberg waren die Freiherren von Erhard, die Khuefstein und die Thürheim. Im Schloß ist ein Restaurant untergebracht.
E: ÖRAG – Österreichische Realitäten AG
Lit: *Dehio, 243;*
Grabherr, 27 f;
Hille, 203 f

Puchheim, Schloß
BH *Vöcklabruck*
G und **KG** *Attnang-Puchheim*
Die heutige Anlage stammt aus dem 16. und 17. Jh. Vorschloß mit Zwiebelturm, das Schloß mit Arkadengang und drei Türmen, Stuckdecken aus 1600, die Stuckdecke in der Kapelle aus dem Jahr 1720. 1130–1348 im Besitz der Herren von Puchheim, es folgten die Polheim, die Traun, die Wallseer, die Salburg (bis 1750), die Fuchs und Erzherzog Maximilian. Um 1880 ließ die damalige Besitzerin, Gräfin Chambord, in dem Schloß ein Redemptoristenkloster errichten, 1886–90 wurde die angeschlossene Klosterkirche erbaut. Im gut erhaltenen Schloß sind ein Kindergarten, eine Mädchenschule der Schulschwestern und das Redemptoristenkloster untergebracht.
E: Fam. Bourbon
Lit: *Dehio, 243;*
Grüll II, 90 ff;
Sekker, 214 ff

Pürnstein, Burg
BH *Rohrbach*
G *Neufelden*
KG *Pürnstein*
Diese gotische Anlage war eine der bedeutendsten Burgen des Landes. Die Wohnburg mit den vier Obergeschoßen ist sechseckig, umgeben von der Mantelmauer, mit mehreren Ecktürmen; heute noch erhalten sind die Kapelle (1449) mit der Sakramentsnische, der Burghof, ein Wehrgang, die Vorburg und der Kano-

nenturm, eine lange Brücke und der Renaissancesaal im zweiten Stock. Nach dem Brand 1866 Ruine. 1170 wurde Burg Pürnstein erstmals erwähnt, die Besitzer waren die Blankenberger und die Wittigonen. 1231–1803 wurde die Burg als Passauer Lehen an die Familien Harrach, Tannberg, Starhemberg und an die Jörger vergeben. 1958 begann man mit umfangreichen Restaurierungen, wodurch dem weiteren Verfall der Burg Einhalt geboten wurde. 1989 wurde die Wohnburg eingedeckt.
E: Dr. Hilde Merz,
RA Hans Weissbach
Lit: *Dehio, 244 f;*
Götting, 171;
Grüll I, 87 ff;
Sekker, 201 ff

Q

Quenghof, Schloß (Gwenghof, ehem. Edelsitz)
BH, G und **KG** *Steyr*
Ehem. Ansitz im Stadtgebiet von Steyr, mit barockem Charakter, mit Einfahrtstor und Eckgiebeln mit Voluten. Die Stuckarbeiten stammen aus dem 18. Jh. Laufend Restaurierungs- und Erhaltungsarbeiten.
E: Lions-Club Steyr
Lit: *Dehio, 333*

R

Raab, Schloß
BH *Schärding*
G und **KG** *Raab*
Dreigeschoßiger Baublock mit hohem Dach, gewölbten Räumen, glatten Fassaden und modernen Fenstern. Das ehem. Wasserschloß ist noch heute teilweise von Wasser umgeben. Im 12. Jh. werden die Herren von „Rurippe" als Besitzer einer Anlage urk. genannt. Die Waldecker, die Aichberger, die Sandizell, die Bischöfe von Chiemsee (1517), die Tattenbach und die Arco-Valley scheinen als Besitzer des Schlosses auf. In dem nüchternen Bau ist heute das Bezirksgericht untergebracht.
E: Republik Österreich
Lit: *Dehio, 246;*
Grabherr, 86 f;
Hille, 207 f

Rannariedl, Burg
BH *Rohrbach*
G *Neustift im Mühlkreis*
KG *Rannariedl*
Mächtige langgestreckte Anlage mit Rundturm, zwei Höfen, dreigeschoßigem Arkadenhof, Schloßkapelle mit schöner Kanzel, Statuen und Gemälden aus dem 18. Jh. Die 1260 erbaute Burg wurde von den Falkensteinern, den Bischöfen von Passau, den Herzögen von Niederbayern, den Familien Salburg, Clam, Prunner und Blankenstein besessen. Der deutsche Reichsminister Peter Reinhold erwarb 1940 die Burg, sein Sohn Lukas verkaufte sie an H. J. Schwaiger. 1985 wurde der Rundturm durch Brand teilweise zerstört.
E: Seit 1977 Ledi-A.G., Vaduz (Liechtenstein)
Lit: *Dehio, 247;*
Grüll I, 91 ff;
Sekker, 219 ff

Reichenau, Schloßruine
BH *Urfahr-Umgebung*
G *Reichenau im Mühlkreis*
KG *Reichenau*
Kleine Anlage mit Torturm, reizvollem Hof mit Erker, Stiegenturm und den Resten der gotischen Kapelle. 1209 erstmals genannt, waren die Herren von Marschalk die ersten Besitzer dieses Schlosses. Anschließend wurde Reichenau Passauer Lehen und an die Familien Wallsee und Starhemberg vergeben. Der Pächter, der Heimatverein Urfahr-Umgebung (1967), machte sich die

Erhaltung der Schloßruine zur Aufgabe. Heute ist in den unteren Räumen eine naturgeschichtliche Lehrschau zu besichtigen.
E: Fam. Starhemberg
Lit: *Dehio, 250;*
Grüll I, 93 f;
Sekker, 222 f

Reichenstein, Schloßruine
BH *Freistadt*
G *Tragwein*
KG *Hinterberg*
Reste des Palas, eines Turmes und der Kapelle (in ihr Reste von Fresken) sind erhalten. Der erste Besitzer des 1230 urk. erwähnten Schlosses war Ulrich von Reichenstein. Nach 1326 wurde Reichenstein landesfürstliches Lehen, das an folgende Lehensleute vergeben wurde: Eberhard von Wallsee, Capeller, an Ritter Christoph Haym (der am 6. 6. 1571 wegen Unterdrückung seiner Untertanen ermordet wurde; sein überlebensgroßes Grabmal ist in der Schloßkapelle erhalten), Sprinzenstein.
E: Seit 1729 Familie Starhemberg
Lit: *Dehio, 250;*
Grüll I, 94 ff;
Sekker, 224 ff;
Ulm, 174 f

Ried, ehem. Burg
BH, G und **KG**
Ried im Innkreis
Balduin und Egelolf von Formbach wurden 1150 urk. als Besitzer genannt. 1278 im Besitz der bayerischen Herzöge, brannte die Burg 1310 aus. Die innerhalb der Stadt gelegene Burg wurde oft belagert und zerstört. 1632 hatte die berühmte Bildhauerfamilie Schwanthaler hier ihre Werkstätte, 1809 war die Burg Hauptquartier Napoleons I. Unter Verwendung alter Bauteile wurde die Burg Ried 1912 zum Krankenhaus umgebaut.
E: Kongregation der Barmherzigen Schwestern
Lit: *Dehio, 254;*
Hille, 215 f

Riedegg, Burgruine
BH *Urfahr-Umgebung*
G *Alberndorf in der Riedmark*
KG *Oberndorf*
Die ehem. Hauptburg ist heute eine Ruine. Zwei Räume mit Kreuzrippengewölben aus dem 14. Jh. sind erhalten. Die Burgruine liegt direkt neben Schloß Riedegg. 1157 erstmals urk. erwähnt, war die Burg im Besitz der Haunsperger, der Bischöfe von Passau und der Starhemberg (bis 1930). 1529 wurden angeblich durch türkische Kriegsgefangene (unter Erasmus von Starhemberg) Bauarbeiten an der Burg durchgeführt (die Mauer um den Schloßgarten usw).
E: Marianhiller Missionare
Lit: *Dehio, 258;*
Grüll I, 97 ff;
Sekker, 228 ff

Riedegg, Schloß
BH *Urfahr-Umgebung*
G *Alberndorf in der Riedmark*
KG *Oberndorf*
Dreigeschoßiges Schloß mit hohem Turm, Reitstiege, Portal mit Inschrift, Schloßkapelle mit reichem Stuck, Gemälden und schönem Altar. Die Fassaden des 1609 von Reichard Starhemberg erbauten Schlosses wurden im 19. Jh. stark verändert, ebenso die des Schloßturmes. Das sehr gut gehaltene Schloß beherbergt heute ein Afrikamuseum sowie eine Polytechnische Schule.
E: Marianhiller Missionare
Lit: *Dehio, 258;*
Grüll I, 97 ff;
Sekker, 228 ff

Riegerting, Schloß
BH *Ried im Innkreis*
G *Mehrnbach*
KG *Riegerting*
Die heutige Anlage stammt aus dem 17. Jh. (ein Umbau erfolgte 1908). Der einstöckige Bau ist mit Mansarden, einer großen Halle mit Jagdtrophäen, schönen Möbeln und Gemälden ausgestattet. Etwas oberhalb der Anlage liegt das sog. „alte Schloß", von dem heute nur mehr die Kapelle mit schönem Altar, Kreuzweg und Statuen erhalten ist. 1439 wird Riegerting erstmals erwähnt, die Familien Zärtl, Scharfseder, Seiboldsdorf und Lerchenfeld waren die Besitzer. Schloß Riegerting beherbergt eine Guts-, Brauerei- und Forstverwaltung.
E: Fam. von Venningen
Lit: *Dehio, 259;*
Hille, 218 f

Rosenegg, Schloß
BH *Steyr-Land*
G *Garsten*
KG *Pergern*
Ein einfacher langgestreckter, einstöckiger Bau mit Ecktürmchen. Die barockisierte Kapelle stammt aus 1693. Urk. wird das Schloß 1383 erstmals erwähnt, die Besitzer waren meist reiche Bürger aus Steyr, wie Velber, Lörlein, Hohenfelder, Roßner (daher der Name). Um die Mitte des vorigen Jahrhunderts lebte und wirkte hier der Dichter Alexander Julius Schindler, genannt Julius von der Traun, der hier z. B. die „Rosenegger Sonette" („Romanzen", im Jahr 1852) schrieb.
E: Ilona von Ronay
Lit: *Dehio, 260;*
Grüll II, 94 ff;
Hille, 222 f

Rosenhof, Schloß
BH *Freistadt*
G und **KG** *Sandl*
Hufeisenförmige einstöckige Anlage, stattlich in einem prächtigen Park gelegen. Im ersten Stock ein Saal mit Wandmalereien. Gediegene harmonische Einrichtung. 1773 beauftragte Ferdinand Bonaventura Harrach den Bau eines kleinen Schlosses. 1780–90 erweiterte seine Tochter Rosa (daher „Rosenhof") Fürstin Kinsky den Bau zu seiner heutigen Form. Schloß Rosenhof beherbergt die Forstdirektion Rosenhof-Sandl.
E: Fam. Czernin-Kinsky
Lit: *Dehio, 260;*
Grüll I, 99 f;
Hille, 223 f;
Ulm, 180

Rottenegg, Burgruine
BH *Urfahr-Umgebung*
G und **KG** *St. Gotthard im Mühlkreis*
Von der oberhalb der Rodel gelegenen kleinen Burgruine sind nur mehr Reste des dreigeschoßigen Hauptbaues vorhanden. Anno 1285 erstmals erwähnt, waren die Besitzer die Brüder Piber (bis ins 14. Jh.), die Wallseer, dann die Landesfürsten, die die Burg an die Greisenecker, die Künast und die Artstetter verliehen. Die Familien Starhemberg, die Rottenegg bis ins 20. Jh. besaß, verlegte ihren Verwaltungssitz ab 1712 nach Schloß → Eschelberg; so wurde Burg Rottenegg dem Verfall preisgegeben.
E: Josef Plakolm
Lit: *Dehio, 261;*
Grüll I, 100 f;
Sekker, 232 f

Rufling, Schloß (Leonding)
BH *Linz-Land*
G *Leonding*
KG *Rufling*
Der heutige Bau (aus dem 19. Jh.) hat den Charakter eines englischen Landhauses, mit Glasveranda und großem Balkon. Das Schlößchen liegt in einem gepflegten Park. 1159 wird Rufling als Besitz des Bischofs

Konrad von Passau genannt. Die späteren Eigentümer waren das Stift Göttweig, die Fieger, Pilati, Grimburg und Everats.
E: Seit 1916 Fam. Wagenhofer
Lit: *Hille, 226 f*

Ruttenstein, Burgruine
BH *Freistadt*
G *Pierbach*
KG *Hofstetten*
Eine mächtige Anlage auf hohem Bergkegel, mit Ringmauer, Resten des Bergfrieds, Wohnturm mit spitzbogigem Zwillingsfenster; die Reste der Vorburg sowie des Wohngebäudes sind deutlich erkennbar. 1281 erbauten die Clam-Velburg (Nachkommen der Herren von Machland) die Burg. Sie wird landesfürstliches Lehen, geht dann in den Besitz der Capeller, des Reinprecht von Wallsee, der Liechtensteiner, der Meggau und Salburg über. Die Herzoglich Sachsen-Coburg-Gotha-Familienstiftung (gegründet 1958) führt laufend Erhaltungsarbeiten an der Ruine und anderen Bauwerken der Familie durch.
E: Seit 1823 Fam. Coburg
Lit: *Grüll I, 101 ff; Ulm, 180 f*

S

Säbnich, Burgruine
BH *Perg*
G und **KG** *St. Nikola an der Donau*
Otto von Machland war der erste Besitzer der 1124 erstmals urk. erwähnten Burg. Nach ihm wird Säbnich landesfürstlicher Besitz. (Die Landesfürsten setzten Pfleger ein.) 1465 eroberten die Puchheimer die Burg. Die Prüschenk besaßen Säbnich 1480–1500. Auf diese folgte das Kaiserhaus, das als Pfleger Andreas von Lapitz einsetzte. Unmittelbar neben der ehem. Burg entstand auch ein Kloster, das heute ebenfalls Ruine ist.
E: Gemeinde St. Nikola an der Donau
Lit: *Ulm, 181*

St. Martin, Schloß
BH *Ried im Innkreis*
G *St. Martin im Innkreis*
KG *St. Martin diesseits*
Stattlicher dreigeschoßiger Bau um einen quadratischen Hof, in einem prächtigen Park gelegen. Die wertvolle Inneneinrichtung kommt teilweise aus Schloß → Aurolzmünster. Der heutige Bauzustand stammt aus 1723 (nach einem Brand wurde die Anlage wiederaufgebaut). 1230 erstmals urk. erwähnt, war die Familie Schwenter Besitzer bis 1446, es folgten die Trenbacher, die Tattenbach und Arco-Valley (ab 1821).
E: Riprand Graf Arco-Zinneberg
Lit: *Dehio, 282; Ulm, 186 f*

Sarmingstein, Rundturm
BH *Perg*
G und **KG** *St. Nikola an der Donau*
Der Turm war Teil einer Bastei, die vermutlich von der Ruine Säbnich bis an die Donau reichte (als Donaustraßensperre bis 1700). Die Anlage stammt aus dem 12. Jh. Im Zuge des Bahnbaues 1905–08 (Donauuferbahn) wurde der Rundturm bei Sprengungen schwer beschädigt; mit dem dabei entstandenen Abbruchmaterial wurde das Innere des Turmes aufgefüllt. Der Rundturm scheint auch im Wappen der Gemeinde Sarmingstein auf.
E: Fam. Pröglhöf
Lit: *Ulm, 200*

Lit: *Ulm, 200*

Saxenegg, Burgruine
BH *Perg*
G und **KG** *St. Thomas am Blasenstein*
Nur noch Reste einer kleinen Ruine, heute im Wald versteckt, sind erhalten. Anno 1297 erstmals urk. erwähnt, war die Burg als landesfürstliches Lehen im Besitz des Stiftes Waldhausen (1346), der Kneusser, der Zelkinger (1493), der Prüschenk, der Herren von Windhaag usw. Schon 1438 gestattete Herzog Albrecht V. von Österreich den Herren von Zelking, die baufällige Burg abzubrechen, und seither erscheint Saxenegg als geschleift. In Vischers Topographie (1673) ist Saxenegg bereits als Ruine angeführt.
E: Linzer Domkapitel
Lit: *Dehio, 296; Grüll I, 104 ff*

Saxenthal, Schloß
BH *Perg*
G und **KG** *Saxen*
Von der ehem. Burg Saxenthal ist heute nur ein kleiner dreigeschoßiger Bau erhalten. Eigentümer des urk. im 13. Jh. erstmals erwähnten Baues waren die Hauser (14. Jh.), die Wolfsteiner (bis 1460), dann Kaiser Friedrich III., Prüschenk, Hardegg, Perger und Clam Martinic. Schloß Saxenthal, vollständig restauriert und in sehr gutem Zustand, wird von der Gemeinde Saxen, dem jeweiligen Gemeindearzt als Wohnung und Ordination zur Verfügung gestellt.
E: Gemeinde Saxen
Lit: *Hille, 234*

Saxlhof, Ansitz
BH *Linz-Land*
G *Kronstorf*
KG *Stallbach*
Einstöckiger Bau, in einem großen, gepflegten Park gelegen. Urspr. ein Vierkanthof aus dem 18. Jh., wurde Saxlhof im 19. Jh. durch die Fam. Aichinger zu einem Herrensitz umgebaut. In der ehem. Kapelle im ersten Stock befinden sich sehr interessante Holzplastiken, Gemälde aus dem 15. Jh. und ein Altar.
E: Fam. Preleuthner

Schärding, ehem. Burg
BH und **G** *Schärding*
KG *Schärding-Stadt*
Heute sind von der Anlage nur mehr der Burgtorbau, der Zwinger und der Burggraben erhalten. 1158 werden die Grafen von Formbach urk. als die Besitzer genannt. 1248–1778 im Eigentum der Wittelsbacher, anschließend im Besitz der oberösterreichischen Landesfürsten. Im 18. und 19. Jh. fiel die Burg Kriegen und Bränden zum Opfer. Im äußeren Burgtorbau ist heute das Heimatmuseum Schärding untergebracht.Von den Exponaten sind eine spätgotische Madonna, ein Kruzifix (1955 restauriert) und Plastiken nach Art der Schwanthaler besonders zu erwähnen.
E: Stadt Schärding
Lit: Dehio, 299

Scharnstein, Burgruine
BH *Gmunden*
G *Scharnstein*
KG *Viechtwang*
Von der ehem. Anlage, die aus Haupt- und Vorburg und dem Bergfried bestand, sind nur Reste erhalten. Bei den 1960 begonnenen Restaurierungsarbeiten wurden Wehrgang, Fresken und die Burgkapelle freigelegt. 1204 urk. erwähnt, waren die Grafen von Regau, die Polheimer, die Wallseer, die Schaunberger, die Jörger, Kaiser Maximilian I. und die Fernberger Besitzer der Burganlage. Heute ein bekanntes Ausflugsziel.

E: Seit 1634 Stift Kremsmünster
Lit: *Dehio, 300; Grüll II, 96 ff; Sekker, 238 ff*

Scharnstein, Schloß (Neuscharnstein)
BH *Gmunden*
G *Scharnstein*
KG *Viechtwang*
Ein rechteckiger zweistöckiger Bau mit Holzdecken und Stuckverzierungen im zweiten Stock und einer Inschrift über dem Portal aus 1624. Nach dem Brand in der alten Burg (1538) wurde das Schloß neu erbaut. Besitzer waren die Fernberger, die Jörger und das Stift Kremsmünster (seit 1634). Um 1800 wurden wertvolle hölzerne Saaldecken und Türumrahmungen entfernt und nach Schloß Laxenburg (NÖ) gebracht (für die Ausgestaltung der Franzensburg). Im renovierten Schloß Scharnstein sind heute das Strafrechtsmuseum sowie verschiedene Wechselausstellungen untergebracht.
E: Harald Seyrl (akad. Maler und Restaurator)
Lit: *Dehio, 300; Grüll II, 100 f; Sekker, 239 f*

Schaunberg, Burgruine
BH *Eferding*
G *Hartkirchen*
KG *Schaumberg*
Die Vorburg mit Torbau, das Tor zur Hauptburg, die Kapelle und der Bergfried sind erhalten. Heinrich von Schaunberg ließ 1161 die Burg erbauen. Während der „Schaunberger Fehde" 1380–83 (zwischen den Habsburgern und den Schaunbergern) wurde die Burg drei Jahre(!) erfolglos belagert. Mit dem Aussterben der Schaunberger 1559 kam Burg Schaunberg in den Besitz der Familie Starhemberg. Nachdem die Familie Starhemberg im 18. Jh. ins Schloß Eferding übersiedelt war, verfiel die Burg. Die Burgruine Schaunberg, in der 1402 König Wenzel IV. von Böhmen als Gefangener festgehalten wurde, ist begehbar und bietet vom Turm aus eine wunderbare Fernsicht über das Eferdinger Land.
E: Fam. Starhemberg
Lit: *Dehio, 301; Hille, 239 ff; Sekker, 240 ff*

Schlüßlberg, Schloß
BH *Grieskirchen*
G und **KG** *Schlüßlberg*
Der heutige Bau stammt aus dem 17. Jh. und besteht aus dem Hauptschloß und aus dem Einfahrtsturm mit Zwiebelhelm. Im Schloß befinden sich Stuckdecken, Fresken, eine dem hl. Georg geweihte Kapelle (ehemals gotisch, dann barockisiert) sowie sehr schöne Porträts der Familien Engl, Schneeburg und Spiegelfeld. Das berühmte „Schlüsselberger Archiv", eine der wichtigsten Quellen zur oberösterreichischen Geschichte, befindet sich heute im Oberösterreichischen Landesarchiv in Linz. Schlüßlberg wurde im Jahr 1380 erstmals erwähnt, war im Eigentum der Schlüsselberger, der Schifer, der Jörger und des Johann Georg Adam Hoheneck (1669–1754, berühmter Schriftsteller und Genealoge), der Engl, der Schneeburger.
E: Dr. Georg Spiegelfeld-Schneeburg
Lit: *Dehio, 311; Grabherr, 114 f; Sekker, 246 ff*

Schmiding, Schloß
BH *Wels-Land*
G *Krenglbach*
KG *Schmiding*
Einfacher dreigeschoßiger Bau mit Tonnengewölben (16. Jh.) und

Stuckrahmendecken (um 1730). Die Familien Ofner, Innerseer, Strattmann, Batthyány, Montenuovo waren die jeweiligen Besitzer des um 1405 erbauten Schlosses. Nach dem Zweiten Weltkrieg diente es dem Welser Krankenhaus als Ausweichstelle. In den sechziger Jahren wurde es restauriert und für Wohnzwecke umgebaut. Anschließend an das Schloß der berühmte „Vogelpark Schmiding".
E: Fam. Artmann
Lit: *Dehio, 311; Hille, 246; Sekker, 251*

Schwertberg, Schloß
BH *Perg*, **BT** 13
G und **KG** *Schwertberg*
Das alte Schloß besteht aus fünf Geschoßen, Ecktürmchen, rundem Hauptturm. Der Ausbau (1608 durch Anton Canevale) zeigt zwei mächtige Rundtürme, Arkaden in zwei Geschoßen, eine Freitreppe, den Falkenzwinger, die Kapelle, eine Bibliothek und ein chinesisches Zimmer mit Wandmalereien. Das Schloß (erste urk. Erwähnung 1287), urspr. als Sperre des Aisttales errichtet, ist vorzüglich erhalten und in einem gepflegten Garten gelegen. Die Innenräume sind mit schönen Barockmöbeln und Porträts ausgestattet. Die Besitzer waren die Capeller, die Liechtenstein, Öder, der Protestantenführer Erasmus Tschernembl, Meggau, Thürheim.
E: Seit 1911 Fam. Graf Hoyos
Lit: *Dehio, 315; Grüll I, 107 ff; Sekker, 254 ff*

Seisenburg, Schloßruine
BH *Kirchdorf an der Krems*
G *Pettenbach*
KG *Seisenburg*
Nach dem Einsturz des Turmes 1944 und der übrigen Teile 1950, sind nur noch Reste der Umfassungsmauern erhalten. Einst bildete das Schloß ein Rechteck und umschloß einen Hof. Die Polheimer waren die ersten Besitzer des 1329 urk. erwähnten Schlosses; es folgten die Wallseer und die Volkenstorfer. 1460 war es dann Leibgeding des Nabuchodonosor Nankenreuter, 1682 wurde das Schloß „Neu-Seisenburg" durch die Familie Engl von Wagrein errichtet. Bis nach dem Ersten Weltkrieg war Seisenburg bewohnbar, ab 1930 verfiel es zur Ruine.
E: Christian Freiherr von Lederer
Lit: *Dehio, 315; Sekker, 256 ff*

Sierning, Ansitz
BH *Steyr-Land*
G und **KG** *Sierning*
Einfacher adeliger Ansitz mit zwei Flügeln und Arkaden in beiden Geschoßen des Hauptbaues. Um 1600 erbaut, besetzten 1611 die „Passauer Reiter" dieses Schloß. Während der Bauernkriege hatte hier Stephan Fadinger seinen Sitz. Sierning war landesfürstliches Lehen, dann Passauer Domkapitel bis 1803, anschließend im Besitz der Familie Kast. Im schön restaurierten Ansitz ist eine Landesmusikschule untergebracht.
E: Gemeinde Sierning
Lit: *Dehio, 316; Grüll II, 144; Hille, 252 f*

Sigharting, Schloß
BH *Schärding*
G und **KG** *Sigharting*
Dreigeschoßige Anlage mit Türmen an den Ecken, Runderkern, Arkaden an zwei Seiten des Hofes in allen Stockwerken sowie den Wappen der Pürching (12.–17. Jh.) und ihrer Alliancen.

1570 entstand der Neubau des Wasserschlosses, dessen Graben heute trockengelegt ist. Die ehem. Schloßkapelle dient heute als Pfarrkirche. Die Sighartinger, die Pürchinger (400 Jahre lang), die Tattenbach (1632) und die Arco (bis 1870) waren die Besitzer des 1140 urk. erwähnten Schlosses. In der restaurierten Anlage finden kulturelle Veranstaltungen statt.
E: Gemeinde Sigharting
Lit: *Dehio, 317; Grabherr, 91 f; Hille, 253 f*

Spielberg, Burgruine
BH *Linz-Land*
G und **KG** *Enns*
Mächtige Anlage auf einer ehem. Donauinsel (vor der Stromregulierung), mit hohem Bergfried (sechs Obergeschoße), romanischer Kapelle und Resten von Haupt- und Vorburg (noch deutlich erkennbar). 1159 erstmals urk. erwähnt, war die Burg erst Passauer, dann landesfürstliches Lehen. Belehnt wurden das Kloster St. Florian, die Liechtenstein, Familie Scherffenberg (1484–1671). Von da an war die Anlage, die als Mautstelle an der Donau eine bedeutende Rolle spielte, im Eigentum der Familie Ungnad von Weissenwolff bzw. deren Nachfahren Mensdorff-Pouilly.
E: Marie-Antoinette Krassey
Lit: *Dehio, 317; Grüll I, 110 f; Sekker, 259 ff*

Sprinzenstein, Palais (Freihaus Lannoy)
G *Linz, Baumbachstraße 6*
Dreigeschoßiger Bau mit neun Achsen, Rechteckportal und darüberliegendem Balkon mit Gußeisengeländer. Bemerkenswert sind die Durchfahrt und das Stiegenhaus (mit eingestellten, toskanischen Granitsäulen). Das Haus wurde 1839 durch den Baumeister Johann Rueff errichtet. Die Bauepoche entspricht dem Übergang vom späten Biedermeier zum frühen Historismus.
E: Republik Österreich
Lit: *ÖKT, L, 16*

Sprinzenstein, Schloß
BH *Rohrbach*
G *Sarleinsbach*
KG *Sprinzenstein*
Große unregelmäßige, dreigeschoßige Anlage mit verglasten Arkadengängen im Hof, mit breiter Freitreppe, Einfahrtshalle, Hauptturm (19. Jh.), zwei runden Ecktürmen, Kapelle und Archiv. Das Schloß enthält schönes barockes Mobiliar und Porträts der Sprinzensteiner. 1253 erstmals genannt, war das Schloß landesfürstliches und dann Passauer Lehen. Besitzer waren die Sprinzensteiner und die Tannberg. Von 1575 an im Besitz der Fam. Graf Sprinzenstein, bzw. deren Erben.
E: Dr. Hieronymus Spannocchi
Lit: *Dehio, 321; Sekker, 264 ff; Ulm, 213*

Starhemberg, Schloß (Haag)
BH *Grieskirchen*
G *Haag am Hausruck*
KG *Obernhaag*
Weitläufige Anlage mit Turm, ehem. Zugbrücke mit Aufziehvorrichtung und einem Hof mit Bogengängen, Zimmer mit Gewölben und Balkendecken. Der Turm mit Kapelle wurde 1923–25 neu errichtet. 1240 wird Haag erstmals als Besitz der Bischöfe von Passau urk. erwähnt; ihnen folgten als Eigentümer Gundaker von Starhemberg, die Herzöge von Österreich, Reinprecht von Wallsee, die Jörger und

die Hofkammer. In den Jahren 1923–25 erfolgten Umbauten mit tiefgreifenden Veränderungen. Heute zählt das Schloß, das Napoleon I. einmal als Quartier benützte, zu den besterhaltenen des Landes.
E: Seit 1916 Familie Hatschek
Lit: *Dehio, 103; Hille, 260 f; Sekker, 269 ff*

Stauf, Burgruine
BH *Eferding*
G *Haibach ob der Donau*
KG *Haibach*
Reste des Bergfrieds, des Palas und der Vorburg sind erhalten. 1146 erstmals urk. erwähnt, war die Burg zuerst Passauer, dann landesfürstliches Lehen. Der erste Inhaber war Werhard von Stauf, ein Vorfahre der Schaunberger; bei dieser Familie blieb Burg Stauf bis zu ihrem Aussterben 1559. 1570 brannte die Burg ab und wurde nicht wieder aufgebaut. Ein Turm wurde als Aussichtswarte adaptiert.
E: Fam. Dreihann-Holenia
Lit: *Dehio, 321; Götting, 259; Grüll II, 144*

Steinhaus, Schloß
BH *Wels-Land*
G und **KG** *Steinhaus*
Gefällige zweigeschoßige Anlage, in schönem Garten gelegen. Den Hof umschließen Arkadengänge, im Schloß eine Waffensammlung und Familienporträts. 1257 erstmals urk. erwähnt, stammt das Schloß in seiner heutigen Form aus dem 17. Jh. Besitzer waren die Polheimer, die Katzianer. Seit 1693 ist es im Eigentum der Familie Eiselsberg. Der Vater des jetzigen Eigentümers war der berühmte Chirurg Prof. Anton Eiselsberg.
E: Seit 1693 Fam. Freiherren von Eiselsberg
Lit: *Dehio, 324; Hille, 268; Sekker, 268 f*

Steyr, Schloß (Lamberg)
BH, G und **KG** *Steyr*
Die einst mächtige Burg hat heute barocken Charakter. Nach dem großen Stadtbrand von 1727 gestaltete Baumeister Johann Michael Prunner den Neubau: einen Torbau (unter dem Einfluß Lukas von Hildebrandts), den hohen Uhrturm, die urspr. gotische Kapelle. Das Schloß enthält nun prächtige Öfen und Stuckplafonds sowie die berühmte Bibliothek, in deren Rokokobücherschränken Zehntausende Bände erhalten sind. 990 wird Burg Steyr erstmals urk. erwähnt. Besitzer waren die Traungauer Grafen (Ottokare), dann folgten die Babenberger und die Przemjsliden (1192–1278), daran anschließend die Habsburger. 400 Jahre lang blieb die Burg Steyr damit in landesfürstlichem Besitz. 1641–1937 waren die Grafen (später Fürsten) Lamberg Eigentümer des Schlosses. Der Bau wurde bei Kriegsende 1945, und in den nachfolgenden Jahren der Besatzung in arge Mitleidenschaft gezogen. Heute ist Schloß Steyr prachtvoll restauriert.
E: Republik Österreich (Bundesforste)
Lit: *Dehio, 324 ff; Grüll II, 105 ff; Sekker, 273 ff*

Steyregg, Schloß
BH *Urfahr-Umgebung*
G und **KG** *Steyregg*
Mächtiger würfelförmiger vierstöckiger Bau, an den Außenmauern Lisenen. Hohes Schindeldach, Durchfahrt durch die Längsseite des ganzen Gebäudes, eine zweigeschoßige Kapelle (1956 restauriert, Fres-

Tapisserie mit Darstellung der Burg Landsee, Burgenland (Seite 18)

Burg Forchtenstein, Burgenland (Seite 14)

Burg Schlaining, Burgenland (Seite 22)

Burg Hochosterwitz, Kärnten (Seite 50)

Ruine Aggstein, Niederösterreich (Seite 106)

Burg Rapottenstein, Niederösterreich (Seite 175)

Burg Heidenreichstein, Niederösterreich (Seite 136)

Schloß Ort, Oberösterreich (Seite 243)

Schloß Schwertberg, Oberösterreich (Seite 254)

Burg Vichtenstein, Oberösterreich (Seite 259)

Burg Hohenwerfen, Salzburg (Seite 279)

Burg Mauterndorf, Salzburg (Seite 284)

Riegersburg, Steiermark (Seite 357)

Schloß Herberstein, Steiermark (Seite 324)

Burgruine Gallenstein, Steiermark (Seite 314)

Burg Heinfels, Osttirol (Seite 394)

Burg Berneck, Tirol (Seite 387)

Burg Hasegg, Tirol (Seite 394)

Burg Mariastein, Tirol (Seite 401)

Burg Freundsberg, Tirol (Seite 391)

kenfunde). 1150 wird Schloß Steyregg erstmals urk. erwähnt (Passauer Traditionskodex), Lehensherr war angeblich Ottokar von Steyr. Spätere Besitzer waren das Stift Kremsmünster und das Hochstift Passau. Deren Lehensnehmer waren die Familien Wildoner, Kuenringer, Capeller, Liechtenstein, Jörger und Weissenwolff. Unterhalb des Schlosses lag das sogenannte „Neue Schloß", das 1945 durch Bomben zerstört und 1965 abgerissen wurde. An dessen Stelle wurde 1967 eine Villa errichtet.
E: Altgrafen Salm-Reifferscheidt
Lit: *Dehio, 338 f;*
Grüll I, 114 ff;
Sekker, 278 f

T

Tannbach, Schloß
BH *Freistadt*
G und **KG** *Gutau*
Dreigeschoßiger Bau, vier Ecktürmchen mit Zwiebelhelmen, anstelle eines Turmes ein offener Dachreiter mit Laterne. Um 1130 wird die kleine Burg, wahrscheinlich als Lehen der Griesbacher, urk. genannt. Anschließend landesfürstliches Lehen, 1572–95 Besitz des Ernst Georg Hack von Bornim, der den Ausbau zum Schloß durchführen ließ. Nach mehrfachem Besitzerwechsel gelangte Tannbach in das Eigentum des berühmten Geo- und Kartographen General Josef von Scheda, der das damals ruinöse Gebäude zu seiner heutigen Form umgestaltete.
E: Seit 1906 Grafen Polzer-Hoditz
Lit: *Grabherr, 221 ff;*
Ulm, 217

Tannberg, Burgruine
BH *Rohrbach*
G und **KG** *Hörbich*
Heute sind nur mehr die spärlichen Reste der ehem. Burganlage erhalten, die jedoch in den letzten Jahren ausgebaut und wohnlich gestaltet wurden. 1188 erstmals urk. erwähnt, war die Burg bis 1356 im Besitz der Herren von Tannberg; sie waren eine der mächtigsten Familien im Land „ob der Enns" und gaben der neuerbauten Burg ihren Namen (gewöhnlich nahmen die Besitzerfamilien den Namen jenes Ortes an, in dem sich die Burg oder das Schloß befand). Später war Tannberg im Besitz des Stiftes Passau (bis 1529), dann wurde es mit der Herrschaft Marsbach vereinigt und dem Verfall preisgegeben. (Bereits in Vischers Topographie 1674 als Ruine angegeben.)
E: Walter Kneidinger
Lit: *Dehio, 341;*
Grüll I, 117 f;
Sekker, 284 ff

Teufelseck, Schloß
→ Engelseck, Schloß

Tillysburg, Schloß
BH *Linz-Land*
G *Markt St. Florian*
KG *Tillysburg*
Zweigeschoßiger Bau mit vier mächtigen Flügeln, die den prächtigen Arkadenhof umschließen. Das schöne Stiegenhaus ist vom Baustil Jakob Prandtauers beeinflußt. Vier Türme, davon einer höher als die anderen. Die Hoffassaden und die meisten Innenräume des ersten Stockwerkes sind mit reichem Stuck (um 1730) verziert. Kapelle, Sonnenuhr und Steinfiguren aus dem 17. Jh.Unterhalb des Schlosses stand die berühmte Burg Volkensdorf (erstmals urk. erwähnt 1256). 1558 brannte die Burg ab, wurde wiederaufgebaut und 1630 endgültig abgerissen. Mit den Steinen der abgerissenen Burg wurde etwas ober-

halb ihres Standorts 1633 Schloß Tillysburg von Werner Tserklas von Tilly (Neffe des berühmten Feldmarschalls) erbaut. Anschließend war es im Besitz der Montfort, der Weichs, von Stift St. Florian und der Familie O'Hegerty. Von 1897–1989 Fam. Graf Eltz.
E: Dr. Georg Spiegelfeld
Lit: *Dehio, 343; Grabherr, 294 f; Hille, 279; Sekker, 287 ff*

Tollet, Schloß
BH *Grieskirchen*
G und **KG** *Tollet*
Zweistöckiger Bau mit Turm, schmiedeeisernen Gittern im Hof, einem Saal im Erdgeschoß mit Stuck und Jörger-Wappen. 1170 erstmals urk. erwähnt, stammt der heutige Bau aus dem 19. Jh. (Der frühere Renaissancebau wurde gänzlich umgestaltet.) Besitzer waren Ortolf von Tollet, Lehensnehmer der Herrschaft Ort, die Jörger bis 1620, Herberstorff, Sprinzenstein und seit 1845 die Fam. Revertera. 1938–44 war das Schloß von der deutschen Regierung beschlagnahmt, die eine Schule für „Arbeitsführerinnen“ darin betrieb, später war es Lazarett, dann Flüchtlingslager und Kaserne einer amerikanischen Panzereinheit. In einem Teil des gut erhaltenen Schlosses ist heute das Grieskirchner Heimathaus untergebracht.
E: Grafen Revertera-Salandra
Lit: *Dehio, 344; Grabherr, 117 f; Hille, 279 f; Sekker, 290 f*

Toskana, Villa
BH und **G** *Gmunden*
KG *Ort – Gmunden*
Die Villa liegt auf der Halbinsel Ort, inmitten exotischer und heimischer Parkbäume. Zweigeschoßiges Gebäude mit Zentralbaucharakter, atriumähnlicher Innenhalle und Walmdach mit turmähnlichem Aufbau an der Spitze. Die Villa stellt ein Sammelsurium origineller Ideen dar: strenge Klassik, malerisches Rokoko und exzentrischer Secessionsstil sind hier in sehr eigenwilliger Art verbunden. Großherzog Leopold II. von Toskana (gest. 1870 in Rom) mußte 1859 die Residenz in Florenz für immer verlassen und ließ sich daraufhin in Österreich nieder. In den folgenden Jahren erwarb die Großherzogin die Halbinsel Ort; Erzherzog Johann Salvator (ihr Sohn), der spätere Johann Orth, ließ die Villa nach eigenen Plänen um 1870 errichten. Um 1880 wurde sie nach Plänen von Josef Machann und Markus Weghaupth umgebaut. 1913 gelangte die Villa an Margarete Stonborough (geb. Wittgenstein, die Schwester des Pianisten Paul Wittgenstein und des Philosophen Ludwig Wittgenstein); diese ließ sie nach eigenen Plänen durch den Architekten Rudolf Perco (eine der bedeutendsten Persönlichkeiten aus dem Kreis um Otto Wagner) neuerlich umgestalten. Heute ist die Villa Kongreß- und Verwaltungszentrum.
E: Seit 1976 Land Oberösterreich
Lit: *Oberhammer, 71*

Traun, ehem. Ansitz
G *Linz, Altstadt 15*
Schlichtes vierachsiges viergeschoßiges Freihaus, mit einer rundbogigen Granittoreinfassung, noch aus der zweiten Hälfte des 16. Jh.s. Das vierte Geschoß ist eigentlich das Dachgeschoß, in das querovale Luken eingesetzt sind. Kleiner Hof mit spitzbogigem gotischen Portal.

Im ersten und zweiten Obergeschoß je vier ungleiche Arkaden auf kurzen Granitsäulen und gemauerter Balustrade, teilweise verbaut. Am Seitenflügel Balkon mit einfachem schmiedeeisernen Gitter. Als die ersten Besitzer werden um 1589 die Freiherren von Windhaag urk. genannt; danach 1630 Graf Tilly, von 1664–1869 Besitz der Grafen Abensperg und Traun. Bei einem Stadtbrand vom 15. August 1800 erlitt das Haus schweren Schaden, das Dach wurde zerstört und das zweite Stockwerk brannte aus. Eine Aufstockung des Hoftraktes erfolgte 1870, ein Dachgeschoßausbau 1953. Das Gebäude steht seit dem Jahr 1940 unter Denkmalschutz.
E: Oberösterreichischer Imker-Verband

Traun, Schloß
BH *Linz-Land*
G und **KG** *Traun*
Ein rechteckiger dreigeschoßiger Bau mit kleinen Ecktürmen, umgeben von Vorschloß mit Einfahrtstor und der ehem. Kapelle. Bei den Restaurierungsarbeiten 1956 kamen Rollenschlitze einer Zugbrücke, gotische Fenster in der Kapelle und Kratzputzornamente am Vorschloß und an den Umfassungsmauern zum Vorschein. 1111 wurde Schloß Traun erstmals urk. erwähnt. Mit einer kurzen Unterbrechung ist das Schloß seit damals Eigentum der Familie Abensperg und Traun. 1945 wurde der Bau durch einen abgeschossenen amerikanischen Flieger stark beschädigt, der nordwestliche Turm wurde völlig zerstört. Seit 1956 laufend Restaurierungsarbeiten. Die Anlage ist heute in sehr gutem Zustand und an das Land Oberösterreich für ein Kulturzentrum verpachtet.
E: Seit 800 Jahren Fam. Abensperg und Traun
Lit: *Dehio, 354;*
Hille, 281 f;
Sekker, 293 f

Traunegg, Schloß
BH *Wels-Land*
G *Thalheim bei Wels*
KG *Thalheim*
In einem schönen Park liegt die dreigeschoßige Anlage mit Walmdach und barockisierten Fassaden. Die Stuckdecke im ersten Stock stammt aus 1730. Das 1577 erstmals urk. erwähnte Schloß war im Besitz der Jörger (Kaiser Rudolf II. erhob es 1577 zu einem „Edelmannssitz"), Althamer, Spannocchi, Frankenstein. Bis 1966 war die Familie Graf Eltz Eigentümer von Schloß Traunegg, das mit wertvollem Mobiliar und schönen Gemälden ausgestattet war.
E: Dkfm. Josef Haid
Lit: *Dehio, 343;*
Grabherr, 363;
Sekker, 294 f

U

Überackern, Schloß
BH *Braunau am Inn*
G und **KG** *Überackern*
Zweigeschoßiges Schloß mit hohem Dach und einer Halle in der Mitte. 1952 wurde der kleine Bau von der Herrschaft Castell-Castell errichtet, außen im Biedermeierstil, innen mit modernem Wohnkomfort.
E: Fam. Schönburg-Waldenburg
Lit: *Hille, 285*

Untererb, Schloß
→ Erb, Schloß

V

Vichtenstein, Burg
BH *Schärding,* **BT** 15
G und **KG** *Vichtenstein*
Gut erhaltene Burganlage mit dem mächtigen Bergfried, zwei Höfen,

drei Türmen, dem Palas und der Kapelle mit Schlußsteinen aus dem 14. Jh. Die Wohn- und Wirtschaftsbauten wurden an die durch Türme verstärkte Ringmauer angebaut. 1116 erstmals urk. erwähnt, waren die Grafen von Formbach, das Stift Passau, die Falkenhayn und die Pachta (bis 1938) Besitzer der Burg. Die herrlich gelegene Anlage ist in sehr gutem Zustand, wird ganzjährig bewohnt und während der Sommerzeit teilweise als Schloßpension geführt.
E: Fam. Schulz-Wulkow
Lit: *Dehio, 351;*
Grabherr, 10 ff;
Hille, 288 ff

Vorchdorf, Schloß (Hochhaus)
BH *Gmunden*
G und **KG** *Vorchdorf*
Massiver quadratischer Bau mit wehrgangartigem Stichbogenfries (als Abschluß unter dem Dach), Rokokotor, römischem Grabstein und dem Neptunbrunnen (1962 restauriert). Die Besitzer der im 14. Jh. urk. erwähnten Anlage waren die Messenbacher und die Fischböck (1447), die Kuefstein sowie das Stift Schlierbach (1660–1871). 1961/62 wurde das Schloß gründlich restauriert und als Gasthaus ausgestaltet. Außerdem ist hier ein Handwerkermuseum untergebracht.
E: Gemeinde Vorchdorf
Lit: *Dehio, 354;*
Grabherr, 342 ff;
Sekker, 125

W

Wagrein, Schloß
BH und **G** *Vöcklabruck*
KG *Wagrein*
Der heutige Bau mit zwei Türmen stammt aus dem Jahr 1600, um 1800 wurden umfangreiche Restaurierungen durchgeführt. Dieses in einem schönen Park gelegene Schloß wurde 1491 erstmals urk. erwähnt und war im Besitz der Familien Engl (den späteren Grafen Engl von Wagrein) bis 1911, Spiegelfeld bis 1950. Heute beherbergt Schloß Wagrein einige Klassen des Bundesrealgymnasiums.
E: Stadtgemeinde Vöcklabruck
Lit: *Dehio, 355;*
Grüll II, 116 f;
Sekker, 299

Walchen, Schloß
BH *Vöcklabruck*
G *Vöcklamarkt*
KG *Walchen*
Der aus dem 16. Jh. stammende Bau besteht aus dem dreigeschoßigen Hauptteil und dem zweigeschoßigen Nebenflügel. Die Kapelle ist mit Stuck und einem Rokokoaltar ausgestattet, im schönen Park befinden sich Steinfiguren. 1960–68 wurden Renaissancedecken mit reicher Bemalung entdeckt und restauriert. 1371 erstmals urk. erwähnt, war Walchen landesfürstliches Lehen, später Besitz der Familie Walchen (bis 1524), der Khevenhüller, der Schallenberg, des Johann Gottlieb von Clam, der Weichs-Glon. Das Schloß ist zu besichtigen und beherbergt ein Kindermuseum, das das Leben der Kinder in den verschiedenen sozialen Gruppen zeigt.
E: Seit 1959 Familie Hanreich
Lit: *Dehio, 356;*
Grüll II, 117 ff;
Sekker, 300 f

Waldenfels, Schloß
BH *Urfahr-Umgebung*
G und **KG** *Reichenthal*
Große unregelmäßige Anlage, auf einer Felskuppe ein mächtiger Turm mit Zwiebelhelm (vermutlich der Standort des früheren Bergfrieds), Innenhof mit Arkaden, Turnierhof mit Umfas-

sungsmauer und Bogenfenster; die Wirtschaftsgebäude sind in die Ringmauer eingebaut. 1380 erstmals urk. erwähnt, war Waldenfels zuerst landesfürstliches Lehen, dann im Besitz der Waldpurger, der Zinzendorfer, Herzog Albrechts III. von Österreich und danach der Starhemberg. Das Schloß ist in sehr gepflegtem Zustand.
E: Seit 1636 Fam. Grundemann-Falkenberg
Lit: *Dehio, 357;*
Grüll I, 121 ff;
Sekker, 301 f

Walkering, ehem. Schloß
BH *Vöcklabruck*
G *Vöcklamarkt*
KG *Walkering*
Zweigeschoßiger Bau mit zwei Ecktürmen, Kapelle mit barockem Stuck und Altar (1733) und dem Wirtschaftsgebäude. Das Schloß wurde 1325 erstmals erwähnt. Besitzer der Anlage waren die Dachsenpeck, die Fronhofer, die Ehrburg, die Guldermann und die Stimpfl. Der Hausname des Eigentümers lautet heute „Schloßbauer zu Walkering“.
E: Fam. Emminger
Lit: *Dehio, 361;*
Grüll II, 121 f

Wanghausen, Schloß
BH *Braunau am Inn*
G *Hochburg-Ach*
KG *Unterkriebach*
Viergeschoßiger Bau mit einem hohen Treppengiebel an der Ostseite, Wappen über dem Portal, Renaissancedecken, einer Rundsäule mit eckigem Kapitell und einem Wandbrunnen aus rotem Marmor mit Löwenkopf (mit Wappen aus 1648). Im Epos „Meier Helmbrecht“ wird die Burg als „Wanchusen“ beurkundet (1270). Die Anlage war bis 1779, der Abtrennung des Innviertels von Bayern, Burghausen zugehörig. Besitzer waren die Acher, die Kemater, die Prielmayr, die Hoyos und die Reichenbach.
E: Fam. Dr. Brunnhölzl
Lit: *Dehio, 361;*
Grabherr, 47 f;
Hille, 297 f

Waxenberg, Burgruine
BH *Urfahr-Umgebung*
G *Oberneukirchen*
KG *Waxenberg*
Nur der 30 m hohe Bergfried und ein Turm mit Spitzbogentor sind von der 1756 durch Blitzschlag abgebrannten Burg erhalten. Im 12. Jh. erbaut, waren die Herren von Wilhering, die Waxenberger, die Griesbacher und die Wallseer Besitzer der Burg.
E: Seit dem 17. Jh. Fam. Starhemberg
Lit: *Dehio, 364;*
Grüll I, 123 ff;
Sekker, 311 ff

Waxenberg, Schloß
BH *Urfahr-Umgebung*
G *Oberneukirchen*
KG *Waxenberg*
Hufeisenförmiges zweigeschoßiges Schloß, mit einer Balkendecke (aus Eschelberg) aus dem 16. Jh. und einem achteckigen Brunnen im Hof, aus dem 17. Jh. stammend. Urk. erstmals im 17. Jh. erwähnt, nach einem Brand in der alten Burg (1756) weiter ausgebaut. Das im Ort gelegene, sogenannte „Neue Schloß“ (aus dem 20. Jh.), das seit dem Ersten Weltkrieg als Blindenheim dient, hat keine kunsthistorische Bedeutung.
E: Fam. Starhemberg
Lit: *Dehio, 364;*
Grüll I, 123 ff;
Sekker, 311 ff;
Ulm, 229 f

Weidenholz, Schloß
BH *Grieskirchen*
G *Waizenkirchen*
KG *Weidenholz*

Das Wohngebäude des ehem. Wasserschlosses ist viergeschoßig, das Nebengebäude bildet mit dem Wirtschaftsgebäude den rechteckigen Hof mit Arkadengang. Der Saal im ersten Stock ist mit einer Stuckdecke aus dem 17. Jh. ausgestattet. 1276 urk. erwähnt, belehnte Hadmar von Starhemberg Ulrich von Weydenholz mit dem Schloß (sog. Weitervergabe eines landesfürstlichen Lehens). Die weiteren Besitzer waren die Losensteiner, die Kuefstein, die Gilleis und die Attems. 1876 wurde Schloß Weidenholz durch Brand fast vollkommen zerstört und anschließend beinahe zur Gänze neu aufgebaut. Heute sind Mietwohnungen und ein Notariat im Schloß untergebracht.
E: Gemeinde Waizenkirchen
Lit: *Dehio, 365; Grabherr, 120 ff; Sekker, 313 ff*

Weinberg, Schloß
BH *Freistadt*
G und **KG** *Kefermarkt*
Eine der bedeutendsten sowie besterhaltenen großen Schloßanlagen im Land Oberösterreich. Der heutige Bauzustand stammt aus dem 17. Jh.: ein mächtiger Turm mit Helm, das Hochschloß mit Innenhof, die eindrucksvolle Ringmauer mit vier Ecktürmen und Kegeldächern, der Torbau mit Wippbrücke, Zwingermauer, Burggraben, Kapelle (1698 von Bartolomeo Carlone) und dem Falkenhaus. Urk. erstmals erwähnt 1305, war das Schloß als landesfürstliches Lehen im Besitz des Peter von Piber, den Zelkingern (1359–1629) und ab 1629 der Familie Thürheim bzw. deren Nachfahren Gablenz-Zimmermann. Das Mobiliar des Schlosses, wie das berühmte Schachspiel mit seinen überlebensgroßen Figuren, ist seit 1945 nicht mehr vorhanden, die Schloßapotheke aus dem 17. Jh. befindet sich im Linzer Schloßmuseum. Das Schloß wurde von den Besitzerfamilien dem Verein Schloß Weinberg verpachtet. Nach vollständiger Restaurierung wurde hier 1988 die oberösterreichische Landesausstellung veranstaltet. Anschließend dient das Schloß als Bildungshaus.
E: Familien Wentzel und Ryecart
Lit: *Dehio, 366; Grüll I, 126 ff; Sekker, 316 f; Ulm, 230 ff*

Weißenberg, Schloß
BH *Linz-Land*
G *Neuhofen a. d. Krems*
KG *Weißenberg*
Die urspr. Burg (urk. Erwähnung im 12. Jh.) wurde 1803 zum größten Teil abgerissen und neu aufgebaut. Charakteristisch an der Anlage ist der Turm mit dem hohen Helm. Warmund von Weißenberg baute die verfallene Burg 1248 wieder auf; ihm folgten dann als Besitzer die Volkenstorfer (bis 1629), die Familie Tilly, die Montfort und das Stift Kremsmünster. Im 20. Jh. war im Schloß zeitweise eine Schuhfabrik untergebracht; in den letzten Jahren wurde Schloß Weißenberg vorbildlich restauriert und dient heute Wohnzwecken.
E: Ing. Ernst Kuthy
Lit: *Dehio, 366; Grabherr, 291 f; Hille, 307 f; Sekker, 317 f*

Weißenwolf, Palais
G *Linz, Landstraße 12*
Neunachsiger dreigeschoßiger Bau mit schwach vortretendem Mittelrisalit. Der Balkon wird von zwei prächti-

gen Atlanten getragen und hat ein Gitter aus dem 19. Jh. 1595 und 1640 werden zwei schmale Vorstadthäuser erwähnt. 1714 erwarb Franz Anton Graf Weißenwolf die beiden Häuser und den dazugehörigen Garten, ließ sie abbrechen und ab 1715 durch den Baumeister Johann Michael Prunner das heutige Palais errichten. 1771 im Besitz der Familie Fürstenberg, 1794 in dem des Grafen von Hohenfeld.
E: Seit 1971 Allgemeine Sparkasse Linz
Lit: *ÖKT, L, 160 ff*

Wels, Burg (ehem. kaiserliche Burg)
BH, G und **KG** *Wels*
Vom alten Baukern der Burg sind nur mehr zwei Flügel mit gotischem Erker und Bogengalerie erhalten. Das Turmgeschoß wurde um 1900 umgebaut. Die erste urk. Erwähnung stammt aus 776, die ersten Besitzer waren die Grafen von Wels-Lambach. Ab 1220 sind die Babenberger Eigentümer der Burg Wels, bis 1652 bleibt sie in landesfürstlichem Besitz. 1653–1865 sind die Auersperg Eigentümer. Die in einer gepflegten Gartenanlage gelegene Burg ist heute ein bekanntes Kultur- und Ausstellungszentrum und beherbergt verschiedene Museen: ein Landwirtschaftsmuseum, „Gebäckmuseum“, das Kaiser-Maximilian-Sterbezimmer (Kaiser Maximilian I. starb hier am 12. 1. 1519).
E: Seit 1937 Stadtgemeinde Wels
Lit: *Dehio, 371; Grabherr, 378 f; Sekker, 319 ff*

Werfenstein, Burg
BH *Perg*
G *St. Nikola an der Donau*
KG *Struden*
Erhalten sind heute noch die Hauptburg, die Vorburg, eine Ringmauer, ein Turm mit vier Geschoßen und ein Neubau, der 1965–67 fachgemäß durchgeführt wurde. Erbaut wurde die Burg durch die Familie Clam-Velburg, nächster Besitzer war Herwicus Burggraf von Werfenstein, anschließend im landesfürstlichen Eigentum, dann kam sie an die Prüschenk, die von hier aus die Greinburg erbauten und an die Coburg (19. Jh.). 1907 lebte hier Lanz von Liebenfels, einer der geistigen Väter Adolf Hitlers.
E: Primarius Kopf
Lit: *Dehio, 339; Grüll I, 128 ff; Ulm, 232 f*

Wernstein, Burgruine
BH *Schärding*
G *Wernstein am Inn*
KG *Wernstein*
Die auf einem hohen Felsen oberhalb des Inns gelegene Anlage ist heute zum größten Teil Ruine. Erhalten sind das Haupttor und ein Nebenportal sowie ein Teil der Umfassungsmauer des Nordosttraktes, der ausgebaut und für Wohnzwecke adaptiert wurde. Im 12. Jh. erstmals genannt (urk. 1257 erwähnt), war Wernstein mit Schloß Neuburg (heute BRD) sowohl in geschichtlicher Hinsicht als auch die Besitzverhältnisse betreffend bis 1803 verbunden (Neuburg zu Bayern, Wernstein zu Österreich). Besitzer waren die Zelkinger (1379), die Wallseer, (1384) an Reinprecht von Wallsee verpfändet und der bayerische und auch der österreichische Staat. Im ausgebauten Teil der Burg- ruine ist ein Kindergarten untergebracht.
E: Dietmar Ernst

Lit: *Dehio, 375; Grabherr, 94 f*

Wesen, Burgruine
BH *Schärding*
G *Waldkirchen am Wesen*
KG *Wesenufer*
Reste des Bergfrieds, der Palas und hohe Mauern sind noch erhalten. Ein Neuaufbau mit Zement und Fachwerk auf Teilen der Ruine ist vom Standpunkt der Denkmalpflege eher unglücklich ausgeführt. 1138 werden die Herren von Wesen als Besitzer urk. erwähnt. Die Familie Waldeck vermachte 1325 Burg Wesen (und Wesenufer) an das Hochstift Passau, welches die Albrechtshamer als Pfleger einsetzte (bis 1533). Nach der Säkularisierung (1803) übernahm die Hofkammer Burg Wesen. 1824 Versteigerung von Burg und Herrschaft.
E: Dipl.-Arch. Dr. Broser
Lit: *Dehio, 360; Grabherr, 16 ff; Hille, 312 f*

Wesen, Schloß (Niederwesen)
BH *Schärding*
G *Waldkirchen am Wesen*
KG *Wesenufer*
Der heutige Bau stammt zum größten Teil aus dem 17. Jh., einzelne Bauteile aus 1890, als das Schloß nach einem Brand wiederaufgebaut wurde. An der Hofseite befinden sich zweigeschoßige Arkaden aus dem 17. Jh. 1325 wurden beide Burgen (die obere Anlage ist heute Ruine) im Besitz der Herren von Wesen urk. erwähnt. Späterer Besitzer war die Familie Waldecker. Die Herrschaft Wesen, mit der alten Burg und mit dem heutigen Schloß wurde nach der im Jahr 1803 erfolgten Säkularisierung 1824 versteigert. Einzelne Teile gelangten an die verschiedenen Besitzer. Heute ist in dem gut erhaltenen Schloß die Brauerei Baumgartner untergebracht.
E: Fam. Spannlang
Lit: *Dehio, 375*

Weyer, ehem. Freisitz
BH und **G** *Gmunden*
KG *Traunstein*
Hakenförmige Anlage mit freistehender Kapelle und einem Raum mit Deckenstuck. 1446 als „rittermäßiges Lehensgut“ genannt, waren die Besitzer Abraham von Rohrbach (1596, er baute den Freisitz um) und Maximilian von Hackelberg (1606). 1624 wurde Weyer unter Kaiser Ferdinand II. zum „freien Edelmannssitz“ erhoben. 1738 errichtete Karl Josef von Frey im Schloß eine Waisenstiftung für Knaben. Heute befindet sich im Schloß eine Galerie für Meissen-Porzellan und Silber.
E: Fam. Schober
Lit: *Dehio, 94; Grüll II, 127 f; Sekker, 324 f*

Weyer, Schloß
BH *Linz-Land*
G und **KG** *Kematen an der Krems*
Zweistöckiges Wasserschlößchen mit drei Rundtürmen und einem quadratischen Eckturm. Eine gewölbte Halle und ein gewölbter Einsäulenraum. Die äußere Form des heutigen Baues stammt aus dem 19. Jh. Urk. wurde Schloß Weyer 1299 erstmals erwähnt. Als Lehen des Stiftes Kremsmünster wurde es an folgende Familien vergeben: Raidt, Wiellinger, Fenzl, Katzianer (bis 1707). Das Stift war bis 1811 Eigentümer der Anlage. Das Schloß dient Wohnzwecken.
E: Dipl.-Ing. Alexander von Planck
Lit: *Dehio, 127; Sekker, 325 f*

Weyer, Schloß (Egererschlößl)
BH *Steyr-Land*
G *Weyer-Markt*
KG *Weyer*
Um 1560 wurde Schloß Weyer erbaut, bestehend aus einem schmäleren Teil mit zwei Ecktürmen und einem anschließenden, quadratischen Gebäude mit Arkadenhof. Das Westtor und der Erker sind mit 1561 datiert. Im restaurierten Schloß sind eine Bundesfachschule für wirtschaftliche Frauenberufe und eine Landesmusikschule untergebracht.
E: Gemeinden Weyer und Gaflenz

Wildberg, Burgruine und Schloß
BH *Urfahr-Umgebung*
G *Kirchschlag bei Linz*
KG *Riedl*
Der hohe runde Bergfried mit Kragsteinen und Wehrgang ist noch gut erhalten, das Hauptgebäude mit runden Ecktürmchen bereits stark ruinös. Unterhalb der Ruine befindet sich das noch heute bewohnte dreigeschoßige Schloß mit Hof und Arkadengang im Erdgeschoß. Nach dem Brand von 1665 wurde es neu aufgebaut. Besitzer des 1198 erbauten Schlosses waren die Haunsperger und die Starhemberg (mit einer kurzen Unterbrechung). König Wenzel IV. von Böhmen wurde hier von 5. 7. – 1. 8. 1394 von böhmischen Adeligen gefangengehalten („Königszimmer"). Heute finden in der Anlage Lesungen sowie Theateraufführungen und Konzerte von Linzer Ensembles statt.
E: Fam. Starhemberg
Lit: *Dehio, 377;*
Grüll I, 130 f;
Sekker, 330 f;
Ulm, 233 f

Wildenau, Schloß
BH *Braunau am Inn*
G *Aspach*
KG *Wildenau*
Nach einem Brand 1880 sind von dem urspr. Bau nur mehr die Kapelle (heutige Filialkirche mit Altar aus dem Jahr 1616 u. einigen Arbeiten von Schwanthaler) und der im rechten Winkel dazu stehende Wohntrakt erhalten. Anno 1383 wird Wildenau erstmals urk. erwähnt. Besitzer waren die Familien Aham (bis 1764) und Imsland (bis 1871). Das Schloß erlebte im Lauf der Jahrhunderte eine Reihe von Schicksalsschlägen: div. Plünderungen im Spanischen Erbfolgekrieg und in den Franzosenkriegen, Brände 1809 und 1880 sowie anschließend die Abbruchsarbeiten. Das „Trostgsangl" des oberösterreichischen Volksdichters Stibler berichtet über den Niedergang von Wildenau.
E: Dr. Ernst W. Schuster
Lit: *Dehio, 377;*
Hille, 316 ff

Wildenstein, Burgruine
BH *Gmunden*
G *Bad Ischl*
KG *Kaltenbach*
Reste der Vorburg, des Palas und des Bergfrieds sind erhalten. 1263 erstmals urk. erwähnt, war Wildenstein landesfürstlicher Besitz mit folgenden Pflegern: „Schenk von Tobra", Hans Posch (1371), die Schaunberger, die Seusenecker, die Jörger und die Prüschenk. 1478 erhielten die Bürger von Gmunden die Pflege von Wildenstein (sowie die „Verwesung" der Saline zu Hallstatt, mit einer Pacht von 3000 Pfund jährlich). 1593 brannte die Burg ab, wurde wieder aufgebaut und 1715 erneut durch Brand zerstört. Beliebtes Ausflugsziel.
E: Republik Österreich (Bundesforste)

Lit: *Dehio, 377; Grüll II, 133 ff; Sekker, 329 f*

Wildshut, Schloß
BH *Braunau am Inn*
G *St. Pantaleon*
KG *Wildshut*
Burgartige Anlage, an der Staatsgrenze gelegen; von tiefen Steilabstürzen und einem Graben umgeben. Der Palas, der Torturm und ein Wehrgang sind in der heutigen Anlage noch erkennbar. Die Schloßkapelle mit einem Passauer Maria-Hilf-Altar ist an die Wehrmauer angebaut. 1387 erstmals urk. erwähnt, war der Bau als Jagdschloß in landesfürstlichem, später in bayerischem Besitz. 1779, nach Abtretung des Innviertels an Österreich, wurde in Wildshut das Kreisgericht untergebracht. In dem gut erhaltenen Schloß sind heute Mietwohnungen, das Bezirksgericht, die Zollwache und der Gendarmerieposten untergebracht.
E: Republik Österreich (Bundesgebäudeverwaltung)
Lit: *Dehio, 377; Grabherr, 60 f*

Wimsbach, Schloß
BH *Wels-Land*
G *Bad Wimsbach-Neydharting*
KG *Wimsbach*
Rechteckiger zweigeschoßiger Bau, runde Ecktürme mit pagodenartigem Dach, Hof mit Arkadengängen. Der Kern des 1626 abgebrannten Schlosses ist gotisch, die heutige Form des Baues stammt aus dem 18. Jh. Die Besitzer des 1103 (?) urk. erwähnten Schlosses waren die Herren von Widemsbach, die Atzpeck, die Aspan, 1651–1807 die Starhemberg, die Hafferl, Baron Schnapper. In der Nähe des gut erhaltenen Schlosses befindet sich die 1950 restaurierte, römische „Villa rustica" aus dem 1. Jh. n. Chr.
E: Rudolf Weisweiller
Lit: *Dehio, 36; Sekker, 336 f*

Windegg, Burgruine
BH *Perg*
G *Schwertberg*
KG *Windegg*
Von der ehemaligen Burg (seit dem 18. Jh. Ruine) sind der Bergfried, die Einsteigtür, Turm- und Ringmauern und das Tor zur Hauptburg erhalten. Die 1208 erstmals urk. erwähnte Burg war Regensburger Lehen und hatte folgende Inhaber: die Kuenringer, Reinprecht von Wallsee, die Herren von Maissau, die Familie von Capellen, Scherffenberg (1491) und Tschernembl (1557); seit 1605 war Windegg frei von Lehenschaft. Die Geschichte von Windegg verläuft mit der des Schlosses → Schwertberg ab dem 16. Jh. gemeinsam, doch gewann Schwertberg immer mehr an Bedeutung, wohingegen Windegg ab 1680 vor allem als Getreide(Schütt-)kasten verwendet und kaum mehr bewohnt wurde. Weitere Eigentümer waren die Meggau, Kuefstein, Starhemberg und Thürheim. 1980 wurde der „Verein zur Erhaltung der Burgruine Windegg" gegründet, dessen Mitglieder bedeutende Restaurierungsarbeiten ehrenamtlich durchführen.
E: Seit 1912 Fam. Graf Hoyos
Lit: *Dehio, 382; Grüll I, 131 ff; Sekker, 338 ff; Ulm, 234 f*

Windern, Schloß
BH *Vöcklabruck*
G *Desselbrunn*
KG *Windern*
Der Hauptbau mit vier Ecktürmen, der Nebenbau mit zwei Rundtürmen. Die Kapelle stammt aus 1769 und ist mit Deckenfresken, Rokokoaltären sowie einem Hauptaltar von Bartolomeo Altomonte ausgestattet. 1185 wird Windern als landesfürstliches Lehen erstmals urk. erwähnt. Die Besitzer waren „Kolman der Windnär", die Grünthaler, die Polheimer, die Familien Hayden, Gagern und Buttlar-Brandenfels.
E: Werner Frey
Lit: *Dehio, 382;*
Grüll II, 136 f;
Sekker, 337 f

Windhaag, Burg- und Schloßruine
BH *Perg*
G *Windhaag bei Perg*
KG *Windhaag*
Von der Burg sind nur noch spärliche Reste des Palas und eines Turmes erhalten. 1290 errichteten die Herren von Windhaag die Burg, die weiteren Eigentümer waren Freitel (1379), Lasla von Praga (1485) und die Jörger. 1630 erbaute Joachim Enzmüller (Enzmillner) gegenüber der alten Burg ein prächtiges Schloß mit großen Sälen, in denen eine Bibliothek mit 20.000 Bänden (Topographia Windhagiana) untergebracht wurde. Diese bedeutende Bibliothek kam später in die Hofbibliothek nach Wien. An Windhaag erinnert die „Windhaagsche Stipendienstiftung" (aus der noch heute begabte Studenten der Universität Wien gefördert werden) und die „Windhaaggasse" neben der alten Universität. Nach dem Tod Enzmüllers (1680) ließ seine Tochter das Schloß abreißen und an dessen Stelle ein Dominikanerinnenkloster mit Kirche erbauen.
E: Bürgergarde Windhaag
Lit: *Dehio, 383;*
Sekker, 341 ff;
Ulm, 236 ff

Wolfsegg, Schloß
BH *Vöcklabruck*
G und **KG** *Wolfsegg am Hausruck*
Eine malerische dreigeschoßige Anlage, auf einer Anhöhe gelegen. Die Kapelle mit einem Altarbild von Bartolomeo Altomonte, der Rittersaal mit interessantem Türstock; gegenüber dem Hauptgebäude die Wirtschaftsgebäude hufeisenförmig angelegt. Das gepflegte und ganzjährig bewohnte Schloß enthält eine schöne Inneneinrichtung (Bilder, Porträts). 1120 wird Hadmar von Hausruck als erster Besitzer urk. genannt. 1291 wird Wolfsegg als erzbischöfliches Salzburger Lehen erwähnt, weitere Besitzer waren die Wolfsegger und die Schaunberger.
E: Seit 1835 Fam. Saint-Julien-Wallsee
Lit: *Dehio, 385;*
Grüll II, 138 ff;
Sekker, 347 ff

Würting, Schloß
BH *Wels-Land*
G *Offenhausen*
KG *Würting*
Stattliches Wasserschloß mit vier Ecktürmen, an einer Hofseite mit Arkadengängen in drei Geschoßen. Im Inneren prächtige Kassettendecken mit allegorischen Gemälden von Claude Aubertin und Franz Pietersz Isaacsz, ein Festsaal, Rundzimmer, reich intarsierte Türen, neugestaltete Kapelle um 1900. 1220 urk. erwähnt, waren die Besitzer die Grafen von Lambach, das Hochstift Würzburg, die Landesfürsten, die Perkheimer, Christoph Weiß von Würting (der 1610

die Neugestaltung des Schlosses durchführte), die Familie Seeau und Alice Gräfin Hoyos. Das Schloß beherbergt ein Umweltmuseum.
E: Dr. Herbert Schaffer
Lit: *Dehio, 385 f;*
Grabherr, 156 f;
Sekker, 326 f

Z

Zell an der Pram, Schloß

BH *Schärding*
G *Zell an der Pram*
KG *Zell*
Mächtiger viergeschoßiger Bau mit prächtigem Festsaal, der mit schönen Fresken von Christian Wink ausgestattet ist. Der heutige Bau wurde von den Münchener Meistern Franz de Cuvilliés, Wink und Josef Damian Stuber 1760–84, unter dem damaligen Besitzer Graf Tattenbach neu errichtet. 1140 erstmals urk. erwähnt, waren die Besitzer die Herren von Zell (bis 1617), dann Tattenbach (bis 1821) und anschließend die Familie Arco (bis 1945). Das sehr gut restaurierte Schloß beherbergt ein Landes-Bildungszentrum.
E: Land Oberösterreich
Lit: *Dehio, 387;*
Hille, 332 f

Zellhof, Schloßruine

BH *Freistadt*
G *Bad Zell*
KG *Brawinkl*
Von der einst großen Anlage ist nun nur mehr das Wohngebäude erhalten. Ein dreigeschoßiger Baublock mit Kratzputzverzierungen. Auch der Wirtschaftstrakt mit der ehem. Kapelle ist noch teilweise erhalten. Der Rest ist Ruine oder abgetragen. 1303 erstmals urk. erwähnt, war Zellhof im Besitz der Zeller (auch Zellhofer genannt), später der Greisenegg und der Jörger (bis 1631). Diese bauten es um 1620 zu einem prächtigen Schloß mit Freitreppe aus. Als später der Jörgersche Verwaltungssitz nach → Prandegg verlegt wurde, verfiel das Schloß. Die Scherffenberg und die Salburg folgten den Jörgern als Besitzer. In den erhaltenen Teilen sind heute zehn Eigentumswohnungen untergebracht, deren Bewohner auch die gesamte Anlage des Schlosses anteilsmäßig besitzen.
E: Diverse
Lit: *Dehio, 388;*
Grüll I, 135 ff;
Sekker, 349 f

Zwickledt, Edelsitz

BH *Schärding*
G *Wernstein am Inn*
KG *Zwickledt*
Schlichter einstöckiger Bau mit aufgesetztem Türmchen und bescheidener Innenausstattung. 1567 wird Leonhard Schmelzing als Besitzer des Edelsitzes urk. erwähnt, in dessen Familie Zwickledt 300 Jahre blieb. 1906 kaufte der Vater von Alfred Kubin, des bedeutenden Zeichners, Schloß Zwickledt. Kubin lebte hier bis zu seinem Tod (20. 8. 1959). In dem sehr gut erhaltenen Edelsitz ist heute die Alfred-Kubin-Gedächtnisstätte, mit Sterbezimmer, einer Bibliothek mit 5500 Bänden usw., untergebracht.
E: Seit 1962
Land Oberösterreich
Lit: *Grabherr, 96 f;*
Hille, 335

SALZBURG

Schloß Anif

A

Aigen, Schloß
G *Salzburg, Schwarzenbergpromenade 42*
Ein dreistöckiger Bau (in der Mitte vierstöckig) mit Turm, klassizistischer Fassade, Wirtschaftsgebäude; in einem Park gelegen, der urspr. bis zu den Abhängen des Gaisberges reichte. 1402 wird Aigen als Besitz des Domkapitels urk. erwähnt und ist anschließend im Eigentum der Familien Christalnikh (1564), Pranckh (1649), Lodron (1788) und Schwarzenberg (1804). In dem sehr gepflegten Schloß bzw. in den Nebengebäuden sind eine Fremdenpension und ein gastronomischer Betrieb eingerichtet.
E: Fam. Revertera-Salandra
Lit: *Dehio, 672; ÖKT, XI, 10ff*

Anif, Schloß
BH *Salzburg-Umgebung*
G und **KG** *Anif*, **B** 269
In einem herrlichen Park mit großem Teich gelegenes Schloß, nach der Art der englischen Schlössergotik umgebaut (1838–48), ist es heute der früheste neugotische Bau in Österreich. Um 1400 erstmals urk. erwähnt. Schloß Anif war Sommersitz der Bischöfe von Chiemsee, später im Besitz der Grafen Arco, seit 1893 im Eigentum der Grafen von Moy. Anif, mit seiner vollendeten Einrichtung (die aus der Zeit des Umbaues stammt), ist ein typisches Beispiel für die zarte romantische Form der frühen Neugotik. Der heutige Besitzer ist selbst Kunsthistoriker und betreut das Schloß mit größtem Verständnis.
E: DDr. Johannes Graf Moy
Lit: *Dehio, 15f*

Arenberg, Schloß
G *Salzburg, Arenbergstraße 8*
Ein sechsachsiger, dreistöckiger Bau mit langer Front, Mittelrisalit mit Giebel, Balkon mit Glasfenstern, Kapelle an der Rückseite. Im 14. Jh. von Max von Keutzl erbaut, war das Schloß im Besitz der Familien von Pirgelstein (daher auch der Flurname „Pürglstein", 1527), von Ritz, Rehlingen, des Erzbischofs J. E. Thun und der Ursulinen. Das Schloß brannte im Jahr 1814 ab und wurde wiederaufgebaut.
E: Land Salzburg
Lit: *Dehio, 623f; ÖKT, XIII, 246f*

B

Badeschloß, Schloß
BH *St. Johann im Pongau*
G und **KG** *Badgastein*
Das Schloß, welches an dominierender Stelle oberhalb des Ortes liegt, hat seinen urspr. Charakter weitgehend verloren, nachdem es 1857 bis zum ersten Stock abgetragen und anschließend wiederaufgebaut wurde. Erhalten ist das klassizistische Serpentintor mit Inschrift aus 1794. Erbaut wurde das Badeschloß 1791 nach einem Entwurf des Wolfgang Hagenauer. Seit vielen Jahrzehnten dient es als Kuranstalt.
E: Republik Österreich
Lit: *Dehio, 26f*

Barbaraspital, Ansitz
BH, G und **KG** *Tamsweg*
Einstöckiges Gebäude mit angebauter Kapelle; Fenster mit Kratzputz und Rustika; Walmdach. 1485 erstmals erwähnt, brannte das Haus 1485 und 1495 ab, war dann Spital der Gewerken des Lungaus und bis 1962 Altersheim der Gemeinde Tamsweg. Heute ist in dem Haus das Lungauer Heimatmuseum untergebracht. Schwerpunkte der Sammlungen sind:

bäuerliche Möbel und Geräte, Waffen, Ausgrabungen aus der Römerzeit.
E: Marktgemeinde Tamsweg
Lit: *Dehio, 427*

Blühnbach, Schloß
BH *St. Johann im Pongau*
G *Werfen*
KG *Sulzau*
Langgestreckter zweigeschoßiger Bau mit Eckrisaliten und neugotischer Kapelle mit wertvoller Einrichtung. Das ehemalige erzbischöfliche Schloß wurde 1603–07 erbaut und 1910 unter seinem damaligen Besitzer, Thronfolger Erzherzog Franz Ferdinand, umgebaut (das zweite Stockwerk wurde aufgesetzt). Nach seiner Ermordung in Sarajevo 1914 wurde das Schloß samt prachtvollem Forstbesitz an die Fam. Krupp verkauft. Kurz vor Sarajevo erlegte der passionierte Jäger Franz Ferdinand im Blühnbacher Revier eine weiße Gemse, wonach der alte Jägeraberglaube, daß die Erlegung von weißem Wild Unglück bringe, neue, makabre Bestätigung erfuhr. Im Jahre 1974 wurde der große Forstbesitz an die Österr. Bundesforste verkauft.
E: Frederick R. Koch
Lit: *Dehio, 53; Zaisb., 48 ff*

Blumenstein, Ansitz
G *Salzburg, Pausingerstraße 6*
Reizvoller zweistöckiger Ansitz mit historischer Fassade (wiederhergestellt), gewölbten Räumen mit Säulen, gutem Mobiliar, Öfen, Familienporträts. 1635 genannt, war Blumenstein der ehem. Gutshof Münchhausen des Stiftes St. Peter. Besitzer waren die Fürberg, Bürgermeister Kellenberger, Fam. Eder (1647), Kuenburg (1742), Salm (1805) und dann McCaffry. In dem gepflegten Ansitz ist ein Museum für Trachtenstoffe und Druckmodel (rund 2000 Stück) untergebracht.
E: Seit 1956 Fam. Jordis

Böckstein, Schloß
BH *St. Johann im Pongau*
G *Badgastein*
KG *Böckstein*
Ein im 19. Jh. von der Fam. Czernin-Chudeniz erbautes Jagdschloß, das als Sommer- und Feriensitz der Besitzer und deren Jagdpächter dient. Dieses Jagdschloß, das in die späten Schaffensjahre Josef Wessickens fällt, eines Friedrich von Schmidts-Mitarbeiters, zeigt in seiner Verbindung von altdeutschen und englischen Elementen und der Mischung von Burg- und Landhauscharakter nationalromantische Züge. Da es sich um einen Wiederaufbau nach einem Brand handelt, kann nicht genau gesagt werden, wieweit sich Wessicken an den Altbestand angepaßt hat.
E: Fam. Czernin-Kinsky
Lit: *Achleitner, Bd. 1, 219*

Brennhof, Ansitz
BH *St. Johann im Pongau*
G und **KG** *Werfen*
Hof mit Laubengängen, schönes Portal, marmornes Doppelwappen aus 1565; der ehem. Renaissancecharakter des Hofes ist bis in unsere Zeit erhalten worden. Erzbischof Kuen-Belasy ließ 1561-65 den Brennhof in Werfen erbauen; im 19. Jh. wurde der Hof als Bräuhaus verwendet. 1912 war Erzherzog Eugen Besitzer des Ansitzes Brennhof. Heute sind in der Anlage Geschäftslokale sowie Kanzleien der Marktge-

meinde untergebracht.
E: Seit 1925 Marktgemeinde Werfen
Lit: *Dehio, 490*

C

Colloredo – Sudhaus (ehem.), Ansitz
BH, G und **KG**
Hallein
Klassizistischer Bau mit zwei niedrigen Türmen an der Westseite und einem Marmorwappen des Erzbischofs Hieronymus Colloredo (1772–1803) an der Ostseite. Die aus 1798 stammende Anlage wurde in den letzten Jahren restauriert und ist Sitz mehrerer Betriebe.
E: Helmut Lumpi
Lit: *Dehio, 152*

D

Doktorschlößl, Schloß (Radaun)
G *Salzburg, Glaserstraße 7*
Der rechteckige zweistöckige Bau mit Schopfwalmdach, vier sechseckige Ecktürmchen. Im Hof je drei Arkadenbögen im Parterre und im ersten Stock auf kurzen Steinsäulen. 1116 urk. erwähnt: „Hof zu Glas" im Besitz des Klosters Nonnberg; 1412 im Besitz der Fam. Perwein, 1451 der Fam. Frieseneger, 1670 Franz Mayr (und dessen Gattin Johanna Solari), ein „Hochfürstlicher Medicus", seither wahrscheinlich auch dieser Name „Doktorschlößl". 1879 erfolgte der Umbau in die heutige Bauform. Das Schloß ist heute Hotelpension.
E: Fam. Gmachl

Dorfheim, Schloß
BH *Zell am See*
G *Saalfelden am Steinernen Meer*
KG *Lichtenberg*
Ein rechteckiger dreigeschoßiger Bau mit auf Konsolen ruhenden Ecktürmen. 1484 urk. erwähnt, waren die Besitzer Hunt von Dorf, die Familien Savioli, Lürzer und Hartl (seit 1912). Eine Brandkatastrophe 1902 vernichtete Dachstühle, Holzdecken und Täfelungen. Im Erdgeschoß des Schlosses ist ein gastgewerblicher Betrieb untergebracht.
E: Herta Scheiber
Lit: *Dehio, 334*

E

Edmundsberg, Ansitz
G *Salzburg, Mönchsberg 2a*
Rechteckiges Gebäude mit Pyramidendach und Laterne oberhalb des Festspielhauses auf dem Mönchsberg. Abt Edmund Sinnhuber von St. Peter ließ 1696 Schloß Edmundsberg erbauen. Eines der Nebengebäude wurde 1902/03 errichtet, in dem sich seit 1961 der Sitz des „Internationalen Forschungszentrums für Grundfragen der Wissenschaften" befindet.
E: Universität Salzburg

Einödberg, Schloß
BH *Zell am See*
G *Mittersill*
KG *Spielbichl*
Kleine schloßartige Anlage mit zwei Türmchen; die heutige Form stammt aus dem 16. Jh. Urk. wird Einödberg im 15. Jh. erstmals erwähnt; Besitzer waren Hund von Einödberg (1645), verschiedene adelige Eigentümer und ab 1780 bäuerliche Besitzer. Die Anlage ist heute Wohnobjekt.
E: Anna Innerhofer
Lit: *Dehio, 256 f; Zaisb., 110 ff*

Elsenheim, Schloß
G *Salzburg, Arenbergstraße 35*
Dieses in der Arenbergstraße liegende Schloß hat ein schmales, hohes Hauptgebäude aus dem 17. Jh., Stuckdecken aus dem frühen 18. Jh. sowie ein Nebengebäude aus dem späten 18. Jh. Das

Schloß war ehemals ein „Baron Rehlingischer Fideikommißbesitz".
E: Fam. Thyssen

Emsburg, Schloß
G *Salzburg, Hellbrunner Allee 52*
Ein über einen quadratischen Grundriß dreigeschoßig aufgeführter Bau mit quadratischem Treppenturm an der Westseite. Zum Tor an der Ostseite führen beiderseits Rampen empor. Im Flur gibt es Bildnisse der Komture des Ruperti-Ritterordens aus der Zeit 1713–1803. Die heutige Form des Schlosses stammt aus 1618.
E: Kongregation der Halleiner Schulschwestern

Emslieb, Schloß
G *Salzburg, Hellbrunner Allee 65*
Ziergiebel und zwei Seitenrisalite charakterisieren dieses Schloß in der Hellbrunner Allee. Erbaut 1618, wurde das Schloß Ende des 18. Jh.s umgebaut und im 19. Jh. neu fassadiert.
E: Elisabeth Wokaun

F

Farmach, Schloß
BH *Zell am See*
G *Saalfelden am Steinernen Meer*
KG *Farmach*
Viergeschoßiger Bau, langgestreckte Fassade, Erker, Laubengänge mit Spitz- und Rundbogen. 1339 wird Farmach erstmals erwähnt, mit Jans von Farmach als Besitzer; es folgten die Familien Zehentner und von Rehlingen als Eigentümer. 1960/61 wurde der Anbau eines neuen, mit dem Altbau verbundenen Traktes durchgeführt und für ein Altersheim adaptiert.
E: Seit 1902 Gemeinde Saalfelden
Lit: *Dehio, 332*

Felberturm, Burg
→ Turm in Mittersill, Burg

Finstergrün, Burg
BH *Tamsweg*
G und **KG** *Ramingstein*
Um 1900 wurde die Ruine Finstergrün (im 12. Jh. urk. erwähnt, im Besitz der Landesfürsten; 1841 durch Brand zerstört), von Sándor Graf Szapáry gekauft und durch den italienischen Architekten Simon in eine Wohnburg im Stil des 13. Jh.s umgestaltet. Ital. Steinmetze bearbeiteten dabei gewaltige Massen an Steinmauerwerk. Durch die letzte private Besitzerin, die Witwe nach Sándor Szapáry, erhielt diese Burg eine schönere Ausgestaltung mit schmiedeeisernen Beschlägen, Türschlössern und Toren. Burg Finstergrün wird in den Sommermonaten als Jugendferienheim geführt.
E: Evangelisches Jugendwerk Österreichs
Lit: *Dehio, 317*

Finstergrün, Burgruine
BH *Tamsweg*
G und **KG** *Ramingstein*
Die Ruine, Bestandteil von Burg Finstergrün, besteht aus dem fünfeckigen Bergfried und dem Palas. Die ehem. „Ramenstein" wird 1181 genannt, war zuerst in landesfürstlichem, dann in erzbischöflichem Besitz (ab dem 15. Jh.). Burgpfleger war das Geschlecht der Mosheimer, ab dem 16. Jh. die Kuenburg. 1594 wurde die St.-Helena-Kapelle erbaut; 1827 gelangte die Burg in fürstlich Schwarzenbergschen Besitz. Am 18. Juli 1841 zerstörte ein furchtbarer Brand die

Burg. Etwa 40 Wohnhäuser, 14 Bauerngehöfte und 700 Hektar Wald brannten mit ab.
E: Evangelisches Jugendwerk Österreichs
Lit: *Dehio, 317; Zaisb., 58 ff*

Fischhorn, Schloß
BH *Zell am See*
G *Bruck an der Glocknerstraße*
KG *Hundsdorf*
Mächtiges Schloß, in einem großen Park gelegen; 1233 wird Ulrich von Fischhorn auf dem Schloß Fischhorn urk. erwähnt; 1270–1806 war das Schloß im Besitz der Bischöfe von Chiemsee. 1863–66 erfolgte ein neugotischer Umbau durch Dombaumeister Friedrich Schmidt. 1920 durch Brand zerstört; beim Wiederaufbau wurden die Türme in alter Form wiederhergestellt. Unter den Eigentümern waren die Familien Gildemeister und Klein.
E: Familien Medem, Alminara u. Ferreyros
Lit: *Dehio, 60; Zaisb., 87 ff*

Flederbach, Schloß
G *Salzburg, Rettenpacherstraße 8*
Ein rechteckiges vierstöckiges Schloß mit vier sechsseitigen Türmchen mit Schindeldach; Stiegen, Gänge und ein Raum im Erdgeschoß sind gewölbt. Im Park befindet sich eine Waldkapelle. Die Besitzer von Flederbach waren Friedrich Zändl (1360), Kaspar Lowburg (1477), F. von Oberhausen (1673–1803) und Erzherzog Heinrich Toskana (1912).
E: Fam. Habsburg-Lothringen
Lit: *ÖKT, XI, 440 f*

Freisaal, Schloß
G *Salzburg, Freisaalweg 31*
Das im Jahr 1549 neu erbaute Wasserschloß wurde außen stark erneuert. Das Fresko im Saal, das den Einzug des Erzbischofs Michael von Kuenburg vom Schloß in die Stadt zeigt, stammt vermutlich von einem Mitglied der Malerfamilie Bocksperger, 1557/58.
E: Fam. Kendler

Fronburg, Schloß
G *Salzburg, Hellbrunner Allee 53*
Rechteckiger dreigeschoßiger Bau, der Mittelrisalit mit Volutengiebel. Im Erdgeschoß durchlaufender mittlerer Flur, darüber ebensolcher flach gedeckter Saal, seitlich davon die Zimmer. Das gepflegte Schloß wurde um 1670 erbaut und war lange Zeit im Besitz der Familie Kuenburg. Im Schloß ist ein Studentenheim untergebracht.
E: Republik Österreich

Fuscherhaus
→ Turm in Zell am See

Fuschl, Ansitz
BH *Salzburg–Umgebung*
G und **KG** *Fuschl am See*
Ein gepflegter zweistöckiger Ansitz mit schmiedeeisernen Fensterkörben (im Sommer mit prächtigem Blumenschmuck). Der auf der Straße von Fuschl nach Bad Ischl gelegene Bau wurde im 19. Jh. ausgebaut.
E: Theresia Hoyos

Fuschl, Schloß
BH *Salzburg-Umgebung*
G *Hof bei Salzburg*
KG *Hof*
Quadratisches turmartiges Gebäude mit Erker. Das ehemals erzbischöfliche Jagdschloß wurde im 16. Jh. umgebaut, war 1865–1938 im Besitz der Familie von Remitz, anschließend bis 1945 im Eigentum der Fam. Ribbentrop, dann bis 1978 im Besitz des Generalkonsuls Adolf Vogel; 1950–55 wurde das einst schlichte Schloß als Luxushotel adaptiert und

genießt seither einen weltweiten Ruf.
E: Max-Grundig-Stiftung (BRD)
Lit: *Dehio, 169 f*

G

Gartenau, Schloß
BH und **G** *Hallein*
KG *Taxach*
Mehrstöckiges Hauptgebäude, Glockentürmchen, vorgelagerten Rundtürmen und Innenhof. 1286 wird ein Bau, der nicht mit dem heutigen Schloß ident ist, genannt; 1570 kaufte Jakob Kuen-Belasy das Schloß und brachte es in die heutige Form. Eine Marmortafel aus 1570 gibt Zeugnis vom damaligen Schloßherrn. Spätere Eigentümer waren der Freiherr von Ritz, die Familie Rehlingen, Berndt (1848) und seit dem Jahr 1864 Dr. Leube.
E: Gebrüder Leube
Lit: *Dehio, 156 ff*

Gasthofgut, Ansitz (ehem. Propstei)
BH *St. Johann im Pongau*
G *Eben im Pongau*
KG *Gasthof*
Die ehemalige Urbarpropstei des Klosters Admont wurde 1074 erstmals urk. erwähnt. Die Wappenfresken am Getreidekasten zeigen die Jahreszahlen 1557 und 1772 sowie die Wappen der Grafen von Schernberg und Kuenburg und des Erzbischofs Colloredo. Der Ansitz gehörte früher der Fam. Anselmi.
E: Republik Österreich
Lit: *Dehio, 76 f*

Glanegg, Schloß
BH *Salzburg-Umgebung*
G *Grödig*
KG *Glanegg*
Auf einem Hügel gelegener, hoher würfelförmiger Bau, heute fünfstöckig, mit steilem Satteldach, Halle mit schöner Säule, mit Untersberger Marmor verkleideten Türen und Toren sowie geschmackvoller Einrichtung. Unterhalb des Schlosses liegt ein großer Meierhof mit einem Wappen des Erzbischofes Firmian (1727–44). Zwischen dem Schloß und dem Meierhof wurde 1928 ein Kapellenneubau errichtet. Vermutlich schon 901 gab es einen wehrhaften Turm (zur Zeit der Ungarnkriege). Urk. wird Glanegg 1350 erwähnt (in erzbischöflichem Besitz); Erzbischof Dietmar befestigte die Anlage, Erzbischof Leonhard von Keutschach baute sie aus (1495). Weiterer Besitzer war die Familie Arco (1848). Der heutige Eigentümer hält durch kunstverständige Erhaltungsarbeiten und sorgsame Pflege das Schloß in einem vorzüglichen Zustand.
E: Dipl.-Ing. Friedrich Mayr-Melnhof
Lit: *Dehio, 129*

Goldegg, Schloß
BH *St. Johann im Pongau*
G und **KG** *Goldegg*
Mächtige Anlage mit Palas und unregelmäßigem Hof, Wappensaal mit Holzdecke und 137 Wappen (1536) nach der Quaterionentheorie, Zimmer mit einer Holzkonstruktion und Wandmalereien (biblische Szenen und Falkenbeize). Im 12. Jh. werden die Goldegger als Besitzer genannt; 1400 ist Haug von Goldegg Besitzer und letzter Sproß der Familie. Nach dem Aussterben der Goldegger gelangte das Schloß in den Besitz der Familie von Frundsberg. 1455 verkaufte Ulrich von Frundsberg seine Besitzungen in Salzburg und in Tirol und zog in die deutsche Stadt Mindelheim, wo später sein Sohn Georg, der berühmte Landsknecht-

führer, geboren wurde. Weitere Besitzer des Schlosses waren Kuen-Belasy (1612), Max O'Donell (1859), die Grafen Gaalen (1874–1959) und die Erzdiözese Salzburg (1959–72). In dem sehr gut gehaltenen Schloß (1979/80 wurde es großzügig restauriert) sind heute ein gastgewerblicher Betrieb und ein Heimatmuseum (die „Nora von Watteck-Sammlung") untergebracht.
E: Gemeinde Goldegg
Lit: *Dehio, 116f*

Goldenstein, Burg
BH *Salzburg-Umgebung*
G *Elsbethen*
KG *Aigen II*
Fünfstöckiger Bau mit hohem Dachstuhl, rechteckigem Hof, Türmchen, tiefem Brunnen, wertvollem Inventar (Fußböden aus rotem Adneter Marmor, einem Paramentenschrank, 16 Bilder von Franz Xaver König 1757), schöne Kapelle aus 1600. In der Nähe dieser vermutlichen Römersiedlung wird die Burg im 15. Jh. erstmals urk. erwähnt. Als Besitzer gelten die Haunsperger, die Riebeisen, die Alt, die Rehlingen, die Kurz (von Goldenstein) und das Stift St. Peter. Die heutigen Eigentümer führen in der sehr gut gehaltenen Burg eine Hauptschule mit Internat.
E: Seit 1877 Augustiner Ordensfrauen
Lit: *Dehio, 83f; ÖKT, XI, 52ff*

Golling, Schloß
BH *Hallein*
G und **KG** *Golling an der Salzach*
Schmuckloser mittelalterlicher Bau mit kleinem Hof und Kapelle mit Rokokoaltar (1760). Der Südflügel stammt aus 1846. Das Schloß, das um 700 erstmals urk. erwähnt wird, war bis 1923 Gerichtssitz. Im Schloß ist ein Museum untergebracht.
E: Finanzlandesdirektion Salzburg
Lit: *Dehio, 122f*

Gressing-Haus
→ Rathaus in Tamsweg

Grimmingschloß, Schloß (Lederer-Mandl-Haus, Lebzelterhaus)
BH, G und **KG** *Tamsweg*
Dreigeschoßiger Bau mit durchgehend gewölbtem Parterre; der ehemalige Rittersaal mit Kassettendecke wurde 1940 in mehrere Räume unterteilt, unter Verlust von Decken (heute im Museum Tamsweg) und Türen. 1430 wird das Grimmingschloß urk. erwähnt; Besitzer waren einst die Mooshammer (1480–1600), die Herren von Grimming (1600–1717) und ab 1720 verschiedene Lederer-Familien. Während im Jahr 1956 die Gerberei aufgelassen wurde, wurde der Lederwarenhandel von den Eigentümern nach wie vor betrieben.
E: Richard Kössler

Grubhof, Schloß
BH *Zell am See*
G und **KG** *St. Martin bei Lofer*
Die heutige Form stammt von einem Umbau zur Jahrhundertwende und gleicht mehr einer großen Villa mit Erkern, Balkonen und Türmchen. Der alte „Sitz zu Grub" wird 1300 erstmals urk. genannt, mit Gebhard von Velben als Besitzer; 1537 erwarb Ludwig Ritz (→ Ritzenschloß in Saalfelden) Grubhof, in dessen Familienbesitz es bis 1708 verblieb. Es folgten dann die Familien Motzl, Imhof und Faistauer (der berühmte Salzburger Maler Anton Faistauer wurde im Schloß geboren) sowie die Familien Spitzy, Wolff und Schandl.

E: Alpenbau Ges.m.b.H.
Lit: *Zaisb., 131 f*

Gutrathberg, Burgruine
BH und **G** *Hallein*
KG *Taxach*
Von der Burg sind heute nur noch Mauerreste vorhanden. Die Burgruine liegt hoch über der Bundesstraße zwischen Hallein und Salzburg, unmittelbar an der österreichisch-bayerischen Grenze.
E: Margarete Barta

H

Haunsberg, Burgruine
BH *Salzburg-Umgebung*
G *Nußdorf am Haunsberg*
KG *Weitwörth*
Es sind nur spärliche Reste einer mittelalterlichen Burganlage erhalten.
E: Gemeinde Nußdorf am Haunsberg
Lit: *Dehio, 281*

Haunsperg, Schloß
BH *Hallein*
G *Oberalm*
KG *Oberalm I*
Hochragender dreigeschoßiger Bau mit zwei Türmen mit Schindelhelmen, Arkaden, Kapelle, Fresken (1959 entdeckt) und Stuckarbeiten aus dem 18. Jh. Im 14. Jh. erstmals urk. erwähnt, wurde das Schloß im Bauernkrieg 1526 zerstört und 1630 wiederaufgebaut. 1960 wurde es mit modernem Komfort ausgestattet und wird seither als Nobelhotel geführt.
E: Dr. Emmerich-Gernerth-Mautner Markhof
Lit: *Dehio, 284 f*

Heiss-Haus, Ansitz
BH *Tamsweg*
G *St. Michael*
KG *St. Martin*
Ein längliches zweigeschoßiges Haus mit Walmdach. Ein Zimmer mit Täfelungen befindet sich im ersten Stock. Ursprünglich der Zehenthof des Klosters Sankt Lambrecht in der Steiermark, wird der Ansitz 1478 im Besitz der Gewerken Heiss erwähnt. Eine Inschrift aus 1545 läßt auf einen Umbau schließen; bis 1838 verblieb das Haus im Besitz der Familie Heiss. 1925 wurde es durch Brand zerstört und bei der Wiedererrichtung verändert. Die typisch lungauische Rustikabemalung an der Fassade wurde nach der Freilegung im Jahr 1975 erneuert.
E: Dr. Gerhard Plöchl

Hellbrunn, Schloß (Lustschloß)
G *Salzburg, Morzgerstraße 91*
Eine Allee mit altem Baumbestand führt von der Stadt Salzburg zum Eingangstor. Ein kleines Schloß mit Ehrenhof, zweigeschoßig mit zwei turmartigen Risaliten an den Schmalseiten, einer vorgelagerten Freitreppe mit unterhalb liegender Brunnengrotte. Im linken Nebenflügel neueingerichtete Kapelle mit Holzaltar, aus der Zeit Wolf Dietrichs. Im Festsaal und im anschließenden Oktogon mit Kuppel (Musiksaal) die Temperawandmalereien mit mehreren zeitgenössischen Gesellschaftsszenen und allegorischen Figuren in architektonischer Rahmung von Arsenio Mascagni. In einem Zimmer gemalte chinesische Papiertapeten (um 1720) und im Speisesaal ein bunter Salzburger Fayenceofen von Friedrich Strobl (1608–14). Im Park verschiedene Grotten, zwei „Theater", Brunnen, das „Mechanische Theater" (durch Wasser angetriebene Marionetten, 1750), das „Fasanenhaus" (jetzige Schloßrestauration, diente ehem. zur Überwinte-

rung seltener Vogelarten), „Monatsschloß" (1615, es beherbergt das Salzburger Volkskundemuseum) und am östlichen Fuße des Berges das „Felsentheater" (das erste Freilichttheater nördlich der Alpen) sowie der berühmte Tiergarten Hellbrunn. Dombaumeister Santino Solari erbaute für Erzbischof Markus Sittikus 1613–19 dieses berühmte Salzburger Schloß. In Hellbrunn finden kulturelle Veranstaltungen statt.

E: Stadt Salzburg

Lit: *Dehio, 676 ff*

Herrnau, Schloß

G *Salzburg, Eschenbachgasse 21*

Ein typisches, etwas abseits der Hellbrunner Allee gelegenes Salzburger Landschloß mit drei Geschoßen, hohem Walmdach, Treppenturm, vorspringendem Risalit und gewölbten Räumen im Erdgeschoß. 1631 von Philip Vermeulen erbaut, war Herrnau ab 1685 im Besitz des Jakob Perger, 1741 in dem des Christian von Rall (am Treppenturm ist das Wappen dieser Familie angebracht), der Schloß Herrnau durch Umbau seine heutige Form gab. Weitere Besitzer waren: Kurfürst Ferdinand (1805), Kuenburg (1846), Hohenlohe und Lippe.

E: Fam. Clary-Aldringen

Lit: *Dehio, 682; ÖKT, XI, 420 f*

Heuberg, Schloß

BH *Zell am See*

G *Bruck an der Glocknerstraße*

KG *St. Georgen*

Nach den Bränden 1669 und 1900 wurde das Schloß in vereinfachter Form wieder aufgebaut; im Osten des Baues befindet sich die Kapelle mit barockem Altar und geschnitzten Figuren des Kitzbüheler Bildhauers Benedikt Faistenberger. 1106–1803 befand sich dieses Schloß im Besitz des Hochstiftes Berchtesgaden und war Amtshof der Fürstpropstei.

E: Seit 1970 Ferdinand Porsche

Lit: *Dehio, 339 f*

Hieburg, Burgruine

BH *Zell am See*

G *Neukirchen am Großvenediger*

KG *Rosenthal*

Erhalten sind der in die Ringmauer eingebundene, romantische Bergfried und Reste der Kapelle. 1292 urk. erwähnt, war die Burg im Besitz der Velber, der Albener (1409); sie wurde 1544 durch einen Brand zerstört und wieder aufgebaut; es folgten Törring und Kuenburg als Eigentümer. 1661 fiel die Hieburg neuerlich einer Brandkatastrophe zum Opfer und ist seither im Verfall begriffen.

E: Fam. Khuenburg

Lit: *Dehio, 266 f; Zaisb., 114 ff*

Höch, Schloß

BH *St. Johann im Pongau*

G *Flachau*

KG *Höch*

Im Obergeschoß eine Halle mit Säulen, Holzportal, Renaissancetüren, Kassettendecken sowie Öfen. In der Kapelle ein Altar aus 1657. Die Herren von Höch waren die ersten Besitzer (13. Jh.—1392), es folgte die Familie Kölderer (1392–1608); 1648 wurde der Ausbau eines zweiten Flügels vorgenommen. Seit 1657 waren die Grafen Plaz Eigentümer des Schlosses.

E: Seit 1987 Familie Rohrmoser

Lit: *Dehio, 102*

Hochneukirchen, Schloß

BH *Zell am See*

G *Neukirchen am Großvenediger*

KG *Neukirchen*

Unregelmäßiger langge-

streckter Bau mit Erker, dessen heutige Form aus dem 16. Jahrh. stammt. Hochneukirchen wurde im 13. Jh. urk. erwähnt, war bis 1547 im Besitz der Herren von Neukirchen; anschließend waren die Grafen Kuenburg Eigentümer (bis 1850). Im gut erhaltenen Schloß befindet sich heute ein Altenheim mit Gemeindespital.
E: Gemeinde Neukirchen am Großvenediger
Lit: *Dehio, 266; Zaisb., 112 ff*

Hohensalzburg, Burg (Festung)
G *Salzburg,* **BT** 19
Die noch heute vollständig im alten Zustand befindliche Festung ist die zentralste und wichtigste Burg des Erzstiftes Salzburg. Das Wahrzeichen der Stadt ist die von jeder Seite schöne Silhouette. Sie ist für das Stadtbild und die ganze Salzburger Ebene von beherrschender Bedeutung. Die einzelnen Bauten sind nüchtern und wuchtig, der Schmuck besteht meist nur in Wappensteinen, besonders denen des Erzbischofs Leonhard von Keutschach. Riesige Feuerbastei von 1681, Schüttkasten von 1484 im unteren Burghof, mit neuerer, gotisierender Fassade. Im oberen Hof Zisterne von 1539 und die spätgotische St.-Georgs-Kapelle von 1501, mit drei klassizistischen Marmoraltären von 1776 (mit Bildern des Frans de Neve, um 1670) und einem außen angebrachten Relief des „segnenden Erzbischofs Leonhard mit zwei Leviten" (1515), dem Hans Valkenauer zugeschrieben. Westlich der Kapelle der älteste Teil des Palas, mit einer eigenen Ringmauer umgeben. Drei Sperrbögen, Bürgermeistertor, dem Keutschacher-Bogen, Roßpforte, Zeughaus, Arrestantenturm. Im Inneren: Steinwappen von Paris Lodron, spätromanische Fresken (1979 aufgefunden), Fürstenzimmer, Goldene Stube, berühmter Kachelofen von 1501 (das bedeutendste Werk spätgotischer Hafnerkunst), der „Salzburger Stier" (in einem Erker eingebautes Hornwerk von 1502), Freiorgel, „Erzherzog-Rainer-Regimentsmuseum". Hohensalzburg wurde 1077 während des Investiturstreites erbaut; erster Bau romanischer Palas mit Ringmauern, Umbauten 1480–84, Palas, 1681 Bau einer Kuenburg-Bastei, 1951–81 statische Absicherung. Bis 1803 war die Burg Sitz der Erzbischöfe. Heute ist die Festung als Museum Besuchern zugänglich.
E: Republik Österreich
Lit: *Dehio, 519 ff*

Hohenwerfen, Burg
BH *St. Johann im Pongau*
G und **KG** *Werfen,* **BT** 17
Wichtigste Landburg neben der Feste Hohensalzburg. Besonders bemerkenswert sind die Lage (hoch über Werfen, an der Tauernautobahn) und die Architektur der Burg. Eine große Anlage mit Vorburg, Hauptburg, Palas, Zwinger, Wallerturm, Salzachturm, Fallturm, Kapelle, Zeughaus und großem Burghof. Das wertvolle Inventar wurde bei einem Brand 1931 zum größten Teil vernichtet. Anno 1077 wurde Hohenwerfen erbaut, 1526 während des Bauernkrieges zerstört, anschließend wieder errichtet und verstärkt. Bis 1892 war die Burg in landesfürstlichem Besitz, dann bis 1938 im Eigentum Erzherzog Eugens. Nach dem Zweiten Weltkrieg waren eine Gendarmerieschule und eine Jugendherberge in dieser

Burg untergebracht. Für die gut erhaltene Anlage, die teilweise zu besichtigen ist, wird ein neuer Verwendungszweck gesucht.
E: Land Salzburg
Lit: *Dehio, 487 ff; Zaisb., 44 ff*

Hüttenstein, Schloß
BH *Salzburg-Umgebung*
G *St. Gilgen*
KG *Winkl*
In der Nähe des heutigen Schlosses stand eine Burg, die im Jahr 1326 von Erzbischof Friedrich III. von Leibnitz erworben wurde. Das auf einem Hügel liegende Schloß, mit achteckigen Ecktürmen, den Spitzbogenfenstern, Zinnen und Türmchen, wurde 1843 in neugotischem Stil umgebaut (angeblicher Baubeginn 1564/65). Die Eigentümer waren dann die Fürstin Wrede (1817) sowie die Familie Franck (1884) und die Familie Wünschek-Dreher.
E: Robert Wimmer
Lit: *Dehio, 351 f*

K

Kahlsperg, Schloß
→ Kalsperg, Schloß

Kaiserburg, Schloß
→ Kaiserhof, Schloß

Kaiserhof, Schloß (Kaiserburg)
G *Salzburg, Hellbrunner Allee 48*
Dreigeschoßiger Bau mit Walmdach, schlichtem Äußeren, Terrasse mit Steinbalustrade, eine Tormauer mit Pfeilern. 1689 im Besitz des Domherrn Graf Martinic, 1706 der Fam. Thun-Hohenstein, 1830 Freiherr von Rehlingen, 1854 Kuenburg sowie 1904 Imhof.
E: Seit 1929 Familie Ledochowski
Lit: *Dehio, 682; ÖKT, XI, 421 f*

Kalsperg, Schloß (Kahlsperg)
BH *Hallein*
G *Oberalm*
KG *Oberalm I*
Dreigeschoßiger rechteckiger Bau mit Türmchen an den Ecken. Das sehr gepflegte Schloß stammt aus dem 16. und 17. Jh. und wird als Altenpension geführt.
E: Kongregation der Schulschwestern von Hallein
Lit: *Dehio, 285 f*

Kammer, Schloß
BH *Zell am See*
G und **KG** *Maishofen*
Einfacher Bau, von einer Wehrmauer mit Schießtürmchen umgeben, mit Rundbogenportal, schönem Gewölbe und Kapelle (die beiden Statuen des hl. Rupert und des hl. Virgil wurden 1864 von der Schloßkapelle in die Pfarrkirche Maishofen gebracht. Im Jahr 1582 wurde Kammer von Kuen-Belasy gekauft und zu einem prächtigen Ansitz ausgebaut. 1711 brannte das Schloß ab, 1722–1811 im Besitz der Bischöfe von Chiemsee, wurde es 1812 von Fam. Neumayr erworben. Der Gasthof im Schloß ist beliebtes Ausflugsziel.
E: Seit 1812 Familie Neumayr
Lit: *Dehio, 214*

Kaprun, Burgruine
BH *Zell am See*
G und **KG** *Kaprun*
Sechsgeschoßiger Bergfried und Wohngebäude, von einer hohen Mauer umgeben. Neben der Ruine befindet sich eine barockisierte Kapelle zum hl. Jakob (1562 urk. erwähnt), welche 1943 schwer beschädigt und 1960 wieder instand gesetzt wurde. Die anno 1287 urk. erwähnte Burg wurde als erzbischöfliches Lehen an die Urpinzgauer Familien der Herren von Walchen sowie Felben vergeben. Im Bauernkrieg 1526 zerstört, anschließend wie-

deraufgebaut, wurde Kaprun ab 1480 bis Anfang des 17. Jh.s Sitz des erzbischöflichen Pflegers. Nach Verlegung der Pflegschaft nach Zell am See seit dem 18. Jh. in Verfall. 1812 von der bayerischen Regierung versteigert, erwarb die Burg 1893 Fürstin Sophie Löwenstein und 1921 Heinrich Gildemeister, der Besitzer der Herrschaft Fischhorn. 1945 wurden auch die letzten Dächer entfernt. Nach Durchführung von Sicherungs- und Renovierungsarbeiten (Beginn 1976) wurde darin ein Kulturzentrum eingerichtet.
E: Burgverein Kaprun
Lit: *Dehio, 181*

Kasten, Wohnturm
BH *St. Johann im Pongau*
G und **KG** *Bischofshofen*
Ein turmartiges Gebäude mit spätromanischen Fenstern, neben der Pfarrkirche gelegen. Der vermutlich aus dem 13. Jh. stammende Bau war Wohnturm der Bischöfe von Chiemsee. Heute wird der Turm als Lagerraum für verschiedene Güter verwendet.
E: Fam. Wicker
Lit: *Dehio, 51*

Klammstein, Burgruine
BH *St. Johann im Pongau*
G *Dorfgastein*
KG *Klammstein*
Von der ehem. Burg, die am Eingang des Gasteinertales liegt, ist heute nur noch der Turm erhalten. Nach Zerstörung des Daches durch einen Sturm wurde ein neuer Dachaufbau aufgesetzt. 1250 wird Klammstein, im Besitz der Goldegger, erstmals urk. erwähnt; von 1327 bis ins 16. Jh. war die Burg in erzbischöflichem Besitz. Später war Klammstein Gerichtssitz, im Eigentum des Staates und der Österreichischen Bundesforste. Die Burgruine beherbergt heute ein Museum und ein Kaffeerestaurant.
E: Adolf Ferner
Lit: *Dehio, 71*

Klausegg, Burgruine
BH und **G** *Tamsweg*
KG *Seethal*
Viergeschoßiger Bau auf rechteckigem Grundriß mit sehr starken Mauern, drei Räumen und tiefen Fensternischen. Die Umfassungsmauer ist verfallen. Urk. wird Klausegg als landesfürstlicher Besitz im 14. Jh. erwähnt; Pfleger waren Wulfing von Moosham (1354) und Christoph von Thannhausen (1533).
E: Johann Macheiner
Lit: *Dehio, 405*

Kleßheim, Schloß
BH *Salzburg-Umgebung*
G *Wals-Siezenheim*
KG *Siezenheim I*
Hauptfassade mit zurückspringenden Seitenflügeln, Auffahrtsrampe mit liegenden Hirschen, den Wappentieren des Erbauers Erzbischof Firmian. In beiden Geschoßen je eine Halle, im ersten Stock eine umlaufende Galerie für ein Orchester. Stuckarbeiten von Paolo d'Allio und Diego Francesco Carlone. Neben dem prächtigen Schloß liegt im großzügigen Park das sogenannte „Hoyos-Haus", benannt nach dem Adjutanten Erzherzog Ludwig Viktors. 1700–09 erbaute Johann Bernhard Fischer von Erlach Schloß Kleßheim, der Bau wurde erst 1732 vollendet. Der zuerst erzbischöfliche Besitz war ab 1866 Wohnschloß Erzherzog Ludwig Viktors. Die prächtige Anlage ist heute Gästehaus des Landes Salzburg und dient fallweise ausländischen Staatsoberhäuptern als Wohnsitz.

E: Seit 1921 Land Salzburg
Lit: *Dehio, 407 ff*

Knappenhaus
→ Rathaus in Tamsweg

Kniepaßsperre, ehem. Bergfestung
BH *Zell am See*
G *Unken*
KG *Gföll*
Gemauertes Wachthaus mit steilem Schindeldach; das Wappen Erzbischofs Paris Lodron ist erhalten. Viele historische Funde aus dem 9. und 10. Jh. wurden hier gemacht. 1350 wurde die Festung „Chnipoz" genannt, 1614 die Straße über den Paß neu angelegt und 1646 errichtete man eine tonnengewölbte Straßendurchfahrt. 1809, während der Befreiungskriege, fanden am Kniepaß schwere Kämpfe statt. Seit damals ist die Sperre ohne Funktion. Das Wachthaus wurde zu einem Museum umgestaltet.
E: Republik Österreich
Lit: *Zaisb., 143 ff*

Küenburg, Schloß
BH, G und **KG** *Tamsweg*
Das Schloß entstand durch die Vereinigung mehrerer Bürgerhäuser am Hauptplatz von Tamsweg; schönes Portal mit schmiedeeisernem Wappen der Familien Khuenburg-Rollingen; im ersten Stock Ansichten von Tamsweg, Mauterndorf und Finstergrün. 1556 wird Christoph Khuenburg, Pfleger von Moosham, als Besitzer des Schlosses erwähnt. Die Familie Khuenburg verkaufte es 1954 an die Marktgemeinde Tamsweg. Das sehr gepflegte Schloß beherbergt heute eine Bibliothek und Vereinsräume.
E: Seit 1954 Marktgemeinde Tamsweg
Lit: *Dehio, 432 f*

L

Labach, Schloß (Lambach, Labenbach)
BH *Zell am See*
G und **KG** *Stuhlfelden*
Wuchtiger dreigeschoßiger Bau ohne eine besondere Charakteristik, mit schmuckloser Fassade, Kapelle aus dem 16. Jh. und einem Wandschrank aus dem 17. Jh. 1352 urk. erwähnt, war das Schloß fast ausschließlich im Besitz bäuerlicher Familien, wie z. B. der Köll, der Welser und der Perger.
E: Ferdinand Steinberger
Lit: *Dehio, 421*

Labenbach, Schloß
→ Labach, Schloß

Lambach, Schloß
→ Labach, Schloß

Lasseregg, Schloß
BH *Salzburg-Umgebung*
G und **KG** *Anif*
Rechteckiger einstöckiger Bau mit Zeltdach und Steinportal, tonnengewölbten Räumen mit roten Marmorsäulen im Erdgeschoß und Wappensteinen aus rotem Marmor (1511 und 1596, mit Familiengeschichte). 1418 wird das Schloß erstmals genannt; Ruprecht Lasser (1513), die Familien Walcher (16. Jh.), Kuefstein, Lassberg waren die Besitzer. Lasseregg wurde in den letzten Jahren renoviert.
E: Fam. Wallner

Lebzelterhaus
→ Grimmingschloß, Schloß

Lederer-Mandl-Haus
→ Grimmingschloß, Schloß

Lederwasch-Haus
→ Rathaus in Tamsweg

Leopoldskron, Schloß
G *Salzburg, Leopoldskronstraße 66*
Ein rechteckiger viergeschoßiger Rokokopalast

mit Mittelrisalit, über zwei Stockwerke reichender Festsaal und Kapelle (mit Stuckmarmor und Stukkaturen von Kleber, Braun von Wessobrunn und Lindenthaler und Gemälden von Troger, Rensi und Ebner, um 1740). 1736 erbaute Erzbischof Leopold Anton das Schloß für seine Familie, die Grafen Firmian, durch Pater Stuart (ein Schottenbenediktiner). Der dritte Stock wurde Ende des 18. Jh.s ausgebaut. Ab 1828 gab es oftmaligen Besitzerwechsel; ihm fiel die berühmte Gemäldesammlung und Malergalerie des Grafen Laktanz Firmian zum Opfer. 1918–38 im Besitz von Max Reinhardt, der das Schloß stilgerecht einrichtete. Im großzügigen Park gibt es eine Statue des hl. Johannes Nepomuk von Josef Anton Pfaffinger (1736).
E: Seit 1958 Gesellschaft „Salzburg Seminar for American Studies"
Lit: *Dehio, 686 ff*

Lerchen, Schloß
BH *St. Johann im Pongau*
G und **KG** *Radstadt*
Dreigeschoßiger, durch Umbauten stark veränderter Ansitz, mit dem Wappen des Erzbischofs Hieronymus Colloredo (1779) am Erker. 1270–84 urk. erwähnt, wurde das Schloß 1526 durch Brand zerstört und 1530 im Besitz der Fam. Wilpenhofer, wiederaufgebaut. Ursprüngl. diente Schloß Lerchen als Amtshaus für den erzbischöflichen Wald- und Wildhüter. In dieser gut gehaltenen Anlage wurde eine Entbindungsstation untergebracht.
E: Seit 1939 Stadtgemeinde Radstadt
Lit: *Dehio, 312 f*

Lichtenau, Schloß
BH *Zell am See*
G und **KG** *Stuhlfelden*
Ein rechteckiger viergeschoßiger Bau mit heute fünf Türmchen (ehemals sechs), die mit Spitzhelmen bedeckt sind, und einem Kielbogentor aus 1563. Das Dachgeschoß des hohen Walmdaches wurde zu Wohnzwecken ausgebaut. 1506 erbaute Rosenberg das Schloß; weitere Besitzer waren: Törring, Kuen-Belasy, der 1624 Lichtenau zu seiner heutigen Form ausbaute, die Landesfürsten bis 1811, Plappart (1902), die christlichen Schulbrüder (1930) sowie das evang. Pfarramt Stuhlfelden (bis 1978). In dem sehr gepflegten Schloß sind ein Ferienheim und ein Schulzentrum eingerichtet.
E: Gemeindeamt Stuhlfelden
Lit: *Dehio, 421*

Lichtenberg, Schloß
BH *Zell am See*
G *Saalfelden am Steinernen Meer*
KG *Lichtenberg*
Vierstöckige Trakte umschließen unregelmäßig einen romantischen Hof. Der Turm im Süden überragt das Schloß; Hof mit Brunnen, Sonnenuhr und Jahreszahl 1556. 1287 wird Lichtenberg urk. erwähnt; seit dem 13. Jh. war es Sitz des erzbischöflichen Pflegers (für gewöhnlich aus dem Salzburger Adel stammend); 1803 erfolgte die Säkularisierung und 1872 ersteigerte Familie Weiß von Teßbach vom Ärar das Schloß.
E: Familien Ortner und Weiß-Teßbach
Lit: *Dehio, 331 f*

Lieferinger Schloßbauerngut, Ansitz
G *Salzburg, Lieferinger Hauptstraße 86*
Der 1463 urk. erwähnte Ansitz wurde 1606 umgebaut und in neuerer

Zeit stark verändert. Schöne Kapelle zur hl. Anna (1606) mit gegiebelter Front und Dachreiter, tonnengewölbt, mit Rokokostukkaturen aus der Mitte des 18. Jh.s.
E: Käthe Unger

M

Mattsee, Schloß (Burgruine)
BH *Salzburg-Umgebung*
G und **KG** *Mattsee*
Auf einem Hügel östlich des Stiftes gelegen, ist von der Anlage heute nur noch der südliche, zweigeschoßige Trakt erhalten. Die unterhalb liegende Hoftaverne zeigt eine Wappentafel des Erzbischofs Michael Graf von Kuenburg (1558). 1189 wird Schloß Mattsee erstmals urk. erwähnt; zuerst war es dem Stift Passau zugehörig, seit 1398 bei Salzburg. Ab 1807 unter bayerischer Herrschaft, dann an verschiedene Private verkauft und nachfolgend teilweise abgerissen. Das Schloß dient als Heimatmuseum und Musikerheim.
E: Marktgemeinde Mattsee
Lit: *Dehio, 236*

Mauer, Schloß
BH *St. Johann im Pongau*
G und **KG** *Radstadt*
Dreistöckiges Gebäude mit Walmdach, Mittelerker, Ringmauer mit zwei Türmen (ehemals vier), angebautem Wirtschaftsgebäude, gewölbter Eingangshalle und Kassettendecken im Inneren. 1350 wird Jakob von Mauer als Besitzer urk. erwähnt (in der Kirche von Maria Pfarr im Lungau befindet sich der Grabstein Wolfgang von Mauers aus 1536), die Grafen Schernberg folgten als Eigentümer; 1640 gelangte das Schloß in den Besitz des Domkapitels, 1865 wurde es durch Brand teilweise zerstört.
E: Dr. Peter Wagenbichler
Lit: *Dehio, 313*

Mauterndorf, Burg
BH *Tamsweg,* **BT** 18
G und **KG** *Mauterndorf*
Bergfried, Palas, Wohnturm mit sechs Stockwerken, zwei Burghöfe, Kapellentrakt, Arkadengang, alte Küche, Zwinger, Zisterne, Zugbrücke, doppelte Befestigung; Kapelle mit Fresko aus dem 14. Jh. und gotischem Flügelaltar, herrliche Paramente, darunter Kaseln mit hl. Rupert und hl. Virgil (1510, 1519). 1253 wird Mauterndorf erstmals genannt, als das Salzburger Domkapitel von Papst Innozenz IV. die Berechtigung für den Bau einer Burg zum Schutz seiner ausgedehnten Besitzungen im Lungau erhält. 1339 wird die Kapelleneinweihung urk. erwähnt. Im 16. Jh. größere Umbauten an der Anlage durchgeführt. Bis 1816 im Besitz des Salzburger Domkapitels. Im 19. Jh. verfiel Burg Mauterndorf und wurde so zur Ruine erklärt. 1894–1904 wurden der Wiederaufbau und die vorzügliche Restaurierung durch Dr. Hermann Epenstein von Mauternburg vorgenommen. 1938 gelangte Mauterndorf im Erbweg in den Besitz Hermann Görings; 1945 deutsches Eigentum. Ein Landschaftsmuseum und ein gastgewerblicher Betrieb sind in der Burg untergebracht, die ihren Namen von einer Mautstelle her führt. 1982 wurde nach Adaptierung das Lungauer Kulturzentrum eröffnet.
E: Land Salzburg
Lit: *Dehio, 243 f*

Mirabell, Schloß
G *Salzburg*
Klassizistische Fassade, Monumentaltreppe aus Marmor mit anmutigen Statuen von Raphael Donner, ein Marmorsaal, Lustgarten mit Pegasus, „Zwergerlgarten", Naturtheater mit Hecken, Gartenskulpturen nach Johann Bernhard Fischer von Erlach. Das Schloß wurde unter Erzbischof Wolf Dietrich für Salome Alt im Jahr 1606 erbaut (hieß urspr. „Altenau"). 1721–27 durch Lukas von Hildebrandt umgebaut; nach einem Brand 1818 erfolgte der Wiederaufbau nach Plänen von Peter Nobile. Unter Erzbischof Johann Ernst Graf Thun erfolgte die Umgestaltung der Gartenanlagen. Bis 1950 war Mirabell auch Wohnsitz des Präsidenten der Salzburger Festspiele (Heinrich Pouthon). Heute sind im Schloß die Dienstwohnung des Bürgermeisters von Salzburg sowie verschiedene Abteilungen der Stadtverwaltung untergebracht.
E: Stadt Salzburg
Lit: *Dehio, 632 ff*

Mittersill, Schloß
BH *Zell am See*
G *Mittersill*
KG *Markt Mittersill*
Hauptgebäude (ehem. Palas), eine nach Süden gegen das Tal hin nur durch einen Wehrgang geschlossene Hufeisenform von Gebäuden, die an der Westseite von zwei mächtigen Rundtürmen flankiert werden. Im 12. Jh. werden die Grafen von Lechsgemünd als die Besitzer genannt. Später nannten sie sich Grafen von „Mitersele"; 1526 wurde das Schloß im Bauernkrieg zerstört und anschließend wiederaufgebaut; immer wieder zerstörten Brände das Schloß: 1555, 1597 und 1938. Weitere Besitzer waren dann die Erzbischöfe (1228–1885), Architekt Kaiser, Clary (1910), Baron Pantz (Sport- und Shooting-Club, 1953–67). Ein Studentenheim, Tagungsräume und ein Hotel (MINAG) sind heute im Schloß untergebracht.
E: Internationaler Evang. Studentenbund Vaduz
Lit: *Dehio, 256; Zaisb., 105 ff*

Montfort, Schloß (Montforterhof)
G *Salzburg, Montforterweg 10*
Zwei im rechten Winkel zueinander errichtete Trakte mit Fensterverputzrahmen im Obergeschoß. Ende des 18. Jh.s wurde der Montforterhof als Jagdschloß neu fassadiert. 1334 wird der Bau als „Golserhof" urk. erwähnt; Maria Anna Gräfin von Montfort erwarb das Schloß 1699.
E: DDr. Johannes Graf Moy
Lit: *Dehio, 681*

Montforterhof, Schloß
→ Montfort, Schloß

Moosham, Burg
BH *Tamsweg*
G *Unternberg*
KG *Voidersdorf*
Die Anlage besteht aus dem Oberen und dem Unteren Schloß, mit dem wehrhaften Palas, Schießscharten, barocker Kapelle (einst gotisch) mit den Fresken von G. Lederwasch, gotischen Glasfenstern und Holzskulpturen; einer Gerichtsstube, Wagensammlung, Waffenarsenal, der Folterkammer, der Trinkstube, dem „Schörgentoni-Sagen-Zimmer", den volkskundlichen Sammlun-

gen, Holzplafonds und Vertäfelungen; gute Öfen aus 1490 und 1550, Schlafzimmer mit Bett aus 1570, Jagdzimmer, Fürstenzimmer usw. Burg Moosham wurde 1191 in der Nähe der einstigen Römersiedlung erbaut und war bis 1285 im Besitz der Herren von Mosheim; anschließend gelangte die Anlage in erzbischöfliches Eigentum (bis 1788) und wurde später Sitz des Pfleggerichtes. 1886 erwarb Hans Graf Wilczek die Burg durch Kauf und ließ die Restaurierung dieser bereits verfallenen Anlage durchführen. Ursprüngl. wollte er nur die Mittelsäule des „gotischen Zimmers" erwerben und sie in die Burg → Kreuzenstein (Niederösterreich) versetzen. Da der damalige Besitzer jedoch die Säule nicht verkaufen wollte, erwarb Wilczek kurzerhand das ganze Schloß. Ein interessantes Burgmuseum und eine Jausenstation sind heute in der Burg eingerichtet.
E: Johann Wilczek
Lit: *Dehio, 458 ff*

N

Neudegg, Schloß
G *Salzburg, Nonntaler Hauptstraße 51*
Ein rechteckiges viergeschoßiges Gebäude mit fünf Achsen und einfach gerahmten Fenstern. Im dritten Stock ein reich ausgestatteter Saal mit Stuckreliefs, Medaillons, Stuck und Malerei aus dem 17. Jh. Im Park eine frei stehende Kapelle mit kleinen Dachreitern. Die Besitzer der ehem. „Klosterbleiche" waren Niklas Venediger (1460–1495), Jakob Strasser (1556), Familie Fraysauff (1648), Familie von Wolfstein (1849–1935).
E: Fam. Meran
Lit: *ÖKT, XIII, 288*

Neuhaus, Schloß
G *Salzburg, Kühbergstraße 1*
Ein zinnenbekröntes Gebäude mit halbrundem Treppenturm, Terrasse, Loggia; im 19. Jh. wurde Neuhaus in neugotischem Stil umgestaltet. 1219 wird das Schloß erstmals genannt, anno 1424 durch den Erzbischof Eberhard umgebaut; 1508–1697 war es Sitz eines Pfleggerichts. 1795 kam Neuhaus in den Besitz des Diplomaten Franz Lodron, ab 1851 im Eigentum des Grafen Thun (Oswald Graf Thun ließ das Schloß 1851 umbauen) und bis 1970 der Grafen Dubsky. Das gut erhaltene Schloß dient Wohnzwecken.
E: Fam. Topic-Mimara
Lit: *Dehio, 666 f; ÖKT, XI, 94 f*

Niederrain, Ansitz
BH *Tamsweg*
G und **KG** *Maria Pfarr*
Ein zweigeschoßiges Gebäude mit fünf Fensterachsen; vorkragendes, niederes Dachgeschoß in der Mittelachse mit Pyramidendach. Am 31. 10. 1536 wird Kaspar Gryming als Besitzer urk. genannt. 1539 war Christoph Horner, Pfleger in Mauterndorf, der Besitzer (Wappen am Portal), anschließend folgte wieder die Fam. Grimming (bis 1669). Weitere Besitzer waren Seefeldner (1771) sowie Erenreich (1782).
E: Fam. Lassacher
Lit: *Dehio, 224*

O

Oberrain, Schloß
BH *Zell am See*
G und **KG** *Unken*
Dreigeschoßiger Bau mit hohem Walmdach; Südfassade mit turmartigem

Vorbau mit spitzem Zeltdach. Im obersten Geschoß eine Loggia hinter einem Doppelbogen mit Mittelsäule. Urk. wird Oberrain im 14. Jh. erwähnt, die heutige Form des Schlosses stammt aus dem 19. Jh. Das Schloß hieß ehemals „Seidlgut" und hatte eine Gasthofkonzession („Taverne"). Nach einem oftmaligen Besitzerwechsel gelangte Oberrain um 1900 in das Eigentum des Johann Schmidtmann aus Schmalkalden, der auch Besitzer des Schlosses Grubhof bei Lofer war. 1923 übernahm dessen Tochter Florence von Poser das Schloß. 1940–45 war Oberrain in deutschem Besitz und wurde nach Ende des Zweiten Weltkrieges an die Familie von Poser rückerstattet. 1956 adaptierte man das Schloß zu einem Kindererholungsheim.

E: Seit 1956 Landesregierung Salzburg

Lit: *Zaisb., 145 f*

P

Pfongau, Schloß

BH *Salzburg-Umgebung*

G *Neumarkt am Wallersee*

KG *Neumarkt-Land*

Rechteckiges einstöckiges Gebäude mit Mansardendach, acht Fenstern, Rundbogentür, Schlußstein mit Maske, schönem Deckenstuck, Decken- und Wandgemälde (1770), Uiberacker-Wappen und Kachelöfen. Im Besitz der Fam. Öder wird Schloß Pfongau erstmals 1441 erwähnt. Weitere Eigentümer waren Jakob Rainer von Pfongau, die Erzherzöge von Österreich (1596 wurde Christian Riedler von Kaiser Rudolf II. mit Pfongau belehnt), die Familien Uiberacker (bis 1873) und Zauner. Die heutige Anlage stammt aus dem 18. Jh.

E: Fam. Kästner

Lit: *Dehio, 272*

Plain, Burgruine

BH *Salzburg-Umgebung*

G und **KG** *Großgmain*

Heute sind von der auf einem bewaldeten Hügel gelegenen Anlage nur noch spärliche Reste erhalten: der äußere Burghof, das Unterlager der Zufahrtsbrücke und der Torturm, weiters eine Marmorwappentafel von Erzbischof Max Gandolf Kuenburg aus 1674. Um 1100 erstmals urk. erwähnt, war die Burg bis 1260 Stammburg der Grafen von Plain. Ab 1275 im Besitz der Erzbischöfe, die Pfleger einsetzten. 1594 verfiel die Burg zum erstenmal, 1674 wurde die Anlage wieder bewohnbar gemacht und im 18. Jh. endgültig dem Verfall preisgegeben. Bekanntes Ausflugsziel.

E: Elisabeth Bauer

Lit: *Dehio, 135; ÖKT, XI, 152 ff*

Prielau, Schloß

BH *Zell am See*

G und **KG** *Maishofen*

Typischer Salzburger Ansitz, dreigeschoßig mit Walmdach, Türme mit Zeltdächern, ehem. Kapelle mit Resten von Fresken, Räume mit Vertäfelungen und Kassettendecken. 1560 wurde Prielau von Christof Perner von Rettenwört erbaut. 1598–1722 war das Schloß im Besitz der Familie Kuen-Belasy, 1722–1806 waren die Bischöfe von Chiemsee die Eigentümer. Das sehr gut erhaltene Schloß gehörte einst der Familie von Hofmannsthal, den Nachkommen des berühmten Dichters. Heute ist eine Fremdenpension im Schloß untergebracht.

E: Jetil-Stiftung

Lit: *Dehio, 304*

Puchstein, Schloß
BH *Hallein*
G *Puch bei Hallein*
KG *Thurnberg*
Würfelförmiger Bau mit Grabendach, ohne Verputz, aus dem 15./16. Jh. stammend.
E: Familien Brunnauer, Ziller, Schartner, Fend, Holztrattner, Gimpl und Eibl
Lit: *Dehio, 306*

R

Radaun, Schloß
→ Doktorschlößl

Radeck, Schloß
→ Radegg, Schloß

Radegg, Schloß (Radeck)
BH *Salzburg-Umgebung*
G und **KG** *Bergheim*
Heute ist von dem Schloß nur mehr ein einfacher zweigeschoßiger Bau mit Walmdach vorhanden; daneben die Kapelle zum hl. Johannes dem Täufer (1516 geweiht) mit Resten der Toranlage. Die im 13. Jh. urk. erwähnte Burg war zuerst Besitz der Herren von Radeck, später des Erzbistums (1334), des Hans Prazl (der den Umbau durchführen ließ), der Freiherren von Rehlingen; diese ließen 1670 die Anlage weitestgehend erneuern. 1685 erwarb der Salzburger Domherr Franz Anton von Königsegg (Wappen über der Tür) das Schloß. 1713 wurde Radegg mitsamt der Herrschaft an die Salzburger Universität verkauft. Ab 1808 beginnender Verfall.
E: Anton Fuchs
Lit: *Dehio, 39 f*

Rathaus in Tamsweg (Gressing-Haus, Knappenhaus, Lederwasch-Haus)
BH, G und **KG** *Tamsweg*
Ein spätgotischer Ansitz mit Gratgewölben, geschnitzter Balkendecke sowie Tür- und Fenstergewänden. An der Fassade wurden 1958 Malereien freigelegt, die vermutlich von Lederwasch stammen. 1452 wird das Haus erstmals genannt. Danach mehrmaliger Besitzerwechsel. Das Gemeindeamt Tamsweg ist heute in dem sehr gut erhaltenen Ansitz untergebracht.
E: Seit 1896 Marktgemeinde Tamsweg
Lit: *Dehio, 433*

Rauchenbichlhof, Ansitz
G *Salzburg, Linzer Bundesstraße 1*
Einstöckiges Gebäude mit hohem Schindelwalmdach, schmiedeeisernem Tor von 1762, mit Loggia und Hof. Das Gebäude wird 1434 erstmals genannt, war 1547 im Besitz der Familie Alt, 1811 der Familie Rauchenbichler, im Jahre 1831 der Victorine Freiin von Wolfsberg und Schönauer, 1906 der Familie Mayr (Bruder des Sängers Richard Mayr).
E: Seit 1939 Familie Kapsreiter

Residenz (ehem. erzbischöfliche), Schloß
G *Salzburg, Residenzplatz 1*
Die Palastanlage im Zentrum der Stadt besteht aus vier Trakten, drei Höfen und dem sogenannten „Residenz-Neugebäude“ (Mozartplatz 1). Der Haupthof mit 13 Prunkräumen, die mit Deckengemälden und Deckenbildern des Johann Michael Rottmayr und des Martin Altomonte ausgestattet sind. Die Residenz war der urspr. Wohnsitz von den reichsunmittelbaren Fürsterzbischöfen. Wahrscheinlich wurde um 1120 ein Bischofshof an dieser Stelle errichtet. Die Gebäude in ihrem heutigen Zustand wurden im späten 16. und

17. Jh. erbaut (unter Einbeziehung von mittelalterlichen Bauteilen). Im 19. Jh. war die Residenz zeitweise Wohnsitz von Mitgliedern des Kaiserhauses (bis 1918). Heute sind in dem Palast die Residenzgalerie (Gemäldesammlung des Landes Salzburg), Teile der Universität sowie Repräsentationsräume untergebracht.
E: Land Salzburg
Lit: *Dehio, 576 ff*

Ritzen, Schloß (ehem. Burg)
BH *Zell am See*
G *Saalfelden am Steinernen Meer*
KG *Bergham*
Das heutige Schloß ist eigentlich nur ein Nebentrakt der ehemaligen Burganlage. Ein dreigeschoßiger Bau, der heute das Saalfeldener Heimatmuseum beherbergt. Urk. wird die Anlage 1339 erwähnt; Konrad Grafenberger, Hunt zu Dorfheim und Ramseiden, die Familie Ritz (1603–1752), die Familie Rohrmoser (1937) waren die Besitzer.
E: Marktgemeinde Saalfelden
Lit: *Zaisb., 129 f*

Rosenberg, Schloß
BH, G und **KG**
Zell am See
Ein typisches Pinzgauer Schlößchen mit drei Stockwerken, fünf Türmen, wovon einer ein erkerartiger Rundturm ist. Einige Zimmer sind mit getäfelten Holzdecken ausgestattet. Auf alten Ansichten überragt das bauliche Kleinod alle übrigen Häuser von Zell. 1583 von den Brüdern Hans und Karl Rosenberger erbaut, war es im Besitz der Kuen-Belasy (1585), der Landesfürsten (1685), des Piesendorfer Wirtes Josef Anton Jud (1700) und ab dem Jahr 1801 des österreichischen Staates. Heute ist das Rathaus der Stadt im Schloß untergebracht.
E: Stadt Zell am See
Lit: *Dehio, 503*

Rupertihof, Schloß
G *Salzburg, Morzgerstraße 31*
In einem prächtigen Park gelegener zweistöckiger Bau mit Barockportal, Eingangshalle, Wappenstein der Familie Martinic und Statue des hl. Rupert. Die Besitzer des ehemaligen „Lasserhof" waren die Familie Dückher von Haslau (1666; Franz Dückher von Haslau verfaßte eine umfangreiche Salzburger Chronik), Domherr Graf Martinic (1677; er war auch der Besitzer von Schloß → Kaiserhof), der Hauptmann Andre (1699), Rupert Freiherr von Imhof (1867). Im sehr gepflegten Schloß ist heute ein Hotel mit Restaurant eingerichtet.
E: Herr Steinbacher (Stadtbaumeister)

S

Saalhof, Schloß
BH *Zell am See*
G *Maishofen*
KG *Atzing*
Typischer Salzburger Ansitz, zweistöckig, mit vier Ecktürmen. Über dem Portal befindet sich ein Wappen aus rotem Marmor, von den Familien Aman-Grimming. Im ersten Stock ein Raum mit Türportal, Wandvertäfelung sowie Kassettendecke. 1296 urkundl. erwähnt, war Schloß Saalhof zuerst in erzbischöflichem Besitz; 1444 wurde Oswald Eisenstang urk. als der Besitzer genannt. Christoph Aman, Pfleger zu Taxenbach, brachte 1606 das Schloß in seine heutige Form.
E: Seit 1874 Familie Schattbauer/Erben Fam. Rieder

Lit: *Dehio, 506*

Salinen-Amtsgebäude, Ansitz
BH, G und **KG** *Hallein*
In dem Gebäude, in dem heute das Keltenmuseum der Stadt Hallein untergebracht ist, sind vor allem die drei Fürstenzimmer (aus 1654) mit tapetenartig bemalter Leinwandbespannung und den in gemalten Rokokorahmen befindlichen Szenen (73 Stück) aus dem Salinenbetrieb erwähnenswert. Diese Gemälde, die Benedikt Werkstätter 1757 schuf, wurden 1949–51 restauriert.
E: Stadtgemeinde Hallein
Lit: *Dehio, 146*

St. Jakob am Thurn, Burg
BH *Hallein*
G *Puch bei Hallein*
KG *Thurn*
Fünfstöckiger Turm mit Pyramidendach (im Kern aus dem 12. Jh.) mit angebautem dreigeschoßigem Seitentrakt. Bis 1674 war die Burg im Besitz der Familie Thurn, dann bis 1924 im Eigentum der Grafen von Plaz: Joseph Anton Graf von Plaz war durch 53 Jahre Kommandant des Salzburger Rupertiordens, nahm an 36 Schlachten gegen die Türken und die Franzosen teil und starb als Feldzeugmeister in seiner Burg im Alter von 90 Jahren. 1953 Restaurierung der Burg.
E: Fam. Corbould-Platz

Schanze und Wachthaus Neumarkt
BH *Salzburg-Umgebung*
G *Neumarkt am Wallersee*
KG *Neumarkt-Markt*
Beim Eingang zum Kirchenplatz liegen die Schanze und das Wachthaus, mit Wappen und Inschrift aus 1639.
E: Schanze: Marktgemeinde, Wachthaus: Pfarrgemeinde Neumarkt
Lit: *Dehio, 269*

Schernberg, Schloß
BH *St. Johann im Pongau*
G *Schwarzach im Pongau*
KG *Schwarzach I*
Dreistöckiger Bau mit Kapelle, darüber ein neugotisches Türmchen. Reste der Umfassungsmauer mit niedrigen Türmen. Innenhof angeblich einst mit Arkadengalerie. 1193 erstmals genannt, wurde Schernberg 1542 umgebaut und 1845 durch Kardinal Friedrich Schwarzenberg zu einem Versorgungshaus umgestaltet. Bis zu ihrem Aussterben 1668 waren die Schernberger Besitzer dieses Schlosses, dann die Familie Schwarzenberg und heute die „Kongregation der Barmherzigen Schwestern vom hl. Vinzenz von Paul" die in dem gut erhaltenen Schloß eine psychiatrische Anstalt führt.
E: Kongregation der Barmherzigen Schwestern vom hl. Vinzenz von Paul
Lit: *Dehio, 393*

Seeburg, Schloß
BH *Salzburg-Umgebung*
G *Seekirchen am Wallersee*
KG *Seewalchen*
Ein regelmäßiger rechteckiger dreistöckiger Bau mit Mansardendach, einer Wehrmauer mit Türmen an den vier Ecken, einem Kapellenbau (im Südwesten aus 1758) und einem Wirtschaftsgebäude. Die Kapelle ist mit Rokokostuck und Deckenfresko ausgestattet. Das Altarbild stammt von Gennaro Basile (1758). 1150 wird Gerbot von Seewalchen auf Seeburg urk. genannt, die weiteren Besitzer waren die Dachsberg (15. Jh.), die Haunsperg (1617), die

Pranckh (1647–1723) und die Familie Lodron (1752). In Schloß Seeburg sind heute ein Museum, ein Kindergarten und Amtsräume untergebracht.
E: Seekirchen Markt und Seekirchen Land
Lit: *Dehio, 401*

Sieghartstein, Schloß
→ Sighartstein, Schloß

Sighartstein, Schloß (Sieghartstein)
BH *Salzburg-Umgebung*
G *Neumarkt am Wallersee*
KG *Neumarkt-Land*
Ein kastenförmiger dreistöckiger Bau mit Zugbrücke, Graben und Kapellenanbau. Das Schloß in seiner heutigen Form stammt aus 1714. In den Innenräumen Stuckplafonds, Öfen und Kamine (1750), Familienporträts, Rüstungen, ein Harnisch und ein Kettenhemd aus dem 15. Jh., Holztartschen (Schilder) aus 1522, Hellebarden und Gewehre mit Uiberacker-Wappen, Hakenbüchsen, Haubitze mit Lafette. Schöne Fensterkörbe und eine steinerne Treppe. 1297 wird Eckhart von der Tanne als Besitzer von Sighartstein erstmals genannt, 1372 gelangte es dann in erzbischöflichen Besitz. 1972 wurde in einem gewölbten Raum des sehr gut erhaltenen Schlosses das Archiv neu angelegt (mit Urkunden, die bis in das 13. Jh. zurückreichen). In den Sommermonaten wird in Teilen des Schlosses eine Fremdenpension betrieben.
E: Seit 1442 Familie Uiberacker (heute Pálffy-Uiberacker)
Lit: *Dehio, 272*

Söllheim, Schloß
BH *Salzburg-Umgebung*
G *Hallwang*
KG *Söllheim*
Dreigeschoßiger Bau mit Mansardendach und barocken Fenstern. Im 12. Jh. urk. erwähnt, 1576 Besitz des Erzbistums; 1684 wurden das Schloß, das Wirtschaftsgebäude und die Kapelle von Johann Kaufmann errichtet. Neben dem Schloß liegt das berühmte Gasthaus „Pfefferschiff", dessen Name angeblich von einem Handelsschiff stammt, das Pfeffer und Gewürze aus Ostindien bringen sollte, verschollen war und durch Johann Kaufmann wieder gefunden wurde (nach seinem Gelübde ließ er die Antoniuskapelle errichten). Das Schloß ist heute Wohnobjekt.
E: Fam. Ledochowski-Thurn/Erben
Lit: *Dehio, 161*

Stieger-Schlößl, Ansitz
BH *Zell am See*
G und **KG** *Maishofen*
Einfacher Salzburger Ansitz mit Erker und Fenstergitter aus dem Jahre 1839. 1700–1818 im Besitz der Familie Stieger, dann der Familie Dick.
E: Fridolin Engels

T

Tandalier, Schloß
BH *St. Johann im Pongau*
G *Radstadt*
KG *Schwemmberg*
Dreistöckiger Bau mit Walmdach, vier Ecktürmen, zweigeschoßigen Arkaden an der Südseite. 1537 wird Tandalier erwähnt (wurde auch „Gut Sulzberg" genannt); es war im Besitz der Familie Tandalier; das 1569 umgebaute Schloß war anschließend im Eigentum der Grafen Schernberg (bis 1611), dann folgte oftmaliger Besitzerwechsel. Heute ist im Schloß ein Bundesschullandheim untergebracht.
E: Seit 1930 Bundesministerium für Unterricht
Lit: *Dehio, 313*

Taubstummenanstalt, Schloß
G *Salzburg, Lehener Straße 1–3*
Der ehem. „Gschwendtner", später „Lürzer Hof" ist ein stark erneuertes Gebäude mit eingebautem Ostturm, dessen Baudaten unbekannt sind. Kassettierte Stuckdecken mit Perlstabeinfassung aus der ersten Hälfte des 17. Jh.s. Über zwei Türen Lünettengitter um 1680. Stuckierte Türaufbauten und Erker mit Stuckdecke aus dem frühen 18. Jh. Die Hauskapelle im Neubau mit Altar aus der Mitte des 18. Jh.s.
E: Land Salzburg

Taxenbach, Burgruine
BH *Zell am See*
G und **KG** *Taxenbach*
Heute sind nur mehr Mauerreste der ehem. Ringmauer erhalten. Am Burghügel wurde in den letzten Jahren ein moderner Wohnbau errichtet. Die Burg wurde um 1325 durch das Erzbistum erbaut und war anschließend Sitz des erzbischöflichen Pfleggerichts. Im Jahr 1526 schwer beschädigt (Bauernkrieg), 1673 durch ein Erdbeben zerstört und 1690 durchgreifend saniert; 1768 wurde das Pfleggericht in ein Gebäude im Markt verlegt. Nach einem Brand 1872 begann die Burg zu verfallen.
E: Georg Höpflinger
Lit: *Dehio, 438*

Thürndl, Burgruine
BH, G und **KG** *Hallein*
Reste der ehem. Stadtbefestigung, hoch über der Stadt Hallein und nahe der österreichisch-bayerischen Grenze gelegen.
E: Stadt Hallein
Lit: *Dehio, 140 f*

Thurnhaus
→ Turm in Zell am See

Thurnhof, Ansitz (Thurnschlößl)
BH *St. Johann im Pongau*
G *Flachau*
KG *Feuersang*
Ein zweistöckiges turmartiges Gebäude mit abgewalmtem Satteldach, Rauchküche und Tramdecken. 1160 wird Heinrich von Flachau als Besitzer genannt; Marquard von Flachau war Lehensträger von Stift Admont und um 1290 Herr auf Thurnhof. Im 13. Jh. war die Familie Gärr (Ger) Besitzer des Hofes, der einst von Wasser umgeben war. Anno 1830 wird Thurnhof als „steinernes Wirtschaftsgebäude" des Thurnhofbauern bezeichnet.
E: Fam. Laubichler (Thurnhofbauer)
Lit: *Zaisb., 20 ff*

Thurnschall, Burgruine
BH *Tamsweg*
G *Lessach*
KG *Zoitzach*
Heute sind nur noch Reste eines mehrstöckigen Wehrturmes und einer Zwingermauer vorhanden. Die Burg, 1239 urk. erwähnt, war erst in landesfürstlichem, dann in erzbischöflichem Besitz. 1914 und 1975 wurden Restaurierungs- und Sicherungsarbeiten durchgeführt.
E: Österreichische Bundesforste
Lit: *Dehio, 209; Zaisb., 51 f*

Thurnschlößl, Ansitz
→ Thurnhof, Ansitz

Turm in Mittersill, Burg (Felberturm)
BH *Zell am See*
G *Mittersill*
KG *Markt Mittersill*
Quadratischer, mit trapezförmiger Mauer umgebener Turm. 1332 urk. erwähnt, war der Turm ab 1442 in erzbischöflichem Besitz und ist heute Heimatmuseum

der Marktgemeinde Mittersill.
E: Marktgemeinde Mittersill
Lit: *Zaisb., 107 ff*

Turm in Zell am See (Vogtturm, Fuscher- oder Thurnhaus)
BH, G und **KG**
Zell am See
Ein massiver fünfstöckiger Bau, der im Inneren durch Umbauten stark verändert wurde. Der Turm wurde als Gefängnis und vorwiegend als Getreidekasten verwendet (darum im Volksmund auch „Kasten" genannt). 1369 im Besitz der Familie Hundt erwähnt; weitere Eigentümer waren Savioli und Lürzer (bis 1848) und seit 1951 die Fam. Faistauer. Heute sind im Turm ein Geschäftslokal sowie einige Wohnungen untergebracht.
E: Bankhaus Spängler & Co
Lit: *Dehio, 504; Zaisb., 151 ff*

U

Ursprung, Schloß
BH *Salzburg-Umgebung*
G und **KG** *Elixhausen*
Einfaches zweistöckiges Barockschlößchen, schöne Fensterumrahmungen, Doppelstiege, gewölbte Räume, Empireöfen und Deckengemälde von J. E. von Keutschach (18. Jh.). Neben dem Schloß liegt das zweistöckige Bräuhaus mit einem Wappen des Friedrich von Hegi (1682). 1122 wird Ursprung erstmals genannt; bis zum 17. Jh. war es im Besitz der Familie Ursprung. Die weiteren Besitzer waren die Familien Rehlingen (1692), Hofmann (1825) und Siegl (1913). Um 1700 brannte das Schloß ab und wurde anschließend wiederaufgebaut.
E: Republik Österreich
Lit: *Dehio, 80 f*

Urstein, Schloß
BH *Hallein*
G *Puch bei Hallein*
KG *Thurnberg*
Altes Schloß: Haupthaus mit hohem gemauerten Stock, zwei Vollgeschoßen, zwei Dachgeschoßen, abgewalmtem Satteldach, Portal mit Adneter Marmor, getäfelten Decken aus dem 17. Jh., rotmarmornen Fenstergewänden (bezeichnet 1461), einem Uhrwerk aus 1785 (bezeichnet Johann Bentele) und einer gewölbten Herrschaftsküche mit Resten der Rauchschürze. 1461 wird Lienhart Golser zu Urstein als Besitzer urk. erwähnt. Weitere Besitzer waren die Fam. Dieter von Urstein (Ende des 15. Jh.s), 1575–1633 verschiedene adelige Besitzer, ab 1633 der Salzburger Chronist Franz Dückher von Haslau. 1701 entstand oberhalb des alten Schlosses ein Neubau, die alte Anlage wurde nun fortan als Wirtschaftshof verwendet. Neues Schloß: dreigeschoßiger Bau auf rechteckigem Grundriß, alle Zierformen im Konglomerat, Reste geritzter Quaderung auf dem Originalputz, Kapelle, zierliche Kaminköpfe, Stuckdecken und schöne Kachelöfen (einer davon aus der ersten Hälfte des 17. Jh.s aus der Salzburger Werkstätte Strobl) in den oberen Geschoßen. Das gut erhaltene Schloß liegt in einem englischen Park.
E: Seit 1867 Familie Kuhlmann
Lit: *Dehio, 306 f*

V

Vogtturm
→ Turm in Zell am See

W

Wartenfels, Burgruine
BH *Salzburg-Umgebung*
G *Thalgau*
KG *Egg*
Heute sind nur wenige Mauerreste von Hochburg, Palas, Bergfried und Wirtschaftsgebäude erhalten. 1267 wird Konrad von Wartenfels als Besitzer genannt; ab 1301 Besitz des Erzbistums, wurde die Burg in der Folge von Pflegern bewohnt. Im 16. Jh. übersiedelten diese nach Thalgau und gaben Wartenfels dem Verfall preis. Wegen des herrlichen Rundblickes beliebtes Ausflugsziel.
E: Fam. Leitner
Lit: *Dehio, 444*

Weitmoser-Schlößl, Schloß
BH *St. Johann im Pongau*
G *Bad Hofgastein*
KG *Vorderschneeberg*
Der ältere Teil ist ein typischer Salzburger Ansitz (aus 1554), der Neubau mit zwei Türmen stammt aus dem 17. Jh. In jedem Stockwerk befindet sich ein von kleinen Kammern flankierter saalartiger Wohnraum; schöne Bauerntruhen bilden das Inventar. 1450 erstmals genannt, war das Schloß im Besitz der Familie Weitmoser, den Besitzern des Berg- und Hüttenwerkes (Goldbergbau; der Großteil des erzbischöflichen Schatzes, der derzeit in Florenz aufbewahrt wird, wurde aus „Weitmoser-Gold" hergestellt). 1628 erfolgte der Bau der Kapelle mit Fresken, die 1937 freigelegt und restauriert wurden. Heute ist im Schloß ein gastgewerblicher Betrieb eingerichtet.
E: Fam. Scharfetter
Lit: *Dehio, 35 f*

Weitwörth, Schloß
BH *Salzburg-Umgebung*
G *Nußdorf am Haunsberg*
KG *Weitwörth*
Ein zweistöckiges Schloß mit Kapelle und Speisesaal. Das ehem. Inventar bestand aus Porträts (z. B. des Domdechants Christof Clam, 1700) und aus schönen Öfen aus dem 18. Jh. 1665 wurde Weitwörth von Erzbischof Guidobald angekauft und diente danach anschließend dem Erzbischof Kuenburg als Jagdschloß (Kuenburg-Wappen aus 1671), wurde 1726 durch Erzbischof Harrach das erste Mal verändert und 1777 umfangreich umgebaut. 1821 wurde das Pfleggericht in das Schloß verlegt. 1960 wurde Weitwörth durch Hochwasser stark beschädigt.*
E: Seit 1863 Familie Auersperg
Lit: *Dehio, 280 f*

Weyer, Burgruine (Weyerhofburg)
BH *Zell am See*
G *Bramberg am Wildkogel*
KG *Bramberg*
Heute nur noch Reste der ehem. Burg sowie der Kapelle mit Apsis (aus dem 13. Jh.) vorhanden. Pfarre und Kirche Bramberg werden 1243 erstmals urk. erwähnt.
E: Peter Meilinger (Weyerhofgut)

Weyerhofburg, Burgruine
→ Weyer, Burgruine

Wiespach, Schloß (Wispach)
BH und **G** *Hallein*
KG *Oberalm II*
Rechteckiger dreigeschoßiger Bau mit zwei Türmchen und Kapelle (Einrichtung aus 1720). Im 13. Jh. werden die Herren von Wiespach urk. als Besitzer genannt. Seit 1434 war das Schloß im Besitz verschiedener Adelsfamilien. Heute ist darin eine Jugendher-

berge untergebracht.
E: Stadtgemeinde Hallein
Lit: *Dehio, 154*

Winkl, Schloß
BH *Hallein*
G *Oberalm*
KG *Oberalm I*
Ein rechteckiges dreigeschoßiges Gebäude mit Schopfwalmdach und einem Doppelwappen am Tor (1660). Schloß Winkl wurde im 16. Jh. erbaut und 1908 in seine jetzige Form gebracht. Heute ist eine Landwirtschaftsschule darin untergebracht.
E: Land Salzburg
Lit: *Dehio, 286*

Wintergrün, Schloß
BH *Tamsweg*
G und **KG** *Ramingstein*
Das Schloß liegt im unteren Teil des Dorfes. Ein dreigeschoßiger Bau mit angeblendeten Pilastern, der im Jahr 1767 zum Bergamtsgebäude ausgebaut wurde. 1188 urk. erwähnt, wurde das Schloß 1825 von Fürst Schwarzenberg erworben. 1841 durch Brand zerstört, wurde es erst 1970–73 instand gesetzt und vollkommen saniert. In dem sehr gepflegten Schloß sind Wohnungen und die Schwarzenbergsche Forstverwaltung Ramingstein untergebracht.
E: Fam. Schwarzenberg
Lit: *Dehio, 318*

Wispach, Schloß
→ Wiespach, Schloß

STEIERMARK

Schloß Kornberg

A

Admontbichel, Schloß
BH *Judenburg*
G *Obdach*
KG *Granitzen*
Auf einer Anhöhe nordwestlich von Obdach gelegener unregelmäßiger Bau, um rechteckigen Hof (Arkaden); gewölbte Einfahrt (Stichkappen); quadratischer Gerichtssaal. Der burgartige Charakter ging durch die Um- bzw. Zubauten 1528 (Kapelle, Bastei) sowie 1662 und 1748 (nach einem Brand) verloren. Als Landgerichtssitz war das Schloß Schauplatz verschiedener Hexenprozesse. Noch 1841 kam es zu einem sogenannten „Geisterprozeß", der allerdings zu keinem Urteil führte. Das Schloß ist heute Sitz der Stift Admontschen Forstverwaltung Trieben.
E: Seit 1367 Benediktinerstift Admont
Lit: *Dehio, 7*

Aflenz, Schloß (ehem. Propsteigebäude)
BH *Bruck an der Mur*
G und **KG** *Aflenz Kurort*
Mächtiger vierflügeliger zweigeschoßiger Bau mit gotischem Verbindungsgang zur Kirche, Hofarkaden; im Inneren ehem. Refektorium mit Stuckdecke (datiert 1747) und Festsaal mit Rokokostuck (1770). 1660 wurde der Osttrakt als Prälatur umgebaut (von Domenico Sciassia); die übrigen Trakte vollendete Blasius Ruess. Eine umfassende Restaurierung erfolgte 1960–62. Eigentümer des Schlosses war bis 1787 das Stift St. Lambrecht, später der österreichische Staat. Im Schloß ist seit 1960 ein Heimatmuseum untergebracht.
E: Seit 1959 Gewerken Pengg
Lit: *Bar., 37 f; Dehio, 11*

Ahnherrnschloß, Ruine
→ Spangstein, Ruine

Algersdorf, Schloß (Alt-Eggenberg)
G *Graz, Baiernstraße 12*
Stattlicher dreigeschoßiger Bau um einen rechteckigen Innenhof mit dreigeschoßigen toskanischen Säulenarkaden (um 1580; 1967 restauriert). Im Inneren ehem. Kapellenraum und Ecksaal mit Holzboden aus der zweiten Hälfte des 17. Jh.s. Ritterlicher Ansitz, um 1300 Besitz der Windischgraetz, um 1470 Eggenberg, später wieder Windischgraetz. 1542 im Besitz der Herren von Traupitz urk. genannt. Johann Georg von Traupitz ließ das Schloß um 1580 umbauen (heutige Form). 1615–1755 Besitz der Fürsten von Eggenberg (irrtümlich wird Algersdorf als Stammschloß der Eggenberger angesehen und deshalb auch „Alt-Eggenberg" genannt). Um 1791 erfolgte ein Umbau; die letzte Außenrestaurierung 1964. Das Schloß dient heute als Wohnobjekt.
E: Hilde Kronegger
Lit: *Dehio Graz, 241 f*

Alpenschloß, Schloß
→ Kaiserau, Schloß

Alt-Eggenberg, Schloß
→ Algersdorf, Schloß

Altenberg, Schloß
BH *Graz-Umgebung*
G *Hitzendorf*
KG *Berndorf*
Zweistöckiger Bau mit hohem Walmdach; der alte Trakt mit vier Ecktürmen. Im Inneren Fresken (in der Kapelle von Antonio Maderni, bezeichnet 1700; in anderen Räumen aus derselben Zeit, jedoch von anderen Meistern). Franz Anton von Haydegg ließ Altenberg um 1682 errichten. Besitzer waren dessen Sohn Ferdinand (1722), die Fa-

milien Lamberg (1740) und Trautenberg. 1807 wurde Altenberg mit der Herrschaft Alt-Kainach vereinigt; 1913 wurde ein Anbau errichtet, 1957–59 erfolgte eine Restaurierung des Schlosses. Das Schloß ist heute Wohnobjekt.
E: Fam. Ortner
Lit: *Bar., 544; Dehio, 15*

Alt-Kainach, Schloß
→ Kainach, Schloß

Alt-Schielleiten, Burgruine
→ Schielleiten, Burgruine

Alt-Sturmberg, Burgruine
BH *Weiz*
G und **KG** *Naas*
Bergfried aus dem 14. Jh. mit großem, spitzbogigen Maßwerkfenster, zwei Höfe mit Wohnbauten, ein quadratischer Torturm und ein Rundturm aus dem 16. Jh. Eine Wehrmauer trennt die Höfe durch einen auf gemauerten Rundbögen ruhenden Gang. Mitte des 12. Jh.s erbaut, war die Burg urspr. Ritterbesitz der Sturmberger (Dienstmannen der Stubenberg), gehörte 1437–1610 den Ratmannsdorf (Radmannsdorf) und war ab 1806 der Herrschaft Thannhausen angegliedert (→ Neu-Sturmberg).
E: Erwein Freiherr von Gudenus
Lit: *Bar., 601 ff; Dehio, 553*

Alt-Teuffenbach, Burg
BH *Murau*
G und **KG** *Teufenbach*
Die Burg besteht heute aus einem im 19. Jh. errichteten Flügel und aus Resten eines alten Rundturmes. Im 12. Jh. von den Teuffenbachern errichtet, verblieb die Burg bis 1671 in deren Besitz. Spätere Besitzer waren die Saurau und die Schwarzenberg. Teuffenbach war zu Beginn des 19. Jh.s Ruine und wurde 1890 von der Schriftstellerin Auguste Groner wieder aufgebaut und sachgemäß restauriert. Im 20. Jh. gelangte die Anlage wieder in den Besitz der Freiherren von Teuffenbach.
E: Rudolph Christoph Teuffenbach
Lit: *Bar., 517 ff; Dehio, 554*

Arnfels, Schloß
BH *Leibnitz*
G und **KG** *Arnfels*
Heute ist nur mehr die nördliche Hälfte des Schlosses, einst Vorburg, erhalten. Die nördliche Schmalfront mit dem Eingangsportal von 1693 war einst von zwei Halbrundtürmen flankiert, von denen heute nur noch der östliche steht. Der Wohntrakt mit kleinem erneuerten Turm, Reste von Hofarkaden in den schmalen Verbindungstrakten. Das über dem Markt gelegene Gebäude wurde um 1200 urk. erwähnt, 1424 durch Brand zerstört und anschließend wieder aufgebaut. Durch den Neubau von 1916 wurde der Charakter des Schlosses stark verändert. 1976 erfolgte eine Restaurierung. Besitzer waren die Sponheimer, die Landesfürsten (ab 1147), Reinbert von Mureck (1175), die Wallseer und die Thurn (im 14. Jh.), Wilhelm von Gera (1563), Schönborn-Buchheim(1730–1912) und die Arland-Arnfels AG.
E: Natalie Aubauer
Lit: *Bar., 310 ff; Dehio, 20*

Attems, Palais
G *Graz, Sackstraße 17*
Viergeschoßige U-förmige Anlage, rechteckiger Hof mit Arkaden im Erdgeschoß; die Fassade (1964–66 restauriert) ist den oberitalienischen

Palastbauten nachempfunden; im Inneren des Palais Deckenstukkaturen von Domenico Boscho (1706), Decken- und Seccomalereien von Franz Carl Remp und Matthias von Görz, Wandvertäfelungen und Kachelöfen (um 1762), gewölbte Räume im Erdgeschoß des Nord- und des Osttraktes, Vorsaal mit Deckenfresko, Prunkzimmer, Kaminzimmer, großer Salon; die Zimmer sind mit schönem Deckenstuck sowie Decken- und Wandmalereien ausgestattet. Das bedeutendste Barockpalais in Graz wurde ab 1702 durch Ignaz Maria Graf von Attems erbaut (anstelle von sechs Bürgerhäusern). Als Architekten werden Joachim Carlone oder Andreas Strengg vermutet. 1705 wurde der Bau vollendet, 1750 erfolgten Instandsetzungsarbeiten, 1972 eine Gesamtrestaurierung des Inneren. Bis 1962 im Besitz der Grafen von Attems.
E: Land Steiermark
Lit: *Dehio Graz, 95 ff*

Authal, Schloß
BH *Judenburg*
G und **KG** *Zeltweg*
Renaissancefenster auf der Westseite, Turm an der Ostseite mit einer Kapelle im Obergeschoß (Altarbild von Martino Altomonte, das die heilige Familie mit Joachim und Anna darstellt, um 1730). Ein wehrhafter Hof seit 1220 genannt; 1608 wurde das Schloß als einfacher rechteckiger Bau mit Turm von Hannibal Freiherr von Herberstein zu einem Edelsitz ausgebaut; nach häufigem Besitzerwechsel gelangte es 1726 erneut an die Grafen von Herberstein, die es ausbauten und in die heutige Form brachten. Der heutige Eigentümer ließ Schloß und Park durchgreifend erneuern und das Innere mit gutem Inventar ausstatten.
E: Anton Egon Prinz von Croy
Lit: *Bar., 243 f; Dehio, 23*

B

Baierdorf, Zehentturm
BH *Murau*
G *Schröder*
KG *Baierdorf*
Ein mächtiger sechsgeschoßiger Wehrturm mit Keildach aus dem 13. Jh. An der Südseite das riesige Christophorus-Fresko von 1505–10 (vom selben Meister wie die Fresken im Chor der Pfarrkirche von Schöder), Wappen des Salzburger Erzbischofs Leonhard von Keutschach und Kaiser Maximilians I. Die einst von Ringmauern und Wallgräben umgebene Talburg war Sitz verschiedener Verwalter bzw. Burggrafen wie Vockenberg (1226), Pranckh (16. Jh.), Teuffenbach und anderer. Später im Besitz des Erzbistums von Salzburg.
E: Seit 1852 Fam. Schwarzenberg
Lit: *Bar., 465 f; Dehio, 40 f*

Bärnegg, Schloßruine
BH *Hartberg*
G *Schäffern*
KG *Elsenau*
Langgestreckter zweigeschoßiger Rechteckbau; Arkadenhof aus dem 17. Jh., Rundturm, Turm mit Schloßkapelle von 1703, Reste von Mauern und Basteien im Norden. Die Anlage verfiel erst in den letzten Jahrzehnten zur Ruine. Teile der Einrichtung befinden sich heute im Landesmuseum Joanneum in Graz bzw. in der Minoritenkirche von Bruck an der Mur. Bärnegg wurde im späten 12. Jh. errichtet und 1316 erstmals genannt. Besitzer waren die Perner, die Teuffenbacher, die Rei-

chenberg und die Familie Rindsmaul.
E: Katharina Hütter
Lit: *Bar., 195 ff; Dehio, 41*

Benndorf, Schloß
→ Reigersberg, Schloß

Berglahof, Schloß
→ Welsberg, Schloß

Bertholdstein, Schloß (Pertlstein)
BH *Feldbach*
G und **KG** *Pertlstein*
Ausgedehnte Burganlage auf einem steil abfallenden Bergvorsprung. Vorburg, Torgebäude, alte Kapelle, Portal mit Zugrollen und Pechnase, Wappenstein des Adam von Lengheim (datiert 1582). Dreigeschoßige Wohnburg, neuromanischer Bergfried, zwei Höfe, der größere davon mit Arkaden. Ehem. Rittersaal mit neuer Kapelle (geweiht 1965); eine alte, ehem. romanische Schloßkirche mit Fresken aus der Reformationszeit (Ende des 16. Jh.s), überlebensgroße Holzfigur der hl. Maria aus dem 17. Jh. im Hof. Um 1180 wurde die Burg von Berthold I. von Emmerberg erbaut und verblieb bis zum Beginn des 15. Jh.s im Besitz seiner Familie. 1578–1800 im Besitz der Lengheim (Ausbau), später des Grafen Ladislaus Koszielsky, der die Burg restaurierte und neu gestaltete (1871–95). 1969 erfolgte die letzte Restaurierung. Seit 1918 ist die Burg Kloster der Benediktinerinnen.
E: Bischöfliches Ordinariat Graz-Seckau
Lit: *Bar., 114 ff; Dehio, 43*

Birkenstein, Schloß
BH *Weiz*
G und **KG** *Birkfeld*
Vierflügelige Anlage mit zweigeschoßigem Arkadenhof (in diesem Brunnen mit wasserspeiender Maske, 1975 zusammengestellt). Im Inneren Familienporträts der Familien Kleindienst und Manneville. Eine umfassende Restaurierung wurde 1958–61 durchgeführt. Der Burgpfleger von Waxenegg Georg Kleindienst ließ dieses Schloß 1555 erbauen; bis 1675 im Besitz seiner Familie. Weitere Besitzer waren die Trauttmannsdorff (1701–1809) und Moritz Edler von Kaiserfeld (1838–58).
E: Seit 1902 Grafen Tacoli
Lit: *Bar., 575 f; Dehio, 45*

Brandhof, Jagdschloß
BH *Bruck an der Mur*
G *Gußwerk*
KG *Aschbach*
Zweigeschoßiger Bau mit ausgebautem Dachgeschoß, Kapelle mit Spitzhelm (1828 geweiht), Speisesaal mit Holzdecke und Wappen aus der Geschichte des Hauses Habsburg (nach dem Vorbild der Franzensburg in Laxenburg, Niederösterreich), Jagdzimmer mit Glasfenstern nach einem Entwurf Jakob Gauermanns, um 1820. Der ehem. Bauernhof wurde von Erzherzog Johann, der mit seiner Ehefrau Anna Plochl (genannt „Brandhoferin") viele Jahre hier verbrachte, erworben, 1822–28 ausgebaut und von Ludwig Schnorr von Carolsfeld ausgestaltet. Während der berühmten Gamsjagden auf den Staritzen im Hochschwabgebiet diente der Brandhof als Unterkunft für die Jagdgäste. 1954 und 1959 wurden Restaurierungen durchgeführt. Heute beherbergt das Schloß ein Erzherzog-Johann-Museum.
E: Fam. Graf Meran (Nachfahren Erzherzog Johanns)
Lit: *Bar., 38; Dehio, 47 f*

Brunnsee, Schloß
BH *Radkersburg*
G *Eichfeld*
KG *Hainsdorf*
Dreigeschoßiger Vierkanter, rechteckiger Innenhof, quadratischer Uhrturm, kostbare Inneneinrichtung (Porträts der Habsburger und Bourbonen, Porzellan usw.). Das Schloß liegt inmitten eines großen Parks und stammt in seiner urspr. Form aus dem 15. Jh. Im 16. Jh. erfolgte die Umgestaltung zur Wasserburg, um die Mitte des 17. Jh.s Umbau in die heutige Form (durch Bartolomeo Montiano aus Mailand), weitere Umbauten Ende des 19. Jh.s. Besitzer waren die Pressnitzer (15. Jh.), die Aspach und die Khuenburger bis ins 18. Jh. 1837 wurde der Besitz von der Herzogin Caroline von Berry erworben und zur Sommerresidenz ausgebaut: Die Herzogin (1798–1870) war die Schwiegertochter des französischen Königs Karl X. und in zweiter Ehe mit dem Marchese Lucchesi-Palli (dessen Nachfahren das Schloß heute noch besitzen) verheiratet. Sie versuchte ihren Sohn, den Herzog von Bordeaux, den späteren Grafen von Chambord, auf den Thron von Frankreich zu bringen.
E: Fam. Lucchesi-Palli
Lit: *Bar., 526 f; Dehio, 63 f*

Buchau, Jagdschloß
BH *Liezen*
G und **KG** *Weng*
Ein um 1890 errichtetes Jagdhaus, vermutlich an der Stelle eines älteren Jagdschlosses des Stiftes Admont. Buchau dient als Wohnung des jeweiligen Jagdpächters.
E: Steiermärkische Landesforste
Lit: *Bar., 403*

Buchenschlößl, Schloß
→ Sonnegg, Schloß

Burgau, Burg
BH *Fürstenfeld*
G und **KG** *Burgau*
Dieses dreigeschoßige Wohnschloß hat einen rechteckigen Innenhof, eine zweigeschoßige Vorburg und einen großen äußeren Hof. Der Bau ist von Wehr- und Wassergräben umgeben. Vorburg mit mittelalterlichen Bauresten, mächtigem Rundturm und Torbau mit rundbogigem Quaderportal. Wappensteine des Erhard von Polheim 1538 und Trauttmannsdorff. Arkaden im Innenhof. Burgau wurde 1367 erstmals genannt; Erbauer waren die Herren von Puchheim (als Wasserburg errichtet). Besitzer waren die Neuberg (1429–60), die Polheim (1460–1565), die Trauttmannsdorff (bis 1753). Jahrhundertelang lagen Burg und Markt Burgau an der Grenze, daher waren sie dauernden Einfällen von Türken, Kuruzzen und Ungarn ausgesetzt und wurden 1418, 1529, 1605 und 1704–11 ausgeplündert und zerstört (daher Zu- bzw. Umbauten aus dem 16., 17., 18. Jh.).
E: Gemeinde Burgau
Lit: *Bar., 130 ff; Dehio, 65 f*

Burgstall, Schloß
BH *Deutschlandsberg*
G und **KG** *Wies*
Eine vierflügelige Anlage mit Arkadenhof, Renaissanceportal, außenliegender Kapelle (spätes 17. Jh.), Wehrmauer mit zwei Türmen, Innenräumen mit Renaissancecharakter. Das 1280 als „pürchstal ze Lakenberg“ urk. erwähnte Schloß wurde im späten 16. Jh. ausgebaut. Besitzer waren die Eibiswalder und die Liechtenstein (ab 1857). Im Schloß ist eine landwirtschaftliche Hauswirt-

schaftsschule St. Martin untergebracht.
E: Seit 1954 Land Steiermark
Lit: *Bar., 60; Dehio, 66*

D

Deutschlandsberg, Burgruine
BH und **G** *Deutschlandsberg*
KG *Burgegg*
Von der eigentlichen Burganlage sind heute nur noch das Turmhaus (aus dem frühen 14. Jh.) und spärliche Reste von Nebengebäuden erhalten. Über dem ehem. Graben liegt der langgestreckte Bau aus der Renaissance; ein schmaler Gang mit Arkaden verbindet die beiden Teile. Ein hoher Rundturm wurde 1875 zur Hälfte abgetragen und 1958 wieder instand gesetzt. Seit 1957 laufend Restaurierungsarbeiten. Im unteren Burgtrakt Restaurant und Hotel. Burg Deutschlandsberg war das Zentrum der weststeirischen Besitzungen der Salzburger Erzbischöfe. Die erste Nennung erfolgte 1153; mit Unterbrechung (Ungarn 1479 und Khuenburg 1630) war die Burg bis 1811 in erzbischöflichem Besitz. Am 1. 1. 1292 fand hier unter dem Erzbischof von Salzburg eine Versammlung der Adelsvertreter Steiermarks und Kärntens gegen Herzog Albrecht I. statt. Nach der Säkularisierung gelangte Burg Deutschlandsberg in den Besitz des Grafen Moritz Fries, danach in das Eigentum der Liechtenstein (1820–1936).
E: Seit 1936 Stadtgemeinde Deutschlandsberg
Lit: *Bar., 60 ff; Dehio, 70 f*

Dietrichstein, ehem. Palais
G *Graz, Burggasse 9*
Die dreigeschoßige Anlage besteht aus mehreren Baukörpern; großer tonnengewölbter Saal mit reichem Stuck, um 1670, Stuckplafonds von 1735–40, letztes Geschoß eine spiegelgewölbte Halle mit Deckenstuck. Die ältesten Teile des Hauses stammen aus der Mitte des 16. Jh.s. Ein Umbau erfolgte 1785 unter Franz Graf Dietrichstein, vermutlich durch Joseph Hueber. Heute ist hier ein Amtsgebäude des Landes untergebracht.
E: Land Steiermark
Lit: *Dehio Graz, 65*

Doblhof, Ansitz
BH *Murau*
G *Kulm am Zirbitz*
KG *Kulm*
Schlößchen mit Getreidekasten, Stallungen und Bräuhaus (17. Jh.). Der ehem. Bauernhof liegt südlich von Neumarkt und wurde 1556 erstmals urkundlich erwähnt. Besitzer waren die Herberstein, die Neuhaus, die Wucherer, die Pranckh. 1629 war Doblhof Sitz des Georg Dobler, Verwalter der Herrschaft Groß-Sölk, der das Prädikat „von Toblhaim“ erhielt.
E: Leo und Maria Höfferer
Lit: *Bar., 469*

Donnersbach, Schloß
BH *Liezen*
G und **KG** *Donnersbach*
Zweiflügelige, im rechten Winkel zueinander stehende Anlage, durch einen Torbogen mit Galerie verbunden. Der Bau des Schlosses wurde nach 1530 an der Stelle eines mittelalterlichen Wehrbaues unter Achatz Schrott begonnen, durch Hans Adam Schrott erweitert (Datierung 1589 über die Einfahrt). 1562 kam es zwischen Achatz Schrott und der Bevölkerung von Donnersbach zu einer urk. belegten

Streiterei über die Goldwäscherei im Donnersbachtal. Spätere Besitzer waren die Saurau (1618) und die Lamberg.
E: ALWA Güter- und Vermögensverwaltungs AG
Lit: *Bar., 404 f; Dehio, 73*

Dornegg, Schloß
BH *Deutschlandsberg*
G *Groß Sankt Florian*
KG *Gussendorf*
Dreiflügeliger Bau aus dem Spätbarock; Arkadenhof, Kapelle mit Rokokoaltar. Urk. wird Dornegg 1224 als Sitz der Racknitzer erwähnt (bis 1629 in deren Besitz). Unter Graf Schönborn wird der Neubau (nach 1721) errichtet.
E: Paula Reinhard
Lit: *Bar., 63 f; Dehio, 74*

Dornhofen, Schloß
BH *Graz-Umgebung*
G *Purgstall bei Eggersdorf*
KG *Hart bei Eggersdorf*
Dreiflügeliger zweigeschoßiger Bau mit quadratischem Arkadenhof, vier Ecktürmen, kleinem quadratischen Turm über der Westfront. Unterhalb des Schlosses großer Meierhof. An der Stelle zweier Bauernhöfe ließ Otto von Radmannsdorf im 17. Jh. das Schloß erbauen (1624 vollendet). Spätere Besitzer waren die Familien Galler, Pfanckh und ab 1746 Kardinal Graf Kollonitsch, Erzbischof von Wien, in dessen Familienbesitz Schloß und Herrschaft bis zum Ende des 19. Jh.s verblieb. Im 18. Jh. wird Dornhofen als ein „wohlgebautes, umfangreiches Gebäude, mit Gärten, Springbrunnen und Fischteichen“ beschrieben. 1920 wurde im Schloß ein Kinderheim untergebracht; bald danach der beginnende Verfall einzelner Gebäude; neuerdings Restaurierung.
E: Fam. Strahl
Lit: *Bar., 148; Dehio, 74*

Dürnstein, Burgruine
BH *Murau*
G *Dürnstein/Steiermark*
KG *Dürnstein*
Bau über dreieckigem Grundriß; Eingangstor, von Rundturm flankiert, Zwinger, Palas, Wehrmauer mit halbrundem Turm; in der Westecke befindet sich ein zweiter Wohnbau; auffallend sind die hohen, dicht nebeneinander angeordneten Schießscharten. Urk. Erwähnung 1144 als „castrum Diernstein“. Der ältere, höher gelegene Teil stammt aus dem 12. Jh.; im 15. und 16. Jh. wurde die Niederburg erbaut. Von 1299 bis 1608 im Besitz der Landesfürsten, anschließend zum Bistum Gurk gehörig. Seit dem 17. Jh. beginnender Verfall. Die Burgruine ist heute an den „Kärntner Burgen- und Schlössererhaltungsverein“ verpachtet und wird für kulturelle Zwecke verwendet.
E: Gemeinde Dürnstein in der Steiermark
Lit: *Bar., 469 ff; Dehio, 74 f*

E

Eggenberg, Schloß
G *Graz, Eggenberger Allee 95*
Schloß Eggenberg liegt im Westen des Grazer Feldes am Fuß des Gaisbergs und ist von einem großen Park umgeben. Der urspr. mittelalterliche Bau wurde im Barock großzügig ausgebaut und ist das bedeutendste Barockschloß der Steiermark. Mächtiger dreigeschoßiger, nahezu quadratischer Baublock; Ecktürme mit Zeltdächern und Laternen; großer, rechteckiger Hof mit Ar-

kaden, dem Carlo Gianolo zugeschrieben (vor 1650), und zwei kleinere Nebenhöfe. Vor der Hauptfassade vier Sandsteinfiguren von Philipp Jakob Straub (1765). Im Inneren mehrere einfache Stuckplafonds (spätes 17. Jh. aus der Werkstätte des Allessandro Serenio und des Johann Angelo Formentini). In den 26 Prunkräumen des zweiten Obergeschoßes ist die gesamte Innendekoration erhalten: „Planetensaal" mit 17 großen Ölbildern, mythologische, astrologische und heraldische Themen darstellend (zur Verherrlichung des Fürstenhauses Eggenberg); „Grüner Salon" mit Deckenmalereien (mythologische Liebespaare); „Speisesalon", „Römisches Zimmer", „Schlafzimmer" mit Gemäldeporträts von Söhnen Maria Theresias, Martin van Meytens d. J. zugeschrieben; „Kaminzimmer" mit Deckenmalerei, „Chinesisches Kabinett" mit bemerkenswerter chinesischer Seidenmalerei, „Japanisches Kabinett", „Jagdsalon" usw. Die Schloßkirche Maria Schnee ist zwischen den beiden westlichen Flügeln eingefügt; der ehem. Theatersaal wurde ab 1754 nach Plänen von Josef Hueber zu einem Sakralbau umgebaut: hervorragender Hochaltar von 1762; Kapelle zur hl. Maria im zweiten Obergeschoß des Mittelturmes: kleiner quadratischer Raum mit Sternrippengewölbe. Der Schloßpark war urspr. als französischer Garten angelegt und wurde 1853 zum englischen Naturpark umgestaltet; seit 1953 Wildpark; im nördlichen Bereich liegt der 1763 erbaute Gartenpavillon.

Der urspr. Altbau des Schlosses ist vermutlich mit dem mittelalterlichen Wehrbau „Orthof" identisch; unter Balthasar Eggenberger, dem Münzmeister von Kaiser Friedrich III., wurde dieser vergrößert (kurz vor 1470 wird die Marienkapelle eingebaut). Unter Johann Ulrich von Eggenberg erfolgte der Ausbau zu einem Repräsentationsschloß unter Einbeziehung des Altbaues (anläßlich der Erhebung in den Reichsfürstenstand 1623). Unter dem Ehepaar Herberstein-Eggenberg wurden ab 1755 an dem Schloß mehrere Veränderungen nach Plänen und unter der Leitung von Josef Hueber durchgeführt: Die wichtigste davon war die Neuadaptierung der 26 Prunkräume des zweiten Obergeschoßes. Das ehem. Stammschloß der Fürsten von Eggenberg gelangte nach deren Aussterben im 18. Jh. an die Grafen von Herberstein und ist seit 1939 Eigentum des Landes Steiermark. 1947 erfolgte die Eingliederung in das Landesmuseum Joanneum als eigene Abteilung; 1952 wird das Jagdmuseum in Verbindung mit dem Wildpark eingerichtet. 1971 erfolgte die Einrichtung des Museums für Vor- und Frühgeschichte in Verbindung mit einem seit 1965 bestehenden Lapidarium im Schloßpark. Der Festsaal wird heute für musikalische Veranstaltungen verwendet. 1947–53 erfolgte die großzügige Wiederherstellung und Restaurierung des in der Besatzungszeit schwer beschädigten Schlosses. Außenrestaurierung 1985 bis 1992.

E: Land Steiermark

Lit: *Dehio Graz, 242 ff*

Ehrenfels, Burgruine (Klamm)
BH *Graz-Umgebung*
G *St. Radegund bei Graz*
KG *St. Radegund*
Auf einem schmalen Hügelrücken am Fuß des Schöckels gelegene Ruine, mit mächtigem sechseckigen Bergfried und Resten der Ringmauer. 1277 von den Ehrenfelsern erbaut; nach deren Aussterben 1439 im Besitz der Stubenberger (bis ins 19. Jh.). Bereits im Mittelalter begann die Burg zu verfallen, da der Verwaltungssitz nach → Stubegg und später nach → Gutenberg verlegt wurde. Seit 1964 Sanierungsarbeiten.
E: Fam. Machalka
Lit: *Bar., 149; Dehio, 76 f*

Ehrenfels, Burgruine
BH *Leoben*
G und **KG** *Kammern im Liesingtal*
Die ehem. Burg ist heute nahezu gänzlich verfallen; nur Reste des Bergfrieds sind noch erhalten. 1229 wird die Burg mit dem Grazer Ministerialengeschlecht der Herren von Ehrenfels erwähnt. 1375 wurde hier der Bischof von Passau gefangengehalten. 1391 Nennung von Achatz Jörger als Burggraf. Ab 1424 war Burg Ehrenfels im Besitz der Familie Kraig.
E: Fam. Mayr-Melnhof
Lit: *Bar., 378 f; Dehio, 210*

Ehrenhausen, Schloß
BH *Leibnitz,* **BT** 20
G und **KG** *Ehrenhausen*
Unregelmäßiger dreigeschoßiger Vierflügelbau, der im 16. Jh. in die noch bestehende Form eines Renaissanceschlosses gebracht wurde. Der aus dem 12. Jh. stammende Bergfried wurde in den Bau miteinbezogen. Hof mit Arkaden, Renaissancedoppelfenster (eines datiert 1545), Brunnen aus 1902, Bastionen von 1553, Torbau am Beginn der Schloßauffahrt. Südlich unterhalb des Schlosses liegt das Mausoleum Ruprechts von Eggenberg (auf einer künstlich angelegten, 1610 datierten Terrasse). Ehrenhausen wird 1240 als Lehen des Stiftes St. Paul im Lavanttal (Kärnten) erwähnt. 1543–1755 im Besitz der Eggenberger (und deren Nachfahren). Generalfeldzeugmeister Ruprecht von Eggenberg (gest. 1611) ließ für sich und alle kath. männlichen Familienmitglieder im Offiziersrang vor 1609 mit dem Bau des Mausoleums beginnen (durch Baumeister Johann Walter; Fertigstellung um 1690). Weitere Besitzer waren die Leslie (bis 1804), die Attems und Erzbischof Kohn von Olmütz (1904).
E: Ingrid Csicsaky
Lit: *Bar., 316 ff; Dehio, 78 ff*

Ehrnau, Schloß
BH *Leoben*
G *Mautern/Steiermark*
KG *Liesingau*
Das Schloß besteht aus zwei langgestreckten und zwei kürzeren zweistöckigen Trakten, der barocken Hauptfront, dem Arkadenhof sowie der Kapelle mit Rokokostukkaturen und Altar aus dem 18. Jh. 1347 im Besitz der Familie Ehrenfels erstmals urkundl. erwähnt. Weitere Besitzer waren Kaiser Friedrich III. (1461), das Stift Admont, die Familien Breuner und Lamberg. Der heutige Bau stammt aus 1673. Im Schloß ist unter anderem eine Diskothek untergebracht.
E: Seit 1880 Land Steiermark
Lit: *Bar., 372*

Eibiswald, Schloß
BH *Deutschlandsberg*
G und **KG** *Eibiswald*
Vierflügelige Anlage, rechteckiger Hof mit Arkaden, Stuckdecken aus dem 17. Jh. im Inneren. Das Schloß war zuerst Besitz der Landesfürsten, später Lehen der Wildoner und der Eibiswalder. Nach dem Brand erfolgte 1572 der Wiederaufbau durch Wilhelm von Eibiswald. Im Schloß ist heute das Internat der Landesberufsschule für Elektrotechnik und Radiomechanik untergebracht.
E: Seit 1953 Kammer der gewerblichen Wirtschaft für Steiermark
Lit: *Bar., 64 ff; Dehio, 83*

Eichberg, Schloß
BH *Hartberg*
G *Kleinschlag*
KG *Eichberg*
Rechteckiger dreigeschoßiger Bau, Hof mit Arkaden im zweiten Obergeschoß, halbverfallener Vorhof und ehem. Gruftkapelle der Familie Wimpffen mit neugotischer Front. Die früheste Burganlage wurde vermutlich im späten 12. Jh. durch die Eichberger errichtet. Die erste urk. Erwähnung erfolgte um 1250. 1412–1771 im Besitz der Familie Steinpeiß, die die Burg ab der Mitte des 17. Jh.s ausbaute. Weitere Besitzer waren die Erko, die Schönfeldt und die Wimpffen. Die mit 1715 bezeichnete Vorburg wurde 1945 gänzlich zerstört. Das Gebäude ist für Ausstellungszwecke adaptiert.
E: Mag. Cajetan Grill
Lit: *Bar., 198 f; Dehio, 83 f*

Einödhof, Schloßruine
BH und **G** *Knittelfeld*
KG *Apfelberg*
Von der Anlage sind der viergeschoßige Turm mit Einfahrtstor und Teile des dreigeschoßigen Mitteltraktes (mit Stuckdecke aus der Mitte des 18. Jh.s) erhalten. Straßenkapelle in der Nähe der Ruine mit Kruzifix um 1500. Der urspr. zur Admontschen Propstei Zeiring gehörende Zehenthof wurde Mitte des 16. Jh.s von den Kainachern zum Schloß ausgebaut. 1629 gelangte der Einödhof an die Teuffenbacher, die den Bau vollendeten. Weitere Besitzer waren die Galler (1663–1736), die Attems, die Sessler. Eine militärische Beschreibung aus dem 18. Jh. bezeichnet diesen Einödhof als günstige Sperre der Ebene zwischen der Mur und den Bergen; daher auch der dauernde Streit um diesen Besitz.
E: Franz Zanger vulgo Schloßbauer
Lit: *Bar., 289 f; Dehio, 20*

Eppenstein, Burgruine
BH *Judenburg*
G *Eppenstein*
KG *Mühldorf*
Erhalten sind das unregelmäßige Fünfeck der Ringburg, ein tiefergelegenes Wohngebäude aus dem 14. Jh. mit Doppelkapelle und gotischen Fenstern, ein Burgtor im Westen, ein Mauerring der Vorburg mit einer Pforte im Osten. Die weithin sichtbare Burgruine wurde 1160 im Besitz der Traungauer urk. erwähnt. Urspr. war sie im Besitz der nach der Burg benannten, 1122 ausgestorbenen Markgrafen. Weitere Besitzer waren die Kärntner Herzöge, die Saurau, die Colloredo, die Nádasdy, die Sessler. 1437 wurde mit dem gotischen Umbau begonnen, weitere Ausbauten erfolgten im späten 15. Jh. Im 16. Jh. wurde Burg Eppenstein durch Brand und Erdbeben stark beschädigt. Seit

dem 17. Jh. ist der Bau bereits Ruine.
E: Fam. Schwarz
Lit: *Bar., 246 ff; Dehio, 89 f*

Erkoschlößchen
BH *Graz-Umgebung*
G und **KG** *Krumegg*
Ein stattliches, vermutlich auf einer alten Burgstelle errichtetes Landhaus ohne wehrhaften Charakter. Im 19. Jh. von J. und F. Erko errichtet und später im Eigentum des Freiherrn von Lederer-Trattner; 1960 verkaufte es die Familie Normann an den Orden der Dominikanerinnen von Bethanien, die hier ihr Ordenshaus einrichteten.
E: Dominikanerinnen von Bethanien
Lit: *Bar., 149*

Eybesfeld, Schloß
BH *Leibnitz*
G *Lang*
KG *Jöß*
Dreigeschoßiger Bau über einem kreuzförmigen Grundriß. An der östlichen Fassade ein Aufsatz für Uhr und Glocke. In der ehem. Ummauerung ein Turm, ein zweiter Turm mit anschließendem Kavalierstrakt aus dem 18. Jh. Getreidekasten mit Turm aus dem 17. Jh., klassizistisches Gartenportal mit Gittertor von 1800, Kapelle im Park aus 1952; im Inneren des Schlosses, Stuckdecken und Öfen um 1730. Der Baukern stammt aus der Mitte des 17. Jh.s, die Umgestaltung in die heutige Form erfolgte um 1720/30.
E: Seit 1645 Fam. Conrad-Eybesfeld
Lit: *Bar., 318 f; Dehio, 90*

F

Falkenburg, Schloß
BH *Liezen*
G und **KG** *Irdning*
Einfacher zweigeschoßiger Bau um einen Hof mit Bogengängen. Die Kirche wurde 1718 geweiht und 1777 nach einem Brand wiederhergestellt. In der Kirche ein großes Gemälde, das Letzte Abendmahl darstellend, bezeichnet Johann Lederwasch (1780). 1615 errichteten die Praunfalk das Jagdschloß Falkenburg. 1711 wurde es von Sigmund Freiherr von Welsersheim(b) in ein Kapuzinerkloster umgewandelt und umgebaut; nur der Torflügel des Schlosses ist erhalten. Falkenburg ist heute Kloster und Kapuzinerkonvent.
E: Kapuzinerkonvent Irdning
Lit: *Bar., 406; Dehio, 187*

Farrach, Schloß
BH *Judenburg*
G *Zeltweg*
KG *Farrach*
Dreigeschoßiger Bau mit Walmdach. Die beiden Obergeschoße der Südseite sind mit urspr. offenen, heute vermauerten Arkaden ausgestattet; vortretendes Treppenhaus, kleine Kapelle mit Stuck aus dem späten 17. Jh. im ersten Obergeschoß. Interessante Fassadengliederung durch gefärbte Steine. Urk. 1340 erstmals erwähnt, wurde das Schloß wohl um 1660 (im Besitz der Teuffenbach) in seiner heutigen Form errichtet. 1845–1915 war in dem Schloß eine Brauerei untergebracht (im Besitz der Fam. Sessler).
E: Fam. Hartleb
Lit: *Bar., 249; Dehio, 90 f*

Feilhofer Schlößl
BH und **G** *Deutschlandsberg*
KG *Unterlaufenegg*
Langgestrecktes zweigeschoßiges Gebäude mit Walmdach. 1804 wurde das aus dem Mittelalter stammende Schlößchen

in seine heutige Form gebracht. Von 1822 bis heute im Eigentum der Familie Liechtenstein (Hollenegger Linie), die dort ihre Forstverwaltung untergebracht hat.
E: Fam. Liechtenstein
Lit: *Bar., 66; Dehio, 71*

Feistritz, Schloß
BH *Fürstenfeld*
G *Ilz*
KG *Leithen*
Großer Bau über fast dreieckigem Grundriß. Mächtiger fünfgeschoßiger Wohnturm (um 1200), Treppenturm mit Wendeltreppe aus dem 15. Jh.; gotisches Wohnschloß, zwei enge Höfe, Renaissanceportal, datiert 1570, Rundturm aus dem 16. Jh., Vorburg mit Ecktürmen, darin eingebundene Kapelle zum hl. Michael aus dem 17. Jh. Im Inneren einige Stuckdecken (um 1800). Im frühen 12. Jh. war Feistritz Mittelpunkt einer Rodungsherrschaft der Hochfreien von Feistritz-Traisen; im 13. und 14. Jh. im Besitz der Reifensteiner, später landesfürstlich, 1493–1648 Lehen der Mindorfer, später im Besitz der Wildenstein, 1809–1958 der Grafen Lamberg.
E: Dipl.-Ing. Walter Hamker
Lit: *Bar., 132 f; Dehio, 93*

Feistritz, Schloß
BH *Murau*
G *St. Peter am Kammersberg*
KG *Feistritz am Kammersberg*
Ein Vierflügelbau mit Rundtürmen; Mitteltrakt mit Schopfwalmdach. Einige spätgotische Bauteile sind sichtbar geblieben; der Rittersaal aus dem späten 16. Jh. mit Holzbalkendecke; die Kapelle mit Altar von Balthasar Prandtstätter aus der Mitte des 18. Jh.s. Der spätmittelalterliche Wehrbau (urk. erwähnt 1343 als „haus Fevstritz") wurde im 16. Jh. zu einem Schloß ausgebaut. Besitzer waren die Welzer, Teuffenbach und Pranckh. 1913 ging es ins Eigentum Erzherzog Carls über. Im gut erhaltenen Bau ist heute eine Hauswirtschaftsschule St. Martin untergebracht.
E: Seit 1943 Land Steiermark
Lit: *Bar., 472 f; Dehio, 93*

Feistritz, Schlößchen
BH *Mürzzuschlag*
G *Langenwang*
KG *Feistritzberg*
Zweigeschoßiger Bau mit viereckigem Turm; die heutige Anlage stammt aus dem 18. Jh., Umbauten erfolgten im 19. Jh. Nach oftmaligem Besitzerwechsel wurde das Schloß mit großem Aufwand restauriert und mit gutem Mobiliar ausgestattet.
E: Fam. Renaud
Lit: *Bar., 449; Dehio, 244*

Festenburg, Burg
BH *Hartberg*
G *St. Lorenzen am Wechsel*
KG *Köppel*
Von der mittelalterlichen Burg sind heute noch der Torbau und Teile des ehem. Bergfrieds vorhanden. 1616–17 werden die Katharinenkapelle und ein Wohntrakt errichtet. 1707–23 läßt der Propst Philipp Leisl das Gebäude ausbauen: Dreigeschoßige Bauten umschließen einen langgestreckten Hof, spitzbogiges Vortor, kleiner Zwinger, überbaute Einfahrt, Pfarramt mit verblaßter Freskomalerei aus der Mitte des 18. Jh.s, Gedächtnisräume im ersten Obergeschoß für Ottokar Kernstock, der hier 1889–1928 als Pfarrer und Schriftsteller wirkte (von ihm stammt

der Text der Bundeshymne der Ersten Republik). Mehrere Kapellenräume mit Fresken und Ölgemälden von Johann Cyriak Hackhofer, die Plastiken nach seinen Entwürfen von Johann Fenest: Loreto-, Krippen-, Blutschwitzungs-, Geißelungs-, Krönungs- und Kreuzkapelle. Die Pfarrkirche ist der heiligen Katharina geweiht. Die Burg wurde 1353 erstmals genannt und wahrscheinlich von den Herren von Stubenberg gegründet. 1416 im Besitz der Saurau, die sie 1616 an das Stift Vorau verkauften.
E: Chorherrenstift Vorau
Lit: *Bar., 199 f; Dehio, 100 ff*

Finkenegg, Schloß
BH *Leibnitz*
G *Stocking*
KG *Hart*
Zweigeschoßiger Baukomplex mit einfacher Fassadengliederung. Der Westteil mit den beiden Ecktürmchen wurde 1868 angefügt; dabei wurde der alte Kapellenanbau abgebrochen. Zwei vorspringende Türme an Nord- und Südseite, am letzteren ein Wappenstein der Finkeneis. Einfache, geometrisch gegliederte Stuckdecken im Inneren (Mitte des 17. Jh.s), Rokokoofen. Seit dem 14. Jh. ist an der Stelle des Schlosses ein Edelhof bezeugt; 1636 erwarb Wolf Simon von Finkeneis den Hof und baute ihn zum Schloß aus. 1712–73 im Besitz der Grazer Jesuiten; im 19. Jh. im Besitz der Familie Graf Woraczicky, die das Schloß 1868 ausbaute. 1969 wurde es durch eine Außenrestaurierung eher ungünstig verändert.
E: Eugenie Ottenbacher
Lit: *Bar., 319; Dehio, 102*

Flamhof, Schloß
BH *Leibnitz*
G *St. Nikolai im Sausal*
KG *Flamberg*
Urspr. ein einfacher Bau aus dem 13. Jahrh., nun ein kleines Jagdschlößchen aus dem 17. Jh. mit hohem Walmdach und Stuckdecken im Inneren (Rokokocharakter). Der Gjaidhof der Salzburger Erzbischöfe wurde 1350 erstmals urk. erwähnt. Später im Besitz der Bischöfe von Seckau. Als Sitz des erzbischöflichen Jägermeisters vom Sausal mußten stets zwei Jagdhunde bereitgehalten und pro Jahr vier Marderbälge abgeliefert werden. Spätere Besitzer von Schloß Flamhof waren Conrad von Eybisfeld, Dr. Balla, Dr. Zerling und seit 1969 Ing. Lothar Chladrowa.
E: Franz Krummel
Lit: *Bar., 320 f*

Fohnsdorf, Burgruine
BH *Judenburg*
G und **KG** *Fohnsdorf*
Heute sind nur mehr Mauerreste des Palas und des Bergfrieds erhalten. Die einst bedeutende Burg wird 1252 erstmals genannt und bereits 1292 zerstört. Wiedererrichtung, im 14. Jh. mit Torbau und Palas erweitert. 1479 wurde die Burg an die Ungarn übergeben, mit denen der Erzbischof von Salzburg gegen Kaiser Friedrich III. verbündet war. Die Burg war bis 1805 (Säkularisierung) im Besitz der Salzburger Erzbischöfe.
E: Gemeinde Fohnsdorf
Lit: *Bar., 249 ff; Dehio, 105*

Forchtenstein, Burg
BH *Murau*
G und **KG** *Neumarkt/Steiermark*
Zwei durch Wehrmauern verbundene Baugruppen; der ältere Teil ist das ehem. sechsgeschoßige Turmhaus, später dazugebaut wurden Palas und Eingangstor.

Im 19. Jh. verfiel die Burg, wurde jedoch um 1884 wiederhergestellt: dabei wurden Bergfried und Palas um zwei bzw. ein Geschoß vermindert und neue Fenster ausgebrochen. Die in erhöhter Lage im Nordwesten des Marktes gelegene Burg wurde 1141–44 erstmals genannt; 1224 urk. im Besitz der Erzbischöfe von Salzburg (Sitz der Verwalter bzw. der Burggrafen). Spätere Besitzer waren die Familien Schrattenbach, Putterer, Solewacher-Antwilser; heute ist die Burg Sitz der „Europäischen Föderalistischen Bewegung" und wird nach dem Landesrat Brunner „Karl-Brunner-Haus" genannt.

E: Europäische Föderalistische Bewegung

Lit: *Bar., 473 ff; Dehio, 326*

Frauenburg, Burgruine

BH und **G** *Judenburg*

KG *Frauenburg*

An der höchsten Stelle der Anlage liegt das turmartige Haus Ulrichs von Liechtenstein (die Burg war einst der Lieblingssitz des berühmten Minnesängers, gestorb. 1275, begraben in Seckau). Die tiefer liegenden Gebäude sind später entstanden: Trakt mit Resten der 1434 erbauten Martinskapelle, zwei Torbauten, Palas (1926 zum Teil eingestürzt, anschließend wieder aufgebaut). Frauenburg wurde 1248 erstmals urk. erwähnt und durch Rudolf IV. von Liechtenstein (gest. 1425) unter Zuziehung italienischer Meister erweitert. 1437–1656 im Besitz der Stubenberg, von 1666 bis heute im Besitz der Schwarzenberg. Seit dem frühen 19. Jh. allmählicher Verfall.

E: Elisabeth Petzold, geb. Prinzessin Schwarzenberg

Lit: *Bar., 252 ff; Dehio, 110*

Frauental, Schloß

BH und **G** *Deutschlandsberg*

KG *Hörbing*

Ein regelmäßiger dreigeschoßiger Vierflügelbau mit dreigeschoßigen Pfeilerarkaden im Hof, zweigeschoßiger Kapelle (zum hl. Josef) mit Stukkaturen (aus der Werkstätte Alexander Serenios, um 1685). Schloß Frauental wurde 1542 unter Gall von Racknitz zum Adelssitz ausgebaut. Der heutige Bau stammt aus 1675 und wurde vermutlich von Jakob Schmerlaib aus Leibnitz errichtet (Inschrift und Wappen über dem Rustikaportal). Besitzer waren Ferdinand Graf Zehentner, Khuenburg, die Maillegg und die Batthyány (bis 1700), Moritz Graf Fries und seit 1820 die Fam. Liechtenstein. Das zwischen Teichen und schönen Alleen gelegene Schloß wurde in den Jahren 1969/70 restauriert und wohnlich gestaltet.

E: Fam. Franz Géza Prinz von und zu Liechtenstein

Lit: *Bar., 66 ff; Dehio, 112*

Frauheim, Schloß

BH *Leibnitz*

G *Ragnitz*

KG *Badendorf*

Geschlossener Vierflügelbau des 17. Jh.s mit drei Ecktürmen um einen quadratischen Hof. Zweigeschoßige Kapelle (Restaurierung 1959) mit Stuckverzierung über dem Eingang (spätes 17. Jh.) und gleichzeitigem Hochaltar mit Bild der Anna selbdritt. 1853 wurden von der damals abgebrochenen Kapelle der → Grazer Burg Fresken des Egid de Rye hierher übertragen. An der Straße vor dem Schloß Steinfigur des hl. Johan-

nes Nepomuk aus der Mitte des 18. Jh.s. Der urspr. kleine Edelhof der Bischöfe von Seckau wurde im 16. Jh. zum Schloß ausgebaut. Im 18. Jh. erfolgte die Umgestaltung der Türme, der Wohnräume des Obergeschoßes und der Kapelle. Besitzer waren Nikolaus von Frauheim (Anfang des 14. Jh.s), die Familie Rindsmaul (ab 1415) und ab 1685 dann die Freiherren von Kellersperg. Letzte Restaurierungsarbeiten 1986.
E: Ernst, Hans und Georg Freiherr von Kellersperg
Lit: *Bar., 321 f; Dehio, 112 f*

Freiberg, Schloß
BH *Weiz*
G *Ludersdorf-Wilfersdorf*
KG *Ludersdorf*
Dreigeschoßiger rechteckiger Bau um einen Innenhof mit vier Ecktürmen und zwei über Eck gestellten quadratischen Türmen mit achteckigen Aufsätzen. Freistehendes Torgebäude, zweigeschoßige Kapelle im Nordtrakt mit Bild der Himmelfahrt Mariä, signiert und datiert „Gaetano D. Rosa F. 1743". Seit dem Ende des 12. Jh.s Sitz der Stubenberger Dienstmannen von Freiberg, dann im Besitz der Familie Stadl (15. Jh.–1635), später der Grafen Kollonitsch (bis 1874). Otto G. Graf von Kollonitsch setzte genaue Bestimmungen für die Wirtschaftsführung fest; so sind z. B. Wochenspeisezettel für das Gesinde für das Jahr 1640 erhalten! Das Schloß wurde unter Otto Graf Kollonitsch 1638 errichtet, Mitte des 18. Jh.s umgebaut bzw. erweitert (unter Kardinal Sigmund Graf Kollonitsch, ausgeführt durch den erzbischöflichen Baumeister Matthias Gerl) und 1928 sowie 1966/67 renoviert.
E: Walter Haibl und Erich Mohringer
Lit: *Bar., 579 f; Dehio, 113*

Freibüchl, Schloß
→ Freybühel, Schloß

Freybühel, Schloß (Freibüchl)
BH *Leibnitz*
G *Hengsberg*
KG *Schönberg*
Vierflügelige Anlage mit Ecktürmen um einen rechteckigen zweigeschoßigen Arkadenhof. Uhrturm mit Zwiebelhelm aus dem 18. Jh., eine Kapelle, die 1880 um den Altarraum erweitert und neuromanisch ausgestaltet wurde; in einigen Räumen Wandmalereien im Stil Louis XVI. Um 1585 begann Gregor Amman von Ammansegg mit dem Bau des Schlosses; um die Mitte des 17. Jh.s wird es völlig umgestaltet und in die heutige Form gebracht (Reste aus dem 16. Jh. sind heute noch erkennbar). Besitzer waren die Familien Freiherr Puchbaum, die Saurau, die Stubenberg, die Khuenburg, die Grafen Des Enffans d'Avernas.
E: Diane Mitschell
Lit: *Bar., 322 f; Dehio, 113*

Freydenegg, Schloß
→ Pfeilerhof, Schloß

Friedhofen, Schloß
BH *Leoben*
G *St. Peter-Freienstein*
KG *St. Peter*
Zweieinhalbgeschoßiger Vierflügelbau mit vier vortretenden Ecktürmen. Säulenarkaden an drei Seiten des Hofes (restauriert 1981), Portale an Nord- und Südfront, Nische mit barocker Muttergottesstatue, ehem. Kapellenraum mit reichem Stuck (um 1667), Erdgeschoßhalle im Osttrakt mit Sammlung von Werkzeugen zur Salzgewinnung. Das 1561 er-

richtete Schloß wurde 1667 umgebaut (die Säulenarkaden wurden eingebaut sowie die offene Hofseite geschlossen). Besitzer waren die Herberstein, Pranckh (1627), Ziernfeld (18. Jh.).
E: DDr. Gertraud Aubell
Lit: *Bar., 375; Dehio, 483*

Friedstein, Schloß
BH *Liezen*
G und **KG** *Stainach*
Massiger dreigeschoßiger Bau mit vorspringenden Ecktürmen. Im Inneren Balken- sowie Kassettendecken, Speisezimmer mit bemalter Holzdecke, Ecksaal mit buntem Ofen (mit allegorischen Darstellungen von Jagd, Geometrie, Musik und Astrologie), Kapelle mit Altar aus 1689, barocken Bildern und drei gotischen Statuen aus dem späten 15. Jh. Hans Friedrich von Stainach ließ zwischen 1595 und 1613 das Schloß neu erbauen. Eine Beschreibung vermerkt: „Neues Geschloß zu Niederhoven von grünen Wasen und von Grund auf als ein schönes, wolaccomodiertes Haus italianato errichtet." Nach einem Brand 1676 wurden die Gebäude wiederhergestellt, insbesondere die Kapelle im südwestlichen Eckturm. Spätere Besitzer waren die Saurau, die Sprinzenstein und die Fünfkirchen.
E: Seit 1875 Fam. Hohenlohe-Schillingsfürst
Lit: *Bar., 407; Dehio, 116*

Frondsberg, Schloß
BH *Weiz*
G *Koglhof*
KG *Rabendorf*
Drei Flügel über dreieckigem Grundriß umschließen einen kleinen Hof; gotische Rechteckfenster und vermauerte Schießscharten, Rittersaal mit prunkvollen Türgerichten, Gobelinimitationen, Wandmalereien aus 1735, Kassettendecke, Kachelofen mit Delfter Kacheln des 18. Jh.s. Kapelle mit einem Altar aus dem späten 17. Jh. 1265, im Besitz der Stadecker, erstmals genannt; spätere Besitzer waren dann Franz von Neuhaus (1570–1600) und die Familie Pranckh. In der Renaissance wurde die einstige Burg zum Schloß umgebaut. 1945 wurde das Schloß durch Kriegseinwirkungen beschädigt, in den darauffolgenden Jahren jedoch völlig wiederhergestellt.
E: Seit 1823 Freiherren von Gudenus
Lit: *Bar., 580 ff; Dehio, 121 f*

Fünfturm, Schloß
BH, G und **KG** *Leibnitz*
Das ehem. Jagdhaus der Salzburger Erzbischöfe stammt in seiner heutigen Form aus dem 19. Jh. (Inschrift: erbaut 1849). Eigentümer waren der Erbauer Dr. F. N. Hinta, die Fam. Graf Bergh(e), genannt Trips, der Regisseur Georg Wilhelm Pabst (1945) und Dr. Christian Broda (ehem. Abgeordneter zum Nationalrat und Justizminister).
E: Dr. Christian Broda/ Erben
Lit: *Bar., 323*

Fürstenfeld, ehem. Burg
BH, G und **KG** *Fürstenfeld*
Eine dreiflügelige zweigeschoßige ehem. offene Anlage um einen Pfeilerarkadenhof, Schloßbastei an der Nordostecke der alten Stadtbefestigung, ein Stück der alten Festungsmauer. Markgraf Ottokar IV. errichtete um 1170 die landesfürstliche Burg. Nach mehreren Zerstörungen (durch die Ungarn und die Türken) erfolgten im-

mer wieder Neuerrichtungen. Zu- bzw. Umbauten von der Mitte des 16. bis ins 19. Jh. Die Burg war urspr. Sitz des landesfürstlichen Burghauptmannes, ab 1621 im Besitz der Freiherren von Paar; 1776 erwarb der Staat Burg Fürstenfeld, um darin eine Tabakfabrik einzurichten. Im sehr gut erhaltenen Gebäude ist heute die Tabakfabrik der Austria Tabakwerke AG untergebracht.
E: Austria Tabakwerke AG
Lit: *Bar., 134 ff; Dehio, 125*

Fürstenfeld, Schloß (Kommende)
BH, G und **KG** *Fürstenfeld*
Nach den Kriegsschäden von 1945 sind heute nur noch der längere Nordtrakt und ein kurzer Westflügel, beide zweigeschoßig, erhalten. Der Kern des Schlosses ist mittelalterlich, Um- bzw. Zubauten erfolgten im 17. und im 18. Jh. Gegründet wurde die an der Nordseite der Kirche liegende Kommende nach 1200 und ist somit die älteste Niederlassung des Johanniter- (heute Malteser-)Ordens des Habsburgerreiches. Als Bollwerk gegen Osten (zur Sicherung der Reichsgrenze) wurden 1170 Stadt, Burg und später Kommende Fürstenfeld von den Babenbergern gegründet. Das sehr gut erhaltene Schloß ist Sitz der Verwaltung der Kommende Fürstenfeld.
E: Souveräner Malteser Ritterorden
Lit: *Bar., 134 ff; Dehio, 124*

G

Gabelkhofen, Schloß
BH *Judenburg*
G *Fohnsdorf*
KG *Hetzendorf*
Die gut erhaltene Wasserburg der Renaissance wurde Mitte des 16. Jh.s unter Verwendung gotischer Bauten in die heutige rechteckige Form gebracht (die Wassergräben sind trockengelegt). Schmaler Zwinger, hohe Ringmauer mit Torturm sowie mit vier runden Ecktürmen; das Schloß ist vierflügelig und mehrgeschoßig; das oberste Geschoß mit Schießscharten und vier Eckerkern mit Kegeldächern, hofseitig Freitreppe sowie Arkaden auf schlanken Rundpfeilern mit toskanischen Kapitellen. An der Abzweigung von der Bundesstraße das sogenannte Gabelkhofener Kreuz, eine Wegkapelle mit barocker Pietà aus dem 18. Jh. (1952 restauriert). Das wahrscheinlich aus 1445 stammende Schloß war 1536–96 im Besitz der Familie Pranckh, bis 1775 in dem der Gabelkhofer. 1827 kam es ins Eigentum des Fürsten Johann Liechtenstein.
E: Gemeinnützige Industriewohnungsgesellschaft Linz
Lit: *Bar., 255 f; Dehio, 127 f*

Gallenstein, Burgruine
BH *Liezen,* **BT** 24
G und **KG** *St. Gallen*
Gebäudereste aus Tuffsteinquadern, die einen großen länglichen Hof einschließen. Reste des Bergfrieds und des Palas. 1278 wurde die Burg unter Abt Heinrich II. von Admont zum Schutz der stiftseigenen Besitzungen erbaut. 1467 durch Brand zerstört, 1468 wiederaufgebaut. 1596 erfolgte eine Renovierung, 1621–26 kam es zu Umbauten durch Benedetto de la Torre und Pietro Gallo. 1836 wurde die Burg verlassen und auf Abbruch verkauft. Seit 1968 bemüht sich der Verein zur Erhaltung der

Burgruine, weiteren Verfall aufzuhalten. Obmann ist Baumeister Ing. Ludwig Auer.
E: Stift Admont
Lit: *Bar., 407 ff; Dehio, 131*

Gamlitz, Schloß (Obergamlitz)
BH *Leibnitz*
G und **KG** *Gamlitz*
Dreigeschoßiger Einflügelbau mit Nebengebäude. Im Inneren gewölbte Räume im ersten Obergeschoß (17. Jh.). Von den noch im 16. Jh. bestehenden Edelsitzen um den Ort ist nur mehr dieser erhalten. Im 15. Jh. war eine Familie Seidel oder Sadel von Gamlitz Besitzer des Schlosses, im 16. Jh. Ritter von Herzenskraft, um 1630 Georg Klingendrath (Eisenhändler, Stadtrichter und Bürgermeister von Graz). Im 19. Jh. war das Schloß Kavalleriekaserne. Der heutige Bauzustand stammt aus dem 17. und 18. Jh. In zwei Kellerräumen ist heute eine Galerie eingerichtet.
E: Ing. Siegfried Melcher
Lit: *Bar., 323 f; Dehio, 132 f*

Gaulhof, Ansitz
BH *Weiz*
G und **KG** *Strallegg*
Der kleine Ansitz verlor nach dem Neuaufbau nach einem Brand 1937 seinen Schloßcharakter; Stuckverzierung an der Fassade und Wappenfeld der Prälaten von Pöllau, bezeichnet 1699. In der Nähe die Brunnenkapelle mit beschädigten Fresken von Johann Cyriak Hackhofer und Brunnenschale auf geschwungenem Fuß (erbaut 1722).
E: Peter und Brunnhilde Rinderhofer
Lit: *Dehio, 546*

Georgischlößl
BH *Leibnitz*
G und **KG** *Ehrenhausen*
Historistischer Bau mit Ecktürmen aus dem späten 19. Jh. Das Schlößchen war nach 1945 als deutsches Eigentum in öffentlicher Verwaltung.
E: Rosa Wagner
Lit: *Bar., 326; Dehio, 80*

Geyeregg, Schloß
BH *Leoben*
G und **KG** *Eisenerz*
Zweigeschoßiger Bau; ein dreigeschoßiger Turm mit Zwiebelhelm. Im Inneren einige Holzportale und Holdecken. Schloß Geyeregg wurde 1621/22 vom Bergrichter und Radmeister Pankraz Geyer erbaut. Bis zum 18. Jh. verblieb es in dieser Familie. Im 19. Jh. Eigentum des kaiserlichen Familienfonds. Nach der Ermordung des Thronfolgers Franz Ferdinand (Sarajevo 1914) erhielten seine unmündigen Kinder die Herrschaft Radmer mit dem Schlößchen Geyeregg vom Kaiser geschenkt. Heute ist das sehr gut erhaltene Schloß Eigentum eines Enkels von Erzherzog Franz Ferdinand.
E: Alois Graf Nostitz-Rieneck
Lit: *Bar., 375; Dehio, 87*

Gjaidhof, Schloß
BH *Graz-Umgebung*
G und **KG** *Dobl*
Zweiflügelbau mit hohem Walmdach und vermauerten Hofarkaden; Erker und Türmchen im Osten, neugotischer Eckturm an der Südwestecke; Kapelle zur hl. Maria. Schon vor 1246 von den Babenbergern (Friedrich II. der Streitbare hielt sich gerne in diesem Jagdparadies auf und gebrauchte auch das heilkräftige Wasser der Quellen des Tobelbaches) erbautes herzogliches, später kaiserliches Jagdschloß; Um- und Ausbau unter Erzherzog Karl (1568–70, durch den Hofbaumeister Dionisio

Tade). 1804 gelangte das Schloß in Privatbesitz (Galler, Mandell) und wurde 1851–82 von Freiherr von Bonar neugotisch umgebaut. Heute sind im Schloß eine Mädchenhauptschule mit Internat sowie das Erholungsheim der Ordensschwestern untergebracht.
E: Seit 1959 Orden der Barmherzigen Schwestern vom hl. Vinzenz von Paul
Lit: *Bar., 151; Dehio, 73*

Gleichenberg, Schloßruine
BH *Feldbach*
G *Bad Gleichenberg*
KG *Gleichenberg-Dorf*
Ehemals stattlicher Bau um rechteckigen dreigeschoßigen Arkadenhof, mit östlichem Vorwerk. Heute noch erhalten sind Reste des Arkadenhofes und der 4 m starken Schildmauer. Das in hoher Berglage über der Klausenschlucht gelegene Schloß wurde Anfang des 14. Jh.s von den Wallseern erbaut; 1581–1945 war Gleichenberg im Besitz der Grafen Trauttmannsdorff (Maximilian Graf Trauttmannsdorff ließ den älteren Bau wesentlich erweitern und gab dem Schloß seine letzte Gestalt, um 1624). In den letzten Kriegstagen von 1945 brannte das bis dahin guterhaltene Schloß zur Ruine aus.
E: Seit 1945 Grafen Stubenberg
Lit: *Bar., 97 ff; Dehio, 32*

Gleinstätten, Schloß
BH *Leibnitz*
G und **KG** *Gleinstätten*
Mächtiger vierflügeliger dreigeschoßiger Bau mit runden Ecktürmen mit Zwiebelhelmen, Arkadenhof und ehem. Kapelle, über zwei Geschoße reichend (1740). Der heutige Baubestand stammt aus dem 16. und 17. Jh. Nach einem Brand 1666 erfolgte die Wiederherstellung durch Franz Isidor Carlone. 1975–78 durchgreifende Restaurierungen. Besitzer waren Erzherzog Ferdinand (bis 1607), die Familien Zeller und Globitzer, Khuenburg von 1728 bis ins 20. Jh. und das Land Steiermark. Im Schloß sind das Gemeindeamt, eine Bibliothek, die Volks- und Sonderschule sowie der Kindergarten untergebracht.
E: Marktgemeinde Gleinstätten
Lit: *Bar., 327; Dehio, 136*

Goldschmiedschlößl
BH *Graz-Umgebung*
G *Übelbach*
KG *Kleinthal*
Zweigeschoßiger Bau in U-Form, dreizehnachsige Vorderfront, schmiedeeisernes Parkgitter aus dem frühen 19. Jh. Die Hammerherrenfamilie Schröckenfuchs erbaute 1783 das stattliche Herrenhaus. Heute laufend Restaurierungsarbeiten.
E: Seit 1980 Dipl.-Ing. Constantin von Pott
Lit: *Dehio, 575*

Goppelsbach, Schloß
BH *Murau*
G *Stadl an der Mur*
KG *Stadl*
Einfacher dreigeschoßiger Renaissancebau mit Walmdach. Neuer Turm, Arkaden im Erd- sowie ersten Obergeschoß, Zwergenfiguren aus Stein aus dem 18. Jh., großer Pfeilerstadl aus dem 17. Jh. Das Einfahrtstor ist eine moderne Nachbildung des Friesachertores in Murau; neues Mausoleum im Park. 1587–95 ließ Seifried von Moßheim das Schloß neu erbauen. Spätere Besitzer waren die Pranckh (16. und 17. Jh.), die Neuhaus, die Schwarzenberg (19. Jh.); 1938–79 im Besitz von Kommerzialrat Kurt Leo

Weigl. In dieser Zeit wurden alljährlich beträchtliche Summen für die Erhaltung dieses Renaissancebaues (dell'Allio-Schule) verwendet.
E: Karl Heinz Nicolaus
Lit: *Bar., 478; Dehio, 141*

Grafendorf, Schloß
→ Neupfannberg, Schloß

Graschnitz, Schloß
BH *Bruck an der Mur*
G *St. Marein im Mürztal*
KG *Graschnitz*
Der heutige Bau besteht aus einem langgestreckten Hauptgebäude, dem Turm, einer Tordurchfahrt und weitläufigen Wirtschaftsgebäuden. Im schönen Park zwei liegende Steinlöwen aus dem späten 19. Jh. Das im 16. Jh. erbaute Schloß wurde im 17. Jh. erweitert und in der zweiten Hälfte des 19. Jh.s gänzlich umgebaut (der Rundturm wurde 1917 in die heutige Form gebracht). Besitzer waren die Ratmannsdorf (1570), Putterer, Vetter von der Lilie und Gräfin Zeppelin.
E: Christian von Dücker, Graf von Plettenberg
Lit: *Bar., 40 f; Dehio, 466*

Graz, Burg
G *Graz, Hofgasse 13–15*
Vom urspr. Baukomplex sind heute noch Reste des sogenannten Friedrichsbaues mit der „Kammerkapelle", das südliche Burgtor, der Maximiliansbau, eine Doppelwendeltreppe, der Karlsbau und der Registraturtrakt erhalten. Neubauten aus 1950–52 schließen den ersten und den zweiten Burghof ab. Auf dem Areal der ehem. Burgbastei befindet sich der Burggarten. Der ausgedehnte Baukomplex mit Teilen vom 15.–20. Jh. liegt auf der Terrasse südöstlich des Schloßberges und war urspr. in die mittelalterliche Stadtbefestigung einbezogen. Kaiser Friedrich III. ließ 1438–53 den ersten Bau an dieser Stelle errichten (Friedrichsbau). In der Folge war die Burg Residenz von Kaiser Friedrich III. und Sitz des innerösterreichischen Hofes bis 1619. Unter Maximilian I. Errichtung des Maximiliansbaues (1500), 1554 Errichtung der Prunktreppe nach einem Entwurf von Domenico dell'Allio. Unter Erzherzog Karl II. erfolgte eine großzügige Erweiterung (Karlsbau). 1596–97 Bau der Hofkapelle im vierten Geschoß des alten Palas mit Fresken von Egid de Rye; 1853 wurden Bruchstücke dieser Malereien in die Kapellen der Schlösser → Frauheim und → Groß-Söding übertragen. Im 19. Jh. wurden Friedrichsbau, Ferdinandstrakt und die Prunktreppe abgetragen. Nach Kriegsbeschädigungen im Zweiten Weltkrieg erfolgte ab 1947 die Wiederherstellung. Die Grazer Burg ist heute Sitz der Steiermärkischen Landesregierung.
E: Land Steiermark
Lit: *Dehio Graz, 48 ff*

Grazer Landhaus
G *Graz, Herrengasse 16*
Große palastartige Anlage, die zu den bedeutendsten Monumentalbauten der Renaissance nördlich der Alpen gezählt wird. Der älteste Teil des Gebäudes ist der Trakt in der Schmiedgasse Nr. 5, der um 1510 erbaut wurde. „Rittersaaltrakt" (Ecke Schmiedgasse-Landhausgasse), erbaut 1527–31 mit dem sogenannten Rittersaal im ersten Geschoß, mit schönem Stuckplafond von Pietro Angelo For-

mentini (1746); zwei Gobelins mit Wappen der Besitzungen der Fürsten von Eggenberg (Mitte des 17. Jh.s), Gemälde Kaiser Franz Josephs von Anton Einsle (1850). „Haupttrakt" (Herrengasse), erbaut 1557–65 nach Plänen von Domenico dell'Allio; Arkadenhof, der „Steinerne Saal", „Wappensaal" mit historisch-altdeutscher Ausstattung (von Karl Lacher, 1890). „Verbindungsflügel" zum Zeughaus, erbaut 1645. „Landhauskapelle" Mariä Himmelfahrt, erbaut 1630, mit Säulenaltar, datiert 1630, und gleichzeitigem Altarblatt von Hans Heinz, Sandsteinfiguren der Heiligen Barbara und Katharina von Hans Ludwig Ackhermann. „Landstube", erbaut 1740; im ersten Hof ein bemerkenswerter Brunnen von 1590. Das Landhaus entstand zwischen 16. und 19. Jh. und war Kanzlei und Versammlungsort der steirischen Landstände.
E: Land Steiermark
Lit: *Dehio Graz, 51 f*

Greifenberg, Schloß
BH *Leoben*
G *Radmer*
KG *Radmer a. d. Hasel*
Dreigeschoßiger Bau mit zwei runden eingestellten Ecktürmen mit Hauben; Krüppelwalmdach; einfache Stuckdecken aus dem späten 17. Jh. im ersten Obergeschoß. Das Jagdschloß wurde um 1600 erbaut und war Wohnsitz der dortigen Gewerken. Weitere Besitzer waren die Hammerherrenfamilie Prevenhuber, das Stift Seitenstetten (um 1800), die Radmeisterei Vordernberg (bis 1845), Kaiser Franz Joseph I. und seit 1914 die Nachfahren Erzherzog Franz Ferdinands.
E: Fürsten Ferdinand und Ernst von Hohenberg
Lit: *Bar., 376; Dehio, 386*

Greisenegg, Schloß
BH und **G** *Voitsberg*
KG *Voitsberg-Vorstadt*
Viereckiger Bau mit kleinem Hof, Brücke, mächtigem Torbau, ehem. Wehrmauern, Doppelwappen Wagensperg-Saurau. Urk. wird die „Veste Voitsberg enhalb der Kainach" 1443 erwähnt; vom Kohlengewerken August Zang wurde sie unter Verwendung des alten Mauerbestandes 1877 in ein Landhaus umgebaut. Im Schloß sind heute Veranstaltungsräume und eine Buschenschenke untergebracht.
E: Fam. Steirer
Lit: *Bar., 570 f; Dehio, 586*

Großlobming, Schloß
BH *Knittelfeld*
G und **KG** *Großlobming*
Dreigeschoßiger Hauptbau, Verwalterhaus, alter Amtshof, Stallungen; neben dem Schloß eine Kapelle mit überlebensgroßer Steinstatue des hl. Johannes Nepomuk, von zwei Engeln begleitet (Mitte des 18. Jh.s). Der heutige Bau stammt aus 1777–79 (errichtet von Ignaz Plasch) und wurde im 19. Jh. umgebaut und verändert. 1980/81 erfolgte der Umbau zu einer Landwirtschaftsschule mit dem gegenüberliegenden Erweiterungsbau. Seit der Mitte des 14. Jh.s war Großlobming Sitz eines gleichnamigen Geschlechtes, 1499–1730 im Besitz der Familie Saurau, später der Welsersheimb und der Wimpffen.
E: Land Steiermark
Lit: *Bar., 295 ff; Dehio, 150*

Groß-Söding, Schloß
BH *Voitsberg*
G *Söding*
KG *Großsöding*
Dreigeschoßiger Baublock mit Walmdach und Dachreiter. Nach Süden Anbau mit Eckturm. Ehrenhof, Wirtschaftsgebäude, Wandmalereien (Ende des 17. Jh.s, 1972 freigelegt und restauriert) in der Obergeschoßhalle. Die Kapelle (1687 erbaut) mit gutem Stuck aus derselben Zeit. Um 1563, wahrscheinlich an der Stelle eines älteren Baues, durch Gotthard Schober neu erbaut und im späten 17. Jh. umgestaltet. 1665–1960 im Besitz der Familie Kellersperg. Im gut erhaltenen Schloß sind einige Mietwohnungen eingerichtet.
E: Ing. Richard Sparowitz
Lit: *Bar., 567; Dehio, 528*

Großsölk, Schloß (heute Pfarrhof)
BH *Liezen*
G und **KG** *Großsölk*
Dreigeschoßiges Stöckl (15. und 16. Jh.), vereinzelte gotische Fensterstöcke, Tonnengewölbe mit spitzbogigen Stichkappen. Der Bau ist von einer starken hohen Ringmauer umgeben. Urspr. landesfürstlich, war Großsölk 1539 im Besitz der Freiherren von Hofmann, 1583–1617 der Herberstein, bis 1773 des Jesuitenordens. 1672 wurde in Großsölk eine interessante Jagdordnung erlassen: Infolge der Raubtierplage in der Sölk wurden alle Untertanen verpflichtet, bei Jagden auf Raubtiere teilzunehmen! Das im Verband mit der Pfarrkirche isoliert auf einem Felsen liegende ehem. Schloß ist gut erhalten.
E: Röm.-kath. Kirche St. Leonhard
Lit: *Bar., 428 ff; Dehio, 153*

Großwilfersdorf, Edelsitz (Lyboch)
BH *Fürstenfeld*
G *Großwilfersdorf*
KG *Radersdorf*
Mitte des 18. Jh.s wurde das Obergeschoß des Gebäudes abgetragen und die ebenerdigen Teile um den quadratischen Hof zum Meierhof umgestaltet. An der Ostseite ist die barocke Fenstergliederung noch erkennbar. Die einst danebenliegende Kirche zum hl. Ulrich wurde 1809 abgetragen. Im 13. Jh. errichteten die Johanniter einen Wehrbau; weitere Besitzer waren die Kapfensteiner, die Weissenekker, die Lengheimer, die Herberstorffer, die protestantische Kirche (1670). 1600 wurde die Ulrichskirche von der Reformationskommission in die Luft gesprengt!
E: Herbert und Theresia Hammerlindl
Lit: *Bar., 141; Dehio, 155*

Grubegg, Schloß
BH *Liezen*
G *Bad Mitterndorf*
KG *Krungl*
Zweigeschoßiger Rechteckbau mit Schindelwalmdach. Die urspr. befestigte Anlage wurde von dem Gewerken A. Grueber 1591 erbaut und später mehrfach verändert. 1609 wurde der Ansitz vom Untertanenverhältnis befreit und erhielt den Namen „Gruebegg“. 1759 war hier das Salzamt Bad Aussee untergebracht. Heute ist das gut erhaltene Schlößchen Sitz der lokalen Forstverwaltung.
E: Österreichische Bundesforste
Lit: *Bar., 411; Dehio, 33*

Grubhof, Ansitz
BH *Judenburg*
G und **KG** *Reifling*
Einstöckiger Bau mit

Glockenturm, Kapelle mit Altar um 1760, einige Tramdecken um 1600. Jakob Gruber, ein Bürger aus Judenburg, errichtete 1569 das Schlößchen. Unter Johann Ernst von Pranckh wurde es 1652 zu einem adeligen Ansitz ausgebaut. Seit dem 18. Jh. war hier eine Gastwirtschaft untergebracht, die bis 1945 bestand und später wieder eröffnet wurde.
E: Fam. Hyden
Lit: *Bar., 256 f; Dehio, 201*

Grünfels, Burg
BH, G und **KG** *Murau*
Von dieser Burg sind nun noch der zweigeschoßige Wehrturm, die Ringmauern sowie das Pflegerhaus aus dem 17. Jh. erhalten. 1366 „Purg" genannt und seit damals in die Murauer Stadtbefestigung einbezogen. Die Burg war Liechtensteinisches Lehen und mit Burggrafen wie Aspach, Hammerl, Fletzer besetzt. 1456 wurde die danebenliegende Leonardikirche errichtet.
E: Karl Johannes Fürst von Schwarzenberg
Lit: *Bar., 479; Dehio, 305*

Grünpichl, Schloß
BH *Liezen*
G und **KG** *Rottenmann*
Langgestreckter Bau mit Eckrisaliten. In einigen Räumen Stuckdecken des 17. Jh.s. Die Kapelle stammt aus dem späten 17. Jh. Das aus dem 14. Jh. stammende Schlößchen war Besitz der Pichler, der Putterer, der Welser (ab 1649), der Grafen von Welsersheimb (bis 1780). Seit einem Brand 1866 hat das Gebäude den Charakter eines großen Bauernhofes.
E: Leo und Isolde Thörler
Lit: *Bar., 411 f; Dehio, 411*

Gstatt, Schloß
BH *Liezen*
G und **KG** *Mitterberg*
Schlichter dreigeschoßiger Baublock mit kleinem geschweiften Mittelgiebel über der Front. Portal aus rotem Marmor mit zwei Abtwappen (Johannes Hoffmann 1597, Anton von Mainersberg 1725). Der heutige Bau wurde 1563–65 errichtet; 1723–26 erfolgte eine Erweiterung und der Aufbau des zweiten Obergeschoßes (nach Plänen von Johann Michael Prunner). Nach einem Brand 1937 wurde das Schloß in vereinfachter Form wiederhergestellt. Vom 14. bis zum 19. Jh. war das Schloß Eigentum des Stiftes Admont.
E: Seit 1929 Fam. Fürst Colloredo-Mannsfeld
Lit: *Bar., 412 f; Dehio, 155*

Gumpenstein, Schloß
BH *Liezen*
G *Irdning*
KG *Altirdning*
Das Schloß besteht aus den beiden zweigeschoßigen, im rechten Winkel zueinander stehenden Flügeln, aus dem Nordsüdflügel mit zwei anliegenden Türmen (1616) und dem Ostwestflügel aus der Mitte des 17. Jh.s (im 19. Jh. erweitert); anschließend wurde das Schloß der englischen Gotik angepaßt. 1449 wird Gumpenstein genannt, 1616 in der heutigen Form von den Stainach erbaut; 1629–1789 im Besitz der Welser von Welsersheimb; seit 1954 ist hier die Bundesanstalt für alpenländische Landwirtschaft untergebracht.
E: Republik Österreich
Lit: *Bar., 413; Dehio, 156*

Gusterheim, Schloß
BH *Judenburg*
G *Pöls*
KG *Allerheiligen*
Einfacher langgestreckter zweigeschoßiger Bau mit zwei kleinen Innenhöfen. An der Ostseite Turm mit barocker Haube. Das Schloß ist mit guten Gemälden und schönem Mobiliar ausgestattet. Johann Christian Payrlechner erbaute das Schloß 1661–63. 1835 erfolgten Umbauten, 1972 wurde eine umfangreiche Restaurierung durchgeführt. Das Schloß ist seit 1698 in Schwarzenbergischem Besitz.
E: Elisabeth Schwarzenberg verh. von Pezold
Lit: *Bar., 257; Dehio, 374*

Gutenberg, Burg
BH *Weiz*
G *Gutenberg an der Raabklamm*
KG *Garrach*
Unregelmäßiger, im wesentlichen viergeschoßiger Gebäudekomplex von annähernd fünfeckigem Umriß um einen ebensolchen Innenhof, Rustikaportal. Kapelle zum hl. Pankraz (1365 geweiht), über drei Geschoße reichend, mit Freskenresten. Zweigeschoßige Säulenarkaden im Innenhof sowie Reste einer gemalten Sonnenuhr (bezeichnet 1779). Räume mit Stuckdecken (zweite Hälfte des 17. Jh.s), eine bemalte Spätrenaissance-Decke, steinerne Türrahmen (Ende 16. Jh.), Öfen des 17./18./19. Jh.s. An der Zufahrt Statuen der hl. Anna und des hl. Johannes Nepomuk aus Stein, von Veit Königer (1770) sowie zwei Straßenkapellen. Luitold III. von Waldstein gründete 1185 die Burg, die 1288 in den Besitz der Stubenberg gelangte. Dem älteren Bau wurde 1490 die zweigeschoßige Vorburg hinzugefügt. 1567 Umbau und Erweiterung des Hauptschlosses. Burg Gutenberg, auf felsiger Höhe gelegen, ist heute eine der besterhaltenen Burganlagen in Österreich.
E: Josef Graf von Stubenberg
Lit: *Bar., 583 ff; Dehio, 156 f*

H

Haberbach, Schloß
→ Hohenrain, Schloß

Hainfeld, Schloß
BH *Feldbach*
G und **KG** *Leitersdorf im Raabtal*
Zweigeschoßiger Vierflügelbau, quadratischer Innenhof mit Arkaden, quadratische Türme mit Pyramidendächern an den vier Ecken. In mehreren Räumen des Obergeschoßes sind Teile der alten Barockausstattung erhalten: Stuckdecken des späten 17. Jh.s, das Laudon-Zimmer mit militärhistorisch bedeutsamen Gefechtsdarstellungen aus dem Siebenjährigen Krieg auf Leinwandbespannungen (um 1762), chinesisches Zimmer mit Papierbildern auf Leinwand, Zimmer mit Galerie des steirischen Adels (1762), Bibliothek des bedeutenden Orientalisten Joseph Freiherr von Hammer-Purgstall; eine seiner Übersetzungen, „Der Diwan des Hafis", diente Goethe als Vorlage für seinen „Westöstlichen Diwan" (1819). Das urk. erstmals 1275 erwähnte Schloß (das größte Wasserschloß der Steiermark; der breite Wassergraben ist heute trockengelegt) wurde im späten 16. Jh. zu seinem heutigen Umfang ausgebaut. Ende des 18. Jh.s erfolgte der Einbau der Schloßkirche (1773) und der beiden runden Treppentürme. Besitzer von Hainfeld waren die Winkler

(14.–17. Jh.), die Grafen Khisel (1632), die Grafen Purgstall (1719–1835) und dann die Freiherren von Hammer-Purgstall. 1965–69 Restaurierungsarbeiten.
E: Baronin Hammer-Purgstall
Lit: *Bar., 103 f; Dehio, 159 f*

Halbenrain, Schloß
BH *Radkersburg*
G und **KG** *Halbenrain*
Dreigeschoßiger Vierkanter, Innenhof mit Arkaden im Erdgeschoß sowie einer zweiläufigen Treppenanlage und einem Wappen der Familien Ratmannsdorf und Stürgkh. 1244 wurde die Burg „Haldenrain" von Herzog Friedrich II. dem Streitbaren an den steirischen Landschreiber Witigo verliehen. Im 16.–17. Jh. wurde ein Neubau errichtet. Nach einem Brand 1767 wurde das Schloß weitgehend erneuert. Halbenrain, an der alten Reichsgrenze gelegen, wurde oft von Feinden aus dem Osten heimgesucht und schwer in Mitleidenschaft gezogen (1418, 1479, 1605, 1683, 1706, 1918/19, 1945), die Schäden wurden jedoch immer wieder behoben. 1724–1980 im Eigentum der Fam. Graf Stürgkh. Im Schloß ist heute eine landwirtschaftliche Hauswirtschaftsschule St. Martin untergebracht.
E: Land Steiermark
Lit: *Bar., 529 ff; Dehio, 160*

Hall, Jagdschloß
→ Mühlau, Jagdschloß

Hanfelden, Schloß
BH *Judenburg,*
G *St. Oswald-Möderbrugg*
KG *Möderbrugg*
Dreigeschoßiger Vierflügelbau mit Arkadenhof; die Wehrmauer mit Ecktürmen ist im Verfall. Im 15. Jh. im Besitz der Familie Han, 1579 der Rauchenberger, 1661 der Herberstein sowie 1783 der Schwarzenberg. Seit 1856 ist Hanfelden im Eigentum der Gewerken Neuper. 1506 nahm hier Kaiser Maximilian I. einen Jagdaufenthalt, um bei dieser Gelegenheit Verhandlungen wegen des nahegelegenen Silberbergwerkes Oberzeiring zu führen.
E: Dipl.-Ing. Alfred Neuper
Lit: *Bar., 257 f; Dehio, 579*

Hantberg, Schloß
BH *Feldbach*
G *Johnsdorf-Brunn*
KG *Johnsdorf*
Das Schloß besteht aus zwei Flügeln, die durch einen Mitteltrakt verbunden sind. Es wurde vermutlich im 19. Jh. an der Stelle eines alten Wehrbaues errichtet (im Stil alter Bauformen). Eigentümer war die Familie Hammer-Purgstall.
E: Josef Pscheidl
Lit: *Bar., 104; Dehio, 190*

Harrachegg, Schloß
BH *Leibnitz*
G *St. Andrä-Höch*
KG *Höch*
Der schmucke Barockbau wurde als Jagdschloß des Fürsterzbischofs von Salzburg Graf Harrach errichtet. 1648 wurde aus Freude über die Beendigung des Dreißigjährigen Krieges der große Keller im Schloß errichtet. Weitere Eigentümer waren der österreichische Staat (–1803), Moritz Graf Fries (1812), die Fürsten Liechtenstein und der Steiermärkische Caritasverband der Diözese Seckau.
E: Gemeinde St. Andrä-Höch
Lit: *Bar., 329*

Hart, Schloß (Harter Schlößl)
BH und **G** *Graz*
KG *Gösting*
Der heutige Bau aus dem 17. Jh. ist mit einem viereckigen Turm überhöht und wurde im Laufe der Zeit mehrfach umgebaut. Erbaut wurde dieses Schlößchen vermutlich im 12. und 13. Jh. Besitzer waren die Waltsdorfer, die Plankenwarther (14. Jh.), die Windischgraetz (bis 1413), die Waltherswei[l] (bis 1605) und die Trauttmannsdorff; 1626 wird gemeldet, daß „die Felder schlecht sind, da sie durch den täglichen Einfall des Wildpraedts schwer geschädigt werden!" Weitere Eigentümer sind Fürst Eggenberg (bis 1705), Familie Herberstein (bis 1773), Reininghaus (20. Jh.). Heute ist im gut erhaltenen Schloß eine landwirtschaftliche Fachschule des Landes eingerichtet.
E: Seit 1946 Land Steiermark
Lit: *Bar., 152*

Hart, Schloß
BH *Mürzzuschlag*
G *Kindberg*
KG *Herzogberg*
Viergeschoßiger Rechteckbau, Südtrakt mit hohem Walmdach, Torbogen mit Wappen der Idungspeuger (datiert 1523). Der vermutlich aus dem 13. Jh. stammende Bau wurde im Jahr 1523 unter Hans von Idungspeuger zu einem Renaissanceschloß umgebaut. Weitere Besitzer waren die Teuffenbach, Inzaghi, Attems und Dr. Zoltan Barcsay-Amant.
E: Fam. Kreith
Lit: *Bar., 450; Dehio, 219*

Hartberg, Ansitz (Hartbergschlößl)
BH *Fürstenfeld*
G *Loipersdorf bei Fürstenfeld*
KG *Loipersdorf*
Zweigeschoßiger Bau, der aus zwei Trakten besteht; offene Stiegenanlage, profanierter Kapellenraum, ein Inschriftstein im Obergeschoß: IEDOPP (= Joannes Ernestus de Ortenhofen Präpositus Pöllauensis), datiert 1714. Zu diesem Zeitpunkt erfolgte die Erweiterung eines vorhandenen Gebäudes durch das Stift Pöllau. Nach Aufhebung des Stiftes wurde das Schloß Staatsgut und in der Folge an Private verkauft. Im Gebäude ist ein Gaststättenbetrieb untergebracht.
E: Adelheid Brandtner
Lit: *Bar., 139; Dehio, 168*

Hartberg, Schloß
BH, G und **KG** *Hartberg*
Von der alten landesfürstlichen Burg ist heute nur mehr der dreigeschoßige Palas mit Spitzbogentor erhalten. Der nördliche Teil ist im Kern mittelalterlich, wurde jedoch im späten 16. Jh. umgebaut; der Ostflügel stammt aus dem späten 17. Jh. Arkadenhof, Rittersaal mit steinernem Renaissancekamin mit Doppelwappen Paar-Haim. Die mittelalterliche Burg wurde 1147 urk. erwähnt, der Neubau unter Johann Baptist von Paar 1584 abgeschlossen. Hartberg war einst Sitz von landesfürstlichen Dienstmannen, 1530 wurde das Schloß vom späteren Kaiser Ferdinand I. an Siegmund von Dietrichstein verkauft. Seit 1572 im Besitz der Herren, später der Fürsten Paar. Heute ist das Schloß für kulturelle Zwecke adaptiert.
E: Gemeinde Hartberg
Lit: *Bar., 203 ff; Dehio, 166*

Hartbergschlößl, Ansitz
→ Hartberg, Ansitz

Harter Schlößl, Schloß
→ Hart, Schloß
(**G** *Graz*)

Hauenstein, Burgruine
BH *Voitsberg*
G und **KG** *Gallmannsegg*
Ringmauern, drei Tore, Turmhaus mit vier Geschoßen; an einer Wand Kragsteine, die urspr. vermutlich die vorspringende Kapellenapsis trugen. Die auf 1000 m Seehöhe liegende Ruine wurde im 13. Jh. erbaut; der Landesfürst verlieh die Burg 1378 an Hanau; 1483 im Besitz des Stiftes Lambrecht, welches Hauenstein an verschiedene Familien verlieh: u. a. an Saurau, Stürgkh (1623). Später wurde die Burg vom Stift wieder eingezogen und von der Herrschaft Piber aus selbst verwaltet. Bereits um 1515 wurde Hauenstein als baufällig bezeichnet.
E: Österreichische Bundesforste
Lit: *Bar., 547 f; Dehio, 169*

Haus, Schloß
BH *Liezen*
G und **KG** *Haus*
Bau aus dem 16. Jh. mit stark erneuerter Fassade und Wappen des Erzbischofs Hieronimus Graf Colloredo von Wallsee an der Nordseite (restauriert 1975). Bis 1803 war Haus im Besitz des Erzbistums Salzburg, später im Eigentum des Staates. Der Ort Haus wurde bereits 928 urk. genannt und wahrscheinlich an der Stelle einer römischen Poststation errichtet. Im sehr gut erhaltenen Schloß befinden sich heute Mietwohnungen sowie eine Arztordination.
E: Marktgemeinde Haus
Lit: *Bar., 414 f; Dehio, 171*

Hautzenbichl, Schloß
BH *Knittelfeld*
G *Kobenz*
KG *Raßnitz*
Rechteckiger dreigeschoßiger Baublock mit hohem Walmdach, zwei runden Fassadentürmen mit steilem Zeltdach, vorspringender Laube an der Rückseite, einfachem Portal mit einem schmiedeeisernen Oberlichtgitter (bezeichnet 1696), schmiedeeisernen Fensterkörben im ersten Obergeschoß und einigen Räumen mit kuppeligen Gewölben. Der gut erhaltene einheitliche Renaissancebau aus der Mitte des 16. Jh.s war bis 1782 im Besitz des Stiftes Seckau. 1735 wurden die Wehranlagen, die bis dahin das Schloß umgaben, abgebrochen. 1783 im Staatsbesitz und seit 1883 in dem der Grafen Vetter von der Lilie.
E: Pilgram Freiherr von Pranckh
Lit: *Bar., 292 f; Dehio, 173*

Herbersdorf, Schloß
BH *Leibnitz*
G *Allerheiligen bei Wildon*
KG *Allerheiligen*
BT *23*
Geschlosssener Bau um einen rechteckigen Innenhof. Westfront und Eingangsseite werden jeweils von zwei Türmen flankiert. Das oberste Geschoß und die Wohnräume gehen auf div. Umbauten nach 1800 zurück. Der ehem. Edelhof der Herberstorffer wurde 1147 urk. erwähnt und verblieb bis 1609 in deren Besitz. Weitere Eigentümer waren die Glojacher, die Grazer Jesuiten (1640–1773; unter ihnen wurde das Schloß um 1660 von Domenico Rossi neu erbaut).
E: Fam. Nitsche
Lit: *Bar., 331 ff; Dehio, 177*

Herberstein, Schloß
BH *Hartberg*
G *Stubenberg*
KG *Buchberg*
Dieses Schloß gehört zu den interessantesten Kunstdenkmälern der Steiermark, da die Entwicklung vom einfachen Wehrbau bis zum prächtigen Renaissanceschloß heute noch sichtbar ist. Die ältesten Bauteile stammen aus 1300: der zweigeschoßige Palas und der ehemals freistehende Bergfried mit Wehrbau. Mitte des 15. Jh.s wurde der südliche Wehrbau zum Mitterstock, der Palas und Bergfried verbindet, ausgebaut. Im zweiten Halsgraben der bewehrte Ziehbrunnen. Um 1624 wurde der zweite Halsgraben überbaut und darüber der Rittersaaltrakt mit achteckigem Uhrturm mit Zwiebelhaube errichtet. Zweigeschoßiger Arkadenhof mit Pfeiler- und Säulenarkaden sowie darüberlaufender Balustrade. In der Hofmitte eine sechseckige eingefaßte Zisterne. Die Eingangsfront wird von zwei rechteckigen Türmen flankiert, die der gotischen Vorburg angehörten; Wehrgang an der Nordseite, zu dem von Bastionen des 17. Jh.s geschützten Garten und den Wirtschaftsgebäuden führend. Im Rittersaaltrakt befindet sich die Georgskapelle mit dem vorzüglichen Schnitzaltar um 1670, Wappen der Herberstein und Galla (gleichzeitig), mehreren Heiligenbildern aus dem 18. Jh.; der Rittersaal ist ein fast annähernd quadratischer Raum mit Stuckdecke um 1670, einem Steinkamin (bezeichnet 1615) sowie Porträts von Erzherzog Karl und dessen Gemahlin Maria aus dem späten 16. Jh.; die Porträts Erzherzog Ferdinands II. und seiner Frau Maria Anna von Bayern, datiert 1614, werden Giovanni de Pomis zugeschrieben. Die ehemals frei stehende gotische Katharinenkapelle ist heute in die kasemattenartigen Unterbauten des Südflügels eingebaut. Im Familien- und Schloßmuseum befinden sich u. a. wertvolles altes Hausgerät, darunter die Herbersteiner Taufgarnitur von 1568, die Waffenkammer, Räume mit Kassettendecken und Intarsien usw. Das Schloß ist umgeben von einem seit dem Anfang des 14. Jh.s bestehenden Tiergarten. Herberstein wurde 1230 urk. erwähnt und ist seit 1290 (!) im Besitz der Grafen zu Herberstein. Anläßlich der Landesausstellung 1986 (Steiermark – Brücke und Bollwerk) konnten unzählige Besucher aus dem In- und Ausland dieses prachtvolle Kunstdenkmal kennenlernen.
E: Grafen Herberstein
Lit: *Bar., 205 ff; Dehio, 177 ff*

Hohenbrugg, Schloß
BH *Feldbach*
G *Hohenbrugg-Weinberg*
KG *Hohenbrugg*
Wehrhafter Vierflügelbau um einen Innenhof, vier Ecktürme, Kapelle (mit Meßlizenz vor 1658), Gartenanlagen (die aus den ehem. Basteien entstanden). Die zweigeschoßige Vorburg und der dreigeschoßige Wohntrakt sind durch Bogengänge verbunden. Der erste Wehrbau stammt aus dem späten 12. Jh. (unter dem Geschlecht der Fürstenfelder); unter Bernhard von Mindorf wurde dieses Schloß neu erbaut und 1594 vollendet (1461–1647 im Besitz der Mindorfer). Weitere Besitzer waren die Grafen Tattenbach, Graf Batthyány und die Familie Morsey.

Hohenbrugg wurde im Lauf der Jahrhunderte durch Kriegseinwirkung immer wieder stark beschädigt. So sind heute noch Kriegsschäden aus 1945 sichtbar. Die Kapelle wurde 1987 renoviert und dient heute der Bevölkerung des Ortes als Dorfkirche.
E: Jaromir Graf Czernin
Lit: *Bar., 104 ff; Dehio, 183*

Hohenburg, Schloß
BH *Voitsberg*
G *St. Johann-Köppling*
KG *St. Johann ob Hohenburg*
Zweigeschoßiger Rechteckbau mit vier schräggestellten Ecktürmen; die Reste der ehem. Wehranlagen wurden als Stützmauern für Gartenterrassen verwendet. Das aus dem 16. Jh. stammende Schloß war im Besitz der Trauttmannsdorff (1710), der Saurau (bis 1810).
E: Fam. Winklhofer
Lit: *Bar., 548 f; Dehio, 438*

Hohenrain, Schloß (Haberbach)
BH *Graz-Umgebung*
G *Hart bei St. Peter*
KG *Messendorf Land*
Einfacher, an der Straße von Lustbühel nach Authal gelegener Landsitz; 1629 laut Inschrift von dem Grazer Stadtrichter Wolf Grienpeckh erbaut; im Besitz der Lengheimer, dann bis ins 18. Jh. der Rainer von Hohenrain. 1809, während der Schlacht am „Ruckerlberg", befand sich hier der Gefechtsstand des österreichischen Generals Gyulay. Eigentümer waren die Familien Zischka und Kapper. Im Gebäude ist eine Schule untergebracht.
E: Stadt Graz
Lit: *Bar., 19 f*

Hohenwang, Burgruine
BH *Mürzzuschlag*
G *Langenwang*
KG *Langenwang-Schwöbing*
Langgestreckte Anlage mit alter romanischer Hochburg, tiefer gelegener jüngerer Vorburg mit Torbau (16./17. Jh.), Ringmauer (durch Fliegerbomben im Zweiten Weltkrieg zum Teil zerstört). Die Burg wurde im 12. Jh. (um 1160) durch die Ministerialen von Landsee errichtet. Die Eppensteiner, die Traungauer, die Landesfürsten (mit den Burggrafen Stubenberg, Stadecker, Montfort, und Schärffenberg), die Fam. Wachtler (1845–1945, welche die hiesigen Eisenwerke ausbaute), waren Besitzer von Hohenwang. 1770 wurde die Burg durch ein Erdbeben beschädigt, 1788 verlassen und 1945 durch Kriegseinwirkungen erneut in Mitleidenschaft gezogen.
E: Dkfm. Gerhard Schrack
Lit: *Bar., 451; Dehio, 244*

Hollenegg, Schloß
BH *Deutschlandsberg*
G und **KG** *Hollenegg*
Die Anlage umschließt ein großes Rechteck und wird durch einen Querflügel in zwei Höfe geteilt. Um den kleineren sind die Wohngebäude gruppiert. Schöne Brunnenlaube aus dem 17. Jh. und Arkaden (die dem Hof des Grazer Landhauses nachgebildet sind). Alter Turm an der Nordostecke, die Kanonenrundtürme des 16. Jh.s an Nordwest- und Südostecke. Im zweiten Hof befindet sich die Pfarrkirche zum hl. Ägydius (urk. 1165, als Pfarre 1445). Im Inneren großer Saal mit Freskenmalereien (bezeichnet Ph. Carl Laubmann, 1750), schöne Kamine, Räume mit Rokokostuckdecken und Öfen aus derselben Zeit, intarsierte Türarchi-

tekturen, Holzdecken und Öfen aus dem 16. und 17. Jh., Tapisserien französischer Herkunft aus dem 18. Jh. Mobiliar und Einrichtung stammen größtenteils aus den Schlössern → Riegersburg und → Limberg. Das Schloß war Stammsitz des 1163 erwähnten, 1654 ausgestorbenen Geschlechtes der Herren von Hollenegg. Im 17. Jh. im Besitz der Grafen Saurau und der Freiherren von Buchbaum, 1687–1821 der Grafen von Khuenburg und seither der Fürsten von Liechtenstein. Um- bzw. Zubauten erfolgten vom 16. bis zum 19. Jh. Hollenegg liegt in einem prachtvollen Park, ist sehr gut erhalten und zählt zu den schönsten Schlössern der Steiermark.
E: Franz Géza Prinz von und zu Liechtenstein
Lit: *Bar., 69 ff; Dehio, 183 f*

Hornegg, Schloß
BH *Deutschlandsberg*
G *Preding*
KG *Tobis*
Dreigeschoßiger Vierflügelbau mit Hofarkaden und mächtigem achtseitigen Turm mit Haube und Laterne. Die ehem. Festung ist urk. seit 1230 im Besitz der Hornegger, 1373–1603 der Saurau, 1620–1785 Eigentum des Stiftes Stainz. Das Schloß stammt im Kern aus dem 16. Jh. und wurde nach 1875 durchgreifend umgestaltet. Nach mehrfachem Besitzerwechsel gelangte Schloß Hornegg in das Eigentum der Familie Graf Schönfeldt. Dr. Carl Schönfeldt war unter dem Pseudonym Rudolf Hornegg bekannter Sprecher des Österreichischen Rundfunks.
E: Fam. Holler
Lit: *Bar., 71 f; Dehio, 184 f*

Hubertusschlößl
G *Graz, Panoramagasse 95*
Neugotischer langgestreckter zweistöckiger Bau mit zinnenbekrönten Türmchen. Erbaut um 1590. Der Ansitz ist in schöner Lage in einem großen Garten gelegen. Das Schlößchen ist sehr gut erhalten.
E: Max Braunstein
Lit: *Dehio Graz, 134*

I

Inzaghi, ehem. Palais
G *Graz, Bürgergasse 14*
Vom Altbau sind Reste eines Säulenarkadenhofes sowie mehrere gewölbte Räume erhalten. Stiegenhaus mit klassizistischem schmiedeeisernen Geländer, Stuckplafond aus dem 17. Jh. Der aus dem frühen 16. Jh. stammende Bau wurde unter Johann Nepomuk Graf Inzaghi um 1790 umgebaut. 1965 erfolgte eine Restaurierung.
E: Gert Ragossnig und Miteigentümer
Lit: *Dehio Graz, 63 f*

Isenrode, Schloß
BH *Graz-Umgebung*
G *St. Radegund bei Graz*
KG *Schöckl*
Neugotischer Bau aus dem 20. Jh., mit Türmchen, Erker, Butzenscheiben usw. Das sehr gut erhaltene Schloß liegt in einem kleinen Park nahe der Ortschaft und ist im Eigentum der Bierbrauerfamilie Reininghaus.
E: Familien Reininghaus und Teufenstein

J

Johnsdorf, Schloß
BH *Feldbach*
G *Johnsdorf-Brunn*
KG *Johnsdorf*
Ein wehrhafter zweigeschoßiger Torbau mit Turm und zweigeschoßigen Pfeilerarkaden an der Hofseite; Wohntrakt mit stuckiertem Spiegel-

gewölbe (zweite Hälfte des 17. Jh.s), Rokokoofen und Wappenmalereien aus dem 19. Jh. Die Parkseite wurde Ende des 19. Jh.s in historisierendem Stil umgestaltet. 1961 wurde die Mariahilfkirche von Robert Kramreiter angebaut. An der Stelle eines kleineren Wehrbaues (1434 genannt), der 1605 durch die Heiducken zerstört wurde, ließ Katharina Elisabeth von Galler (Besitzerin der → Riegersburg) 1656 ein neues Schloß errichten. Besitzer waren J. von Stadl, dann die Grafen von Gleispach (1810–60). Das Schloß wurde 1945 durch Brand schwer beschädigt und von den Salesianern wiederhergestellt. Ein Exerzitienhaus und ein religiöses Bildungshaus sind heute darin untergebracht.

E: Seit 1954 Salesianer Don Bosco

Lit: *Bar., 106 f; Dehio, 190*

Judenburg, ehem. Alte Burg

BH, G und **KG** *Judenburg*

Von der einstigen alten Burg ist heute nur mehr das Jesuitenkonvikt erhalten. Diese älteste mittelalterliche Ansiedlung („Judinburch", zweite Hälfte des 11. Jh.s) war die Burgsiedlung um den heutigen Martiniplatz. Sie war Sitz der Eppensteiner, der Traungauer (1122), gelangte dann an die Babenberger (1192) und die Habsburger (1260); 1481 wurde die Burg von Kaiser Friedrich III. an das Clarakloster übergeben. 1560 bestand die Burg nicht mehr. Das Gebäude ist heute Wohn- und Geschäftshaus.

E: Stadtgemeinde Judenburg

Lit: *Bar., 258 ff; Dehio, 192*

Judenburg, ehem. Neue Burg

BH, G und **KG** *Judenburg*

Langgestreckter, gegen die Stadt zu offener Flügelbau. Zweigeschoßig, der Hof über drei Seiten mit Säulenarkaden (um 1600), wobei jene im Erdgeschoß vermauert sind. Erzherzog Ferdinand II. ließ 1596–1600 diese Burg erbauen (als Witwensitz für seine Mutter geplant, wurde er von ihr jedoch nicht bezogen). 1677–79 durch Franz Peter Carlone und Hans Pozzo umgebaut; durch Brände (1670 und 1709) sowie Erdbeben (1690) beschädigt. 1956 wurde die ehemals Neue Burg restauriert und ist heute Sitz der Bezirkshauptmannschaft Judenburg.

E: Republik Österreich

Lit: *Dehio, 192*

K

Kainach, Schloß (Alt-Kainach)

BH *Voitsberg*

G und **KG** *Bärnbach*

Drei- bis viergeschoßiges Renaissanceschloß mit mittelalterlichem fünfgeschoßigen Wehrturm im Zentrum; Säulenarkaden, Kapelle über zwei Geschoße reichend mit Kreuzgratgewölbe. 1548 wurde das Schloß von Helferich von Kainach in seine heutige Form gebracht. 1610 im Besitz der Tierndl; 1680, bei Ausbruch der Pest, wurde den Arbeitern des Schlosses verboten, auszugehen und die Ernte einzubringen, um eine Ansteckung zu vermeiden. Weitere Besitzer waren Moscon (1778), Graz-Köflacher Eisenbahn-Gesellschaft (1880). Das heute sehr gut erhaltene Schloß wurde 1968 restauriert; 1972 wurde hier ein burgenkundliches Museum eröffnet.

E: Seit 1960 Steirischer Burgenverein
Lit: *Bar., 549 f; Dehio, 202*

Kainbach, Schloß
BH *Graz-Umgebung*
G und **KG** *Kainbach*
Durchgreifende Umbauten im 19. und 20. Jh. veränderten die beiden barocken Türme der Vorderfront sowie andere Baudetails. Der nunmehrige Bauzustand stammt aus 1973. Die Heil- und Pflegeanstalt mit langgestrecktem Mitteltrakt, hohem Glockenturm und den zwei Seitentrakten wurde 1880 errichtet; Kapelle mit figuralen Glasfenstern aus 1903, moderner Quertrakt an der Nordseite. Das östlich von Graz gelegene Schloß wurde nach 1620 von Andrä Eder erbaut; 1756 im Besitz der Grazer Klarissinnen, gelangte Kainbach nach mehrfachem Besitzerwechsel 1875 in das Eigentum der Barmherzigen Brüder. Diese führen in dem sehr gepflegten Schloß eine Pflegeanstalt für chronisch Kranke.
E: Barmherzige Brüder
Lit: *Bar., 156; Dehio, 203*

Kainberg, Schloß
BH *Graz-Umgebung*
G und **KG** *Kumberg*
Dreigeschoßiger Vierflügelbau aus der Renaissance, ein rechteckiger Innenhof, vier quadratische Ecktürme mit Pyramidendächern, Uhrturm mit Laterne, Arkaden. Saal mit Stuck aus dem 18. Jh. und Empireofen um 1800, kleine Kapelle mit Dreikönigsaltar. 1218 wird Otto von Cumperch als Besitzer eines Wehrbaues genannt. 1570–75 ließ Otto VI. von Ratmannsdorf den Ausbau des Schlosses durchführen. Die einst hervorragende Ausstattung, wie z. B. der berühmte gotische Kasten (dessen Gegenstück sich in der Burg → Kreuzenstein, NÖ, befindet), wurde nach und nach veräußert.
E: Seit 1841 Grafen Wimpffen
Lit: *Bar., 156 f; Dehio, 203*

Kaiserau, Schloß (Alpenschloß)
BH *Liezen*
G *Admont*
KG *Krumau*
Ein langgestreckter Haupttrakt und die Wirtschaftsgebäude umgeben einen großen Hof. Am 3. 9. 1942 wurde das Schloß durch Brand großteils zerstört; dabei wurden auch die Wandmalereien des Bertholt Oeffle von 1776/77 (heitere Jagd- und Genreszenen) sowie ein Deckenfresko mit Diana und den olympischen Göttern, wahrscheinlich von Lederwasch, vernichtet. 1950 wurde das Alpenschlößl in vereinfachter Form wiederhergestellt. Der in malerischer Umgebung in 1127 m Seehöhe gelegene Bau wurde 1160 als Gehöft „Chaiserowe" erwähnt; unter Abt Valentin (1545–68) erfolgte 1551 der Umbau zu einem Meierhof; unter Abt Anselm (1707–18) wurde jener Hof zu einem Jagdschloß ausgebaut und 1778 unter Abt Matthäus (1751–79) nochmals vergrößert. Schloß Kaiserau ist sehr gut erhalten.
E: Benediktinerstift Admont
Lit: *Bar., 416; Dehio, 204 f*

Kaisersberg, Burgruine
BH *Leoben*
G *St. Stefan ob Leoben*
KG *Kaisersberg*
Reste der zwei Tortürme, des Burghofes, des hohen Palas, des dreistöckigen, in den Fels gehau-

enen Wohnbaues sind noch erkennbar. Die über dem Murtal gelegene Burg wurde um 1240 von den Grafen von Pfannberg erbaut. Unter dem kaiserlichen Pfleger Bernhard Krabatsdorfer wurde sie 1466–77 umgestaltet und ausgebaut. Weitere Eigentümer waren die Herberstein, die Montfort, die Breuner, die Lamberg. Ab 1793 wurde Burg Kaisersberg nach der Fertigstellung eines gleichnamigen Schlosses dem Verfall preisgegeben.
E: Franz Mayr-Melnhof
Lit: *Bar., 376 ff; Dehio, 205*

Kaisersberg, Schloß
BH *Leoben*
G *St. Stefan ob Leoben*
KG *Kaisersberg*
Der langgestreckte einfache zweigeschoßige Bau wurde im 18. Jh. im Tal errichtet. Die jeweiligen Besitzer waren die gleichen wie die von der Burgruine Kaisersberg. Das Schloß ist heute Sitz der Verwaltung des Grafitbergbaus Kaisersberg.
E: Franz Mayr-Melnhof
Lit: *Bar., 376 ff; Dehio, 205*

Kalsdorf, Schloß
BH *Fürstenfeld*
G *Ilz*
KG *Kalsdorf*
Dreigeschoßiger Vierflügelbau um quadratischen Innenhof. Der Südflügel mit zwei vorspringenden Ecktürmen mit Pyramidendächern und Hauptportal mit Wappenstein der Herberstorff-Lengheim. Ostflügel mit dreigeschoßigem Arkadenhof; großer Saal mit Stuckdecke aus der zweiten Hälfte des 17. Jh.s. Kapelle zur hl. Barbara, gegen den Hof von quadratischem Turm mit Laternenhelm überragt. An der Stelle des Schlosses gab es um 1160 vermutlich einen Turm. Ein Hof wird urk. erstmals 1419 erwähnt. Bis 1630 im Besitz der Herberstorffer, die den Hof zum Schloß ausbauten. Die Grafen Wildenstein besaßen Schloß Kalsdorf 1656–1840. 1864 erwarb die Familie Czeike das Schloß. Im Zweiten Weltkrieg wurde Kalsdorf schwer beschädigt und teilweise durch Brand zerstört. Seit 1955 wurde der urspr. Bauzustand durch Instandsetzungsarbeiten und Restaurierungen wiederhergestellt. Im Meierhof, neben dem Schloß liegend, ist die Rinderzucht-Versuchsanstalt des Landes Steiermark untergebracht.
E: Land Steiermark
Lit: *Bar., 140 f; Dehio, 205 f*

Kalwang, Jagdschloß
BH *Leoben*
G *Kalwang*
KG *Pisching*
Unregelmäßiger zweistöckiger Bau mit Jagdhalle, Trophäengängen und kleinem Turm. Das Schloß wurde im 19. Jh. errichtet (Umbauten im 20. Jh.). Besitzer waren Ernst Graf Silva-Tarouca und Familie Gutmann. Das seinerzeitige Jagd-Voluptuar Kalwang wurde seit der Besitzübernahme durch den Fürsten Liechtenstein zu einem intensiven Forstbetrieb mit einem Holzplattenwerk umgestaltet.
E: Seit 1938 Fürst Liechtenstein

Kammerstein, Burgruine
BH *Leoben*
G und **KG** *Kammern im Liesingtal*
Von der einstigen Burg sind heute nur mehr die Ringmauern der Vorburg sowie Teile des Palas, der zwei mächtigen viereckigen Türme und des Bergfrieds erhalten. Im 12. und 13. Jh. war die

Burg Sitz der Herren von Kammerstein (urkundl. 1150); Kammerstein wird 1542 bereits als verfallen bezeichnet.
E: Franz Mayr-Melnhof
Lit: *Bar., 379 ff; Dehio, 209*

Kapfenberg, Burg (Oberkapfenberg)
BH *Bruck an der Mur*
G und **KG** *Kapfenberg*
Hauptburg mit unregelmäßigem Burghof, dem ehem. Wohnturm, Torturm, der Loretokapelle (1676), Donatuskapelle (1723). Die bereits zu einer Ruine verfallene Burg wurde 1956–58 zu einem Hotel-Restaurant ausgebaut. Die in dominierender Lage oberhalb der Stadt gelegene Burg wird bereits 1145, mit dem Burginhaber Otto von Chaffenberch, genannt. Unweit der Loretokapelle sind noch spärliche Mauerreste der höher gelegenen Feste „Altkapfenberg" erhalten.
E: Seit 1197 Familie Graf Stubenberg
Lit: *Bar., 42 ff; Dehio, 213*

Kapfenstein, Burg
BH *Feldbach*
G und **KG** *Kapfenstein*
Unregelmäßiger Bau um zwei Innenhöfe, an der Bergseite mit zwei, an der Talseite mit sechs Geschoßen. Im inneren Hof Pfeilerarkaden (anläßlich der Restaurierung Anfang des 19. Jh.s errichtet), im Obergeschoß die „Sammlung Winkler-Hermaden" mit geologisch-paläontologisch-mineralogischem Fundmaterial aus dem Tertiär der Oststeiermark (zu besichtigen). Erbaut wurde Kapfenstein in der zweiten Hälfte des 12. Jh.s von den Herren von Kapfenstein. 1362 im Besitz der Wallseer, ab 1422 in dem der Wolfsauer. Unter den Grafen von Lengheim (1584–1800) wurde die Burg erweitert. Die letzte Sanierung erfolgte 1969. Das Gebäude wird heute als Schloßhotel sowie als Schloßrestaurant geführt.
E: Seit 1918 Familie Winkler-Hermaden
Lit: *Bar., 107 ff; Dehio, 214 f*

Kassegg, Schloß
BH *Liezen*
G *St. Gallen*
KG *Reiflingviertel*
Ein durch Georg Ritter von Aichinger 1900–12 neu erbautes Jagdschloß, mit Türmen, Türmchen, Vorbau und Rundbögen. 1918–24 im Besitz der Fam. Karg von Bebenburg, 1924–45 des Otto Graf Czernin. Seit 1954 dient das sehr gut erhaltene Schloß als Jugendheimstätte und wurde zu diesem Zweck adaptiert.
E: Gustav Hoffmann
Lit: *Bar., 416*

Katsch, Burgruine
BH *Murau*
G *Frojach-Katsch*
KG *Katsch*
Umfangreiches ehemals fünfgeschoßiges Wohngebäude, Kapelle mit Kreuzrippengewölbe, zwei Maßwerkfenstern, Fresko der hl. Anna selbdritt (Ende des 15. Jh.s); im Hof Reste des Treppenhauses und des Arkadenganges erkennbar. Seit 1007 war die Burg im Besitz des Bistums Freising. Vom frühen 13. Jh. bis 1465 Lehen der Stubenberger, 1470–1501 im Besitz der Landesfürsten; 1501–1604 Windischgraetz. Die Burg war 1818 noch ganz erhalten, wurde jedoch 1838 demoliert und ist seither im Verfall; seit 1950 werden kleinere Erhaltungsarbeiten durchgeführt.
E: Fam. Schwarzenberg
Lit: *Bar., 483 ff; Dehio, 216 f*

Kirchberg, Schloß
BH *Feldbach*
G und **KG** *Kirchberg an der Raab*
Langgestreckter zweigeschoßiger hufeisenförmiger Bau mit Mittelrisaliten; von der ehemals großzügigen Anlage mit zwei Seitenflügeln um einen Ehrenhof, vier Türmen, Basteien, Gärten und Teichen ist heute nur noch der Mitteltrakt erhalten. Nach 1842 wurden die Flügelbauten sowie die Freitreppe zum Mittelpavillon abgerissen. Im Inneren reiche, zum Teil noch nicht freigelegte Fresko- und Stuckverzierung aus der Zeit um 1720. Hauptsaal mit Stuck und Deckengemälde, das jedoch durch Übermalungen im 20. Jh. seiner ursprünglichen Wirkung beraubt wurde. Feldmarschall Graf Siegbert Heister errichtete nach 1704 an der Stelle eines alten Tabors das Schloß, es folgten die Grafen Katzianer und die Fürsten Liechtenstein (bis 1921) als Besitzer. Weitere Eigentümer: Alois Lenz (1921), Wolfgang Fikentscher (1955). Nach mehreren Restaurierungen (die letzte 1969–72) ist Schloß Kirchberg eines der schönsten Barockschlösser in der Steiermark.
E: Mag. phil. Marie-Therese Gräfin Herberstein
Lit: *Bar., 110 f; Dehio, 221 f*

Kirchberg am Walde, Schloß
BH *Hartberg*
G *Grafendorf bei Hartberg*
KG *Erdwegen*
Mächtiges dreigeschoßiges Gebäude auf unregelmäßigem viereckigen Grundriß um einen Innenhof, mit Säulenarkaden des 18. Jh.s, Hauptportal mit verziertem Steinwappen der Auersperg im Osttrakt (Mitte des 18. Jh.s); das Portal ist über eine Grabenbrücke erreichbar. Viereckiger Treppenturm mit Pyramidendach (in der Südostecke), zweigeschoßige Kapelle mit Stuckmarmoraltar und Bild der hl. Familie (spätes 18. Jh.), mehrere Decken mit Laubbandelwerkstuck (1730) und Rokokoöfen in den Obergeschoßräumen.
Der ganze Bau ist von einem tiefen, in den Fels gehauenen Graben umgeben. An der Südseite des Schlosses wurde im 18. Jh. eine Gartenterrasse mit hoher Böschungsmauer und Treppenanlage errichtet. Mariensäule vor dem Schloß (1667) und barocke Meierhofanlage unterhalb des Schlosses. Als Rodungszentrum des Grafen Ekbert II. von Formbach-Pitten wird Kirchberg als Burg 1130 urk. erwähnt. 1250 werden die Herren von Kirchberg urk. genannt. 1443–1669 im Besitz der Grafen Trauttmannsdorff, die es 1532 nach der Zerstörung durch die Türken neu aufbauten. 1802 im Besitz der Grafen Auersperg, die vor allem für die Innenausstattung sorgten. 1969 wurde eine Gesamtrenovierung mit der Überdachung des Innenhofes durchgeführt. In dem sehr gut erhaltenen Schloß ist seit 1923 eine landwirtschaftliche Fachschule des Landes Steiermark untergebracht.
E: Land Steiermark
Lit: *Bar., 210 f; Dehio, 222*

Klaffenau, Schloß
BH und **G** *Hartberg*
KG *Eggendorf*
Dieses Schloß besteht aus zwei gegenüberliegenden dreigeschoßigen Baublöcken, die durch einen Holzgang und durch eine Zinnenmauer verbunden sind und einen rechteckigen Hof

umschließen. Der ältere Teil ist ein massiver, von zwei quadratischen Ecktürmen flankierter Wohnbau der Renaissance. 1725 wurde der große Schüttkasten errichtet. Dieses Schloß wurde um 1560 von Hans Goldschan neben der alten Klaffmühle erbaut. Bei einem Heiduckeneinfall im Jahr 1605 wurde es niedergebrannt. 1607 durch das Stift Vorau erworben und wiederhergestellt; 1725 erweitert. Eigentümer waren die Perner, die Grueber, Balthasar von Klaffenau. Im Schloß ist die Ausstellung „Bäuerliches Kunst- und Kleinhandwerk" zu besichtigen.

E: Johann Hörting-Almer
Lit: *Bar., 211;*
Dehio, 224

Klamm, Burgruine
→ Ehrenfels, Burgruine

Klingenstein, Burgruine (Salla)
BH *Voitsberg*
G und **KG** *Salla*
Kleine, seit dem 17. Jh. stark verfallene Befestigungsanlage; Wehrturm und dreieckiger Bergfried. Die unterhalb liegenden Bauerngehöfte waren wahrscheinlich die einstigen Wirtschaftsgebäude der Festung. Da Teile der Burg aus dem nahen Marmorsteinbruch Salla erbaut wurden, wurde der Name wegen der klingenden Marmorsteine auf „Klingenstein" abgeändert. Die Montfort waren vermutlich die Erbauer (14. Jh.) der Festung. Die Eppensteiner, die Wildoner, die Wallseer, die Gradner und die Saurau besaßen die Burg im 14. und 15. Jh. Im 17. Jh. bereits als „Ödes Schloß" bezeichnet.

E: Maria Petrasch
Lit: *Bar., 565 f;*
Dehio, 412

Klingenstein, Schloß
BH *Graz-Umgebung*
G *Vasoldsberg*
KG *Premstätten bei Vasoldsberg*
Aus zwei rechtwinkelig aneinanderstoßenden Trakten bestehender zweigeschoßiger Bau; zweigeschoßige Erkertürmchen mit Pyramidendächern und viergeschoßigem Fassadenturm mit Zwiebelhelm in der Mitte der Eingangsfront. Solide Innenausstattung des späten 19. Jh.s (neugotisch); zwei Öfen aus dem zweiten Viertel des 18. Jh.s, Turmglocke aus dem 17. Jh. Die Kapelle liegt außerhalb des Schlosses. An der Stelle eines Bauernhofes der Klingensteiner wurde in der zweiten Hälfte des 17. Jh.s von den Sartori der Adelssitz errichtet. Ab 1720 ist das Schloß im Besitz der Grafen Herberstein, des Stiftes Stainz, des Grafen Bellegarde u. a. 1964 wurden die Dächer des Schlosses zur Gänze erneuert; das Gebäude ist heute in gutem Zustand.

E: Fam. Carli
Lit: *Bar., 158;*
Dehio, 226

Klöch, Burgruine
BH *Radkersburg*
G und **KG** *Klöch*
Reste der hohen Schildmauer (vier Stockwerke), der Ringmauer sowie des Wohnturmes sind heute erhalten. Die oberhalb der berühmten Klöcher Weingärten gelegene Ruine wurde vermutlich in der ersten Hälfte des 14. Jh.s als Grenzfeste erbaut (durch Otto den Wolfsauer). 1308 im Besitz des Dietegen von Emmersberg, 1491 der Stubenberg, ab dem 18. Jh. der Familie Graf Stürgkh. Seit damals bereits in Verfall.

E: Fam. Baron Seyffertitz
Lit: *Bar., 531 f;*
Dehio, 226 f

Kornberg, Schloß
BH *Feldbach*
G *Kornberg bei Riegersburg*
KG *Kornberg,* **B** *297*
Unregelmäßige zweigeschoßige Anlage mit vier Ecktürmen und einem Innenhof mit Pfeilerarkaden. Der achteckige Turm entstand vermutlich aus dem alten Bergfried. Die Einfahrt ist durch einen vorgelegten Torbau und durch die Basteien gesichert. Ein Rundpavillon mit Kegeldach aus dem 18. Jh. im Garten, Gartengebäude mit Freitreppe und Wasserbassin aus dem 17. Jh. Die Schloßkapelle zum hl. Andreas befindet sich im Osttrakt, wurde 1638 gestiftet, nachdem eine ältere Kapelle um 1566 zerstört worden war (restauriert 1966). Vor dem Schloß ein wehrhaftes zweigeschoßiges Stallgebäude, wohl aus dem 17. Jh. stammend, im 19. Jh. erneuert. Die Herren von Kornberg, Dienstmannen der Wildoner, errichteten in der zweiten Hälfte des 12. Jh.s das Schloß. 1328–1556 im Besitz der Herren von Graben, anschließend bis 1825 den Freiherren von Stadl gehörend und von diesen im 17. und 18. Jh. ausgebaut. Bis 1871 Eigentum der Fürsten Liechtenstein, von da an der Grafen Bardeau.
E: Carl, Franz und Georg Grafen von Bardeau
Lit: *Bar., 111 ff; Dehio, 233 f*

Krems, Burgruine
BH und **G** *Voitsberg*
KG *Thallein*
Das Eingangstor ist durch einen Wehrturm geschützt; Vorburg, dreistöckiger Querflügel mit zweitem Tor, Bergfried, Reste eines fünfstöckigen Gebäudes mit dem Wohnturm, Ringmauer. Die Burg des Erzbistums Salzburg wurde Mitte des 12. Jh.s erbaut; Lehensinhaber waren die Herren von Krems und die Montfort (15. und 16. Jh.); 1589–1629 im Besitz der Herberstein, die die Burg zu einem prächtigen Prunkschloß ausbauten (Inschrift am Bergfried, 1623). Weitere Besitzer waren die Meillegg (1634), die Saurau und die Steirisch-Salzburger Holzwerke. Laufend Erhaltungsarbeiten.
E: Fam. Esther Kollmann
Lit: *Bar., 551 ff; Dehio, 236 f*

Krennhof, Ansitz
BH *Voitsberg*
G *Köflach*
KG *Gradenberg*
Zwei getrennte Gebäude: Das Gasthaus ist modernisiert, vom alten Bestand ist nichts mehr erkennbar. Das gegenüberliegende schmucke Gewerkenhaus, mit Resten des alten Wehrbaues. 1568 im Besitz des Sigmund von Herberstein, 1756 des Gewerken Schaffer, später zur Staatsherrschaft Maria Lankowitz gehörig. 1811 wurde der Hof von Abbé Fortunat Speck und von dem Gewerken Peter Tunner erworben. Der Hammer wurde um 1900 stillgelegt.
E: Isolde Somitsch (Gewerkenhaus), Anna Edler (Gasthof)
Lit: *Bar., 553*

Krottendorf, Schloß (Oberkrottendorf)
BH *Bruck an der Mur*
G *Kapfenberg*
KG *Krottendorf*
Rechteckiger dreigeschoßiger Vierflügelbau des 17. Jh.s mit Laubenhof, vorspringenden Türmen an den Ecken und Kapelle. Um 1210 wird ein Wehrhof der Krottendorfer genannt (Stubenberger Dienstmannen); 1520–97 im Besitz der

Stadler, 1635–1700 der Leutzendorf, und seit 1950 der Firma Böhler & Co., Eisenwerke.
E: Vereinigte Edelstahlwerke (VEW)
Lit: *Bar., 45 f; Dehio, 213*

Krottenhof, ehem. Schloß
BH *Judenburg*
G *Eppenstein*
KG *Mühldorf*
Schloßartiges Gebäude mit landwirtschaftlichem Gutsbesitz. 1400 als Lehen der Eppensteiner erwähnt; die Wildoner, die Wallseer, die Stadecker (die das Schloß an die Montfort, an die Teuffenbach (1450), die Winkler (1470), die Grasswein (1544) verleihen), waren die Besitzer. 1618 wurde das Schloß zum Bauernhof umgestaltet.
E: Fam. Penz
Lit: *Bar., 261*

Külbl, Schloß
→ Külml, Schloß

Külml, Schloß (Külbl)
BH *Weiz*
G *Feistritz bei Anger*
KG *Oberfeistritz*
Zweigeschoßiger Bau, rechteckiger Arkadenhof, Rustikaportal mit Steinwappen (bezeichnet 1698); in der ehem. Bibliothek Stuckdecke mit Mittelfresko. Außerhalb des Schlosses die Ulrichskirche aus dem 14. Jh., ein heute barocker Bau. Die ehem. Wehranlagen des Schlosses wurden im 18. und 19. Jh. abgetragen. 1958–60 wurde das Schloß renoviert, 1970/71 die Kirche. Im 14. Jh. war Külml ein Ansitz der Stubenberger Ritter von Kulm; ab 1650 im Besitz des Stiftes Pöllau, das 1688–1700 einen Neubau aufführen ließ, der den Chorherren als Erholungsort dienen sollte. Weitere Besitzer waren die Freiherren von Gudenus (1815–1954), später das Steiermärkische Kinderrettungswerk. Verschiedene kulturelle Veranstaltungen (Klavierabende, Konzerte, Weihnachtssingen usw.) finden im sehr gut erhaltenen Schloß statt.
E: Ing. Walter Harwalik
Lit: *Bar., 589 f; Dehio, 239*

L

Landskron, Burgruine
BH, G und **KG** *Bruck an der Mur*
Erhalten sind Reste der Ringmauer, das Burgtor, der zum Uhrturm umgebaute Befestigungsturm. Urk. wird die Burg 1265 erwähnt („castrum prukke"); 1389 verlieh das Stift St. Lambrecht Burg Landskron an Herzog Albrecht, 1626 erwarb die Stadt Bruck die Burg; 1792 wurde sie durch Brand zerstört und ist seitdem im Verfall. Die Ruine ist beliebtes Ausflugsziel.
E: Stadt Bruck an der Mur
Lit: *Bar., 46 ff; Dehio, 51*

Lankowitz, Schloß
BH *Voitsberg*
G und **KG** *Maria Lankowitz*
Dreigeschoßiger Vierflügelbau um einen Säulenarkadenhof, wobei die Bogen zum Teil vermauert sind. Das einstige Wasserschloß stammt in seiner heutigen Form aus dem 16./17. Jh. Ein früherer Bau wurde um 1440 unter Ritter Georg Gradner errichtet; weitere Besitzer waren: ab 1459 Kaiser Friedrich III., ab dem Jahr 1460 Andreas Greißenegger, 1511–1634 Herberstein, dann Stift Stainz, seit 1855 der österreichische Staat (Österreichische Bundesforste). Dieses Schloß ist vom Bundesministerium für Justiz gepachtet, das darin eine

Strafvollzugsanstalt untergebracht hat.
E: Republik Österreich
Lit: *Bar., 554 f; Dehio, 281*

Lannach, Schloß
BH *Deutschlandsberg*
G und **KG** *Lannach*
Vierflügelbau mit Rustikaportal, darüber ein Uhrturm. Hof mit zweigeschoßigen Säulenarkaden; die 1644 errichtete Kapelle wurde umgebaut. Unter Christoph Galler wurde das Schloß 1590–1610 erbaut; in dieser Familie verblieb es bis 1816. Später (bis 1875) im Besitz der Freiherren von Mandell, 1937–66 im Eigentum von KR Kandler, der gegenüber dem Schloß eine Ziegelei gründete (1935). Das gut erhaltene Schloß ist heute Sitz der Lannacher Heilmittelwerke.
E: Lannacher Heilmittelwerke
Lit: *Bar., 74 f; Dehio, 245*

Laubegg, Schloß
BH *Leibnitz*
G und **KG** *Ragnitz*
Geschlossener Vierflügelbau, rechteckiger Innenhof, vortretende Ecktürme, Eingangsportal mit Wappen der Tinti, der Stubenberg und der Mayr-Melnhof von 1911. Im Inneren Kapelle (Meßlizenz von 1688, Erneuerung im späten 18. Jh.), Stuckdecken und Öfen des Rokoko in den meisten Wohnräumen (ein Ofen mit blau-weißen Delfter-Kacheln). Die Einrichtung ging im Zweiten Weltkrieg verloren. An der Schloßzufahrt eine Statue des hl. Thaddäus (datiert 1736). Das älteste Mauerwerk befindet sich im Kellergewölbe des Nordwestturmes und stammt wohl von einem mittelalterlichen Wehrbau. Das am Ostrand des Leibnitzer Feldes gelegene Schloß wurde 1254 als Ansitz der Herren von Wildon urk. genannt. Vom 15. Jh. bis 1650 im Besitz der Grafen Saurau. Nach der Zerstörung durch die Türken (1532) wurde es 1561 in eine zweiflügelige Anlage umgebaut. Weitere Besitzer waren die Freiherren von Webersberg (1650), die das Schloß weiter ausbauten, sowie Amalie Gräfin Lengheim (1778), die das Schloß ebenfalls umbaute sowie neu ausstattete. Im Schloß sind heute ein Altenheim der Eigentümer, ein Lehrsaal und Unterkünfte für Zivildiener sowie ein Erholungsheim der Caritas untergebracht.
E: Seit 1933 Kongregation Christlicher Schulbrüder
Lit: *Bar., 335 f; Dehio, 247*

Leoben, ehem. landesfürstliche Burg
BH, G und **KG** *Leoben*
Von dem urspr. Vierkantobjekt mit Arkaden im Hof ist heute nur noch der Nordosttrakt vorhanden (Kirchgasse 6). Der heutige Bau stammt aus dem 17. Jh. An der Nordwestecke des mittelalterlichen Stadtkerns errichteten die Dümmerstorffer nach 1261 eine Burg, die 1418 landesfürstlich wurde (seit 1613 Jesuitenkollegium). Anläßlich des Besuchs von König Ferdinand I. (anno 1541) wurde die damals baufällige Burg völlig renoviert. 1773 wurde die Anlage Kaserne. Heute wird die Burg als Stadtmuseum verwendet (Sammlungen zur Geschichte des steirischen Eisenwesens, der Hochöfen, der Hammerwerke und der allgemeinen Kulturgeschichte).
E: Stadtgemeinde Leoben
Lit: *Bar., 383 f; Dehio, 251*

Leonroth, Burgruine
BH *Voitsberg*
G *St. Martin am Wöllmißberg*
KG *Kleinwöllmiß*
Alt-Leonroth, Sperrveste des Stiftes St. Lambrecht, an der alten Packstraße gelegen (Ende des 12. Jh.s), Teile der Wehrmauer über der Teigitsch-Klamm sind erhalten.
Neu-Leonroth, mit Resten des Palas, des Tores mit mächtigem Turm, der Umfassungsmauer und Flankierungstürmen. Die aus dem 15. Jh. stammende Feste begann seit dem 17. Jh. stark zu verfallen (an der neueren Packstraße gelegen).
Besitzer waren die Traungauer, die Massenburger, die Eppensteiner, die Leonrode, die Polheimer, die Klöster St. Lambrecht und Stainz. Die Ruinen sind seit dem 19. Jh. in bäuerlichem Besitz.
E: Fam. Grinschgl
Lit: *Bar., 555 ff; Dehio, 268*

Leopoldstein, Schloß
BH *Leoben*
G *Eisenerz*
KG *Münichtal*
Mit Erkern und Türmchen versehenes neugotisches Schloß, das um 1680 als Hammerherrenhaus vom Hammergewerken Leopold Freiherr von Neidthardt (Namensgeber für Schloß sowie See) errichtet wurde. Prinz Arnulf von Bayern ließ es 1890–94 neugotisch umbauen. Bis 1945 im Besitz des Fürsten Liechtenstein. Heute beherbergt es das Internat für Knaben und Mädchen des Bundes-Oberstufenrealgymnasiums Eisenerz.
E: Wohnungsaktien-Gesellschaft Linz
Lit: *Bar., 384 f; Dehio, 268*

Lerchenreith, Schloß (Teichschlößl)
BH *Liezen*
G *Bad Aussee*
KG *Reitern*
Ein villenartiger Renaissancebau, an einem Teich gelegen. Die um 1550 errichtete Anlage wurde im 19. Jh. umgebaut. Als erste Besitzer werden Hans Bartlmäe Kholler 1609, die Fabricio (1638) und der Pfarrer von Bad Aussee (1717) genannt. Später die Sparkasse von Bad Aussee.
E: Fam. Dr. Hugo Sekyra
Lit: *Bar., 419; Dehio, 29*

Liechtenegg, Burgruine
BH *Mürzzuschlag*
G und **KG** *Wartberg im Mürztal*
Ein breiter Halsgraben, rundbogiges Burgtor, Zwinger, ein mächtiges Turmhaus, enger Hof, der von Bauten umschlossen wird. Um die Mitte des 14. Jh.s wurde mit dem Bau der Burg begonnen (durch die Liechtenegger), im späten 14. Jh. sowie im 15. Jh. wurde die Anlage nach und nach ausgebaut. Um 1600 im Besitz des Gewerken Sebald Pögl; 1757 aufgegeben, beginnender Verfall. 1953 wurde ein Teil der Ringmauer wegen Einsturzgefahr abgetragen. Heute laufend Erhaltungsarbeiten.
E: Verein zur Erhaltung der Burgruine Liechtenegg
Lit: *Bar., 457 f; Dehio, 603*

Liechtenstein, Burgruine
BH *Judenburg*
G *Maria Buch-Feistritz*
KG *Maria Buch*
Von der einst umfangreichen Baugruppe sind heute noch die Grundmauern des Palas und ein Stück der Außenmauer mit rundbogiger

Türöffnung sowie Reste der Burgkapelle erhalten. Die einstige Stammburg der Herren von Liechtenstein wurde 1140 urk. erwähnt. Unter den Besitzern war auch der Minnesänger Ulrich von Liechtenstein; 1463 wurde die Burg an Kaiser Friedrich III. verkauft; nach oftmaligem Besitzerwechsel gelangte sie 1814 wieder in den Besitz der Fam. Liechtenstein. Seit Mitte des 16. Jh.s ist Burg Liechtenstein im Verfall.
E: Luitpold Prinz von und zu Liechtenstein
Lit: *Bar., 262 ff; Dehio, 202*

Ligist, Burgruine
BH *Voitsberg*
G und **KG** *Ligist*
Brücke über den Halsgraben (17. Jh.). Der älteste Teil ist der urspr. Bergfried, der sich mit seinen Eckquadern deutlich von den späteren Anbauten absetzt (heute mit Schutzdach, 1975). Halbkreisförmige Bastion an der Südostseite, Reste des Palas, der Arkaden und des Treppenhauses. Das Geschlecht der Ligister wird 1222 urk. erwähnt. Seit dem frühen 14. Jh. bis zur Mitte des 19. Jh.s war Ligist im Besitz der Grafen Saurau, später der Familie Goëss bis 1930.
E: Souveräner Malteser Ritterorden
Lit: *Bar., 557 ff; Dehio, 271 f*

Ligist, Schloß
BH *Voitsberg*
G und **KG** *Ligist*
Einfacher langgestreckter zweigeschoßiger Einflügelbau; Arkaden im Erdgeschoß an der Hofseite. Wappen der Saurau-Teuffenbach; über dem Eingang Inschrifttafel (1600). Statuen der Heiligen Katharina und Karl Borromäus. Schloß Ligist wurde 1817 fertiggestellt und in den letzten Jahren vollständig restauriert.
E: Souveräner Malteser Ritterorden
Lit: *Dehio, 272*

Limberg, Schloß
BH *Deutschlandsberg*
G *Limberg bei Wies*
KG *Limberg*
Vier hohe Flügel um einen viergeschoßigen schmalen Arkadenhof (17. Jh., auf älteren Gewölben errichtet). Vorhof mit tiefer liegendem Eingangstrakt mit drei Türmen (bezeichnet 1664). Im Inneren Stukkaturen aus der Werkstätte des Alexander Serenio (1666), Stuckdecken (1979–81 restauriert), bemalte Kassettendecke (17. Jh.), reich geschnitzte Renaissancetürstöcke (datiert 1562), heute im Schloß → Hollenegg. Der urk. 1244 erwähnte Bau stammt in seiner heutigen Anlage aus dem 16. und 17. Jh. (Umbau durch Johann Urban von Grattenau, 1661–81). Besitzer waren die Pettauer, die Metnitzer (ab 1501), die Kempinski (1602–48), die Ortenhofen (1720–1820) und die Liechtenstein (bis 1933). Im sehr gut erhaltenen Schloß ist heute ein Jugenderholungsheim untergebracht.
E: Steirische Jugendhilfe
Lit: *Bar., 76 ff; Dehio, 272*

Lind, Schloß
BH *Murau*
G *St. Marein bei Neumarkt*
KG *St. Marein*
Zwei Baukomplexe: das Oberhaus, ein hauptsächlich gotischer fünfgeschoßiger wohnturmartiger Bau (seit dem 19. Jh. im Verfall), sowie das Unterhaus, dreieinhalbgeschoßiger Bau mit zwei erkerartigen Ecktürmchen. Im Park eine barocke Kapelle mit Johann-Nepomuk-Statue.

Urk. 1312 erwähnt, war Lind im Mittelalter im Besitz der Landesfürsten; oftmaliger Besitzerwechsel. Die römischen Grabskulpturen, die hier gefunden wurden, befinden sich heute im Stiftsmuseum St. Lambrecht.
E: Seit 1755 Stift St. Lambrecht
Lit: *Bar., 486 ff; Dehio, 272 f*

Lorberau, Ansitz
BH und **G** *Leoben*
KG *Donawitz*
Das kleine Schlößchen Lorberau befindet sich mitten im Industrieort Donawitz. Der Bau in seiner heutigen Form stammt aus dem 17. Jh. Besitzer waren Lorenz Lauriga von Lorberau (1630, steirischer Eisen-Adel), dessen Sohn Johann Friedrich (der das Schloß 1666 umbaute), Josef Gasteiger (1773) und die Innerberger Hauptgewerkschaft (Vorgängerin der Österreichisch Alpinen Montangesellschaft).
E: Voest Alpine AG
Lit: *Bar., 385*

Lorenzen, Schloß
→ Oberlorenzen, Schloß

Ludwigsburg, Schloß
→ Plankenwarth, Schloß

Lyboch, Edelsitz
→ Großwilfersdorf, Edelsitz

M

Mainhardtsdorf, Edelsitz (Paterschlößl)
BH *Murau*
G und **KG** *Winklern bei Oberwölz*
Dreigeschoßiger Frühbarockbau, Uhrtürmchen mit Zwiebel, „Kapuzinerzimmer" mit Wandmalereien aus dem späten 18. Jh. Getreidespeicher aus dem 17. Jh. und ehem. Zehenthof mit gekuppelten Rundbogenfenstern und Sgraffitodekoration, 1654. Das Schlößchen war vom 12. Jh. bis 1850 Sitz des Amtes Wölz (Stift Admont) und wurde von dessen Verwaltern und Pröpsten bewohnt. 1652 wurde die Kapelle fertiggestellt und „Alt-Ötting" genannt, da sie der bekannten Wallfahrtskirche Altötting in Bayern nachgebildet ist.
E: Fam. Baumer
Lit: *Bar., 488; Dehio, 622*

Massenburg, Burgruine
BH und **G** *Leoben*
KG *Mühltal*
Außer Mauerresten ist heute nur noch der Torbau (Getreidespeicher) erhalten. Die einst ausgedehnte Anlage war Ende des 18. Jh.s noch völlig intakt und prächtig eingerichtet. 1816 wurde sie abgebrochen und dem Verfall preisgegeben. Seit 1937 Sanierungs- bzw. Sicherungsarbeiten. Die Burg wurde im 13. Jh. gebaut und gegen Mitte des 16. Jh.s großzügig erweitert. Eigentümer waren die Aribonen, die Traungauer und deren Dienstmannen, die Massenburger, die Zollner und die Wurmbrand (1711).
E: Stadtgemeinde Leoben
Lit: *Bar., 385 ff; Dehio, 258*

Mayerhofen, Schloß
→ Obermayerhofen, Schloß

Meerscheinschlößl
G *Graz, Mozartgasse 3*
Bau über H-förmigem Grundriß, Ehrenhof, bemerkenswerte Gartenfront (ähnlich der Lustgebäude Johann Bernhard Fischers von Erlach und Johann Lukas von Hildebrandts). Großer quadratischer Mittelsaal mit josefinisch-klassizistischer Stuckinnenraumgestaltung (der einzig erhaltenen in Graz). Vor

der Gartenfront vier überlebensgroße Sandsteinfiguren auf Steinsockeln aus dem frühen 18. Jh. (wahrscheinlich barocke Jahreszeitenfiguren). Heute ist in dem Haus das Institut für Musikwissenschaft der Universität Graz untergebracht.
E: Republik Österreich
Lit: *Dehio Graz, 134 f*

Meierhof, Ansitz (Obermaierhof)
BH *Liezen*
G *Pürgg-Trautenfels*
KG *Neuhaus*
Der ehem. Zehentspeicher mit Sgraffito wurde von Friedrich Caspar Vorderholzer (Verwalter auf Schloß Friedstein) zum Edelsitz erweitert (1647). In den letzten Jahren wurde der Ansitz mit seinen Wirtschaftsgebäuden großzügig ausgebaut und als landwirtschaftlicher Lehrbetrieb adaptiert. Er gehört zur Höheren Bundeslehranstalt für alpenländische Landwirtschaft in Irdning-Raumberg.
E: Republik Österreich (Bundesministerium für Land- und Forstwirtschaft)

Mell, Schloß
→ Möll, Schloß

Metahof-Schlößl
G *Graz, Babenbergerstraße 10*
Dreigeschoßiger Bau mit Walmdach. Das Schloß stammt aus dem 17. Jh., Umbauten erfolgten im 18. und Ende des 19. Jh.s. Der urspr. große Park (einst Eggenbergischer Dominikalgrund) wurde seit 1868 durch Parzellierung auf den heutigen Umfang reduziert. Im Schloß ist heute die Österreichische Akademie für Führungskräfte untergebracht.
E: Forschungsgesellschaft Joanneum
Lit: *Dehio Graz, 164*

Minoriten-Schlößl (Rosegg)
G *Graz, Quellengasse 4*
Ein quadratischer zweigeschoßiger Baublock, steiles Zeltdach, Ecktürmchen; im Inneren steinerne Spätrenaissancetürrahmung (Mitte des 16. Jh.s), Holzbalkendecken, klassizistische Sandsteinfiguren im Garten (Fortuna, Merkur, Vulkan). Stephan Speidel zu Vatersdorf ließ um 1596 das Schloß erbauen; sein Bruder Sebastian vollendete es. 1637–1789 im Besitz des Minoritenkonvents, der das Schlößchen in seine heutige Form brachte. Im Jahr 1883 erfolgte die Neuausstattung unter Arnold Luschin von Ebengreuth.
E: Elsa Klier-Luschin, Edith Künigl-Luschin
Lit: *Dehio Graz, 136*

Möll, Schloß (Mell)
BH *Leoben*
G und **KG** *Trofaiach*
Dieses aus dem 16. Jh. stammende Schloß wurde 1741 durch einen Brand zerstört und 1871/72 gänzlich neu aufgebaut. Die erste Erwähnung erfolgte 1270 (Konrad der „Melner"); Besitzer waren die Lobminger (1417), die Wälzer, Christoph Stübich (1550), das Stift Göss.
E: Fam. della Pietra-Brichzy
Lit: *Bar., 388 f; Dehio, 571*

Moosheim, Schloß (Thanneck, Thonegg)
BH *Liezen*
G und **KG** *Gröbming*
Zwei dreigeschoßige Flügel mit Schopfwalmdächern. Reste von Renaissancesgraffitodekoration. Urspr. im Besitz der Salzburger Erzbischöfe, gelangte Moosheim 1364 in das Lehen des Ekhard von Thann. Unter Benedikt Moosheim im letzten Drittel

des 16. Jh.s in Hufeisenform neu erbaut. Seit 1911 im Besitz der Gemeinde Michaelerberg und zuerst als Armenhaus in Verwendung. Heute sind hier Mietwohnungen untergebracht. Neben dem Schloß befindet sich die romanische St. Michael-Kapelle aus 1150.
E: Gemeinde Michaelerberg
Lit: *Bar., 439 f; Dehio, 295*

Mühlau, Jagdschloß (Hall)
BH *Liezen*
G *Hall*
KG *Unterhall*
Zweigeschoßiges Herrenhaus des ehem. Sensenwerkes. Türen und Wandschrank der Forstkanzlei aus dem 17. Jh., Marmorlavabo von 1693, Halle im Obergeschoß mit Stichkappengewölbe. Das Haus stammt im Kern aus dem späten 16. Jh.; die Fassade wurde um die Mitte des 19. Jh.s erneuert, die gesamte Anlage 1969 neu adaptiert.
E: Dipl.-Ing. Heinrich Prinz von und zu Liechtenstein
Lit: *Dehio, 296*

Mühleck, Schloß
→ Mühlegg, Schloß

Mühlegg, Schloß (Mühleck)
BH *Graz-Umgebung*
G und **KG** *Gössendorf*
Kleines schloßartiges Gebäude, das im 17. Jh. neu erbaut wurde. Im 16. Jh. war Mühlegg Wohnsitz des Astronomen Johannes Kepler, der mit der Tochter des damaligen Besitzers Jobst Müller verheiratet war (1596 erfolgte die Veröffentlichung der berühmten Schrift: „Mysterium Cosmographicum"). 1664 im Besitz der Fam. Galler, danach oftmaliger Besitzerwechsel, 1937 im Eigentum der Fam. Berger-Waldenegg, später des Evangelischen Weltkirchenrates Linz. Heute ist im Schloß ein Lehrlingsinternat eingerichtet.
E: Handelskammer für die Steiermark
Lit: *Bar., 162*

Münichhofen, Schloß
BH *Weiz*
G *Etzersdorf-Rollsdorf*
KG *Etzersdorf*
Unregelmäßiger zweigeschoßiger Rechteckbau um einen Innenhof. Turmbauten an den vier Ecken; kleine Kapelle mit Resten der spätbarocken Ausstattung. Im Obergeschoß Kreuzgratgewölbe mit Zierfeldern. Ende des 16. Jh.s wurde der Bau von den Wilfersdorfern zum Schloß erweitert. Der heutige Bauzustand stammt aus dem 18. Jh., damals im Besitz einer Nebenlinie der Stubenberg.
E: Fam. Zuegg
Lit: *Bar., 591 f; Dehio, 296*

Murstetten, Schloß
BH *Leibnitz*
G *Lebring-St. Margarethen*
KG *Lebring*
Zweieinhalbgeschoßiger Bau, schöne Fassade, Kapelle mit Stuck von 1903, Jagd- und Landszenen in den Feldern unter den Fenstern des Nobelgeschoßes (um 1728). 1728 wurde das Schloß von Maria Gräfin Saurau erbaut. 1902–53 Eigentum der Fam. Bachofen-Echt, die es anschließend dem jetzigen Eigentümer schenkte. Heute ist im sehr gut erhaltenen Schloß das Bezirksaltenheim untergebracht.
E: Bezirkssozialhilfeverband Leibnitz
Lit: *Bar., 340 f; Dehio, 310*

Mürzsteg, Jagdschloß
BH *Mürzzuschlag*
G und **KG** *Mürzsteg*
Einfaches Jagdschloß mit drei Türmchen, Holz-

schindelverkleidung im Obergeschoß sowie mit der Sammlung der jagdlichen Erinnerungen (Trophäen, Waffen usw.) Kaiser Franz Josephs I. 1869 ließ der Kaiser den Bau im Schweizer Stil errichten, 1879 erweitern und 1902 schloßartig ausbauen. Am 2./3. Oktober 1903 fand hier die historische Zusammenkunft zwischen Kaiser Franz Joseph und Zar Nikolaus II. statt, wobei Probleme von Mazedonien und dem Balkan mit den beiden Außenministern erörtert und in den „Mürzsteger Protokollen" fixiert wurden. Zar Nikolaus, der hier auch auf die Jagd ging, brachte in seinem Gepäck irrtümlich 2000 Kugelpatronen mit sich, die man ihm in St. Petersburg mitzunehmen riet! Das sehr gut erhaltene Schloß ist heute als Sommersitz des Bundespräsidenten in Verwendung.
E: Republik Österreich
Lit: *Bar., 458; Dehio, 311*

Musenbichler, Ansitz
→ Musenbühel, Ansitz

Musenbühel, Ansitz (Musenbichler)
BH *Knittelfeld*
G *Gaal*
KG *Bischoffeld*
Der heutige Bauernhof, östlich von Bischoffeld auf einer Anhöhe liegend, wurde als kleiner Wehrbau 1290 erstmals genannt (im Besitz des Wehrhard von Masenbach); 1490 erwarb das Stift Seckau die Burg. Bis ins 19. Jh. verblieb Musenbühel im Seckauer Besitz.
E: Vinzenz und Petronilla Kargl
Lit: *Bar., 299*

N

Nechelheim, Schloß
BH *Bruck an der Mur*
G und **KG** *St. Lorenzen im Mürztal*
Dreigeschoßiger Rechteckbau, zwei Rundtürme mit hohen Hauben, Kapelle mit Wandmalereien, Deckenbild des hl. Franz Xaver (1789), Glocke aus 1648. Nechelheim, einer der ältesten Adelssitze der Steiermark, wurde 1188 urkundlich genannt; der heutige Bau stammt im Kern aus dem 16./17. Jh. und wurde im späten 18. Jh. umgebaut. Besitzer: die Nechelheim (bis 1401), Johann Adam Monzello (1691).
E: Dr. Otto Fraydenegg-Monzello/Nachfahren
Lit: *Bar., 49 f; Dehio, 459*

Neuberg, Burg
BH *Hartberg*
G *Hartberg-Umgebung*
KG *Löffelbach*
Große viergeschoßige Anlage, länglicher Innenhof, hoher quadratischer Bergfried (ältester Teil), dreigeschoßige Bastionen, Renaissancetor mit Wappen der Herberstein-Thun (16. Jh.); im Inneren großer Fest- und Jagdsaal mit einer aus 36 Feldern bestehenden Kassettendecke. 1666 wurde die Schloßkapelle in den freistehenden Kanonenturm übertragen. Ein barocker Wandbrunnen aus dem 17. Jh. im Innenhof. Um 1160 wurde die Burg von Gottschalk von Neidperg errichtet. 1518 gelangte sie als Lehen an die Herberstein, die die Burg bis 1603 und dann wieder ab 1660 besaßen, sie großzügig erweiterten und modernisierten. Burg Neuberg war eine wichtige Grenzfestung gegen die Ungarn.
E: Allgemeine Realitäten und Verwaltungs GmbH., Wien

Lit: *Bar., 216 ff; Dehio, 321 ff*

Neudau, Schloß
BH *Hartberg*
G und **KG** *Neudau*
Das urspr. Wasserschloß besteht aus der Vorburg mit mächtigem Rundturm, dem Torflügel und dem Südflügel, dem dreigeschoßigen Wohnschloß (geschlossener Vierflügelbau um einen Innenhof) und dem Osttrakt mit der Kapelle und der Einfahrt. Das anno 1371 erstmals erwähnte Schloß stammt in seiner heutigen Form aus dem späten 19. Jh. (im Stil des zweiten Barock). Teile der Einrichtung mit bemerkenswerten Öfen aus dem 17. und 18. Jh. sind erhalten. Im Park befindet sich ein kleiner Theaterbau aus dem frühen 18. Jh. Besitzer des Schlosses waren die Neuber, ab 1500 die Polheim, 1571–1706 die Fam. Rottal. Das Schloß ist sehr gut erhalten.
E: Seit 1707 Grafen Kottulinsky
Lit: *Bar., 219 ff; Dehio, 323 f*

Neudeck, Burgruine
BH *Murau*
G *Dürnstein/Steiermark*
KG *Dürnstein*
Heute sind nur noch die Reste von zwei Türmen erhalten. Einst existierten zwei Burgen; die Wehranlagen wurden größtenteils durch den Bahnbau im vorigen Jh. zerstört (da die Bahntrasse zwischen den beiden Burgruinen hindurchführt). 1152 bis 1468 im Besitz der Herren von Neideck, den Dienstmannen der Erzbischöfe von Salzburg. Während des Ungarnkrieges in den Jahren 1480/90 zerstört; seither im Verfall.
E: Herbert Gruber
Lit: *Bar., 494 ; Dehio, 324 f*

Neudorf, Schloß
BH *Leibnitz*
G *Stocking*
KG *Hart*
Stattlicher Bau mit vorspringenden Türmen, wuchtigem Tor, Kettenrollen der Zugbrücke, Renaissancedoppelfenster, zweigeschoßige Arkaden im Hof. Die einst hufeisenförmige Anlage wurde erst im 17. Jh. durch den Zubau der Kapelle zu einem Viereck geschlossen. Der 32 m tiefe Brunnen im Schloßhof ist heute noch in Verwendung. Neudorf wird 1147 im Zusammenhang mit Enricus de Niwendorf erwähnt und ist bis 1349 freies Eigentum der Neudorfer. Weitere Besitzer waren das Bistum Seckau, die Glojacher bis 1703, die Rottental, die Breuner, die Wurmbrand. Die landwirtschaftliche Hauswirtschaftsschule St. Martin ist im Schloß untergebracht.
E: Grundstücksgemeinschaft Schloß Neudorf
Lit: *Bar., 341 f*

Neueppenstein, Schloß
BH *Judenburg*
G *Eppenstein*
KG *Mühldorf*
Das unterhalb der Ruine → Eppenstein gelegene Schloß war einst Meierhof und wurde 1663 erstmals genannt. Der heutige Bau stammt aus dem 18. Jh. Besitzer sind dieselben wie die der Burgruine: Saurau, Colloredo, Nádasdy, Sessler.
E: Josef und Maria Öffel vulgo Spitalbauer
Lit: *Bar., 248; Dehio, 90*

Neuhaus, Burgruine
BH *Hartberg*
G und **KG** *Stubenberg*
Reste des mächtigen

viergeschoßigen Wohnturmes, des rechteckigen Hofes mit Wohn- und Wirtschaftsgebäuden, der nördlichen Wehrmauer mit rundbogigem Portal aus der zweiten Hälfte des 17. Jh.s, einem Wehrgang, der ehem. Kapelle und der Zwingermauer. Die hoch oberhalb der Feistritzklamm gelegene Burg wurde im 14. Jh. von den Stubenbergern als Lehen erbaut (1375 urk. erwähnt). 1455–1613 im Besitz der Drachsler, die sie nach einem Brand 1541 wieder aufbauten. Ab 1663 im Besitz der Familie Wurmbrand; 1800 geriet die Burg durch Blitzschlag in Brand und ist seither Ruine. Weitere Eigentümer waren die Freiherren von Gudenus.
E: Familie Vetter von der Lilie
Lit: *Dehio, 325 f*

Neu-Liechtenstein, Schloß
BH, G und **KG** *Judenburg*
Zweieinhalbgeschoßiger Bau mit hohem Walmdach. Rokokoportal mit Wappen Königsbrun, Räume mit Stuckdecken aus dem späten 17. Jh., Nebengebäude aus dem frühen 18. Jh. Um 1650 ließ das Domstift Seckau das Schloß erbauen; erstmalige Erwähnung 1705 im landesfürstlichen Lehensbrief: „. . . daß die Veste Liechtenstein zusammengefallen, dahingegen unterhalb ein neues Schloß erbaut worden . . .“ Die Freiherren von Königsbrun erweiterten das Schloß im 18. Jh. Im sehr gut erhaltenen Schloß ist heute ein Landesschülerheim untergebracht.
E: Land Steiermark
Lit: *Bar., 264; Dehio, 201 f*

Neupfannberg, Schloß (Grafendorf)
BH *Graz-Umgebung*
G *Frohnleiten*
KG *Mauritzen*
Zweistöckiger Bau des 19. Jh.s mit Vorbau sowie Kapelle; gewölbte Räume, gediegenes Mobiliar, Jagdtrophäen. Im Park der spätgotische zweigeschoßige sechseckige Karner (um 1500), des ehem. Friedhofs von Mauritzen, und das Schlößl → Ruhefeld aus 1780 (1970 gänzlich modernisiert). 1737 durch Josef Stainberger erbaut. Das Schloß wurde im 19. und 20. Jh. mehrfach umgestaltet; 1945 wurde Neupfannberg durch britische Besatzungssoldaten in Brand gesteckt und schwer beschädigt. 1955 erfolgte die völlige Wiederherstellung.
E: Seit 1872 Fam. Mayr-Melnhof
Lit: *Bar., 168 ff; Dehio, 119 f*

Neuschloß, Schloß
BH *Graz-Umgebung*
G und **KG** *Wundschuh*
Am südlichen Ende des Grazer Feldes gelegener dreigeschoßiger Baublock mit Walmdach. Das dritte Geschoß wurde zwischen 1804 und 1809 auf den frühbarocken Bau aufgesetzt. Kapelle aus dem 19. Jh.; nach Süden Ehrenhof und ummauerter Park vorgelagert; fünf barocke Tore mit Schmiedeeisengitter, wobei das dem Schloßportal gegenüberliegende Tor besonders reizvoll ausgestattet ist (mit steinernen Putten, gegliedert in der Bauweise Lukas von Hildebrandts). Steinstatuen auf Sockel an der Zufahrtsstraße. 1442 erfolgte im Zusammenhang mit der Anlage der Wundschuher Teiche unter Kaiser Friedrich III. die Ausgestaltung des Schlosses. 1643–1780 im Besitz der Grafen von Dietrichstein, die den Ausbau zum „Neuschloß“ durchführten.

E: Seit 1804 Grafen Des Enffans d'Avernas
Lit: *Dehio, 328*

Neu-Sturmberg, Ruine
BH *Weiz*
G und **KG** *Naas*
Liegt in der Nähe von → Alt-Sturmberg; heute nur noch spärliche Reste erhalten. Im 15. Jh. erbaut, war sie im Besitz der Radmannsdorf bis 1568; dann erfolgte die Trennung der beiden Burgen und die Aufteilung unter den Söhnen Radmannsdorf. Später im Besitz der Saurau (1632), der Wurmbrand (1718), anschließend beginnender Verfall. Ab 1806 der Herrschaft Thannhausen (Besitzer Gudenus) zugehörig.
E: Erwein Freiherr von Gudenus
Lit: *Bar., 601 ff; Dehio, 553*

Neu-Teufenbach, Schloß
BH *Murau*
G und **KG** *Teufenbach*
Bau mit zwei Ecktürmen an der Nordseite; im Erdgeschoß zum Teil Stichkappengewölbe. Von der äußeren, einst mit Ecktürmen versehenen Umfassungsmauer Reste an der Nordwestecke. 1560 wurde das Schloß aus einem mittelalterlichen Meierhof gebaut. Besitzer waren die Teuffenbacher (bis 1650), die Putterer, Fam. Graf von Laszansky (im 19. Jh.). Die letzten Gräfinnen von Laszansky schenkten das Schloß der Gemeinde. Heute ist ein Altenheim darin untergebracht.
E: Gemeinde Teufenbach
Lit: *Bar., 519 f; Dehio, 556*

O

Oberdorf, Schloß (Stockschloß)
BH *Leoben*
G *Gai*
KG *Gößgraben-Freienstein*
Ein dreigeschoßiger Renaissancebau (Mitte des 16. Jh.s, im 17. Jh. verändert) mit Doppelgiebel (Schopfwalmdach). Vorgestellter viergeschoßiger Turm mit frühbarockem Tor aus dem 17. Jh. Bemerkenswerte Renaissancefenster am ganzen Gebäude. Im Inneren einige schöne Holzdecken. Neben dem Schloß liegt ein zweigeschoßiges Stöckl aus derselben Zeit. Oberdorf war 1155 freies Eigentum von Gotto von Leoben, später des Stiftes Admont, des Stiftes Seckau, der Familie Pranckh, der Radmannsdorf (1577) und des Dr. Christoph Fary (1653) sowie der Familie Breuner (damals war es als Jagdschloß in Verwendung). Im sehr gut erhaltenen Schloß ist heute eine Haushaltungsschule St. Martin untergebracht.
E: Franz Mayr-Melnhof
Lit: *Bar., 391 f; Dehio, 571*

Oberdorf, Schloß
BH *Murau*
G *Mariahof*
KG *Adendorf*
Dreigeschoßiger Vierflügelbau mit zwei Ecktürmen an der Front; über dem Tor Wappen des Franz von Teuffenbach mit Datierung 1604; Hof mit Säulenarkaden. Die getäfelte Stube von 1607 befindet sich heute im Landesmuseum Joanneum in Graz. Dieses Schloß wurde 1596–1604 durch Franz von Teuffenbach als Renaissanceschloß erbaut. Spätere Besitzer waren die Familien Freydenpichl und Strohmayr.
E: Gyoergy von Csoesz (Schweiz)
Lit: *Dehio, 335*

Obergamlitz, Schloß
→ Gamlitz, Schloß

Oberkapfenberg, Burg
→ Kapfenberg, Burg

Oberkindberg, Schloß
BH *Mürzzuschlag*
G *Kindberg*
KG *Kindberg Stadt*
Zweigeschoßiger Dreiflügelbau (nach Norden offen) mit vier vorspringenden Ecktürmen. Die beiden Seitenflügel hofseitig mit offenen Gängen im Obergeschoß; jeweils in der Mitte vortretende Treppenhäuser mit geschweiften Giebeln. Im Nordwestturm Kapelle (geweiht 1686) mit Klostergewölbe. Das Gemälde des heiligen Hieronymus, vermutlich von Hans Adam Weißenkircher (um 1680). Räume mit Rokokostuckdecken und reizvollen Öfen. Abundio von Inzaghi erbaute das Schloß vor 1680; 1773/74 wurde es durch Martin Rottmayr umgestaltet. Die alte Burg, die an der Stelle des heutigen Schlosses stand, soll angeblich im Mai 1267 durch ein Erdbeben zerstört worden sein. Im Schloß ist heute ein Museum untergebracht.
E: Theresia Gräfin Spiegelfeld
Lit: *Bar., 454 ff; Dehio, 219*

Oberkrottendorf, Schloß
→ Krottendorf, Schloß

Oberlorenzen, Schloß (Lorenzen)
BH *Bruck an der Mur*
G und **KG** *St. Lorenzen im Mürztal*
Dreigeschoßiger Bau mit zwei Ecktürmen; hohes Walmdach, gänzlich modernisiertes Äußeres. Wandmalerei von 1969, den hl. Martin darstellend. Das Schloß stammt aus dem 16./17. Jh. und wurde im 19. Jh. erweitert. Besitzer waren Pankratz (1534), Sackhl, Pranckh, Teuffenbach. Im sehr gut erhaltenen Schloß ist eine landwirtschaftliche Hauswirtschaftsschule St. Martin untergebracht.
E: Ludwig und Margarethe Zeiringer
Lit: *Bar., 48; Dehio, 459*

Obermaierhof, Ansitz
→ Meierhof, Ansitz

Obermayerhofen, Schloß (Mayerhofen)
BH *Hartberg*
G *Sebersdorf*
KG *Neustift*
Vier unregelmäßig aneinandergefügte dreigeschoßige Trakte umschließen einen offenen Innenhof. Torbau mit Bauinschrift von 1574; der Westtrakt mit fünfgeschoßigen Pfeilerarkaden im Hof (zur gleichen Zeit errichtet); im Erdgeschoß des Südflügels (erste Hälfte des 18. Jh.s) die Kapelle. Saal mit Wandfresko im dritten Geschoß, exotische Landschaften mit Vögeln (um 1780); kleinerer Saal mit klassizistischer Architekturmalerei, Vasen und römischen Porträtbüsten (1780). Das tiefer gelegene Vorgebäude (der Meierhoftrakt) wurde im späten 18. Jh. von Josef Kottulinsky erbaut; teilweise sind noch Bastionen an der Nord- und der Ostseite des Schlosses erhalten. Obermayerhofen war im 12. Jh. Rittersitz der Meierhofer, wurde 1377 von den Teuffenbach gekauft und anschließend zu einem Schloß ausgebaut. Ab 1620 verschiedene Besitzer, seit 1777 und wieder seit 1977 die Grafen Kottulinsky. In den Jahren 1980/81 wurden verschiedene Wandmalereien vom akademischen Restaurator J. Fastl prächtig restauriert. Seit 1981 ist das Schloß in sehr gutem Zustand und wird als Schloßhotel geführt.
E: Grafen Kottulinsky

Lit: *Bar., 213 ff; Dehio, 336*

Obermurau, Schloß
BH, G und **KG** *Murau*
Dreigeschoßige Vierflügelanlage, rechteckiger Hof mit Arkaden, Schloßkapelle zum hl. Achatius; großer Saal über drei Geschoße mit reichem Stuck von Giuseppe Pazarino (um 1640), Altar um 1655 (aus der Neumarkter Werkstatt), Totenschild des Carl Freiherr von Teuffenbach (gest. 1610), Grablegungsbild nach Rubens (aus dem 17. Jh.), „Schwarze Madonna von Tschenstochau“ von Johann Ferfal, 1739. Prunkräume mit Stuck, Holzdecken und Türen aus dem 17. Jh.; Kachelöfen aus 1558, 1600, dem 18. und 19. Jh. An der Stelle einer Burg der Liechtensteiner wurde das Schloß 1628–30 unter Georg Ludwig von Schwarzenberg durch den süddeutschen Baumeister Valentin Kaut und dem Steinmetz Hans Dirolff errichtet. Geringe Reste von der abgebrochenen Liechtensteinburg wurden beim Neubau mitverwendet. In den Parterre-Räumen des sehr gut erhaltenen Schlosses sind ein interessantes Museum (Bergwerke, Kohle) sowie das Archiv untergebracht.
E: Seit 1623 Familie Schwarzenberg
Lit: *Bar., 491 ff; Dehio, 297 f*

Oberthal, Schloß
BH *Graz-Umgebung*
G und **KG** *Thal*
Vierflügelanlage mit vortretenden Ecktürmen. Im Hof an drei Seiten dreigeschoßige Säulenarkaden. Kapelle aus 1656 mit gleichzeitigem Stuckdekor sowie Altarbild, die Taufe Christi darstellend. Zwei anschließende Räume mit Stuckdecken aus der Mitte des 17. Jh.s. Urkundlich wird Oberthal erstmals 1322 erwähnt, im 14. Jh. gelangte es in den Besitz der Windischgraetz, später in den der Trauttmannsdorff (bis 1798). Um 1563 und in der ersten Hälfte des 17. Jh.s wurde das Schloß vergrößert; die Zinnen wurden erst im 19. Jh. angebracht. 1618 wurde das Schloß als „ganz unnütz“ geschildert, die Felder und Weingärten waren damals ertraglos.
E: Liselotte von Rantzau (Deutschland)
Lit: *Bar., 183 f; Dehio, 556 f*

Obervoitsberg, Burgruine
BH und **G** *Voitsberg*
KG *Voitsberg Stadt*
Nördlich der Stadt liegen die Reste der ehem. Burg, die mit der Stadt durch eine gemeinsame Wehrmauer verbunden war (befestigungstechnische Einheit). Urk. wird die Burg 1183 erwähnt und wurde im 14., 15. und 16. Jh. umgebaut bzw. erweitert. Im 18. Jh. begann der Verfall der Anlage.
E: Stadtgemeinde Voitsberg
Lit: *Dehio, 586*

Öblarn, Schloß (Herrschaftsamt)
BH *Liezen*
G und **KG** *Öblarn*
Stattlicher, das Platzbild bestimmender dreigeschoßiger Bau mit Rundbogenportal und schmiedeeisernen Fensterkörben. Eingemauerter römischer Reliefstein. 1135 wird Öblarn als Edelhof des Eberhard von Lamprechtshausen erwähnt. 1185 gab Walchun de Clam Güter zu Öblarn der Kirche St. Nikolai in Grein. Später im Besitz der Landesfürsten und des Stiftes Admont bis 1724. Der heutige Bau stammt aus dem 17. Jh. Weitere Eigentümer

waren die Stampfer von Walchenberg (1724), Graf Bardeau (bis 1930); seit damals im Eigentum des Josef Fürst Colloredo-Mansfeld. Als Wohnsitz der Dichterin Paula Grogger („Das Grimmingtor") wurde Öblarn im ganzen deutschen Sprachgebiet bekannt.

E: Colloredo Mansfeldsche Herrschaft Öblarn-Gstaat

Lit: *Bar., 421; Dehio, 346*

Offenburg, Ruine

BH *Judenburg*

G *Pöls*

KG *Allerheiligen*

Gegenüber der Burgruine Reifenstein, auf einem Ausläufer des sogenannten Ederkogels, befinden sich die geringen Reste der romanischen und gotischen Anlage. Die im 12. Jh. (1160) von Otto (Offo) von Offenburg gegründete Burg war im Besitz der Liechtenstein, der Brüder Ramung (1446), der Teuffenbach, der Saurau (1616) und seit 1698 der Schwarzenberg. Nach einem Brand von 1590 begann der stetige Verfall der Burg.

E: Elisabeth von Pezold, geb. Schwarzenberg

Lit: *Dehio, 392*

Ottersbach, Schloß

BH *Leibnitz*

G *Großklein*

KG *Mantrach*

Ein zweiflügeliger Bau; Nordtrakt mit hohem Walmdach, von Hans Murn 1616 erbaut; der nach Süden anschließende Osttrakt mit Dachreitern, Torgebäude und Kapelle aus dem 17. Jh. Saal mit reichem Stuck um die Fenster, Türen und Gesimse (Ende des 17. Jh.s), im späten 19. Jh. mit barockisierendem Stuck und mit Bildern ergänzt. Die Kapelle im Osttrakt mit Kreuzgratgewölbe, einem Altar aus der Mitte des 17. Jh.s; südlich des Schlosses liegen die Stallgebäude aus dem 18. Jh. Am 18. 3. 1616 erlaubte Erzherzog Ferdinand dem Hans Murn, den Edelsitz und sich selbst von Ottersbach zu nennen. Weitere Besitzer waren die Lodron (1692), die Khuenburg, die Cerrini (1870). Die in einem Zimmer des Schlosses aufgezeichnete Reihe der Schloßbesitzer dürfte vermutlich falsch sein.

E: Fam. Abel

Lit: *Bar., 342; Dehio, 349 f*

P

Pachern, Hammerherrenschloß

BH *Murau*

G *Oberwölz-Umgebung*

KG *Raiming*

Schlößchen mit vorspringenden Ecktürmen. Die erste Nennung erfolgte 1304 (im Besitz der Liechtenstein); weitere Besitzer waren der Hammergewerke Johann Schmölzer (1546), Thoman Provin (1694), der das Schloß nach einem Brand neugestaltete und Garzerolli (1766). 1889 wurde das Schloß umgebaut. In der Nähe des Schlosses ist noch ein alter Hammer erhalten.

E: Ruprecht Freiherr von Pranckh

Lit: *Bar., 495 f*

Pack, Schloß

BH *Voitsberg*

G und **KG** *Pack*

Der Nordflügel ist in den Fels gebaut, der Ostflügel im rechten Winkel angeschlossen. Der heutige Bau stammt aus dem späten 16. Jh.; als kleiner Wehrbau war er urspr. im Besitz der Eppensteiner, dann der Wildoner (12. Jh.); um 1300 als „Feste Roseck" im Besitz der Wallseer, der Plankenwarter (1362), der Stubenberger (1403), der

Montfort (1420), der Ungnad (1543) und der Herberstein (1584); seit 1694 wird es „Gschloß“ Pack genannt. 1870 wurde Pack von den Saurau an die Gemeinde verkauft und fungiert seither als Pfarrhof.
E: Röm.-kath. Pfarrpfründe St. Martin in Pack
Lit: *Bar., 560 f; Dehio, 350*

Paterschlößl, Edelsitz
→ Mainhardtsdorf, Edelsitz

Peggau, Burgruine
BH *Graz-Umgebung*
G und **KG** *Peggau*
Heute noch erhalten sind der Bergfried und die merkwürdige, einst von einem Turm überbaute Alchimistenküche mit dem hohen sechsseitigen, außen pyramidenförmigen Rauchfang. Vom 12. Jh. bis 1362 war Peggau Sitz der Freien von Peggau, den späteren Grafen von Pfannberg. 1373–1596 im Besitz der Grafen von Montfort, ab 1652 des Stiftes Vorau. Ab 1804, als die Vorauer Verwalter ihren Sitz verlegten, wurde die Burg dem Verfall preisgegeben. Seit dem Jahr 1930 bemüht sich der Burgverein Peggau um die Erhaltung der Baureste.
E: Stift Vorau
Lit: *Bar., 164 ff; Dehio, 355*

Pernegg, Burgruine
BH *Bruck an der Mur*
G *Pernegg an der Mur*
KG *Pernegg*
Heute sind noch Reste der Hauptburg und der tiefer gelegenen Wehrbauten (14. Jh.) erhalten. Die einstige Stammfeste der Herren von Perneck (die 1143 urk. erwähnt werden, auf der Burg jedoch erst später nachweisbar sind) war später Besitz und Sitz der Markgrafen von Steier, die damals schon das heutige Wappen der Steiermark trugen (allerdings war der Panther von schwarzer Farbe, was erst viel später in Grün umgeändert wurde!) 1578 wurde die Burg verlassen und mit dem Neubau des darunter liegenden Schlosses → Pernegg begonnen.
E: Fam. Pongratz-Lippitt
Lit: *Bar., 50 ff; Dehio, 358*

Pernegg, Schloß
BH *Bruck an der Mur*
G *Pernegg an der Mur*
KG *Pernegg*
Mächtiger Baukomplex mit quadratischem Hof (Arkaden); wappengeschmückte Toreinfahrt; Deckenmalereien, Stuck, Öfen (um 1800), Kapelle mit Altar aus der Mitte des 17. Jh.s, alte Gerichtsstube im Erdgeschoß. 1578–82 durch Gallus Freiherr von Racknitz erbaut, 1629–88 im Besitz der Familie Casinedi, bis 1804 Familie Leslie. Schloß Pernegg ist heute Sitz der Pongratz-Lippittschen Forstverwaltung.
E: Seit 1881 Fam. Pongratz-Lippitt
Lit: *Bar., 50 ff; Dehio, 357 f*

Pertlstein, Schloß
→ Bertholdstein, Schloß

Pfannberg, Burgruine
BH *Graz-Umgebung*
G *Frohnleiten*
KG *Pfannberg*
Mächtiger siebeneckiger Bergfried, gotisches Hofportal, Reste des Palas; das Kapellenfresko (Marienkrönung mit Darstellung des 1423 verstorbenen Minnesängers Hugo von Montfort und Familie) aus dem 15. Jh. wurde 1954 abgenommen und in das Landesmuseum Joanneum in Graz gebracht. Pfannberg, die eine der bedeutendsten Burganlagen des Murtales darstellte,

wurde 1214 (Ritter de Pfannenberch) erstmals urk. erwähnt; 1373–1450 im Besitz der Grafen von Montfort, später der Dietrichstein, der Herberstein, der Jöchlinger, der Esterházy.
E: Seit 1872 Fam. Mayr-Melnhof
Lit: *Bar., 168 ff; Dehio, 358*

Pfeilerhof, Schloß (Freydenegg)
BH *Graz-Umgebung*
G *Hausmannstätten bei Graz*
KG *Hausmannstätten*
Urspr. altes Weingartenhaus, dann Edelsitz des 17. Jh.s. Das heutige Schloß stammt aus dem 19. Jh. Das inmitten ausgedehnter Obstgärten gelegene Schlößchen war im Besitz des Christoph Hager, des J. A. Prandtauer (1671), des Chr. Fr. Graf von Galler (1700), des R. von Steitz (1730) und der Maria Pfeilstecherin, die dem Schloß vermutlich seinen Namen gab.
E: Wolfgang Binder-Krieglstein
Lit: *Bar., 150 f*

Pflindsberg, Burgruine
BH *Liezen*
G und **KG** *Altaussee*
Heute nur mehr spärliche Reste des viereckigen Bergfrieds mit Holzgalerie und Wachstube sowie ein Teil der Wehrmauer des kleinen Hofes der Vorburg erhalten. Der Erzbischof von Salzburg ließ 1252–54 die Burg erbauen; 1282 gelangte sie als Lehen an Herzog Albrecht, wurde später landesfürstlich und diente als Wohnsitz des Verwesers des Hallamtes Aussee. Seit 1755 ist Pflindsberg leerstehend und im Verfall. Seit 1972 bemüht sich der Burgverein Pflindsberg um die Erhaltung der Ruine.
E: Republik Österreich (Österreichische Bundesforste)
Lit: *Bar., 422 f*

Piber, Schloß
BH *Voitsberg*
G *Köflach*
KG *Piber*
Mächtiger dreigeschoßiger Vierflügelbau mit vier Eckrisaliten. Ein bemerkenswerter Pfeilerarkadenhof. Stuckdecken (Anfang des 18. Jh.s), Wappen des Abtes Inzaghi (1737–60), Wirtschaftsgebäude mit ausgedehnten Stallungen. 1145 wird Otto von Piber urk. erwähnt; das Stift St. Lambrecht erbaute das Schloß in seiner heutigen Form (1696–1728). 1786 erfolgte die Aufhebung des Stiftes und die Übernahme durch den Staat. 1920 wurde das berühmte Lipizzanergestüt hierher verlegt, da Lipizza, im heutigen Jugoslawien gelegen, nach dem Ersten Weltkrieg für Österreich verlorenging. Restaurierungen erfolgten 1967 sowie 1970–72.
E: Republik Österreich (Österreichische Bundesforste)
Lit: *Bar., 561 f; Dehio, 359*

Pichelhofen, Schloß
BH *Judenburg*
G *St. Georgen ob Judenburg*
KG *Pichelhofen*
Dreigeschoßiger Vierflügelbau mit Arkadenhof; eiserne Fensterkörbe, Halle im ersten Obergeschoß mit Wandmalereien aus dem späten 17. Jh. Tramdecken, ein Ofen aus 1558. Der alte Ansitz (1281 urk.) wurde 1580–1608 von Adam von Gallenberg in die heutige Form gebracht. Weitere Besitzer waren die Lacherwitz (1740), die Dickmann (1870). 1680 überfiel Erasmus von Saurau mit bewaffneten Mannen den Besitzer von Pichelhofen und verprügelte alle Anwe-

senden wegen einer Verletzung des Fischereirechtes!
E: Clara Baronin von Conrad
Lit: *Bar., 270; Dehio, 360*

Pichl, Schloß
BH *Mürzzuschlag*
G *Mitterdorf im Mürztal*
KG *Mitterdorf*
U-förmiger Baublock mit vier vorspringenden Ecktürmen mit Zeltdächern. Ehem. Kapelle im Nordostturm, getäfelte Halle im Erdgeschoß. An der Stelle eines alten Hofes wurde Schloß Pichl 1555 durch Jörg Idungspeuger erbaut. Besitzer waren: die Herberstein, Galler (1630), Leutzendorf, Sessler (die das Schloß im 19. Jh. instand setzten und 1945 an die Kammer für Land- und Forstwirtschaft verkauften). Im sehr gut erhaltenen Bau ist eine forstwirtschaftliche Berufsschule untergebracht.
E: Kammer für Land- und Forstwirtschaft
Lit: *Bar., 460 f; Dehio, 293*

Pichlern, Schloß
BH *Liezen*
G *Aigen im Ennstal*
KG *Gatschen*
Zweigeschoßige Anlage mit zwei runden Ecktürmen. Das Hauptgebäude war urspr. ein dreigeschoßiges Stöckl aus der ersten Hälfte des 17. Jh.s. Beim Anbau des Westflügels mit Erkerturm wurde es großzügig erneuert (1892). 1971 wurde ein neuer Trakt erbaut. Schloß Pichlern wurde vor 1592 durch Wolf von Stainach von „welschen Baumeistern" erbaut. Weitere Besitzer waren die Welsersheimb (1668–1790) und die Lamberg (19. Jh.). 1972 wurde das Schloß zu einem Hotel ausgebaut.
E: Hotelbetriebsgesellschaft
Lit: *Bar., 423 f; Dehio, 361*

Pichlhof, Ansitz
BH *Murau*
G *Mühlen*
KG *St. Veit in der Gegend*
Dreigeschoßiger Rechteckbau der Spätrenaissance mit Eckerker und zweiachsigem Satteldach mit Schopfwalm. Zwei rundbogige Doppelfenster. Eine tonnengewölbte Erd- und Obergeschoßhalle; im ersten Obergeschoß einige Tramdecken; einfache Stuckdecke aus 1774. Einst ein mittelalterlicher Bauernhof, der im späten 16. und zu Anfang des 17. Jh.s zum Adelssitz ausgebaut wurde. Besitzer waren die Familien Pichler (bis 1699), später Putterer (bis 1718), Paul Egger (bis 1833), Ehgartner.
E: Walter Pachler
Lit: *Bar., 498; Dehio, 491*

Pichlschloß
BH *Murau*
G *Mariahof*
KG *Adendorf*
Der heutige dreigeschoßige Bau stammt aus dem 17. Jh. Reste von Wehranlagen sind noch erkennbar. 1305 wird Pichlschloß vermutlich als Lehenshof der Stubenberg genannt, 1565 Sitz des Pflegers Haslinger, 1660 im Besitz des Lorenz Pichl (dem durch Kaiser Leopold I. ein Wappen verliehen wurde), später der Mörzl, der Plankensteiner (19. Jh.) und der Fam. Gerke. Im 19. und 20. Jh. wird von dauernden Verpfändungen und oftmaligem Besitzerwechsel berichtet. Heute ist im Schloß ein Genesungsheim eingerichtet.
E: Genesungsheim OHG., Dr. Paumgartner & Co.
Lit: *Bar., 498 f; Dehio, 328*

Pirkwiesen, Schloß
BH *Graz-Umgebung*
G und **KG** *Krumegg*
Geschlossener zweigeschoßiger Vierflügelbau mit neugotischem Turm an der Eingangsseite. Um 1640 wurde von den Gleispachern auf ihrem Gut ein Adelssitz errichtet. Im späten 19. Jh. entstand unter Einbeziehung alter Bauteile ein kompletter Neubau.
E: Liselotte Englhofer
Lit: *Bar., 170; Dehio, 362*

Plankenwarth, Schloß (Ludwigsburg)
BH *Graz-Umgebung*
G *St. Oswald bei Plankenwarth*
KG *Plankenwarth*
Langgestreckte Anlage in Form einer Doppelburg. Im Osten die Vorburg (Ludwigsburg) mit Torbau und zwei Türmen aus der Mitte des 16. Jh.s. Um einen unregelmäßigen Dreieckhof die Trakte des Hochschlosses. Säulenarkaden der Spätrenaissance, Bergfried, Rundtürme; Tramdecken, steinerne Türgewände, Kapelle mit Stuck und St.-Georgs-Altar aus der Mitte des 17. Jh.s. Die Vorburg erinnert an dalmatinische Grenzbefestigungen. Die Plankenwarther werden 1179 genannt und 1265 urk. erwähnt; weitere Besitzer waren die Ungnad, die Stürgkh (Ludwig Stürgkh errichtete die „Ludwigsburg"), Herberstein (1739–89), die 1754 das Schloß durch Josef Hueber erneuern ließen. 1913–54 war im Schloß ein Erholungsheim eingerichtet; die derzeitigen Eigentümer ließen 1981 die vollständige Restaurierung und Adaptierung des Schlosses durchführen und richteten darin u. a. eine Schloßschenke sowie Ausstellungsräume ein (1986 wurde darin eine „Oskar-Kokoschka-Ausstellung" gezeigt).
E: Dr. Gerhard und Friederike Waisocher
Lit: *Bar., 170 ff; Dehio, 363 f*

Polheim, Schloß
BH *Leibnitz*
G und **KG** *Seggauberg*
Die heutige Anlage besteht aus einem unregelmäßigen Zweiflügelbau der Spätrenaissance (Mitte des 16. Jh.s). Zweigeschoßige Arkaden, einfaches Renaissanceportal; Schloß Polheim liegt südlich des Schlosses → Seggau. Bis 1369 war der Ansitz im Besitz der Herren von Leibnitz, bis 1575 in dem der von Polheim. Die drei Schlösser Seggau, Leibnitz und Polheim stellen eine historische Einheit dar. Nach 1595 wurden sie unter dem Bistum Seckau vereinigt.
E: Bistum Graz-Seckau
Lit: *Dehio, 522*

Pöllau, Schloß
BH *Hartberg*
G und **KG** *Pöllau*
Geschlossener dreigeschoßiger Viereckbau um zwei Innenhöfe mit je einem Achteckturm, Pfeilerarkaden im ersten Hof, Festsaal im Mitteltrakt mit Deckenfresko (signiert und datiert „Ant. Maderni Pinx 1699"), schönen Holzportalen von 1720, Ecksaal (heute Musikschule) mit einem Deckenfresko von Matthias von Görz (1731); Reste der spätmittelalterlichen Burganlage mit Außenmauern, dem Graben u. a. Kirche, eingeschoßige Klausur (1513 durch Propst Mistelberger angelegt), neue Sakristei (anstelle der alten Veitskirche 1720 errichtet): Saalraum mit Spiegelgewölbe und einem Freskenschmuck von Matthias von Görz (bezeichnet 1723). Bemerkenswerte Schränke aus der zweiten Hälfte des 17. Jh.s; ebenerdige Vor-

gebäude mit Torpavillons von 1747. Die alte Wasserburg wurde 1163 erwähnt, war im Besitz der Stubenberg (1280), der Neuberg (1449) und ab 1483 der Augustinerchorherren. Bis 1782 wurde das Schloß als Chorherrenstift geführt. 1785–1834 im Eigentum des Staates; anschließend (bis 1938) der Grafen Lamberg. Heute sind im sehr gut erhaltenen Schloß (Restaurierungen 1957/58 und 1980) eine Schule, verschiedene Ämter, Kanzleien, Repräsentationsräume sowie Mietwohnungen untergebracht.
E: Marktgemeinde Pöllau
Lit: *Bar., 224 f; Dehio, 367 f*

Pöls, Schloß
BH *Graz-Umgebung*
G *Zwaring-Pöls*
KG *Pöls*
Dreigeschoßiger Zweiflügelbau, achtseitiger Stiegenturm mit Spitzhelm, ehem. Kapelle, im Inneren reicher Stuck (1660–70) und zwei Rokokostuckdecken. 1244 wird Pöls als Zehenthof des Erzbistums Salzburg urk. erwähnt. Im 16. Jh. durch die Familie Saurau freigekauft und ausgebaut; 1729 im Besitz der Fam. Dietrichstein. Zur Herrschaft Pöls gehörte bis 1810 eine Brauerei, die jedoch anschließend aufgelassen wurde, da das Bier „allzu stark mit Wasser vermengt sei". Das Schloß wurde im 19. und 20. Jh. umgestaltet.
E: Ing. Rudolf Alesch
Lit: *Bar., 343 f; Dehio, 374*

Poppendorf, Schloß
BH *Feldbach*
G und **KG** *Poppendorf*
Langgestreckter zweieinhalbgeschoßiger Bau, Rustikaportal mit Figurennischen und darüberliegendem Balkon mit Barockgitter aus dem späten 17. Jh. Frei stehende Schloßkapelle mit Stuck aus 1720, Gruftgewölbe auf Säulen, Altarbild der hl. Barbara von Johann V. Hauck (datiert 1715). Im Inneren Sala terrena, darüberliegend der Hauptsaal mit Spiegelgewölbe und reichem Stuck von Alessandro Serenio (1676); Empireofen, Tapetenzimmer, barocke Balkendecken und Türen. Das Schloß steht an der Stelle einer in das 13. Jh. zurückgehenden Burg und wurde unter Ferdinand von Offenheim 1667 neu errichtet (Datierung am Portal); fertiggestellt wurde es unter Georg von Mersperg 1676. 1756 unter dem Grafen Rindsmaul zum Fideicommiß (mit der Herrschaft Buchenstein) erhoben. Mehrfacher Besitzerwechsel und beginnender Verfall (besonders während des Ersten Weltkrieges). Nach Restaurierungen ist das Schloß heute in gutem Zustand und wird als Gasthof und Pension geführt.
E: Fam. Lisafeld
Lit: *Bar., 116 f; Dehio, 374 f*

Prankh, Schloß
BH *Knittelfeld*
G *St. Marein bei Knittelfeld*
KG *Prankh*
Renaissancebau von 1562 (Datierung über der Treppe), der sich um einen Hof (Arkaden in den unteren Geschoßen) und einen mittleren hohen Turm gruppiert. An der Rückseite des Gebäudes ein vorspringender Flügelbau. Neues Treppenhaus, verschiedene Erneuerungsbauten von 1879 und 1901. Urspr. bestand die Anlage wahrscheinlich aus zwei Schlössern, die im Renaissancebau zusammengefaßt wurden. 1135 urk., 1459 als „haus und sicz Prankh" erwähnt;

1207 wurde das Kloster Seckau durch eine Schenkung Eigentümer des Schlosses. Um 1782 beginnender Verfall. Im 19. Jh. wurde Prankh nicht vorteilhaft erneuert und verändert.
E: Alfred Hamker
Lit: *Bar., 300 f; Dehio, 375*

Premstätten, Schloß
BH *Graz-Umgebung*
G *Unterpremstätten*
KG *Oberpremstätten*
Quadratischer Bau um einen Arkadenhof. Im Inneren Kapelle mit Fresken von 1774 und einem Marmortabernakel von Veit Königer aus 1773. 1164 wird ein Bau im Zusammenhang mit den Herren von Premstätten genannt; 1386 mußte Friedrich von Premstätten den Sitz „wegen Schulden an die Juden an Hans den Chetzer veräußern“. 1441–1870 im Besitz der Saurau, später der Goëss und der Nyáry.
E: Austria Mikrosysteme International Ges.m.b.H.
Lit: *Bar., 172 f; Dehio, 377*

Putterer-Schloß
BH *Liezen*
G *Aigen im Ennstal*
KG *Aigen*
Dreigeschoßiges Stöckel mit steilem Walmdach. Im Inneren zum Teil noch Tonnengewölbe. Frei stehende Schloßkapelle (Mariahilf) mit Altar aus der Mitte des 18. Jh.s. Urspr. ein mittelalterlicher wehrhafter Hof, stammt der heutige Bau aus dem späten 16. Jh., das Äußere wurde im 19. und 20. Jh. umgestaltet. 1437–1829 im Besitz der Putterer, seit 1905 in dem der Fam. Keller und deren Nachkommen. Der auf einer Anhöhe oberhalb des Putterersees gelegene Edelsitz ist sehr gut erhalten und wird als Hotelpension geführt.
E: Christine Dornbusch
Lit: *Bar., 401 f; Dehio, 12*

Pux, Schloß
BH *Murau*
G *Frojach-Katsch*
KG *Frojach*
Vom alten Bau ist heute noch ein Teil des mittelalterlichen Wohntraktes erhalten, der vom 15. bis zum 18. Jh. als Getreidespeicher in Verwendung stand. Daneben wurde 1911 das neue Schloß errichtet (aus unverputzten Bruch- und Bausteinen). Südlich des Neuschlosses befindet sich die Schloßkapelle (frei stehend) zum hl. Ägydius: spätromanischer Rechteckraum mit eingezogenem Chorquadrat. Die Sakristei ist mit 1594 datiert; Schiff mit Renaissance-Holzkassettendekke; Fresken des 13. Jh.s, Altar von 1676. Der einst aus zwei Teilen bestehende Wehrbau war bis 1454 im Besitz der Puxer und bis 1559 in jenem der Pranckh. Seit 1872 (bis heute) wieder in deren Besitz.
E: Seit 1872 Familie Pranckh
Lit: *Bar., 500 ff; Dehio, 383*

Puxer Luegg, Höhlenburgen (Schallaun)
BH *Murau*
G *Frojach-Katsch*
KG *Frojach*
Zwei mittelalterliche Höhlenburgen, in der Puxer Wand gelegen. Diesen vorgelagert zwei in den Abhang gemauerte künstliche Wehrterrassen. Wehrmauern aus behauenen Steinen. Eingangsschwelle etwa 5 m über dem gewachsenen Boden; im Inneren befinden sich Gebäudetrümmer. Im 12. Jh. werden die Burgen als Sitz der Herren von Lueger erwähnt; vom 13. bis zum 16. Jh. im Besitz der Teuffenbacher, dann Lehen der Grafen Cilli; im

16. Jh. wurden die Höhlenburgen verlassen und dem Verfall preisgegeben. Im 19. Jh. hatte sich hier eine Räuberbande eingenistet. Das war der Anlaß, die bis dahin noch ziemlich gut erhaltene Anlage zu zerstören.
E: Pilgrim Freiherr von Pranckh
Lit: *Bar., 503 f; Dehio, 384*

R

Raabahof, Schloß
→ Spielerhof, Schloß

Rabenstein, Burg
BH *Graz-Umgebung*
G *Rothleiten*
KG *Adriach*
Die obere Burg ist heute Ruine; im 12. Jh. durch das gleichnamige Geschlecht erbaut, Ende des 15. Jh.s durch Brand beschädigt und seither im Verfall; die untere Burg, wohl aus dem 14. Jh. stammend, ist mit den beiden Breitseiten von weitem sichtbar. Unregelmäßiger Hof, durch den die alte Murtalstraße führte, zwei- und dreigeschoßiger Hauptbau, im Kern gotisch, zwei hohe Säle (Rittersaal und kleiner Saal) mit großen Fenstern, reicher Stuck um 1670 aus der Werkstatt des Alexander Serenio, Deckenbilder, Sgraffitorest im Burghof (renoviert nach 1866), zwei der Südfront vorgelagerte Terrassen mit Wehranlage und Burggarten. Zu Füßen der Burg liegt das sogenannte Turnierfeld, das von einer Mauer umfriedet ist (Datierung am Tor 1663). Besitzer bis ins 14. Jh. die Herren von Rabenstein. Das kaiserliche Lehen wurde 1497 an die Harrach, später an die Breuner und an die Windischgraetz verliehen. Im 17. Jh. erfolgte durch die Familie Trauttmannsdorff der Umbau der unteren Burg. Weitere Besitzer waren die Wagensperg, Dietrichstein, Montoyer, Reininghaus (1877–1981), ab 1981 die Liechtenstein. Im Sommer wird Rabenstein heute fallweise als Veranstaltungsort für Schloßkonzerte verwendet.
E: Steiermärkische Elektrizitäts AG (STEG)
Lit: *Bar., 174 ff; Dehio, 384*

Radmer, Herrschaftshaus und Schloß
BH *Leoben*
G *Radmer*
KG *Radmer an der Stube*
Zweigeschoßiger Bau, der um 1600 in seine heutige Form gebracht wurde. Die ehemals großen Räume sind heute als Wohnungen und Kanzleien unterteilt. In diesem kaiserlichen Jagdschloß wohnte mit Vorliebe Kaiser Maximilian während der Jagd: („ . . . Redmeregg ist ain lustig Jaid, es ständ Albeg guet Hirß").
E: Fürsten von Hohenberg
Lit: *Dehio, 386; Ebner II, 142*

Ratmannsdorf, Schloß
BH, G und **KG** *Weiz*
Dreigeschoßiger Hauptbau, zwei Ecktürme, quadratischer Eingangsturm, zweigeschoßiger Anbau mit offenem Arkadenhof, Renaissancefenster, quadratischer und achteckiger Eckturm der ehem. Umfassungsmauer. Nach dem Verfall der Burg Oberratmannsdorf erbaute Otto von Ratmannsdorf 1555–65 das Schloß. 1623–1773 im Besitz der Leobner Jesuiten, später der Khevenhüller (1782), der

Gudenus (1806). Die prächtige Wandvertäfelung des Rittersaales (1563) befindet sich heute im Joanneum in Graz (Weizer Saal). Der südliche hufeisenförmige Bauteil wurde 1972 abgerissen. Im Schloß sind heute die Amtsräume des Bezirksgerichtes Weiz untergebracht.
E: Republik Österreich
Lit: *Bar., 597 f; Dehio, 610*

Rebenburg, Schloß
→ Stibichhofen, Schloß

Reifenstein, Burgruine
BH *Judenburg*
G und **KG** *Pöls*
Mauerpfeiler der ehem. Brücken, Reste des Wohngebäudes mit Stallungen, Hauptburg mit Bergfried (Mauerreste), kleiner Innenhof, gotische Kapelle, Reste eines Eckrondells der Vorburg. Die kleine mittelalterliche Hochburg wurde im frühen 15. Jh. ausgestaltet und im 16. Jh. durch Renaissancezubauten vergrößert. Urk. war die Burg 1145 im Besitz der Reifensteiner; seit 1400 in dem der Pranckh, 1521–89 der Pögl und ab 1698 der Schwarzenberg. Seit dem frühen 19. Jh. ist Burg Reifenstein im Verfall. Um die Einquartierung der Franzosen 1809 zu verhindern, wurde das Dach der Burg abgetragen.
E: Heinrich Prinz Schwarzenberg/Erben
Lit: *Bar., 273 ff; Dehio, 391*

Reigersberg, Schloß (Benndorf)
BH *Fürstenfeld*
G *Ilz*
KG *Reigersberg*
Um 1900 errichtetes einfaches Herrenhaus mit Turm; dem schlichten Bau kommt keine besondere kunsthistorische Bedeutung zu. Eigentümer war die Familie Arbesser.
E: Alfred Vanek

Reitenau, Schloß
BH *Hartberg*
G und **KG** *Stambach*
Von einem Wassergraben eingefaßter geschlossener dreigeschoßiger Baukomplex mit vier runden Ecktürmen um einen Innenhof; das Schloß besteht aus vier Wohntrakten und zwei hohen Schüttkästen im Westen. Barockes Portal an der Eingangsfront, Pfeilerarkaden im Erdgeschoß, zweigeschoßige Kapelle von 1732, einige Öfen von 1800; die dem Schloß vorgelagerten Basteien sind zum Teil erhalten. Dieses Schloß wurde im 14. Jh. von der Familie Reuter als Wasserschloß erbaut. 1529, 1532 und 1605 wurde es von Türken und Heiducken schwer beschädigt. 1602–1822 im Besitz der Familie Wurmbrand, die es im 17. und 18. Jh. zu seiner heutigen Gestalt ausbauten.
E: Barnim Lentz
Lit: *Bar., 226 ff; Dehio, 399*

Reiteregg, Schloß
BH *Graz-Umgebung*
G und **KG** *Hitzendorf*
Einfacher einstöckiger Bau mit mächtigem zinnenbekrönten Turm; im Inneren einige Bilder aus dem nahe gelegenen Schloß → Schütting, die dort als Papiertapeten zur Wandbespannung dienten. 1580 wird eine Familie Graswein auf Schloß Reiteregg genannt; weitere Besitzer waren Andree Reiter, F. J. von Moscon (1660), Strassoldo (1870). Der Bau wurde im 17. sowie im 18. Jh. und um 1900 verändert.
E: Ernst Haan
Lit: *Bar., 177; Dehio, 400*

Retzhof, Schloß
BH *Leibnitz*
G *Wagna*
KG *Leitring*
Vierflügelige Anlage um einen Rechteckhof; gegen Osten ein dreiflügeliger Nebenhof. Laubengänge aus dem 17. Jh., reich gestaltetes Treppenhaus und Kapelle aus dem frühen 18. Jh., Säulenhalle aus dem 19. Jh. Das Schloß stellt den Typus eines späten Edelmannssitzes des Flachlandes dar. 1318 in salzburgischem Besitz genannt: Lehen der Leitringer, der Retzer (1450); ab 1595 im Besitz des Bistums Seckau, später häufiger Besitzerwechsel. Der Ausbau zur heutigen Anlage erfolgte im 17. Jh. Auf dem Retzhof starb 1616 Bischof Brenner, eine der markantesten Persönlichkeiten der Gegenreformation. Im sehr gut erhaltenen Schloß ist ein Volksbildungsheim des Landes Steiermark eingerichtet.
E: Land Steiermark
Lit: *Bar., 345 f; Dehio, 400*

Riegersburg, Burg
BH *Feldbach,* **BT** *21, 22*
G und **KG** *Riegersburg*
Das Hochschloß wird von elf Basteien und sechs wehrhaften Toranlagen gesichert: Steinkellertor (bezeichnet 1690), Cillitor (bezeichnet 1678), Annentor, Lichteneckertor (bezeichnet 1679), Pyramidentor, Wenzelstor (bezeichnet 1653). Das Hochschloß (= Kronegg) wird von einem zwei- bis dreigeschoßigen Baukomplex, der sich um zwei Höfe gruppiert, gebildet; es stammt in seiner heutigen Form aus der Spätrenaissance bzw. aus dem Frühbarock. Die Höfe mit Arkaden, Spätrenaissancefenstern, Sgraffitomalereien und einem Brunnen von ca. 1640 mit schmiedeeiserner Laube. Vorburg, altes Zeughaus (unterhalb mündet der sogenannte Eselssteig, ein in den Felsen gehauener Weg, über den man schneller vom Burgfelsen herunterkam), Burgkapelle und quadratischer Bergfried (beide Bauten aus dem Mittelalter). Im Inneren Fürstenzimmer, Bilder- und Römerzimmer mit unterteilten Leinwandbildern, Türkenzimmer mit großem Sandsteinkamin (bezeichnet 1588), bemaltem Renaissanceportal und einer Sammlung von Asiatika sowie Herrscherporträts, ein Zimmer mit prächtigem Kachelofen und einer Waffensammlung, die großteils noch aus den alten Rüstkammerbeständen des 16. und 17. Jh.s stammt; Rittersaal mit Spätrenaissancefenstern, Kassettendecke und drei mächtigen Portalen mit reichen Intarsien, die zu den schönsten dieses Landes gehören (bezeichnet 1600). Durch ihre Lage und die starken Wehranlagen ist die Riegersburg die bedeutendste Grenzfestung in der Oststeiermark.
Bereits im 13. Jh. sind zwei Burgen vorhanden: Kronegg, die ältere von beiden, wurde nach 1122 von den Riegersburgern erbaut und war bis 1249 im Besitz der Herren von Riegersburg-Wildon, bis 1301 Lehen der Kuenring-Dürnstein. Die untere, jüngere Burg Lichteneck (an deren Stelle wurde 1959 das Grenzlandehrenmal errichtet) war seit dem Ende des 13. Jh.s landesfürstlich. 1301–1478 waren beide Burgen im Besitz der Herren von Walsee-Graz. Weitere Besitzer waren Reinprecht von Reichenburg, die Freiherren von Stadl (1571; sie begannen mit dem Ausbau der oberen Burg), Familie

Ursenbeck (1619), Seifried Freiherr von Wechsler (1637), dessen Nichte Elisabeth Wechsler, verehelichte Freifrau von Galler (1648; sie führte den Ausbau weiter und ließ die untere Burg abtragen), Johann Ernst Graf Purgstall (1672; er baute die Basteien und Tore) und seit 1822 die Fürsten von Liechtenstein. 1945 wurde die Burg schwer beschädigt, 1947 wiederhergestellt; 1950–69 wurden umfangreiche Sanierungs- und Restaurierungsarbeiten an der gesamten Anlage durchgeführt. Die Riegersburg ist zu besichtigen und ein beliebtes Ausflugsziel. 1987 Veranstaltungsort der Landesausstellung Steiermark „Hexen und Zauberer".
E: Friedrich Prinz von und zu Liechtenstein
Lit: *Bar., 118 ff; Dehio, 402 ff*

Rohr, Schloß
BH *Leibnitz*
G *Ragnitz*
KG *Haslach*
Zweigeschoßiger Dreiflügelbau mit Eckturm im Nordosten und kleinem Uhrturm am Osttrakt; die Westseite ist durch Nebengebäude, eine Mauer und den klassizistischen Torbau geschlossen. Portal von 1807 und Treppenanlage des frühen 18. Jh.s. Saal mit Balkendecke von 1633, einige Empireöfen, Johanneskapelle des frühen 17. Jh.s. Die einst vorhandenen Wassergräben wurden eingeebnet. Die ehemalige Wasserburg wurde Anfang des 13. Jh.s im Besitz der Grafen Plain (die das Rittergeschlecht von Rohr belehnten) urkundlich genannt. Nach deren Aussterben kam es zu oftmaligem Besitzerwechsel. 1630–1951 war das Schloß im Besitz von Stift Rein; in dieser Zeit wurde es auch ausgebaut.
E: Gertrude Holzbauer
Lit: *Bar., 123; Dehio, 404 f*

Rohrbach, Schloß (St. Josef)
BH *Deutschlandsberg*
G *St. Josef (Weststeiermark)*
KG *St. Josef*
Unregelmäßige Baugruppe um einen Rechteckhof. Zwei- bis dreigeschoßige Trakte, teilweise mit Säulenarkaden. Einfahrt als niedriger zweigeschoßiger Verbindungsgang mit Pfeilerarkaden (17. Jh.). Unter den Ungnad Ausbau des Schlosses (Ende des 16. Jh.s). 1602 gelangte Rohrbach an das Stift Stainz.
E: Wilhelm Lehner (Deutschland)
Lit: *Bar., 72 f; Dehio, 441*

Rosegg, Schloß
→ Minoriten-Schlößl

Rosenbach, Schloß
BH *Judenburg*
G und **KG** *Obdach*
Einfacher viereckiger zweistöckiger Bau aus dem 17. Jh. Der ehem. Wassergraben wurde zum Garten. Das Schloß dürfte aus einem der adeligen Höfe in Obdach entstanden sein. 1630 im Besitz der Khufler, dann der Pain, der Mersperg, der Saurau, der Pürkher; von 1780 bis ins 19. Jh. im Besitz der Liechtenstein. Die heutige Form des Schlosses stammt aus dem späten 19. Jh.
E: Josef und Maria Leitner
Lit: *Bar., 275 f; Dehio, 334*

Röthelstein, Schloß
BH *Liezen*
G *Admont*
KG *Aigen*
Rechteckanlage um heute überdachten Hof, mit zwei polygonalen Ecktürmen im Westen

und großem achteckigen Turm im Osten (alle mit Zwiebelhelmen). Vorhof im Westen, von Schießschartenmauer und Rondellen mit Zeltdächern umgeben. Im überdachten Hof an drei Seiten zweigeschoßige Arkaden auf Rechteckpfeilern. Die einst prunkvolle Innenausstattung aus dem Frühbarock ist zum Teil noch erhalten: Deckenmalerei im ehem. Speisesaal, an den Wänden bemalte Wandbespannungen mit Bilderzyklus aus der Geschichte des verlorenen Sohnes (eine datiert 1754), drei Steinportale mit reich geschnitzten Türen, an der Decke des Nordwestturmerkers ein Wappen von Abt Matthäus (1751–79; datiert 1753). Im Hof Wappen von Abt Urban (1657). Kapelle mit Stuck aus der Bauzeit. Schloß Röthelstein wurde unter Abt Urban (1628–59) in den Jahren 1655–57 erbaut. Eine Gesamtrestaurierung erfolgte 1974–77. Das Schloß war bis 1974 im Besitz von Stift Admont. Heute ist im Schloß ein Ferienheim für die Caritasjugend untergebracht.
E: Steirisches Jugendherbergswerk
Lit: *Bar., 425 f; Dehio, 405*

Rothenburg, Burg
G *Graz, Bergstraße 41*
Zweistöckiger Bau von roter Farbe; die Fassade ist teilweise rot gefärbelt, teilweise besteht sie aus Ziegeln. Hohes schönes Walmdach, Erker mit Datierung 1579, gefällige Fensterkörbe.
E: Hans Krässl und Grete Tommesen
Lit: *Dehio Graz, 251*

Rothenfels, Burg
BH *Murau*
G *Oberwölz-Umgebung*
KG *Raiming*
Höher gelegene Hauptburg und Vorburg; in der Südostecke Teile der mittelalterlichen Hauptburg erhalten. Vorhof, mittelalterlicher Torturm mit Zugbrücke, Umfassungsmauer (im 19. Jh. mit Zinnen versehen). Burgkapelle im ersten Obergeschoß: spätgotische Muttergottesstatue (um 1500), Kruzifix mit Totenkopf (Mitte des 18. Jh.s), spätgotische Eisentür mit Beschlägen. Gerichtszimmer im zweiten Obergeschoß mit Stuckdecke aus der Mitte des 17. Jh.s. Deckenbild, Diana mit huldigenden Rittern darstellend (anno 1725). Die auf steiler Felsnase gelegene, weithin sichtbare Burg wurde 1305 erstmals urk. erwähnt. 500 Jahre lang war sie Besitz des Bistums Freising (Sitz der Burggrafen von Oberwölz). 1950–68 waren Burg sowie Waldbesitz Rothenfels Eigentum der Holzsägefirma Johann Weinzinger aus Grein (OÖ.). Der Name Rothenfels stammt von der rötlichen Farbe des Burgfelsens.
E: Wolfgang Steiner
Lit: *Bar., 505 ff; Dehio, 341*

Rothenthurm, Schloß
BH *Judenburg*
G *St. Peter ob Judenburg*
KG *Rothenthurm*
Das Schloß besteht aus zwei zweigeschoßigen Flügeln mit über Eck gestellten Erkern; Säulenarkaden im Hof. In einem Zimmer des Obergeschoßes dekorative Rankenmalerei (1968/69 freigelegt und restauriert). Kapelle von 1647 mit einem Pietàgemälde, datiert 1648; Statue der stehenden Maria mit Kind aus dem 14. Jh. 1494 wird ein „Turm zu Fewstritz" urk. genannt. Nach 1641 wurde er durch Andree Eder zu einem Schloß ausgebaut. Re-

staurierungen erfolgten 1959–76. Eigentümer waren Hans Metschacher (1478), Wilhelm von Rottal (1494), Kirchbichler (1624), die Kainbacher (1641–1766) und Hüttenbrenner im 19. Jh.; angeblich wurde das berühmte Lied Franz Schuberts „Die Forelle“ hier komponiert. Schubert war damals Gast des Schloßbesitzers sowie Tondichters Anselm Hüttenbrenner.
E: Fam. Franz
Lit: *Bar., 277; Dehio, 406*

Rothleiten, Schloß
→ Weyer, Schloß
(**G** *Rothleiten*)

Rottenbach, Schloßruine
BH *Judenburg*
G *Fohnsdorf*
KG *Rattenberg*
Ehemals zweigeschoßig mit wuchtigen Vierecktürmen und Walmdach; Renaissancedoppelfenster. Das Schloß wurde 1962 durch Brand zerstört und ist seither Ruine. In den Jahren 1608–12 wurde Rottenbach von Raimund Eberlein neu erbaut (Verwalter des Seckauer Bistums in Wasserberg). 1656 wurde das Schloß zum erstenmal durch Brand vollkommen zerstört, anschließend jedoch wieder aufgebaut. Heute wieder Brandruine.
E: Franz Hörtler vulgo Rottenbacher
Lit: *Bar., 276*

Rottenmann, ehem. Burg
BH *Liezen*
G und **KG** *Rottenmann*
Die 1048 erstmals genannte Burg war zuerst im Besitz der Landesfürsten und gelangte später an das Bistum Bamberg. Im 15. Jh. wurde die Burg in die Stadtbefestigung einbezogen. Heute ist von der Anlage nur noch ein Burgtor zu sehen. Die Bezeichnungen „Burggasse“ und „Burgtor“ erinnern an die alte Wehranlage.
E: Familien Dipl.-Ing. Dr. Eberhard und Chlodwig Franz
Lit: *Bar., 426 f*

Ruhefeld, Schloß
BH *Graz-Umgebung*
G *Frohnleiten*
KG *Mauritzen*
An der nordöstlichen Parkeinfahrt zum Schloß → Neupfannberg liegt das von Johann Paul von Wildburg 1780 erbaute Schlößchen. Quadratischer Bau, je zwei Fronten mit Mittelrisaliten. Die ehem. Einfahrt wurde vermauert. Besitzer waren die Fürsten Esterházy (1819) und Lobkowitz (1870). Das Schloß wurde ebenso wie Schloß Neupfannberg im Zuge der Kriegsereignisse 1945 schwer beschädigt; nach 1950 wurde es wiederhergestellt und 1970 gänzlich modernisiert. Im sehr gut erhaltenen Gebäude sind Kanzleien der Mayr-Melnhofschen Forstdirektion untergebracht.
E: Seit 1872 Fam. Mayr-Melnhof
Lit: *Bar., 178; Dehio, 120*

S

Salla, Burgruine
→ Klingenstein, Burgruine

St. Georgen, Schloß
BH *Leibnitz*
G und **KG** *St. Georgen an der Stiefing*
Ein wehrhafter unregelmäßiger Vierflügelbau um einen Innenhof. Der Westflügel und der Nordtrakt sind durch ausfallende turmartige Eckrisalite mit Schießscharten verstärkt. Vermauerte Arkadengänge, Festsaal mit dekorativen Wandfresken aus dem späten 18. Jh., Öfen aus dem späten 18. und

frühen 19. Jh., steinerne Marienfigur von 1762 (Veit Königer) im Hof. Nördlich des Schlosses befindet sich das Grabmal des Dichters Paul Ernst („Der schmale Weg zum Glück", 1903, „Der Zusammenbruch des Marxismus", 1919), mit Johann-Nepomuk-Figur und zwei Engeln (Mitte des 18. Jh.s). Die ältesten Teile des Schlosses stammen aus dem 15. Jh., Um- bzw. Zubauten erfolgten im 17. und 18. Jh. Im 12. Jh. war das Schloß im Besitz der Grafen von Plain; 1340 wurde es vom Landesfürsten den Bischöfen von Seckau übergeben. Weitere Besitzer waren die Herren von Glojach (1555–1751) und die Freiherren von Egkh-Hungerspach (1753–1814) sowie die Fam. Ernst. Fallweise wird das Schloß für kulturelle Veranstaltungen verwendet.
E: Dr. Reinisch
Lit: *Bar., 324 ff; Dehio, 430*

St. Josef, Schloß
→ Rohrbach, Schloß

St. Lambrecht, Schloß
BH *Murau*
G und **KG** *St. Lambrecht*
Heute noch erhalten sind Teile der Ummauerung, des Torturms im Norden mit barockem Wohnhaus sowie der sechsgeschoßige Bergfried mit spätgotischen Fenstergewänden; am Portal Erneuerungsinschriften von 1843. Die Schloßkapelle (Mariä Krönung) wurde 1418 an der Stelle einer älteren Kapelle neu erbaut; sie war urspr. im Schloß eingebaut, ist heute jedoch frei stehend; 1843 wurde sie unter Abt Joachim Suppan (1835–64) wiederhergestellt; eine Innenrestaurierung erfolgte 1977. Schloß St. Lambrecht wurde vermutlich im 11. Jh. von Markwart von Eppenstein innerhalb des Stiftsbereiches errichtet. 1400 erfolgte der Neubau durch Abt Rudolf von Liechtenegg. Unter den Äbten Johann Sachs (1478–1518) und Valentin Pierer (1515–41) erfolgten größere Um- und Neubauten. Die Anlage diente als Abtwohnung und in der Barockzeit als Gymnasium. 1786 wurde das Stift aufgehoben und das Schloß dem Verfall preisgegeben.
E: Benediktinerabtei St. Lambrecht
Lit: *Bar., 486; Dehio, 453*

St. Martin, Schloß
G *Graz, Kehlbergstraße 35*
Mächtiger zwei- bis dreigeschoßiger Vierkantbau mit Rundtürmen, Eckerkern auf Kragsteinen (mit Spitzhelmen, urspr. mit barocken Zwiebeldächern), rustiziertem Rundbogensteinportal; zweigeschoßige Pfeiler-Säulen-Arkaden im Hof; im Inneren Glasgemälde nach einem Entwurf von Alfred Wickenburg (1966) im Oststiegenhaus, Speisesaal mit Kreuzgratgewölben auf Pfeilern, bemerkenswertes Kruzifix nach der Art Josef Thaddäus Stammels (um 1740); Festsaal im Südflügel mit einer Holzplastik „feuerspeiender Panther" (Wappen von Graz), nach der Art Josef Thaddäus Stammels (um 1740), zwei profilierte Holzbalkendecken aus der ersten Hälfte des 17. Jh.s. St. Martin wird erstmals in der ersten Hälfte im 11. Jh. als dem Aribonengraf Botho dem Starken gehörig urk. erwähnt; um 1055 an das Erzstift Salzburg, 1144 an das Stift Admont; damals Errichtung eines Propsteihofes mit Turm und Kapelle. 1557 Neubau nach Plänen von Anton

und Josef Nachtigall. Umbauten 1572–74. Unter Eleonore Breuner um 1575 Erneuerung der Ringmauer und Errichtung eines Wehrganges. Unter Abt Urban Weber erfolgte 1638 der Neubau nach Plänen von Peter Fasoll. Schloß St. Martin ist derzeit als landwirtschaftliche Hauswirtschaftsschule und Volksbildungsheim in Verwendung. Nach Kriegsschäden erfolgte in den Jahren 1950–52 die Wiederherstellung.
E: Seit 1936 Land Steiermark
Lit: *Dehio Graz, 260 f*

St. Peter-Freienstein, ehem. Burg (heute Wallfahrtskirche Maria Sieben Schmerzen)
BH *Leoben*
G *St. Peter-Freienstein*
KG *St. Peter*
Von der ehem. Burg, die 1661–63 von den Jesuiten in eine Wallfahrtskirche umgebaut wurde, sind ein mächtiger Rundturm (15./16. Jh.) und ein Torgebäude (Inschrift 1685) erhalten. Die Burg wurde 1237 urk. erwähnt, war im Besitz der Aribonen, der Traungauer, der Landesfürsten, der Herberstein, des Freiherrn von Stadl und der Jesuiten. Nach der Aufhebung des Jesuitenordens 1773 gelangten Herrschaft und Kirche an den Staat.
E: Pfarre St. Peter-Freienstein
Lit: *Bar., 373 ff; Dehio, 482 f*

Sauerbrunn, Schloß
BH *Judenburg*
G *Pöls*
KG *Thalheim*
Quadratischer Bau mit Arkadenhof (Nord- und Westtrakt abgetragen), basteiartiger Turm mit Zeltdach aus 1600, rundbogiges Einfahrtsportal mit Teuffenbach-Wappen; im ersten Obergeschoß eine hölzerne Kassettendecke. Frei stehende Kapelle von 1689, ohne Einrichtung. Oberhalb des Schlosses liegt die Sternschanze, ein dreigeschoßiger Bau mit sternförmigem Grundriß. Diese Anlage dürfte als Beispiel einer Fortifikation ohne wirklichen Zweck von Franz von Teuffenbach gleichzeitig mit dem Schloß errichtet worden sein. 1552 ließ Franz von Teuffenbach das Schloß über einer Sauerbrunnquelle errichten. 1563 wurde es zu einer Spitals- und Armenhausstiftung umgewandelt. Heute wird in dem Schloß Mineralwasser abgefüllt. Pächter ist die Thalheimer Schloßbrunn GesmbH.
E: Land Steiermark (Freiherr-von-Teuffenbach-Armenstiftung)
Lit: *Bar., 277 f; Dehio, 495*

Saurau, Burgruine
BH *Murau*
G *Frojach-Katsch*
KG *Frojach*
Mauerreste und das ehemalige Wirtschaftsgebäude sind erhalten; dieses wurde jedoch baulich völlig verändert. Heute ist das Altersheim der Gemeinde Frojach darin untergebracht. Die Stammburg der Fam. Saurau wurde wohl im 12. Jh. erbaut und verblieb bis 1613 in deren Besitz. Weitere Besitzer waren die Herberstein (1613) und die Schwarzenberg (1697). Um 1800 war Burg Saurau schon zur Ruine verfallen.
E: Philipp Kammerer und Gemeinde Frojach
Lit: *Bar., 507 f; Dehio, 495*

Saurau, Palais
G *Graz, Sporgasse 25*
Stattlicher dreigeschoßiger Baublock um einen rechteckigen Innenhof; Fassade aus der ersten

Hälfte des 19. Jh.s, das mächtige Rustikaportal jedoch aus der Bauzeit von 1564–66. Aus einer Luke unter dem Dachvorsprung ragt die Halbfigur eines Türken mit Schild und gezücktem Schwert (Mitte des 17. Jh.s) hervor. 1952 wurde die Figur durch eine Kopie ersetzt, das Original befindet sich zur Zeit im Stadtmuseum Graz. Säulenarkaden (datiert 1566) im Hof; durch den Einbau eines Stiegenhauses im späten 18. Jh. wurden diese zum Großteil vermauert. Nobelräume im Obergeschoß mit Stuckplafonds aus dem späten 18. Jh. und einer bemerkenswerten Ausstattung, Kachelöfen, Mobiliar, Glasluster, Gemälde aus dem späten 18. Jh. Am Schloßberghang hinter dem Palais ein oktogonaler Gartenpavillon, der 1742 umgebaut wurde. Das Palais wurde um 1564–66 durch den Schloßhauptmann Pangratz Freiherr von Windischgraetz erbaut und war 1630–1846 im Besitz der Grafen von Saurau.

E: Grafen von Goëss

Lit: *Dehio Graz, 104 ff*

Schachenstein, Ruine

BH *Bruck an der Mur*

G und **KG** *Thörl*

Turmartige Vorburg im Norden, Hof mit Brunnen, Südflügel mit Erker und zwei Ecktürmen, gotische Fenster- und Türgewände im Mauerwerk. 1471 erbaute der St. Lambrechter Abt Johann Schachner die letzte Höhenburg der Steiermark. 1530 im Besitz der Pögl, ab 1539 wieder im Besitz von St. Lambrecht, seit der Mitte des 18. Jh.s verlassen und seither zur Ruine verfallen, die zeitweise für Burgfeste und sonstige Veranstaltungen verwendet wird.

E: Gebrüder Pengg

Lit: *Bar., 53 f; Dehio, 559 f*

Schachenturm, Ruine (Tschakathurn)

BH *Murau*

G und **KG** *Scheifling*

Heute sind nur noch Reste des einstigen Wohnturmes erhalten. 1299 urk. erwähnt war der Turm im Besitz der Familie Schachner (bis zum 15. Jh.); 1528 im Besitz der Herberstein, 1622 der Stadl, 1740 der Schwarzenberg. Am 20. November 1792 zerstörte eine Feuersbrunst den Turm bis auf die Grundmauern.

E: Fam. Graf Revertera

Lit: *Bar., 508 f; Dehio, 497; Ebner I, 133*

Schallaun, Höhlenburg

→ Puxer Luegg, Höhlenburgen

Schielleiten, Burgruine (Alt-Schielleiten)

BH *Hartberg*

G *Stubenberg*

KG *Vockenberg*

Deutlich erkennbar ist die regelmäßige rechteckige Anlage mit Arkadenhof, vier runden Ecktürmen sowie einem quadratischen Turm. Die Kapelle ist nicht mehr vorhanden. Die ganze Anlage ist von rechteckigen Ringmauern mit Vierecktürmen umgeben. Im späten 13. Jh. von den Stubenberg erbaut; die Rindschait (Lehensbesitzer vom frühen 15. Jh. bis 1629) führten den Neubau der Burg durch. Weitere Eigentümer waren die Saurau (1629), die Wurmbrand (1694–1905).

E: Josef Stelzer

Lit: *Bar., 229 ff; Dehio, 498*

Schielleiten, Schloß
BH *Hartberg*
G *Stubenberg*
KG *Vockenberg*
Durch das Wiener Hochbarock geprägter zweigeschoßiger Schloßbau mit leicht vorgewölbtem Mittelpavillon, Flügelbauten und Eckrisaliten. Im Inneren elyptischer Mittelsaal und mehrere Räume mit Stuckdecken, um 1730 und 1800, sowie Öfen aus derselben Zeit. 1959–60 sowie 1985–88 erfolgten Restaurierungen. Die Familie Wurmbrand-Stuppach erbaute 1732 das Schloß am Fuße der ehem. Burg. 1794 erfolgte die Fortsetzung des Neubaus; eine Attika mit Statuen wurde 1935 entfernt. Die Statuen befinden sich jetzt im Park. Von 1905–18 im Eigentum des Marchese Tacoli, 1918–1935 des Franky Whitehead. Im Schloß ist heute die Bundessportschule untergebracht.
E: Republik Österreich (Bundesministerium für Unterricht, Kunst und Sport)
Lit: *Bar., 229 ff; Dehio, 498*

Schloßbauer, Schloß (Zmöll)
BH *Leoben*
G *Hafning bei Trofaiach*
KG *Treffning*
Nach einem Brand wurde das Schloß (1887) auf den alten Mauern einfacher und ohne Turm aufgebaut. Am Südtrakt befinden sich ein eingemauertes Kopfrelief und eine Inschrift: „Seit 1100 trag ich dieses Haus, Gott segne alle, die da gehen ein und aus". Vom 12. Jh. bis zum Ende des 15. Jh.s im Besitz der Zmöllner, 1498 der Khollenburg, 1609 der Schwarz, 1709 der Prevenhuber. Das ehemalige Schloß ist seit über 100 Jahren Bauernhof.
E: Johann und Henriette Brandtner
Lit: *Bar., 397 f; Dehio, 571; Ebner II, 141 f*

Schmirnberg, Burgruine
BH *Leibnitz*
G und **KG** *Schloßberg*
Umfangreiche, stark befestigte Anlage. Grundmauern der Wirtschaftsgebäude. Eine mächtige, seitlich von zwei Rundtürmen eingefaßte ehem. Schmalfront der Burg. Rundturm, auf dessen Innenseite ein noch erhaltener Bogen das innere Burgtor erkennen läßt. Ehem. Wohnbau, gewaltiger viergeschoßiger „alter Stock", mit großem Saal im vierten Stock. Reste der Kapelle Mariä Verkündigung, urk. 1352; 1250 wird ein „castrum Smilnburch" urk. genannt (im Besitz des Hadmar von Schönberch). Die Burg gelangte 1282 an Ulrich von Heunburg, 1297 an die Pfannberger, 1326 an die Wallseer, 1482 an Kaiser Friedrich III. Im 17. Jh. im Besitz der Stubenberg, 1720–1912 der Schönborn. 1646 wurde die damalige Besitzerin, Gräfin Stubenberg, eingeklagt, weil sie beim Kartenspiel 136 Golddukaten verloren hatte. Die Kirche wurde noch im frühen 19. Jh. benutzt; seither ist die Burg Ruine.
E: Johann Lammer
Lit: *Bar., 347 ff; Dehio, 502 f*

Schrattenberg, Schloßruine
BH *Murau*
G und **KG** *Scheifling*
Ehemals einheitlicher, sorgfältig ausgeführter Vierflügelbau mit vier Ecktürmen; Torturm über dem Südflügel und Arkadenhof mit toskani-

schen Säulen. Wehrmauer und Graben. Die vier Gartenpavillons in der Umfassungsmauer sind erhalten. Schrattenberg wird 1144 urk. erwähnt; 1448 als „Turm Schrattenberg" genannt. Viktor Jakob von Prandtegg führte 1680–85 den Umbau durch. Am 28. 8. 1915 zerstörte ein Brand das Schloß und vernichtete die damals bedeutenden Kunstschätze. Das Schloß beherbergte interessante Gäste: 1782 Kaiser Josef II., 1797 Napoleon und 1799 den russischen Marschall Suwarow mit 1400 Mann.
E: Seit 1696 Fam. Schwarzenberg
Lit: *Bar., 511 f; Dehio, 507; Ebner I, 115 f*

Schütting, Schloß
BH *Graz-Umgebung*
G und **KG** *Hitzendorf*
Der heutige Bau ist ein bescheidenes Weingartenhaus, einstöckig, mit großen Kellern; in einigen Räumen schöne Papiertapeten (teilweise mit orientalischen Motiven). Das malerische Schindeldach wurde 1900 abgetragen. Bereits im 12. Jh. wird hier ein wehrhafter Hof genannt (Stubenberger Lehen); 1307 im Besitz des Konrad von Schütting, später der Pranckh, der Ungnad, der Herberstein und der Breuner.
E: Fam. Tritthart
Lit: *Bar., 178 f*

Schwanberg, Schloß
BH *Deutschlandsberg*
G und **KG** *Schwanberg*
Viereckiger Baublock mit vorgezogenem Nordostflügel; trapezförmiger Laubenhof mit Säulenarkaden an allen vier Seiten; Kapelle (1778 geweiht) mit spätbarockem Altar. Zahlreiche Stuckdecken (18. Jh.); Brunnen mit alter Steinbrüstung aus dem frühen 18. Jh. Um 1200 wurde hier eine Burg errichtet. Als Brixener Lehen war Schwanberg vom 13.–15. Jh. im Besitz der Pettauer. Wilhelm von Galler ließ 1581 den Neubau durchführen. 1822–91 im Besitz der Liechtenstein. Heute ist ein Pflegeheim für Geisteskranke im Schloß untergebracht.
E: Land Steiermark
Lit: *Bar., 82 ff; Dehio, 509*

Schwarzenberg, ehem. Palais
G *Graz, Bürgergasse 3*
Rundbogensteinportal, dem Joseph Hueber zugeschrieben, um 1775, Wappen der Fürsten von Schwarzenberg, zwei Höfe mit Arkaden, im Inneren Stuckplafond von ca. 1730 (1964 freigelegt und restauriert) und schöner Kachelofen von ca. 1810. Zwei Häuser des 15. und 16. Jh.s wurden wahrscheinlich vor 1631 zusammengelegt und bildeten die Baukörper des Palais. 1964 erfolgte eine Restaurierung.
E: Maria Kastner
Lit: *Dehio Graz, 63*

Schwarzenegg, Schloß
BH *Leibnitz*
G *Weitendorf*
KG *Kainach bei Wildon*
Dreigeschoßiger Zweiflügelbau mit Portalen des frühen 17. Jh.s; die Hofseite des Südflügels mit dreigeschoßigen Säulenarkaden, durch ein vorspringendes Treppenhaus unterbrochen. Kapelle Mariä Heimsuchung, an der Zufahrt Johann-Nepomuk-Statue aus Stein (datiert 1739), im Garten steinerner Brunnentrog mit Eggenberger Wappen (bezeichnet 1640). 1981 wurde eine Fassadenrenovierung durchgeführt. Im späten 16. Jh. wurde das Schloß von Kaspar Herberstorffer gebaut. Weitere Besitzer waren

die Maschwander (1640), die Galler (1761), die Neupauer (1835); 1930 ließ der damalige Besitzer Dr. Strafella das Schloß umgestalten.
E: Maximiliane Berg
Lit: *Bar., 350; Dehio, 509*

Seckauburg, Schloß
→ Wasserberg, Schloß

Seggau, Schloß
BH *Leibnitz*
G und **KG** *Seggauberg*
Gebäude um den Wirtschaftshof: an drei Seiten geschlossene Anlage mit kleinem Nebenhof, zum Teil aus dem 16. Jh. Der einheitliche Ausbau erfolgte 1682 durch den Leibnitzer Baumeister Jakob Schmerlaib. 1955–60 Adaptierung zum Bildungsheim, seither zwei- bzw. dreigeschoßig. Kapelle zum hl. Michael (1961 geweiht). Ostflügel mit Portal und Wappen des Bischofs Johann Ernst Thun (1683). Neben dem Uhrturm das 1586 erbaute und im späten 17. Jh. umgestaltete Zeughaus, Türmchen mit Schießscharten. Die Bauten im Schloßhof sind meist dreigeschoßig: Gerichtstrakt, Vizedomhaus, Südflügel mit Räumen des Erzbischofs. Um die Mitte des 17. Jh.s entstanden die dreigeschoßigen Säulenarkaden der Hofseite. Hofseitig ist eine große Anzahl spätrömischer Steindenkmäler eingemauert, die bei dem 1815 und 1831 erfolgten Abbruch des beim Gerichtstrakt liegenden Turmes zutage kamen (zum größten Teil aus dem 2. Jh. n. Chr.). Kapelle zur hl. Maria im zweiten Geschoß (1960/61 restauriert); vier Fürstenzimmer im dritten Geschoß mit einheitlicher prächtiger Frührokokoausstattung (1961 restauriert). Stuck von Johann Formentini (1745–47), Öfen von 1744; Beratungszimmer mit in Holzvertäfelung eingelassenen Gemälden in Form einer barocken Bildergalerie (1645); Thronzimmer und Kardinalszimmer mit Bildnissen der Seckauer Bischöfe. Die Basteien mit Türmen sind zum Teil erhalten: im Südosten der Glockenturm (Anfang des 20. Jh.s umgestaltet und mit Zinnen versehen); als nördlicher Abschluß des Gartens auf der alten Bastei eine langgestreckte offene Gartenhalle mit darunterliegendem Weinkeller, 1683–1701 durch Jakob Schmerlaib erbaut. Seggau ist die älteste Burg der Steiermark. Im Bereich der römischen Siedlung Flavia Solva gelegen, war sie schon 860 im Besitz des Erzbistums Salzburg. Nach Gründung des Bistums Seckau (1219) erhielt dieses einen Teil der Burg. Seit damals bestanden drei unabhängige Burgen: die den Salzburger Erzbischöfen gehörende Burg Leibnitz, der Hauptbau des heutigen Schlosses Seggau; die Burg der Bischöfe von Seckau, etwa an der Stelle des heutigen Wirtschaftshofes und des alten abgetragenen Turmes im Bereich der Burg Leibnitz; die südlich gelegene Burg Polheim, die Sitz der Burggrafen war. In den Ungarnkriegen (1479–90) wurden die Burgen zerstört und anschließend wiederhergestellt. Unter Bischof Martin Brenner (1585–1615) wurden die drei Burgen mit der Herrschaft des Bistums Seckau vereinigt. In dieser Zeit erfolgte die Erneuerung der Ringmauern. Ein Altersheim, ein Bildungsheim und verschiedene Kanzleien des Bistums Seckau sind heute im gut erhaltenen Schloß untergebracht.

E: Bistum Seckau
Lit: *Bar., 351 ff; Dehio, 520 ff*

Sonnegg, Schloß (Buchenschlößl)
BH *Graz-Umgebung*
G und **KG** *St. Bartholomä*
Neugotisches Schlößchen, das 1884 unter Josef Kaiser in seine heutige Form gebracht wurde. Die Sandsteinfiguren am Eingang stammen von dem 1892 abgebrochenen Grazer-Rathaus. Im 14. Jh. im Besitz der Herren von Ligist, 1445 des Friedrich Lubgaster, später u. a. der Saurau, des Lorenz Weser (1600).
E: Eduard Payer
Lit: *Bar., 179*

Spangstein, Ruine (Ahnherrnschloß)
BH *Deutschlandsberg*
G *Schwanberg*
KG *Mainsdorf*
Schmale langgestreckte Wehranlage mit Bruchsteinmauerwerk, Zugbrücke, schmalem Hof und starkem Turm. 1255 erstmals erwähnt, Mitte des 13. Jh.s im Besitz der Erchenger von Spangstein; 1450 Stubenberg, 1685 Trauttmannsdorff, 1690 Saurau. Bis 1921 waren noch Teile der Anlage erhalten, dann begann der stetige Verfall. Heute sind von der Ruine noch spärliche Reste des Mauerwerkes erkennbar.
E: Josef und Rosa Sappl
Lit: *Bar., 85 f*

Spiegelfeld, Schloß
BH *Bruck an der Mur*
G und **KG** *St. Lorenzen im Mürztal*
Rechteckiger dreigeschoßiger Bau mit Hof. Das Schloß wurde um 1600 an der Stelle eines älteren Wehrbaues errichtet. 1867 wurden anläßlich einer Restaurierung die vier Ecktürme mit Zwiebelhelmen abgetragen. Besitzer waren die Ritter von Spiegelfeld (13. Jh.), Stubenberg, Schratt und Welzer (15. Jh.), Mailegg, Saupach, Mätz (17. Jh.).
E: GEMYSAG (Gemeinnützige Siedlungs-AG, Mürz-Ybbs)
Lit: *Bar., 54 f; Dehio, 466; Ebner II, 150 f*

Spielberg, Schloß
BH *Knittelfeld*
G *Spielberg bei Knittelfeld*
KG *Spielberg*
Dreigeschoßiger Vierflügelbau mit über Eck gestellten Erkern an den beiden Obergeschoßen, drei gekuppelten Doppelfenstern in der Art der dell' Allio-Schule an der Fassade, schmiedeeisernen Fenstergittern im Erdgeschoß und Fensterkörben im ersten Obergeschoß. Arkaden auf toskanischen Säulen im kleinen Hof; einige Obergeschoßräume mit Holzkassettendecken und reichen Türen. Bemerkenswert ist die gut erhaltene alte Einrichtung. Großer Saal im zweiten Obergeschoß mit stuckierter Spiegeldecke (spätes 17. Jh.), Ofen des späten 16. Jh.s und einem Fresko mit Jagdszenen. Kleine Kapelle im Osttrakt. 1330 wird ein „Hof zu Spielberg" erwähnt. Ciriak von Teuffenbach errichtete an der Stelle der alten Anlage ab 1570 das Schloß. Urspr. war es von Wehrmauern und Basteien umgeben. Die Waffensammlung wurde zum größten Teil im 19. Jh. nach Schloß Hohenschwangau in Bayern verkauft.
E: Karl Arbesser-Rastburg
Lit: *Bar., 303 f; Dehio, 529; Ebner I, 117 ff*

Spielerhof, Schloß (Raabahof)
BH *Graz-Umgebung*
G und **KG** *Grambach*
Der vornehme Landsitz ist ein Bau aus dem 17. Jh. und stammt in seiner heutigen Form aus dem 19. Jh. Die Außenfassade wurde in den letzten Jahren restauriert. Besitzer waren Max Jakob von Schratt (1689), die Kellersberg, die Trauttmannsdorff (1796), Dr. Franz Valentin (1829).
E: Fam. Wrede
Lit: *Bar., 174*

Spielfeld, Schloß (Uhlenburg)
BH *Leibnitz*
G und **KG** *Spielfeld*
Mächtiger viereckiger Bau mit drei Ecktürmen, viergeschoßigen Säulenarkaden im Hof, einigen barocken Fensterkörben. Das nahe der Grenze Österreich-Jugoslawien stehende Schloß wurde an der Stelle eines mittelalterlichen Hofes von Hans und Georg Stübich 1580–1620 neu erbaut. Nach einem Brand 1631 wurde es erneuert. Weitere Besitzer waren die Katzianer, Graf Lucchesi-Palli, der Gemahl der im Exil lebenden Tochter König Karls X. von Frankreich (1840); das Schloß wurde durch Kriegseinwirkungen 1945 stark in Mitleidenschaft gezogen.
E: Diverse
Lit: *Bar., 354 f; Dehio, 530*

Stadl, Schloß
BH *Weiz*
G *Mitterdorf a. d. Raab*
KG *Pichl*
Unregelmäßiger Baukomplex um einen länglichen Innenhof; zweigeschoßiger Tortrakt mit Rustikaportal (ältester Teil), Osttrakt mit zwei Ecktürmen, Nordtrakt mit vorspringendem Kapellenbau; Säulchenarkaden im Hof, hohe Räume mit Stuckdecken, Kapelle (geweiht 1704) mit Tonnengewölbe, Wandmalereien, Steinfigur des hl. Johannes Nepomuk (erste Hälfte des 18. Jh.s) im Park; frei stehender Außenturm 1608. Um 1540 wurde der ehem. Hof zum Herrschaftssitz ausgebaut; im 16./17. Jh. wurde von den Brüdern von Stadl der Schloßbau errichtet und durch zwei Wassergräben gesichert. Besitzer im 20. Jh. waren die Familien Fattinger und Rosner. Umfassende Restaurierung (1966–72). Der architektonisch reizvolle Bau mit seinem blumengeschmückten Hof macht einen äußerst gepflegten Eindruck.
E: Seit 1966 Fam. Hans Graf Kinsky
Lit: *Bar., 599 f; Dehio, 533 f*

Stainach, Schloß
BH *Liezen*
G und **KG** *Stainach*
Einst gab es drei verschiedene Adelssitze: Ober-, Mitter- und Unterstainach; von Oberstainach sind heute nur noch geringe Mauerreste erhalten. Mitterstainach wurde nach 1563 erbaut, in der ersten Hälfte des 17. Jh.s zum Adelssitz ausgebaut und ist heute ein Bauernhof. Unterstainach, etwas oberhalb des Ortes gelegen, wurde um 1800 in ein Landhaus verwandelt und 1952 durchgreifend verändert. Offenes zweigeschoßiges Gebäude in Hufeisenform mit Rundturm. Gotische Sitzfigur „Maria mit Kind", um 1410. Stainach war Stammsitz der gleichnamigen Familie. Oberstainach blieb bis 1607, Unterstainach bis 1818 im Besitz der Stainach. Stainach (einst Unterstainach) ist sehr gut erhalten.
E: Harriet Hartmann
Lit: *Bar., 430 ff; Dehio, 534*

Stainz, Schloß
BH *Deutschlandsberg*
G und **KG** *Stainz*
Leuthold und Agnes von Wildon gründeten anno 1229 das Kloster Stainz. 1785 aufgelassen, wurde Stainz 1840 von Erzherzog Johann aufgekauft. Dominierend auf einem Hügel gelegener, regelmäßiger dreigeschoßiger Bau, mit zwei Höfen und der ehemaligen Stiftskirche verbunden. Die Höfe mit heute teilweise geschlossenen Pfeilerarkaden; im Südflügel ehem. Refektorium mit Stukkaturen und Malereien um 1700, einige Stuckdecken um 1730, übermaltes Deckengemälde im ehem. Bibliothekssaal, den Siegeszug einer Herrscherin darstellend, mit Initialen „I. A. P. S." (Johann Anton de Angelis Propst zu Stainz), zahlreiche Porträts der Grafen von Lamberg aus dem 16. und 17. Jh. Auf der Gartenterrasse östlich des Schlosses zwei reizvolle Gartenpavillons um 1740, überlebensgroße Immakulatastatue, bezeichnet 1733, gegenüber dem Schloßportal. Im Schloß Stainz ist nun die volkskundliche Sammlung für Wirtschaft, Arbeit und Nahrung des Landesmuseums Joanneum untergebracht; das Schloß ist sehr gut erhalten (laufend Restaurierungen).
E: Fam. Graf Meran (Nachkommen von Erzherzog Johann)
Lit: *Bar., 86;*
Dehio, 538 f

Stein, Schloß
BH *Feldbach*
G *Fehring*
KG *Petzelsdorf*
Zweigeschoßiges Gebäude mit einem acht- und einem sechseckigen Turm sowie Wirtschaftsbauten. Der ehem. Wirtschaftshof (16. Jh.) der Fürstenfelder „Herrschaft am Stein" wurde unter Christoph Graf Paar 1776 als Verwaltungssitz für seine Fehringer Güter ausgebaut und Stein genannt. Der heutige Bau stammt größtenteils aus der zweiten Hälfte des 19. Jh.s. Im Schloß ist heute eine landwirtschaftliche Hauswirtschaftsschule St. Martin untergebracht.
E: Land Steiermark
Lit: *Bar., 124;*
Dehio, 93

Steinschloß, Ruine
BH *Murau*
G *Mariahof*
KG *Adendorf*
Einst umfangreiche, stark befestigte Anlage auf beherrschendem Berggipfel östlich von Teufenbach; die Ruine ist der höchstgelegene Wehrbau in der Steiermark (1180 m). Heute noch erhalten sind Reste des Palas, des Bergfrieds, der Kapelle (1319 genannt), der zwei Vorburgen, der ehem. Doppelkapelle, der Wehrgänge und der Rundtürme. Steinschloß wurde wahrscheinlich im 11. oder 12. Jh. errichtet und war 1279–1503 im Besitz der Liechtenstein; danach gelangte Steinschloß in das Eigentum des Stiftes St. Lambrecht. Abt Valentin Pierer ließ Stein 1525–1532 ausbauen und erweitern; das Schloß wurde dann Sommeraufenthalt der Stiftsgeistlichen. Seit der Aufhebung des Stiftes (1786) ist Stein im Verfall.
E: Benediktinerstift St. Lambrecht
Lit: *Bar., 514 f;*
Dehio, 542;
Ebner I, 121 f

Stibichhofen, Schloß (Rebenburg)
BH *Leoben*
G und **KG** *Trofaiach*
Rechteckiger Bau mit zwei Ecktürmen; das im Kern spätgotische Schloß wurde im 17. Jh. in die heutige Form gebracht.

Besitzer waren vom Ende des 15. Jh.s bis 1637 die Freiherren von Stübich und ab 1674 der berühmte Pestarzt und Poet Anton Adam Lebald von Lebenwaldt: Der bekannte Mann, der aus Sarleinsbach im Mühlviertel stammte, schuf hier verschiedene literarische Werke und verkaufte schließlich Stibichhofen 1684. Weitere Besitzer waren die Ziernfeld (1684–1812) und die Glantschigg (ab 1858). 1976 wurde im Schloß das Heimatmuseum von Trofaiach mit lokal- und kulturgeschichtlichen Sammlungen eingerichtet. (Bergbau, Trachten usw.)
E: Evang. Kirchengemeinde Leoben
Lit: *Bar., 394 f; Dehio, 570 f; Ebner II, 161 ff*

Stockschloß, Schloß
→ Oberdorf, Schloß

Straß, Schloß
BH *Leibnitz*
G *Straß/Steiermark*
KG *Straß*
Dreigeschoßige Anlage um einen rechteckigen Innenhof. Das 1583 von den Eggenbergern erbaute Schloß wurde 1854 in neugotischem Stil verändert und als kaiserliche Kadettenanstalt ausgebaut. Straß war bereits in der Römerzeit eine Siedlung; man fand hier auch diverse Relikte (z. B. einen figuralen Römerstein aus dem 2. Jh. n. Chr., der im Schloß zu sehen ist). Besitzer waren die Grafen Leslie (1727–1804), später die Grafen Attems. Straß wurde ab 1852 als militärische Lehranstalt verwendet, fungierte nach 1945 als Flüchtlingslager und ist seit 1955 wieder als Kaserne eingerichtet.
E: Bundesministerium für Landesverteidigung
Lit: *Bar., 356; Dehio, 546*

Strechau, Burg
BH *Liezen*
G *Lassing*
KG *Lassing Schattseite*
Prächtige Anlage auf steilem schmalen Felsrücken, das Paltental beherrschend. Langgestreckte, von Wehrmauern umgebene, gut erhaltene Wehranlage mit der Vorburg im Westen und der Hauptburg am östlichen Ende. Bastei, Torbau und Torwärterhaus; Hungerturm, Kellergewölbe, Schüttkasten, Pulverturm, Stall, Kanonenrondell, langgestrecktes Pflegerhaus; über eine Halsgrabenbrücke gelangt man zur Hauptburg, dem Hochschloß: dreieckige, drei- bis viergeschoßige Anlage von malerischem Gesamtumriß. Eingebauter mittelalterlicher Turm, gekrönt von einem achtseitigen barocken Dachreiter mit Laterne und Zwiebel (Ende des 17. Jh.s). Unregelmäßiger Hof mit dreigeschoßigen Renaissancearkaden von feinen Proportionen (durch Hans-Friedrich Hofmann um die siebziger Jahre des 16. Jh.s errichtet). Wappen der Hofmann, des Stiftes Admont, von Abt Urban. Bemerkenswerte Renaissanceportale, zum Teil mit Stuckbekrönung; ein großer Rittersaal mit reicher Stuckdecke von 1650 und mehrere barocke Gemälde. Räume mit Holzkassettendecken bzw. Tramdecken; einige davon auch mit reichen Türgewänden. Eisenofen von 1750, Kachelöfen des 17. und 18. Jh.s. Getäfelte Stube (datiert 1674 mit einfacher Stuckdecke). Josefskapelle (urspr. protestantisch) mit spiegelgewölbter Decke und kleinteiliger Stuckfeldergliederung.
In den Feldern höchst bemerkenswerter reformatorischer Bilderzyklus

(datiert 1579) mit Darstellungen aus Altem und Neuem Testament. Im Südtrakt eine zweite Kapelle (Marienkapelle). Östlich des Hochschlosses schließt eine Bastei die Befestigungsanlagen ab. Um 1036 wurde vom Salzburger Erzbistum eine Burg errichtet; diese gelangte als Lehen an die Traungauer. 1282 im Besitz des Landesfürsten; 1527 an Hans Hofmann verkauft. Unter ihm und seinem Sohn Hans-Friedrich wurde die Burg als Stützpunkt der Protestanten der Obersteiermark ausgebaut. 1629 durch Abt Urban (1628–59) für Admont erworben; unter ihm zahlreiche Umbauten. Bis 1892 blieb die Burg beim Stift Admont. 1926 kam die Maria-Theresianische Akademie Wien in den Besitz von Burg Strechau. 1979 der heutige Eigentümer; seit 1980 laufend Instandsetzungsarbeiten. Burg Strechau wird heute privat genützt.
E: Boesch Liegenschaftsverw. GesmbH.
Lit: *Bar., 435 ff; Dehio, 550 ff*

Stubegg, Burgruine
BH *Weiz*
G und **KG** *Arzberg*
Vorburg und Bergfried mit gotischer Tür, dreigeschoßige Wohnbauten (15.–17. Jh.) um einen rechteckigen Innenhof sowie mehrere Erker und Sgraffiti- bzw. Stuckornamentreste aus dem 16. und 17. Jh., die Kapelle (Reste) sind heute noch erhalten. Die Stubenbergische Hausburg wurde 1383 urk. erwähnt; sie war einst Verwaltungssitz des Stubenbergischen Besitzes im Passailer Raum. Anfang des 19. Jh.s wurde der Hauptsitz nach → Gutenberg verlegt und die Burg dem Verfall preisgegeben.
E: Verein Burgruine Stubegg, Passail
Lit: *Bar., 600 f; Dehio, 552*

Stubenberg, Schloß
BH *Hartberg*
G und **KG** *Stubenberg*
Geschlossener zwei- bzw. dreigeschoßiger Dreiflügelbau mit Ecktürmen um einen quadratischen Innenhof; die Ostseite durch Wehrgangmauer mit Schießscharten geschlossen. Hof mit zweigeschoßigen Säulenarkaden an drei Seiten; mehrere steinerne Renaissancetüren, Rustikaportale, einfache Kassettendecken, intarsierte Türen. Kleine Kapelle im ehem. Galeriesaal des Südtraktes. Die Einrichtung dieses Schlosses stammt aus der zweiten Hälfte des 19. Jh.s. Die Stubenberger errichteten 1269 das Schloß nach Zerstörung einer weiter nördlich gelegenen Burg. Im späten 16. Jh. wurde es von der Familie Drachsler zu seiner heutigen Form ausgebaut. Weitere Besitzer waren die Herberstein (ab 1632), die Grafen Wurmbrand (19. Jh.), der Orden der Franziskanerinnen (ab 1925).
E: Seit 1980 Familie Schleicher
Lit: *Bar., 232 f; Dehio, 552 f*

Stübing, Schloß
BH *Graz-Umgebung*
G *Deutschfeistritz*
KG *Kleinstübing*
Auf einer mittelalterlichen Anlage (die nur in den Grundmauern erhalten ist; urk. 1147) wurde 1863 von Graf Pálffy-Daun ein Schloß im Windsorstil gebaut. 1960 wurde der Bau vereinfachend verändert und so für ein SOS-Kinderdorf adaptiert.
E: SOS-Kinderdorf „Steiermark“

Lit: *Bar., 181 f; Dehio, 553*

T

Tausendlust, Schloß
BH *Graz-Umgebung*
G und **KG** *Hitzendorf*
Einfacher dreigeschoßiger Bau. Im Inneren Holztramdecken mit Malereien; auch an einigen Wänden Spuren von Malereien. Dieses Schloß wurde vermutlich von Alexander Rudt von Khollenburg im 16. Jh. erbaut. Diverse Umbauten erfolgten während des 18. und 19. Jh.s.
E: Margarethe Primavesi
Lit: *Dehio, 554*

Teichschlößl, Schloß
→ Lerchenreith, Schloß

Thalberg, Burg
BH *Hartberg*
G *Schlag bei Thalberg*
KG *Schlag*
Thalberg ist ein hervorragendes Beispiel hochmittelalterlichen Burgenbaues in der Steiermark. Von der Oberburg ist heute noch der größte Teil des romanischen Baubestandes erhalten; der 24 m hohe Bergfried, Torbau, Ringmauern, starker quadratischer Westturm; äußerer Burghof, Palas, innerer Burghof, Kapelle im Obergeschoß; die spätgotische Kapelle wurde um 1910 neugotisch erneuert. Saal und Mittelsäule und Stuckrippengewölbe aus dem 17. Jh., spätgotischer Pecherker an der Westseite des Palas. Die ganze Burganlage umschließt ein aus dem späten 15. Jh. stammender gürtelförmiger Zwinger. Burg Thalberg wurde wahrscheinlich im Zuge der Grenzbefestigungsmaßnahmen im späten 12. Jh. errichtet (urk. 1204). Besitzer waren die Herren von Krumbach, ihnen folgten die Neuberg. Unter den Rottal (1483–1523) wurden wesentliche Umgestaltungen und Erweiterungen durchgeführt. Um 1530 wurde die Burg Thalberg von den Türken verwüstet. 1610–1783 im Besitz der Grazer Jesuiten. Im 20. Jh. erfolgte die Adaptierung zur Schloßpension. Seit 1957 wird die Burg unter der Leitung des Bundesdenkmalamtes fachgemäß restauriert.
E: Karlheinz Gißlinger
Lit: *Bar., 233 ff; Dehio, 557 f*

Thalhof, Schloß
BH *Liezen*
G und **KG** *Rottenmann*
Heute ein einfaches Landhaus, das durch Umbau im 17. und 18. Jh. entstanden ist. Um 1350 wurde Thalhof zum wehrfähigen Adelssitz ausgebaut; ab 1551 im Besitz der Freiherren von Hofmann. Hans-Friedrich von Hofmann erbaute 1579 die protestantische Kirche neben Schloß Thalhof, die jedoch 1599 durch die Reformationskommission gesprengt wurde. Grundmauern der Kirche sind heute noch zu erkennen.
E: Seit 1636 Stift Admont
Lit: *Bar., 439; Dehio, 411*

Thann, Schloßruine
BH *Judenburg*
G *Maria Buch-Feistritz*
KG *Feistritz*
Heute noch erhalten sind die westliche Umfassungsmauer mit Zinnen und einem Rundturm, zweigeschoßige Wirtschaftstrakte, ein dreigeschoßiger Rundturm mit Fenstern und Schießscharten, ein Torturm; der eigentliche Schloßbau ist in neuerer Zeit verfallen. Östlich der Schloßruine befindet sich das sogenannte

„Stöckl", ein zweigeschoßiger Biedermeierbau aus dem frühen 19. Jh. mit Walmdach. 1175 wird Thann genannt; Ende des 14. Jh.s im Besitz der Saurau, 1556–61 des Erasmus von Teuffenbach, der das Schloß damals neu erbaute (Wappen am Tor von 1557).
E: Dipl.-Ing. Johanna Attems
Lit: *Bar., 280 f; Dehio, 558*

Thanneck, Schloß
→ Moosheim, Schloß

Thannhausen, Schloß
BH *Weiz*
G *Thannhausen*
KG *Oberfladnitz*
Eines der bedeutendsten Beispiele steirischer Renaissancebaukunst. Ein rechteckiger dreigeschoßiger Vierflügelbau mit kleinen Ecktürmen um geräumigen Innenhof. Säulenarkaden und Stiegenhaus in der Südwestecke (Mitte des 19. Jh.s). Älteres Gebäude (erste Hälfte des 16. Jh.s) in der Südostecke mitverbaut. Kleiner Uhrturm (1718), Rustikaportal mit zwei frei stehenden Säulen, zweigeschoßige Schloßkapelle: Altarbild der heiligen Magdalena (17. Jh. von C. Ketel), barocke Figuren der Heiligen Barbara und Katharina, klassizistische Orgel um 1830; Räume mit Stuckdecken (18. Jh.), prächtigen Öfen (17./18./19. Jh.), Raum mit bemalter Holzdecke, Archivraum mit Freskenschmuck. Zu besichtigen ist die Waffensammlung mit Beständen aus der ehem. Rüstkammer. Straßenkapelle an der Zufahrt. An der Stelle einer römischen „Villa rustica" in der zweiten Hälfte des 16. Jh.s von den Teuffenbach und Conrad von Thannhausen errichtet. 1686 im Besitz der Khevenhüller, später Wurmbrand. Das in einem weitläufigen Park gelegene Schloß ist sehr gut erhalten und wird sorgfältig gepflegt.
E: Seit 1806 Freiherren von Gudenus
Lit: *Bar., 604 ff; Dehio, 558 f*

Thinnfeld, Schloß
BH *Graz-Umgebung*
G und **KG** *Deutschfeistritz*
Zweigeschoßiger Rechteckbau mit vier Eckpavillons; die Innenausstattung bietet ein reiches Bild des steirischen Rokoko; Stuckdecken von Heinrich Formentini (1764), Deckenmalereien sowie bemalte Wandbespannungen von Josef Adam von Mölck, ein Raum mit biblischen Szenen, ein Deckenbild „Jakob und Rebecca am Brunnen", bezeichnet „Mölck K. K. Kammer Mahler 1766"; Schloß Thinnfeld wurde 1761–64 von Ferdinand Josef von Thinnfeld nach eigenen Entwürfen errichtet; es ist in seiner urspr. Form bis heute erhalten. Besitzer waren die Familie Servadio (1866) und die Familie Heider samt Erben (1871).
E: Herma Steinklauber, Dr. Annemarie Klimburg und Hans-Ulrich Klimburg
Lit: *Bar., 184 f; Dehio, 69*

Thonegg, Schloß
→ Moosheim, Schloß

Thörl, Schloß
BH *Bruck an der Mur*
G und **KG** *Thörl*
Zwei- und dreigeschoßige Gebäude; der älteste Teil besteht aus zwei hakenförmig zueinander stehenden Flügeln (zweite Hälfte des 15. Jh.s). Ein im rechten Winkel zu dem Haken angebauter Flügel (1630) und der Verbindungstrakt zum alten Haus (1740). Tonnengewölbte

Durchfahrtshalle im Althaus (mit Rundbogen und gemalter Freskodekoration). Barbarakapelle (1740), Fresken von Joseph von Mölck (1776); im Norden des Schlosses alter Torturm mit Durchfahrt, mit Zeltdach und spätgotischen Freskenfragmenten an der Hofseite (spätmittelalterlich). Gegenüber der Jagdturm (neugotisch umgebaut). Die Wehranlage wurde als Straßensperre vom Stift St. Lambrecht errichtet, war später im Besitz von Hammerherren wie Pögl (15. und 16. Jh.), Gasteiger von Lorberau (17. und 18. Jh.), Fam. Fürst, Familie von Hempel. Das Schloß ist in sehr gutem Zustand und dient heute Wohnzwecken.
E: Dr. Karl von Hempel
Lit: *Bar., 55 f; Dehio, 560; Ebner II, 152 ff*

Tobelbad, Pfarrhof (ehem. kaiserl. Jagdschloß)
BH *Graz-Umgebung*
G und **KG** *Haselsdorf*
Dreigeschoßiger Bau mit Schopfwalmdach, Turm mit Zeltdach, Arkaden in den Obergeschoßen. Der Bau stammt zum größten Teil aus dem 16. Jh.
E: Röm.-kath. Pfarre Tobelbad
Lit: *Dehio, 562*

Torhof, Edelsitz
BH *Judenburg*
G und **KG** *Reifling*
Einfacher dreigeschoßiger Landsitz, in der großen Halle im ersten Stock Rankenmalereien und intarsierte Türstöcke. Der Edelsitz stellt den typischen Bau einer Renaissancevilla vor den Stadtmauern dar. Torhof wurde von den Hammerherren Hans und Hermann Heinricher durch den Baumeister Sixtus Prilss in den Jahren 1616/17 erbaut. Nach Erwerbung der Herrschaft Weyer durch die Familie Heinricher wurde der Torhof bäuerlich.
E: Friederike Muhr
Lit: *Bar., 282; Dehio, 201; Ebner I, 128*

Trautenburg, Schloß
BH *Leibnitz*
G und **KG** *Schloßberg*
Der Bau besteht aus vier Flügeln, dem Burgtor und einem Nebentrakt. Pfeilerarkaden im inneren Hof (Westflügel); zwei Türportale aus dem 16. Jh., Kapelle zum hl. Antonius von Padua (15. Jh.), im Hof zwei lebensgroße Statuen von Giovanni Giuliani; Kaiserzimmer, großer Saal, zwei Empireöfen; Parkanlage aus dem 19. Jh., Kellergebäude mit romanischem Säulenkapitell, an der Allee zum Schloß gelegen, Meierhof des 19. Jh.s. 1243 wird ein Hof des Reinbert von Mureck urk. erwähnt; im 15. Jh. im Besitz der Wakkerzill, 1493–1660 der Trauttmannsdorff (1535 bewilligte König Ferdinand I. die Umbenennung von Schloß Leutschach in Trautenburg); im Jahr 1944 wurde Schloß Trautenburg durch Bombenschäden in Mitleidenschaft gezogen.
E: Herbert Rauch-Höphffner
Lit: *Bar., 358 f; Dehio, 564 f*

Trautenfels, Schloß
BH *Liezen*
G *Pürgg-Trautenfels*
KG *Neuhaus*
Massiger dreigeschoßiger Rechteckbau, fünf mächtige Basteien, in der Mitte gotischer quadratischer Turm, Rundturm aus dem 16. Jh. an der Nordwestecke. Frei stehende Schloßkapelle um 1670. Im Inneren schöne Stuckdecken aus der Werkstatt des Alessandro Serenio, Galeriesaal, über zwei Geschoße rei-

chend, Holzkassettendecken, reich eingelegte Holztürstöcke; die Innendekoration (1670–73) wurde zum Teil von Künstlern ausgeführt, die auch an der Ausstattung des Schlosses → Eggenberg in Graz mitwirkten. Die landesfürstliche Burg wurde im 13. Jh. Besitz des Erzstiftes Salzburg. Trautenfels liegt am Fuß des Grimmings, war im Mittelalter eine bedeutende Talsperre und wurde bis ins 17. Jh. „Neuhaus" genannt. Im 16. Jh. im Besitz der Freiherren Hofmann von Grünbühel, 1664–1815 der Grafen Trauttmannsdorff. Im Schloß, das im 17. Jh. in seine heutige Form gebracht wurde, ist heute das Landschaftsmuseum Schloß Trautenfels (Abteilung des Landesmuseums Joanneum in Graz) untergebracht.
E: Gemeinde Pürgg-Trautenfels
Lit: *Dehio, 565*

Trauttmansdorff, ehem. Palais
G *Graz, Bürgergasse 5*
Vom Altbau sind heute ein dreigeschoßiger Bau mit Arkaden (teilweise vermauert) im Hof, das Rustikarundbogenportal sowie schöne Torflügel mit Beschlägen erhalten. Das Palais wurde um 1630–40 erbaut, im Zweiten Weltkrieg schwer beschädigt und 1954 zum Teil neu errichtet.
E: Johann Bachofen von Echt und Miteigentümer
Lit: *Dehio Graz, 63*

Tschakathurn, Ruine
→ Schachenturm, Ruine

U

Uhlenburg, Schloß
→ Spielfeld, Schloß

Uhlheim, Schloß
BH *Weiz*
G *Gersdorf an der Feistritz*
KG *Gschmaier*
Auf einem kleinen Hügel westlich von Ilz gelegener langgestreckter Bau des 19. Jh.s, ohne besonderen historischen Wert. Ritter von Uhl war der Erbauer und Namensgeber des Schlosses. Heute ist im sehr gut erhaltenen Bau eine Weingroßhandlung untergebracht.
E: Karl und Juliane Maier
Lit: *Bar., 142*

Untermayerhofen, Schloß
BH *Hartberg*
G und **KG** *Sebersdorf*
Heute ist von dem Schloß nur mehr ein einstöckiges Gebäude erhalten; nach einem Stich von Vischer bestand es aus einem hufeisenförmigen dreistöckigen Bau mit Wirtschaftsgebäuden. 1490 errichtete Bernhard von Teuffenbach das Schloß; Ende des 16. Jh.s wurde es zu einem Wehrbau erweitert, im Jahr 1605 vom Heiduckenoberst Nemethy niedergebrannt und 1630 unter der Familie Rottal wieder aufgebaut. Heute ist im sehr gut erhaltenen Schloß eine Fremdenpension eingerichtet.
E: Heinz Köberl
Lit: *Bar., 215 f; Dehio, 336*

Unterthal, Ruine
BH *Graz-Umgebung*
G und **KG** *Thal*
Heute noch erhalten ist der rechteckige Turmbau mit Ringmauer aus dem 14. Jh.; von den Bastionen des 17. Jh.s ist vor allem ein Rundturm im Westen erhalten. 1259 wird die Grazer Bürgerfamilie De Valle genannt; 1443 im Besitz der Windischgraetz, 1570 der Landesfürsten, 1621 der Eggenberger (später Fürsten von Eggenberg) sowie der Herberstein. 1954/55 wurde ein Teil der Ruine durch den

Besitzer wieder instand gesetzt und für den Sommer bewohnbar gemacht.
E: Erika Reithofer
Lit: *Bar., 182 ff; Dehio, 557*

V

Vasoldsberg, Schloß
BH *Graz-Umgebung*
G *Vasoldsberg*
KG *Premstätten bei Vasoldsberg*
Heute sind nur mehr ein dreigeschoßiger Trakt, das innere Burgtor und ein Turm erhalten (dieser wurde zu Beginn des 20. Jh.s erhöht sowie eine Neugestaltung der Fassade durchgeführt). Die urk. 1450 erwähnte Johanneskapelle sowie der Sakristeiraum wurden stark verändert und sind heute nur noch an den Gewölben und Pfeilern erkennbar. Vasoldsberg wurde zu Beginn des 13. Jh.s erbaut, war zuerst im Besitz des Ulrich von Vasoldsperge (urk. 1252), anschließend der Bischöfe von Seckau und ab dem 15. Jh. der Landesfürsten. 1911–14 wurden große Umbauten durchgeführt. Später Eigentum der Steyr-Daimler-Puch AG und der Familie Coutinho.
E: Andreas Coutinho
Lit: *Dehio, 582*

Velden, Schloß
BH *Murau*
G *Mühlen*
KG *St. Veit in der Gegend*
Spätrenaissancebau in Hakenform, mit Wirtschaftstrakt. Der Ostflügel ist als dreigeschoßiger Wohntrakt mit Schopfwalmdach gestaltet. Tonnengewölbte Erdgeschoßhalle, Halle im ersten Obergeschoß mit Kreuzgratgewölbe; zweigeschoßiger Nordflügel mit Rundturm. 1573 wurde Velden durch Mattes Jöstl von einem mittelalterlichen Bauernhof zu einem Edelsitz ausgebaut (das Gebäude dürfte ehemals der Meierhof der Burg Hohenberg gewesen sein). Spätere Besitzer waren Carl Jocher (1629), die Familien Prandtegg (1680) und Putterer (1697).
E: Johann Krapinger
Lit: *Bar., 520 f; Dehio, 491; Ebner I, 133 f*

W

Waasen, Schloß
BH *Leibnitz*
G und **KG** *St. Ulrich am Waasen*
Unregelmäßiger dreigeschoßiger Baukomplex um einen geschlossenen Innenhof. Der westlich vorgelagerte Wirtschaftshof ist mit dem Haupttrakt durch eine Zinnenmauer verbunden. Ein quadratischer Torturm, Säulenarkadengänge mit Kreuzgratgewölben im Hof, Wappenstein der Galler neben dem Eingang, einige Stuckdecken des 17. Jh.s, steinerne Türfassungen, einfache Holzdecken; die gut erhaltene Einrichtung mehrerer Zimmer gibt einen Einblick in die Wohnkultur des 19. Jh.s: Jagdzimmer, maurisches Zimmer, Jugendstilbadezimmer mit Verfliesung und Wandmalereien, Empire- und Jugendstilöfen, Kapelle mit Glasfenstern von 1904. Im 13. Jh. war Waasen Sitz der Ritter von Waasen, 1375–1523 der Pernegger, 1612–1809 der Galler, die einen großzügigen Ausbau vornahmen. Sanierungen erfolgten 1970 und 1974.
E: Ing. Gottfried und Helene Hödl
Lit: *Bar., 359 ff; Dehio, 597*

Waldegg, Schloß
BH *Feldbach*
G *Kirchbach/Steiermark*
KG *Kirchbach*
Das Schloß besteht heute aus zwei gegenüberliegenden zweigeschoßigen Ecktrakten. Der Turm und erhebliche Teile des Wohngebäudes mit Kapelle wurden im 19. Jh. abgetragen. Zwei Renaissanceportale im Inneren, an der Eingangsseite Rustikaportal mit barockem Marienrelief und Wappenstein der Freiherren von Schwizen (datiert 1744). 1420 begann Georg Narringer mit dem Bau des Schlosses; während der Baumkircherfehde wurde das Schloß zerstört (1477), bald darauf wieder aufgebaut. 1542–1630 im Besitz der Familie Gleispach, die das Schloß weiter ausbauten; 1642 wurde die Erlaubnis erteilt, den Namen dieses Schlosses von Narrenegg auf Waldegg zu ändern. Weitere Besitzer waren die Freiherren von Schwizen (1718–79).
E: Dr. Anton Stephan
Lit: *Bar., 125 f; Dehio, 599 f*

Waldschach, Schloß
BH *Leibnitz*
G *St. Nikolai im Sausal*
KG *Waldschach*
Gleichmäßiger quadratischer zweigeschoßiger Bau. Portal mit Datierung 1631, zweigeschoßiger Arkadenhof, Kreuzgratgewölbe auf toskanischen Säulen. Im Jahr 1668 wurde das Schloß durch den Hofbaumeister Franz Isidor Carlone errichtet (urk. ein „neuer Stock"). Bis 1805 war Waldschach im Besitz der Grafen Breuner.
E: Paul Menzel
Lit: *Bar., 361 f; Dehio, 600*

Waldstein, Burgruine
BH *Graz-Umgebung*
G *Deutschfeistritz*
KG *Waldstein*
Viereckiger, von einer Ringmauer umgebener Wohnturm; davon getrennt liegt die eigentliche Anlage mit dem dreieckigen Bergfried, dem Palas aus dem 14. Jh. und Resten der romanischen Marienkapelle. Urk. 1152 (wahrscheinlich im späten 11. Jh. erbaut), war Waldstein im Besitz des Luithold von Waldstein, 1190–1305 in dem der Herren von Wildon, bis 1363 der Wallseer, dann der Grafen von Cilli, ab 1436 der Pernegger; 1468 wurde die Burg unter Ruprecht von Windischgraetz ausgebaut. Mit Beginn des Schloßbaues im frühen 16. Jh. sank die Bedeutung der Burg (beginnender Verfall).
E: Dr. Heinrich Prinz von und zu Liechtenstein
Lit: *Bar., 188 ff; Dehio, 600*

Waldstein, Schloß
BH *Graz-Umgebung*
G *Deutschfeistritz*
KG *Waldstein*
Zweigeschoßiger Vierflügelbau über einem großen rechteckigen Hof. Die urspr. frei stehenden, nur durch Wehrmauern verbundenen Ecktürme des 16. Jh.s wurden in die barocken Bauten miteinbezogen. Zweigeschoßige Säulenarkaden im Hof, Kapelle über zwei Geschoße reichend, mit Spiegeldecke und reichem Rokokostuck in der Art des Heinrich Formentini an den Wänden. Steinfigur „Maria mit Kind" aus dem frühen 18. Jh. im Hof; Steinfigur der hl. Elisabeth aus dem späten 18. Jh., in der Art des Veit Königer. Gartenpavillon von 1663, Schüttkasten von 1608. Christoph von Windischgraetz ließ das Schloß im frühen 16. Jh. erbauen. Durch Johann Seyfried von Eggenberg (gest. 1713) erfolgte die Fertig-

stellung von Süd- und Ostflügel. Seit 1730 im Besitz der Dietrichstein (unter ihnen Ausstattung der Schloßkapelle) und ab 1912 Eigentum der Prinzen Liechtenstein. 1956 Restaurierung von Schloß Waldstein.
E: Dr. Heinrich Prinz von und zu Liechtenstein
Lit: *Bar., 188 ff; Dehio, 600 f*

Wasserberg, Schloß (Seckauburg)
BH *Knittelfeld*
G *Gaal*
KG *Ingering II*
Meist dreigeschoßiger Vierflügelbau mit ungleichen Dachhöhen. Rundturm, zum Teil noch romanisch; gotischer Turm mit barockem Obergeschoß und Spitzhelm in der nordwestlichen Hofecke, Kapelle mit neugotischer Innenausstattung; vor dem Schloß eine frei stehende Kapelle. Seit 1218 war die Gegend um Schloß Wasserberg im Besitz des neugegründeten Bistums Seckau. Der erste Burgbau erfolgte 1275 („Seccoburch"). Unter Bischof Matthias Scheidt erfolgte im 15. Jh. der Ausbau des Schlosses. 1844 im Besitz des Gewerken Max Sessler, der es 1844–48 erweiterte und umbaute. Das Stiegenhaus im Osttrakt wurde um 1900 errichtet. Am 13. 4. 1779 wurde im Gebiet der Herrschaft Wasserberg der letzte Wolf erlegt. Außer der Forstverwaltung ist in dem Schloß ein Kindergarten untergebracht.
E: Zisterzienserstift Heiligenkreuz
Lit: *Bar., 305 ff; Dehio, 603*

Wasserleith, Gewerkenschlössel
BH *Knittelfeld*
G *St. Marein bei Knittelfeld*
KG *Wasserleith*
Zweigeschoßiger Hakenbau mit Turm und barocker Haube. Wandmalerei, die die beiden Kundschafter mit der Traube darstellt. Ein zweigeschoßiger Gartenpavillon mit Pfeilerarkaden, datiert 1834. Das Schlößchen stammt im Kern aus dem 16. Jh. und wurde nach 1737 in seine heutige Form gebracht. Es war das Herrenhaus des seit dem 14. Jh. bestehenden und erst 1910 stillgelegten Sensenwerkes Weinmeister. Eigentümer waren die Pengg (1463) und die Zeilinger (1737).
E: Familien Skaper und Langenkamp
Lit: *Bar., 307; Dehio, 95*

Waxenegg, Burgruine
BH *Weiz*
G und **KG** *Naintsch*
Zwei Objekte (Doppelburg). Unterburg: Langgestrecktes rechteckiges Gebäude mit Fenster und Tor mit Spitzbogen. Heute stark verfallen. Oberburg: Bergfried des 12./13. Jh.s mit schmalem Hof und Wohngebäude. Torbau mit Turm und gemauerter Rampe zur Zugbrücke aus dem späten 16. Jh. Die Oberburg wurde Anfang des 13. Jh.s erbaut und war vorerst als Salzburger Lehen in der Hand der Landesfürsten. Streitigkeiten führten im späten 13. Jh. zum Bau der Unterburg (auch Nieder-Waxenegg). Der Landesfürst besaß später beide Burgen. 1571 wurde die Unterburg erweitert und die obere Anlage zur Wohnburg ausgebaut.
E: Freiherren von Gudenus (Thannhausen)
Lit: *Bar., 608 ff; Dehio, 604*

Weinburg, Schloß
BH *Radkersburg*
G *Weinburg am Saßbach*
KG *Weinburg*
Zweigeschoßiger Baukomplex von unregelmäßiger Fünfeckform mit Turmvorlagen um ebensolchen Innenhof. Zweigeschoßige Säulenarkaden, teilweise auf Konsolen. Schloßkapelle zur hl. Katharina, ein auf spätmittelalterlichen Fundamenten errichteter Renaissancebau. Statue des hl. Johannes Nepomuk (Mitte des 18. Jh.s) vor dem Schloß. Das alte landesfürstliche Lehen Weinburg wurde 1550 durch Max Leisser ausgebaut. 1578–90 wurde das Schloß (im Besitz Erzherzog Karls von Innerösterreich) durch den kaiserlichen Baumeister Andrea Bertoletti weitgehend erneuert. Im Jahr 1837 erwarb die Herzogin von Berry (→ Brunnsee, Schloß) Schloß Weinburg.
E: Fam. Lucchesi-Palli
Lit: *Bar., 538 ff; Dehio, 605*

Weissenegg, Schloß
BH *Graz-Umgebung*
G und **KG** *Mellach*
Dreigeschoßiger Baukomplex um einen rechteckigen Innenhof. Quadratische Türme, Einfahrt gegen Norden; dreigeschoßiger Innenhof mit Säulenarkaden in den Obergeschoßen, Anfang des 17. Jh.s. Tramdecken aus derselben Zeit. Die urspr. Zwiebelbekrönung des Westturmes wurde im späten 19. Jh. durch einen Zinnenkranz ersetzt. Teile der ehem. Bastionen sind noch als Stützmauern erhalten. Kapelle aus dem späten 17. Jh. (Meßlizenz von 1698) mit bemerkenswerten Stukkaturen des Tessiners J. Antonio Quadrio; ein Zimmer mit illusionistischen Wandmalereien, signiert und datiert „Fr. Moser pinxt. 1784". Schöne Muttergottesstatue mit dem Kind aus der Mitte des 17. Jh.s in der Einfahrt. An der Zufahrt überlebensgroße Marienstatue aus der Mitte des 18. Jh.s dem Johann Matthias Leitner zugeschrieben (restauriert 1955). Schloß Weissenegg liegt weithin sichtbar auf einem steil abfallenden Hügelrücken am Südrand des Grazer Feldes. Der Ende des 13. Jh.s entstandene Wehrsitz (damals „Thürndl" genannt) war zuerst Besitz des Konrad von Turn. 1363–1456 im Lehensbesitz der Grafen Cilli, 1505 Kauf durch Jörg von Weissenegg. Nach oftmaligem Besitzerwechsel zwischen 1923–81 im Eigentum der Grafen Trauttmannsdorff.
E: Univ.-Prof. Dipl.-Ing. Dr. Gundolf Rajakovics
Lit: *Bar., 362 f; Dehio, 605 f*

Welsberg, Schloß (Berglahof, Welspergl)
BH *Deutschlandsberg*
G *Sulmeck-Greith*
KG *Dietmannsdorf*
Kleines unregelmäßiges einflügeliges Rokokoschloß, mit viergeschoßigem Mittelteil, freskierter Kapelle im Erdgeschoß, Stuck und Deckenmalereien. Um 1687 wurde Welsberg von Hans Adam von Welsersheim neu erbaut; 1745 wurde das Schloß durch Brand zerstört. Leopold Karl von Welsersheim errichtete 1750–65 den heutigen Bau, weitere Besitzer waren Khuenburg (1816), Coreth (1870), Mallmann (1936).
E: Fam. Kiefer
Lit: *Bar., 87 f; Dehio, 614; Ebner III, 197*

Welsdorf, Schloß
BH *Fürstenfeld*
G und **KG** *Übersbach*
Quadratische Anlage um einen zweigeschoßigen Arkadenhof. Vom alten Bestand sind heute noch der Nordflügel mit Kapelle und der Westflügel mit Turm erhalten. 1550 erbaute Wolf von Wilfersdorf das Schloß; ab 1600 Umbau durch die Wilfersdorf, Kollonitsch, Gera. 1701–85 im Besitz des Chorherrenstiftes Pöllau (Wappen am Portal) und ab 1800 dauernder Wechsel der Besitzer. 1945 wurde Schloß Welsdorf durch Kriegseinwirkung schwer beschädigt und geplündert.
E: Univ. Prof. Dr. Rudolf Aitzetmüller
Lit: *Bar., 142 f*

Welspergl, Schloß
→ Welsberg, Schloß

Weyer, Schloß (Rothleiten)
BH *Graz-Umgebung*
G und **KG** *Rothleiten*
Hakenförmige dreigeschoßige Anlage; dreigeschoßige Arkadengänge im Hof, die von einem schlanken Turm mit barocker Zwiebel und Laterne abgeschlossen werden. Schloßkapelle mit einem Kruzifix aus dem 14. Jh. Achteckiger Saal, datiert 1590. Schloß Weyer wurde im 13. Jh. von den Pfannbergern als Wasserburg erbaut; vom 16. bis zum 18. Jh. wurde das Schloß mehrfach umgebaut und erweitert. Die Besitzer waren die Grafen von Cilli (14. Jh.), die Montfort, die Radmannsdorf, Haid von Haydtegg (1659–1817); 1758 schrieb der steirische Landeshauptmann an den Besitzer Haydtegg: „... ob er wisse, daß sein Sohn ein recht müssig und liderlich Leben führe und nächtlicherweise gemeine Mentscher und verdächtige Häuser frequentiere!". Weitere Besitzer waren die Esterházy (1822). Das sehr gut erhaltene Schloß ist heute ein Altersheim für Pensionisten der Mayr-Melnhofschen Forstbetriebe.
E: Seit 1872 Fam. Mayr-Melnhof
Lit: *Bar., 191 f; Dehio, 616*

Weyer, Schloß
BH *Judenburg*
G und **KG** *Reifling*
Dreigeschoßiger, nach einer Seite hin offener Dreiflügelbau; zwei vortretende Ecktürme an der Nordfront; stichkappentonnengewölbte Durchfahrt, Hof mit dreigeschoßigen Säulenarkaden. Die kleine ehem. Kapelle ist mit Stichkappentonnengewölbe und reichem bemerkenswerten Stuck (1650) nach Art des Giovanni Battista Cherubini ausgestattet. 1520 ließ die Familie Graswein Weyer zu einem Edelsitz ausbauen; 1596 von den Praunfalkh zu seiner heutigen Form ausgebaut. Weitere Besitzer waren die Dietrichstein und die Teuffenbach, die Heinrichsberg (1631), die Liechtenstein (1819). Das Schloß wurde 1945 durch Bombentreffer beschädigt, jedoch nach dem Krieg wieder vollständig renoviert.
E: Stadt Judenburg
Lit: *Bar., 284 f; Dehio, 201*

Wieden, Schloß
BH *Bruck an der Mur*
G *Kapfenberg*
KG *Hafendorf*
Breitgelagerter zweigeschoßiger Vierflügelbau; Hofarkaden mit den 1976 wiederhergestellten Sgraffitodekorationen; in zwei Kapellen neben dem Schloß urspr. Steinstatuen der hl. Anna und des hl. Johannes Nepomuk (heute in Schloß → Gutenberg). Der in der

Wiener Straße gelegene Bau wurde um 1668 von Wolf Stubenberg zum Edelsitz ausgebaut, im 18. Jh. vergrößert und im 19. und 20. Jh. verändert (1972–76 restauriert). In dem Schloß stiegen bedeutende Persönlichkeiten ab: Kaiserin Maria Theresia (1750, Huldigung des steirischen Adels), Karl von Lothringen (1765) und Papst Pius VI. 1782 auf seiner Reise zu Kaiser Josef II. nach Wien. Im Untergeschoß des Gebäudes sind heute Geschäftslokale sowie ein Kaffeehaus untergebracht.
E: Fam. Sieber
Lit: *Bar., 57; Dehio, 213; Ebner II, 94 f*

Wildbach, Schloß
BH und **G** *Deutschlandsberg*
KG *Wildbach*
Ansitz mit vier Ecktürmen, Kapelle zur hl. Anna (Meßlizenz 1681), Stukkaturen um 1730, Rokoko- und Empireöfen, Schubert-Gedächtnisstätte: Franz Schubert weilte hier vom 10. bis zum 12. Oktober 1827. (In diesem Jahr entstanden seine Kompositionen: „Das Lied im Grünen", Ständchen, op. 135; Klaviertrio in B-Dur, op. 99, und Klaviertrio in Es-Dur, op. 100.) Der aus dem 14. Jh. stammende Ansitz wurde nach der Zerstörung durch die Türken von Sigmund von Wildenstein 1534–40 neu erbaut. Gegen 1730 durchgreifender Umbau; Besitzer waren Chunigund von Staindorff (1355), die Eppensteiner, die Wildoner, vom 14. Jh. bis 1438 Lehen der Pettauer, 1524–1793 der Landesfürsten. Familien Wildenstein (auch Sunneckher genannt), Johann Massegg und dessen sieben Töchter (1801).
E: Dr. Mihurko und sechs Mitbesitzer
Lit: *Bar., 88 f; Dehio, 618 f*

Wildon, Burgruine
BH *Leibnitz*
G *Wildon*
KG *Unterhaus*
Auf dem heute bewaldeten Burgberg lagen einst zwei Burgen; heute beide Ruinen. An der Westseite die kleinere, „Römerturm" oder „altes Haus" genannt; Reste eines frei stehenden Quaderturmes. 1173 gelangte die Burg urk. an Hartnid von Riegersburg als Lehen. Dieses Geschlecht nannte sich fortan „von Wildon" und erbaute um die Mitte des 13. Jh.s auf dem Ostgipfel ein größeres Hochschloß, das 1260 als „Novum Castrum" erstmals genannt wird. Dieses Schloß wurde im 16. und 17. Jh. stark erneuert (damals im Besitz der Fürsten von Eggenberg); Reste von zwei Torbauten sowie Teile der östlichen und der westlichen Wehrmauer sind erhalten. Außerdem ist eine frei stehende ehem. Kapelle mit gotischen Strebepfeilern unter dem Wappen des Ulrich von Leysser, von 1520, erhalten.
E: Dkfm. Dr. Helmut von Frizberg
Lit: *Bar., 364 ff; Dehio, 619*

Wildon, Freihaus
BH *Leibnitz*
G und **KG** *Wildon*
Zweiflügelbau; besonders reich gestalteter Westflügel mit Dreieckgiebelportal, datiert 1660. Das sogenannte „Untere Schloß" dürfte ebenfalls den Wildonern gehört haben. 1341 wird Mechthild von Ras erwähnt; weitere Besitzer waren die Herren von Wilhaus, im 16. Jh. die Glojacher, 1621 der Propst von Stainz, Christoph Nell, die Herberstein, im 17. Jh. die Eg-

genberger und 1873 das Land Steiermark. Im 19. Jh. war das Freihaus Siechenhaus des Ortes.
E: Marktgemeinde Wildon
Lit: *Bar., 364 ff; Dehio, 621*

Wolkenstein, Burgruine
BH *Liezen*
G und **KG** *Wörschach*
Von der einst bedeutenden Burg sind heute nur noch geringe Mauerreste erhalten. Ehemals aus Bergfried, Hochburg, zwei Zwingern, Wohn- und Wirtschaftsgebäuden, Rondellen, Basteien und der Kapelle bestehend. Die Burg wurde urk. 1186 erstmals erwähnt und war im Besitz der Landesfürsten. In den Jahren 1527–92 im Besitz der Freiherren von Hofmann, die sie erneuerten. Weitere Besitzer waren die Freiherren von Scheidt (1622) und die Grafen Saurau (1630–1817). Burg Wolkenstein war einst Sitz des landesfürstlichen Amtes und des Landgerichtes Ennstal. Um 1680 begann der Verfall der Burg. Seit 1952 bemüht sich der Verein zur Erhaltung von Wolkenstein um die Betreuung der Ruine.
E: Hans Linz und Hans Kindler
Lit: *Bar., 445 ff; Dehio, 623 f; Ebner I, 138 ff*

Z

Zeiring, Propstei
BH *Judenburg*
G *St. Oswald-Möderbrugg*
KG *St. Oswald*
Zwei Wohnflügel, Wirtschaftsgebäude, Ringmauer mit Schießscharten, die die Anlage umgibt. Das Schloß ist noch mit alten Holzschindeln gedeckt. Türen von 1600, Öfen von 1750. 1074 wurde Zeiring von Erzbischof Gebhard von Salzburg dem Stift Admont geschenkt. Die Kapelle wird 1171 genannt. 1507–27 wurde die Anlage von den Baumeistern Sigmund, Wolfgang Wunderlich und Ruprecht Nußdorfer in ihre heutige Form gebracht. Die Propstei Zeiring wurde auch „Weng" genannt und war der Verwaltungssitz der Admonter Güter und Liegenschaften im Pölstal.
E: Alexander Wahl
Lit: *Ebner I, 140 f*

Zmöll, ehem. Schloß
→ Schloßbauer, Schloß

TIROL

Burg Friedberg

A

Achenrain, Ansitz
BH *Kufstein*
G *Kramsach*
KG *Mariathal*
Auf einem rechteckigen Grundriß gebauter schloßartiger Ansitz, mit von Hauben abgeschlossenen Erkern, achteckigem Turm mit Zwiebelhaube, einem niederen Ostflügel, Rustikator, gewölbtem Flur; die Fenster sind mit Korbgittern, das Speise- und das Jagdzimmer mit getäfelten Decken und geschnitzten Türen ausgestattet. In der 1661 erbauten Kapelle befinden sich geschnitzte Betstühle. Der Ansitz wurde 1658–61 von Karl Aschauer von Lichtenturn erbaut.
E: Seit 1855 Grafen Taxis-Bordogna
Lit: *Dehio, 437*

Ahrnholz, Ansitz
→ Arnholz, Ansitz

Albersheim, Ansitz
G *Innsbruck, Innrain 41*
Am westlichen Innrain in einem ehemaligen Obstgarten gelegener würfelförmiger Bau, von dem nur noch die Nordfront den Charakter des Edelsitzes vorweist. Zwei Eckerker, die Fassade mit vier Heiligenfiguren, durchlaufender Flur im Erdgeschoß, teilweise mit Stichkappen, gewölbte ehem. Kapelle. 1561 wurde Albersheim zum Edelsitz und dessen Besitzer, der Tiroler Kanzler Dr. M. Alber, in den Adelsstand erhoben. Weitere Besitzer waren die Fam. Priman (1574), Franz de Bega (17. Jh.), die Stadt Innsbruck (1934). Im gut erhaltenen Ansitz sind eine Kunstgalerie sowie Ateliers für Künstler und Altenwohnungen untergebracht.
E: Seit 1948 Land Tirol
Lit: *Dehio, 53; Stock., 20 ff; Wein., 107*

Allmayer-Beck, Ansitz
BH *Innsbruck-Land*
G und **KG** *Aldrans*
Freundlicher Ansitz aus dem 19. Jahrhundert; in der großen Halle eine prächtige Holzdecke. Im schönen Garten befindet sich das sogenannte „Gloriettl", ein turmartiges Gebäude mit Kupferdach aus der zweiten Hälfte des 18. Jh.s (dieses gehörte seinerzeit zum → Zephyris-Schlößl).
E: Fam. Allmayer-Beck

Alt-Rettenberg, Burgruine
BH *Innsbruck-Land*
G und **KG** *Kolsassberg*
Fundamente des Palas sowie Teile des Hofes und des Zwingers wurden 1970–73 archäologisch ergraben. Die Burg war seit 1298 im Besitz der Herren von Rottenburg, nach deren Unterwerfung durch Herzog Friedrich seit 1411 mit landesfürstlichen Pflegern besetzt. 1492 gelangte Altrettenberg als Pfand an Florian Waldauf von Waldenstein, der die Burg abbrechen und weiter nördlich eine neue Anlage errichten ließ, (→ Neu-Rettenberg, Burgruine).
E: Josef Schweiger
Lit: *Dehio, 431; Wein., 80 f*

Alt-Rosenegg, Ansitz
→ Rosenegg, Ansitz

Alt-Starkenberg, Burgruine
BH *Imst*
G und **KG** *Tarrenz*
Heute sind nur noch spärliche Reste, auf einer Felsenhöhe oberhalb der Salvesenschlucht, erhalten. Alt-Starkenberg war die Stammburg der gleichnamigen Familie, die Ministeriale der Hohenstaufer waren. 1423

wurde die Burg zerstört und ist seither im Verfall.
E: Dr. Weyhenmeyer
Lit: *Burgenbuch VII, 213 ff; Dehio, 786; Wein., 139 f*

Ambras, Schloß (Amras)
G *Innsbruck, Schloßstraße 20,* **BT** 25
Aus mehreren Gebäudekomplexen – Hochschloß, Spanischer Saal, Unterschloß – bestehende Anlage, am Südabhang des Paschberges in einem großen umfriedeten Park (20 ha) gelegen.
Hochschloß: Hochaufragende, auf gewachsenem Felsen errichtete viergeschoßige Anlage auf annähernd rechteckigem Grundriß um einen Hof; über den Baukörper hinausragende Kapelle, schmuckloses Portal, ein barockisierender sechseckiger Glockenturm (von 1913). Innenhof mit Malerei von 1567. Im Inneren sogenannte gotische Küche, Kapelle mit Fresken von A. Wörndle (1863–67). Der Bergfried des 13. Jh.s auf unregelmäßigem polygonalen Grundriß.
Spanischer Saal (1570–72): ein langgestreckter zweigeschoßiger selbständiger Trakt; innen reiche Ausstattung, Malerei und Stuck; Trophäenmalerei von Giovanni Fontana, Grotesken von Dionys van Hallaert, Stuck von Antonis van Brackh, prachtvolle intarsierte Holzdecke vom Tiroler Tischler Konrad Gottlieb; im Kaiserzimmer Malereien des 18. Jh.s, Stuck aus dem 17. Jh. und eine Holzdecke aus dem 16. Jh.
Unterschloß (um 1572–80): drei einfache ein- bis dreigeschoßige Gebäude, auf unterschiedlichem Niveau gelegen. Im Unterschloß ist das Museum mit Waffensammlung, Kunstkammer und Antiquarium untergebracht; Beamtenhaus, „Kornschütt", ehem. Stallungen im Erdgeschoß, zwei Museumstrakte mit hofseitigen Arkadenöffnungen, tonnengewölbter Einfahrt, Decke des Giovanni Fontana aus 1576 (ursprünglich im ehemaligen Speisesaal), ein dritter Museumstrakt (eingeschoßig) wird heute anderwärtig verwendet.
Die mittelalterliche „Bergburg" war im 10. Jh. im Besitz der Andechser und wurde 1133 durch die Bayern zerstört; später im Besitz der Landesfürsten, wurde sie mehrfach verliehen und verpfändet. Nach 1288 erfolgte ein Neubau mit Bergfried und Palas (heute noch teilw. erhalten); die Kapelle wurde 1330 geweiht. Im 15. Jh. kam es zu neuerlichen Erweiterungen und Umbauten, 1516–18 Umbau der Wohnräume im Nordtrakt unter Kaiser Maximilian I. In der zweiten Hälfte des 16. Jh.s wurde Ambras Sommerresidenz Erzherzog Ferdinands II. (1529–95), des Landesfürsten von Tirol und der Vorlande. In diesen Jahren wurde das Hochschloß neugestaltet. (Errichtung des Spanischen Saales sowie des Unterschlosses als Aufbewahrungsort für die berühmte Ambraser Sammlung). Kaiser Rudolf II. erwarb 1605 Schloß und Sammlungen, die dann in mehreren Etappen, hauptsächlich in den Napoleonischen Kriegen, an die kaiserlichen Sammlungen in Wien transferiert wurden. 1855–62 neugotische Umgestaltung zur Sommerresidenz Erzherzog Karl Ludwigs, des Statthalters von Tirol, durch die Architekten Ludwig und Heinrich

Förster. 1913 wurde das Hochschloß Jagdsitz Erzherzog Franz Ferdinands und ab 1922 Museum. 1975 erfolgte die Restaurierung der Schloßfassade, 1980–82 des Spanischen Saales. Schloß Ambras ist für Besucher geöffnet (Expositur des Kunsthistorischen Museums).
E: Republik Österreich
Lit: *Dehio, 122 ff; Wein., 100 ff*

Amras, Schloß
→ Ambras, Schloß

Arnholz, Ansitz (Ahrnholz, Narrenholz, Nornholz)
BH *Innsbruck-Land*
G und **KG** *Pfons*
Kleine Anlage mit talwärts vorgeschobenem runden Turm mit Kegeldach und vier halbkreisförmigen Erkern. Der rechteckige Kernbau des 13. Jh.s ist quer zur heutigen Längsachse in der Mitte des Gebäudes verbaut. Putzgerahmte Fenster, Schießscharten, Musikzimmer und getäfelte Räume (17. Jh.). Das reiche, teilweise aus Schloß → Itter stammende Inventar wurde 1979 veräußert. Der Ansitz war urspr. Filiationssitz der tirolischen Ministerialen von Matrei (urk. 1257); im 14./15. Jh. im Besitz der Freundsberg und der Streun, 1497 Sitz der Familie Schlandersberg, dann rascher Besitzerwechsel bis heute. 1956–64 erfolgten Umgestaltungs- und Restaurierungsarbeiten.
E: Dr. Ulrike Katzlberger
Lit: *Burgenbuch III, 45 ff; Dehio, 608; Wein., 113 f*

Aschach, Schloß
BH *Innsbruck-Land*
G und **KG** *Volders*
Kleineres zweigeschoßiges Schlößchen in Würfelform, mit Turm, Treppenturm, Steinportal, haubengedeckten Eckerkern, niedrigen Wirtschaftsgebäuden, die einen kleinen Vorhof umschließen, das Erdgeschoß mit gewölbter Halle. 1311 im Besitz des Jakob von Volders, 1380 in dem der Familie Furrer, 1423 Zerstörung durch die Bayern und 1573 völlige Erneuerung. Weitere Besitzer waren die Familien von Rauhenberg (1575) und Buchheim (1580). Das Schloß mit dem Renaissance-Charakter des 16. Jh.s ist gut erhalten und dient Wohnzwecken.
E: Fam. von Altenburger
Lit: *Dehio, 855; Öttl, 58 ff; Wein., 85*

Aufenstein, Burgruine (Kirche)
BH *Innsbruck-Land*
G und **KG** *Navis*
Zweigeschoßiger Bau mit Burgkapelle (1308 geweiht); aus den Trümmern der Burg wurde 1474 die heutige Kirche erbaut: Interessante Fresken aus dem 14. Jh. zeigen zierliche Figuren, höfische Reigen, den Triumph des Todes, menschliche Laster, St. Christophorus, hl. Katharina, hl. Drei Könige, Schutzmantelmadonna, Pfingstwunder, Gastmahl des Nikodemus. Die Herren von Auffenstein werden im Zusammenhang mit der Burg im 13. Jh. erwähnt; 1336 wurde Aufenstein während einer Rebellion zerstört. Ende des 14. Jh.s starb dann das Geschlecht der Auffenstein aus.
E: Röm.-kath. Pfarre Matrei am Brenner
Lit: *Burgenbuch III, 51 ff; Dehio, 557 f; Wein., 113*

B

Ballenhaus, Ansitz
BH *Innsbruck-Land*
G *Matrei am Brenner*
KG *Matrei*
Das ehem. Ballenhaus ist heute das Gasthaus „zur Uhr". Gewölbter Flur, Rundpfeiler, Hinterhaus mit Treppenhalle, die über zwei Geschoße reicht, Freitreppe, Galerien, Wappenfresko von 1471 (teils im 18. Jh., teils nach 1945 ergänzt). 1468 wurde das Haus nach einem Brand vergrößert; damals Besitz der Familie Heuerling, danach mehrfacher Besitzerwechsel.
E: Hermann Weiß
Lit: *Dehio, 509*

Baumkirchen, Schloß (Wohlgemuthsheim)
BH *Innsbruck-Land*
G und **KG** *Baumkirchen*
Hoher würfelförmiger Bau mit hohem Walmdach, Eckerker, Kapelle mit Verbindungsgang (1517), Rundbogenportal, Halle, Deckenfresko (1955 freigelegt). Paul Heuberger erbaute das Schloß 1474; Erzherzog Ferdinand von Tirol erwarb Schloß Baumkirchen 1587 für seine zweite Gemahlin, Anna Gonzaga. 1622–1783 im Besitz des Damenstiftes Hall, dann bis 1959 im Eigentum der Grafen Galen; heute ist das Kloster der Don-Bosco-Schwestern im Schloß untergebracht.
E: Orden der Don-Bosco-Schwestern
Lit: *Dehio, 190; Wein., 82 f*

Berneck, Burg
BH *Landeck*
G und **KG** *Kauns,* **BT** 27
In schwindelnder Höhe über dem Kaunertal gelegene Burg. Langgestreckte Anlage auf einem Felssporn, im Kern romanisch, im Norden mächtige Ringmauer mit zwei Toren, gotischer Erker auf Konsolen, der Bergfried später erhöht. Drei Höfe, Fachwerkgalerien. Gotische Burgkapelle mit qualitätvollen Fresken von 1437, nach Restaurierung 1987 wieder geweiht. Erstnennung der Herren von Berneck 1225, dem Baubefund nach ist die Burg jedoch älter (unter der Kapelle wurden außerdem Reste eines vormittelalterlichen Kultbaues gefunden). Unter dem Besitzer Hans Wilhelm von Mülinen kam es 1435–37 zu einem weitgreifenden Umbau der Burg, die von Kaiser Maximilian 1499 gegen → Tratzberg eingetauscht wurde. Weitere Besitzer u. a. Zott (1530–1667), Fieger, Pach (1728–1933). Die zur Ruine gewordene Anlage wurde im Jahr 1976 von Architekt Hörmann, Innsbruck, gekauft und aufgrund umfangreicher Forschungsarbeiten über den ursprünglichen Bestand des Mülinen-Baues wieder aufgebaut.
E: Hr. Hörmann
Lit: *Burgenbuch VII, 57 ff; Comploy, 21 ff; Dehio, 403; Wein., 150 ff*

Bideneck, Burg
BH *Landeck*
G und **KG** *Fließ*
Kleine guterhaltene Burg mit Bergfried, schmalem Hof, innerer Ringmauer, Zwinger, Stube mit Renaissancetäfelung, Kassettendecke aus 1537, Ofen mit Kacheln und Wappen der Schrofenstein und der Schurf. 1343 urk. erwähnt, im Besitz des Herren von Bideneck; dann folgte Georg Schrofenstein 1353 als Besitzer. 1544 erwarb Familie Trautson die Burg, seit 1693 ist sie im Eigentum der Familie von Pach. Burg Bideneck ist ein anschauliches Beispiel für die Anordnung

der Bauelemente einer kleinen Burg. In einem Teil der gut erhaltenen Anlage ist heute eine Pension untergebracht.
E: Helmut von Pach
Lit: *Burgenbuch VII, 105 ff; Comploy, 11 ff; Dehio, 256; Wein., 146 ff*

Brandhausen, Ansitz
BH *Innsbruck-Land*
G und **KG** *Aldrans*
Typischer Tiroler Ansitz mit Eckerkern, Walmdach, kleinen ovalen Dachfenstern, Tonnengewölbe im Hausflur und etwas abseits stehender Kapelle. 1579 wurde Brandhausen zum Ansitz erhoben; eine Votivtafel besagt, daß der Ansitz Ende des 16. Jh.s der Maria Prantl, Hofdame der Philippine Welser im nahen Schloß Ambras, geschenkt wurde. Weitere Besitzer waren Messerschmid (1622) und Peterlunger (1828).
E: Familien Itzinger, Rothlauer, Walcher und Frenken
Lit: *Dehio, 146 f; Stock., 107 ff; Wein., 110*

Bruck, Burg
BH und **G** *Lienz*
KG *Patriasdorf*
Anlage mit hohem fünfgeschoßigen Bergfried, Zugbrücke, Zwinger, großem Burghof, doppelgeschoßiger Burgkapelle (mit Wandgemälde-Zyklus von Simon Taisten, dem „Görzer Altärchen", Wappen Görz-Gonzaga und einer Holztreppe) und dem Rittersaal. An der Stelle der Burg stand vermutlich ein römisches Kastell; der Baukern von Bruck ist gotisch, im 16. sowie im 20. Jh. wurden Umbauten durchgeführt. 1911 wurden unvorteilhafte Erneuerungen gemacht, die man 1942/43 jedoch verbesserte. 1271–1500 war die Burg Residenz der Görzer Linie der Grafen von Görz und Tirol, anschließend (bis 1653) im Besitz der Landesfürsten (mit den Pfandinhabern Wolkenstein-Rodenegg), dann Sitz des Damenstiftes Hall und ab 1783 Staatsdomäne. Heute ist in der gut erhaltenen Burg ein Heimatmuseum mit urgeschichtlichen und römischen Funden sowie gotischen und barocken Kunstwerken und einer Sammlung des Tiroler Malers Albin Egger-Lienz eingerichtet.
E: Stadt Lienz
Lit: *Dehio, 499 f; Pizzinini, 219 ff; Wein., 219 f*

Bubenburg, Schloß
→ Fügen, Schloß

Büchsenhausen, Ansitz
G *Innsbruck, Weiherburggasse 5–13*
Ein zweistöckiger Tiroler Ansitz mit hohem Turm (mit Kuppelhelm), prächtiger Kapelle (1698 geweiht), Sakristei mit vielen Paramenten, Hofeingang mit mächtigem Tor, Fresko-Sonnenuhr mit Wappen de Lama, Johannes-Nepomuk-Statue; im Inneren Stuck des 17. Jh.s, schöne Gewölbe, intarsierte Türen und historische Porträts, Biener-Saal mit Fresken. 1539 bzw. 1546 (westlicher bzw. östlicher Teil), für den Büchsenmacher und Geschützgießer Gregor Löffler erbaut. 1641 von Kanzler Wilhelm Biener erworben, erweitert und durch eine Zinnenmauer eingefriedet; anschließend Errichtung einer Brauerei und eines neuen Gebäudes anstelle der Löfflerschen Gußhütte. 1686–1830 im Besitz der Familie de Lama, ab 1869 im Eigentum der Familie Nißl. Nach dem Zweiten Weltkrieg wurden in der Besatzungszeit dem Gebäude arge Schäden zugefügt; erst in den letzten Jahren ist ei-

ne völlige Restaurierung durchgeführt worden.
E: Familien Bachbauer, Schmitt, Salcher, Schenk und Venningen
Lit: *Dehio, 112 f; Stock., 30 ff; Wein., 105*

D

Dechanthof, Ansitz
BH *Kitzbühel*
G und **KG** *St. Johann in Tirol*
Der vis-à-vis der Kirche gelegene Bau (15. Jh.) war ehemals Sommersitz der Bischöfe von Chiemsee. Der heutige Bau stammt von 1776. Im ersten Stock befinden sich eine Balkendecke und Reste von Wandmalereien (Ende 15. Jh.), die damalige Kirche, Wappen und Jagdszenen darstellend (1941 freigelegt). Heute ist in dem Ansitz das röm.-kath. Pfarramt untergebracht.
E: Pfarre St. Johann in Tirol
Lit: *Dehio, 670*

Dietrichscher Ansitz
BH *Reutte*
G und **KG** *Lermoos*
Neben der Kirche gelegener Ansitz (Nebenhaus des Hotels „Post") mit schönen Rokokokorbgittern. Bis 1800 war der Ansitz im Besitz der Familie Dietrich, anschließend Eigentum der Familie Jaeger, die es für den Fremdenverkehr adaptierte. Das Gebäude wurde vor einigen Jahren unter Beratung des Bundesdenkmalamtes völlig renoviert und dient heute als Dependance des Hotels „Post".
E: KR Franz Dengg
Lit: *Dehio, 481*

Dufterhof, Ansitz
→ Tufterhof, Ansitz

E

Ehrenberg, Burgruine (Ernberg)
BH, G und **KG** *Reutte*
Von der einst ausgedehnten Paßfestung sind heute noch folgende Teile erhalten: Klause, Walmdach, Eckbastei, Mauerreste, Schloßkopf und „Schloßangerl". Die ältesten Teile stammen aus den Jahren um 1290 (Meinhard II. Graf von Tirol), die übrigen Teile aus dem 16. Jh. 1606 wurde die Festung durch Bart. Lucchese mit vier Eckbasteien und Vorwerken ausgestattet. 1704 war Ernberg Kaserne; 1783 wurde die Burg aufgelassen und teilweise abgerissen. Im Schmalkaldischen, im Dreißigjährigen sowie im Spanischen Erbfolgekrieg spielte die Festung als Grenzsperre eine bedeutende Rolle.
E: Dr. Walter Tschurtschentaler sowie Familien Hindelang und Schoener
Lit: *Burgenbuch VII, 269 ff; Dehio, 645 f; Wein., 137 f*

Ehrenheim, Ansitz
BH, G und **KG** *Reutte*
Dieser Ansitz hat einen hohen geschwungenen Giebel und eine vornehm einfache Fenstergestaltung. Bei seiner Durchreise 1782 nahm Papst Pius VI. hier Aufenthalt (Erinnerungstafel). Der Ansitz wurde im 16. Jh. erbaut, war im Besitz der Fam. Kleinhans und ist heute Gendarmerie-Postenkommando, Grundbuchamt und Bezirksgericht.
E: Republik Österreich
Lit: *Dehio, 646; Wein., 137*

Engelsberg, Burgruine
BH *Kitzbühel*
G *Hopfgarten im Brixental*
KG *Hopfgarten Land*
Reste eines gewölbten Mauerstückes sowie der Ringmauer sind erhalten. Erste urk. Erwähnung 955 (?); um 1380 in Re-

gensburger Besitz, später Besitz des Erzbistums Salzburg. Die Familie der Engelsberger wird im 14. Jh. erwähnt. 1526 wurde die Burg von aufständischen Bauern aus dem Pinzgau zerstört und nicht mehr aufgebaut. In der „Elsbethen"-Kapelle, die in der Nähe der Ruine liegt, ist ein Hinweis auf Bartlmä von Hammersbach, 1494, einen Pfleger von Engelsberg, zu finden.
E: Josef Manzl vulgo Unterrainbauer
Lit: *Dehio, 349 f; Wein., 57*

Enzenberg, Palais
BH, G und **KG** *Schwaz*
Langgestreckter einfacher Barockbau (1700) mit zwei Erkern, Fassadenbemalung, Hauptportal mit Rundbogen und schmiedeeisernen Beschlägen sowie zwei toskanischen Säulen; im Stiegenhaus Statuen von Diana und Apoll aus dem 18. Jh. (urspr. Bau von 1515, Veitjakob Tänzl). Nach Bombenschäden im Zweiten Weltkrieg wurde das Palais teilweise neu aufgebaut.
E: Dipl.-Ing. Karl Enzenberg und Elisabeth Grabmayr
Lit: *Dehio, 712*

Enzenberg, Palais
→ Tannenberg-Enzenberg, Palais

Ernberg, Burgruine
→ Ehrenberg, Burgruine

Ettnau, ehem. Ansitz (Malfattischlößl)
G *Innsbruck, Höttingergasse 25*
Renaissancetyp des würfelförmigen Baukörpers mit Eckerkern sowie Walmdach; tonnengewölbter Keller, kreuzgewölbte Treppenpodeste; Gartenmauer mit barocken Portalen, in einem Rokokogitter das Stamser Wappen. Dieser um 1690 erbaute Ansitz war im Besitz des J. B. von Ettenau, im 18. Jh. Sitz des „Sonnenburgischen Landgerichts", Besitz der Fam. Malfatti (1871), der Fam. Stegner und deren Erben (1893). 1829–40 lebte hier der Dichter Hermann von Gilm, an den eine Gedenktafel erinnert.
E: Dipl.-Ing. Ulrich Stegner
Lit: *Dehio, 38; Wein., 106 f*

F

Felsenheim, Ansitz
BH *Reutte*
G und **KG** *Lermoos*
Rechteckiger Hausblock mit Walmdach und barockem Portal, Turm mit Haube, Korbgitterbalkon und Stukkaturen aus dem 18. Jh. 1727 von Severin Sterzinger erbaut, wurde Felsenheim urspr. als Brauerei verwendet. Durch einen Umbau des Ansitzes (1978) wurden neue Wohnräume geschaffen.
E: Othmar Kössler
Lit: *Dehio, 481*

Ferklehen, Ansitz
BH *Innsbruck-Land*
G und **KG** *Ranggen*
Zweistöckiger Ansitz mit achteckigem Turm (mit Haube und einer Laterne), Kapellenbau (leicht stuckiert, Barockfresko) und Wirtschaftsgebäude; das Ganze mit einer Mauer umgeben. In einzelnen Räumen befinden sich noch gotische Fensterläden. 1545 urk. erwähnt, war es im Besitz des Andreas Dum; 1573 erwarb Erzherzog Ferdinand von Tirol Schloß Ferklehen (für Philippine Welser); weitere Besitzer waren dann die Landesfürsten, Fam. Reinhardt (1699–1853) und Vintler (1853–1920). Das Schloß Ferklehen, welches 1703 durch Brand zerstört und anschließend in kleinerem Umfang wiederaufgebaut wurde, wurde

in den letzten Jahren restauriert.
E: Fam. Schreckenthal
Lit: *Dehio, 626 f; Stock., 110 ff; Wein., 117*

Fernstein, Klause
BH *Imst*
G und **KG** *Nassereith*
Unter dem Turm liegt die Klause Fernstein: rechteckiger fünfgeschoßiger Bau mit ehemaliger Straßendurchfahrt; im Obergeschoß Raum mit stuckierter Flachdecke über profiliertem Kranzgesims und Hohlkehle sowie Seccomalereien. Unter der Klause liegt die 1478 erbaute spätgotische Kapelle. Der Wohnturm wird 1288 genannt (Herren von Verrenstein) und ist bereits seit 1519 im Verfall. Die heutige Klause wurde 1460–70 unter Herzog Sigismund von Tirol neu erbaut; unter der alten Wegsperre und Zollstätte wurde gleichzeitig das sogenannte „Niederhaus" errichtet und 1543 durch einen Neubau ersetzt. Dieser wiederum wurde im 18. Jh. umgebaut. Zweigeschoßiger, ehemals mit Pultdach geschlossener Turm über rechteckigem Grundriß; im Verputz der Nordwand sind Spuren eines Wappenschilds zu sehen.
E: Bernward Köhle
Lit: *Burgenbuch VII, 231 ff; Dehio, 547; Wein., 139*

Finstermünz, Klause (Sigmundseck)
BH *Landeck*
G und **KG** *Nauders*
Ein am Ufer des Inns gelegener, turmartiger, fünfstöckiger Bau mit Schießscharten, Wehrgang, Gewölbe, Stuben mit Kassettendecken. In Verfall. Auf einem Wellenbrecher im Inn liegt der Turm mit Zinnen und Pechnase in der Mitte der Innbrücke. 1471 erbaute Herzog Sigismund von Tirol die Zollfeste, die fortan Sitz der landesfürstlichen Pfleger bzw. Zöllner und Amtsinhaber wurde. Familie Purtscher erwarb 1784 die Klause Finstermünz, die jedoch durch die Verlegung der Straße 1853/54 an Bedeutung verlor.
E: Republik Österreich (Bundesgebäudeverwaltung)
Lit: *Burgenbuch VII, 15 ff; Comploy, 93 ff; Dehio, 555*

Fragenstein, Burgruine
BH *Innsbruck-Land*
G und **KG** *Zirl*
Heute noch erhalten: zwei Türme, Reste des Palas, Bergfried (um 1500 erneuert), Reste der Ringmauer und Zugbrücke. 1227 erwähnt, als Sitz der Herren von Fragenstein (Ministeriale der Andechser); weitere Besitzer waren Gebhart von Hirschberg (1253), die Grafen von Tirol (diese verliehen die Burg an die Familien Karlinger und Weineck), Kaiser Maximilian I., der die Burg ausbaute (als beliebten Aufenthalt bei der Gamsjagd). 1703, während des Einfalls der Bayern, brannte Fragenstein ab und wurde bereits 1777 als Ruine bezeichnet. Heute sichern Restaurierungsarbeiten den Bestand der Ruine.
E: Gemeinde Zirl und Franz Kuen
Lit: *Burgenbuch VI, 29 ff; Dehio, 898; Wein., 119*

Freundsberg, Burg
BH, G und **KG** *Schwaz*
BT 31
Die Burg besteht heute nur noch aus dem Bergfried und der Kapelle

(anstelle des ehem. Palas); der Bergfried ist fünfstöckig, der oberste Stock ist das Wohngeschoß (mit Balkendecken). Im 12. Jh. erwähnt, war die Burg zunächst im Oberbesitz der Grafen von Andechs, dann der Tiroler Landesfürsten, welche sie an Pfleger (wie Spaur, 1500, Tannenberg, 1700 u. a.) vergaben. Die Erbauer der Burg, die Familie Freundsberg, zogen 1467 nach Mindelheim, wo 1473 der berühmte Landsknechtführer Georg Fr(e)undsberg geboren wurde. In der Burg sind das Heimatmuseum der Stadt (durch Silbervorkommen schon seit 1420 berühmt) sowie ein Gasthaus untergebracht.
E: Stadtgem. Schwaz
Lit: *Dehio, 710;*
Wein., 77f

Friedberg, Burg
BH *Innsbruck-Land*
G *Volders,* **B** 383, **BT** 25a
KG *Kleinvolderberg*
Große unregelmäßige dreigeschoßige Anlage mit Bergfried (13. Jh.), vier charakteristischen Erkern (1491), Vorwerken, Rondell, Kapelle, befestigtem Burgweg, malerischem Burghof, Bogengalerie; im Inneren Fresko von 1450 (Turnierdarstellung; das Fresko wurde 1970 in das gotische Zimmer übertragen), gotische Decke, gute Öfen und Familienporträts. Infolge von Erdbewegungen mußten umfangreiche Restaurierungsarbeiten durchgeführt werden (1949 und 1978). Erbaut von der Familie Andechs, war die Burg 1268 (urk.) Sitz der landesfürstlichen Propsteien, dann im Besitz der Familien Spieß (1374) und Graf Fieger (1491–1802), seit 1845 Grafen Trapp. Teile der malerischen Anlage sind zu besichtigen.
E: Fam. Graf Trapp
Lit: *Burgenbuch VI, 247ff;*
Dehio, 852ff;
Wein., 84f

Fügen, Schloß (Bubenburg)
BH *Schwaz*
G und **KG** *Fügen*
1695–1702 von Graf Ferdinand Fieger erbautes, großes Barockschloß mit langen Fronten, rotmarmornem Rundbogenportal, Schloßkapelle (1681), Türmchen mit Hauben (an den nördlichen Dachecken); Decken, Türen und Treppen sind im Charakter des späten 17. Jh.s gehalten. Im Gebäude gibt es noch Mauern eines älteren Turmes, der im Besitz der Herren von Keutschach war (in der Pfarrkirche ein Grabstein des Georg von Keutschach, anno 1581). Nachdem die Grafen Fieger das Schloß verkauft hatten, war darin eine Nadelfabrik untergebracht, anschließend übernahm der Kapuzinerorden das Schloß. Heute ist in dem sehr gepflegten Gebäude ein Internat für Waisen und milieugeschädigte Knaben untergebracht.
E: Seraphisches Liebeswerk für Tirol und Salzburg
Lit: *Dehio, 263f;*
Wein., 69f

Fugger, Ansitz (Kreuzweger-Haus)
BH, G und **KG** *Schwaz*
Haus mit breiter Fassade und zwei Eckerkern; an der Rückseite befinden sich zweistöckige, rundbogige Laubengänge. Der Bau stammt aus dem 16. Jh. und ist heute Nonnenkloster und Schülerinnenheim der Tertiar-Schulschwestern.
E: Tertiar-Schulschwestern
Lit: *Dehio, 713*

Fugger-Stöckl, Ansitz
BH, G und **KG** *Schwaz*
Stattlicher Bau des 16. Jh.s mit Eckerker, malerischem Hof mit viergeschoßigen, spitzbogigen Laubengängen; an der Straßenfront Fassadenmalereien von Christoph Anton Mayr aus dem 18. Jh. Das Haus ist heute Rathaus der Stadtgemeinde Schwaz.
E: Stadtgemeinde Schwaz

Fugger-Taxis, Palais
G *Innsbruck, Maria-Theresien-Straße 45*
Monumentaler dreigeschoßiger, neunachsiger Haupttrakt mit Seitenflügeln um einen Hof. Rustiziertes Erdgeschoß, Portal mit vorgestellten toskanischen Säulen, darüber Korbgitterbalkon. Gliederung durch geschoßtrennende Gesimse und reich skulptierte Bekrönungen der ohrengerahmten Fenster. Im Erdgeschoß durchgehendes dreischiffiges Vestibül mit korinthischen Säulen. „Parissaal" im ersten Obergeschoß (restauriert 1953) mit Spiegelgewölbe, klassizistischem Deckengemälde von Martin Knoller (1785/86: „Das Urteil des Paris"), gemauerten Kaminen, Wanddekoration (um 1750, restauriert 1921), gemalte Pilaster, Puttengruppen mit Emblemen der Künste, Wissenschaften, Ackerbau, Blumenzucht, Weinbau und Jagd, Porträtmedaillons, stuckierte Wappenkartuschen. 1679 für Graf Hans Otto Fugger erbaut (Johann Martin Gumpp dem Älteren zugeschrieben); älteste barocke Palastanlage nach italienischem Schema in der Stadt Innsbruck, 1702 gelangte das Palais als Heiratsgut an die Grafen Welsberg, 1784 im Besitz der Grafen Thurn und Taxis als Postgebäude. In dem sehr gut erhaltenen Bau ist heute die Tiroler Landesregierung untergebracht.
E: Seit 1905 Land Tirol
Lit: *Dehio, 58f;*
ÖKT, XXXVIII, 380 ff

G

Gebratstein, Burgruine
BH *Imst*
G und **KG** *Tarrenz*
Heute sind nur noch spärliche Reste der einstigen Burg vorhanden: eine Mauer mit 13 m Länge und 1,5 m Stärke und regelmäßiger Steinlagerung sowie Reste eines Turmes (in der Schlucht des Salvesenbaches). Die Burg war u. a. im Besitz der Fam. Starkenberg (den Namen „Gebhard" oder „Gebrat" gab es in dieser Familie nachweislich bereits im 12. Jh.)
E: Dr. Weyhenmeyer
Lit: *Burgenbuch VII, 227 ff;*
Dehio, 787;
Wein., 139

Gerburg, Ansitz
BH, G und **KG** *Landeck*
Der Ansitz wurde durch Umbauten stark verändert; vermutlich wurden auch vorhandene Wandmalereien zerstört. In der Kapelle, die sich heute im sogenannten „Henzinger-Haus" befindet, hing urspr. das Altarbild „Anna selbdritt", das heute Prunkstück des Tiroler Landesmuseums in Innsbruck ist.
E: Republik Österreich
Lit: *Wein., 143 f*

Grabenstein, Schloß
→ Sternbachschlößl, Schloß

Grasegg, Ansitz
BH *Kufstein*
G und **KG** *Brixlegg*
Würfelartiger Baukörper mit polygonalen Eckerkern, die wie der Treppenturm mit geschwungenen, barocken Zierhauben abschließen.

Der Ansitz hat noch ein gotisch gefaßtes Tor. Der aus dem 17. Jh. und 18. Jh. stammende Bau der Edlen von Gras wurde 1945 durch Bomben zerstört und weitgehend in seiner urspr. Form wiederaufgebaut. Im Zentrum des Marktes gelegen, dient er heute als Gasthaus.
E: Franz Moigg
Lit: *Dehio, 215; Wein., 64*

Greilhaus, Palais
→ Lodron, Palais

H

Hall in Tirol, Kloster
→ Thurnfeld, ehem. Ansitz

Hasegg, Burg
BH *Innsbruck-Land*
G *Hall in Tirol*
KG *Hall,* **BT** 29
Wahrzeichen von Hall, mit dem Tor aus rotem Marmor, dem Münzerturm in seiner charakteristischen Form (Zwölfeck auf Kragsteinen), der St.-Georgs-Kapelle von 1515 (mit einem Netzrippengewölbe), dem spätgotischen Burghof und dem Wappen Herzog Sigismunds von Tirol auf dem Münzertor (1489). Burg Hasegg stellte urspr. eine ausspringende Ecke der ummauerten Stadt dar. 1306 erwähnt, wurde die ehemals landesfürstliche Burg 1567 unter Erzherzog Ferdinand als Münzstätte eingerichtet. Der heutige Eigentümer verpachtete die Burg auf 99 Jahre an die Stadtgemeinde Hall; das Stadtmuseum, Ausstellungsräume sowie die Münzprägung sind heute in Burg Hasegg untergebracht.
E: Österreichische Salinen AG
Lit: *Dehio, 317f; Wein., 98*

Heinfels, Burgruine
BH *Lienz*
G *Heinfels*
KG *Panzendorf,* **BT** 26
Weitgefaßte Ringmauern mit mehreren Wehrtürmen, Torbauten, Gußerker, Geschützhof, Bergfried, Palas sowie Kapellentrakt. Die Burg war bis 1917 in gutem Bauzustand; anschließend begannen Teile einzustürzen. Die Fresken der Kapelle (1460, in drei Schichten) wurden abgenommen und befinden sich heute im Schloßmuseum → Bruck (Lienz). 1243 urk. erwähnt, war die Burg im Besitz der Grafen von Görz, des Kaisers Maximilian I. (1500) und der Familie Wolkenstein (1600).
E: Dr. Max Villgrattner
Lit: *Dehio, 336; Pizzinini, 135ff; Wein., 214ff*

Hörtenberg, Burgruine
BH *Innsbruck-Land*
G und **KG** *Pfaffenhofen*
Heute noch erhalten sind der interessante Bergfried mit wenig regelmäßigen Steinlagen, erneuerten Eingängen und Zinnen sowie Reste der Ringmauern und eines Brunnenschachtes. Der größte Teil der Burg wurde durch eine Pulverexplosion 1706 zerstört. 1239 im Besitz der Grafen von Eschenlohe erstmals urk. erwähnt; 1281 erwarb Meinhard II. von Görz-Tirol Burg und Grafschaft, dann als landesfürstliche Pflege und Pfandschaft vergeben. 1577 gelangte die Herrschaft als Freieigen an Philippine Welser, 1580 an die Markgrafen von Burgau. Als Pfand war Hörtenberg 1619 im Besitz der Familie Wolkenstein, 1633–1805 Eigentum der Grafen Fieger. Teile der Burg sind zu besichtigen.
E: Dipl.-Ing. Eugen Matt
Lit: *Burgenbuch VII, 371ff;*

Dehio, 601 f;
Wein., 121 f

Hospiz St. Christoph, Ansitz
→ St. Christoph, Ansitz

I

Imst, Hotel Post, Ansitz (Sprengenstein)
BH, G und **KG** *Imst*
Im Süden der Stadt liegt das ehem. Schloß Sprengenstein, später Postamt (und Gasthof), heute Hotel Post mit Restaurant. Großer und im Kern spätgotischer rechteckiger Komplex, vier- bis fünfgeschoßig, mit Krüppelwalmdach und zwei polygonalen Eckerkern mit Zwiebelhelmen. Einst im Besitz der Herren von Wörz.
E: Fam. Grete Singer-Grissemann
Lit: *Dehio, 359;*
Wein., 140

Inzing, Ansitz
BH *Innsbruck-Land*
G und **KG** *Inzing*
Edelsitz aus dem 17. Jh., mit rechteckigem Turm und dem anschließenden Wohngebäude aus dem 18. Jh. Im 13. Jh. erste Erwähnung eines Ansitzes in Inzing (mit den Herren von Eben als Besitzer, die damals von ihrer Burg heruntersiedelten); im 15. Jh. im Besitz der Herren von Vels (als landesfürstliches Tiroler Lehen).
E: Familien Rist und Griesmayer
Lit: *Dehio, 367;*
Wein., 120

Itter, Schloß
BH *Kitzbühel*
G und **KG** *Itter*
Der heutige Bau wurde Ende des 19. Jh.s, Anfang des 20. Jh.s errichtet (teils neugotisch, teils im Tudorstil, Teile im Stil des 20. Jh.s); Reste von zwei Bergfrieden und Verbindungsflügel bilden den alten Bestand. Die erste Erwähnung erfolgte 1240, mit Rapoto von Ortenburg als Besitzer. Häufiger Besitzerwechsel, z. B. das Regensburger Domkapitel, das Erzbistum Salzburg (ab 1380, mit verschiedenen Pflegern, wie etwa den Freundsbergern); 1526, im Bauernkrieg zerstört und 1532 wiederaufgebaut. 1805 erwarb die Gemeinde Itter das Schloß um 15 Gulden (!), und allmählich begann es zu verfallen. 1877 kaufte Paul Spieß Schloß Itter und begann mit dem Wiederaufbau. Weitere Eigentümer waren die Künstlerin Sophie Menter (1884) und Eugen Meyer (1902), die sich beide unter großen Opfern am Wiederaufbau beteiligten. Bis 1980 war Itter Schloßhotel im Eigentum der Ittag-Hotel AG, Vaduz. Das Schloß dient als Wohnobjekt.
E: Dr. Ernst Bosin
Lit: *Dehio, 374;*
Wein., 58 f

K

Kaps, Schloß (Kapsburg)
BH und **G** *Kitzbühel*
KG *Kitzbühel Land*
Tiroler Edelsitz mit turmartigen Anbauten, von Mauern umgeben, mit Eckerkern, neugotischer Kapelle (mit Altar aus dem 16. Jh.), einem durch einen Gang mit dem Hauptbau verbundenen ähnlichen Gebäude („Maps"), wodurch eine weitläufige Anlage entstand. Im Inneren gute Möbel, Balkendecken sowie Stuckdecken, viele Porträts und ein Wappenstein der Familie Lamberg. 1615 wurde die Kapsburg von Peter Wibmer erworben; weitere Besitzer waren die Familien Rössl (1616) und Wolkenstein (1627). Ein Teil von Kaps wird heute als Schloßpension geführt.

E: Seit 1679 Familie Lamberg
Lit: *Dehio, 424 f; Kogler III, 381 ff*

Kapsburg, Schloß
→ Kaps, Schloß

Karlsburg, Ansitz (Kolbenthurm)
G *Innsbruck, Herzog-Friedrich-Straße 15 – Pfarrgasse 1*
Zwei Gebäude, durch einen Turm verbunden. Die beiden Gebäude wurden um 1960 abgetragen und durch Neubauten ersetzt, wobei ältere Bauteile Verwendung fanden. Der quadratische Turm mit vier Geschoßen und Zeltdach überragt beide Trakte. Ritter Karl Schurff vereinigte einige Gebäude und den Turm zu einem Ansitz (1582). 1608 wurde das Haus zum freien Adelssitz mit Namen und Titel „Carlsburg“ erhoben. Der Ansitz war später im Besitz von Erzherzog Ferdinand Karl (1663), der Grafen von Königsegg (1665–1730) und der Grafen Sarnthein (1764). Bei einer Restaurierung des Kolbenthurmes (1959) fand man Reste der Fassadenmalerei des 16. Jh.s, worauf man die Fassade in dieser Form rekonstruierte. Der Ansitz ist heute Wohn- und Geschäftshaus.
E: Seit 1902 Stadt Innsbruck
Lit: *Dehio, 24 f*

Kienburg, Burgruine
BH *Lienz*
G *Matrei in Osttirol*
KG *Matrei in Osttirol Land*
Heute noch deutlich erkennbar sind zwei turmartige Wohnbauten, einer davon dreistöckig (palasartig), ein gegenüberliegender niedrigerer Turm mit einer Verbindungsmauer. Die auf einem Felshügel im Iseltal gelegene Anlage wurde 1187 als im Besitz der Grafen von Lechsgemünd erwähnt und gelangte 1212 in den Besitz des Erzstiftes Salzburg; die Burg wurde fortan durch Burggrafen und Pfleger verwaltet. Letzter Burggraf war Christoph von Kienburg. 1579 durch Brand zerstört, 1584 notdürftig wiederaufgebaut und ab 1657 endgültig dem Verfall preisgegeben. Ab dem 16. Jh. wurde die Herrschaft an Hofangestellte verliehen.
E: Ferdinand Stocker
Lit: *Dehio, 518; Pizzinini, 248; Wein., 220 f*

Kitzbühel, ehem. Burg
→ Pfleghof, Burg

Klamm, Burg
BH *Imst*
G und **KG** *Obsteig*
In prächtiger Lage über einer tiefen Felsenklamm gelegene, gut erhaltene Burg mit rundem Bergfried, Palas und Nebengebäuden. Sehr gepflegte, erneuerte Inneneinrichtung; unregelmäßige Räume, Stiegen und Hallen, schöne Balkendecken, schmiedeeiserne Geländer; die berühmte „gotische Stube“ wurde 1920 vom Zeitungskönig Hearst erworben und von Schloß Taufers in Südtirol nach Amerika gebracht. Dort erwarb sie Architekt Hünnebeck und brachte sie wieder nach Europa, wo sie das Prunkstück der Burg Klamm bildet. Die Herren von Klamm (Chlamme) werden 1260 als Besitzer der Burg urk. erwähnt. Weitere Besitzer waren die Milser (1320), die Landesfürsten (1423–17. Jh.) und Clary-Aldringen, Hirn (1874).
E: Seit 1956 Herr Hünnebeck
Lit: *Burgenbuch VII, 359 ff; Dehio, 587 f; Wein., 126 f*

Kolbenthurm, Ansitz
→ Karlsburg, Ansitz

Kolbenturm, Ansitz
BH *Innsbruck-Land*
G und **KG** *Tulfes*
Der Ansitz besteht aus einem Wohnhaus und einem getrennt stehenden Turm. Der aus starken Mauern errichtete Viereckturm hat seinen wehrhaften Charakter bis heute bewahrt; er dürfte urspr. als Vorwerk der Burg → Friedberg gedient haben (bzw. zur Überwachung der sogenannten „Römerstraße"). 1247 wird der Turm erstmals urk. erwähnt. Der Name stammt von dem Geschlecht der Kolbe, die als landesfürstliche Dienstmannen auf Friedberg saßen (1268 – Sighard Kolbe). Der Turm steht heute leer.
E: Fam. Trattner
Lit: *Dehio, 823;*
Wein., 86 f

Kreckelmoos, Ansitz
BH *Reutte*
G und **KG** *Breitenwang*
Edelsitzartiger Bau mit Erkern, Fassadenmalereien, Stuben mit Renaissance-Kassettendecken und Wandschränken, Kapelle mit Rokokoaltar sowie Wand- und Deckenmalereien von J. Chr. Haas. Bekannt wurde Kreckelmoos durch das sogenannte „Kreckelmooser Bad" (1450 urk.). Der Ansitz wurde um 1600 erbaut; durch Josef Ammann 1719 vergrößert.
E: Albin Zeller
Lit: *Dehio, 209*

Kreuzweger-Haus, Ansitz
→ Fugger, Ansitz

Krippach, Schloß
BH *Innsbruck-Land*
G und **KG** *Absam*
Ein langgestreckter Bau mit markantem runden, haubengedeckten Turm an der Westseite, Schloßkapelle mit einem Bild von Franz Hellweger (1812–80). Das in einem großen umfriedeten Garten gelegene Schloß war urspr. ein „Obristmajerhof" des Hochstiftes Augsburg. Die Herren von Kripp, eine alte Haller Familie, besitzen das sehr gepflegte Schloß.
E: Seit 1454 Fam. Kripp
Lit: *Dehio, 140;*
Wein., 84

Kronburg, Burgruine
BH *Landeck*
G und **KG** *Zams*
Umfangreiche Anlage in prächtiger Lage, mit viergeschoßigem Bergfried, Palas, Tor- und Wohnbauten, engem Hof, zwei Sperrmauern mit Toren, Mauern mit Zinnen, unregelmäßig verteilten Fenstern und Resten von Räumen mit spitzbogigem Pförtchen, einem Söller an der Südmauer. Erbaut wurde Kronburg 1380 von H. von Starkenberg an der Stelle eines älteren Burgstalls. 1426 im Besitz Herzog Friedrichs „mit der leeren Tasche", 1504–1802 Sitz der Grafen Fieger, 1766 bereits im Verfall. Heute bekanntes Ausflugsziel.
E: Kongregation der Halleiner Schulschwestern (Kloster der Tertiarinnen)
Lit: *Burgenbuch VII, 184 ff;*
Dehio, 892;
Wein., 142 f

Kropfsberg, Burgruine
BH *Kufstein*
G *Reith im Alpbachtal*
KG *Reith*
Eine umfangreiche Burganlage mit vorgeschobenem Bergfried im Westen, romanischer Hochburg mit zwei weiteren Bergfrieden, Ringmauer und Wohnhaus (Pflegerhaus). Kropfsberg war einst Grenzburg des Salzburger Erzstiftes. Erste Bauten von 1147, Palasumbau 1217, erste urk. Erwähnung

1296. 1416 fand hier der sogenannte „Kropfsberger Vergleich“ zwischen Ernst und Friedrich von Österreich statt. 1673 teilweiser Einsturz von Gebäuden, 1753 Bau des Pflegerhauses. Der mittlere Turm (36 m) wurde nach Bombardierung und Einsturz (1945) wiederaufgebaut.
E: Fam. Dkfm. H. Vogl-Fernheim
Lit: *Dehio, 637f; Wein., 67f*

Kufstein, Festung
BH, G und **KG** *Kufstein*
Eine mächtige Anlage mit langem unterirdischen Gang, gedecktem Aufgang und dem Kaiserturm (anstelle des ehem. Bergfrieds). Im Besitz der Bischöfe von Regensburg wird die Festung 1205 urk. erwähnt. Anschließend wurde der Besitz mit den bayerischen Herzögen geteilt. Ab 1313 war die Burg Regensburger-Lehen der Herzöge von Bayern. 1415 verstärkte Herzog Ludwig der Gebartete die Befestigungen. 1504 belagerte und eroberte Kaiser Maximilian I. Kufstein und ließ die Burg neu errichten und zur Festung ausbauen. Im 17. Jh. wurde die Anlage durch Johann Martin Gumpp, dem Älteren und dem Jüngeren, erweitert. 1703 und 1805 eroberten die Bayern die Festung, die ab 1814 wieder österreichisch war. Die sehr gut erhaltene Festung ist heute Heimatmuseum (mit der Heldenorgel im Bürgerturm, die an die Gefallenen des Ersten Weltkrieges erinnert), und beherbergt eine Gastwirtschaft.
E: Stadtgemeinde Kufstein
Lit: *Dehio, 438ff; Wein., 42f*

Kühtai, ehem. Jagdschloß
BH *Imst*
G und **KG** *Silz*
Einstöckiges Jagdhaus mit Krüppelwalmdach, historisch erhaltenen kleinen Fenstern und getäfelten Stuben von Hans Schöpf aus der Bauzeit. Teilweise noch die originale Einrichtung. Der Bau erinnert an einen Oberinntaler Bauernhof. Urk. erwähnt 1288, dann Jagdhaus von Kaiser Maximilian I., 1624–28 Umbau für Erzherzog Leopold von Tirol. Das Jagdhaus ist heute Hotel und beliebtes Schiausflugsziel.
E: Fam. Graf Stolberg
Lit: *Dehio, 738; Wein., 117*

Kundlburg, Burgruine
BH *Kufstein*
G und **KG** *Kundl*
Heute sind nur mehr spärliche Reste der einst bedeutenden Anlage erhalten: Mauerreste und ein Einstieg zu einem unterirdischen Gang. 1213 gelangte die Kundlburg als Lehen an die bayerischen Herzöge (einst Besitz der Regensburger Bischöfe); 1230 als Lehen dann an die Herren von Kundl (Ministeriale), 1348 an die Kummersbrucker; 1405 begann die Burg bereits zu verfallen.
E: Gemeinde Kundl
Lit: *Dehio, 449; Wein., 61*

L

Ladnerhof, Ansitz
→ Sternbach, Ansitz

Landeck, Burg
BH, G und **KG** *Landeck*
Unregelmäßiger Bau mit Bergfried, Palas, Tor mit Pechnase, Wehrmauer mit niedrigem Turm, Zwinger, der Ringmauer, doppelter Vorburg, der ehemaligen Burgkapelle, schönem Saal mit dem gotischen Netzrippengewölbe. Im 13. Jh. erbaute

Meinhard von Tirol die Burg, die fortan ein landesfürstlicher Gerichtssitz war. 1799 durch Brand zerstört, anschließend wiederaufgebaut. Pfleger bzw. Pfandbesitzer waren die Schrofenstein (1518–49), die Gienger (1549–1705); 1840 erfolgte die Aufgabe des Gerichtssitzes und die Umwandlung der Burg in eine Kaserne. In der Burg ist heute ein Museum eingerichtet.
E: Stadtgemeinde Landeck
Lit: *Burgenbuch VII, 119 ff;*
Dehio, 454 f;
Wein., 144 ff

Laneck, Ansitz
→ Lanegg, Ansitz

Lanegg, Ansitz (Laneck)
BH *Kufstein*
G *Brixlegg*
KG *Zimmermoos*
Turmartiger Ansitz mit rundem Treppentürmchen und umgebender Ringmauer (früher mit Ecktürmen geziert). Der Bau stammt aus der zweiten Hälfte des 16. Jh.s, die Ursprünge des Ansitzes dürften aber bis in das 14. oder 15. Jh. zurückreichen (obwohl die vorhandenen Urkunden nicht vor das 16. Jh. zurückgehen). Gedrungener viergeschoßiger Wohnturm; über der gotischen Eingangstür ein Wappen mit Reichs- und Tiroler Adler. Von 1660 bis Anfang des 19. Jh.s war der Ansitz im Besitz der Familie Faber von Laneck.
E: Josef Mittner
Lit: *Dehio, 215;*
Wein., 64

Laudeck, Burg
BH *Landeck*
G und **KG** *Ladis*
In prachtvoller Lage thronende Anlage mit gewaltigem Wohnturm (romanische Doppelbogenfenster), Zwinger, Ringmauer, Toren, nordöstlichem Turm, Kapelle und erneuertem Wohngebäude. 1239 werden die Herren von Laudeck auf der Burg genannt, die 1263 als Gerichtssitz erstmals aufscheint. Lange Reihe landesfürstlicher Richter und Pfleger, später auch häufig Pfandvergabe, so zuletzt an die Grafen Spaur (1655–1933). 1346 Brand, 1406 Verwüstung im Appenzellerkrieg. Unter Pfleger Maltiz Anfang des 16. Jh.s Erneuerung und Vergrößerung. Nach Verlegung des Gerichtssitzes nach → Sigmundsried Beginn des Verfalls. 1940 nach Kauf durch die Brüder Reinl Sicherungs- und Restaurierungsarbeiten. Die Burg dient Wohnzwecken.
E: Seit 1964 Fam. Apel
Lit: *Burgenbuch VII, 37 ff;*
Comploy, 37 ff;
Dehio, 450 f;
Wein., 148 f

Lavant, Burgruine (Trettenstein)
BH *Lienz*
G und **KG** *Lavant*
Nur noch Reste eines Turmes und ein deutlich sichtbarer Graben sind von der Burg erhalten. 1169 wurden die Edlen von Lavant genannt, die im 15. Jh. ausstarben; die Burg wurde dann Sitz der Ministerialen der Grafen von Lechsgemünd, später der Grafen von Görz.
E: Land Tirol
Lit: *Dehio, 472;*
Pizzinini, 164 f;
Wein., 222 f

Lebenberg, Schloß
BH und **G** *Kitzbühel*
KG *Kitzbühel Land*
Urspr. einfacher rechteckiger Bau, zweistöckig, mit Walmdach, turmartigen Anbauten, Säulenloggia (erst seit 1885), Kassettendecken, Renaissancetüren, Steinportalen, Balkendecken;

durch den Umbau zum Hotel wurde das Schloß stark verändert. Die Besitzer waren die Familien Reichertsheim (1531), die Kitzbüheler Gerichtsherren, Lamberg (ab dem 17. Jh.). Das Hotel war ab 1930 Erholungsheim und wurde 1950 für den Hotelbetrieb adaptiert.
E: Austria Trend-Hotel
Lit: *Dehio, 425; Kogler III, 374 ff; Wein., 48*

Lengberg, Burg
BH *Lienz*
G *Nikolsdorf*
KG *Lengberg*
Kleine Burganlage ohne Bergfried, mit Zwinger, malerischem Hof sowie söllerartigem Wehrgang, ehem. Zugbrücke. Durch zweckbedingten Umbau wurde das Innere der Burg stark verändert. 1190 im Besitz der Grafen von Lechsgemünd, ab 1212 des Erzstiftes Salzburg, das die Burg an adelige Familien verlieh: so an Virgil von Graben, der 1480 einen Umbau durchführte. Die Kapelle wurde 1485 zu Ehren der Heiligen Sebastian und Nikolaus geweiht und in späteren Jahren umgebaut. 1821-1910 im Eigentum der Künstlerfamilie Steiner. Die sehr gut erhaltene Burg ist heute ein Kindererholungsheim.
E: Seit 1956 Land Tirol
Lit: *Dehio, 568; Wein., 223*

Leopardischlößl, Ansitz
G *Innbruck, Egerdachstraße 13*
Quadratischer dreigeschoßiger Bauwürfel mit Walmdach. Schönes Portal mit reicher Profilierung. An der östlichen Seitenfront Ecktürme, kreuzgratgewölbtes Erdgeschoß im nördlichen Teil. Im zweiten Obergeschoß Saal mit Stukkaturen aus dem 17. Jh. Besitzer waren u. a. H. von Laubenberg, Stephan Leoparth (nach 1556) die Landesfürsten (1646–62), Althann (1700) und Egger (1770–1907). In dem 1960 stark veränderten Gebäude ist ein Studentenheim des Tiroler Bauernbundes eingerichtet.
E: Land Tirol
Lit: *Dehio, 101; Stock., 61 ff; Wein., 109*

Lichtenthurn, Ansitz
→ Schneeburgschlößl, Ansitz

Lichtenwerth, Burg
BH *Kufstein*
G und **KG** *Münster*
Urspr. Wasserburg auf einer Insel des Inns. Bestens erhaltene Anlage mit Bergfried, Palas, Vorburg, niedrigem Wehrturm, Wehrgängen, gotischer Kapelle (Restaurierungen 1620, 1777, 1952 und 1987), malerischem Hof, Schloßtheater, interessanter Uhr, musterhaft geordnetem Archiv und erlesener Einrichtung. Die aus dem 12. Jh. stammende Burg war im Besitz des Hochstiftes Salzburg, der Freundsberger (1316), der Helbling, Thürndl, Mornauer u. a.
E: Fam. Dr. Hanns Inama-Sternegg
Lit: *Dehio, 539; Wein., 65 ff*

Liebburg, Ansitz
BH, G und **KG** *Lienz*
Der ehem. Edelsitz beherrscht den unteren Stadtplatz. Breite Front, zwei Rundtürme mit kupfernen Zwiebelkuppeln. Rechteckig, viergeschoßig, mit Wolkensteinwappen. 1605 urk. erwähnt, im Besitz der Wolkenstein-Rodenegg. Während eines Stadtbrandes 1609 zerstört, wurde dieser Ansitz 1723–25 erneuert und

umgestaltet; er ist heute Sitz des Bezirksgerichtes. Restaurierungsarbeiten wurden 1986/87 durchgeführt; heute Rathaus.
E: Stadt Lienz
Lit: *Dehio, 501; Wein., 217*

Lienzer Klause, Burgruine (Neuenburg)
BH *Lienz*
G *Leisach*
KG *Burgfrieden*
Umfangreiche Ruine mit zwei Basteien, spätgotischem Torturm, Rustikaportal, Graben mit Zugbrücke, Pulverturm (ca. 100 m über der Sperrmauer an der Straße gelegen) und Doppelmauer zur gedeckten Verbindung zwischen Klause und Turm. 1253 genannt; 1664 erfolgten großzügige Erweiterungen durch Christoph und Elias Gumpp; 1707 wurde die Klause durch Brand zerstört; 1782 als Klause (eine Sperre der Straße) aufgelassen, obwohl die Anlage auch in späterer Zeit noch eine Rolle spielte (z. B. 1809). Der Maler Albin Egger-Lienz wählte die Klause zum Schauplatz für ein berühmtes Bild (Szene mit dem Kreuz).
E: Anton Huber vulgo Klausner
Lit: *Dehio, 478; Wein., 216 f*

Lodron, Palais (Greilhaus)
G *Innsbruck, Maria-Theresien-Straße 7*
Stuckierte Rokokofassade mit zwei Breiterkern und Attikageschoß; plastisches Mariahilfbild in zentralem Stuckmedaillon, darüber das Monogramm „G. W.“ (Greil Wilhelm; von der Restaurierung im 19. Jh. stammend); straßenseitige Räume in allen Geschossen mit Stuckrahmenfeldern. 1744 unter J. N. Graf von Lodron aus zwei Häusern des 16. Jh.s umgebaut; das viergeschoßige Haus war 1836 im Besitz der Fam. Sarnthein.
E: Seit 1869 Fam. Greil
Lit: *Dehio, 55; ÖKT, XXXVIII, 326 ff*

Lotterhof, Ansitz
BH *Innsbruck-Land*
G *Kematen in Tirol*
KG *Kematen*
Stattliches Gebäude mit dem Wappen der Familie Fröhlich von Fröhlichsburg. Diese Familie war 1627–1785 Besitzer des Ansitzes. Der Lotterhof beherbergt heute die Höhere Bundeslehranstalt für landwirtschaftliche Frauenberufe.
E: Republik Österreich (Bundesministerium für Land- und Forstwirtschaft)
Lit: *Dehio, 407*

M

Madleinhof, Schloß (Rumer Schlößl)
BH *Innsbruck-Land*
G und **KG** *Thaur*
Das am Waldrand gelegene Schlößchen wurde umgebaut und neu ausgestattet. 1509 urk. erwähnt, war es im Besitz der Fieger (Anfang 16. Jh.), der Jesuiten (Ende 16. Jh.), die es als Sommersitz der Ordensniederlassung von Hall in Tirol verwendeten. Anfang des 17. Jh.s wurde das Rumer Schlößl zu einem dreigeschoßigen, fünfachsigen, frühbarocken Bau mit Walmdach und Hauskapelle umgestaltet.
E: Josef Brunner
Lit: *Dehio, 809; Wein., 98*

Malfattischlößl, ehem. Ansitz
→ Ettnau, ehem. Ansitz

Mariastein, Burg
BH *Kufstein,* **BT** 30
G und **KG** *Mariastein*
Auf einem isolierten Felsen gelegener fester Wohnturm, mit ange-

schlossenen Wohntrakten, Treppenturm, zwei übereinanderliegenden Kapellen (oben Gnadenkapelle, unten zum hl. Kreuz), Rittersaal und kleiner Rittersaal mit Balken- bzw. Kassettendecken, Schatzkammer mit Geräten und Kleinplastiken aus dem 16. und 17. Jh., Portal mit Wappen der Familien Schurff und Freundsberger. Erbaut wurde Mariastein um 1361 von den Freundsbergern; die urspr. „Stein" genannte Burg hieß erst seit der Erbauung der Gnadenkapelle (1587) „Mariastein". Weitere Besizer waren die bayerischen Herzöge (1379) und die Herren von Schurff (1587). Die gut erhaltene Burg wird von Geistlichen bewohnt, die Wallfahrtskirche und ein Schloßmuseum sind heute zu besichtigen.
E: Seit 1834 Erzdiözese Salzburg
Lit: *Dehio, 506 f;*
Wein., 44 f

Martinsbühel, Burg
BH *Innsbruck-Land*
G und **KG** *Zirl*
Urspr. römische Teriolis-Übersetzungs-Station über den Inn, später Jagdschloß von Kaiser Maximilian I. Rechteckiges, aus großen regelmäßig gelagerten Steinen gemauertes romanisches Gebäude, mit spitzbogigem Tor, Resten der alten Sperrmauer, St.-Martins-Kapelle: spätgotisch (Ende 15. Jh.), Umbau im 17. Jh., Gewölbe, Langbau, hohes Giebeldach, Fresken und hölzerner Glockenreiter. Heute ist eine Sonderschule der Barmherzigen Schwestern in der Burg untergebracht.
E: Erzstift St. Peter Salzburg
Lit: *Burgenbuch VI, 57 ff;*
Dehio, 900;
Wein., 117 f

Matrei am Brenner, Schloß (Trautson)
BH *Innsbruck-Land*
G und **KG** *Mühlbachl*
Diese ehemals langgestreckte Anlage, auf einem Hügelrücken über dem Ort Mühlbachl gelegen, wurde 1945 durch Bomben völlig zerstört; der südliche Teil des Palas – das Kaplaneigebäude – dient heute als Wohnhaus. 1947/48 wurde auf dem alten Burgplatz dann ein neues Wohngebäude errichtet. 1221 werden die Herren von Matrei, Dienstmannen der Grafen von Andechs, auf Schloß Matrei genannt. 1360–1778 war die Familie Trautson Besitzer, anschließend ging das Schloß in das Eigentum der Fam. Auersperg über. Das Schloß dient Wohnzwecken.
E: Eduard Fürst Auersperg-Trautson
Lit: *Burgenbuch III, 20 ff;*
Dehio, 537;
Wein., 112 f

Matzen, Burg
BH *Kufstein*
G *Reith im Alpbachtal*
KG *Reith*
Romanischer Bergfried („Butterfaßturm"), zwei Höfe, unterer Burghof mit viergeschoßigen Arkaden (aus dem 16. Jh.), Kragsteine für ehem. Wehrgang, barockisierte, gotische Kapelle. Die Irin Fanny Read (Besitzerin 1873) ließ das damals verwahrloste Gebäude fachmännisch restaurieren und mit guten Möbeln, Waffen, Zinn und seltenen Jagdtrophäen ausstatten. 1176 urk., war die Burg bis 1468 im Besitz der Freundsberger. Es folgten die Familien Fugger, Yrsch, Pfeiffersberg, Fieger (16. Jh.), Read-Grohmann (19./20. Jh.) als Besitzer.
E: Seit 1957 Ernest Kump (Architekt)/Jerni Foundation Vaduz

Lit: *Dehio, 638; Wein., 64 f*

Melans, Schloß
BH *Innsbruck-Land*
G und **KG** *Absam*
Zweigeschoßiger Bau über dem quadratischen Grundriß, mit Walmdach und Kapelle (1516 geweiht). An der Nordostseite eine Hofanlage des 19. Jh.s mit einem der Fassade vorgelegten sowie weiter zu einer freistehenden Kapelle (von 1890 neugotisch) führenden, neugotischen Arkadengang. Zum Teil ist der Ansitz von einer Zinnenmauer des 19. Jh.s umgeben. Um 1300 urk. erwähnt, als Lehen der Landesfürsten bzw. des Hochstiftes von Augsburg. Um 1500 war dann die Fam. Fieger Pfandnehmer, 1535–1660 war Melans im Besitz der Zott von Perneg. Verschiedene Besitzer bis 1815. Dieses in seinem Kern mittelalterliche Schloß wurde 1700 und 1980 umgebaut und ist in gutem Bauzustand.
E: Seit 1815 Familie Riccabona von Reichenfels
Lit: *Dehio, 140; Öttl, 130 ff; Wein., 84*

Mentlberg, Schloß
G *Innsbruck, Mentlbergstraße 23*
Außerhalb des Stadtgebietes gelegenes Schloß, dreigeschoßig, mit Steintor, Turm mit Seitentürmchen , Altanen, Balustraden, daneben liegendem Kapellenbau von 1770, mit Fassadentürmchen, Deckengemälde, spätgotischer Holzskulptur aus Ulm. Ende des 19. Jh.s durch einen französischen Architekten im Stil der Loireschlösser umgebaut. Urk. 1303 als „Curia" (Hof) erwähnt, war es im Besitz des Stiftes Wilten; im 15. Jh. Bauernhof Galwis (Galweins, Gallwiese). 1497 unter dem von Maximilian I. geadelten Heinrich Mentelberger zum Edelsitz erhoben; weitere Besitzer waren die Fam. Tröstl, das Stift Wilten (1661–1807), Fam. Spaur und ab 1879 Prinz Ferdinand von Bourbon-Orléans, Herzog von Alençon. 1910 erbte der Sohn, Herzog Vendôme, das Schloß, Um- bzw. Neubauten erfolgten 1774 und 1890. Heute sind ein Jugend- und ein Studentenheim in dem Schloß untergebracht.
E: Seit 1928 Land Tirol
Lit: *Dehio, 94; ÖKT, XLV, 375 ff; Stock., 77 ff; Wein., 115*

Münichau, Schloß
BH *Kitzbühel*
G *Reith bei Kitzbühel*
KG *Reith*
Edelsitzartiger Bau mit hohem Walmdach, viergeschoßigem Turm, Kapelle (1469 geweiht), Saal mit Fensterseitensitzen und Balkendecke; von einer Umfassungsmauer mit Türmchen umgeben. 1914 wurde das Schloß durch Brand völlig zerstört und erst in jüngerer Zeit wiederaufgebaut und dann zum Schloßhotel adaptiert (1962–70). Im 15. Jh. unter den Münichauern erbaut und wahrscheinlich im 16. Jh. erweitert. Ab 1538 im Besitz der Lang von Wellenburg und ab 1580 der Fam. Lamberg.
E: Gebrüder Harisch
Lit: *Dehio, 640; Kogler III, 351 ff; Wein., 47*

N

Narrenholz, Ansitz
→ Arnholz, Ansitz

Naudersberg, Burg
BH *Landeck*
G und **KG** *Nauders*
An wichtiger strategischer Lage befindliche Anlage mit niedrigem

Bergfried, rechteckigem Palas, Hof, Ringmauern mit Rundtürmen, Zwinger, Eingangstor mit Pechnase, Galerien mit Netzrippengewölben, Arkaden und Kapelle. Das heutige Aussehen der Burg hat Renaissancecharakter. Die ehemals tirolisch landesfürstliche Gerichtsburg wurde Anfang des 14. Jh.s errichtet (1325 urk. erwähnt), war Sitz von Pflegern und wurde ab 1503 als Pfand vergeben. 1780 zurückgelöst (Dr. Egger), war Naudersberg bis 1919 Sitz staatlicher Behörden (Bezirksgericht). Seit 1960 werden an der Anlage laufend Restaurierungsarbeiten durchgeführt. In der Burg ist ein Café untergebracht; die Einrichtung eines Heimatmuseums ist geplant.
E: Josef Köllemann
Lit: *Comploy, 71 ff;*
Dehio, 554 f;
Wein., 153 f

Neuenburg, Burgruine
→ Lienzer Klause, Burgruine

Neumatzen, Schloß
BH *Kufstein*
G und **KG** *Münster*
Dieses westlich von Brixlegg an der Straße gelegene Schloß wurde um 1890 unter Franz von Lipperheide von Prof. Rippendingen erbaut. Unterschiedlich hohe Bauteile über unregelmäßigem Grundriß; Wohnturm, Eckerker mit Zwiebelhelmen, Treppengiebel. Eine späthistorische Innenausstattung mit Fresken, Holzbalkendecken, Vertäfelungen, Fliesen und Möbel. Im englischen Garten befinden sich verschiedene Nebengebäude. Schloß Neumatzen wurde vor einigen Jahren gründlich restauriert.
E: Dipl.-Ing. Josef Gschösser (Architekt)
Lit: *Dehio, 539*

Neu-Rettenberg, Burgruine
BH *Innsbruck-Land*
G und **KG** *Kolsassberg*
Regelmäßige Anlage mit rechteckiger Ringmauer, vier Ecktürmen und Schlüssel- bzw. Maulscharten; Reste eines Tores und des ehem. mächtigen Palas. Zweigeschoßiges Wirtschaftsgebäude, in die östliche Ringmauer eingebunden; an der Hoffassade Fresko von Franz Krautgasser, Kaiser Maximilian I. bei der Übergabe der Burg an Florian Waldauf darstellend. Nach dem Abbruch der Burg → Alt-Rettenberg erbaute Florian Waldauf von Waldenstein nach 1492 die neue Anlage. Anno 1506 Weihe der Kapelle, danach mehrfacher Besitzerwechsel: Wolkenstein (1528), Gienger (1559), Puchheim (1582), Kolowrat (1595), Landau (1602), Dücker (1610), Fieger (1649). Im Jahr 1810 wurde Neu-Rettenberg großteils abgebrochen.
E: Josef Schweiger
Lit: *Burgenbuch VI, 303 ff;*
Dehio, 431;
Wein., 80 f

Neu-Rosenegg, Ansitz
→ Rosenegg, Ansitz

Neu-Starkenberg, Schloß
BH *Imst*
G und **KG** *Tarrenz*
Einfacher Bau mit zwei Flügeln und starkem Eckturm, heute völlig erneuert und zur Brauerei gehörig. Der ehem. Palas im Westflügel ist verbaut (heutiges Sudhaus). 1317 erhielt Heinrich von Starkenberg die „Burgbauerlaubnis“ des Königs Heinrich von Böhmen. 1351–1410 Pfandbesitz der Herren von Rottenburg, seit 1410 landesfürstliches Lehen bzw.

Pfand; bis 1810 verschiedene Besitzer, danach erfolgte die Umwandlung in eine Bierbrauerei.
E: Fam. Schatz
Lit: *Burgenbuch VII, 221 ff;*
Dehio, 786 f;
Wein., 139 f

Nornholz, Ansitz
→ Arnholz, Ansitz

O

Öttl, Ansitz
BH *Innsbruck-Land*
G und **KG** *Pettnau*
Der wuchtige Bau mit Walmdach und Fassadenmalerei stammt im Kern vermutlich aus dem 16. Jh. Er liegt gegenüber dem Ansitz → Sternbach (Ladnerhof). Im Ansitz ist heute ein Gasthof untergebracht.
E: Otto Öttl

P

Peterlongo-Haus, Palais
→ Sarnthein, Palais

Pfeiffersberg, Palais
G *Innsbruck, Sillgasse 8*
Ein imposanter viergeschoßiger Bau mit hakenförmigem Grundriß, Eckerkern und Walmdach. Seine urspr. Form hat nur der große Saal des zweiten Obergeschoßes behalten; nach schweren Bombenschäden wurde der Bau 1946/47 wiederhergestellt. Besitzer eines Hauses, das an der Stelle des heutigen Palais stand, waren im 16. Jh. Johann Baptist Fontana, Hofmaler von Erzherzog Ferdinand II., und Philipp Jakob von Trezo; im 17. Jh. Friedrich Schrenk von Notzing und Wilhelm Reinhardt. Seine heutige Form erhielt das Gebäude 1712–23. Weitere Besitzer waren die Herren von Pfeiffersberg (1775), Anton Fischnaler (Militäroberkommandant, 1837) und die Stadt Innsbruck.
E: Seit 1897 Jesuitenorden
Lit: *Dehio, 62;*
ÖKT, XXXVIII, 428 ff

Pfleggericht, Ansitz
BH, G und **KG** *Schwaz*
Ein malerischer gotischer Bau mit Fassadenerkern und spitzbogigen Lauben. Bei der Bombardierung 1944 wurde der Meistersingersaal mit den prächtigen Renaissancemalereien von 1536 zerstört (Reste der Malereien befinden sich im Heimatmuseum). Heute sind in dem Gebäude das Bezirksgericht sowie Wohnungen untergebracht.
E: Republik Österreich
Lit: *Dehio, 713*

Pfleghof, Burg (ehem. Burg von Kitzbühel)
G *Kitzbühel*
Von der ehem. Kitzbüheler Burg ist heute nur noch der mächtige fünfgeschoßige Pfleghofturm mit Pyramidendach erhalten. Gegen Westen zu ist ein dreigeschoßiger Wohntrakt mit Treppenturm, gegen Norden ein turmartiges und viergeschoßiges Gebäude (ein Treppenturm) angebaut; westlich davon liegt das „Jochberger Tor" mit tonnengewölbter Durchfahrt und flachem Konsolerker, darauf ein Lambergwappen (1707). Pfleghofturm und Jochberger Tor stammen aus dem späten 15. Jh., Zu- und Anbauten aus dem 16. Jh. Urspr. im Besitz der bayerischen Herzöge, war die Burg anschließend Sitz der landesfürstlichen Pfleger (bis 1728). In dem Gebäude sind heute Wohnungen, Geschäfte und das Heimatmuseum untergebracht.
E: Nikolaus Fuchs
Lit: *Dehio, 425;*
Wein., 48 ff

Pfunds-Turm, Ansitz (Zum Turm)
BH *Landeck*
G und **KG** *Pfunds*
Dreigeschoßiger Bau mit Krüppelwalmdach und einer stichkappengewölbten Straßendurchfahrt. Brückenkopf an der Innbrücke. Barocke Fassadenmalerei, die Heiligen Johannes Nepomuk und Antonius darstellend. Der Überlieferung nach wurde der Brückenturm unter Kaiser Maximilian I. erbaut. Der zweite Turm in Pfunds wurde beim Neubau der Pfarrkirche abgerissen.
E: Dipl.-Ing. Dr. Eduard Senn / Erben
Lit: *Dehio, 612;*
Wein., 153

R

Rabenstein, Burgruine
BH *Lienz*
G und **KG** *Virgen*
Ausgedehnte Anlage mit Resten der Ringmauer, Bergfried, zwei Toren, Resten des Palas und der Kapelle (Fresken sind erkennbar). Rabenstein, einst eine der höchstgelegenen Burgen Tirols, wurde vermutlich im 12. Jahrh. von Salzburger Ministerialen gegründet. Münzfunde aus der römischen Kaiserzeit weisen auf eine frühe Besiedelung des Burghügels hin. Die Bezeichnung „Rabenstein“ wird urk. erstmals 1333 erwähnt. Nach den Salzburgern waren die Tiroler Landesfürsten Besitzer, dann die Grafen von Görz bis 1500. Anschließend war die Burg wieder den Tirolern zugehörig und Sitz von Urbaramt und Gericht Virgen (bis 1703). Nach dem Umzug des Pflegers „ins Dorf“ wurde Rabenstein dem Verfall preisgegeben. Seit 1983 Sicherungsarbeiten.
E: Josef Tschoner
Lit: *Dehio, 845 f;*
Wein., 222

Rainegg, Ansitz
BH *Innsbruck-Land*
G *Hall in Tirol*
KG *Hall*
Frei stehender Bau an der Ecke zum Stadtgraben, kubisch mit südwestlich an die Südseite angestelltem Turm, Kragsteinerker, Rundbogenportal und gotischen Fassadenmalereien (16. Jh.). 1381 erstmals urk. erwähnt, wurde der im Kern aus der ersten Hälfte des 16. Jh.s stammende Bau immer wieder stark verändert (Umbauten 1670–78, in der zweiten Hälfte des 19. Jh.s, im Inneren 1904 und 1958, Renovierung erfolgte im Jahr 1979).
E: Wohnungseigentumsgemeinschaft Rainegg
Lit: *Dehio, 327;*
Öttl, 16 ff;
Wein., 87 f

Rattenberg, Burgruine
BH *Kufstein*
G und **KG** *Rattenberg*
Herzoglich bayerische Hauptburg im Unterinntal; von der nach 1782 abgebrochenen Burg sind neben einzelnen Grundmauern nur die unteren Geschoße des Bergfrieds erhalten. 1254 erstmals urk. erwähnt, war die Burg im 13. und 14. Jh. tirolischer Pfandbesitz, seit 1504 als tirolisch-österreichisches Pfandlehen in den Händen von verschiedenen Adelsgeschlechtern; Anfang des 16. Jh.s erfolgte der Ausbau zur mächtigen Festung (unter Kaiser Maximilian I. und Herzog Georg dem Reichen von Bayern). Baumeister Michael Zeller vollendete die Ausbauarbeiten 1521. 1782 erfolgte die Aufhebung des Festungscharakters und der Abbruch der Burg. Im 20. Jh. laufend Sicherungsarbeiten.
E: Seit 1905 Stadt Rattenberg
Lit: *Dehio, 627 f;*
Wein., 62 f

Rattenberg, Oberes Schloß, Burgruine
BH *Kufstein*
G und **KG** *Rattenberg*
Erweiterung der unteren Anlage (→ Rattenberg, Burgruine) durch das auf einem Absatz des Steilhanges liegende „Obere Schloß“: großer runder Bergfried, zwei kleinere Rondelle, ehemaliger Palas, die geschützte Felstreppe vom Burghof zum Oberen Schloß. Die Erweiterung erfolgte 1521 durch den Baumeister Michael Zeller.
E: Stadt Rattenberg
Lit: *Dehio, 627f;*
Wein., 62f

Rizol, Schloß
→ Sternbachschlößl, Schloß

Rofenstein, Ansitz
BH, G und **KG** *Imst*
Die heutige Bezirkshauptmannschaft von Imst war das einstige Gerichtshaus. Ein verbauter mittelalterlicher Viereckturm, Wappenfresko von 1468; quadratische dreigeschoßige Vierflügelanlage, kleiner Mittelhof, Walmdach; die Fassade stammt aus dem frühen 19. Jh. 1290 wird der „Turm zu Imst“, der vermutliche Stammsitz der Herren von Imst, erstmals genannt, 1685 bekam der Ansitz den Namen „Rofenstein“.
E: Land Tirol
Lit: *Burgenbuch VII, 207ff;*
Dehio, 359;
Wein., 141

Römertürme in Zams, Burgruine
→ Sperrmauer in Lötz, Burgruine

Rosenegg, Ansitz (Alt- und Neu-Rosenegg)
BH *Kitzbühel*
G und **KG** *Fieberbrunn*
Alt-Rosenegg: drei- bzw. viergeschoßiger Baukubus mit Krüppelwalmdach und Rundtürmen mit Hauben an den Ecken. Der aus der ersten Hälfte des 16. Jh.s stammende Bau war Adelssitz der Gewerken von Rosenberg. Neu-Rosenegg: behäbiger zwei- bzw. dreigeschoßiger Bau mit drei Türmen und je einem Erker an den Ecken. Im Erdgeschoß zweischiffige Halle, dreijochig, kreuzgratgewölbt, Gurten auf mächtigen Pfeilern. Die beiden nebeneinanderliegenden Ansitze dienen heute als Schloßhotel bzw. Gasthof.
E: Oswald Eberhardt
Lit: *Dehio, 246;*
Wein., 46f

Rottenburg, Burgruine
BH *Schwaz*
G *Buch bei Jenbach*
KG *Buch*
An der höchsten Stelle der Anlage sind Mauerteile des rechteckigen Palas erhalten; im Obergeschoß Reste eines Erkers mit Kragsteinen aus Tuff. Ehem. vier Ringmauertürme, von denen der letzte erst Anfang des 20. Jahrh.s abgetragen wurde. Urk. 1149, war Rottenburg Stammsitz der Ministerialen von Rottenburg; bis 1410 in deren Besitz, danach Sitz von landesfürstlichen Pflegern; als tirolisches Pfandlehen gelangte Rottenburg dann an Mathias Türndl (1468), an Lichtenstein (1474), an Tänzl (1502), an Schurff (1515) und an Schidenhofen (1567). 1594, nach Verlegung des Gerichtssitzes, begann der Verfall der Burg. Weitere Besitzer waren Markgraf Karl Burgau (1596), Pechio (1613), die Wolfsthurn (1672), die Grafen von Tannenberg (1704), die Grafen Enzenberg (1846), die bischöfliche Mensa Brixen (1860). Um 1950 wurde aus Steinen der Burgmauern eine Kapelle errichtet.
E: Bistum Innsbruck

Lit: *Dehio., 218; Wein., 71 ff*

Rumer Schlößl, Schloß
→ Madleinhof, Schloß

Rundtürme in Zams, Burgruine
→ Sperrmauer in Lötz, Burgruine

S

St. Christoph, Ansitz (Hospiz)
BH *Landeck*
G *St. Anton am Arlberg*
KG *St. Anton*
Das Hospiz wurde im späten 14. Jh. von der Bruderschaft St. Christoph (Heinrich von Kempten) errichtet. Bekannt sind die Botenbücher der Bruderschaft mit Wappen und Namen der zumeist adeligen Mitglieder. Das Haus wurde 1644 erneuert und nach einem Brand 1956 neu errichtet. Die angebaute Kapelle stammt aus dem 14. Jh. Das Hospiz ist heute ein Hotel.
E: Fam. Werner (Ganahl)
Lit: *Dehio, 662*

St. Petersberg, Burg
BH *Imst*
G und **KG** *Silz*
Einheitlicher Baukomplex mit Mittelhof und umgebenden Wohn- und Wehrbauten. Ein zweigeschoßiger Palas, fünfgeschoßiger quadratischer Bergfried mit urspr. Zinnenabschluß, Zwinger, Ringmauer, Spuren des ehemaligen Wehrganges, Kapelle im Kern aus dem 12. Jahrh. Eine Restaurierung wurde 1973 durchgeführt. Romanische Rundbogenfenster, Kassettendecke (Ende des 19. Jh.s), Freskenreste (die jedoch abgenommen wurden und in der Burg verwahrt werden) aus dem späten 13. Jh., spätgotische Erker und gefaßte Fenster in tiefen Nischen mit Seitensitzen und Netzgewölbe. Unterhalb des Chors wurde 1972 der Grundriß einer kleineren Kapelle (11. Jh.) mit gemauertem Blockaltar freigelegt. Östlich außerhalb der Kernburg der freistehende, fünfgeschoßige quadratische Turm, der urspr. Sitz der Burggrafen gewesen ist. In der Umgebung der Burg wurden Urnenfelder sowie Funde aus der Hallstatt-, der La-Tène- sowie der Römerzeit sichergestellt. Urk. 1090/97 erwähnt, war St. Petersburg welfisches Hausgut oder Reichslehen und Mittelpunkt der Grafschaft im Oberinntal. Im 12. und 13. Jh. wurde die Burg auch „Neuhaus" genannt. Besitzer: Grafen von Ronsberg, Grafen von Eppan-Ulten (1212), Kaiser Friedrich II. (1245), Herzöge von Bayern (1263), Tiroler Landesfürsten (1266); anschließend als Pflege oder Pfand vergeben. 1407–1587 im Besitz der Freundsberg, 1777 der Wolkenstein; 1857 durch Brand zerstört; 1919–1965 im Besitz der Grafen Stolberg; St. Petersberg war mit dem ehemaligen Jagdschloß Kühtai besitzmäßig verbunden. Seit 1969 Ausbau zu einem Ordenshaus (Schutzengel-Bruderschaft Opus Angelorum), wodurch die ursprüngliche Bausubstanz jedoch teilweise entstellt wurde.*
E: Orden der Regularkanoniker vom Heiligen Kreuz
Lit: *Dehio, 738; Wein., 123 ff*

Sarnthein, Palais (Peterlongo-Haus)
G *Innsbruck, Maria-Theresien-Straße 59*
Die additive Fassade ist bestimmt durch den Rhythmus der Fenstergiebel; kräftiges Kranzgesims mit Konsolen, Ru-

stikaportal, Stuckdecken des 17. Jh.s in zwei Zimmern des zweiten Obergeschoßes. 1686 aus älteren Bürgerhäusern für David Graf Sarnthein zum Palais umgebaut; 1869 aufgestockt und gegen Süden verlängert. Nach schweren Bombenschäden wurde das Palais 1953 auf- bzw. umgebaut.
E: Fam. Jäger
Lit: *Dehio, 59; ÖKT, XXXVIII, 388 ff*

Sarnthein, Schloß
→ Schneeberg, Schloß

Scheibenegg, Ansitz
BH *Innsbruck-Land*
G *Hall in Tirol*
KG *Hall*
Von dem einstigen Ansitz sind heute nur noch Umfassungsmauern und ein Eckrondell erhalten. Der Hauptbau wurde durch einen Neubau ersetzt. Das am Innufer gelegene Scheibenegg ist seit 1534 als Glashütte bekannt. Es war Sitz der von Wolfgang Vitl aus Augsburg gegründeten Haller Glasindustrie. 1551 erhielt Sebastian Hochstetter das Recht, sich „von Scheibenegg" zu nennen. Seit 1928 ist hier das Altenheim der Stadt untergebracht.
E: Stadtgemeinde Hall
Lit: *Öttl, 22 ff; Wein., 97*

Schindelburg, Burgruine (Schintelberg)
BH *Kufstein*
G *Breitenbach am Inn*
KG *Breitenbach*
Heute nur mehr spärliche Mauerreste verschiedener Bauphasen erhalten; ursprünglich eine langgestreckte, stark befestigte Burg, mit Bergfried, Vorburg, Wehr- und Umfassungsmauern. Urk. seit 1194 im Besitz der Grafen von Sponheim-Ortenburg, welche 1240 zugunsten des Hochstiftes Regensburg auf die Burg verzichteten. Pfand-, später Lehensbesitz (1266) der Freundsberger, 1379 Verkauf an die bayerischen Herzöge; Anfang des 15. Jh.s war Schintelberg bereits verfallen.
E: Landwirte aus Breitenbach am Inn
Lit: *Dehio, 206; Wein., 60*

Schintelberg, Burgruine
→ Schindelburg, Burgruine

Schlandersbergeck, Ansitz
G *Innsbruck, Stiftgasse 19 – Burggraben 11*
Fünfgeschoßiges Haus mit Erker, Krüppelwalmdach; die Front zum Burggraben besteht bis zum zweiten Obergeschoß aus der alten Stadtmauer (280 cm Stärke). Erste urk. Erwähnungen des Ansitzes 1588 und 1599. Besitzer waren die Herren von Freundsberg (bis 1588), Conrad Dietz von Weydenburg (bis 1608), Mathias Mayr von Mayrheim (1725) und die Familie Raggl, die den Ansitz 1901 um 61 000 Kronen verkaufte. Heute sind in dem Gebäude Wohnungen und Geschäfte untergebracht.
E: Seit 1901 Stadt Innsbruck
Lit: *Dehio, 33*

Schneeberg, Schloß (Sarnthein)
BH *Innsbruck-Land*
G und **KG** *Trins*
Von der urspr. Burg des 13. Jh.s ist nichts mehr erhalten. Der heutige Wohnbau stammt im Kern aus dem 18. Jh. und wurde 1910 weitgehend erneuert. Regelmäßige Fensterreihen, ehemalige Umfassungsmauer mit

zwei Rundtürmen. 1297 erbaute Lazarius von Trins (Vellenberg) die Burg. Später im Besitz der Landesfürsten, der Fam. Ebner (14. Jh.), Herzog Sigismund (15. Jh.), der Treytz-Saurwein (1506), Neujäger (1513), Friedrich von Schneeberg, Johann Wellinger (1568), der einen Umbau durchführte.
E: Seit 1778 Grafen Sarnthein
Lit: *Burgenbuch III, 70 ff; Dehio, 818; Wein., 114*

Schneeburg, Ansitz (Schloß)
BH *Innsbruck-Land*
G und **KG** *Mils*
Turmartiger Bau mit Walmdach, fünf Erkern, Umfassungsmauer des südlich vorgelagerten Gartens mit Rondellrest. Die urspr. Zinnen des Turmbaues wurden nach dem Erdbeben von 1670 durch ein Krüppelwalmdach ersetzt. Fassadenmalerei (Reste) und Architekturgliederung haben Renaissancecharakter. Im Inneren Kassettendecken, zwei eingelegte Renaissancetüren (bezeichnet 1558), zwei Spätrenaissancekachelöfen, frühbarocke Vertäfelung. 1553 wurde der Südwestteil, ein dreigeschoßiger Bauwürfel mit Treppenturm, von Hans Schneeberger von Salthaus erbaut. Sein Sohn Ruprecht erhielt 1581 das Recht des Namens Schneeburg für sich und seinen Ansitz und erbaute 1581–83 den östlichen Teil (den bergfriedartigen, mit Zinnen bekrönten Turm). Der Nordtrakt mit Treppenturm wurde von den Brüdern Hans Dietrich und Hans Wolfgang 1633 erbaut. Renovierungen fanden im Jahr 1817 und 1871/72 statt. 1550–1917 im Besitz der Freiherren von Schneeburg, danach im Eigentum von Maria Gräfin Benigni.*
E: Dr. Georg Bernhard von Kripp
Lit: *Dehio, 531; Öttl, 139 ff; Wein., 83 f*

Schneeburgschlößl, Ansitz (Lichtenthurn)
G *Innsbruck, Schneeburggasse 15–17*
Länglicher zweistöckiger Bau mit Eckerker, gotischem Hausflur mit Netzgratgewölbe; die barocke Kapelle (1772), Stuckdecken; im gepflegten Garten ein Gartenhaus, genannt „Dürerhaus“. 1588 im Besitz der Fam. Schüestl, 1598 der Wellinger, später der Freiherren von Schneeburg, seit 1921 ist es im Eigentum der Familie Spiegelfeld und deren Nachfahren.
E: Seit 1921 Familie Spiegelfeld/Nachfahren (Pfeil, Coreth, Consolatti und Schönegger)
Lit: *Dehio, 110 f; Stock., 64 ff; Wein., 106*

Schönwörth, Schloß
BH *Kufstein*
G und **KG** *Langkampfen*
Ein spätmittelalterlicher fünfgeschoßiger Wohnturm mit Krüppelwalmdach, zweigeschoßigem Anbau mit Eckerkern auf Konsolen (Ende 19. Jh.) und schlankem Rundturm im Süden. 1448 verkaufte der bayerische Herzog Heinrich dem Hans Ebbser, Pfleger zu Kufstein, den Turm zu Niederreitenbach (Katastralgemeinde von Langkampfen). Erst in jüngerer Zeit erhielt der Bau den Namen Schönwörth. Besitzer waren Fürst Bariatowsky und ab 1979 Dr. Wilhelm.
E: Margit Cornides
Lit: *Dehio, 468; Wein., 46*

Schrofenstein, Burgruine
BH *Landeck*
G *Stanz bei Landeck*
KG *Stanz*
Die Ruine liegt nordöstlich von Stanz auf einer hohen Felsnase. Enggeschlossene Anlage, nur über schmale Zugbrücke erreichbar, mit dreigeschoßigem Bergfried, schmalem Wohntrakt, kleinem Hof, Ringmauer sowie tiefer liegendem Wartturm. Urk. Erwähnung 1228, war die Burg Stammsitz der erst churischen, dann (Mitte des 13. Jh.s) tirolischen Ministerialen von Schrofenstein; nach deren Aussterben gelangte die Burg an Trautson (1547), Auersperg (1775); Anfang des 19. Jh.s begann Burg Schrofenstein zu verfallen. Seit den fünfziger Jahren umfangreiche Restaurierungsarbeiten; so ist der Bergfried heute bewohnbar.
E: Seit 1947 Dipl.-Ing. Karl Innerebner und Propst Josef Weingartner
Lit: *Burgenbuch VII, 164 ff;*
Dehio, 763 f;
Wein., 143

Sigmundsburg, Schloßruine
BH *Imst*
G und **KG** *Nassereith*
Auf einer Insel des Fernsteinsees gelegenes ehemaliges Jagdschloß Herzog Sigismunds von Tirol; ein rechteckiger Wohnbau mit vier runden Ecktürmen und östlich anschließender Kapelle (noch erhalten: dreiseitiger Schluß mit Eckstreben, Rippenansätzen und spitzbogigen Fenstern); der einfache Bau hat sorgfältig bearbeitete Quader an Tür- und Fensterrahmungen. Eher Renaissance- als mittelalterlicher Charakter. Um 1470 erbaut, blieb die Kapelle jedoch unvollendet. Von der Mitte des 15. Jh.s bis 1587 von landesfürstlichen Pflegern verwaltet, anschließend als Pfand an die Fernsteiner Zöllner vergeben (1606); von diesen wurde das Schloß stark vernachlässigt und verfiel bereits um 1720 zur Ruine.
E: Bernward Köhle
Lit: *Burgenbuch VII, 247 ff;*
Dehio, 547 f;
Wein., 138

Sigmundseck, Klause
→ Finstermünz, Klause

Sigmundslust, Ansitz (Schloß)
BH *Schwaz*
G und **KG** *Vomp*
Auf einer Terrasse über dem Dorf gelegenes, ehem. Jagdschloß Herzog Sigismunds. Viereckiger Wohnturm, mit Eckerkern aus dem 15. Jh., dem davorliegenden Turm aus dem 19. Jh. und der 1582 geweihten Kapelle mit Netzrippengewölbe. Über Eck gestelltes Rundbogentor mit eisenbeschlagener Tür und „Einmann-Türl". Gewölbte Flurhalle und Malereien von Anton Kirchmayr in zwei Räumen (20. Jh.). 1460–70 erbaut, war das Jagdschloß im Besitz des Blasius Hölzl (1496), des Peter Rumel (1500), des Jörg Stöckl (1520), der Fam. Westner (1532) und des Kastner von Sigmundslust (1581). Umbauten erfolgten 1497 und 1900 (innen). Im guterhaltenen Schloß ist eine Fremdenpension eingerichtet.
E: Fam. von Biegeleben
Lit: *Dehio, 863 f;*
Wein., 79 f

Sigmundsried, Schloß (Turm)
BH *Landeck*
G *Ried im Oberinntal*
KG *Ried*
Urspr. rechteckige Anlage mit Turm, Wohnbau und verbindender Ringmauer. Am massiven Turm sind vermauerte Zinnen erkennbar; im Erdgeschoß und im obersten Stock je eine Halle mit Kreuzgewölbe, Pfeiler mit Blattkapitell, Ranken- und Wappenmalerei aus dem 16. Jh. Im südlichen Anbau Reste einer Kapelle, wahrscheinlich aus der zweiten Hälfte des 15. Jh.s. Urk. erwähnt 1325, im Besitz des Hermann von Ried, 1381 im Besitz der Starkenberg. 1471 erwarb Herzog Sigismund den damals „Turm zu Ried" genannten Bau und nannte ihn „Sigmundsried". Anschließend erfolgte ein rascher Wechsel der Pfand- und Lehensinhaber, so: 1481 Schrofenstein, 1532 Pedrot, 1546 Wehingen, 1573 Knillenberg, 1684–1775 Sterzinger. 1841 kaufte das „hochlöbliche Ärar" Schloß Sigmundsried, „zur Unterbringung des Landgerichtes Ried, der Arreste, des Richters und des Gerichtsdieners". Bis 31. 12. 1977 war Sigmundsried Sitz des Bezirksgerichtes; heute dient es dem österreichischen Bundesheer als Magazin.
E: Republik Österreich (Bundesgebäudeverwaltung)
Lit: *Burgenbuch VII, 29 ff; Comploy, 61 ff; Dehio, 649; Wein., 152 f*

Sommerhaus, Ansitz
BH *Innsbruck-Land*
G *Hall in Tirol*
KG *Hall*
Das ehem. Sommerhaus der Stiftsdamen wurde um 1715 vom Stadtbaumeister Gremblich errichtet. In der Kapelle zur hl. Anna und im Saal befinden sich Wandmalereien des Kaspar Waldmann. Urspr. gehörten zum Stift die östlich des Stadtgrabens anstoßende Gartenterrasse mit zwei barocken Kapellen, einem Brunnenhäuschen und dem Sommerhaus.
E: Univ.-Prof. Dr. Christoph Faistenberger
Lit: *Dehio, 312*

Spaur, ehem. Palais
→ Troyer – Spaur, ehem. Palais

Sperrmauer in Lötz, Burgruine (Rundtürme in Zams/ oder Römertürme)
BH *Landeck*
G und **KG** *Zams*
Von den urspr. drei mit einer Mauer verbundenen Rundtürmen zwischen Berghang und Inn ist heute nur mehr der oberste erhalten. Einfacher, zweigeschoßiger Befestigungsturm mit Schießscharten. Der mittlere Turm sowie Teile der Sperrmauer sind in Wohnhäusern verbaut; der untere Turm wurde bei einem Hochwasser im 19. Jh. zerstört. Die Anlage wurde wahrscheinlich in der zweiten Hälfte des 15. Jh.s erbaut und war vermutlich ein Vorwerk der Burg → Schrofenstein. Die Anlage wird im Volksmund „Römertürme" genannt.
E: Max Boner (Schweiz)
Lit: *Dehio, 893*

Sprengenstein, Ansitz
→ Imst, Hotel Post, Ansitz

Sternbach, Ansitz (Ladnerhof)
BH *Innsbruck-Land*
G und **KG** *Pettnau*
Hoher würfelförmiger dreigeschoßiger Bau mit Krüppelwalmdach; der

aus dem 16. Jh. stammende Ansitz ist mit Fassadenmalerei und Gesimsbändern sowie Fensterumrahmungen, einem Korbbogenportal und einfachen Stuckdecken des frühen 18. Jh.s im Inneren ausgestattet.
E: Benedikt Kranebitter und Johann Ladner (Ladnerhof)
Lit: *Dehio, 596*

Sternbach, Schloß (auch Mühlau genannt)
G *Innsbruck, Sternbachplatz 1–2*
Das Schloß besteht eigentlich aus zwei Objekten, dem Barockschloß Rizol und dem got. Ansitz Grabenstein; sie sind durch einen Torbau mit Kreuzgratgewölbe seit 1732 verbunden. Grabenstein: Drei- geschoßiger Bau mit Satteldach und Eckerkern mit Zeltdach; Spitzbogenportal, rundbogiges Steinportal an der Hoffront, hallenartiger Flur mit Kreuzgratgewölbe, Kapelle von 1720 mit Fresken von Kaspar Waldmann, barocker Orgel von August Simnacher (um 1725) und Kreuzwegstationen von Ignaz Milldorfer aus der Bauzeit. Um 1470 wurde das ältere Gebäude ansitzartig ausgebaut; Besitzer waren B. Katzenlocher (1504), U. Kussinger (1513), Andreas Dum (1564), Graber von Grabenstein (1570), Strauß von Amoltern (1612), Wenzl Freiherr von Sternbach (1714).
Rizol: Ein dreiflügeliger Bau mit dreigeschoßiger Hauptfront, geschwungenem Giebel, rustiziertem Korbbogenportal, rundem Treppenturm und Arkaden im Hof; Tafelzimmer mit Spiegelgewölbe und Stukkatur um 1740, Chinesenzimmer, Hauskapelle im Dachgeschoß, Fürstenzimmer mit gemalter Wanddekoration um 1800 sowie Fresken von Kaspar Waldmann. 1469 im Besitz des Kaspar Rieder erwähnt und vermutlich um 1540 neu errichtet. 1543 im Besitz des Dr. Ulrich Schmotzer, der 1555 mit dem Prädikat „Rizol" geadelt wurde. Weitere Besitzer waren der Bildhauer Alexander Colin (1605), Z. V. Ingram (1655), Andreas von Sternbach (bis 1707).
E: Seit 1932 Fam. von Liphart
Lit: *Dehio, 120; ÖKT, XLV, 560 ff; Stock., 49 ff; Wein., 103 f*

Sterzinger, Ansitz
BH *Imst*
G und **KG** *Nassereith*
Dreigeschoßiger Bau mit Krüppelwalmdach, ein Rundbogenportal an der Stirnseite mit darüber liegendem Breiterker des 17. Jh.s; im ersten Obergeschoßgang frühbarocker Stuck des 17. Jh.s. Die im Garten liegende Kapelle mit dem Kruzifix stammt von Martin Falbesomer (1792), ebenso wie die „Rosenkranz-Madonna" in der Pfarrkirche zu Nassereith. Im Ansitz ist heute ein Heim für alte und geistesschwache Personen eingerichtet.
E: Barmherzige Schwestern
Lit: *Dehio, 548*

Stubenhaus, Ansitz
BH *Innsbruck-Land*
G *Hall in Tirol*
KG *Hall*
Spätgotisches Haus mit zwei über Eck gestellten Erkern an der Schmalseite, Grabendachgiebel an der Längsseite, spätgotisches Steinportal, Stube mit reich geschnitzter Balkendecke von 1447. Das Stubenhaus liegt am oberen Stadtplatz und war einst Sitz der sogenannten „Stubengesellschaft", die von dem Ritter Florian Waldauf 1508 gegründet

wurde. Die Mitgliederbücher dieser Gesellschaft (16.–18. Jh.) sind erhalten. Im Haus sind heute Wohnungen und Geschäfte untergebracht.
E: Anneliese Harpf
Lit: *Dehio, 323*

Stumm, Schloß
BH *Schwaz*
G und **KG** *Stumm*
Ein turmartiger dreigeschoßiger Bau mit vier Eckerkern und Walmdach; Portal mit Wappen der Lodron, in Stein und als Gemälde; durchlaufender Mittelflur, Räume mit Stuck aus dem 18. Jh., blauweißer Reiterofen von 1700. Stichkappengewölbe im Flur, Grat-Netzrippengewölbe im ersten Stock; Türen mit schönen Beschlägen, gute Einrichtung (gotische Truhen usw.). Unter dem ersten adeligen Inhaber der Hofmark Stumm Gregor Löffler um 1560 erbaut. Besitzer waren Gregor Löffler (1556–69), Schneeberger von Saltaus (1569–80), Dreiling von Wagrain (1580–86), Schidenhofen (1586–1744), die Grafen Spaur (1744–75), Grafen Bissingen (1775–88) sowie die Grafen Lodron (1788–1896).
E: Carla Moyto,
geb. Braun von Stumm
Lit: *Dehio, 779;*
Wein., 68f

T

Tannenberg-Enzenberg, Palais
G *Innsbruck,*
Universitätsstraße 22–24
Dreigeschoßiger Bau mit gebogenem Frontverlauf; das oberste Geschoß ist als Attikageschoß ausgebildet. Wuchtiges, von gebänderten Säulen flankiertes, von einem Rundstab eingefaßtes Portal. Treppenhaus mit Schnitzstatuen von Ingenuin Lechleitner (um 1720), im zweiten Obergeschoß Saal mit Rokokostukkaturen um 1740. Das Palais wurde um 1690–1744 anstelle gotischer Bürgerhäuser für J. Freiherr von Tannenberg erbaut (von Johann Martin Gumpp); 1846–1970 war das Haus im Besitz der Grafen Enzenberg.
E: Fam. Dr. Zemmer
Lit: *Dehio, 64;*
ÖKT, XXXVIII, 451ff

Taschenlehen, Ansitz
BH *Innsbruck-Land*
G und **KG** *Ampaß*
Auf einer leichten Anhöhe südöstlich der Haller Innbrücke gelegener Ansitz, urspr. spätgotisch; zweigeschoßiger Bauwürfel, Aufbau mit Umgang, geschwungenes Dach („geschweiftes Zeltdach"). Nebentrakte und Wirtschaftsgebäude um einen Hof mit Kapelle. Holzgalerien vom gleichen Tischler wie im Renaissancehof der Theresianischen Normalschule in Innsbruck. Prunksaal im Obergeschoß, gute Inneneinrichtung (teilweise aus Schloß → Ambras übertragen). Urkundl. 1270, stammt der Kernbau des Ansitzes aus dem späten 15. Jh. (unter Heinrich Blafuess ?), spätestens aus der ersten Hälfte des 16. Jh.s. Unter den im 16. Jh. oft wechselnden Besitzern auch die Kripp von Feudeneck. 1609–28 im Besitz des Haller Damenstiftes, das Aus- bzw. Umbauten durchführte. Weitere Besitzer: Örber von Örberstein (1628–93), Familie von Tasch (1694–1806), die 1696 die Barockisierung des Hauptbaues, im Prunksaal bezeichnet, durchführen ließ, Familie Schumacher (1835), die den Ausbau des Westtraktes durchführte.
E: Dr. Heinrich Hohenauer
Lit: *Dehio, 155;*
Öttl, 162ff;
Wein., 87

Thaur, Burgruine
BH *Innsbruck-Land*
G und **KG** *Thaur*
Spärliche Reste der einst größten Burg des Inntals; die Grundrißstruktur ist heute nicht mehr erkennbar; im Westen ursprüngl. frei stehender Stumpf eines quadratischen Turms, im Rondell Torgewände mit Blende und Drehzapfen für Zugbrücke, an der südlichen Längsfront spätmittelalterliche Zwingeranlagen mit halbrundem Flankierungsturm. Etwas außerhalb der Burgruine Reste der ehem. Romediuskapelle (der hl. Romedius stammt angeblich aus Thaur !). Urk. 1219/1227, war die Burg Besitz der Grafen von Andechs und wurde durch burggräfliche Ministerialen verwaltet. 1232 bzw. 1248 ging Thaur an den Grafen Albert III. von Tirol über; 1254–74 im Besitz der Grafen von Hirschberg, danach tirolisch landesfürstlicher Besitz und als Pflege vergeben. Seit dem 14. Jh. Pfandlehen und rascher Besitzerwechsel; nach 1536 war die Burg bereits im Verfall und Ende des 17. Jh.s Ruine.
E: Dr. Bernhard von Liphart
Lit: *Burgenbuch VI, 191 ff; Dehio, 809; Wein., 99 f*

Thierberg, Burgruine
BH und **G** *Kufstein*
KG *Thierberg*
Auf einer Waldkuppe nordwestlich der Stadt gelegen; die Eigenburg der Herren von Freundsberg wird 1285 urk. erwähnt; urspr. einfache Burganlage mit quadratischem Bergfried und Palas, ehemals durch Ringmauer verbunden, die Zwingermauern großteils neuzeitlich; vierstöckiger Palas über unregelmäßigem Grundriß, hofseitig ein runder Treppenturm mit den schmalen Spitzbogenfenstern. Spätgotisches Eingangsportal in die das Erd- und das Obergeschoß des Palas einnehmende Gnadenkapelle; urspr. spätgotisch, wurde sie 1702, 1891 und 1937 restauriert; Hochaltar von Franz Stirz (1780) mit Altarbild aus dem 19. Jh. Votivbilder und bemerkenswerte Wachsvotive. 1379 wurde die Burg an Bayern verkauft und gelangte 1504 mit der Stadt Kufstein an das Haus Österreich; danach rascher Besitzerwechsel und beginnender Verfall. Ende des 16. Jh.s Beginn der Wallfahrt zum hl. Johannes dem Täufer in der um 1580 in den ehem. Palas verlegten Burgkapelle und Bestellung eines Kaplans. Die Kapelle wurde um 1700 durch Brand zerstört und anschließend neu errichtet. Noch heute wird der Gnadenort von einem Einsiedler betreut.
E: Dr. Konrad Henkel (Deutschland)
Lit: *Dehio, 444; Wein., 43 f*

Thöml-Schlößl
BH *Innsbruck-Land*
G *Hall in Tirol*
KG *Hall*
Äußerlich stark erneuerter Bau, der angeblich 1710 von Maria Eleonore Herberstein, der Oberin des Haller Damenstiftes, für den Jesuitenorden erbaut wurde. In dem am Ostrand der Stadt gelegenen Bau sind der ehemalige Speisesaal mit Holzkassettendecke sowie eine doppelläufige Treppe mit durchbrochenem Geländer erhalten. Das Schlößl ist heute Wohnobjekt.
E: Mag. Ernst Karl Bliem
Lit: *Wein., 97*

Thurnfeld, ehem. Ansitz (Kloster Hall in Tirol)
BH *Innsbruck-Land*
G *Hall in Tirol*
KG *Hall*
Heute ein Flügel im Ostteil des Klosters; dreigeschoßiger Bau mit polygonalem Türmchen im Osten; im Erdgeschoß Stichkappentonne des 16. Jh.s, im Obergeschoßflur Holzdecke mit Profilleisten (16. Jh.). Die Kapelle liegt im ersten Obergeschoß: querrechteckiger Raum mit polygonaler Apsis; ornamentale Malereien von Kaspar Waldmann (Anfang 18. Jh.), Altar (geweiht 1584) mit vier Tafelbildern (an der Rückseite sowie an den Außenflügeln) von Lukas Cranach, mit der Drachensignatur des Meisters (vor 1537), die Heiligen Andreas, Petrus, Wolfgang und Kunigunde darstellend. 1582 erfolgte die Erbauung (unter Erzherzogin Magdalena) eines freistehenden Schlößchens und der Ecktürme. Außer dem Frauenkloster (Von der Heimsuchung Mariä) ist hier eine Schule mit Internat untergebracht.
E: Seit 1859 Salesianerinnen Orden
Lit: *Debio, 315; Öttl, 51 ff; Wein., 88*

Tierburg, Ansitz (Jagdschlößchen)
BH *Innsbruck-Land*
G und **KG** *Fritzens*
Am Rand des Gnadenwalder Mittelgebirges gelegener, ehemals von fünf Fischweihern (heute großteils ausgetrocknet) umgebener Ansitz. Zweigeschoßiger spätgotischer Gruppenbau um einen Hof; im Norden kleiner Torturm mit gemaltem Besitzerwappen und marmorner Inschriftkartusche. Die Ostseite war durch den vor 1554 ausgebauten, Anfang des 20. Jh.s abgerissenen Fürstentrakt geschlossen. Im Osten Kapelle mit Dachreiter und hohen Spitzbogenfenstern; im Inneren ein Netzgratgewölbe, der Rokokoaltar (1760) mit Madonnenbild in Anlehnung an Giovanni Bellini. Im Inneren des Ansitzes vertäfelte Zimmer mit einer Rocaillebemalung von 1760; Renaissancestube (bezeichnet 1531) mit Wappenofen von 1569 (derzeit im Volkskundemuseum von Innsbruck); der spätgotische Dachstuhl ist noch erhalten. 1480 erbaute Peter Ruml von Lichtenau, Rat und Kammerpräsident Kaiser Maximilians I., den Ansitz Tierburg; die Kapelle wurde 1488 errichtet (geweiht 1514); Besitzer: Blasius Hölzl (1519), Voland (1543), Botsch (1587), Dr. Mathias Burglechner (1604), Perkhofer (1651), Weinhart (1662–1836); nach einem Erdbeben (1670) wurde der beschädigte Bau 1672 wieder instand gesetzt; neuerliche Instandsetzung erfolgte 1759/60 und eine Restaurierung 1968–70.
E: Dr. Guido von Liphart
Lit: *Debio, 261; Wein., 82*

Trapp, Palais (ehem. Wolkenstein)
G *Innsbruck, Maria-Theresien-Straße 38*
Dreiflügeliger Komplex mit rechteckigem Hof, barocker Gartenanlage und Gartenhaus. Dreigeschoßige Fassade mit Attikageschoß und sparsamer Stuckdekoration. Barockes Madonnenrelief aus Marmor mit Putti und Baldachin sowie dem Allianzwappen der Trapp-Spaur. Korbgitterbalkon, ein geräumiges Treppenhaus (mit Schnitzfiguren), Empiretürumrahmungen, ein Wandbrunnen im zweiten Obergeschoß (um

1700), Hauskapelle mit Stuck um 1710 (im ersten Obergeschoß), Stuckmarmoraltar mit Altarblatt von Johann Georg Grasmair, fünf Räume mit Stukkaturen im zweiten Obergeschoß (um 1750), zwei Kachelöfen aus der zweiten Hälfte des 18. und aus dem 19. Jh., vier Gemälde von Stephan Kessler von 1662. Um 1700 aus dem Edelsitz Wolkenstein und einem anschließenden Gasthaus nach italienischem Palastschema von Johann Martin Gumpp dem Älteren erbaut; die Restaurierung des Palais wurde 1985 abgeschlossen.
E: Fam. Graf Trapp
Lit: *Dehio, 56; ÖKT, XXXVIII, 404 ff*

Tratzberg, Schloß
BH *Schwaz*
G und **KG** *Stans,* **BT** 28
Am steilen Hang des Stanserjochs gelegener Bau der Renaissance. Westseite als einziger Zugang, mit Rundturm und durch Säulen und Dreiecksgiebel gegliedertem Portal mit Wappen der Ilsung (1571); davor Arkadengalerie; die vom Tal aus sichtbare Südfront ist durch achteckige Ecktürme und einen mittleren Erkerturm gegliedert; an der Ostseite eine Kapelle mit halbrundem Schluß. Vier gleiche Flügel umschließen einen Hof: reiche Groteskmalerei (bezeichnet „P. D. 1600"), die 1969 stark erneuert wurde. Im Südflügel dreigeschoßige Galerie mit Arkaden, im Ostflügel eine zweigeschoßige spitzbogige Galerie (1515); an allen Säulen, Portalen, Bögen und Fenstergewänden reiche Verwendung von rotem Marmor. Im Inneren Jägerstube mit Erker, vieleckige Mittelsäule aus Marmor, Kassettendecke und Getäfel um 1552–54, schöne Öfen, Rüstkammer (datiert 1512) mit Stangenwaffen, Schwertern, Feuerwaffen, Totenschilde aus der Pfarrkirche Schwaz, gewölbten Räumen (ehemals Stallungen) im Erdgeschoß. Fuggerstube, Habsburgersaal, Königinstube mit Getäfel, Balkendecken, Marmorsäulen und Prachtmobiliar, Ilsunghalle, Kapelle zur hl. Katharina (geweiht 1508) mit reichem Marmorportal, Sakramentshaus, Schlußsteinen mit Besitzerwappen, frühbarockem Altar, gotischer Kanzel; Wohnräume, Jagdsaal mit Balkendecke aus 1510 im ersten Stockwerk; Tänzlhalle, Tänzlstube mit seltenem Frührenaissancegetäfel, Maximilianstube, wo noch heute ein Fluchtweg mittels Falltür vorhanden ist. Maximiliankammer im zweiten Stockwerk, mit angeblich eigenhändiger Inschrift von Kaiser Maximilian I. Von der alten Grenzburg (urk. 1297) ist heute nichts mehr erhalten. Nach einem Brand 1490 entstand der Neubau durch die Gewerken Veitjakob und Simon Tänzl (1500–15). Georg Ilsung baute 1560–71 das Schloß aus (West- und Nordflügel). Das typische Gewerkenwohnschloß des 16. Jh.s war im Besitz der Familien Tänzl (Erbauer 1499–1552), Manlich (1552–54), Ilsung (1554–89), der Fugger (1589–1657), Stauber und Imhof (1657–94), der Halden (1694–1732), Tannenberg (1732–1847). 1847 wurde der Bau, der zu den schönsten Schlössern Europas zählt, von den Grafen Enzenberg erworben; eine Besichtigung von Schloß Tratzberg ist nach Voranmeldung möglich.
E: Seit 1847
Grafen Enzenberg

Lit: *Bracharz, 119 ff; Dehio, 759 ff; Wein., 74 f*

Trautson, Schloß
→ Matrei am Brenner, Schloß

Trettenstein, Burgruine
→ Lavant, Burgruine

Troyer-Spaur, ehem. Palais
G *Innsbruck, Maria-Theresien-Straße 39*
Viergeschoßiges Gebäude über rechteckigem Grundriß, mit niedrigem Attikageschoß, Erker und Satteldach. Anstelle des Palais dürften sich zwei gotische Häuser befunden haben. Seit 1680 im Besitz der Troyer von Gipsbach, die 1681 den Neu- bzw. Umbau durch Johann Martin Gumpp d. Älteren durchführen ließen (die prunkvolle Fassade ist erhalten). 1755 im Besitz des Arztes Dr. Benedict von Eglhof, 1781 der Grafen Fieger von Friedberg, ab 1802 der Thurn und Taxis, ab 1827 der Grafen Spaur und seit 1867 in bürgerlichem Besitz. 1950 wurde das ehem. Palais restauriert. In dem Haus sind heute Wohnungen und Geschäfte untergebracht.
E: Iris Wilfing
Lit: *Dehio, 56; ÖKT, XXXVIII, 340 ff*

Tufterhof, Ansitz (Dufterhof)
BH *Schwaz*
G *Buch bei Jenbach*
KG *Buch*
Gemauertes Mittelflurhaus (Giebelhaus) des 16. Jh.s mit traufseitigem Eingang, Erker an Stirn- und Traufseite und einem abgefaßten Naturstein-Rundbogenportal. Der Charakter des 16. Jh.s ist an diesem Bau erhalten geblieben.
E: Heinrich und Hermine Wechner
Lit: *Dehio, 218*

Turm im Felde, Ansitz (Oberer Turm)
BH *Landeck*
G und **KG** *Prutz*
Ein quadratischer dreigeschoßiger Turmstumpf unter Pyramidendach, allseits von Wohnbauten des 18. und 19. Jh.s umstellt. Äußerst regelmäßiges Mauerwerk, hochrechteckige Tür im Untergeschoß eingemauert (15. Jh.), tuffgerahmtes, rund ausgebauchtes Gewände (für Faßtransporte). Der wohl aus der zweiten Hälfte des 13. Jh.s stammende Turm war im Besitz der Hofer (15. Jh.), der Wal (16. Jh.) und der Payr (1556–1770).
E: Familien Maaß und Liensberger
Lit: *Dehio, 623; Wein., 149 f*

Turm in der Breite, Ansitz (Unterer Turm)
BH *Landeck*
G und **KG** *Prutz*
Urspr. frei stehender rechteckiger Turm, heute verbaut, nun wieder unter einem Zeltdach (letzter Umbau 1989). An der nördlichen Außenwand eine Inschrift aus 1629, im Inneren Stubengetäfel von 1661. Besitzer im Spätmittelalter waren die Familien Wehingen, Wal, Payr, Sterzinger; später verschiedene bäuerliche Besitzer.
E: Familien Wassermann, Kathrein, Strigl, Asper und Hupfauf
Lit: *Dehio, 623; Wein., 149 f*

V

Vilseck, Burgruine (Vilsegg)
BH *Reutte*
G und **KG** *Vils*
Nördlich der Stadt, oberhalb der Annakapelle, auf einer steilen Kuppe gelegene Ruine. Mächtiger sechsgeschoßiger Bergfried aus der Mitte des 13. Jh.s mit einer sehr regelmäßigen Mau-

erstruktur, Lichtschlitzen, quadergerahmten Lichtöffnungen im dritten Obergeschoß, umlaufendem Gesims über dem vierten Obergeschoß und Dachgeschoß mit Ansatz des Satteldaches. Spärliche Reste des Palas und der Ringmauern. Urk. Erwähnung 1263, im Besitz des Heinrich von Vilsegg; als Lehen des Stiftes Kempten im Besitz der Edelfreien von Hoheneck; dann tirolisch landesfürstlicher Lehensbesitz (seit 1408) bzw. bis 1671 hoheneckisches Afterlehen. 1671/72 im Besitz des Leopold von Königsegg, seit 1672 Verwaltung durch landesfürstliche Pfleger. Burg Vilseck begann bereits vor 1774 zu verfallen. Seit 1983 Sicherungsarbeiten.
E: Melanie Fink und Eduard Perle
Lit: *Burgenbuch VII, 307 ff;*
Dehio, 840;
Wein., 128

Vilsegg, Burgruine
→ Vilseck, Burgruine

W

Wagrein, Schloß
BH *Kufstein*
G und **KG** *Ebbs*
Hochaufragender viergeschoßiger Baukörper mit Walmdach und Dachreitern. Mauerwerk zum Teil aus dem Mittelalter, die jetzige Fassadengestaltung von 1862. Die Herren von Ebbs errichteten 1471 das Schloß (in der Pfarrkirche zu Ebbs ist ein Wappenstein der Ebbser von 1435); nach deren Aussterben 1494 erfolgte oftmaliger Besitzerwechsel. 1862 wurde Schloß Wagrein völlig umgebaut.
E: Dipl.-Ing. Richard Stadler
Lit: *Dehio, 228;*
Wein., 40 ff

Waidburg, Ansitz
BH *Innsbruck-Land*
G und **KG** *Natters*
Dreigeschoßiger Bau mit Krüppelwalmdach; ein Rundbogenportal, spätgotische Kapelle mit gratigem Netzgewölbe und spätgotischer Rankenmalerei (1974 aufgedeckt). Der am östlichen Ortsrand liegende Bau wurde vor 1518 von den Brüdern Wendelin und Ambros Yphofer erbaut: Bestätigung der Adelsfreiheiten für den „neu erpauten sitz“ durch Kaiser Maximilian I. (1518). Weitere Besitzer waren die Frankfurter (1547), die Deutenhofen, Stachelburg (1627–1677) und Payr (1734). In dem in den letzten Jahren renovierten Gebäude sind das Post- und das Gemeindeamt sowie der Kindergarten untergebracht.
E: Gemeinde Natters
Lit: *Dehio, 549 f;*
Wein., 112

Walchenstein, Burgruine
→ Wallenstein, Burgruine

Wallenstein, Burgruine (Walchenstein)
BH *Lienz*
G *Iselsberg-Stronach*
KG *Stronach*
Reste eines Turms sowie der dem Hügelland folgenden Ringmauer sind erhalten. Die im 13. Jh. errichtete Burg liegt auf einer bewaldeten Kuppe östlich des Dölsacher Bachgrabens. 1274 war Wallenstein als görzisches Lehen Besitz der Herren von Walchenstein sowie der Herren von Ragonia.
E: Anton Walder vulgo Außerwallensteiner

Lit: *Dehio, 372; Pizzinini, 149; Wein., 223*

Weiherburg, Ansitz
G *Innsbruck, Weiherburggasse 37–39*
Ein malerischer reizvoller Ansitz, unregelmäßig, dreistöckig, mit Eckerker, Gewölben, Türmen, Kapelle mit neugotischer Ausstattung: zwischen 1482 und 1513 geweiht, Sterngewölbe, im Seitenfenster Wappenscheibe des Bernhard von Cles (Bischof von Trient, 1514–39), einheitliche Ausstattung von Wand und Decke von Josef Strickner, um 1800. Langenmantelsaal: Balkendecke sowie gemalte Wanddekoration 1560–69. 1479/80 verkaufte Christian Tänzl sein Haus am Vallpach an Erzherzog Sigmund; weitere Besitzer: Oswald von Hausen (1490), Christoph Melchior von Köstlan (1539), Langenmantel (1561), Anna Welser (1569), Dr. Philipp Wörndle (1788), J. A. von Attlmayer (1827). 1962 Errichtung des Alpenzoos auf dem Gelände des ehem. Tiergartens. 1976–78 restauriert und neu adaptiert.
E: Seit 1911 Stadt Innsbruck
Lit: *Dehio, 114; ÖKT, XLV, 519 ff*

Weißenstein, Schloß
BH *Lienz*
G *Matrei in Osttirol*
KG *Matrei in Osttirol Markt*
Urspr. mittelalterliche Burg, die im 19. Jh. dem Zeitgeschmack entsprechend verändert wurde; sie liegt auf einem steil abfallenden Felsen nördlich des Marktes. Enggeschlossener Burgbereich mit Palas und zwei Türmen; Ringmauern, Zwinger, Rondelle, Küchentrakt, Turm mit Kapelle im Erdgeschoß. Originale Doppelbogenfenster, Wappen der Kienburger im Rittersaal. Der aus dem 12. Jh. stammende Bau wurde urspr. „Schloß Matrei“ genannt; die neue Bezeichnung „Weißenstein“ gibt es erst seit dem 14. Jh. Erste Besitzer waren die Grafen von Lechsgemünd, ab etwa 1200 war Weißenstein dem Erzstift Salzburg zugehörig. Bis ins 18. Jh. blieb das Schloß Sitz der Pfleger und Richter. Nach der Säkularisierung wurde Weißenstein als Armenhaus der Gemeinde verwendet. 1880–1900 erfolgten Umbau bzw. Erneuerung der Anlage.
E: Kay Thieme, Jörg Demus (Pianist) und Christian Lange
Lit: *Dehio, 517 f; Wein., 221*

Wiesberg, Burg
BH *Landeck*
G *Tobadill*
KG *Pians*
Hoch über dem Eingang in das Paznauntal gelegene regelmäßige Anlage mit urspr. Zugang von Westen; der in die Ringmauer eingebaute quadratische Bergfried wurde Anfang des 20. Jh.s über dem Obergeschoß neu aufgeführt; gegen Südosten liegt der quadratische Palas. Verbindungstrakt zwischen Bergfried und Palas. Spitzbogiges Tuffportal mit breiter Fasche. Vor der westlichen Ringmauer eine Zwingeranlage (15./16. Jh.) mit rundem Eckturm. In der nordwestlichen Ringmauerecke die spätgotische (erbaut 1420), 1602 neu geweihte Kapelle: Gratgewölbe, spitzbogiger Triumphbogen, tuffgerahmte Spitzbogentür mit breiter Fasche, Deckenmalerei sowie Glasfenster vom Anfang des 20. Jh.s. So wie die Burg wurde auch die Kapelle (nach dem beginnenden Verfall im

19. Jh.) Anfang des 20. Jh.s weitgehend erneuert. Burg Wiesberg wurde vermutlich durch das Hochstift Chur gegründet. Urkundl. wurde 1271 Hugo von Wiesberg genannt; vom späten 13. Jh. bis Mitte des 14. Jh.s im Besitz der Herren von Ramüss, danach als tirolisches Lehen Besitz der Herren von Rottenburg. Ab 1410 wurde die Burg als landesfürstliches Dienst- bzw. Pfandlehen vergeben.
E: Werner Landfried und Heinz Otto
Lit: *Burgenbuch VII, 141 ff; Dehio, 814; Wein., 145 f*

Wohlgemuthsheim, Schloß
→ Baumkirchen, Schloß

Wolkenstein, Palais
→ Trapp, Palais

Z

Zephyris-Schlößl, Ansitz
BH *Innsbruck-Land*
G und **KG** *Aldrans*
Urspr. ebenerdiger Bau mit je zwei hohen klassizistischen Fenstern an den Schmalseiten und beiderseits des Rundbogenportals an den Längsseiten; Putzfassade. Ferdinand Freiherr von Zephyris erbaute den Ansitz 1818/19 auf dem Grund des Mayrhofes. 1935 wurde der Bau durch ein eingezogenes Mezzanin aufgestockt.
E: Johann Nagiller
Lit: *Dehio, 147*

Zum Turm, Ansitz
→ Pfunds-Turm, Ansitz

VORARLBERG

Burg Rankweil

A

Alt-Hofen, Burgruine
BH *Bregenz*
G und **KG** *Lochau*
Heute ist nur mehr der geborstene Turm mit seinem sechsseitigen Grundriß erhalten. Die Burg wurde um 1218 von einem Montfortschen Dienstmann, Henricus de Houven, erbaut. 1239 wird sie erstmals urk. erwähnt, unter dem damaligen Besitzer Göswin von Locher. 1452 zerstört, ging die Burg von der Fam. Rechberg in den Besitz des Hauses Österreich über. Die Fam. Raitenau wurde Lehensträger (1496–1579), gab jedoch bald die Burg auf und übersiedelte in das neue Schloß → Hofen.
E: Dr. Rudolf und
Dr. Markus Sagmeister
Lit: *Dehio, 294;*
Huber, 108 f;
Ulmer, 345 ff

Alt-Montfort, Burgruine
BH *Feldkirch*
G und **KG** *Weiler*
Von der einstigen Burg sind heute nur noch karge Mauerreste erhalten: Hauptburg, Palas und Bergfried sind nur mehr einige Meter hoch, das Burgterrain ist bewaldet. Die 1209 urk. erwähnte Burg war der Sitz der berühmtesten Familie des Landes, der Grafen von Montfort. Der erste Besitzer war Hugo Graf von Montfort, der Stammvater des Gesamthauses. Er war der jüngere Sohn des Pfalzgrafen von Tübingen und übernahm dessen Wappen (dreiteilige rote Fahne in silbernem bzw. weißem Feld), das seit 1918 das Landeswappen von Vorarlberg ist. 1260–65 erfolgte dann die Erbteilung der Familie in Montfort-Feldkirch, Montfort-Bregenz und Montfort-Tettnang. 1375 übernahm Herzog Leopold III. von Österreich die Burg. 1405 wurde sie im Appenzeller Krieg niedergebrannt und gelangte im Jahr 1417 in den Besitz der Familie Toggenburg. Weitere Besitzer waren: Herzog Friedrich IV. von Österreich (1436), die Familie Clary (1679) und Michael Fink (1837).
E: Viktor Summer
Lit: *Dehio, 406;*
Huber, 70 f; Ulmer, 81 ff

Amberg, Schloß
BH und **G** *Feldkirch*
KG *Altenstadt*
Auf waldiger Anhöhe gelegener, weithin sichtbarer, würfelförmiger Bau mit dem viergeschoßigen Wohnturm, Walmdach, Schießscharten, länglichem Anbau und gutem Mobiliar. Vom 13. bis zum 15. Jh. im Besitz der Patrizierfamilie Haiden aus Feldkirch (einer Seitenlinie der Herren von Ems); in seine heutige Form wurde das Schloß 1502 durch Felix Merklin gebracht. Anschließend landesfürstlicher Besitz. 1535–53 war dann Friedrich Max, zweiter, natürlicher Sohn Kaiser Maximilians I., Besitzer des Schlosses. Ab 1601 Eigentum der Fam. Furtenbach. Im sehr gut erhaltenen Schloß ist eine Frühstückspension untergebracht.
E: Herr u. Frau
Dr. Scheyer
Lit: *Dehio, 195;*
Huber, 152 f;
ÖKT, XXXII, 309;
Ulmer, 766 ff

B

Babenwohl, Ansitz
G *Bregenz,*
Fluherstraße 4
Der dreigeschoßige Bau mit Mansarde und Treppengiebel ist der südlichste Teil des St.-Gallus-Stiftes am Fuße des Bregenzer Schloßberges. Urspr. ein alter Burgstall

der Montforter Grafen von Bregenz, der im frühen 16. Jh. von Villenbach zu einem Edelsitz umgebaut wurde (der Villenbacher nannte sich ab 1509 „Herr zu Babenboll"). Weitere Besitzer waren die Schilling von Wildegg, die Edlen von Stein, die Rainolt, ab 1591 die Prämonstratenser-Abtei Weißenau bei Ravensburg; 1602–1807 das Kloster Mehrerau. Seit Anfang des 20. Jh.s führten die neuen Besitzer den Umbau des Ansitzes durch und errichteten anschließend Kloster und Kirche St. Gallus. Heute ist in dem Haus die Vorarlberger Landesbibliothek untergebracht.
E: Seit 1906 Benediktinerstift St. Gallus
Lit: *Dehio, 73 f;*
Huber, 188 f

Batschunser-Schlößle, Schloß
BH *Feldkirch*
G und **KG** *Zwischenwasser*
Dreigeschoßiger Bau mit Satteldach und Giebel; in jedem Stockwerk ein durchgehender Mittelflur, durch alle Stockwerke führende Wendeltreppe mit hölzerner Spindelsäule, getäfeltes Eckzimmer im zweiten Stock, Türen mit toskanischen Pilastern, gefällige Fensterläden. Das Schloß wurde im 16. Jh. durch Prock von Weißenberg erbaut und im Jahr 1616 erstmals genannt. Besitzer waren die Fam. Mahler (17. Jh.), Sprecher (1740) und Salis (bis 1802), dann verschiedene bäuerliche Besitzer.
E: Fam. Ospelt (Liechtenstein)
Lit: *Dehio, 412;*
Huber, 154 f;
ÖKT, XXXII, 558;
Ulmer, 759 ff

Birkach, Ansitz (Birken)
BH *Feldkirch*
G und **KG** *Koblach*
Zweistöckiger schmaler Bau mit hohem Giebeldach und einer Kassettendecke im Inneren. 1262–94 im Besitz der Familie Wild-Behaim (Dienstmannen von St. Gallen), im 16. und 17. Jh. Besitz der Fam. Pappus (die sich auch „von Tratzberg" nannte, nach einem heute nicht mehr existenten Ansitz bei Feldkirch; die Familie stellte hervorragende Männer in Militärdienst, Verwaltung und Geistlichkeit), im 17. Jh. Eigentum der Fam. Grentzing.
E: Seit 1834 Fam. Egle
Lit: *Dehio, 275;*
Huber, 156 f;
Ulmer, 720 ff

Birken, Ansitz
→ Birkach, Ansitz

Blumenegg, Ansitz
G *Bregenz, Maurachgasse 19*
Dreigeschoßiger kubischer Bau mit Mansardenwalmdach; nördlich des Hauptbaues befindet sich ein mit Gebäuden und einem Ecktürmchen umgebener Hofplatz; vor dem Haus gußeiserner Brunnen von 1870. Die Grundmauern des Hauses sollen aus dem 14. Jh., der Baukern aus dem 16. Jahrh. stammen. Der Name des Ansitzes kommt wahrscheinlich vom Grafengeschlecht „von Blumenegg". Herr Moosbrugger, der Urgroßvater des jetzigen Eigentümers war mit der letzten Gräfin von Blumenegg verheiratet.
E: Dr. Ivo Fischer
Lit: *Dehio, 105;*
Huber, 189

Blumenegg, Burgruine
BH *Bludenz*
G und **KG** *Thüringerberg*
Von der großen Anlage, die sich seit 1774 in Verfall befindet, sind heute noch bis zu 4 m hohe

Mauerreste sowie einige Eckpfeiler vorhanden. 1265 urk. erwähnt, war die Burg der Grafschaft Montfort-Werdenberg zugehörig. 1405 wurde Blumenegg im Appenzeller Krieg zerstört, dann wiederaufgebaut und gelangte 1416 in den Besitz der Fam. Brandis. Die weiteren Besitzer waren die Grafen von Sulz (1510), das Stift Weingarten (1613), nach der Säkularisation 1803 Österreich, 1805 Bayern, daran anschließend wieder Österreich.
E: Ing. Wucher (Baumeister)
Lit: *Dehio, 395;*
Huber, 80 ff;
Ulmer, 182 ff

Bregenz, Schloß (Hohenbregenz, Gebhardsberg)
BH, G und **KG** *Bregenz*
Von dem einstigen Schloß sind heute noch erkennbar: Tor, Ringmauer, Rondell, Zwinger, niedriger Bergfried, fünfseitiger Erker und die Außenmauer der Kapelle, die aus Buckelquadern des ehem. Palas errichtet wurde. 1338 wurde Hugo von Montfort als Besitzer des Schlosses urk. erwähnt; 1451 erfolgte der Verkauf der Hälfte von Stadt und Herrschaft Bregenz an Herzog Sigismund von Tirol (wegen des Todes von Wilhelm von Montfort 1422). 1647 eroberte der Schwedengeneral Wrangel die Stadt, wobei das Schloß zerstört wurde. Aus den Trümmern errichtete man dann Schloß Gebhardsberg. 1723 wurde die Kapelle erbaut und den Heiligen Georg und Gebhard geweiht. Diese Kapelle fiel 1791 einem Brand zum Opfer, wurde wiederaufgebaut und 1895/96 großzügig restauriert. Im Schloß Gebhardsberg befinden sich neben der Wallfahrtskirche eine Aussichtswarte und ein Burgrestaurant.
E: Stadt Bregenz
Lit: *Dehio, 70 f;*
Huber, 54 ff;
Ulmer, 995 ff

Brockenhof
→ Jordan, Schloßruine

D

Deuring-Schlößchen, Ansitz
G *Bregenz, Ehregutaplatz 3–4*
Der heutige Ansitz war einst Teil der Bregenzer Stadtbefestigung; aus der ehem. Bastei entstand der bewohnbare Schloßturm mit Zwiebeldach; das Wohngebäude wurde direkt an den Turm sowie an Süd- und Westwand der Ringmauer angebaut und mit einem Satteldach gedeckt. 1915 veränderte der damalige Besitzer Architekt Johann Anton von Tscharner-Merhart den Bau mit viel Geschmack und richtete ein Künstleratelier ein. Johann Albert von Deuring verbaute zwischen 1660 und 1689 die Süd-West-Ecke der Stadtmauer (deren älteste Teile aus der Römerzeit stammen) und errichtete anschließend das Deuring-Schlößchen. Weitere Eigentümer waren die Familie Vicari (1801) und die Fam. Kayser (1821).
E: Philipp Grellet (Nachfahre von Tscharner-Merhart)
Lit: *Dehio, 93;*
Huber, 160 f;
Ulmer, 623 ff

G

Gebhardsberg, Schloß
→ Bregenz, Schloß

Glopper, Burg (Neuems)
BH *Dornbirn*
G und **KG** *Hohenems*
Eine in alter Einfachheit prachtvoll erhaltene

Burg, mit steiler Auffahrt, Zugbrücke, Bergfried, großem Saal mit Holzschnitzerei, Rauchabzug in hölzernem Kanal und Tonnengewölbe aus Holz. Unter der Burg ein reizender Teich und ein in den Felsen gehauener Brunnen. Der Name „Glopper" soll vom Wort „Gelauber" (Laubwald) stammen. Die Burg wurde laut einer Urkunde 1343 von Ulrich I. von Ems erbaut; 1407 durch Brand zerstört und 1408 wiederaufgebaut. 1603 Errichtung der Kapelle. Im Jahr 1759 gelangte Burg Glopper in den Besitz des Hauses Österreich. 1908 besuchte der nachmalige Papst Pius XI. die Burg.
E: Seit 1843 Grafen Waldburg-Zeil-Hohenems
Lit: *Dehio, 252 f; Huber, 98 ff; Ulmer, 273 ff*

Grünholz, Ansitz
G *Bregenz, Mildenbergstraße 1*
Mächtiges dreigeschoßiges Steinhaus mit steilem Satteldach. Das gegenüber dem Ansitz Mildenberg liegende Schlößchen wird bereits in dem 1379 bis 1409 angelegten „Minnesänger Urbar" erwähnt. Dort heißt es „guet uff dem turm". Der Ansitz war einst gräflich-Montfortsches Lehen.
E: Fam. Einsle
Lit: *Dehio, 106; Huber, 193; Ulmer, 655*

Gwiggen, Schloß (Kloster Maria Stern)
BH *Bregenz*
G und **KG** *Hohenweiler*
Das genaue Erbauungsdatum des Schlosses ist nicht bekannt, jedoch ist von „Cawicca" (Gwiggen) schon in Urkunden um 850 die Rede. 1355 verkauften die Herren von Kürenbach zwei Höfe „zu Gewigge" an Konrad von Wolfegger, der sie mit der Burg Alt-Schönstein vereinigte. Nach den Wolfeggern gelangte das Schloß in den Besitz der Herren von Schönstein (1405), später in den des Michael von Ems (1483). Im Zuge einer umfangreichen Restaurierung wurde 1694 die Schloßkapelle errichtet. Nach mehrmaligem Besitzerwechsel gelangte Gwiggen 1856 an die Schweizer Zisterzienserinnen, die den Konvent Maria Stern gründeten und das Schloß zum Kloster umbauten. Anno 1859 wurden neue Wirtschaftsgebäude hinzugefügt, 1895/96 die große Klosterkirche erbaut.
E: Seit 1856 Schweizer Zisterzienserinnen
Lit: *Dehio, 258 f; Huber, 162 f; Ulmer, 582 ff*

H

Hahnenberg, Schloß
BH *Feldkirch*
G und **KG** *Weiler*
Zweistöckiges Schlößchen, mit großzügiger Veranda und großen Fenstern. Den Rundturm-Vorbau ziert ein Wetterhahn (daher der Name). Das 1600 erbaute Schloß wurde 1850 nach einem Brand in seine heutige Form gebracht. Die Fassade stammt aus dem 20. Jh. Die Besitzer waren Hieronymus Imgraben (Erbauer, 1600), Greiffenberg (1616), Zeller (1685), Schultheiß und Syrgenstein. Das sehr gepflegte Schloß dient Wohnzwecken.
E: Ing. Heinz Hämmerle
Lit: *Dehio, 406; Huber, 164 f; Ulmer, 730 ff*

Halbenstein, Schloßruine
BH *Bregenz*
G und **KG** *Hörbranz*
Die wenigen Reste des Ansitzes befinden sich auf einer Anhöhe mit prächtiger Fernsicht. Das nebenan befindliche

Wohnhaus und die Gaststätte wurden 1864 mit dem Abbruchmaterial des alten Schlosses errichtet. Urk. wird Halbenstein 1252 erstmals erwähnt, im Besitz der Fam. Junker Locher (bis 1425 in deren Besitz; sie waren Bürger von Bregenz und Montfortsche Dienstmannen); weitere Besitzer waren die Familien Gerlin (1550), Fauber von Randegg (1590), Scherrich (1603), von Stotzingen (1615), Imler (1847) und Hehle.

E: Dr. Eugen Amann

Lit: *Dehio, 263; Huber, 166 f; Ulmer, 596 ff*

Heidenburg, Burgruine

BH *Feldkirch*

G und **KG** *Göfis*

Zwei Turmbauten mit Umfassungsmauern. Diese liegen in einem Abstand von 200 m Länge und 27 m Breite. Vermutlich eine mittelalterliche Wehranlage auf einer römischen „Clunia"-Station. (Nach den „Peutingerschen Tafeln", 1190, befand sich hier zwischen 15 v. Chr. und 250 n. Chr. ein römisches Lager.) Die Ausgrabungen im Jahr 1826 brachten nur wenig Material zur Klärung der römischen und keltischen Vergangenheit der Festung zu Tage.

E: Gemeinde Göfis

Lit: *Dehio, 226 f; Huber, 41; Ulmer, 13 ff*

Helbock, Ansitz (Rosa-Michl-Hof)

BH und **G** *Feldkirch*

KG *Tisis*

Zweigeschoßiger Bau mit Giebel an der Hauptfront, Fachwerk vom Obergeschoß bis zum Dach; im ersten Stock und im Erdgeschoß Holzdecken. Die neben dem Ansitz liegende Antonius-Kapelle ist ein interessanter zentraler Kuppelbau mit kleinem Langschiff und Vorhalle; die Kapelle ist mit Holzschindeln gedeckt und mit Holzpfeilern und einer Freitreppe ausgestattet. Angeblich wurde der Ansitz um 1157 erbaut. Ursprünglich zur Herrschaft des Schlosses Amberg gehörig, war der Ansitz im 17. Jh. Besitz des Johann Helbock, der aufgrund eines Gelöbnisses nach seiner glücklichen Heimkehr aus den Türkenkriegen (1685) die Antonius-Kapelle errichtete. Der Ansitz Helbock befindet sich in gutem Bauzustand und gehört nun den Nachfahren der Familie Helbock.

E: Familie Selb

Lit: *Dehio, 206; Huber, 231; ÖKT, XXXII, 321 ff; Ulmer, 801 ff*

Hofen, Schloß (Neuhofen)

BH *Bregenz*

G und **KG** *Lochau*

Weithin sichtbarer imposanter Schloßbau, der aus zwei langen, in stumpfem Winkel aufeinanderstoßenden Trakten besteht. An der Schmalseite eines Traktes zwei Erker mit Türmchen, große Kapelle, Hof, Wirtschaftsgebäude; schönes Wappen über dem Portal mit zwei Jahreszahlen: 1585 – Freiherr von Raitenau (dessen berühmter Renaissancealtar befindet sich im Vorarlberger Landesmuseum in Bregenz); 1616 – Bauvollendung. Im Inneren des Schlosses ist viel Stuck vorhanden. Die Besitzer waren die Familien von Raitenau (Wolf Dietrich, 1587–1612, Erzbischof von Salzburg, war einer der berühmtesten Vertreter dieser Familie); 1647 diente das Schloß als Quartier des Schwedengenerals Wrangel; Graf von Königsegg 1659 als Lehen; dieser hatte mit seiner Gattin Eleonore von Hohenems 22 Kin-

der, Freiherr von Stotzingen (1680), Pach (1725), Depra (1740), Kongregation Vinzenz von Paul (1908). Das sehr gepflegte Schloß ist heute Bildungshaus und Kommunikationszentrum. Außerdem ist darin eine Hotelpension untergebracht.
E: Land Vorarlberg
Lit: *Huber, 134 f; Ulmer, 350 ff*

Hohenbregenz, Schloß
→ Bregenz, Schloß

Hohenems, Schloß (Palast)
BH *Dornbirn*, **B** *5*, **BT** *32*
G und **KG** *Hohenems*
Italien. Renaissancebau mit Vorhof, Rustikaportal und Innenhof, der mit Allianzwappen (Harrach, Medici, Öttingen, Schönborn u. a.) geziert ist. Das Schloß wurde von Kardinal Markus Sittikus II., Bischof von Konstanz 1562–67 errichtet und von seinem Neffen, dem Grafen Kaspar (1587–1640) vollendet. 1755 wurde in der Bibliothek des Grafen von Hohenems von dem Privatgelehrten Jacob Hermann Obereit, den der Schweizer Wissenschaftler Jacob von Bodmer zur Suche angeregt hatte, die Handschrift „C" des Nibelungenliedes gefunden. 1779 fand der für die Bibliothek zuständige gräfliche Oberamtmann J. von Wocher (→ Wohlwendhaus) die Handschrift „A". Diese gelangte auf Umwegen in die Königlich Bayerische Bibliothek (heute Bayerische Staatsbibliothek) in München, die Handschrift „C" in die Fürstlich Fürstenbergische Bibliothek zu Donaueschingen. 1803 stand der Hohenemser Palast leer. 1840–60 wurde er als Kaserne verwendet und schließlich 1882 von Clemens Graf Waldburg wieder instand gesetzt. In dem sehr gut erhaltenen Schloß werden Ausstellungen gezeigt sowie Konzerte und Kulturveranstaltungen (die bekannte „Schubertiade") durchgeführt.
E: Seit 1882 Grafen Waldburg-Zeil-Hohenems
Lit: *Dehio, 253 f; Huber, 102 ff; Ulmer, 281 ff*

J

Jagdberg, Burgruine
BH *Feldkirch*
G und **KG** *Schlins*
Eine malerische, efeuumrankte Ruine mit zwei Toren, Zwinger und einem tiefen Graben. 1299 erstmals urk. erwähnt, gehörte die Burg der Feldkirchner Linie der Montfort. Im Appenzeller Krieg 1405 zerstört und 1408 wiederaufgebaut, befand sich Jagdberg 1679–1764 im Besitz der Fam. Clary. 1791 wurde die Kapelle abgetragen, und ihr Inventar wurde nach Schlins gebracht. 1883–1910 waren die Kreuzschwestern Eigentümer der Anlage (1908 legten sie im Burghof ein Schwimmbassin an!). In der Ruine befindet sich der Hochbehälter der öffentlichen Wasserversorgung.
E: Land Vorarlberg
Lit: *Dehio, 362 f; Huber, 68 f; Ulmer, 166 ff*

Jonas, Schloß (Junker Jonas-Schlößle)
BH *Feldkirch*
G und **KG** *Götzis*
Mitten im Markt gelegener, rechteckiger, dreigeschoßiger Bau mit Satteldach; an der Nordost-

ecke Treppenturm mit Kegeldach, das Jonas-Wappen (Gams auf Dreifelsberg) und verwitterter Sonnenuhr. In den ehemaligen Festräumen im zweiten Stock sind Reste von Wandtäfelungen und einer alten Decke erhalten. 1584 durch Lienhart Jonas „von Buch und Udelberg" erbaut, befand sich das Schloß bis zum Aussterben seiner Familie (1720) in deren Eigentum. (Dr. Jakob Jon oder Jonas war um 1546 Hofvizekanzler König Ferdinands I.)
E: Gemeinde Götzis
Lit: *Dehio, 233 f; Huber, 168 f; ÖKT, XXXII, 365 f; Ulmer, 705 ff*

Jordan, Schloßruine (Brockenhof)
BH *Bludenz*
G und **KG** *Bludesch*
Von dem einst palastartigen Gebäude sind heute nur mehr Reste von Mauerpfeilern, eine Terrasse und der Obstgarten erhalten. Der Baukern des Schlosses stammt aus 1425 (unter Fürstabt von Einsiedeln); 1578 wird eine Bausiedlung im Besitz des Christoph Brockh von Weißenberg (daher auch Brockenhof) genannt und 1653 ein palastartiger Bau aufgeführt. 1673–1802 (Säkularisierung) diente das Schloß dem bayerischen Stift Weingarten als Erholungsheim. Die weiteren Besitzer waren der Prinz von Oranien und Nassau (1808) und die Geschwister Moosbrugger (1847). Anschließend verfiel der Bau.
E: Architekt Ing. Purtscher
Lit: *Dehio, 52 f; Huber, 170 f; Ulmer, 811 ff*

Junker Jonas-Schlößle
→ Jonas, Schloß

K

Klausturm, Burg
BH *Bregenz*
G und **KG** *Lochau*
Efeuumrankter, zinnenbekrönter, zweistöckiger Bau, Turm mit Durchfahrt, Park mit prächtigem, altem Baumbestand. Der Klausturm liegt an der Straße nach Lochau und war Teil der Verteidigungsanlagen in der Stadt. Auf der Anhöhe befand sich eine Kreidfeuerstelle. Historische Bedeutung erlangte die Burg während des Dreißigjährigen Krieges, als sich hier Thomas Rhomberg (Vorfahre der bekannten Vorarlberger Familie), an den ein Gedenkstein, der „Rhombergstein" erinnert, bei der Verteidigung von Bregenz besonders auszeichnete. 1869/70 wurde neben der Burg von Max Graf von Gravenreuth die Villa Gravenreuth mit einer Hauskapelle errichtet.
E: Seit 1928 Fam. Sannwald (Burg u.Villa)
Lit: *Dehio, 296; Huber, 112 f; Ulmer, 876 ff*

L

Liechtenstein, Palais
BH, G und **KG** *Feldkirch*
Im „Brockschen Haus", an der Stelle des heutigen Palais, befand sich bis zum Stadtbrand von Feldkirch (1697) das landesfürstliche Hubamt. 1698 erwarb Johann Adam Fürst von Liechtenstein die Ruine und erbaute daraus das heutige Palais. 1774 verkaufte die Familie Liechtenstein das Gebäude an den Kirchenpfleger Sebastian Längle. Weitere Eigentümer waren bis 1817 Chr. Götzner, der hier eine Bierbrauerei betrieb und Ritter von Tschavoll. Heute sind Stadtarchiv und Stadtbi-

bliothek im Palais untergebracht.
E: Seit 1967 Stadtgemeinde Feldkirch
Lit: *Dehio, 207; Huber, 226*

Lößler, Ansitz
G *Bregenz, Mildenbergstraße 11*
Renaissancebau mit Satteldach, rundbogiges Eingangstor, freistehende ehemalige Kapelle (heute Waschküche). Laut dem Wappenstein an der nördlichen Schmalfront wurde das Haus 1596 durch den Landschreiber Michael Witweiler und seine Gemahlin Anna Schurmaier errichtet. Das Haus dient heute Wohnzwecken.
E: Fam. Einsle
Lit: *Dehio 107; Huber, 201*

M

Mäderer Schlößle, Ansitz
BH *Feldkirch*
G und **KG** *Mäder*
Einfacher, an der Ortsstraße gelegener Ansitz. Das massive zweistöckige Gebäude wurde durch Umbauten in seinem Charakter stark verändert. Der aus dem 17. Jh. stammende Bau war vermutlich Verwaltungsgebäude der Herrschaft Neuburg.
E: Familien Stiewe und Ender
Lit: *Dehio, 308; Huber, 247 f; Ulmer, 317 ff*

Margarethenkapf, Ansitz
→ Tschitscher – Schloß, Ansitz

Maria Stern, Kloster
→ Gwiggen, Schloß

Marienberg, Ansitz (Villa Raczynski)
G *Bregenz, Schloßbergstraße 11*
Zweistöckiger Bau im Stil der franz. Spätrenaissance (Louis XV.). Die luxuriöse Anlage, mit Verwaltungshaus, Casino mit Festsaal, „gräflicher Badestube", Kapelle, ist mit gutem Inventar ausgestattet und liegt in einem prächtigen Park. In der kleinen Kapelle befand sich drei Jahre jene Marienstatue, die als erste zur bildlichen Darstellung der Muttergottes-Erscheinungen am Felsen Massabielle in Lourdes aufgestellt wurde. Der polnische Graf Karl-Eduard Natecz Raczynski ließ um 1875 an dieser Stelle einen Park anlegen und anschließend die Villa erbauen. 1904 erwarb das Dominikanerinnenkloster in Lauterach den Ansitz, nannte ihn Marienberg und richtete darin einen Konvent ein. 1907 wurde – durch Verlängerung eines Traktes nach Nordosten – ein Neubau mit großer Konventskapelle errichtet. Heute sind in dem Ansitz das Kloster, ein Gymnasium und eine Hauptschule sowie ein Internat für Mädchen untergebracht.
E: Dominikanerinnenkloster Lauterach
Lit: *Dehio, 76 f; Huber, 202; Ulmer, 884 ff*

Mildenberg, Ansitz (Miltenberg)
G *Bregenz, Mildenbergstraße 2*
In der Bregenzer Oberstadt gelegener, alter Edelsitz: die gotische Stube mit Holzdecke, geschnitzten Balken und Wandtäfelung. Die große Fensternische im ersten Stock war vermutlich eine Laube, die die „Armbrust-Büchsen-Bruderschaft" von Bregenz für ihre Schießübungen verwendete (1494). Im 15. Jh. im Besitz der Montforter (damals „des Grafen Baumgarten" genannt), wurde der Ansitz an folgende Lehensträger

vergeben: Leber, Villenbach, Fätz, Schalk. 1523 wurde Mildenberg als Amtshaus verwendet. Im 18. Jh. befand sich der Ansitz im Eigentum der Fam. Deuring, später der Bregenzer Fam. Schnetz (1979).
E: Anna Kempten
Lit: *Dehio, 106; Huber, 203; Ulmer, 654 ff*

Miltenberg, Ansitz
→ Mildenberg, Ansitz

Mittelweiherburg, Schloß
BH *Bregenz*
G und **KG** *Hard*
Kleine Anlage mit beachtlichem sechsstöckigen Rundturm mit steinerner Wendeltreppe; Wohnhaus mit ehemaliger Kapelle und Wappen der Herren von Deuring oberhalb des Eingangs. 1560–70 von J. Chr. Schnabel von Schönstein erbaut, war die ehemalige Wasserburg von 1580 bis ins 18. Jh. (mit Unterbrechungen) im Besitz der Familie Deuring. 1648 war die Familie Coreth Eigentümer der Anlage, die 1827 durch Brand zerstört und 1830 wiederaufgebaut wurde.
E: Familien Calker und Schindler (Schweiz)
Lit: *Dehio, 239 f; Huber, 116 f; Ulmer, 693 ff*

N

Neuburg, Burgruine
BH *Feldkirch*
G und **KG** *Koblach*
Von der einst großartigen Anlage sind heute noch der Bergfried, der Palas, Rondelle, die Ringmauer, sechs Tore, der Vorplatz und die Hauptburg erkennbar. Neuburg war die größte Burg des Landes Vorarlberg. Urk. 1166 im Besitz der Welfen, folgte erst Pfalzgraf Hugo von Tübingen, anschließend (1240) die Fam. Tumb als Besitzer, die die Anlage 1363 an die Habsburger veräußerte. Es war dies die erste Herrschaftserwerbung des Hauses Österreich in Vorarlberg. Die Burg wurde unter den Habsburgern nie als Pfand vergeben (reichsunmittelbar), auch gibt es keinen Hinweis auf eine etwaige Zerstörung. 1647 eroberten die Schweden unter General Wrangel Burg Neuburg, bis 1744 war die Anlage Garnison für österreichische Soldaten. 1767 wurde sie schließlich zur Abtragung (um 1100 Gulden) versteigert und dann einige Zeit als Steinbruch verwendet. Imposanter Anblick bei der Durchquerung des Rheintales.
E: Gemeinde Koblach
Lit: *Dehio, 274 f; Huber, 88 f; Ulmer, 292 ff*

Neuems, Burg
→ Glopper, Burg

Neuhofen, Schloß
→ Hofen, Schloß

Neu-Montfort, Burgruine
BH *Dornbirn*
G und **KG** *Götzis*
Einfache Burganlage, von der Reste des Wohnturms, des Bergfrieds mit überdachtem Umgang, der Ringmauer und der Wirtschaftsgebäude erhalten sind. Der fünfstöckige Turm wird heute als Aussichtswarte verwendet. 1319 urk. erwähnt, im Besitz des Friedrich von Thumb, der mit Sophie Gräfin Montfort-Feldkirch verheiratet war. 1363 ging die Burg in den Besitz der Habsburger über und wurde fortan von Vögten verwaltet. Weitere Besitzer waren die Familien Clary-Aldringen und Wolkenstein-Rodenegg (1679) sowie die Fam. Rhomberg (1854).

Der Turm wurde in den Jahren 1936 und 1962 restauriert. Beliebtes Ausflugsziel.
E: Gemeinde Götzis
Lit: *Dehio, 232 f; Huber, 74 ff; Ulmer, 103 ff*

Niedegg, ehem. Burg
→ Riedenburg, Kloster

Nüziders, Burgruine
→ Sonnenberg, Burgruine

O

Oberhalden, Ansitz
BH *Bludenz*
G und **KG** *Bludesch*
Dreigeschoßiger Bau mit dicken Mauern und mächtigen gewölbten Kellern. Der 1546 erstm. genannte Ansitz war der Stammsitz der Edlen von der Halden zu Haldenegg. Neubau um 1625 durch Johann Rudolf d. Ä. von der Halden. Oberhalden wurde im 17. Jh. an das bayerische Stift Weingarten verkauft. Vor und nach der Jahrhundertwende umgebaut und dabei völlig verändert. Heute dient dieser Ansitz hauptsächlich Wohnzwecken.
E: Gemeinde Bludesch
Lit: *Dehio, 52; Huber, 186; Ulmer, 815 ff*

R

Raczynski, Villa
→ Marienberg, Ansitz

Ramschwag, Burgruine
BH *Bludenz*
G und **KG** *Nenzing*
Von den drei Burgen (Alt-Ramschwag, Neu-Ramschwag und Wälsch-Ramschwag) sind heute nur mehr spärliche Reste vorhanden: der Wohnturm und verschiedene Mauern. Die Familie Ramschwag, die ersten Besitzer der Burg, ist ausgestorben. Ein Sproß dieses Geschlechts, Heinrich Walter Ramschwag, rettete 1278 während der Schlacht von Dürnkrut Rudolf von Habsburg das Leben und erhielt zum Dank folgende Güter zum Geschenk: 500 Mark Silber und als Lehen Schloß Toggenburg, die Vogtei zu Augsburg, den Zoll zu Lindau und die Rheinfähre zu Meiningen. Die 1176 urkundlich erwähnte Anlage hatte nach der Familie Ramschwag 1352 die Montfort-Feldkirch zu Besitzern und ab 1360 das Haus Österreich. 1405, im Appenzeller Krieg, wurde Burg Ramschwag durch Brand zerstört.
E: Gemeinde Nenzing
Lit: *Dehio, 325 f; Huber, 144 f; Ulmer, 501 ff*

Rankweil, Liebfrauenkirche (ehem. Burg)
BH *Feldkirch*, **B** 423
G und **KG** *Rankweil*
Heute geht die ehem. Burg vollkommen im Bau der Kirche auf. Im 12. Jh. wird in „Ranguil" eine Ritterburg erwähnt. Besitzer sind die Grafen von Montfort, die die Burg ihren Ministerialen, den Rittern von Rancwil, anvertrauen. Um 1350 wurde die Burg möglicherweise durch Brand zerstört oder verschwand bereits damals in der ausgebauten Liebfrauenkirche. Die Befestigungsaußenwerke blieben jedoch weiterhin in brauchbarem Zustand.
E: Röm.-kath. Pfarre Rankweil
Lit: *Dehio, 338 f; Huber, 126 f; Ulmer, 446 ff*

Riedenburg, Kloster (ehem. Burg Niedegg)
G *Bregenz, Arlbergstraße 88–96*
Die Kirche wurde 1887 im neugotischen Stil erbaut, das Schulgebäude in den Jahren 1901/02, das Priesterheim 1905–1906. Der alte Teil der

Burg mit seinen Ecktürmchen und gestaffelten Giebelwänden blieb jedoch deutlich erkennbar. 1217–33 wird die Familie Niedegg (oder Neidegg), Dienstmannen der Montfort, im Zusammenhang mit der Burg urk. erwähnt. 1407 im Appenzeller Krieg zerstört, wurde die Burg von Wilhelm Niedegg, dem späteren Bürgermeister von Lindau, teilweise wieder aufgebaut. Weitere Besitzer waren Hans Schwigger genannt Rem (bis 1530), Hans Schnabel, der einen teilweisen Umbau durchführte (bis 1570), Baron Pöllnitz (bis 1842) und seit 1853 die Ordensfrauen vom Heiligsten Herzen Jesu (Sacré coeur), die das Haus bis heute als Schule, Internat sowie als Erziehungsheim für Mädchen führen.
E: Ordensfrauen Sacré coeur
Lit: *Dehio, 77 f; Huber, 128 f; Ulmer, 374 ff*

Rönsperg, Ansitz
BH *Feldkirch*
G und **KG** *Schlins*
Heute stark veränderter, alter Ansitz (1497 urk. erwähnt), der ehemals aus einem schmalen, hochragenden Palas, sechsseitigen Erkern mit Zwiebeldächern, mit Wappen verzierten Mauern und einer 1557 erbauten Kapelle bestand. Besitzer waren Jakob Wittenbach von Ronnsperg (der vermutliche Erbauer), die Familien Altmannshausen (1555–17. Jh.), Schlandersberg, Stain, Castelmur (Castelmaur) und die Jesuiten in Feldkirch (18. Jh.).
E: Seit 1904 Familie Sonderegger
Lit: *Huber, 255; Ulmer, 804 ff*

Rosa-Michl-Hof, Ansitz
→ Helbock, Ansitz

Rosenegg, Burg
BH *Bludenz*
G und **KG** *Bürs*
Die alte Burg mit Bergfried und Ringmauer wurde 1898 zum Sommersitz der Familie Schultheiß ausgebaut (mit Veranda, Altane und stilgerechten Zinnen). 1360 urk. erwähnt, im Besitz der Grafen Werdenberg-Sargans. Als Besitzer folgten Martin Bürser, Herzog Sigismund von Österreich (Rosenegg wurde 1474 mit der Herrschaft Bludenz vereinigt), Christian Lorünser (1731), danach Fam. Schultheiß.
E: Fam. Lorünser
Lit: *Huber, 130 f; Ulmer, 517 ff*

Röthis-Schlößle, Ansitz (Röthner Schlößle)
BH *Feldkirch*
G und **KG** *Röthis*
Dreigeschoßiger Bau mit vorspringendem Satteldach, Giebel, Erker (vom ersten bis zum zweiten Stock) und danebenliegendem Stallgebäude. Im Hauptgebäude großer Flur mit Felder- und Stuckdecke. Die Fassade mit Fachwerk und Sonnenuhr mit Wappen der Litscher, Breisach und Frey. Der Edelsitz, dessen Bausubstanz aus dem 15. und 16. Jh. stammt, war im Besitz der Familien Litscher (15. Jh.), Frey von Schönstein, Clessin (18. Jh.–1836), und der Familien Keckeis und Sonderegger (20. Jh.).
E: Gemeinde Röthis
Lit: *Dehio, 348; Huber, 174 f; ÖKT, XXXII, 502 ff; Ulmer, 738 ff*

Röthner-Schlößle, Ansitz
→ Röthis-Schlößle, Ansitz

Ruggburg, Burgruine
BH *Bregenz*
G und **KG** *Eichenberg*
Erhalten sind Reste des Bergfrieds. Die turmartige Burg wurde vermutlich an der Stelle eines römischen Turmes errichtet (1040–1125). Besitzer waren die Familien Huoker von Ruggburg, Werdenberg (ab 1450), Fam. Rechberg (deren berühmtester Sproß der berüchtigte Raubritter Hans von Rechberg war, der in der Blütezeit des Faustrechtes die ganze Gegend zwischen Rhein und Donau unsicher machte und 1462 erschossen wurde), Freiberg (1589) und verschiedene andere, oft wechselnde Besitzer. Bekanntes Ausflugsziel.
E: Fam. Breckling
Lit: *Dehio, 165 f; Huber, 132 f; Ulmer, 333 ff*

S

St. Georgenberg-Sulz, Ansitz
→ St. Jergenberg, Ansitz

St. Jergenberg, Ansitz (St. Georgenberg-Sulz)
BH *Feldkirch*
G und **KG** *Sulz*
Stattliches dreigeschoßiges Gebäude mit ehemals gotischem Fenstergewände, einer getäfelten Stube mit Kassettendecke, Intarsien und Wappen der Besitzer. Der Edelsitz, der heute als Pfarrhof dient, wurde im 16. Jh. von der Fam. Metzler erbaut und liegt unmittelbar neben der in den Jahren 1903–04 in neuromanischem Stil errichteten Pfarrkirche. Die sogenannte „St. Jörgen-Kaplanei" stand bereits 1460 an der Stelle des heutigen Ansitzes. Die Besitzer waren die Familien Altmannshausen (der kunstvolle Epitaph des Achilles von Altmannshausen von 1560 befindet sich nun in der Annenkapelle zu Frommengersch), Furtenbach, Zech von Deybach und die Gemeinde Sulz (der Ansitz wurde bis 1890 als Amtshaus verwendet).
E: Röm.-kath. Pfarre Sulz
Lit: *Dehio, 388; Huber, 258 f; ÖKT, XXXII, 540; Ulmer, 745 ff*

St. Viner, Ansitz
BH *Bludenz*
G und **KG** *Nüziders*
Ehemals befestigter Edelsitz, im Ortsgebiet gelegen; ein Fachwerk-Riegelbau mit mächtigem Kellergewölbe, Tramdecken und Getäfel. Die daneben stehende Kirche ist die älteste Vorarlbergs (aus der Karolingerzeit um 860 n. Chr.). St. Viner war Sitz von Familien des niederen Adels, meist Dienstmannen der Werdenberger Grafen: Edle von St. Viner, Mallär, Triesen u. a. St. Viner stand von 1270 bis ins 16. Jh. meist in Zusammenhang mit den Herrschaften Blumenegg und Sonnenberg. Nach den Werdenbergern übernahmen die Grafen von Sargans die Burg. Eine Restaurierung erfolgte in den Jahren 1979/80.
E: Fam. Tschann
Lit: *Dehio, 331; Huber, 248 f; Ulmer, 532 ff*

Schattenburg, Burg
BH, G und **KG** *Feldkirch*
BT 33
Dynastenburg in dominierender Lage oberhalb der Stadt Feldkirch. Rechteckiger Bergfried (heute mit Pyramidendach), Zwinger, Halsgraben, Rondelle, gedeckter hölzerner Laufgang, Torweg, Zugbrücke, prächtige Holzsäule im Erdgeschoß, gotische Holzdecken, Renaissanceplafonds, alte und neue Kapelle. 1138 urk. erwähnt, sind an der Burg mehrere Bauperioden er-

kennbar: 12. Jh.: Bergfried und Palas; 1416–36: Erdgeschoß zwischen Palas und Bergfried (Toggenburger-Zeit); 1500: Ausbau der Verteidigungsanlagen (Aufkommen der Feuerwaffen), Rondelle; Errichtung der Riegelwandbauten (Königsegg-Zeit). Die Schattenburg war jahrhundertelang im Besitz der Grafen von Montfort, die die mächtigste Herrschaft des Landes (weit über das heutige Liechtenstein hinaus) innehatten. Diese Familie hatte schon damals eine Art soziales Netz für ihre Untertanen „gespannt“: Stiftungen, Fürsorge für die Bevölkerung, frühzeitige Entlassung aus der Leibeigenschaft usw. Nach dem Niedergang der Familie Montfort erwarb das Haus Österreich 1377 die Schattenburg, die Sitz der österreichischen Vögte und Pfandinhaber wurde: 1405–12 die Toggenburger (in dieser Zeit wurde die Burg im Appenzeller Krieg erobert und durch Brand zerstört); 1516–36 erneut die Toggenburger; 1568 die Hohenemser Grafen, dann Königsegg, Gienger von Wolfsegg; 1647 Sitz der schwedischen Besatzungsmacht; 1814 erfolgte die Versteigerung an den österreichischen Staat. Die Burg wurde Kaserne und später Sitz des Heimatschutzvereins. Die Schattenburg ist zu besichtigen (Heimatschutz-Museum, eingerichtet durch den Maler Florus Scheel; verschiedene Räume mit gotischem und Renaissancemobiliar, Aussichtsturm u. a.); in einem Teil ist eine Gaststätte eingerichtet. Laufend Restaurierungsarbeiten.
E: Stadt Feldkirch
Lit: *Dehio, 172 ff; Huber, 64 ff; ÖKT, XXXII, 200 ff; Ulmer, 115 ff*

Schedler, Ansitz
G *Bregenz, Schedlerstraße 8*
Langgestrecktes dreigeschoßiges Gebäude mit Satteldach. Im frühen 15. Jh. wird ein montfortisches Hausgut am Fuß des Talbachberges („Gut zum Schedler“) genannt. Spätere Besitzer waren die Bregenzer Bürger Leonhard Metzger, 1568 die Fam. Schmid (die spätere Fam. „von Wellenstein“), Adrian Abegg, 1571 Jakob von Altensteig, 1590–1616 die Benediktiner-Reichsabtei Weingarten. Bis in die erste Hälfte des 20. Jh.s war in dem Haus das Gasthaus „zum Walsertal“ untergebracht. Heute dient der Ansitz Wohnzwecken.
E: Dr. Georg Scharfetter
Lit: *Dehio, 112; Huber, 204*

Schnabelburg, Ansitz
G *Bregenz, Strandweg 43*
Kleiner dreigeschoßiger Bau mit Satteldach. Dieses heute „Schnabelburg“ genannte Haus wird 1566 erstmals urk. erwähnt. Es war im Besitz des Hans Schnabel von Schönstein, später des Abtes Jakob Albrecht vom Kloster Mehrerau. In der Folge verlieh das Kloster den Ansitz an Private. 1806 ging er in den Besitz des Ärars über. 1981/82 wurde das Haus restauriert.
E: Alfred Endrich
Lit: *Dehio, 113; Huber, 205*

Schwarzenhorn, Burgruine
BH *Feldkirch*
G und **KG** *Satteins*
Heute ist nur mehr der nördliche Teil des Bergfrieds als Mauerrest erhalten; auch am Burghügel befinden sich noch spärliche Mauerreste.

Unterhalb des Burghügels liegt ein alter Bauernhof mit geräumigen gewölbten Kellern, der immer noch mit „auf der Burg" bezeichnet wird. 1283 urk. genannt, war ein Schwarzhorn, Dienstmann der Montfort-Werdenberg, Besitzer der Burg. Vermutlich wurde Schwarzenhorn 1405 im Appenzeller Krieg zerstört und nicht wieder-aufgebaut.
E: Ernst Müller
Lit: *Dehio, 359;*
Huber, 136 f;
Ulmer, 491 ff

Sigberg, Burgruine
BH *Feldkirch*
G und **KG** *Göfis*
Nur mehr Reste der auf trapezförmigem Grundriß errichteten Grundmauern sind vorhanden. Die Bodenerhebung in dem Burghof wurde vermutlich durch die Trümmer des zusammengestürzten Bergfrieds gebildet. Wahrscheinlich befand sich hier eine römische Wehranlage (so wie bei der nahe gelegenen → Heidenburg). 1255 urk. erwähnt, mit dem Ritter von Sigberg übernahmen die Herren von Schlandersberg Burg Sigberg. Auch diese Familie erlosch 1590. Die Herren von Ramschwag folgten als Besitzer. Seit 1435 befindet sich die Burg im Verfall und ist heute stark verwachsen.
E: Gemeinde Göfis
Lit: *Dehio, 227;*
Huber, 138 f;
Ulmer, 481 ff

Sonderberg, Burgruine (Zunderberg)
BH *Feldkirch*
G und **KG** *Götzis*
Von der Anlage sind noch ein schmaler, hoher Turm mit Wendeltreppe und Kapelle (von 1700) vorhanden; auf dem ehemals steilen Dach befindet sich ein Dachreiter mit Glocke. Teile des Baues wurden 1890 abgerissen. Thomas Heinzle führte 1900 eine Restaurierung der restlichen Anlage durch. Dr. Friedrich Sandholzer, der Pfarrer der Kollegiatskirche St. Stephan zu Konstanz, erbaute um 1560 die Burg. Mit dem Aussterben der Familie im Jahr 1778 begann das Bauwerk zu verfallen. Wegen der guten Sicht zu den Nachbarburgen, wie Alt- und Neuems, Neu-Montfort und Neuburg (Signalisierungsmöglichkeit) war Sonderberg einst wichtige Wehranlage.
E: Kreszentia Moritz
Lit: *Dehio, 233;*
Huber, 176 f;
Ulmer, 713 ff

Sonnenberg, Burgruine (Nüziders)
BH *Bludenz*
G und **KG** *Nüziders*
Auf einem Felskegel Reste der Ringmauer und etwas tiefer vermutlich Reste des Palas. Heute ist die Anlage stark verwachsen. 1265 urk. erwähnt, war die Burg Eigentum der Montfort (abseits ihrer Gesamtbesitzungen). Weitere Besitzer waren Hartmann Graf von Werdenberg, Bischof von Chur (1388); 1404 wurde die Veste Nüziders durch Brand zerstört, 1412 wiederaufgebaut: seither Sonnenberg; Eberhard Truchsäß von Waldburg (1455); 1473 wurde Sonnenberg erobert, brannte ab und begann zu verfallen; Sternbach (1731), Lorünser und Liphart.
E: Christian Lorünser
Lit: *Dehio, 330 f;*
Huber, 84 f;
Ulmer, 198 ff

T

Tosters, Burgruine
BH und **G** *Feldkirch*
KG *Tosters*
Mächtiger Bergfried mit fünf Geschoßen, Teile des weit östlich davon gelegenen Palas, Mauerreste, Zwinger, Burghof sowie ein großes Plateau (wahrscheinlich Turnierplatz) sind heute noch erhalten. Unterhalb der Anlage liegt das St.-Cornelius-Kirchlein, welches möglicherweise einst die Burgkapelle war, da an der Burgruine kein Kapellenbau erkennbar ist; neben der Kapelle eine 1000jährige Eibe. 1271 urk. genannt, im Besitz einer Seitenlinie der Montfort-Feldkirch; weitere Besitzer waren die Fürstenberg (1362), das Haus Österreich (1390), 1405, im Appenzeller Krieg, wird Tosters, wie so viele andere Burgen in Vorarlberg, zerstört und anschließend wiederaufgebaut; Clary-Aldringen (1679), Erzherzog Franz Ferdinand (1905). Die Burg, die bereits seit 1685 verfällt, hat eine Aussichtswarte mit herrlicher Fernsicht.
E: Museums- und Heimatschutzverein Feldkirch und Umgebung
Lit: *Dehio, 175 f;*
Huber, 72 f;
ÖKT, XXXII, 336 ff;
Ulmer, 151 ff

Tschitscher-Schloß, Ansitz (Margarethenkapf)
BH, G und **KG** *Feldkirch*
Oberhalb des Ill-Durchbruchs, auf einer schmalen Felskuppe gelegener Wohnturm mit Kapelle, dreigeschoßig, mit Steilgiebel und Satteldach; die 1522 geweihte Kapelle mit Wandmalerei und Dachreiter. Der Name „Kapf“ stammt vom lateinischen caput und bedeutet „Felskopf“. 1620 wurde das Schloß von dem Hubmeister Paul Tschitscher erbaut, gelangte später in den Besitz der Fam. Clessin (1799, in der Franzosenzeit, fanden hier diverse Kämpfe statt), ab 1860 in den der Fam. Tschavoll. Ritter von Tschavoll (Bürgermeister von Feldkirch) errichtete um 1870 auf der oberen Terrasse des „Kapfes“ eine Villa mit Park.
E: Frieda Vogt
Lit: *Dehio, 200 f;*
Huber, 178 f;
ÖKT, XXXII, 198 f;
Ulmer, 788 ff

U

Unterhalden, Ansitz
BH *Bludenz*
G und **KG** *Bludesch*
Einfacher zweigeschoßiger Bau mit Mansarde. Die prächtige Holzkassettendecke des „Ahnensaales“ befindet sich heute im Vorarlberger Landesmuseum in Bregenz. Das jetzige Gasthaus „Zur Krone“ wurde um 1638 von Rudolf von der Halden erbaut. 1709–1802 war der Ansitz im Besitz des bayerischen Stiftes Weingarten, später des österreichischen Ärars (1806), bis 1814 des bayerischen Staates und anschließend wieder der österreichischen Krone. Seit 1930 gehörte Unterhalden der Fam. Moll aus Bludesch. Heute ist in Unterhalden das Gemeindeamt von Bludesch untergebracht.
E: Gemeinde Bludesch
Lit: *Dehio, 52;*
Huber, 187;
Ulmer, 815 ff

W

Weißenreuthe, Ansitz
G *Bregenz, Weißenreuteweg 30*
Stattliches dreigeschoßiges Haus. Die Fassaden sind mit Holzschindeln abgedeckt. Der heutige

Ansitz war einst Bauernhof des ehemaligen Lehengutes Reutin im Besitz der Grafen von Montfort-Bregenz, dann 1522–1617 der Edlen Leber von Wolfurt und anschließend bis 1806 des Klosters Mehrerau. Danach bäuerliches Eigentum. Das Haus wurde 1742 erneuert und ist als Wohngebäude in Verwendung.
E: Johann Georg Chemelli
Lit: *Dehio, 115; Huber, 208; Ulmer, 647 ff*

Wellenstein, Schloß
BH *Bregenz*
G und **KG** *Lochau*
In schönem Garten am Ufer des Bodensees gelegenes Schloß; Turm mit steilem Dachgiebel; an der Nordseite ein zweiter, breiter und niedrigerer Turm. Kapellenapsis auf Kragsteinen, Wappen über dem Tor, Stuckarbeit im ersten Stock. Der Name „Wellenstein" stammt von den sich am steinigen Ufer oft brechenden Wellen. 1569 genannt, mit Reutin von Wellenstein als Besitzer; 1600 Ernennung zum Freisitz; bis 1632 im Besitz der Schmid von Wellenstein (diese Familie stellte eine Anzahl von Kriegshelden); weitere Besitzer waren die Familien Deuring und Salis (1674); später mehrfacher Besitzerwechsel.
E: Gabrielle Rupp
Lit: *Dehio, 295 f; Huber, 180 f; Ulmer, 611 ff*

Wocher, Ansitz
→ Wohlwendhaus, Ansitz

Wohlwendhaus, Ansitz (Wocher)
BH und **G** *Feldkirch*
KG *Altenstadt*
Dreigeschoßiger Bau mit fünf Achsen, prächtigem Portal an der Straßenfront (1583), Segmentbogengiebel, zurückspringenden Seitenfronten, Muschel, Wappen der Familien Wocher und Püschel. Zweiläufige Holztreppe, qualitätvolle Rokokostuckdecken in der ehem. Kapelle und den Räumen des ersten und zweiten Stockes: Blumengewinde, Musikinstrumente, Wein- und Obstbau (1770–90). 1583 wurde der Ansitz von dem Freiherrn Anton von Wocher erworben und von seinen Nachfahren mehrmals umgebaut. J. v. Wocher war als Obmann des Grafen von Hohenems zuständig für die Bibliothek auf Schloß → Hohenems, als dort 1755 von Jacob Hermann Obereit die Handschrift „C" des Nibelungenlieds gefunden wurde. Wocher selbst fand 1779 die Handschrift „A". Gustav Max von Wocher war Feldmarschalleutnant und Inhaber des 25. Infanterie-Regimentes der k. u. k. Armee.
E: Österreichische Bundesbahnen
Lit: *Dehio, 205 f; ÖKT, XXXII, 310 ff; Ulmer, 778 ff*

Wolfegg, Palais
G *Bregenz, Kirchstraße 28*
Mächtiger dreigeschoßiger Bau mit zweigeschoßigen Mansarden, Ochsenaugenfenstern in den Giebeldreiecken und kreuzgewölbten Fluren im Inneren. Der ältere, bergseitige Trakt wurde 1688–90 vom Stadtamtmann Johann M. Chr. von Bildstein errichtet. Der nächste Besitzer Ferdinand Ludwig Graf zu Wolfegg (ab 1732) ließ an dem Haus mehrere Verbesserungen durchführen. Später verpachtete die Fam. Wolfegg das Palais an verschiedene Persönlichkeiten: ab 1778 Franz Graf von Seeau (kaiserlicher Landvogt für Vor-

arlberg), dann Franz von Vintler zu Platsch und Runggelstein (Kreis- und Landeskommissär in der Zeit der bayerischen Besetzung) u.a.m. 1901 wurde das Palais vom Landesausschuß erworben und anschließend von einigen Landeshauptmännern bewohnt. Heute ist darin das Vorarlberger Landesarchiv eingerichtet.
E: Land Vorarlberg
Lit: *Dehio, 101; Huber, 210 f*

Wolfurt, Schloß
BH *Bregenz*
G und **KG** *Wolfurt*
Mächtiger Bergfried, alter Wohntrakt, Wehrgang, Kapelle im Turm, Wendeltreppe bis zur Turmplattform, Stuckplafonds, bemalte Türen aus dem 18. Jh. Besitzer des Schlosses waren vom 13. bis 15. Jh. die Edlen von Wolfurt (Konrad von Wolfurt stiftete den berühmten Kelch von 1282, der sich heute in St. Gallen, Schweiz, befindet) als Lehensträger (1353 belehnte Kaiser Karl IV. die Brüder Hugo, Kuno und Egolf von Wolfurt), die Familie Leber (1477–1528), Familie Huter (1856–20. Jh.).
E: Friederike Schindler
Lit: *Dehio, 408 f; Huber, 146 ff; Ulmer, 358 ff*

Z

Zunderberg, Burgruine
→ Sonderberg, Burgruine

WIEN

Schloß Laudon

A

Abensperg-Traun, Palais
→ Ferstel, Palais

Albertina, Palais (ehem. Palais Erzherzog Albrecht bzw. Erzherzog Friedrich)
1., Augustinerstraße 1
Der Bau trägt den Namen nach dem Begründer der heute weltbekannten „Graphischen Sammlung Albertina", Herzog Albert von Sachsen-Teschen, dem Schwiegersohn Kaiserin Maria Theresias. Die alte Auffahrtsrampe wurde zur Stiege umgestaltet. Steinfigur von Wotruba; klassizistische Innenräume, Säulengang, Innenausbau durch Kornhäusel, Hauptsaal von Kornhäusel mit zehn Sandsteinfiguren, Apollo und die neun Musen darstellend. Prächtige Fußböden, schöne Öfen, eine Marmorbüste des Herzogs Albert von Sachsen-Teschen von Franz Xaver Messerschmidt. An der Ostseite der Rampe der sog. „Albrechtsbrunnen": Hauptgruppe mit „Danubius und Vindobona" sowie den Seitenfiguren, die Flüsse Inn, Save, Theiß, Mur, Salzach, March, Raab, Enns und Traun darstellend (1869 von Meixner errichtet); fünf dieser Figuren befinden sich heute vor dem Schloß in Wieselburg, Niederösterreich. Die Flußdarstellungen des Albertinabrunnens sind seit 1989 in Wiederaufstellung. Auf dem Plateau der Rampe das Erzherzog-Albrecht-Denkmal, von Zumbusch, 1899. Urspr. als Palais Taroucca erbaut; in den Jahren 1801–04 nach einem Entwurf Louis von Montoyer für Erzherzog Carl, den Sieger von Aspern, erweitert und die Fassaden verändert. Gegenüber der Albertina (in der heutigen Goethe-Hanusch-Gasse) wurde 1863 im Auftrag Erzherzog Albrechts vom Architekten Heft das große Verwaltungsgebäude (Beamtenwohnungen) seiner Musterbetriebe (Teschen, Selowitz, usw.) errichtet. Mittels eines gedeckten Verbindungsganges in Stockhöhe war nun die Administration auch vom Palais erreichbar. Heute sind in dem Gebäude die „Graphische Sammlung Albertina", die Papyrussammlung, die Musiksammlung sowie das Österreichische Filmmuseum untergebracht.
E: Republik Österreich (Bundesgebäudeverwaltung)
Lit: *C/G, 361; Dehio, 59*

Auersperg, Palais (Rofrano)
8., Auerspergstraße 1
Dreigeschoßiger Bau mit 20 Achsen an der Straßenfront; Mittelteil mit Säulenvorbau und einer großen Wappenkartusche der Familie Auersperg; ein turmartiger Erker an der Ecke zur Josefstädter Straße; schöner Park mit altem Baumbestand. Die ehem. Wagendurchfahrt wurde ab 1945 zu einer Halle mit Türen umgestaltet. Prächtiges Treppenhaus in den ersten Stock mit Figuren, Atlanten und einem Wandbrunnen, Repräsentationsräume mit klassizistischer Einrichtung, intarsierten Fußböden, Gobelins, einigen Gemälden (Breughel, Ribera, usw.), ein ovaler Hauptsaal mit Stuck von Johann Henrici. Girolamo Capece, Marchese di Rofrano, ließ auf den Grundstücken des Rottenhofes 1706 den Bau ausführen; der Mittelteil wurde nach 1721 durch den Bauunternehmer Jo-

hann Christian Neupauer errichtet. 1732 im Besitz der Gräfin Marie Therese Kinsky, seit 1781 der Fam. Fürst Auersperg. Im 19. Jh. wurde das Palais nach Plänen von Gangolph Kayser verändert. Die Räume werden heute für kulturelle Veranstaltungen, Empfänge und Ausstellungen genützt.

E: Firma Alfred Weiß Ges. m. b. H.

Lit: *C/G, 378; Dehio, 139f*

Augarten, Palais

2., Obere Augartenstraße 1

Hauptschloß (ehem. Palais Leeb) mit Ovalsaal im Mitteltrakt; an der Decke bemerkenswerte Arbeiten von J. Drentwett (18. Jh.) in Stuck und Fresken (die acht Tugenden und die vier Weltteile darstellend). Das ehem. Palais Trautson wurde 1683 von den Türken in Brand geschossen und seither als Ruine belassen (Reste einer Mauer erhalten). Das Saalgebäude ist ein schlichter eingeschoßiger Bau mit querovalen Lünetten über den Fenstern und einer einfachen Fassade. Das sog. Inspektionsstöckel stammt aus der 2. Hälfte des 18. Jh.s, das Kaiser-Joseph-Stöckel wurde nach einem Entwurf von Isidor Canevale (?) 1781 erbaut. Das triumphbogenartige Eingangsportal wurde ebenfalls nach einem Entwurf von Canevale um 1775 errichtet. Kaiser Matthias (1612–19) soll hier ein kleines Jagdhaus erbaut haben. Kaiser Ferdinand III. ließ 1650 den großen Garten anlegen und Kaiser Leopold I. ließ die Anlage 1677 zu einem barocken Lustgarten ausgestalten. Nach der Verwüstung durch die Türken 1683, wurde die Anlage durch den Gartenarchitekten Jean Trehet in französischem Stil neu angelegt. Kaiser Joseph II. hatte im Jahr 1775 die Parkanlagen der Öffentlichkeit zur freien Benützung übergeben und über dem Gartenportal folgende Inschrift anbringen lassen: „Allen Menschen gewidmeter Erlustigungs-Ort von Ihrem Schätzer." Das ehem. Palais Trautson wurde nach der Zerstörung teilweise wieder aufgebaut; in dem neu entstandenen Gartensaal wurden ab 1772 sogenannte Morgenkonzerte abgehalten. Mozart, später Beethoven, haben hier fallweise dirigiert und von 1820–47 fanden hier die ersten Maikonzerte von Johann Strauß Vater statt. Das Hauptschloß wurde in der Art von Johann Bernhard Fischer von Erlach im späten 17. Jh. für den Ratsherrn Zacharias Leeb erbaut und 1780 von Kaiser Joseph II. angekauft. 1867 war es der Wohnsitz des Obersthofmeisters Konstantin Fürst Hohenlohe, der hier berühmte Gäste empfing: Richard Wagner, Franz Liszt, Hans Makart u. a. 1934–36 wohnte Bundeskanzler Schuschnigg im Palais. Seit 1948 ist hier der Sitz der Wiener Sängerknaben (Kaiser Maximilian I. gründete diesen Chor). Das ehem. Palais Trautson ist heute Sitz der Wiener Porzellanmanufaktur „Augarten". Wien hat nach Meißen die zweitälteste Manufaktur Europas. 1718 erwarb Du Paquier das Privileg Porzellan herzustellen (bisher wurde es in der Porzellangasse erzeugt). 1744 erfolgte der Verkauf an Kaiserin Maria Theresia und die Erzeugung unter staatliche Verwaltung gestellt; der Bildhauer Josef Niedermaier wurde als Modellmeister

berufen. 1772 übernahm Konrad von Sorgenthal die Leitung (damals mit 500 Angestellten, davon 130 Malern). 1864 mußte der Betrieb wegen der starken Konkurrenz der böhmischen Manufakturen geschlossen werden. 1923 wurde die Manufaktur unter dem Namen „Augarten" wieder eröffnet. Bis heute erfolgt hier in Handarbeit die Herstellung hochwertigen Porzellans und die Manufaktur zählt heute zu einer der bedeutendsten der Welt. Auch das Inspektionsstöckel wird heute von der Manufaktur als Verwaltungshaus genützt. Das Kaiser-Joseph-Stöckel wurde von Joseph II. häufig selbst bewohnt; auch empfing er hier prominente Gäste, wie z. B. Zar Paul von Rußland und Papst Pius VI. Der gesamte Augarten ist Eigentum der Republik Österreich; die Wiener Sängerknaben und die Porzellanmanufaktur sind Mieter der Gebäude.
E: Republik Österreich
Lit: *C/G, 378 ff; Dehio, 99 f*

B

Barnabiten, ehem. Freihof
18., Gentzgasse 10
Fassade im josefinischen Stil, überhöhter Torbogen der Einfahrt, risalitartiger Mittelteil, wappengekröntes Mittelfenster, Hof, unter dem Hofniveau liegende Sala terrena (ehem. Refektorium) und Hauskapelle zum hl. Paulus. Bereits 1582 stand an dieser Stelle ein Haus, das 1683 niedergebrannt wurde. Bei dem 1729 fertiggestellten Neubau wurden wesentliche Teile des alten Gebäudes bewahrt. Damalige Besitzerin war eine Gräfin Lamberg; das Haus wurde als „Michaeler-Freihof" bezeichnet. In der Folge war der Freihof Sitz des Amtsmannes der Barnabiten (am 11. August 1763 wurde hier der letzte Währinger Gerichtstag, genannt „Taiding" abgehalten). Später war das Haus Sommersitz der Barnabiten. Seine heutige äußere Erscheinung hat das Haus von dem zwischen 1770 – 80 erfolgten Umbau. 1920 wurde die Wiener Barnabitenprovinz aufgelassen und der Freihof begann zu verfallen. Durch das Einschreiten des Bundesdenkmalamtes wurde ab 1971 das gesamte Objekt von Grund auf saniert und den heutigen Wohnbedürfnissen entsprechend ausgebaut. Neben einer gepflegten Wohnung ist das Gebäude Sitz der schwedischen Staatskirche; in der Hauskapelle werden evangelische Gottesdienste abgehalten.
E: BUWOG

Bartolotti-Partenfeld, ehem. Palais
1., Graben 11, Dorotheergasse 2–4
Das ehem. Palais ist das einzige Haus am Graben mit barockem Charakter. 10achsige Front, zwei Portale, flacher vierachsiger Risalit. Die Fassade am Graben ist vierachsig und dreigeschoßig (das oberste Geschoß wurde später dazugebaut). Im Stiegenhaus Figur des hl. Johann Nepomuk aus dem frühen 18. Jh. Der heutige Bau wurde vermutlich um 1720 nach einem Entwurf von Johann Lukas von Hildebrandt errichtet. 1364 wurde an dieser Stelle ein Haus als Apotheke urk. genannt; damals im Besitz von Heinrich von Eßlingen. 1410 Besitz des Apothekers Wolfgang Lengauer,

1446 des Vinzenz Hackenberger. Zu dieser Zeit fanden im Haus glanzvolle Feste statt, so z. B. in der Fastnacht vom 9. Februar 1456, als der junge König Ladislaus ein Tanzfest veranstaltete, oder 1458, als Kaiserin Eleonore für die Bürgerinnen von Wien einen großen Ball gab. 1520 im Besitz des Dr. J. G. Fürst, der später Bürgermeister von Wien wurde. Von 1707–35 Eigentum der Familie Bartolotti, Freiherren von Partenfeld, die aus dem Venezianischen stammten und 1729 in den Grafenstand erhoben wurden. 1824–1967 war das Haus Sitz des Herrenmodegeschäftes Josef Prix.
E: Firma Brieftaube-Moden
Lit: *C/G, 390; Dehio, 84*

Batthyány-Schönborn, Palais
→ Schönborn, Palais

Batthyány-Strattmann, ehem. Palais
1., Bankgasse 2, Herrengasse 19
In diesem Gebäudekomplex befinden sich zwei Paläste, Batthyány-Strattmann und Orsini-Rosenberg. 22 Achsen in der Bankgasse (Hauptfront), sieben Achsen in der Herrengasse. Schönes Portal (Herrengasse) mit darüberliegendem Batthyány-Wappen, Balkon mit schmiedeeisernem Gitter, flankiert von kriegerischen Figuren. Im Inneren Stuckarbeit an der Decke und den Wänden des Vestibüls sowie des Stiegenhauses. Das Haus wurde um 1695 erbaut und nach 1716 um zwei Nachbarhäuser erweitert. 1720 erwarb Gräfin Eleonore Batthyány-Strattmann alle drei Häuser und ließ auf diesem Grundstück das Palais in seiner heutigen Form errichten. Die Fassadengestaltung erfolgte durch Christian Oettl, nach Art des Johann Bernhard Fischer von Erlach. Im Haus sind heute neben Wohnungen und Büros die Kanzleien des Österreichischen Zivilschutzverbandes eingerichtet.
E: Amt der niederösterreichischen Landesregierung (Bankgasse)und Niederösterreichische Versicherungs AG (Herrengasse)
Lit: *C/G, 392; Dehio, 61*

Bellegarde, Palais
2., Praterstraße 17
Spätbarocke Fassade, Portal mit darüberliegendem barocken Balkon; vor den französischen Fenstern des ersten Stockwerkes befinden sich schmiedeeiserne Gitter. Der Bau wurde in der zweiten Hälfte des 18. Jh.s errichtet; im Jahr 1846 gelangte er in den Besitz der Grafen Bellegarde, die ihn nach einem Entwurf von Amadée Demarteau erweitern ließen.
E: Diverse
Lit: *C/G, 399*

Belvedere, Schloß
3., Prinz-Eugen-Straße 27 (Oberes Belvedere), Rennweg 6 (Unteres Belvedere), **BT** 34
Oberes Belvedere: Langgestreckter Baukörper mit 35achsiger Front; die Flügel sind zweigeschoßig, der Mittelbau dreigeschoßig. An den Seiten vier achteckige, kuppelbekrönte Eckpavillons; plastische Reliefs, Dachbalustraden, das Treppenhaus mit weißem Stuck (dieses war früher offen und wurde 1826 durch Türen und Glaswände verschlossen). Im Inneren Marmorsäulen, Konferenz- und Audienzsaal, Spiegelkabinett, Tafelzimmer, Kunstgalerie, Marmorkabinett, Kleider-, Schlaf- und Bilder-

zimmer, Bibliothek; Kapelle mit weißem Stuckmarmor, die durch beide Stockwerke reicht. In der Garderobe befinden sich mathematische und optische Instrumente, in der Bildergalerie italienische Gemälde und im Erdgeschoß Dekorationen von Drentwett. Goldkabinett mit Deckenbildern von Francesco Solimena. Hauptsaal mit Deckenfresko des Martino Altomonte, die Ehrengabe des Papstes nach dem Sieg bei Peterwardein 1716, darstellend. Sternförmig angelegte Menagerie (um die einzelnen Teile besser beobachten zu können).

Unteres Belvedere:

Für die Zeit der Entstehung völlig neu ist die Verbindung des Baues mit dem Boden auf dem er steht sowie die außerordentliche Breite der Anlage. Nur wenige Stufen führen in die Räume, die sich mit großen Türen und Fenstern gegen den Garten hin öffnen. Mittelpunkt des Unteren Belvederes ist der große Marmorsaal mit dem berühmten Standbild von Permoser, die Apotheose des Prinzen Eugen darstellend. Rechts und links in der langen Front befinden sich das Tafelzimmer, das Marmorkabinett, das Bilder-, Schlaf- und das Anlegezimmer, der Grotesken- und der Spiegelsaal, die Marmorgalerie und das Bücherkabinett. 1693 hatte Prinz Eugen begonnen, Grundstücke zwischen dem heutigen Rennweg und dem Gürtel zu erwerben. 1700 wurden bereits Terrassierungsarbeiten für den Garten eines Sommerpalastes durchgeführt. Johann Lukas von Hildebrandt übernahm die Planung, mit dem Konzept, einen Gartenpalast mit Flügelbauten, einen weiten Hofraum mit einem nach Süden ansteigenden Garten und einem großen Bassin zu bauen. Im Westen des Unteren Belvederes entstand nun die Orangerie, die 1717 mit kostbaren ausländischen Gewächsen ausgestattet wurde. Im Garten Kaskaden, Springbrunnen (eine Windmühle wurde zum Antrieb des Wassers errichtet); wie ein Teppich lagen die Gartenanlagen zwischen Rennweg und Gürtel auf dem ansteigenden Terrain. Prinz Eugen, ein großer Tierliebhaber, ließ auch eine Menagerie mit seltenen Tieren einrichten. 1720 hatte sich Prinz Eugen entschlossen, den unteren Sommersitz durch einen repräsentativen Schloßbau von fast kaiserlichen Ansprüchen auf der Anhöhe eines Gartens zu errichten. 1721 wurde mit dem Bau des Oberen Belvederes begonnen: Johann Lukas von Hildebrandt wurde mit dem Vorhaben beauftragt und beendete den Bau 1724. Die gesamte Anlage des Belvederes stellt für die Jahre ihres Entstehens eine einmalige Verschmelzung von Garten und Wohnraum dar. Nach dem Tode Prinz Eugens 1736, erwarb der kaiserliche Hof die gesamte Anlage. Im April 1770 fand hier eines der glanzvollsten Feste statt: ein Maskenfest anläßlich der Hochzeit von Erzherzogin Marie Antoinette mit dem Dauphin, bei dem 6000 Gäste anwesend waren. 1776 wurde die kaiserliche Gemäldegalerie von der Stallburg in das Belvedere übersiedelt. Die Tiere der Menagerie wurden nach Schönbrunn gebracht. Während der Franzosenkriege 1805–09 wurde der Großteil der Gemäldesammlungen verlagert. 400 Gemälde wurden von Napoleon angefordert, jedoch nach seiner Niederlage bei Waterloo wieder retourniert. Damaliger Direktor war Heinrich Füger, sein Nachfolger Josef Rebell und dessen Nachfolger Peter Krafft 1891 wurde das kunsthistorische Museum eröffnet und aus diesem Anlaß der Großteil der Gemälde dorthin übersiedelt. Im Kustodentrakt des Oberen Belvederes wohnte eineinhalb Jahre lang der Komponist Anton Bruckner und verstarb dort am 11. 10. 1896. Im Jahr 1900 wurde das Obere Belvedere als Wohnsitz für den Thronfolger Franz Ferdinand restauriert, teilweise mit neubarocker Einrichtung ergänzt und mit der Kunstsammlung der Familie Este ausgestattet. Im Unteren Belvedere war 1899–1914 die Militärkanzlei des Thronfolgers untergebracht. Nach dem Tod des Erzherzogs wurden im Oberen Belvedere verschiedene Ausstellungen berühmter Maler gezeigt, wie Gustav Klimt, Oskar Kokoschka, Herbert Böckl, etc. 1919 gelangte die gesamte Anlage in den Besitz des Österreichischen Staates. Richard Strauß lebte 1925–44 in einer Wohnung oberhalb des botanischen Gartens und vertonte hier „Blick vom Oberen Belvedere". 1938–40 fanden hier die „Wiener Schiedssprüche" statt: Die Festlegung der Grenzen zwischen Ungarn, Slowakei und Rumänien. 1940/41 wurde der „Dreierpakt" zwischen Deutschland, Italien und Japan unterzeichnet. 1944/45 wurden die Gebäude durch Bombentreffer schwer beschädigt, nach dem Zweiten Weltkrieg jedoch wieder vollständig aufgebaut. Welthistorische Bedeutung erlangte das Belvedere durch den am 15. Mai 1955 im Marmorsaal unterzeichneten österreichischen Staatsvertrag. Das Obere Belvedere ist heute der Österreichischen Galerie eingeräumt. Im Unteren Belvedere ist das Österreichische Barockmuseum untergebracht. In der umgebauten Orangerie befindet sich das Museum mittelalterlicher österreichischer Kunst.

E: Republik Österreich

Lit: *C/G, 399; Dehio, 108 ff*

Bischofshof, erzbischöfliches Palais (Residenz der Bischöfe bzw. Erzbischöfe von Wien)

1., Rotenturmstraße 2

Straßenfront dreigeschoßig, Stephansplatz-Fassade zweigeschoßig; vorspringender Chor der Andreaskapelle (ehem. Achazius-Kapelle, urk. 1271). Hof mit offenen Arkaden, welche später vermauert und 1980/81 wieder freigelegt wurden. Prächtiger Wandbrunnen aus dem 17. Jh., Treppenhaus mit Steinbalustrade, Repräsentationsräume im ersten Stock mit Stuckdecken, Bibliothek. Urk. 1276 ein alter Pfarrhof zu St. Stephan, später „Propsthof", um 1475 „Bischofshof"; nach einem Brand 1627 vermutlich durch Giovanni Coccapani (1582–1649) wiederaufgebaut; ab 1723 „Erzbischöfliches Palais". Neben der erzbischöflichen Residenz befinden sich in dem Gebäude das Diözesanmuseum, die Kardinalsresidenz für Österreich sowie einige Geschäfte im Parterre.

E: Erzdiözese Wien

Lit: *C/G, 405; Dehio, 63*

Breuner, Palais (Neupauer-Breuner)
1., Singerstr. 16, **B** 486
Vier Geschoße über einem Tiefparterre, mit elf Achsen, reich gegliederter Fassade, die in Einzelheiten und der Dekoration an Johann Lukas von Hildebrandt erinnern. Prächtiges Portal mit Hermen, Plastiken und Balkon (Statuen des Herkules, des Antäus sowie des Äneas und des Anchises). Das Mittelfenster des Hauptgeschoßes wird von dem Wappen der Familie Breuner bekrönt, welches von zwei Puttenfiguren getragen wird. Mächtige Einfahrtshalle; dort beginnt an der linken Seite die Hauptstiege mit Plastiken in den Nischen; ein Kamin mit Relief aus der ersten Hälfte des 18. Jh.s, bezeichnet Matthäus Donner. Repräsentationsräume im Hauptgeschoß mit Holzvertäfelungen, Kaminen und Parketten aus der zweiten Hälfte des 19. Jh.s. Das Palais zählt zu den besten Schöpfungen des Wiener Barocks. Die Tore und die Portalplastiken wurden 1945 durch Bombensplitter beschädigt und 1970 restauriert. 1715 erwarb der Bauunternehmer und Stadthauptmann Johann Christian Neupauer das Haus des Grafen Karl Ludwig de Souches und ließ es großzügig umgestalten. Spätere Besitzer waren die Gräfin Hallweil, die Grafen Breuner-Enkevorth (1870) bzw. deren Erben Metternich-Ratibor. Die Repräsentationsräume werden fallweise für kulturelle Veranstaltungen vermietet (derzeit Auktionshaus Sotheby's).
E: Franz Herzog von Ratibor-Metternich – Sandor Breuner
Lit: *C/G, 672; Dehio, 76*

C

Caprara, Palais (Geymüller)
1., Wallnerstraße 8
Dreigeschoßiges Gebäude mit neun Achsen; zwei Atlanten flankieren das Portal und tragen einen Balkon mit Baluster; elegante Einfahrtshalle mit fünf Säulenpaaren, großer Hof. Repräsentationsräume mit schönen Parkettböden und Stuckarbeiten im ersten Stock. Das „Pompejanische Zimmer" befindet sich derzeit im „Historischen Museum der Stadt Wien". Enea Sylvio Caprara, Feldmarschall und Vizepräsident des Hofkriegsrates, ließ das Palais 1698 erbauen. 1797 im Besitz des Barons Wimmer, von dem es 1798 Johann Bernadotte als Gesandter der französischen Republik mietete. Als dieser am 13. April 1798 anläßlich eines Festes die Fahne der französischen Republik hißte, riß das Volk die Trikolore herab und Graf Bernadotte mußte Wien verlassen. Noch im Jahr 1798 kaufte Baron Geymüller (aus der angesehenen Bankiersfamilie) das Palais und ließ es im Empirestil umbauen und einrichten. Spätere Eigentümer waren die Familie Baron Pouthon (1897) und das Land Niederösterreich (1905).
E: Österreichische Realitäten AG
Lit: *C/G, 496 f; Dehio, 62*

Chotek, ehem. Palais
9., Währinger Straße 28
Der Bau in seiner heutigen Form stammt von 1874 (damals erfolgte ein Umbau nach Entwürfen von Lothar Abel). Elegante Einfahrt, Repräsentationsräume im ersten Stock, Verkaufslokale im Parterre. 1716 erwarb der Erzbischof von Valencia, Antonio Folco de Car-

dona, einen prächtigen, mit zwei großen Freitreppen geschmückten Gartenpalast der Familie Khevenhüller. 1753 schenkte Kaiserin Maria Theresia dieses Palais dem Grafen Chotek. 1841 übersiedelte das Zivilmädchenpensionat, zur Heranbildung von Lehrerinnen und Gouvernanten in dieses Haus. 1877/78 wurde der Bau für die Lehrerinnenbildungsanstalt erweitert. Die Familie der Grafen Chotek ist heute ausgestorben; eines der letzten Mitglieder dieser Familie war die Gattin des Thronfolgers Franz Ferdinand, Gräfin Sophie Chotek, spätere Herzogin von Hohenberg, die beim Attentat in Sarajevo am 28. 6. 1914 ums Leben kam.

E: Firma Friedrich Otto Schmidt
Lit: *C/G, 428; Dehio, 147*

Clam-Gallas, Palais (ehem. Dietrichsteinsches Sommerpalais)
9., Währinger Straße 30
Zweigeschoßiger klassizistischer Bau mit je einem Vorbau mit Säulen an der Vorder- und Rückseite. 1690 erwarb Ferdinand Josef Fürst Dietrichstein das gesamte Gebiet zwischen dem Plateau auf der Währinger Straße, genannt die „Schottenpoint", bis in die Roßau. Karl Dietrichstein ließ den Park anlegen, welcher sich von der Währinger Straße über den Strudelhof bis in die Liechtensteinstraße 37–43 erstreckte. In den Jahren 1834/35 ließ die Familie Dietrichstein das Palais an der Stelle einer Villa, nach dem Entwurf von Heinrich Koch, errichten. Der ehemalige Gartensalon des anschließenden Gasthauses „Zum Goldenen Engel" wurde in eine große Wagenremise für Pferdekaleschen umgestaltet. Durch die Heirat Klothilde Dietrichsteins mit Eduard Graf Clam-Gallas (1805–1891), Feldmarschalleutnant, Besitzer der gesamten ehem. Wallensteinschen Herrschaften in Böhmen, Herzog von Friedland usw., gelangte das Palais in den Besitz der Familie Clam-Gallas und wurde 1850 auch nach dieser benannt. 1951 wurde die Anlage mitsamt dem Park an die Republik Frankreich veräußert, die hier das „Lycée Française" einrichtete. Heute hat sich auch das französische Kulturinstitut hier etabliert.

E: Republik Frankreich
Lit: *C/G, 438 f; Dehio, 147*

Clary, Palais (Mollard)
1., Herrengasse 9
Viergeschoßiger Bau mit originellem Portal, bemerkenswertem Balkon mit Balustrade, großer korinthischer Pilasterordnung, Risalite mit Schmiedeeisengitter; zwei kleine Höfe, die durch eine Bogenhalle verbunden sind; in einem ein Gitterbrunnen von 1570 (urspr. aus dem niederösterreichischen Landhaus). Besitzer des Hauses waren im 15. Jh. die Herren von Stubenberg, die Sponnberg, die Zelking und ab 1563 die Familie Mollard. Später begründete der Jesuitenorden hier ein Seminar. 1760 erwarb Franz Wenzel Graf Clary-Aldringen (1767 in den Fürstenstand erhoben) das Haus und ließ es umbauen. Seit 1924 ist in diesem Palais das Niederösterreichische Landesmuseum untergebracht; 1947–50 wurden das vierte Geschoß errichtet sowie die Freskengalerie und die Prunkräume

wiederhergestellt. 1982 Fassadenrestaurierung.
E: Seit 1922 Land Niederösterreich
Lit: *C/G, 430; Dehio, 76*

Coburg, Palais
1., Seilerstätte 1–3
Mächtiges zweistöckiges Gebäude mit einundzwanzig Achsen, das zum Teil auf der alten Bastei errichtet wurde. Vor der Fassade gegen die Ringstraße wurde in den Jahren 1843–47 durch den Architekten Schleps ein zweistöckiger Vorbau mit jeweils acht Säulen errichtet. Da den Wienern die Säulen zu schmächtig vorkamen, wurde das Palais im Volksmund als „Spargelburg" bezeichnet. Der ältere Teil des Palais bestand urspr. aus zwei kleinen Häusern, die 1801 in den Besitz der herzoglichen Familie Coburg-Kohary übergingen. Diese Linie besaß in Rumänien große Besitzungen. In der Folge wurde das jetzt bestehende Gebäude in der Seilerstätte errichtet. 1847 erfolgte ein Zubau gegen das Stubentor, der später als Mietobjekt verwertet wurde. Im Palais ist heute die Generaldirektion der Österreichischen Bundesbahnen untergebracht.
E: Hans Schöll
Lit: *C/G, 430*

Collalto, Palais
1., Am Hof 13, Schulhof 8
Der Bau wurde um 1671 erbaut; die Hauptfassade zwischen 1715 und 1725 erneuert. Barockisiertes Gebäude, 5achsige Hauptfassade mit kolossalen Pilastern und Dreiecksgiebel; letzterer wurde im 19. Jh. abgetragen. Im 16. Jh. Besitz der Jesuiten. 1611 kauften die Stände das Haus und schenkten es dem damaligen Palatin von Ungarn, dem Grafen Thurzo. 1671 wurde es dem Grafen Collalto übergeben. 1762 gab es hier einen Auftritt des 7jährigen Mozart; eine Gedenktafel (1956) erinnert daran. 1804 wurde gegen den Schulhof zu einem Haushof hin ein drei Stock hoher Trakt mit klassizistischer Fassade aufgeführt.
E: Länderbank
Lit: *C/G, 431*

Cumberland, Palais
14., Penzinger Straße 9–13
Heute bestehend aus drei Häusern (Penzinger Straße 9, 11 und 13). Nr. 9 hieß Lothringer- oder Prinz-Karl-Haus und war von Emanuel de Silva-Taroucca, Mentor Maria Theresias erbaut worden. Seinen Namen hatte es nach Karl von Lothringen, dem Bruder von Kaiser Franz I., der hier lebte. Heute ist in dem Haus das „Reinhardtseminar" (eine Schauspielschule) untergebracht. Nr. 11 war das frühere Palais Taroucca (seit 1775), später das Palais Pouthon und seit 1921 ist es Sitz der tschechoslowakischen Botschaft. Nr. 13 war das ehem. kaiserliche Jägerhaus und ist heute ebenfalls der tschechischen Botschaft zugehörig. Der ehem. Exerzierplatz der Kaserne bildet seit 1841 den heutigen Park. Der Name des Palais stammt von König Georg V. von Hannover, der nach seiner Abdankung den Titel „Herzog von Cumberland" annahm und für den das Haus Nr. 9 in den Jahren 1867/68 umgebaut wurde.
E: Republik Österreich
Lit: *C/G, 432 f*

D

Damian, Palais
8., Lange Gasse 53
Urspr. nur ein Mitteltrakt mit offenen Arkaden und flachem Dach. Das Palais wurde um 1700 für Karl August von Damian errichtet. 1774 wurde der Bau von Matthias Gerl durch den Anbau von zwei Seitenflügeln erweitert; hiedurch entstand ein kleiner Ehrenhof zur Straße hin Heute ist es Sitz des Kriegsopferverbandes für Wien, Niederösterreich und Burgenland.
E: Gemeinde Wien
Lit: *C/G, 435; Dehio, 140*

Daun, ehem. Palais
→ Kinsky, Palais

Dietrichstein, ehem. Sommerpalais
→ Clam-Gallas, Palais

Dietrichstein-Ulfeld, Palais
1., Minoritenplatz 3
Obersthofmeister Graf Ulfeld hatte diesen Baugrund 1753 erworben. Gegen Ende des 18. Jh.s standen hier zwei ältere Häuser. Der Bau wurde 1755 unter Verwendung älterer Bauteile durch Franz Hillebrand teilweise umgetaltet. Im Jahr 1757 erwähnte man das Gebäude als fertiggestellt. 1806 verstarb hier Erzherzog Ferdinand. 1807 wurde das heutige Palais errichtet. 1853 Besitz des Franz Josef von Dietrichstein. Der weitgehende Einbezug älterer Bauteile ist sowohl innen als auch außen deutlich erkennbar.
E: Bund
Lit: *C/G, 438*

Dr. Johann Georg Hoyos, Palais
3., Grimmelshausengasse 12
Kleines Stadtpalais des 20. Jh.s., das aus Parterre, Beletage und einem Obergeschoß besteht. Vom Vestibül gelangt man über eine elegant geschwungene hölzerne Treppe mit geschnitztem Geländer zur Beletage. Salons und Speisezimmer mit vornehmen Möbeln und guten Bildern. Die Familie Marton ließ das Haus 1912 erbauen und verkaufte es 1920 an Dorothy Gräfin Pálffy; ab 1950 Eigentum von Dr. Johann Georg Hoyos.
E: Firma Societe Mobiliere et Immobiliere Realia

E

Equitable, Palais
1., Stock-im-Eisen-Platz 3–4
An der Hauptfront fünfachsig und fünfstöckig, auf der Seite der Kärntner Straße elfachsig und auf der der Seilergasse zwölfachsig. Bronzene Türflügel mit Reliefs (die auf die Stock-im-Eisen-Sage Bezug nehmen) von Rudolf Weyr, Hermen von Viktor Tilgner, figuraler Schmuck von Johann Schindler. Prunkvoller, mit verschiedenfärbigem Marmor verkleideter Stiegenaufgang und Eingang. Sogar der Lichthof ist schön ausgestaltet, mit Marmor und Mosaiken, mit einer Glaskuppel überdacht. Das heutige Palais steht an Stelle von sieben kleinen Häusern, welche 1886 abgerissen wurden. Die New Yorker Lebensversicherungsgesellschaft „Equitable“ ließ das Gebäude 1890/91 durch den Architekten Andreas Streit errichten. Im Gebäude befinden sich heute Büros und Geschäftslokale.
E: Länderbank, Augarten-Gesellschaft, RUF-Buchhaltungsgesellschaft, u. a. m.
Lit: *C/G, 461; Dehio, 89*

Erdödy, Palais
→ Fürstenberg, Palais
(1., Himmelpfortgasse 13)

Erlaa, Schloß
23., Erlaaer Straße 54
Viereckiger Bau mit Seitenflügeln, der einen großen Hof umschließt. Zu beiden Seiten der Hauptfront führt eine Stiege in das erste Stockwerk. Im Mittelteil des Schlosses ein großer Gartensaal mit Kunstmarmor und Stuckdecke. Von hier gelangt man über eine Freitreppe in den großzügig angelegten Park. In diesem befinden sich ein Aussichtsturm, eine künstliche Grotte, ein Glashaus, Teiche, Statuen (Apollo, Lorelei, Neptun und Atlas) sowie eine künstliche Ruine. Eine achtreihige Kastanienallee führt zur Breitenfurter Straße. 1114 und 1170 urk. erwähnt; 1242 unter Hartung von Erlaa genannt. Die Ortschaften Erlaa und Atzgersdorf bildeten damals eine Grundherrschaft. Nach den Zerstörungen durch die Türken (1683) wurde das Schloß in dem großen Park neu errichtet. Unter Elimar Herzog von Oldenburg erfolgte ein weiterer Umbau.
E: Fam. von Brenner-Felsach/Nachfahren Weiß-Tessbach bzw. Laudon
Lit: *C/G, 462*

Erzbischöfliches Palais
→ Bischofshof, erzbischöfliches Palais

Erzherzog Carl Ludwig, ehem. Palais
4., Favoritenstraße 7
Der ehem. Straßentrakt wurde nach Kriegseinwirkung abgetragen und durch einen Neubau ersetzt. Heute noch erhalten sind der schöne Ehrenhof sowie der Gartentrakt. Einstöckige Hoffassade mit einfacher Gliederung; Mittelteil mit Vorhalle für Wagendurchfahrt, darüber Terrasse mit Balustrade; am Gesims Putti aus Sandstein. Großes Wappen der Familie Habsburg-Lothringen. Im Inneren Stiegenhaus mit schmiedeeisernem Geländer und reicher Ornamentik, Stuck- und Holzdecken, Saal mit Stuccolustro, reiche Ausstattung mit Wappenkartuschen, mit Spiegeldecken und Medaillons. Seit 1780 stand an der Stelle ein kleines Schlößchen, das 1799 um den Straßentrakt erweitert wurde. 1872–73 wurde es durch Heinrich von Ferstel umgebaut. Seit 1980 befinden sich im Gebäude Kanzleien und Wohnungen sowie ein Architektenbüro.
E: Republik Österreich

Erzherzog Ludwig-Viktor, ehem. Palais
1., Schwarzenbergplatz 1
Fünfstöckiges Gebäude mit drei Straßenfronten; die Hauptfassade liegt gegen den Schwarzenbergplatz; diese mit Mittelrisalit, Säulen und Figuren. Im Keller waren urspr. Stallungen für Pferde untergebracht. Originelle Stiege mit interessantem Treppenbild. Das Palais wurde in den Jahren 1864–69 von Heinrich von Ferstel im italienischen Renaissancestil errichtet. Es war Wohnhaus des Erzherzogs Ludwig-Viktor und ab 1911 Sitz des Wiener Militärkasinos. Heute ist das Palais Bürohaus.
E: Republik Österreich
Lit: *C/G, 463; Dehio, 74 f*

Eßling, ehem. Schloß
22., Eßlinger Hauptstraße 81–87
Urk. erstmals 1287 genannt, bestehend aus zwei zweigeschoßigen barocken Teilen, die

durch einen Zwischenbau verbunden sind. Aus dem ehem. Schloß wurde ein Gutshof der Gemeinde Wien.
E: Gemeinde Wien
Lit: *C/G, 464*

Esterházy, Palais (gräfliche Linie)
1., Kärntner Straße 41
Eine zweistöckige und siebenachsige Front zur Kärntner Straße, zur Annagasse zweistöckig und zwölfachsig (wobei der östliche Teil dreistöckig ist). Bei beiden Fronten sind die Mansarden ausgebaut. Oberhalb des Eingangstores Annagasse ein Wappenstein der Familie Esterházy. Im Inneren nur mehr Reste der Empireeinrichtung. Dieses Haus war das einzige der Kärntner Straße, welches die verschiedenen Umgestaltungen sowie den Zweiten Weltkrieg unbeschadet überstand. Am 23. 1. 1968 wurde es durch Brand teilweise zerstört. Seit 1980 sind die Fassade in gelb-weiß sowie die Fenster in grün gehalten. 1437 Hebrein der Pekschе (als Nachbar von Hans Lengker) genannt; es handelte sich damals um zwei Häuser. 1684 Besitz des Adam Antonius Grundemann von Falkenberg auf Waldenfels in Oberösterreich (Kaiserl. Rat und Regiment-Regent der Niederösterreichischen Länder); das Haus hieß damals „Zum Goldenen Löwen"; 1767 des Freiherrn von Harrucker, 1785 des Grafen Károly (der vermutlich den Balkon dazubaute); 1833 wurde die Seitenfront zur Annagasse teilweise aufgestockt. Im Parterre befindet sich der bekannte Haute-Couture-Salon von Fred Adlmüller, im ersten Stock ein Casino der Österreichischen Spielbanken AG.
E: Seit 1871 Familie Graf Esterházy
Lit: *C/G, 464*

Esterházy, Palais
1., Wallnerstraße 4
Dreigeschoßiger Bau mit elf Achsen, Balkon mit schmiedeeisernem Gitter, großem Esterházywappen über dem Mittelfenster im ersten Stock, Kapelle (1699 geweiht) mit barocken Altären, einem Altarbild des hl. Leopold aus dem 18. Jh., einer Orgel um 1800, dem Kapellenturm (nach 1737), Innenräume mit Stuckverzierungen, einem Saal mit chinesischen Lackvertäfelungen, einem Empiresaal aus der ersten Hälfte des 19. Jh.s. Urspr. stand an dieser Stelle ein kleines Jagdschloß des Babenbergers Leopold III. (Gedächtnistafel im zweiten Hof). Der heutige Bau besteht aus mehreren Häusern, die drei Höfe mit gemeinsamer Durchfahrt umfassen und wurde 1695 durch den Fürsten Paul Esterházy (Palatin von Ungarn) nach den Plänen des Architekten Francesco Martinelli errichtet bzw. umgebaut. Im 18. u. 19. Jh. wurden noch einige Häuser der unmittelbaren Nachbarschaft dazugekauft und mit dem älteren Stammgebäude als Esterházysches Fideikommißhaus vereint. Im Jahr 1809 logierte hier der französische Marschall Berthier. Nach schweren Kriegsschäden 1945 in den Folgejahren wiederhergestellt.
E: Dr. Paul Fürst Esterházy/Erben
Lit: *C/G, 464; Dehio, 63*

F

Faniteum
13., Ober-St. Veit, Hanschweg
Die Anlage erinnert an einen toskanischen Landsitz. Die Kapelle ist der Capella Pazzi in Flo-

renz nachempfunden; die Freskenzyklen stellen die „Werke der Barmherzigkeit" dar und stammen von W. Steinhauser. Karl Graf Lanckorónski wollte mit seiner Gattin Franziska „Fanny" geb. Gräfin Attems, am Ober-St. Veiter-Hanschweg um 1890 einen Wohnsitz errichten. Da aber die Gräfin ein Jahr nach der Hochzeit im Kindbett verstarb, wurde der Plan so abgeändert, daß für sie ein Mausoleum und statt der Villa ein Mädchenrekonvaleszentenheim errichtet wurde (durch den Basler Architekten Emanuel La Roche). Während des Ersten Weltkrieges diente das Haus als Lazarett; 1938 wurde es von der deutschen Luftwaffe beschlagnahmt, 1945 von der britischen Besatzungsmacht beansprucht und in den Jahren 1948–54 neuerlich als Kinderheim verwendet. Die Töchter des Grafen Lanckorónski verkauften das Faniteum und schenkten den Gesamterlös religiösen Institutionen in ihrer alten Heimat Polen. 1974 wurde das Haus durch den Architekten Walter Hildebrand umgestaltet und ist seither Konvent.

E: Orden der Karmeliterinnen
Lit: *C/G, 468*

Ferstel, Palais (Abensperg-Traun), (Bank- und Börsengebäude von Heinrich Ferstel, ehem. österreichisch-ungarische Bank)
1., Herrengasse 14, Freyung 2
Historistischer Bau mit Elementen aus der Romanik und Frührenaissance. Großer Balkon, der über neun Fensterachsen reicht; die Front zur Freyung mit offener Bogenhalle (Loggia); Halle und Stiegen sind mit Untersberger Marmor ausgeführt; die Brunnenfigur wurde von Heinrich von Ferstel entworfen und durch Anton Dominik Fernkorn ausgeführt. Die Malereien im Inneren stammen von Carl Geiger, die Skulpturen von Josef Gasser. Ernst Graf von Abensperg und Traun erwarb 1651 das bestehende Gebäude und anschließende Häuser und ließ alles zu einem prächtigen Palais ausbauen. Die Architekten waren vermutlich Giovanni Pietro Tencala sowie Filiberto Lucchese. 1652 wurde hier die erste Wasserleitung in einem Privathaus Wiens installiert. Bei der zweiten Türkenbelagerung 1683, wurde das Haus durch Brand zerstört und 1700 wiederaufgebaut. Der heutige Bau wurde in den Jahren 1855–60 durch Heinrich von Ferstel für die Nationalbank neu errichtet (damals wurden die Bank, der Börsensaal, ein Bazar und ein Kaffeehaus in einem Gebäude vereinigt). Das Café Central war Treffpunkt bedeutender Künstler und Literaten, wie z. B. Peter Altenberg, Stephan Zweig, u. a. m. Durch Kriegseinwirkung 1945 wurde das Palais schwer beschädigt und war abbruchreif. Durch die neue Einstellung zu historistischen Bauten wurde das Gebäude in den letzten Jahren großzügig restauriert. Der Haupteingang in der Herrengasse wurde in den Jahren 1988/89 wiederhergestellt; ebenso das Vestibül und links daran anschließend ein Bankraum. In der Passage befinden sich heute Geschäftslokale, im ersten Stock Repräsentationsräume für kulturelle Veranstaltungen und im Parterre das neue Café Central.

E: Österreichische Realitäten AG
Lit: *C/G, 682 f; Dehio, 77*

Fürstenberg, Palais
1., Grünangergasse 4, Domgasse 10
Siebenachsige Hauptfront, vier Geschoße, interessantes Portal bekrönt mit einem mächtigen Wappen (des Ignaz Eisler von Terramare, 1901); Eingangshalle mit zierlichem Stuck, von dort ausgehend das prächtige Treppenhaus, mit Stuckarbeit und durchbrochenem Steingeländer. In den schwarzen Mauernischen weiß gestrichene Götterstandbilder (Venus, Merkur, Minerva und Herkules). Im Hauptsaal eine barocke Stuckdecke mit allegorischer Darstellung. Das Palais wurde um 1705 von Beduzzi erbaut. In den Jahren 1980/81 wurde das Innere mustergültig restauriert, wobei besonders die Stuckarbeiten sorgfältig wiederhergestellt wurden.
E: Hauptverband des österreichischen Buchhandels sowie Innung der graphischen Unternehmungen Österreichs
Lit: *C/G, 487 f; Dehio, 65*

Fürstenberg, Palais (Erdödy)
1., Himmelpfortgasse 13
Gebäude mit fünf Geschoßen und sieben Achsen, einfacher Fassade, reichem Portal, Balkon mit darüberliegender Helmzier des Fürstenbergwappens, Durchgangshalle mit flachen Kreuzgewölben, einfachem Treppenhaus und schönen Räumen mit Stuckverzierung in der Beletage. Das Grundstück gehörte urspr. dem Kloster „Maria porta coeli" (daher der Name „Himmelpfortgasse"), später der Familie Graf Aspermont, ab 1714 der Familie Graf Erdödy und schließlich den Landgrafen zu Fürstenberg (heute Johannes Prinz und Landgraf zu Fürstenberg); der heutige Bau wurde vor 1724, wahrscheinlich nach Entwürfen des Architekten des Palais Breuner (Singerstraße 16) errichtet. Seit 1980 ist an der Fassade folgende Inschrift angebracht: „Hier stand Ende des 17. Jh.s das Palais Aspermont. In diesem Gebäude verweilte während seiner mehrmaligen Wiener Aufenthalte in den 1690er Jahren Fürst Ferencz Rakoczi II." Dieser war Führer der ungarischen Freiheitsbewegung gegen Habsburg; er war 1704 Fürst von Siebenbürgen, 1705 Fürst von Ungarn; er stand an der Spitze eines Bauernaufstandes gegen Leopold I. Nach dem Scheitern seiner Pläne floh Rakoczi zuerst nach Polen und später in die Türkei. Seine Gebeine ruhen in Kaschau. Im Palais sind heute Geschäftslokale untergebracht.
E: Peter Bauer
Lit: *C/G, 488; Dehio, 65*

G

Gallitzin, Sommerschloß
→ Wilhelminenberg, Schloß

Geymüller, Palais
→ Caprara, Palais

Geymüllerschlößl
18., Khevenhüllerstraße 2
Das Schlößchen stellt eines der interessantesten Beispiele des Spät-Empire in Wien dar. Die Hauptfront zum prächtigen Garten mit Säulen, die über beide Geschoße reichen, zeigt barocken Charakter; in den anderen Teilen findet man verschiedene Baule-

mente wie z. B. neugotische Spitzbögen und eine Moschee im Garten. Johann Heinrich Geymüller, ein Wiener Bankier, ließ das Schlößchen nach 1808 erbauen. Die Legende, daß Geymüller Vorbild für Ferdinand Raimunds „Verschwender" war, stimmt nur teilweise. Tatsächlich trägt die Hauptfigur „Flottwell" die Charakterzüge des Bankiers Moritz Graf Fries. Später erwarb die Fam. Mautner Schloß und Park, 1938 die Deutsche Reichsbank, die es wegen eines Neubaues abreißen lassen wollte. Der Generaldirektor der Österreichischen Staatsdruckerei Franz Sobeck rettete das heruntergekommene Gebäude vor dem Verfall, ließ es vollständig renovieren und stattete es mit seiner berühmten Uhrensammlung aus, die heute zu besichtigen ist.
E: Republik Österreich
Lit: *C/G, 497; Dehio, 180*

Grassalkovics-Schlößl
2., Obere Augartenstraße 40
Zweistöckiges Gebäude mit zehn Achsen, einem Mittelrisalit und einem Balkon, der auf vier Säulen ruht. Am Gesims über dem Risalit befindet sich ein mächtiges Wappen. Das Schlößchen, das sich genau gegenüber dem Eingang zum Palais Augarten befindet, wurde 1787 von dem Grafen (später Fürsten) Anton Grassalkovics angekauft. Der Familie Grassalkovics gehörten in Ungarn viele Schlösser, unter anderen Schloß Preßburg und Schloß Gödöllö. Die ungarische Nation hat nach 1867 Gödöllö angekauft und es Kaiser Franz Josef zur Verfügung gestellt. Kaiserin Elisabeth fühlte sich hier sehr wohl und machte dort auch die berühmten Reitjagden mit. Bei den Schlössern der Familie Grassalkovics sprach man von einem eigenen „Grassalkovics-Stil", welcher durch die besonders hohen Fenster am stark erhöhten Mittelteil charakteristisch war.
E: Firma GESIBA
Lit: *C/G, 501*

H

Hadersdorf, Schloß
→ Laudon, Schloß

Harrach, Palais
1., Freyung 3
Heute ein dreigeschoßiger und dreizehnachsiger Bau mit säulenflankiertem Portal, querovaler Einfahrt und prunkvollem Aufgang. Das Harrachsche Gartenpalais (3., Ungarg. 69) wurde im Jahr 1945 nach schwerer Beschädigung abgetragen. 1435 erwarb Jörg von Puchheim drei kleine Häuser und ließ diese zusammenbauen. Dieses Gebäude erwarb um 1600 Karl Freiherr von Harrach. Zweimal wohnte hier der Feldherr Wallenstein bei Karl Graf von Harrach, dessen Tochter Maria Isabella die zweite Gattin Wallensteins wurde. Nach einem Brand im Jahr 1683 wurde unter Leitung von Domenico Martinelli nach 1690 ein Prachtbau errichtet. Im Palais befindet sich eine Maria-Empfängnis-Kapelle (Hochaltarbild Kopie eines Gemäldes von Ribera; das Original befindet sich in der Harrachschen Gemäldesammlung in Schloß → Rohrau, Niederösterreich). Im Jahr 1944 wurde das Gebäude durch Bombentreffer schwer beschädigt. Die wertvolle Gemäldesammlung war schon vorher aus Wien weggebracht worden; bis 1954 wurde sie in verschiedenen Salzstol-

len im Salzkammergut sowie auf Burg Clam, Oberösterreich, aufbewahrt. Das Palais wurde 1948–52 unter Rekonstruktion des barocken Bauzustandes wiederhergestellt. Bis 1980 im Besitz der Fam. Harrach.
E: Gemeinde Wien
Lit: *C/G, 514 f; Dehio, 65*

Hermesvilla (Lainzer Schloß)
13., Lainzer Tiergarten
Zweistöckiges Gebäude mit kleinen Türmen, Terrassen und Innenhof. Gegenüber liegen die großen Stallgebäude. Im Garten eine von Ernst Herber geschaffene Hermesstatue aus weißem Marmor, welche der Villa ihren Namen gab. Außer der historistischen Innenarchitektur von Karl Hasenauer findet man im Gebäude Gemälde von Hans Makart sowie aus der sezessionistischen Schule (von Künstlern wie Rudolf Weyr, Viktor Tilgner, Gustav Klimt, August Eisenmenger, Rudolf Geyling u. a.). 1195 wurde der Lainzer Tiergarten mit dem „Auhof“ erwähnt. Unter Kaiser Karl VI. umgab man das Gebiet mit einem Zaun aus Eichenpfosten. Kaiser Joseph II. ließ von dem Baumeister Phillip Schlucker eine 22,6 km lange Tiergartenmauer errichten; bei der Kostenerstellung dieser Mauer verkalkulierte sich der Baumeister zu seinen Ungunsten, daher das geflügelte Wort „ein armer Schlucker“. In den Jahren 1882–86 wurde für Kaiserin Elisabeth im östlichen Teil des Lainzer Tiergartens dann ein Schlößchen errichtet. In den folgenden Jahren war es beliebter Aufenthaltsort der Kaiserin. Der Tiergarten ist derzeit ca. 2450 Hektar groß und enthält nun Damwild, Schwarzwild, Mufflons, Wildpferde und Auerochsen. Der herrliche Wald mit seinem zum Teil 350jährigen Eichenbestand ist nach wie vor ein beliebtes Ausflugsziel der Wiener. Nach den schweren Schäden der Besatzungszeit wurde die Villa in den Jahren 1968–74 wiederhergestellt und dient heute für verschiedene Ausstellungen.
E: Gemeinde Wien
Lit: *C/G, 525f*

Hetzendorf, Schloß
12., Hetzendorfer Straße 79
Der Mittelteil, der sowohl zum Hof als auch zum Garten blickt, wird von Seitenflügeln zurückgedrängt. In einzelnen Zimmern erlesene Einrichtung und intarsierte Fußböden, die zu den schönsten von ganz Österreich zählen. Die Prunkräume und die Kapelle mit Malereien von Daniel Gran. Festsaal im ersten Stock, chinesischer Salon, zwei Vestibüls, Lackmalereien in vergoldeten Holzrahmen. 1114–1456 Besitz des Stiftes Klosterneuburg; 1694 ließ hier Sigismund Graf Thun, nach Plänen von Johann Lukas von Hildebrandt ein Jagdschloß erbauen, das Thunhof genannt wurde. 1712 erfolgte die Umgestaltung des Schlosses durch Pacassi (unter der Verwaltung des Josef Wenzel Fürst von Liechtenstein). 1742 wurde Hetzendorf von der Hofkammer erworben und Kaiserin Maria Theresia zur Verfügung gestellt. 1743 Bau der Schloßkapelle; 1757 wurde die Allee von Schönbrunn nach Hetzendorf angelegt und der große Hof ausgestaltet. Kaiser Joseph II. benützte Hetzendorf als prunklose Residenz. Bei der Revolution 1848 hatte Fürst Windischgraetz im Schloß

sein Hauptquartier aufgeschlagen. Am 7. Juni 1867 geschah hier ein tragischer Unfall: das Kleid der jungen Erzherzogin Mathilde fing bei einem Abendempfang Feuer; die junge Erzherzogin, Tochter von Erzherzog Carl, dem Sieger von Aspern, erlag später ihren Brandverletzungen. Von 1911–14 wohnten hier der spätere Kaiser Karl und seine Gemahlin Zita, bis sie nach Schönbrunn übersiedelten. Nach 1919 hatte der Bildhauer Anton Hanak sein Atelier im Schloß. 1944 durch Kriegseinwirkung sehr schwer beschädigt, 1945 von der russischen Besatzung besetzt; ab 1946/47 bekam Schloß Hetzendorf eine neue und interessante Funktion: Sitz der Modeschule der Stadt Wien sowie der Modesammlung des historischen Museums der Stadt Wien.
E: Republik Österreich
Lit: *C/G, 530*

Hirschstetten, ehem. Schloß
22., Donaustadt
Heute noch erhalten: Straßenportal mit Wappen, Reste des Eckpavillons, Gartenmauer mit einigen Vasen sowie die Schloßkapelle aus dem Jahr 1739 mit dem Altarbild der Maria Immaculata. 1158 erwähnt; 1713–24 wurde das Schloß durch Anton Erhard Martinelli errichtet. Im Inneren befanden sich Stukkaturen von Bussi und Malereien von Daniel Gran. 1945 wurde das Schloß zum größten Teil durch Bomben zerstört.
E: Elfriede Kronberger
Lit: *C/G, 536*

Hoch- und Deutschmeister, ehem. Palais
1., Parkring 8, Cobdengasse 3
Viergeschoßiges elfachsiges Gebäude mit drei hohen Einfahrtstoren, Durchfahrt in die Cobdengasse; an der linken Seite zweiarmige Prunktreppe, rechts ehem. weitläufige Stallungen (heute Ausstellungsräume). Fassade aus Karststein, Mittelrisalit um ein Geschoß überhöht, auf der Attika Figuren von Ordensmeistern. Prächtige Innenausstattung. Das Gebäude wurde in den Jahren 1864–68 von Theophil Hansen für Erzherzog Wilhelm in strengen Renaissanceformen erbaut. Später war es Sitz des jeweiligen Großmeisters des Ordens; ab 1918 Polizeipräsidium von Wien, seit 1981 Sitz der Opec-Foundation.
E: Opec-Foundation
Lit: *C/G, 698; Dehio, 78*

Hofburg, Alte und Neue Burg
1., Innere Stadt, **BT** 35
Die ganze Hofburg, mit dem alten und neuen Teil, sowie den Zu- und Anbauten umfaßt 15 Trakte, 54 Stiegen, 26 Gänge, 19 Höfe und 2600 Räume. Die ältesten Teile stellen die alte Burg mit vier Ecktürmen, dem Innenhof und die noch teilweise vorhandenen Umfassungsgräben dar. Das Schweizer Tor (1552), mit Deckenfresken im Durchgang, bildet die Verbindung zwischen innerem Burghof und dem Schweizerhof. Die heutige barocke Burgkapelle (17./18. Jh.) wurde bereits 1296 erwähnt und in den Jahren 1447–49 neu erbaut. Die letzte Renovierung erfolgte 1802. Die ehem. Hofbibliothek, heute Nationalbibliothek, wurde 1721 nach einem Entwurf von Johann Bernhard Fischer von Erlach errichtet (1735 durch dessen Sohn Joseph

Emanuel F. v. E. vollendet); im großen prunkvollen Saal Deckenbilder von Daniel Gran und Maulbertsch. Im Kuppelraum Marmorstatuen von Karl VI. und anderen habsburgischen Herrschern. Die Amalienburg wurde für Rudolf II. 1575–77 ausgebaut. Im sogenannten Amalientrakt lag das Appartement von Kaiserin Elisabeth, jenes von Kaiser Franz Josef befand sich im Reichskanzleitrakt, der nach einem Entwurf von Johann Lukas von Hildebrandt entstand. Der Leopoldinische Trakt wurde unter Leopold I. 1658 durch die Baumeister Domenico und Martino Carlone errichtet. Nach einem Brand 1672 wurde dieser von Pietro Tenkala neu erbaut. Die Stallburg mit dem dreigeschoßigen Arkadenhof wurde für Erzherzog Maximilian um 1558 erbaut und enthielt die kaiserliche Kunstsammlung (Gemäldegalerie). Anstelle des alten „Paradeisgartels" entstand 1729–35 die Winterreitschule (durch Joseph Emanuel Fischer von Erlach errichtet). Das alte Ballhaus am Michaelerplatz wurde unter Kaiser Joseph II. in ein Theater umgewandelt und als Ersatz hiefür ein neues Ballhaus errichtet, das bis 1903 bestand und dem Platz seinen Namen verliehen hat (heute Bundeskanzleramt). Dieses Theater wurde 1776 durch den Kaiser zum Hof- und Nationaltheater erklärt und mit der Mozartoper „Entführung aus dem Serail" eröffnet. Der Bau wurde aus Zogelsdorfer Stein ausgeführt; die Fassaden sind mit Statuen geschmückt (Allegorien der Weisheit, Gerechtigkeit und Stärke). Dies ist der heutige Michaelertrakt der Hofburg. Der Zeremoniensaal entstand 1802 durch Montoyer. Das Alte Burgtor wurde, nach Beseitigung der gesprengten Festungswerke vor der Burg 1819 abgetragen. 1824 war die feierliche Einweihung des (neuen) äußeren Burgtores. 1857, nach der Schleifung der Basteien, wurde der Heldenplatz geschaffen; die berühmten Denkmäler des Erzherzogs Karl und des Prinzen Eugen wurden von Fernkorn, die dazugehörigen Sockel von Van der Nüll und Siccardsburg errichtet. Die Neue Hofburg, nach Entwürfen von Gottfried Semper und Karl Hasenauer, wurde 1881 begonnen und 1913 fertiggestellt. Das große Projekt des sogenannten „Kaiserforums", unter Einbeziehung der beiden Hofmuseen wurde nicht ausgeführt. 1878 wurde mit dem Bau der Museen begonnen, 1899 der Architekt Friedrich Ohmann aus Prag berufen, 1906 wurde dieser von Ludwig Baumann abgelöst (Leiter der Burgkommission war damals Erzherzog Franz Ferdinand). Vorläufer der Hofburg war ein Holzbau der Babenberger; Přemysl Ottokar II. errichtete in der Nähe des heutigen Schweizer Hofes eine große Wehrburg, in der Rudolf von Habsburg nach der Schlacht bei Dürnkrut und Jedenspeigen (1278) residierte. Die Hofburg ist seither untrennbar mit der Familie Habsburg verbunden und wurde damit eines der wichtigsten Gebäude der Welt. Der Hof der Grafen von Zilli, „Zillierhof", wurde die spätere Amalienburg. 1485 bewohnte Matthias Corvinus die Burg (nach der erfolgreichen Belagerung). 1533 ließ Ferdinand I. das Hoflager von Prag endgültig nach

Wien verlegen und 1553 die erste Wasserleitung Wiens errichten (von St. Margarethen wurde das Wasser in Röhren bis in die Hofburg geleitet). 1543–45 wurde die Burg systematisch ausgebaut und behielt im großen und ganzen ihren Baucharakter bis in die Zeit des Barocks. 1656 wurden die Kunstschätze des Erzherzogs Leopold Wilhelm, welche er als Statthalter in den Niederlanden erworben hatte, in sechs Schiffen nach Wien transportiert. Es handelte sich damals um 1397 Gemälde. Nach der Überwindung der Türkengefahr 1683 entwickelten sich die barocken Prunkbauten von Wien. War die Hofburg bisher Festung, wurde sie jetzt Residenz einer großen Herrscherfamilie. Nach Kaiser Leopold I., welcher die Baumeister Johann Lukas von Hildebrandt und Johann Bernhard Fischer von Erlach beauftragte, hat eigentlich Kaiser Karl VI. der heutigen Hofburg ihre charakteristische Gestalt verliehen. Am 2. Jänner 1743 fand in der neuen Reitschule das berühmte Damenkarussell statt, wobei symbolisch der Sieg von einer Frau über ihre Feinde dargestellt wurde. Papst Pius VI. wurde anläßlich seines Besuches 1782 im Leopoldinischen Trakt untergebracht; der Altar, den man dort für ihn errichtete, wurde im Jahr 1957 zufällig wieder aufgefunden und freigelegt. Kaiser Joseph II. betrachtete die Hofburg als „Amtsgebäude des Ersten Staatsdieners“; sein Reiterstandbild wurde um 1800 von Franz Anton Zauner errichtet. Kaiser Napoleon I. ließ 401 Gemälde aus der kaiserlichen Sammlung von Wien nach Paris bringen, von denen allerdings der Großteil nach dem Wiener Kongreß wieder zurückkam. Die Hofburg war Mittelpunkt des Wiener Kongresses, der vom 2. 10. 1814 bis Juni 1815 dauerte und Europa Frieden bis 1848 bescherte. Am 29. November 1814 wurde Beethovens 7. Symphonie im Redoutensaal uraufgeführt. Am 13. März 1848 (Bürgerkrieg) bezog die Nationalgarde Unterkunft in der Stallburg. Windischgraetz ließ die Truppen zum Sturm antreten, wobei in der Hofbibliothek ein Brand ausbrach und das Kuppelgemälde zerstörte. In den Kaiserappartements unter der Michaelerkuppel wohnten so auch der Herzog von Reichstadt (Sohn Napoleons I.), bis 1916 Kaiser Franz Josef und bis 1918 Kaiser Karl I. Ab 1919 wurde die Durchfahrt durch die Burg freigegeben. Die Kunstschätze der Burg wurden während des Zweiten Weltkrieges in einem Salzbergwerk in Altaussee gelagert, 1945 wieder nach Wien gebracht und sind seither der Öffentlichkeit zugänglich. Die Stallburg wurde 1945 durch Bomben schwer beschädigt; 1948 wurden die dreistöckigen Arkaden freigelegt und ein Durchgang zum Josefsplatz geschaffen. 1955 wurden ebenerdig die Stallungen der Spanischen Hofreitschule untergebracht. Die neue Galerie wurde so wie im 17. Jh. wieder in der Stallburg eingerichtet. Seit 1958 befindet sich in der Hofburg ein Kongreßzentrum. Dieses umfaßt den Zeremoniensaal sowie historische Räume der Alten Burg. In der Neuen Burg sind die Waffensammlung des Kunsthistorischen Museums, das Museum für Völkerkunde sowie Lesesäle der Nationalbiblio-

thek untergebracht. Die Holzbalken in der Durchfahrt zwischen innerem Burghof und dem Heldenplatz wurden während der russischen Besatzung von den dort angebundenen Patrouillenpferden der russischen Kosaken angenagt und befinden sich heute noch in diesem Zustand! Die Amalienburg ist seit 1946 Sitz des österreichischen Bundespräsidenten. Außerdem befinden sich dort die Kanzleien der Burghauptmannschaft und des Bundesdenkmalamtes (in den Repräsentationsräumen werden kulturelle Veranstaltungen abgehalten). 1987 wurde die weltliche und geistliche Schatzkammer neu geordnet und der Eingang von der Säulenstiege unterhalb der Burgkapelle verlegt.
E: Republik Österreich
Lit: *C/G, 419 f; Dehio, 66 ff*

Hofmannsthal, Schlößl

23., Ketzergasse 471
Prächtiger Barockbau, wobei heute im Original noch der barocke Dachstuhl und das bemalte Landschaftszimmer erhalten sind. Fürst Trautson ließ das Schlößchen 1724 erbauen. Später erwarb es Kaiserin Maria Theresia und schenkte es ihrer Erzieherin und Obersthofmeisterin Gräfin Fuchs (die einzige nicht-fürstliche Person, die in der Kapuzinergruft beigesetzt wurde); daher wird der Bau auch „Fuchs-Schlößl" genannt. Der berühmte österreichische Dichter Hugo von Hofmannsthal lebte und arbeitete in diesem Haus, schrieb hier viele seiner Operntexte und traf sich u. a. des öfteren mit Max Reinhardt in diesem Schlößchen.
E: Familien Czedik und Schindelka
Lit: *C/G, 540*

Hofstallgebäude

7., Messeplatz
Einstöckiges, ca. 200 Meter langes Gebäude, mit mehreren Einfahrts- und Ausfahrtstoren sowie einigen Höfen. Die beiden Sandsteinlöwen, die sich urspr. im Hauptstall befanden, sind nun im Bauhof zu finden. Die großen Gebäude dienen heute als Ausstellungs- und Veranstaltungsort. Unter Kaiser Karl VI. wurde 1719, nach einem Entwurf von Johann Bernhard Fischer von Erlach, mit dem Bau begonnen. Das Gebäude war für 600 Reit- und Wagenpferde des kaiserlichen Hofstalles bestimmt. Der Seitentrakt an der Mariahilfer Straße wurde durch den Architekten Meyer in den Jahren 1850–54 vollendet. Die Hoftrakte wurden großteils erst im 19. Jh. errichtet.
E: Republik Österreich
Lit: *C/G, 540*

Hoyos, Palais

4., Hoyosgasse
Späthistoristisches, an drei Seiten freistehendes Haus, das durch flache Eckrisalite gegliedert ist; Rundbogenportal mit schmiedeeisernem Vordach, Einfahrt mit ionischer Pilastergliederung und zwei seitlich eingestellten Säulen. Elegantes Stiegenhaus, vornehme Einrichtung in der Beletage. Das Palais entstand um 1900 anstelle einer Gartenanlage, an der Rückseite der Karlskirche und an der senkrecht dazu verlaufenden Kreuzherrengasse. Bauherr war Ernst Graf Hoyos-Sprinzenstein, Architekten Siedeck, Stiegler, Banqué und Pio. Das Haus ist heute an eine Botschaft vermietet.
E: Grafen Hoyos-Sprinzenstein

I

Inzersdorf, Schlößchen
23., Hochwassergasse 38–40
Symmetrische Doppeltreppe, Mittelsaal mit spätbarocker Freskobemalung (Blumengirlanden, Himmel und Putten). Das Gebäude wurde Anfang des 18. Jh.s, vermutlich nach Plänen von Johann Bernhard Fischer von Erlach errichtet.
E: Fam. Savailly

K

Kaiser Ebersdorf, Schloß
11., Kaiser-Ebersdorfer-Straße 297
Das alte Schloß wird von zwei Seitenflügeln flankiert, die in den Jahren 1558–62 angebaut wurden. Das Innere wurde stark verändert, nur mehr einige Renaissancedecken sind erhalten. Kapelle mit reichem Stuck von 1688. Das seit 1499 landesfürstliche Schloß wurde 1529 durch die Türken zerstört, später umgebaut und 1558 vergrößert. 1683 neuerlich durch die Türken zerstört, sowie danach wiederhergestellt. Ab 1745 waren darin ein Versorgungshaus, später eine Artilleriekaserne und ein Monturdepot untergebracht. Nach dem Zweiten Weltkrieg diente das Schloß als Erziehungsanstalt.
E: Republik Österreich
Lit: *C/G, 569*

Kinsky, Palais (Daun, ehem. Palais)
1., Freyung 4
Viergeschoßiger Bau mit reichem Portal; oberhalb des Mittelfensters im Zwischengeschoß das Kinsky-Wappen (drei Eberzähne); ovale Einfahrtshalle mit Kuppel, Statuen in den Nischen und figuraler Stuckdekoration; prächtige Treppe, die man zu den bedeutendsten Anlagen dieser Art zählt; reiche durchbrochene Steinbrüstungen mit spielenden Putten am Treppengeländer (ähnlich dem Stiegenhaus des Schlosses Mirabell in Salzburg) sowie einem dreiteiligen Deckenfresko von Carlo Carlone. Oberhalb der Einfahrtshalle der ovale Hauptsaal mit einem Deckenbild von C. Carlone und mit marmorverkleideten Wänden; dieser Saal ist aufgrund seiner guten Akkustik als Konzertsaal hervorragend geeignet. Äußerst geschmackvolle Inneneinrichtung mit Gobelins, Möbeln Gemälden (vier Ölgemälde von Peter Strudel um 1714), Paravents, etc.; Galeriefresko von Carlone-Chiarini, Stiegenhaus von Beduzzi/Carlone. Der berühmte Feldherr Phillip Laurenz Graf Daun ließ das Palais 1713 nach einem Entwurf von Johann Lukas von Hildebrandt errichten. Am 2. Februar 1711 wurde hier Fürst Wenzel Kaunitz, der berühmte Kanzler Maria Theresias, geboren. Später war die Schweizer Leibgarde in dem Palais untergebracht (am 1. 6. 1784 übersiedelte diese in ihr neues Quartier vor dem Burgtor). Vorübergehend war das Palais Besitz der Khevenhüller, der Harrach und der Lamberg; von 1790 bis 1988 Eigentum der Familie Kinsky. 1977/78 wurde der Hof restauriert und die ehem. Stallungen für Geschäftslokale adaptiert.
E: Diverse Firmen
Lit: *C/G, 584; Dehio, 71 f*

Kuffner, ehem. Palais
16., Ottakringer Straße 118–120
Doppelgebäude mit Risaliten, Dachgiebeln, Er-

kern und Fensterumrahmungen, rustiziertem Sockelgeschoß sowie schmiedeeisernen Arbeiten in der Beletage. Das um 1893 erbaute Gebäude stammt aus der späthistorischen Bauperiode.
E: Ottakringer Brauerei

L

Lainzer Schloß
→ Hermesvilla

Larisch-Moennich, Palais
1., Johannesgasse 26, Lothringerstraße 13
Großes Rustikaportal, ein Eckturm, reiche Innenausstattung. Das Palais wurde nach Entwürfen von Eduard van der Nüll und Siccard von Siccardsburg im Stil der französischen Renaissance in den Jahren 1867–68 errichtet. Das Palais dient heute als Botschaftsgebäude.
E: Republik Irak
Lit: *C/G, 611; Dehio, 73*

Laudon, Schloß (Hadersdorf)
14., Mauerbachstraße 43, **B** 441
Mächtiger Hauptbau mit Mansarden und zwei Seitentürmen, zu dem man über eine gemauerte Brücke gelangt. Neben dem zweistöckigen Wasserschloß liegen einstöckige Nebengebäude. Festsaal mit Fresken des Barockmalers Johann Bergl (diese stammen aus dem Schloß Donaudorf, das bei der Errichtung des Kraftwerkes Ybbs-Persenbeug überflutet wurde. Die Fresken wurden durch das Bundesdenkmalamt aus dem Schloß entfernt und später im Schloß Laudon fachmännisch angebracht), Porzellansammlung, erlesene Inneneinrichtung. 1130 wurde an dieser Stelle ein Ansitz genannt, der 1358 von den Herzögen von Österreich zu einem Jagdschloß ausgebaut wurde. 1360 von Kaiser Friedrich als Vermählungsgeschenk an seine Gattin Eleonore, Infantin von Portugal, übergeben. 1683 durch die Türken zerstört, bald darauf als prächtiges barockes Wasserschloß inmitten schöner Gärten, wiederaufgebaut. 1775 ließ Feldmarschall Freiherr Gideon von Laudon das Schloß durch den Baumeister Andreas Schellerer umbauen. Laudon trat 1742 in die Dienste der Kaiserin Maria Theresia, besiegte den Preußenkönig Friedrich und vertrieb 1789 die Türken aus Belgrad. Er war ein großer Förderer von Kunst und Wissenschaft und verbrachte seine letzten Lebensjahre in diesem Schloß. Sein Grab befindet sich im Wald an der Straße nach Mauerbach. Die Steine für sein Grabmal brachte Laudon nach der Eroberung Belgrads nach Wien mit. In den sechziger Jahren dieses Jahrhunderts erwarb der Kaffeeimporteur Konsul Alfred Weiß das Schloß und ließ es zu einem Hotel der Luxusklasse ausbauen; das Haus wird derzeit für Tagungen, Empfänge und Festlichkeiten vermietet.
E: Eva Wieser
Lit: *C/G, 510*

Lehárschlößl
→ Schikanederschlößl

Lempruch, Palais
→ Wilczek, Palais

Leopoldsberg, Burg
19., Leopoldsberg
Heutiger Bestand: Vorburg, alte Mauer, Burghof mit Hauptturm, ehem. Palais, Heimkehrer-Gedächtnismal. Die Ursprünge der Burg lassen sich bereits bis ins 13. Jh. zurückverfolgen. Die Hauptburg hatte

etwa den Umfang des heutigen mauerumwehrten Areals. 1484 von Matthias Corvinus eingenommen; 1529 teilweise zerstört. Am 12. September 1683 wurde hier, vor der Entsatzschlacht gegen die Türken, die historische hl. Messe von Marco d' Aviano gelesen. Der Polenkönig Sobieski soll hiebei ministriert haben.
E: Chorherrenstift Klosterneuburg
Lit: *C/G, 617f*

Liechtenstein, Palais
1., Bankgasse 9
Nach der Planung von Enrico Zucceli ein mächtiger viergeschoßiger Prachtbau mit reich profilierter Gliederung der Steinquaderfassaden. Tiefparterre, Hochparterre, zwei Stockwerke und ein niedriges Obergeschoß. Hauptportal mit zwei Säulenpaaren, breites Mitteltor, zwei schmale Seitentore, Plastiken von Giovanni Giuliani, Atlanten, die einen Balusterbalkon mit dem großen Liechtensteinwappen tragen. Das Seitenportal am Minoritenplatz um 1705 wird Lukas von Hildebrandt bzw. Johann Bernhard Fischer von Erlach zugeschrieben. Quadratischer Innenhof, Prachtstiege mit Statuen von Giovanni Giuliani und Stukkaturen von Santino Bussi. Wegen der Pläne für diese Stiege soll ein großer Streit unter den Baumeistern ausgebrochen sein. (Das Stiegenhaus wurde im Zweiten Weltkrieg teilweise zerstört und später wieder restauriert.) Repräsentationsräume im zweiten Stock mit Marmorkamin und Statuen der Schwestern Napoleons, vermutlich von Canova; diese wurden in den Jahren 1836–47 von Devigny umgestaltet. 1691 ließ Graf Kaunitz das Palais von Antonio Riva errichten; 1694 wurde der unvollendete Bau von Hans Adam Fürst von Liechtenstein erworben und durch Gabriel de Gabriele bis 1711 nach Plänen von Domenico Martinelli fertiggestellt. Neben Wohnungen und Kanzleien der fürstlichen Familie Liechtenstein ist der Großteil des Palais an verschiedene Ministerien vermietet.
E: Hans Adam regierender Fürst von und zu Liechtenstein
Lit: *C/G, 623; Dehio, 74*

Liechtenstein, Palais
9., Alserbachstraße 14–16
Ein 102 Meter langer Bau mit Parterre, einem Hauptgeschoß und einem niedrigen Obergeschoß. Ein zweites ausgebautes Obergeschoß an der Straßenseite; in der Mitte fünf große ovale Fenster (Wintergarten); zwei Eingänge an der Gartenseite, südlich zur Hauptstiege, nördlich zur Prinzenstiege. Triumphbogenartig gestaltete Loggia in der Mitte der Gartenfront. Die Repräsentationsräume sowie die Türen und Stiegenhäuser sind auffallend hoch gehalten. Im Inneren gute Möbel und interessante Ahnenbilder. 1694 erwarb der Fürst Liechtenstein von dem Grafen Auersperg mehrere Grundstücke und ließ ein Sommerschloß sowie ein Brauhaus errichten. Damals war diese Gegend eine von schmalen Donauarmen umflossene Au. Die Bezeichnungen dafür waren „Liechtenthal, Roßau, Obere Werd und Untere Werd". In den Jahren 1873–76 wurde von Heinrich von Ferstel für die Witwe des damaligen Fürsten, Franziska, geborene Gräfin

Kinsky, entlang der Alserbachstraße ein Neubau errichtet. Das Palais wird von der Familie des regierenden Fürsten bewohnt.
E: Hans Adam regierender Fürst von und zu Liechtenstein
Lit: *Dehio, 148*

Liechtenstein in der Roßau, Palais
9., Fürstengasse 2, Liechtensteinstraße 48
Monumentaler dreigeschoßiger Bau mit 13 Achsen im Hauptbau und sieben Achsen in den Seitenfronten. Fünfachsiger Mittelrisalit mit fünf großen, vergitterten Arkadenöffnungen zum Vestibül. Die Sala terrena reicht durch das ganze Gebäude; 26 Fresko-Medaillons von Rottmayer, um 1705, zwei prächtige zweiläufige Treppen mit Deckengemälden, großer Saal mit Wand- und Deckenfresko von A. Pozzo 1704–08, Saal mit Wand- und Deckenbildern von A. Belluci und Marcantonio Franceschini. Durch ein triumphbogenartiges Parktor gelangt man in einen Ehrenhof, den die beiden niedrigen Nebengebäude von L. Laher umgeben. Der plastische Schmuck, die Figuren und Vasen etc. an Haupt- und Nebengebäuden von Giovanni Giuliani, die Stuckdekorationen von Santino Bussi (1705). Der weitläufige Park mit seinen Fontänen und plastischen Gruppen reicht bis zur Alserbachstraße; dieser wurde unter Feldmarschall Johann Fürst von Liechtenstein in englischem Stil umgewandelt. Bis 1938 waren in dem Palais die Bibliothek, das Archiv und die „Fürstlich Liechtensteinische Gemäldegalerie" untergebracht. Die Galerie befindet sich heute im sogenannten „Nördlichen Rondell" des Schlosses Vaduz. Hans Adam Fürst von und zu Liechtenstein erwarb zwischen der Liechtensteinstraße / Porzellangasse und der Alserbachstraße ausgedehnte Liegenschaften und ließ in den Jahren 1691–1711 ein Gartenpalais errichten. Heute beherbergt das Palais die Sammlung Ludwig des Museums für moderne Kunst.
E: Fam. von und zu Liechtenstein
Lit: *C/G, 622 f; Dehio, 148*

Liesing, Schloß
23., Perchtoldsdorfer Straße 6
Zwei Flügel, unregelmäßig um einen Hof gelagerte Gebäude, Eingangsturm (der früher höher war), mit Eckrustika und rustiziertem Tor; saalartige Kapelle aus dem Jahr 1789. 1130 urk. genannt, in den Türkenkriegen 1529 und 1683 teilweise zerstört (damals Wasserschloß), später wiederaufgebaut. Das Schloß dient heute als Altersheim.
E: Gemeinde Wien
Lit: *C/G, 624*

Lobkowitz, Palais
1., Lobkowitzplatz 2
17achsige Front am Lobkowitzplatz und siebenachsige Front in der Augustinerstraße. Dreistöckiger Bau mit drei Toren und kräftig gegliederter Fassade; das Haus ähnelt dem Leopoldinischen Trakt der Hofburg. Über dem Hauptportal liegt ein großer Balkon, von prächtigen Vasen umgeben. Auch über den zwei kleineren Toren jeweils ein Balkon. Mittelrisalit mit Attika, die mit Figuren geschmückt ist. Vestibül mit Herkulesbrunnen, ehem. offenes Stiegenhaus mit Stuckdecke,

Festsaal mit Deckenbild. Das Gebäude zählt zu den schönsten Barockpalais von Wien. Im Palais befindet sich auch der „Eroica-Saal“. Das Palais wurde 1685–87 für Phillip Graf Dietrichstein durch den Baumeister G. P. Tencala erbaut. 1753 wurde es von Wenzel Eusebius Fürst von Lobkowitz angekauft und war bis 1980 im Besitz dieser Familie (Raudnitzer Linie). Der Platz hieß seit dem 14. Jh. „Schweinemarkt“ (hier wurde der Borstenviehmarkt abgehalten) und wurde nach dem Ankauf durch den Fürsten in „Lobkowitzplatz“ umbenannt. Während des Wiener Kongresses fanden hier große Feste statt. Später wurde das Palais Sitz der französischen Botschaft (1900–12 wurde am Schwarzenbergplatz ein eigenes Botschaftsgebäude errichtet), 1918–38 der Gesandtschaft der Tschechoslowakei. 1980 erwarb die Republik Österreich das Gebäude und richtete darin das Theatermuseum des Bundesministeriums für Wissenschaft und Forschung ein. Laufend Restaurierungsarbeiten.
E: Republik Österreich
Lit: *C/G, 626 f*

Lusthaus
2., Prater Hauptallee
Reizvoller Rundbau mit großen Fenstern, umlaufender Terrasse, Jagdsaal mit reicher Dekorationsmalerei und Grisailledarstellungen. Kaiser Maximilian II. schuf im Prater ein ausgedehntes Jagdgebiet. Die Hauptallee (Kastanienallee) wurde 1537/1538 von Kaiser Ferdinand I. angelegt, wobei das heutige Lusthaus als kleines Jagdschlößchen benutzt wurde. Kaiser Joseph II. ließ den Prater für die Bevölkerung öffnen; später wurde auch eine Verbindung zwischen dem Augarten und dem Prater hergestellt. Heute legendär sind die prachtvollen Wagenauffahrten des Hofes und des Hochadels. Praterfahrt und Blumenkorso erfolgten erstmals am 1. Mai 1886. 1782 wurde das Lusthaus nach einem Entwurf von Isidor Canevale zu seiner heutigen Form umgestaltet. In dem Haus ist heute ein Restaurationsbetrieb eingerichtet.
E: Gemeinde Wien
Lit: *C/G, 631*

M

Margareten, ehem. Schloß
5., Margaretenplatz 2–3, Schloßgasse 23
Siebenachsiger Bau mit Eckturm und Loggia. Die Bezeichnung „Margareten“ stammt von der hl. Margarete von Antiochien, welcher eine Kapelle am Margaretenplatz geweiht wurde (1395). Unweit davon der sogenannte „Hundsturm“, ein turmartiges Gebäude, welches um 1600 als Unterkunft für die Jagdhunde von Kaiser Maximilian II. errichtet wurde. Das Schloß wurde bereits 1373 genannt und im 17. Jh. vollständig umgebaut. 1727 wurde es von der Gemeinde Wien erworben, die darin eine Fabrik, eine Buchdruckerei sowie eine Maulbeerbaumschule einrichtete.
E: Nils Axel Bruno Raabe
Lit: *C/G, 636 f*

Maria-Theresien-Schlößl
18., Gersthofer Straße 143
Einstöckiges Landhaus mit horizontaler Gesimsgliederung, rundbogiger Hofeinfahrt (18. Jh.); im Obergeschoß ein kleine-

rer Saal mit Wandmalereien, die Göttin Diana mit Gefolge darstellend. Das Haus soll Kaiserin Maria Theresia als Jagdschlößchen gedient haben. 1970 wurde es zu einem Sparkassengebäude umgestaltet, wobei der bestehende Barockbau berücksichtigt wurde.
E: Erste Österreichische Sparkasse

Maria-Theresien-Schlößl
19., Hofzeile 20
1448 erwarb das oberösterreichische Stift Spital/Pyhrn den damaligen Hof der Tulner Nonnen, der deshalb Spitalerhof genannt wurde. 1757 Besitz von Feldmarschall Leopold Graf Daun, 1766 der Fürstin Theresia Poniatowska. Nach öfterem Besitzerwechsel wurde es von Baron Rothschild gekauft und einer Heilanstalt für Nervenkranke gewidmet. Heute neurologisches Krankenhaus der Stadt Wien.
E: Gemeinde Wien
Lit: *C/G, 642*

Mautner-Schlößl
21., Prager Straße 33
Zweigeschoßiger siebenachsiger Bau, der um 1900 errichtet wurde. Heute befindet sich in dem ehem. Schlößchen das Floridsdorfer Bezirksmuseum (mit Nachbildung einer Rauchküche).
E: Gemeinde Wien

Metternich, Palais (Italienische Botschaft)
3., Rennweg 27
An der Hauptfassade am Rennweg mit 13 Achsen und Balkon in der Mitte. Parterregeschoß sowie zwei Stockwerke. Gepflegte Innenausstattung mit schönen Bildern und Möbeln, Öfen und Parkettböden. 1815 ließ Clemens Fürst Metternich in dem herrlichen Park eine Villa erbauen und seine Kunstsammlung darin unterbringen. Dieses Haus wurde 1835 von Peter Nobile erweitert und 1846 abgetragen. Der heutige Bau wurde nach Entwürfen von Romano und Schwendenwein (1848) errichtet.
E: Republik Italien
Lit: *C/G, 651; Dehio, 111*

Miller-von-Aichholz-Schlößl
14., Linzer Straße 429
Spätbarocker Bau mit Freitreppe und Mittelrisalit an der Gartenfront, Flachgiebel; an der Gartenmauer Nische mit Steinfiguren des hl. Johannes Nepomuk. Im Park bemerkenswerte Altbaumbestände mit Linden, Kastanien und Schwarzföhren. Dieses Schlößchen war der ehem. Sommersitz des Fürsten Esterházy. Seit 1962 ist darin das „Europahaus" untergebracht.
E: Republik Österreich

Modena, Palais (Innenministerium)
1., Herrengasse 7
Streng klassizistischer Bau mit achtzehn Achsen, drei Geschoßen und zwei Portalen. Vestibül, Feststiege mit zwei Statuen (Musen), Festsaal mit Säulen und Oktogon-Glaskuppel, Goldkabinett; die heute profanierte Kapelle ist in einem halbkreisförmigen Raum untergebracht. 1453 wurden erstmals zwei Häuser erwähnt, welche den Herren von Pellendorf gehörten; ab 1455 Eigentum der Familie Dietrichstein. Diese ließen 1678 den ersten Umbau durchführen, ein weiterer erfolgte 1811 durch Beatrix Prinzessin von Este, nach Plänen von Giacomo Quarenghi und Alois Pichl (Umbau zur heutigen Form). Beatrix von Este war die Gemahlin von Erzherzog

Ferdinand (Statthalter von Mailand) und die Mutter von Kaiserin Ludovica (eine der vier Gemahlinnen von Kaiser Franz I.). 1819 Besitz des Erzherzogs Franz, Herzog von Modena. Bis 1842 Wohnsitz des Prinzen Wasa und der Prinzessin Amalia von Schweden. 1842 Verkauf an den Staat Österreich; anschließend Sitz des Ministeriums für Inneres und Unterricht, Ministerpräsidium und fallweise Wohnung des Ministerpräsidenten (kurzfristig auch Bundeskanzleramt). Nach Bombenschäden 1944 wurde es in den Jahren 1945–50 wiederaufgebaut und ist seither Sitz des Innenministeriums.

E: Republik Österreich (Bundesgebäudeverwaltung)

Lit: *C/G, 657; Dehio, 71*

Mollard, Palais

→ Clary, Palais

Montenuovo, Palais

1., Löwelstraße 6

Der Eingang des Baues mit Rundbogentor und Wappenkartusche. Die Fensterformen sind geschoßweise völlig einheitlich angeordnet. Balkon mit Schmiedeeisengitter im zweiten Obergeschoß des Hauses (Beletage). Die schlichte klassische Fassade wurde 1829 von Ludwig Pichl (?) erneuert. Seit 1683 im Besitz der gräflichen Familien Brandeis, Trauttmannsdorff, Wels, Batthyány, Ogilvy und Kolowrat. Ehe es an den Fürsten Karl Albany ging, gehörte es Erzherzog Ferdinand; 1795 wohnte hier Ludwig van Beethoven. In der zweiten Hälfte des 19. Jh.s Besitz des Fürsten Montenuovo, der dem Haus seinen Namen gab.

E: Baron Guttmann / Erben

Lit: *C/G, 659*

N

Neudegger Hof

7., Neustiftgasse 11–17

Ein Renaissancegebäude mit Arkaden im Hof, die heute teilweise vermauert sind. 1462 soll sich hier Kaiser Friedrich III. aufgehalten haben.

E. Erste Österreichische Sparkasse

Neugebäude

11., Simmeringer Hauptstraße 337

Nach den neuesten Forschungen umfaßte das kaiserliche Lustschloß „Neugebäude" ein Gebiet von erstaunlicher Größe. Nach Kupferstichen von Mattäus Merian und Zeichnungen von Joseph Emanuel Fischer von Erlach muß es eines der prächtigsten Gebäude in Mitteleuropa gewesen sein. Es bestand aus: Fasangarten, hohen und niederen Galerien, wuchtigen Türmen an vier Ecken, einem Springbrunnen aus weißem Marmor. Um diese Anlage war noch ein weiterer Garten mit Blumenparterre angelegt. Sieben Gehege für exotische Tiere, ein Ballspielplatz und Stallungen für 50 Pferde. Kaiser Maximilian II. erbaute dieses Lustschloß um 1560, weitere Baubeschreibungen stammen von 1708 und 1730. Der flandrische Gelehrte Clusius (Charles de Lecluse) brachte die letzten botanischen Neuigkeiten nach Wien, von wo aus sie in ganz Europa Verbreitung fanden, so die Roßkastanie aus der Türkei und der Flieder aus Persien. Aus den Gärten des Neugebäudes kam das Obst für die kaiserliche Tafel nach Prag. An die Gartenanlage östlich anschließend lag die Menagerie mit dem sogenannten Löwenhof. 1572 war hier der erste Elefant

nördlich der Alpen zu sehen. Unter Maria Theresia wurden die meisten Tiere in die Menagerie nach Schönbrunn überstellt. Rudolf II. verlor nach dem frühen Tode Kaiser Maximilians II. 1576, das Interesse an diesem Bauwerk, da er seine Residenz nach Prag verlegt hatte. Die jüngsten Untersuchungen haben ergeben, daß der Südfassade ein mächtiger Mittelrisalit vorgelagert war, aus dessen Teilen der Architekt Hohenberg die römische Ruine im Schloßpark von Schönbrunn gestaltet hat. Vor dem Ersten Weltkrieg standen die Baulichkeiten in militärischer Verwendung. Dann kam das Areal in den Besitz der Stadt Wien. Die Gebäude wurden zu Lagerzwecken und gewerblichen Nutzungen vermietet. 1923 wurden der ehem. „obere Baumgarten" und der „Lustgarten" für Zwecke des neu zu errichtenden Krematoriums umgewidmet. Im Denkmalschutzjahr 1975 wurde der Wunsch laut, das Neugebäude zu revitalisieren. Der Gemeinderat von Wien beschloß, den einstigen Prachtbau, welcher zu den bedeutendsten Renaissancebauten nördlich der Alpen zählt, wieder instand zu setzen. Eine Projektstudie wurde bereits in Auftrag gegeben und als Abschlußtermin für die Arbeiten ist das Jahr 1996 ins Auge gefaßt, sodaß die Baulichkeiten weitgehend ihre urspr. Gestalt erlangen sollen.
E: Stadt Wien
Lit: *C/G, 671*

Neupauer-Breuner, Palais
→ Breuner, Palais

Neuwaldegg, Schloß
17., Waldeggerhofgasse 5
Der Bau besteht aus einem zurückspringenden, oval geschwungenen Mittelteil zwischen zwei Eckrisaliten. Mittelsaal mit Stuck, Sala terrena mit dekorativer Malerei, Balustraden mit Zwergenfiguren; im Park Sandsteinfiguren („Borghesischer Fechter" und „Marsfigur") sowie das Grab des Feldmarschalls Lacy, das in Form eines antiken Tempels errichtet wurde. Um 1540 ließ der „Raitkammerrat" Agler die sogenannte „Hofteuchstadt" zu einem burgenartigen Gebäude ausbauen. 1591 Besitz der Gräfin Strattmann; im 17. Jh. ließ Karl Bartolotti von Partenfeld das Gebäude nach einer Türkenzerstörung neu errichten. Der heutige Bau stammt aus dem Jahr 1715 (vermutlich nach Plänen von Johann Bernhard Fischer von Erlach). 1732 wurde die Schloßkapelle eingeweiht. 1765 erwarb Feldmarschall Graf Lacy das Schloß, ließ bauliche Veränderungen durchführen und legte einen englischen Garten an (den heutigen Schwarzenbergpark). Am sogenannten „Hameau", einem beliebten Ausflugshügel der Wiener, ließ er eine Siedlung von 17 Holzhütten, die prachtvoll eingerichtet und mit Gängen untereinander verbunden waren, errichten. Vor jeder Hütte wurde, nach holländischer Sitte, ein Baum gepflanzt (daher auch „Holländerdörfl" genannt). Nach dem Tod des Grafen ging der Besitz auf die ältere Linie der Fam. Schwarzenberg über und in der Folge entstand die sogenannte „Schwarzenbergmeierei", mit Stallungen, Dienstwohnungen und Remisen.
E: Katholisches Bildungswerk des Vikariates Wien-Stadt
Lit: *C/G, 674*

O

Ober-St. Veith, Schloß (Erzbischöfliches Schloß)

13., Wolfrathplatz

Die dreigeschoßige Anlage umschließt einen quadratischen Hof. In den Gartenzimmern befinden sich illusionistische Wandmalereien von Johann Bergl (1762/63; ähnlich wie in den Gartenzimmern im Schloß Schönbrunn). Seit 1365 in kirchlichem Besitz; in den Türkenkriegen 1529 und 1683 zerstört, unter Erzbischof Graf Kollonitsch 1742 in seine heutige Gestalt gebracht. 1762 erwarb Kaiserin Maria Theresia das Schloß und ließ es durch den Architekten Pacassi umgestalten; 1777 wurde es jedoch wieder verkauft. Während der napoleonischen Besatzung arg in Mitleidenschaft gezogen, 1817 wieder instand gesetzt. Heute sind in dem Schloß zwei Privatschulen mit Öffentlichkeitsrecht untergebracht: Eine Lehranstalt für Jugendleiter und ein Pastorallehrgang. Diese sind ein Werk der Bischofskonferenz und einzigartig in Österreich.

E: Erzdiözese Wien

Lit: *C/G, 679*

P

Pálffy, Palais

1., Josefsplatz 6

Ein zweistöckiger achtachsiger Bau mit zwei ausgebauten Dachgeschoßen. Im späten 14. Jh. befand sich hier die „Österreichische Kanzlei", 1500 Besitz des Siegmund von Herberstein, 1547 des Fürsten Kinsky, später des Rudolf Khuen-Belasy, der das Haus niederreißen und an dessen Stelle einen adeligen Freisitz erbauen ließ. Die Tochter von Khuen-Belasy heiratete Paul Graf Pálffy von Erdöd und hinterließ das Palais der Fürstlich Pálffyschen Familie. Der Bau wurde 1875 umgestaltet. 1944 wurde diese Anlage schwer kriegsbeschädigt, 1956 wiederaufgebaut und die Fassade rekonstruiert. Im Palais befinden sich heute der Sitz der Gesellschaft für Literatur, Vortragssäle und Veranstaltungsräume.

E: Republik Österreich und diverse Privateigentümer

Lit: *C/G, 686; Dehio, 77*

Pálffy, Palais

1., Wallnerstraße 6

Dieses Bauwerk wurde 1809–13 für Johann Graf Pálffy durch den Architekten Karl von Moreau errichtet. Hier wohnte während seines letzten Aufenthaltes im Sommer 1892 Otto Fürst Bismarck. Durch Umgestaltungen in diesem Jahrhundert, zunächst für Zwecke einer Bank, später als Verwaltungsarchiv des Bundes, ist die innere Baustruktur des Hauses weitgehend verändert worden. Heute sind nur mehr einige Repräsentationsräume und das weitläufige Stiegenhaus erhalten.

E: Bund

Lit: *C/G, 686*

Pallavicini, Palais

1., Josefsplatz 5

Klassizistische Hauptfassade (am Josefsplatz) mit drei Geschoßen und elf Achsen. Diese wird nur durch die Fensterrahmungen gegliedert. Das Portal wird von vier weiblichen Riesenfiguren (von Franz Anton Zauner 1786) flankiert. Die Attika mit zwei liegenden allegorischen Figuren, die das Pallavicini-Wappen halten (ein Doppeladler in Schwarz und Gold, umgeben von

der Goldenen Vlies-Kollane). Prachtvolle Einrichtung in den Repräsentationsräumen des Hauptgeschoßes mit Spiegeln, Gobelins, Lustern, Öfen und Parkettböden. In einem der beiden Höfe stand bis zum Jahr 1828 die älteste Akazie Österreichs (im 16. Jh. wurde sie von den Clarissinnen gepflanzt). Niklas Graf Salm („der Verteidiger von Wien") verkaufte die an dieser Stelle liegenden Häuser im Jahr 1557 an Kaiser Ferdinand I.; 1581 gründete Königin Elisabeth (Witwe des französischen Königs Karl IX. und Tochter von Kaiser Maximilian II.) an dieser Stelle das „Königinkloster" für die Clarissinnen, mit teilweiser Einbeziehung der „Stallburggründe". 1782 wurde es aufgehoben, die Mauern abgebrochen und der Durchgang von der Bräunerstraße zum späteren Josefsplatz geschaffen. 1783/84 ließ Moritz Graf Fries auf diesen Grundstücken durch den Architekten Ferdinand Hohenberg von Hetzendorf (Erbauer der Gloriette von Schönbrunn) das Palais errichten. Spätere Besitzer waren die Sina 1828–1842. Im Gebäude sind verschiedene Institutionen, wie z. B. der Österreichische Rennverein und die berühmte Tanzschule Elmayer-Westerbrugg untergebracht.
E: Seit 1842 Fam. Grafen Pallavicini
Lit: *C/G, 686; Dehio, 77f*

Porcia, Palais
1., Herrengasse 23
Dreigeschoßiges Gebäude mit schlichter Fassade; oberhalb des ersten Stockes Wappen in großer Kartusche (Hofkirchen-Losenstein); Arkaden in drei Geschoßen (toskanische Säulen und Pfeiler); im zweiten Hof einfache Renaissancefassaden, Inschrift zwischen dem ersten und zweiten Hof: „Franciscus et Maria Theresia, etc., MDCCLII". Das Palais wurde 1602 unter Andreas Hofkirchen und dessen Gemahlin Margarethe Losenstein fertiggestellt und später barockisiert. Gründliche Umbauten, insbesondere der Hoftrakte, nach 1650. 1667 Besitz der Porcia, 1723 der Tinti und seit 1750 des österreichischen Staates. Im Laufe der Jahre waren hier der Verwaltungsgerichtshof (1883), später der Rechnungshof, Teile des Bundeskanzleramtes, das Wissenschaftsministerium, die Ludwig-Bolzmann-Gesellschaft, der Landesschulrat für Niederösterreich und andere Institutionen untergebracht.
E: Republik Österreich
Lit: *C/G, 699; Dehio, 78*

Pötzleinsdorf, ehem. Schloß
18., Geymüllergasse 1
Seit den 50er Jahren des 20. Jahrhunderts durch Roland Rainer vollständig erneuerter Bau; im Park Statuen aus dem 18. sowie 19. Jh., spätbarockes schmiedeeisernes Gitter am Gartentor; einige Gartenhäuser aus der Entstehungszeit des Parks sind heute noch erhalten. 1787 erwarb Johann Heinrich Geymüller von Gräfin Philippina Herberstein das Schloß samt dem großen Park (das Schloß wurde auch „Ricci-Freihof" genannt). In der Folge ließ Geymüller den Park durch den Kunstgärtner Konrad A. Rosenthal umgestalten; der Pötzleinsdorfer Park mit seinen Lauben, Bogengängen, Glashäusern und Blumenbeeten war damals eine Sehenswürdigkeit von Wien.

Spätere Besitzer waren Baron Löwenthal und Max Schmidt. 1935 wurde das Anwesen von der Gemeinde Wien angekauft und der 33 Hektar große Park für die Öffentlichkeit zugänglich gemacht. Nach dem Umbau war das Jugendgästehaus der Stadt Wien im Schloß untergebracht, und seit 1982 befindet sich hier die „Rudolf-Steiner-Schule".
E: Gemeinde Wien
Lit: *C/G, 700 f*

Prinz Eugen von Savoyen, Stadtpalais (Finanzministerium)
1., Himmelpfortgasse 4 – 8
Prächtiger viergeschoßiger Bau mit drei schönen Portalen (darüber drei Wappen; in der Mitte der österreichische Doppeladler, unterlegt das Wappen des Deutschen Ritterordens, rechts der volle Schild des Prinzen Eugen und das Wappen des spanischen Königreiches, das ihm Karl VI. verlieh; links die Blätterkrone Prinz Eugens und darunterliegend ein ovaler Schild mit seinen Initialen); darüberliegend jeweils ein Balkon mit plastischem Schmuck. Schönes Stiegenhaus (nach dem Entwurf von Fischer von Erlach) mit den vier Atlanten (Herkules, Antäus, Äneas und Anchises) von Bussi. Deckenbilder von Dorrigny, Holzvertäfelungen, ein Goldkabinett, blauer und gelber Saal, Kapelle mit Rokokomalereien. Schlachtenbildersaal: Große Schlachtenbilder (Schlacht bei Belgrad, Zenta, usw.), die alle in der Mitte der Leinwand eine große Falte aufweisen; Napoleon I. ließ sie 1809 nach Paris schaffen und nach seinem Sturz 1815 gelangten sie wieder zurück in die Himmelpfortgasse. Diese Reisen dürften den Bildern nicht gut getan haben. Schlachtenbilder heute wieder vollständig restauriert, die Innenausstattung fehlt komplett. 1695 ließ Prinz Eugen das Palais nach Entwürfen von Johann Bernhard Fischer von Erlach erbauen; eine Erweiterung um fünf Achsen gegen Osten wurde in den Jahren 1708/09 sowie um fünf Achsen gegen Westen in den Jahren 1723/24 von Johann Lukas von Hildebrandt durchgeführt. Nach dem Tode Prinz Eugens am 21. 4. 1736 verkaufte seine Erbin, Viktoria Prinzessin von Savoyen, das Palais an den Staat Österreich. Dieser erwarb noch verschiedene andere Häuser im unmittelbaren Bereich und richtete darin zuerst das Münzamt, später Teile der Hofkammer und schließlich das Finanzministerium ein. Das Gebäude zählt zu den schönsten Palais in Wien.
E: Republik Österreich
Lit: *C/G, 847;*
Dehio, 64 f

Q

Questenberg, Palais
1., Johannesgasse 5/5 a
Dieses Gebäude ist ein interessantes Werk der Wiener Barockarchitektur. Die Stuckarbeiten stammen von Santino Bussi (1705), die Deckenfresken und Putten im ehem. Bibliothekssaal von Marcantonio Chiarini und Gaetano Fanti. Der Spiegelsaal wurde während des Zweiten Weltkrieges zerstört. Johann Adam Graf Questenberg ließ ab 1701 dieses Palais an der Stelle von drei älteren Häusern im Stil von Johann Lukas von Hildebrandt erbauen. Zwei dieser Häuser waren schon 1684 Eigentum seines Vorfahren Johann

Anton Graf Questenberg. Im Jahr 1723 wurde der Bau erweitert; 1755 Besitz des Dominik Graf Kaunitz. Heute ist im Palais das Finanzministerium untergebracht.
E: Bund
Lit: *C/G, 706*

R

Rasumofsky, ehem. Palais (Geologische Bundesanstalt)
3., Rasumofskygasse 23–25
Das kubische Hauptgebäude und der Gartentrakt sind zwei klar trennbare Baublöcke, die einmal durch die langgezogene Gartenanlage verbunden waren. Das Hauptgebäude ist an allen vier Seiten mit Pilastern und Lisenen ausgestattet. Die Vorhalle ist ein kreisrunder Kuppelsaal mit Pilasterordnung und kassettierter Kuppel; darin dekorative Plastiken. Großer Saal mit korinthischen Säulen, vertäfelte Bibliothek, als Trinkstube ausgestalteter Keller; der einst prächtige Park (nach einem Entwurf von Konrad Rosenthal) wurde im Laufe der Zeit verbaut. Das Palais wurde 1806/07 im klassizistischen Stil nach Entwürfen von Louis Montoyer für Fürst Andreas Kyrillowitsch von Rasumofsky erbaut. Am 31. 12. 1814, während eines großen Balles, wurde das Palais mit fast allen seinen Kunstschätzen durch einen Brand zerstört. Zar Alexander I. gewährte dem Fürsten Rasumofsky Kredit, um das Haus wieder aufzubauen. Rasumofsky war einer der Gönner von Beethoven und dieser widmete ihm mehrere Kompositionen (bzw. dessen Gattin und ihren Schwestern, den „drei schönen Schwestern Thun"). Nach dem Tod des Fürsten gelangte das Palais an Johann Fürst von Liechtenstein und wurde ein beliebter Treffpunkt von Künstlern, wie Füger, Krafft, Lampi u. a. Anschließend erwarb es der österreichische Staat und richtete darin die Geologische Reichsanstalt ein. Das Nebengebäude wurde 1851 Oberrealschule, 1877 Gymnasium. Auf dem leicht ansteigenden Gelände zwischen dem Donaukanal und der Landstraße wurde eine prächtige Gartenanlage im englischen Stil errichtet. Seither aber Verbauung dieser Gründe. Im Jahr 1877 zahlreiche Veränderungen am Hauptgebäude. Durch Kriegseinwirkung während des Zweiten Weltkrieges schwer beschädigt, wurde die Anlage 1946/48 sowie 1966/67 restauriert. Heute ist das Palais Sitz der Geologischen Bundesanstalt.
E: Republik Österreich
Lit: *C/G, 710; Dehio, 110 f*

Rofrano, Palais
→ Auersperg, Palais

Rottal, Palais
1., Singerstraße 17–19, Kumpfgasse 10, Grünangergasse 9
Nach dem Jahr 1750 wurden zwei Häuser, um zwei Höfe, zu einem einheitlichen Palast zusammengefaßt. Das Palais wurde dann im Jahr 1751 von Franz Anton Pilgram für Zwecke des Stadtbanco errichtet. 1757 war der Zusammenbau mit den anschließenden Häusern vollendet. Von 1845–48 wurde das Gebäude aufgestockt.
E: Bund
Lit: *C/G, 727*

Rudolf-Steiner-Schule
23., Endresstraße 98–100
Einstöckiges dreiflügeli-

ges frühklassizistisches Herrschaftshaus. In einigen Räumen Stuck aus dem späten 17. Jh. Das Haus, das zu den bedeutendsten Bauten im südlichen Wien zählt, wurde von der Familie von Mack errichtet, und 1937 von der Gemeinde Mauer erworben. 1960 wurde das Gebäude restauriert und seit 1969 ist darin die Rudolf-Steiner-Schule untergebracht.
E: Gemeinde Wien

S

Salm, Palais

3., Salmgasse 2
Dreigeschoßiges klassizistisches Gartenpalais; die Schauseite mit dem Dreieckgiebel und der Säulenvorhalle ist gegen den Garten gewandt. Leicht hervortretender Mittelrisalit, korinthische Säulen auf hohen Sockeln, Balkon mit Balustrade, dreitürige Portalanlage, korinthische Riesenpilaster, welche die Portalanlage mit dem ersten Obergeschoß verbinden. Im Giebelfeld plastische Ornamente mit zwei fliegenden Genien, die eine Uhr halten. Treppenhaus mit schwerer Holzvertäfelung. Um 1800 war das Areal Eigentum des Großfuhrmanns Neumann, später des Fürsten Esterházy, der einen Park anlegen ließ. Erbaut wurde das Palais durch den Baumeister Alois Ignaz Göll für die damaligen Besitzer Walter und Wenzel Brandler von Brandenstein. Späterer Eigentümer war Erzherzog Karl, bis es Fürst Hugo Carl von Salm-Reifferscheidt 1856 erwarb. 1863 wurde der Bau durch einen seitlichen Pavillon gegen die Rasumofskygasse hin erweitert. Im Palais sind heute Wohnungen eingerichtet.
E: Dr. Michael Treichl, Alfred Beck, Dipl.-Ing. Georg Ladstätter und Dipl.-Ing. Heinz Marschalek
Lit: *C/G, 732; Dehio, 114*

Savoyisches Damenstift, Palais

1., Johannesgasse 15–17
Dreigeschoßiger zehnachsiger Bau mit zwei Portalen (das östliche ist vermauert), der ehemals aus zwei Häusern bestand. Prächtige Bleifigur „Madonna Immaculata" von Franz Xaver Messerschmidt, Wandbrunnen im Hof mit Relief des Propheten Eliseus und zwei liegende Löwen, darüber ein Fresko, die göttliche Erkenntnis und Weisheit darstellend (F. Xaver Messerschmidt). Kleine Kapelle, die 1893/94 aus dem ehem. Goldbergschen Stiftungshaus hierher verlegt wurde. Das Gebäude wurde 1684 erstmals urk. genannt, war im 17. Jh. Palais der Herzogin Savoyen-Carignan und wurde 1767 durch Josef Meißl verändert. Anna Felicitas von Savoyen, geb. Fürstin Liechtenstein, verfügte in ihrem Testament, das Palais als adeliges Damenstift zu verwenden (1772). Diese Verfügung wird heute noch eingehalten, da noch einige adelige Stiftsdamen im Haus wohnen (der übrige Teil wird für Kanzleien des Gemeindebundes und Mietwohnungen verwendet).
E: Hans Adam regierender Fürst von und zu Liechtenstein
Lit: *C/G, 737; Dehio, 79f*

Schikanederschlößl (Lehárschlößl)

19., Hackhofergasse 18
Fünfachsiges Hauptgeschoß mit kurzen Pilastern, geschlossenem Treppenhaus (ehem. offene Halle); im Inneren Festsaal mit Decken-

fresko, „Die Zauberflöte“ darstellend. Im ersten Stock befindet sich heute das Lehár-Museum. Der ehem. Freihof war 1686 Besitz des Johann Anton Dischpaur, 1706–37 der Familie Pilati von Thassul, später des Joachim Georg Gschwandner, 1803–12 des Emanuel Schikaneder (Textautor für die „Zauberflöte“). 1932–44 war dieses Schlößchen Eigentum des berühmten Komponisten Franz Lehár, von 1944–48 dessen Bruder, General Anton Lehár.
E: Fam. Kreuzer
Lit: *C/G, 741*

Schleglhof, Palais
→ Schönborn, Palais
(1., Renngasse 4)

Schönborn, Palais (Batthyány, Schleglhof)
1., Renngasse 4
Viergeschoßiger Bau mit elf Achsen, fünfachsiger Mittelrisalit, mächtiges Portal zwischen toskanischen Säulen, darüber ein balustergeschmückter Balkon; über dem Mittelfenster des Hauptgeschoßes Wappen und Figuren. Weitläufige Eingangshalle mit zwei Säulenreihen, schönes Stiegenhaus mit Statuen, Repräsentationsräume mit guter Einrichtung im ersten Stock; Innengestaltung nach Entwürfen von Peter oder Ludwig van Roy um 1740. Urspr. Besitz der Gattin des kaiserlichen Heroldes Gasser, geborene Schlegl, später der Grafen Sinzendorf und ab 1698 der Grafen Batthyány; Adam Graf Batthyány ließ 1698 das heutige Palais nach Plänen von Johann Bernhard Fischer von Erlach an der Stelle von zwei kleineren Häusern errichten. 1740 erwarb es Friedrich Karl Graf Schönborn, Fürstbischof von Würzburg und Bamberg; bis heute ist es Eigentum dieser Familie. 1801 wurden die Sammlungen und Kunstschätze des Palais Schönborn in der Josefstadt in jenes in der Renngasse übertragen. 1846 großzügige Renovierung. Nach den schweren Kriegsschäden des Jahres 1945 wurde das Haus 1950–60 weitgehend renoviert.
E: Familie Graf Schönborn-Buchheim
Lit: *C/G, 392; Dehio, 80*

Schönborn, ehem. Palais
8., Laudongasse 15–19
Portalrisalit und mächtige Pilaster. Im Inneren Stuckdecken mit Dekkenbildern von Peter Strudel. Im Palais befindet sich seit 1920 das Österreichische Museum für Volkskunde. 1687 war Otto Ehrenreich Graf Abensperg und Traun Besitzer eines Hauses an der Stelle des heutigen Palais. 1706 ließ der damalige Reichsvizekanzler Friedrich Karl Graf Schönborn durch Johann Lukas von Hildebrandt das Gebäude zu einem Palais umgestalten. Der Umbau war 1714 beendet und wurde 1725 erweitert. 1841 eröffnete hier ein Theater, 1872–97 war die Hochschule für Bodenkultur im Palais untergebracht.
E: Gemeinde Wien
Lit: *C/G, 747*

Schönbrunn, Schloß
13., Schönbrunner Schloßstraße
Das Hauptgebäude umschließt mit seinen Nebengebäuden einen großen Ehrenhof; eine Fassade blickt zum Hof, die andere gegen das Gartenparterre. Im Hof auf jeder Seite je ein runder Brunnen, in einem der Nebengebäude die „Wagenburg“ mit Nobelequipagen des Hofes und verschiedener österreichischer Adelsfami-

lien. Haupttor mit zwei adlerbekrönten Obelisken. Das Hauptschloß ist ein dreigeschoßiger Bau mit fünfachsigem überhöhten Mittelrisalit, offener Durchfahrt und zwei Freitreppen. In der Durchfahrtshalle zwei Bronzeplastiken von 1700. Im östlichen Eckflügel Kapelle aus dem 17. Jh. (geweiht 1745) mit Deckenfresken von Daniel Gran, einem Bild von Paul Troger, die Vermählung Mariä darstellend. Im Erdgeschoß Goeß-, Gisela- und Kronprinzenappartements mit Malereien von Johann Bergl; im Hauptgeschoß Nußholzzimmer, drei Zimmer mit eingelassenen Landschaftsbildern von Josef Rosa (1760–69), chinesische Kabinette, große und kleine Galerie nach Entwurf von N. Pacassi und Fresken von Gregorio Guglielmi (1759 bzw. 1761); Zeremoniensaal mit Bildern von Martin van Meytens (bzw. seiner Schule), die Kaiserin Maria Theresia sowie die Hochzeit von Joseph II. darstellend. Napoleonzimmer mit Brüsseler Gobelins aus dem 18. Jh., Porzellanzimmer mit Chinoiserien, teilweise gezeichnet von Franz I., sogenanntes Feketin- oder Millionen-Zimmer von 1760 mit Rokokovertäfelung und eingesetzten indopersischen Miniaturen des 17. Jh.s. Gobelinsaal mit Gobelins von Pierre van der Borcht (18. Jh.). In anderen Räumen zahlreiche Gemälde und ausgesuchtes Mobiliar. Beim Hietzinger Tor liegt das Kaiserstöckel (um 1770), das zuerst dem Leibarzt von Kaiserin Maria Theresia, van Swieten, als Wohnsitz zugeteilt wurde und im 19. u. 20. Jh. fallweise Sommersitz des österreichischen Außenministers war. Im Nordwesten des Ehrenhofes das Schloßtheater (1766/67 nach einem Entwurf von Ferdinand von Hohenberg ausgestattet) mit einem Deckengemälde, welches die Vermählung der Erzherzogin Marie Christine mit Prinz Albert von Sachsen darstellt; es wurde am 4. Oktober 1747 mit einer Galavorstellung eröffnet. Maria Theresia hatte großes Interesse am Theater und ließ auch manchmal ihre Kinder auf der Bühne auftreten. Der sechsjährige Mozart soll hier nach einem virtuosen Auftritt auf den Schoß der Kaiserin gesprungen sein. Das Schloß liegt im berühmten Schönbrunner Garten, der nach seinen Funktionen zweigeteilt wird: die linke Hälfte stellt den Ziergarten dar, der rechte Teil dient der Pflege der Naturwissenschaften (Tiergarten, Botanischer Garten und Palmenhaus). Beide Hälften bilden jedoch eine Einheit. Die Orangerie wurde 1755 fertiggestellt (die Kultivierung fremdländischer Pflanzen war bereits um 1600 bekannt), das neue Palmenhaus nach Plänen von Segenschmied 1880–82 errichtet (ein 114 Meter langer Glaspalast mit imposanter Eisenarchitektur). Die Menagerie (Fertigstellung 1751; ältester Tiergarten der Welt) wurde vom Architekten Jadot errichtet. Es ist dies ein kreisförmiger Bautenkomplex, in dessen Mitte der Rundpavillon liegt und um den sich die zwölf Tierhäuser strahlenförmig lagern. Der Lustgarten wurde nach einem Entwurf von Johann Bernhard Fischer von Erlach ausgeführt. Vorbild war der Park von Versailles und die französischen Gartenarchitekten Jean Trehet und Le Notre. Mit einem großen System von Alleen, Wegen und Bosketen sowie Diagonalachsen wurde die höchste Wirkung erzielt. Der Blick auf die berühmten Najaden-Gruppen erregt immer wieder die Bewunderung der Besucher. Der Najadenbrunnen wurde von Hagenauer errichtet. Die „Gloriette" (1772/75) bildet den künstlerischen Abschluß der gesamten Parkanlage. Die römische Ruine wurde vom Architekten Hohenberg, die verschiedenen Figurengruppen von Bayer geschaffen. Die vielen Statuen standen urspr. am Berghang und wurden später in die Baumspaliere des Gartenparterres versetzt. An der Stelle des Schlosses stand einst die Kattermühle, die vom Wienfluß angetrieben und im 16. Jh. von Wiens Bürgermeister Bayer bewirtschaftet wurde. Dieser ließ die Mühle erweitern und die Gebäude zu einem Herrensitz umgestalten. Die so entstandene „Katterburg" erwarb Kaiser Maximilian II. 1569 und war seither kaiserlicher Besitz. 1559–73 wurde ein kleiner Tiergarten angelegt, der aber vorläufig nur mit Fasanen, Pfauen und Enten besetzt wurde. Seit 1622 ist der „Schöne Brunnen" bekannt, der der ganzen Anlage den Namen gab. Er befindet sich südwestlich des Schlosses und ist mit einem 1779 erbauten Pavillon überdacht. Kaiserin Eleonora (Gemahlin Ferdinands, geb. Gonzaga v. Mantua) ließ um 1642 ein kleines Lustschloß errichten, das jedoch 1683 durch die Türken verwüstet wurde; sämtliche Tiere des Tiergartens wurden damals getötet. Johann Bernhard Fischer von Erlach wurde beauftragt, ein neues repräsentatives Schloß zu bauen. Nach dem ersten Plan sollte es auf der Anhöhe an der Stelle der heutigen „Gloriette" liegen. 1693 wurde der zweite Plan an der heutigen Stelle ausgeführt. Ab 1700 wurde es von der kaiserlichen Familie bewohnt (Kaiser Josef I. mit seiner Gattin Amalia Wilhelmine). 1728 übernahm Kaiser Karl VI. das Schloß. Zu dieser Zeit wurde auf das ganze Bauwerk ein Steildach gesetzt, welches aber nicht lange blieb. Kaiserin Maria Theresia nahm sich persönlich der Umbauten von Schloß Schönbrunn an und berief den Baumeister Pacassi, der von 1743–49 das Schloß völlig umgestaltete. Unter anderem wurde der quergestellte Prunksaal abgetragen und an seiner Stelle zwei Galerien errichtet, welche den repräsentativen Mittelpunkt des Schlosses bilden. Weiters ließ er die Treppenanlage abtragen und eine Durchfahrt schaffen; statt der Prunkauffahrt wurde eine zweiarmige Freitreppe errichtet. Nun wurde auch ein niedriges Dach aufgesetzt und die Balustrade mit den Skulpturen ausgeführt. Das Zwischengeschoß wurde eingefügt und die Seitenflügel mit den Seitentrakten des Ehrenhofes verbunden. 1772 wurde Pacassi wegen Unstimmigkeiten entlassen und die weiteren Arbeiten dem Architekten J. F. Hetzendorf von Hohenberg übertragen. Durch den Einfluß des Rokoko wurde der Charakter des schweren hochbarocken Gebäudes aufgelockert. An der Decke der kleinen Galerie entstand nun ein Gemälde, das die Gründung des Maria-Theresien-Ordens nach der

Schlacht bei Kolin darstellt. Auch wurde der niederländische Maler Martin van Meytens als Hofmaler engagiert, der viele Porträts der Kaiserin und ihrer großen Familie schuf. Kaiser Joseph II. konnte sich mit der riesigen Anlage von Schönbrunn nicht befreunden und bevorzugte das einfachere Palais im Augarten. Kaiser Napoleon I. wohnte 1805–09 durch mehrere Monate im Schloß. Vor dem Wiener Kongreß wurden durch den Architekten Nobile dringende Reparaturen durchgeführt; 1816–19 wurden durch den Architekten Johann Aman an den Fassaden Veränderungen vorgenommen. Am 22. 7. 1832 verstarb hier im Alter von 21 Jahren der Herzog von Reichstadt, Sohn Kaiser Napoleons I. Anläßlich der Vermählung von Kaiser Franz Josef I. mit Prinzessin Elisabeth im Jahre 1854, wurden eine Reihe von Räumlichkeiten adaptiert, rebarockisiert und auch die Inneneinrichtung dem Zeitgeschmack entsprechend geändert. Zur Zeit der Weltausstellung 1873 fanden im Schloß glanzvolle Feste statt und auch das „Drei-Kaiser-Bündnis“ wurde damals geschlossen (zwischen Kaiser Franz Josef I., dem Zaren Alexander II. und Kaiser Wilhelm I.). Kaiserin Elisabeth hielt sich in Schönbrunn nicht gerne auf, sodaß das Schloß für Kaiser Franz Josef immer mehr zur einsamen Arbeitsstätte wurde, wo er sich bis zu 18 Stunden täglich aufhielt und hier auch am 21. November 1916 verstarb. Schönbrunn wurde zum Symbol der letzten Periode der Monarchie. 1919 wurde Schönbrunn Staatseigentum, der Park wurde für die Öffentlichkeit freigegeben und das Schloß als Museum eingerichtet. Im oberen Teil des Fasangartens wurde 1938 eine Kaserne errichtet. Am 19. 2. 1945 wurden Teile des Schlosses bombardiert. Nach 1945 bezog die britische Besatzungsmacht hier Quartier. In den 50er Jahren wurden die Kriegsschäden behoben; 1961 fand hier das historische Treffen zwischen J. F. Kennedy und Nikita Chruschtschow statt. Schloß Schönbrunn wird jährlich von Millionen Touristen besucht. Es ist bis heute ein zeitloses Denkmal für höchste Kultur geblieben.

E: Republik Österreich

Lit: *C/G, 747 f; Dehio, 162 ff*

Schwarzenberg, Palais

3., Rennweg 2

Das vornehme Palais besteht aus dem Hauptbau, dem Ehrenhof, gebildet durch seitliche Flügel, die sich in ähnlicher Form gartenwärts fortsetzen. Kapelle von 1715 (nach Entwurf Hildebrandts vollendet) und Kuppelsaal vermutlich nach einem Plan J. B. Fischer von Erlachs. Von den Fresken Daniel Grans von 1724 wurde der Großteil 1945 zerstört. Fürst Fondi Graf von Mansfeld ließ das Palais 1697 nach Plänen von J. L. von Hildebrandt in dem weitläufigen Park errichten. Dessen Erben verkauften das unvollendete Palais an Adam Fürst Schwarzenberg, welcher es in den Jahren 1720–25 von Johann Bernhard und Joseph Emanuel Fischer von Erlach vollenden ließ. Schöner Park, der nach 1697 durch Jean Trehet angelegt und von J. E. Fischer von Erlach verändert wurde. Fischer von Erlach errichtete hier auch eine Dampfmaschine, um die Fontänen

der Springbrunnen zu betreiben. Die im Volksmund als „Feuermaschine“ bezeichnete Pumpenanlage war „75 Fuß“ hoch und lieferte in einem Tag 11.880 Eimer Wasser in die Behälter. Der gesamte Gebäudekomplex wurde 1945 durch Kriegseinwirkung schwerst beschädigt und später aus eigenen Mitteln wieder instand gesetzt. Man zählt das Palais zu einem der Wahrzeichen Wiens. Vor dem Palais am Schwarzenbergplatz das sogenannte „Russendenkmal“ und der Hochstrahlbrunnen. Das Gebäude beherbergt heute das Hotel Schwarzenberg.
E: Karl Fürst von Schwarzenberg
Lit: *C/G, 759; Dehio, 111f*

Starhemberg, Palais (Bundesministerium für Unterricht und Kunst)
1., Minoritenplatz 5
Um 1550 von den Zelkingern erbaut, später im Besitz der Strein, Losenstein, Teuffel und des Hans Friedrich von Sonderdorf. 1661 Erwerb durch Konrad Balthasar Graf von Starhemberg, der schon bald einen Neubau errichtete. (Inschrift am 1667 datierten Porträt des Bauherrn im Starhembergschen Familienmuseum in Eferding). Bis zum Ende des 18. Jh.s im Besitz dieser Familie, danach oftmaliger Besitzerwechsel. Das erste Obergeschoß ist als Beletage erkennbar mit einer korridorlosen Aneinanderreihung der Zimmer. Das zweite Geschoß diente für Wohnzwecke, das dritte der Dienerschaft und für Büros. Von der großzügigen Ausstattung des Frühbarocks mit Malerei und schwerer Stuckarbeit ist nichts mehr erhalten. Umbau des Gebäudes im Jahr 1784 durch den Baumeister Andreas Zach. Das Haus ist heute als Bundesministerium für Unterricht und Kunst in Verwendung.
E: Bund
Lit: *C/G, 784*

Starhemberg-Schönburg, Palais
4., Rainergasse 11
Mittelteil mit querovalem Vestibül; dieses mit vermauerten Arkaden. Die Obergeschoße der quadratischen Seitenflügel wurden im 19. Jh. hinzugefügt, das Innere zu diesem Zeitpunkt verändert. Das Palais wurde um 1705, wahrscheinlich nach einem Entwurf von Johann Lukas von Hildebrandt, errichtet.
E: Fam. Gertner
Lit: *C/G, 749; Dehio, 119*

Sternberg, ehem. Palais
3., Ungargasse 43
Klassizistische Fassade, Ehrenhof, Plastiken von Joseph Klieber (1822); Rokokostatuen und ein Brunnen im Garten, Mitte 18. Jh. Das Palais wurde um 1820 durch Baumeister Karl Ehmann erbaut und gelangte um 1870 in den Besitz der Grafen Sternberg. Um 1900 wurde das Haus umgebaut.
E: Republik Italien
Lit: *C/G, 788; Dehio, 112*

Strebersdorf, Schlößchen
21., Floridsdorf
Heute Volks- und Hauptschule sowie Gymnasium und Internat des Ordens der Schulbrüder. Die Schulbrüder erwarben 1866 den ehem. Besitz des Grafen Max von Grimus d’Orsay und errichteten zuerst das Marienheim; die um 1762 erbaute Schloßkapelle wurde in den Neubau miteinbezogen. Aus dem

einstigen Schlößchen ist mit den Zu- und Erweiterungsbauten heute ein regelrechter Schulbezirk geschaffen worden.
E: Orden der Schulbrüder
Lit: *C/G, 792 f*

Strozzi, ehem. Palais
8., Josefstädter Straße 39
Heute rosa und weiß gefärbelte Fassade, ein hohes Sockelgeschoß, zweiseitige Freitreppe, ausgedehnter Garten; dieses schöne Gebäude liegt hinter dem großen nüchternen Finanzgebäude. Während die Fassade seit der Bauzeit wenig verändert wurde, ist das Innere völlig umgestaltet worden. Um 1700 wurde das Palais für Maria Gräfin Strozzi (geborene Khevenhüller) als Sommersitz errichtet und bestand damals nur aus dem Haupttrakt. 1716 erweiterte es Francesco Folko de Cardona um die beiden Seitenflügel. 1740 erwarb es Kaiserin Maria Theresia, die es 1753 dem Feldzeugmeister Graf Chotek schenkte. 1841 wurde ein Zivilmädchenpensionat eingerichtet.
E: Republik Österreich
Lit: *C/G, 793 f*

Strudelhof, Palais
9., Strudelhofgasse
Dreigeschoßiger Bau in neoklassizistischem Stil, in einem prächtigen Park gelegen; gedeckte Zufahrt, Säulenvorbau, gelbweiße Fassade, Repräsentationsräume im Inneren. Unterhalb des Palais die von Theodor Jäger errichtete Strudelhofstiege (berühmt durch den Roman Heimito von Doderers). Auf einem Teil des weitläufigen Gartens wurde die Konsular-Akademie errichtet und 1904 bezogen. 1982 wurde das Palais restauriert. Peter von Strudel, kaiserlicher Hof- und Kammermaler, ließ das Haus 1690, am Rücken des Schottenpoint errichten (1701 wurde dieser in den Freiherrenstand erhoben und auch zum Direktor der Kunstakademie ernannt). Seit 1713 wird das Haus als Spital verwendet, 1734 erwarb es Graf Kuefstein, 1759 war hier das „Spanische Spital" untergebracht, 1784 die Findelanstalt. Nach Abriß einiger Häuser ließ Josef Ritter von Mallmann 1802 ein Palais in neoklassizistischem Stil (durch Ferdinand Fellner) erbauen. Noch während der Bauzeit erwarb es Herzog Philipp von Württemberg. Der Außenminister Leopold Graf Berchthold kaufte es 1900 und verfaßte hier im Juli 1914 das Ultimatum an Serbien, welches den Ersten Weltkrieg auslöste.
E: BAWAG
Lit: *C/G, 794*

Süßenbrunn, Schloß
22., Süßenbrunner Hauptstraße
Einstöckiger Bau mit zwei Portalen, Balkon, Wappen der Familie Grundemann, Flachgiebel, Viereckturm mit Uhr und zwei Seitenflügeln, die den Hof einschließen. Neben dem Schloß große Stallungen für Reit- und Wagenpferde. Das Schloß wurde im 18. Jh. von Graf Grundemann errichtet. Das Schloß wird für Wohnzwecke sowie für den Reitbetrieb verwendet.
E: Theresianische Akademie
Lit: *Dehio, 194*

Sylva-Tarouca, ehem. Palais
3., Salmgasse 4
Viereckige Anlage mit kleinem Innenhof; die Schaufront mit korinthischen Riesenpilastern und flachem Dreieckgie-

bel liegt gegen den Garten. Eine zweiläufige Freitreppe, Terrasse mit Baluster, schmiedeeiserner Balkon. In der Salmgasse einfache Fassade; die Gartenfassade war urspr. im Stil des französischen Frühbarock gestaltet und zeigt heute österreichisches Spätbarock bzw. Frühklassizismus. Im Kern stammt das Gebäude wahrscheinlich noch aus dem 18. Jh. Der Neubau wurde 1882 durch den Architekten Eugen Sehnal und den Baumeister Karl Ziegelwanger für die Gräfin Sylva-Tarouca ausgeführt. Im Zweiten Weltkrieg beschädigt, wurde es 1959 in stark veränderter Form wiederhergestellt.
E: Fam. Kuhlemann

T

Theresianum
4., Favoritenstraße 15
Langgestreckte Fassade mit barocken Seitenportalen; der plastische Adler in dem Mittelgiebel stammt von Johann Martin Fischer, spätes 18. Jh. Plastische Gruppe auf der Attika von Johann Georg Dorfmeister (2. Hälfte 18. Jh.). Portal mit figuraler Plastik von Jakob Schletterer (um 1760). Im Inneren Stiegenhaus mit barockem Deckenstucco, Bibliothek mit Schränken aus dem 18. Jh., Prunkzimmer, Kapelle zum hl. Michael, 1797 nach einem Entwurf von Ferdinand von Hohenberg im Inneren umgestaltet, Speisesaal mit Tonnengewölbe und Stuckornamenten. Der Park wurde nach einem Entwurf von Jean Trehet 1690–92 angelegt; darin eine Grotte mit einer Marmorbüste Leopolds I. und einem Gartenhaus. Das Gebäude wurde 1616–25 als kaiserliche Sommerresidenz erbaut, 1683 zum Teil zerstört und 1687–90 unter der Leitung von Ludovico Burnacini erneuert. Weitere Um- bzw. Zubauten erfolgten 1746 und um 1797. Ab 1746 war das Haus Erziehungsanstalt. Heute befindet sich darin nach wie vor die Theresianische Akademie (Gymnasium, Diplomatenakademie, Internat). Umbauten und Erweiterungen nach 1746 zur Zeit der Jesuiten bzw. schon unter Karl VI.
E: Theresianische Akademie
Lit: *C/G, 806; Dehio, 119 f*

Todesco, Palais
1., Kärntner Straße 51
Fünfgeschoßiger Baublock mit drei Fronten, glasgedecktem Innenhof und einem der schönsten privaten Festsäle in Wien; Deckengemälde von Carl Rahl und Gustav Gaul, Säulen und Pilaster aus rotem Marmor. Das ganze Palais steht auf Piloten. Das Haus liegt auf dem ehem. im Jahr 1857 aufgeschütteten Stadtgraben (Schleifung der Basteien); dieser reichte urspr. vom Kärntnertor bis zur Elisabethbrücke, welche den damals offenen Wienfluß überspannte. Der heutige Bau wurde von den Baumeistern Theophil Hansen und Ludwig Förster, für die aus Rumänien stammenden Bankiers Eduard und Moritz von Todesco 1861–64 errichtet. (Theophil Hansen wurde vom damaligen Unterrichtsminister Leo Graf Thun von Dänemark nach Wien berufen). Das im Renaissancestil erbaute Palais zeigt den ganzen Reichtum des Historismus. Das Haus wurde 1945 schwer bombengeschädigt.
1978/79 Restaurierung. Auch die hervorragenden Holzschnitzereien und Holzvertäfelungen

wurden gänzlich restauriert. Seit 1947 Haus der Österreichischen Volkspartei.
E: Bundesländerversicherung
Lit: *C/G, 809; Dehio, 86*

Traun, Palais

1., Weihburggasse 26
Viergeschoßiges neunachsiges Gebäude mit Parterre und 1981 ausgebauten Mansarden. Große Einfahrt, großzügig angelegte Hauptreppe, welche nur bis zur Beletage führt; deren Räume sind mit Holzvertäfelungen, schönen Türen und Kaminen ausgestattet. Das Haus wurde 1872 im Zuge des Ringstraßenbaues von Otto Graf Abensperg-Traun errichtet (er ließ auch das Haus Ecke Weihburggasse/Seilerstätte errichten). Diese Häuser grenzen an das 1871/72 von Architekt Fellner errichtete Etablissement „Ronacher“ an. Die beiden Häuser Weihburggasse 26 und Seilerstätte 7 (Clam Martinic) waren bis 1945 durch eine einfache Holztreppe verbunden. Aus Mangel an Heizmaterial wurde diese im Winter 1945/46 verheizt und der Zugang vermauert. Im Gebäude befinden sich Mietwohnungen und Geschäftslokale.*
E: Otto Graf Abensperg und Traun

Trautson, ehem. Palais (Justizministerium)

7., Museumstraße 7
Dreigeschoßiges Gebäude mit elf Fensterachsen, Einfahrtshalle, vorspringendem Mittelrisalit, prächtigem Portal, großräumigem Treppenhaus und Sala terrena. Im Inneren Festsaal, der über zwei Geschoße reicht. Die ehem. Orangerie, das Gartenhaus und die Parkmauer sind heute nicht mehr vorhanden. 1710–17 wurde das Palais nach Plänen von Johann Bernhard Fischer von Erlach, für Leopold Graf Trautson errichtet. Es entstand nach dem Vorbild des 1661 errichteten Amsterdamer Stadthauses. Kaiserin Maria Theresia erwarb das Haus 1760 und machte es zum Sitz der von ihr gegründeten, königlich ungarischen Leibgarden (Palais der ungarischen Garde), die bis 1918 hier untergebracht waren. Das Gebäude blieb bis nach dem Zweiten Weltkrieg im Besitz des ungarischen Staates und beherbergte das Collegium Hungaricum. 1961 wurde es für die Justizverwaltung angekauft und durch die Architekten Felix Cevela und Walter Stepanik umgebaut. 1972/74 wurden die Innenräume den Bedürfnissen eines Verwaltungsgebäudes weitgehend angepaßt.
E: Republik Österreich
Lit: *C/G, 811*

Trauttmannsdorff, ehem. Palais

1., Herrengasse 21
Sechsachsiger Bau mit Parterre, zwei Stockwerken, Trauttmannsdorffwappen, Renaissanceportal im Hof; über eine elegante Stiege gelangt man zu den barock ausgestatteten Repräsentationsräumen: Goldkabinett, Grüner Salon, Roter Salon; die Räume sind mit Rokokoöfen sowie schönen Parketten ausgestattet. Dieser Bau stammt in seinen ältesten Teilen aus dem 14. Jh. und wurde bis zur Gegenwart mehrfach umgestaltet. Der Zubau in der Schenkenstraße wurde 1834–38 errichtet. Im 15. Jh. Besitz der Familien Neydeck, Nissingdorf, im 16. Jh. der Familie Thannhauser; ab 1639 Besitz der Fam. Trauttmannsdorff. Diese Familie gehört zu den ältesten

Adelsgeschlechtern in Österreich. Am 26. 8. 1278 fielen in der Schlacht bei Dürnkrut und Jedenspeigen 14 Söhne des Albert Stuchs von Trauttmannsdorff, die an der Seite Rudolfs von Habsburg kämpften. Das Palais wurde in den Jahren 1966–74 durchgehend restauriert. Neben Wohnungen werden verschiedene Räume für kulturelle Veranstaltungen vermietet.
E: Erste Niederösterreichische Brandschaden Versicherungs AG
Lit: *Dehio, 85*

Tullner Hof
→ Wertheimstein, Villa

W

Wertheimstein, Villa (Tullner Hof)
19., Döblinger Hauptstraße 96
Biedermeiervilla in schönem Park gelegen, Stiegenhaus mit Fresken (Moritz von Schwind); einige Räume sind museal eingerichtet: „Bauernfeld-Zimmer", „Saarzimmer", Bibliothek und Weinbaumuseum. Der „Tullner Hof", am Ende der Döblinger Hauptstraße gelegen, gehörte seit dem Mittelalter zur Herrschaft Obersievering. 1683 wurde er durch die Türken verwüstet und nach Kriegsende durch die Tullner Nonnen wiederaufgebaut. 1782 gelangte er in den Religionsfonds und von diesem 1824 an den Wiener Großindustriellen Rudolf Arthaber. Dieser ließ die Weingärten in den heute noch existierenden prachtvollen Park umgestalten. Außerdem ließ er die heutige Villa im Stil des Biedermeier bauen und die Fresken im Stiegenhaus anfertigen. 1870 erwarb der Wiener Bankier Leopold von Wertheimstein den Besitz. Seine Tochter Franziska verfügte in ihrem Testament (1907), daß Villa und Park in den Besitz der Stadt Wien überzugehen haben, in dem Haus eine Bibliothek eingerichtet und der Park allen Wienern zur Verfügung stehen solle. 1912 wurden die drei Museumsräume eingerichtet und eine städtische Bücherei geschaffen. Ab 1964 entstand allmählich das Döblinger Bezirksmuseum.
E: Stadt Wien
Lit: *C/G, 839*

Wilczek, Palais (Lempruch)
1., Herrengasse 5
Viergeschoßiger Bau mit sieben Achsen, großer Pilasterordnung im Mittelrisalit, schönem Portal mit Säulen und Hermen, Balkon mit schmiedeeisernem Gitter; eine Gedenktafel erinnert an prominente Persönlichkeiten: Stephan Széchényi wurde 1791 hier geboren; Josef von Eichendorff und Franz Grillparzer wohnten hier, Heinrich Füger und andere waren Gäste. Erbaut vor 1728. Bis 1728 im Besitz der Familie Brassican von Emmerberg (vermutlich wurde das Palais in seiner heutigen Form vor 1737 nach einem Entwurf von Anton Ospel errichtet). 1728–1806 Besitz der Freiherren von Lempruch, 1806 des Grafen Falkenhayn und seit 1825 der Grafen Wilczek. Das berühmteste Mitglied dieser Familie war wohl Johann Nepomuk (Hans) Graf Wilczek, 1837–1922: Erbauer der Burg → Kreuzenstein in Niederösterreich, Gründer des Rudolfiner-Hauses und der Wiener Freiwilligen Rettungsgesellschaft, etc. Er lebte und verstarb in diesem Haus.

Nach dem Requiem in der Michaelerkirche wurde sein Sarg im eigenen Pferdegespann in die Burg Kreuzenstein überführt. Heute sind im Gebäude verschiedene Kanzleien sowie Geschäftslokale untergebracht.
E: Grafen Wilczek
Lit: *C/G, 844; Dehio, 82*

Wilhelminenberg, Schloß (Gallitzin)
16., Savoyenstraße 2
Heute ein Schlößchen im Neo-Empire-Stil, 1903–08 nach Plänen von Eduard Frauenfeld und Ignaz Sowinsky neu errichtet. 1785 ließ der russische Botschafter Fürst Demeter Gallitzin in einem großen Park ein Sommerschloß errichten. Nach dem Tod des Fürsten gelangte es in den Besitz des Grafen Romanzow (1795), 1824 des Fürsten Julius Montleart und später an dessen Sohn Moritz, der es nach seiner Frau Wilhelmine benannte. Nach dem Neubau Besitz des Erzherzogs Rainer und später seines Neffen Erzherzog Leopold Salvator. Im Ersten Weltkrieg war es Lazarett und von 1927–77 Kinderheim der Gemeinde Wien. Im Zweiten Weltkrieg befand sich hier eine Fliegerabwehrstellung sowie der Gaubefehlsstand des nationalsozialistischen Gauleiters Baldur von Schirach; nach dem Krieg Sitz der Biologischen Station Wilhelminenberg. Heute beliebtes Ausflugsziel der Wiener (seit 1956 Aussichtswarte; 481,24 Meter über dem Meeresspiegel). Das Schloß ist derzeit leerstehend.
E: Gemeinde Wien
Lit: *C/G, 489 f; Dehio, 174*

Windischgraetz, Palais
1., Renngasse 12
Erbaut 1703 aus zwei kleineren Häusern; das Innere wurde vom Architekten E. Breßler in den Jahren 1894/95 teilweise erneuert. 1755 erwarb Maria Theresia Gräfin von Windischgraetz das Gebäude um 30.000 Gulden; ab 1816 Besitz des Fürsten Alfred Windischgraetz der auch die beiden Herrschaften Egloffs und Siggen (Deutschland) besaß (ehem. Familie Traun). Seine Frau wurde am 12. 6. 1848 in Prag durch eine verirrte Kugel getötet. Im Haus befinden sich heute Büros des Eigentümers sowie einige Mietwohnungen.
E: Seit 1935 Stift Klosterneuburg
Lit: *C/G, 846; Dehio, 82*

Windischgraetz, Villa
14., Linzer Straße 452
Eine Biedermeier-Villa aus dem 19. Jh., die in einem großen Park mit schönem Altbaumbestand liegt. 1963 starb hier die Besitzerin des Hauses, Erzherzogin Elisabeth Marie Windischgraetz (genannt „Ersci"), die Tochter Kronprinz Rudolfs. Nach Auflösung ihrer Ehe mit dem Fürsten Otto Windischgraetz heiratete sie den sozialdemokratischen Abgeordneten zum niederösterreichischen Landtag, Leopold Petznek. 1945–55 war die Villa Sitz der französischen Besatzungsmacht. Im Haus ist derzeit das kommunale wissenschaftliche Dokumentationszentrum untergebracht.
E: Zentralsparkasse

Württemberg, Palais (Hotel Imperial)
1., Kärntner Ring 16
Ein fünfgeschoßiger Baublock mit sechsachsigem schwach hervortretendem Mittelrisalit. Urspr. Dachbalustrade und

große Mittelkuppel; Im Giebel eine Figurengruppe, die eine Frauengestalt auf Triumphwagen, von Hirschen und Löwen (den württembergischen Wappentieren) gezogen, darstellt. Im dritten und vierten Geschoß im Mittelrisalit große Steinbalkone. Der Vorbau des Haupteinganges ist mit weißem Carraramarmor verkleidet. Das Haus wurde 1862–65 nach Plänen von Arnold Zenetti und Heinrich Adam erbaut; 1928 erfolgte die Aufstockung um zwei Geschoße. Im Jahr 1946 Umbau des Haupteinganges; schon 1872/73 wandelte man das Gebäude in das Hotel Imperial um.

E: Creditanstalt-Bankverein

Lit: *C/G, 548 f*

Z

Zichy, ehem. Palais

14., Beckmanngasse 10–12

Einstöckiges Biedermeierhaus mit schönem Giebelrelief (angeblich von Kornhäusel). In den Jahren 1892/93 wurde das Haus durch die Architekten Armand Bauque und Albert Pio umgebaut, im Jahr 1973 vollständig restauriert. Der große Park mit dem schönen Alpengarten reichte in früherer Zeit bis zur Schloßallee. Der Großteil des Parkes wurde allerdings nach 1918 verbaut.

E: Koreanische Demokratische Volksrepublik

Zwettlhof

19., Hackhofergasse 17

Einstöckiger Bau mit schöner horizontaler Gliederung und barocken Fensterbekrönungen, der an einen feudalen Sommersitz erinnert. Einige Räume mit Stuckverzierung, Kapelle, in der sich bis 1933 ein Altarbild von Altomonte (heute im Stift Zwettl) befand. 1327 erstmals urk. erwähnt; nach einem Brand und anschließendem Wiederaufbau erhielt der Bau um 1730 sein heutiges Aussehen. 1877 erfolgte eine Restaurierung.

E: Seit 1930 Wiener Schottenstift

Lit: *C/G, 856*

Palais Neupauer-Breuner

Abkürzungen

bez.	bezeichnet
B	Bild Seite
BH	Bezirkshauptmannschaft
BT	Bildtafel Nummer
dat.	datiert
div.	diverse
ehem.	ehemalig, ehemals
erstm.	erstmals
E.	Eigentümer
Fam.	Familie
G	Gemeinde
geb.	geboren
gest.	gestorben
hl.	heilig
Hll.	Heilige
Jh.	Jahrhundert
KG	Katastralgemeinde
Lit.	Literatur
n. Chr.	nach Christus
sog.	sogenannt
urk.	urkundlich
urspr.	ursprünglich
v. Chr.	vor Christus
z. B.	zum Beispiel

Schloß Petronell, Niederösterreich

Glossar

Altan (Altane): ein von Mauern oder Säulen gestützter, überdachter Söller oder Balkon

Anna selbdritt: Darstellung von Anna, Maria und Jesus

Apsis: Altarraum von Kapellen und Kirchen; meist halbkreisförmig, kann aber auch eckig oder mehreckig sein. In der Regel Standort des Altars

Architrav: steinerner Hauptbalken, der den Oberbau trägt

Arkaden: Bogengänge, die auf Pfeilern oder Säulen ruhen

Atrium: bei den Römern ein zentraler Raum mit Öffnung im Dach, durch die Regenwasser einfallen konnte. In der christlichen Architektur ein Vorhof, der meist von Säulen umgeben ist

Baluster: kleine bauchige oder profilierte Säule

Balustrade: ein aus Balustern gebildetes Geländer

Beletage: Hauptgeschoß eines Gebäudes, meist das erste Stockwerk über dem Erdgeschoß mit den Repräsentationsräumen

Bergfried: der Hauptturm einer Burg; letzte Zufluchtsstätte bei Belagerungen

Blendarkade: eine Arkade, die einer geschlossenen Wand zur Gliederung vorgestellt wurde

Blende: in einer Mauer zurückgesetzte Felder, die für Türen, Fenster etc. ausgespart wurden

Bruchsteinmauerwerk: Mauern aus unbehauenen Natursteinen

Burgschloß: ein Schloß mit altem Burgenkern; eine schloßartig erweiterte Burg

Burgstall: eine kleine Burg oder der Standort einer abgekommenen Burg

Castrum: diese urspr. Bezeichnung für ein römisches Militärlager wurde auch für Burgen verwendet

Chor: der meist im Osten der Kirche erhöht gelegene Abschluß des Kirchenraumes

Dachreiter: ein Türmchen über dem Dachstuhl

Dienstmann: ein urspr. meist unfreier Ritter im Dienste höherer Adeliger

Edelmannssitz: kleiner unbefestigter oder nur leichtbefestigter Sitz eines niederen Adelsmannes

Empore: Zwischengeschoß

Englischer Garten: im Gegensatz zur (franz.) geometrischen Barockanlage hat der englische Garten einen Landschaftscharakter

Epitaph: Leergrab; Gedenktafel oder Gedenkstein, oft über dem Grab des Verstorbenen angebracht

Erker: ein in sich geschlossener vorspringender Anbau an die Außenseite eines Gebäudes

Fachwerk: Balken, die als tragende Teile benutzt werden, sind mit Ziegeln oder Lehm aufgefüllt
Fase (Fasche): eine Fläche, die durch das Abschrägen einer scharfen Kante eines Werkstückes entsteht
Fassade: Haupt- oder Schauseite eines Bauwerkes
Feste (Veste): früh- und hochmittelalterliche Bezeichnung für einen befestigten Ort, für Feste Häuser und Burgen
Fiale: eine vor allem in der Gotik verwendete Zierform (Ziertürmchen als Bekrönung eines Bauteiles)
Fideikommiß: unverkäufliches, unteilbares, unpfändbares Gut, welches einer bestimmten Erbfolge unterworfen ist
Fries: Schmuckstreifen zum Abschluß, zur Gliederung oder zum Schmuck einer Wand; oft mit gemaltem oder plastischem Dekor

Galerie: langgestreckter Raum
Gebälk: Balkensystem eines Holzbauwerkes
Gesims: vorspringender Wandabschluß
Gewölbe: bogen- oder haubenförmiger Abschluß eines Raumes
Grisaille: eine Malerei in verschiedenen Grauabstimmungen

Halsgraben: ein tiefer, meist künstlich geschaffener Graben, der die Burg vom Landrücken trennt; der Zugang zur Burg erfolgte über Zugbrücken
Hochburg: meist höher gelegener, gesicherter Kernbau einer Burganlage

Kapitell: abschließende, kopfartige, verzierte Teile von Säulen oder Pfeilern
Kartusche: Zierrahmen, der Wappen, Initialen etc. einschließt
Kassettendecke: Decke, die in geometrische Formen (Rechtecke) oder vertiefte Felder unterteilt ist
Konsole: Wandvorsprung; vorragende Tragsteine für Balkone und Erker
Korbbogen: flachgedrückter Rundbogen
Kragsteine = Konsole
Krüppelwalmdach: hierbei ist statt des gesamten Giebels nur die Giebelspitze abgewalmt (durch schräge Dachflächen ersetzt)

Laterne: kleiner runder Aufbau (oft reich verziert) zum Abschluß einer Kuppel
Lisene: gering vorstehender senkrechter Wandstreifen
Loggia: eine nach außen hin geöffnete Säulenhalle eines Bauwerkes
Lünette: dekoriertes halbkreisförmiges Feld über einer Wandöffnung

Mansarddach: Dachform, die nach dem französischen Architekten Jean Hardouin-Mansart benannt wurde; ein abgeknicktes Dach, dessen unterer Teil steiler ist als der obere

Maßwerk: geometrische gotische Zierformen, die vor allem für die Ausgestaltung von Fensterbögen verwendet wurden
Ministerialen: Bezeichnung für Beamte in karolingischer Zeit

Netzgewölbe: Gewölbe, bei dem sich die Rippen mehrfach kreuzen

Palas: Hauptwohnbau einer Burg
Patio: Innenhof eines Hauses
Pfleger: aus dem niederen Adel aufgestiegene Lehensträger, die für die Pflege (Verwaltung, Verteidigung etc.) einer Burg zuständig waren
Pilaster: Pfeiler

Quader: behauener rechteckiger Block aus Stein

Risalit: aus der Fluchtlinie heraustretender Teil eines Gebäudes, der dessen volle Höhe erreicht
Rocaille: muschelähnliches Ornament in der Zeit des Rokoko
Rustika: unbehauene Steine mit tieferliegenden Fugen

Säkularisation: Umwandlung geistlicher Besitztümer in weltliche
Satteldach: Dachform, die durch zwei schräg gegeneinander gestellte Flächen gebildet wird
Schlüsselscharten: schlüsselförmige Schießscharten
Sgraffito: Kratzputz
Stichkappengewölbe: ein von dreieckigen Kugelflächen eingeschnittenes Tonnengewölbe
Söller: Terrasse an einem Haus

Tonnengewölbe: Gewölbe, das einer Tonne gleicht, die in der Längsrichtung durchschnitten wird

Verblendung: Verkleidung von Bauteilen

Zwinger: Raum zwischen den inneren und äußeren Mauern einer Befestigungsanlage

Literaturverzeichnis

Burgenland

Dehio Burgenland
Dehio-Handbuch, Die Kunstdenkmäler Österreichs. Burgenland, bearb. von Adelheid Schmeller-Kitt, hg. vom Institut für österreichische Kunstforschung des Bundesdenkmalamtes, 2. Aufl., Wien 1980

ÖKT, XL
Österreichische Kunsttopographie, Bd. XL, Die Kunstdenkmäler des politischen Bezirkes Oberwart, bearb. von Adelheid Schmeller-Kitt, Wien 1974

ÖKT, XXIV
Österreichische Kunsttopographie, Bd. XXIV, Die Denkmale des politischen Bezirkes Eisenstadt und der freien Städte Eisenstadt und Rust, bearb. von André Csatkai und Dagobert Frey, Wien 1932

Prickler, Harald
Burgen und Schlösser, Ruinen und Wehrkirchen im Burgenland, Wien 1972

Schmeller, Alfred
Das Burgenland, Salzburg 1965

Kärnten

Dehio Kärnten
Dehio-Handbuch, Die Kunstdenkmäler Österreichs. Kärnten, Vorarbeiten von Karl Ginhart, neubearb. von Ernst Bacher, Ilse Friesen, Géza Hajós, Wolfram Helke, Elisabeth Herzig, Horst R. Huber, Margarete Migaes, Jörg Oberhaidacher, Elisabeth Reichmann-Endres, Margareta Vyoral-Tschapka, 2. verb. Auflage, Wien 1981

Henckel, Hugo
Burgen und Schlösser in Kärnten I, Klagenfurt-Wien 1964
Burgen und Schlösser in Kärnten II, Klagenfurt-Wien 1964

Kohla, Franz X. – Metnitz, G. A. v. – Moro, G.
Kärntner Burgenkunde I, Kärntens Burgen, Schlösser, Ansitze und wehrhafte Stätten, Klagenfurt 1973
Kärntner Burgenkunde II, Quellen- und Literaturhinweise zur geschichtlichen und rechtlichen Stellung der Burgen, Schlösser und Ansitze in Kärnten sowie ihrer Besitzer, Klagenfurt 1973

Valvasor
Valvasor Topographia Archiducatus Carinthiae Nachdruck der Ausgabe von 1688, Klagenfurt 1975

Wiessner, Hermann – Seebach, Gerhard – Vyoral-Tschapka, Margareta
Burgen und Schlösser in Kärnten (Kärnten I), Burgen und Schlösser um Wolfsberg, Friesach, St. Veit, 2. erw. Aufl., Wien 1977

Burgen und Schlösser in Kärnten (Kärnten II), Burgen und Schlösser um Klagenfurt, Feldkirchen, Völkermarkt, 2. erw. Aufl., Wien 1980
Burgen und Schlösser in Kärnten (Kärnten III), Burgen und Schlösser um Hermagor, Spittal/Drau, Villach, 2. erw. Aufl., Wien 1986

Niederösterreich

Dehio 1953
Dehio Niederösterreich, Dehio-Handbuch, Die Kunstdenkmäler Österreichs. Niederösterreich, neubearb. von Richard Kurt Donin, 3. neubearb. Auflage, Wien 1953
Dehio 1990
Dehio Niederösterreich, Dehio-Handbuch, Die Kunstdenkmäler Österreichs. Niederösterreich nördlich der Donau, bearb. von Evelyn Benesch, Bernd Euler-Rolle, Claudia Haas, Renate Holzschuh-Hofer, Wolfgang Huber, Katharina Packpfeifer, Eva Maria Vancsa-Tironiek, Wolfgang Vogg, Wien 1990

Oberösterreich

Dehio Oberösterreich
Dehio-Handbuch, Die Kunstdenkmäler Österreichs. Oberösterreich, Erwin Hainisch (bearb. von Kurt Woisetschläger), hg. vom Institut für österreichische Kunstforschung des Bundesdenkmalamtes, 6. Aufl., Wien 1977
Götting, Wilhelm – Grüll, Georg
Burgen in Oberösterreich,
hg. vom Amt der oö. Landesregierung, Wels 1967
Grabherr, Norbert
Burgen und Schlösser in Oberösterreich,
2. Aufl., Linz 1970
Grüll, Georg (I)
Burgen und Schlösser im Mühlviertel, 2. Aufl., Wien 1968
Grüll, Georg (II)
Burgen und Schlösser im Salzkammergut und Alpenland, Wien 1963
Hille, Oskar
Burgen und Schlösser in Oberösterreich, einst und jetzt, Horn 1975
Oberhammer, Monika
Sommervillen im Salzkammergut, Salzburg 1983
ÖKT, L
Österreichische Kunsttopographie, Bd. L, Die profanen Bau- und Kunstdenkmäler der Stadt Linz. Die Landstraßen – Obere und Untere Vorstadt, Teil II, Herfried Thaler und Ulrike Steiner, Wien 1986
Sekker, Franz
Burgen und Schlösser, Städte und Klöster Oberösterreichs, in Georg Matthäus Vischers „Topographia Austriae superioris modernae, 1674“, Linz 1925
Ulm, Benno
Das Mühlviertel, Salzburg 1971

Salzburg

Achleitner, Friedrich
Österreichische Architektur im 20. Jh., Bd. I., Salzburg 1980

Dehio Salzburg
Dehio-Handbuch, Die Kunstdenkmäler Österreichs. Salzburg: Stadt und Land, bearb. von Bernd Euler, Ronald Gobiet, Horst R. Huber, Roswitha Juffinger, Wien 1986

ÖKT, XI
Österreichische Kunsttopographie, Bd. XI, Die Denkmale des Gerichtsbezirkes Salzburg, von Dr. Paul Buberl, Wien 1916

ÖKT, XIII
Österreichische Kunsttopographie, Bd. XIII, Die profanen Denkmale der Stadt Salzburg, bearb. von Dr. Hans Tietze, Wien 1914

Zaisberger, Friederike – Schlegel, Walter
Burgen und Schlösser in Salzburg: Pinzgau, Pongau, Lungau, Wien 1978

Steiermark

Baravalle, Robert
Burgen und Schlösser der Steiermark, Graz 1961

Dehio Graz
Dehio-Handbuch, Die Kunstdenkmäler Österreichs. Graz, bearb. von Horst Schweigert, Wien 1979

Dehio Steiermark
Dehio-Handbuch, Die Kunstdenkmäler Österreichs. Steiermark (ohne Graz), bearb. von Kurt Woisetschläger und Peter Krenn, Wien 1982

Ebner, Herwig
Steiermarks Burgen und Schlösser (Steiermark I), Burgen und Schlösser im Ennstal und Murboden, Wien 1963
Steiermarks Burgen und Schlösser (Steiermark II), Burgen und Schlösser im Mürztal und Leoben, Wien 1965
Steiermarks Burgen und Schlösser (Steiermark III), Burgen und Schlösser Graz, Leibnitz, Weststeiermark, Wien 1967

Tirol

Bracharz, Elisabeth
Die Burgen im unteren Inntal, (=Schlern-Schriften, Bd. 239), Innsbruck 1966

Comploy, Waltraud
Die Burgen Tirols am obersten Inn, (=Veröffentlichungen der Universität Innsbruck Bd. 74, Kunstgeschichtliche Studien, Bd. I), Innsbruck 1972

Dehio Tirol
Dehio-Handbuch, Die Kunstdenkmäler Österreichs. Tirol, bearb. von Gert Amman, Erich Egg, Johanna Felmayer, Josef Franckenstein, Wolfram Helke, Horst R. Huber, Herta Öttl, Meinrad Pizzinini, Wien 1980

Kogler, Klaus
Stadtbuch Kitzbühel, Bd. III, Kitzbühel 1970
ÖKT, XXXVIII
Österreichische Kunsttopographie, Bd. XXXVIII, Die profanen Kunstdenkmäler der Stadt Innsbruck, bearb. von Johanna Felmayer, Wien 1972
ÖKT, XLV
Österreichische Kunsttopographie, Bd. XLV, Die profanen Kunstdenkmäler der Stadt Innsbruck außerhalb der Altstadt, bearb. von Johanna Felmayer, mit Beiträgen von Hans Schnitzer und Magdalena Hörmann, Wien 1981
Öttl, Herta
Die Ansitze von Hall in Tirol und Umgebung, (=Schlern-Schriften, Bd. 257), Innsbruck 1970
Pizzinini, Meinrad
Osttirol. Der Bezirk Lienz. Seine Kunstwerke, historischen Lebens- und Siedlungsformen, (=Österreichische Kunstmonographie, Bd. VII), Salzburg 1974
Stockhammer, Erwin
Die Ansitze in Innsbruck und seiner nächsten Umgebung aus der Zeit der Spätgotik und Frührenaissance, (=Schlern-Schriften, Bd. 202), Innsbruck 1961
Trapp, Oswald
Tiroler Burgenbuch, Bd. III (Wipptal), Bozen 1974
Tiroler Burgenbuch, Bd. VI (Mittleres Inntal), Bozen 1982
Tiroler Burgenbuch, Bd. VII (Oberinntal und Außerfern), Bozen 1986
Weingartner, Josef – Hörmann-Weingartner, Magdalena
Die Burgen Tirols. Ein Burgenführer durch Nord-, Ost- und Südtirol, 3. Aufl., Innsbruck–Bozen 1981

Vorarlberg

Dehio Vorarlberg
Dehio-Handbuch, Die Kunstdenkmäler Österreichs. Vorarlberg, bearb. von Gert Amman, Martin Bitschnau, Paul Rachbauer, Helmut Swozilek, hg. vom Institut für österreichische Kunstforschung des Bundesdenkmalamtes, Wien 1983
Huber, Franz Josef
Kleines Vorarlberger Burgenbuch, Ländle-Bibliothek, Bd. III, Dornbirn 1985
ÖKT, XXXII
Österreichische Kunsttopographie, Bd. XXXII, Die Kunstdenkmäler des politischen Bezirkes Feldkirch, von Meinrad Tiefenthaler, Elmar Vonbank, Werner Noack, Ernst Kyriß unter Benützung archivalischer Vorarbeiten von Julius Fleischer, bearb. von Dagobert Frey, Wien 1958
Ulmer, Andreas
Die Burgen und Edelsitze Vorarlbergs und Liechtensteins, Dornbirn 1925, unveränderter Nachdruck, Dornbirn 1978

Wien

Czeike, Felix
Das große Groner Wien Lexikon, Wien 1974

Dehio Wien
Dehio-Handbuch, Die Kunstdenkmäler Österreichs. Wien, von Justus Schmidt und Hans Tietze, neubearb. von Anton Macku und Erwin Neumann, revidiert von Ilse Frieser, sechste, verb. Auflage, Wien 1973

Bildnachweis

Die Farbbilder stammen von Gerhard Trumler, Wien.
Die Schwarzweißbilder auf Seite 105, 215, 297, 383 und 423 photographierte Georg Adam Clam Martinic. Das Bundesdenkmalamt Wien stellte die Baualterpläne und die Aufnahmen auf Seite 11, 269, 441 und 486 zur Verfügung. Das Bild auf Seite 27 lieferte Dr. Siegfried Hartwagner, Klagenfurt, das Bild Seite 5 Horst Jäger, Hohenems. Für die Abdruckgenehmigung des Motivs Seite 487 danken wir dem Bildpostkartenverlag Kellner, Wien.

Sämtliche in diesem Lexikon beschriebenen Objekte wurden von Georg Adam Clam Martinic photographisch dokumentiert.

Das Bild auf Seite 5 (Inhaltsverzeichnis) zeigt Schloß Hohenems, Vorarlberg.

Kärnten:

Nußberg, Burgruine, S. 70
Seit 1990 erfolgt die Restaurierung des Objektes.

Niederösterreich:

Neulengbach, Burg, S. 161
Die Burg wird laufend vorbildlich restauriert.

Rappoltenkirchen, Schloß, S. 175
1880–1990 im Besitz der Fürsten Ypsilanti.

Seisenegg, Schloß, S. 189
In den letzten Jahren vollständige Restaurierung durch den jetzigen Eigentümer Generalkonsul Thomas Wassibauer.

Oberösterreich:

Hueb, Schloß, S. 232
Laut Bescheid des Bundesdenkmalamtes wurde Schloß Hueb per 29. 8. 1958 unter Denkmalschutz gestellt.

Salzburg:

Weitwörth, Schloß, S. 294
Seit 1990 laufend Restaurierungsarbeiten sowie Einbau von 14 Wohnungen.

Tirol:

St. Petersberg, Burg, S. 408
1777–1893 Besitz der Wolkenstein. 1893 Verkauf des Schlosses durch Wolfgang Graf Wolkenstein-Rodenegg an das Kaiserhaus. 1893–1916 im Besitz von Kaiser Franz Joseph. Durch Erbfolge an seine Tochter Erzherzogin Marie Valerie und durch Schenkung an Erzherzogin Hedwig verh. Gräfin Stolberg.

Schneeburg, Ansitz, S. 410
In den Jahren 1980–82 erfolgte eine vollständige Restaurierung durch den jetzigen Besitzer Dr. Georg Bernhard von Kripp. Der Ansitz dient heute Wohnzwecken.

Wien:

Traun, Palais (auch: Abensperg-Traun, Palais), S. 482
Erbaut 1872–74 unter Architekt Ludwig Tischler.

Nachtrag zu Niederösterreich

Dietersdorf, Schloß
BH *Tulln*
G und **KG** *Sieghartskirchen*
Kleines gefälliges Schloß, mit einem Hauptbau aus der Renaissancezeit und einem in der Barockzeit im rechten Winkel angesetzten Flügel. Das hohe Dach verleiht dem Schloß ein würdevolles Aussehen.
Erste urk. Erwähnungen zwischen 991 und 1023. Vermutlich Besitz von Regensburg. 1188 bis 1236 Hochfreien von Lengenbach. 1312 die Grafen von Schaumburg, 1377 Habsburger (Herzog Leopold II. von Österreich), bis 1703 österr. Lehen. Ab 1703 im Eigentum der Familie Fürst Liechtenstein. Die gegenwärtigen Besitzer Dr. Dipl.-Ing. Hans Moritz von und zu Liechtenstein und Clotilde, geb. Prinzessin Thurn und Taxis, haben das Schloß als ihren ständigen Wohnsitz ausgebaut und 1957 durch den akademischen Restaurator Ludwig Peyscha die Sgraffitiarbeiten freigelegt, restauriert und ergänzt. Die Sgraffiti stammen aus dem Jahre 1597 und zeigen außer einer Sonnenuhr mit Renaissanceideallandschaft noch ein Doppelwappen. Das Alliancewappen zeigt das Wappen des Peter Anton Reichsgraf von Verdenberg und seiner Gemahlin Anna Franziska Hallwyl.
Von den derzeitigen Besitzern mit gutem Mobiliar ausgestattet, stellt Schloß Dietersdorf einen freundlichen Ansitz dar. Das gepflegte Forstrevier, ca. 2500 ha, trägt zur Erhaltung des Ansitzes bei.
Lit: *Büttner, Rudolf Burgen und Schlösser in Niederösterreich. Zwischen Greifenstein und St. Pölten. Restaurierbericht „Ludwig Peyscha" vom 20. 9. 1957. Bericht Bundesdenkmalamt, „Prof. Adalbert Klaar" vom 2. 3. 1964*

Dorf an der Enns, Schloß
BH *Amstetten*
G *Haidershofen*
KG *Dorf an der Enns*
Dreigeschoßige Anlage um einen kleinen quadratischen Innenhof, der mit einem Glasdach versehen, als wohnliche Halle nutzbar wurde. Altane im Westen und Süden des Baues. Im Norden zweigeschoßiger Anbau. Dachreiter (20. Jh.), Schaufront mit spätbarocker Stukkierung. In der Kapelle zwei hohe, durch zwei Geschoße reichende Fenster. In der Gartenmauer Tore mit spätbarocken Gittern, im Park Steinfiguren derselben Zeit. Urk. 1412, 1640–1656 Umbau durch den damaligen Besitzer Johann Jakob Kölnpöck (Kölnpeck), 1820 durch Adolf Loverau von Hinzberg. Vor 1879 Erwerb durch den Direktor der Steyrer Waffenfabrik Josef von Werndl. An die Besuche des Thronfolgers Erzherzog Franz Ferdinand erinnern noch heute einige Schaustücke. Das Schloß wurde 1990 neu eingedeckt und dient Wohnzwecken.
E: Eleonore Gombos, geb. Gräfin Lamberg und Baron Andreas Baratta-Dragono
Lit: *Dehio 1953, 40*

Freienstein, Ruine
BH *Amstetten*
Am rechten Donauufer, 9 km westlich von Persenbeug, stehen auf einem Bergsporn die Reste der Burg. Den Freiensteiner Bach bergwärts erreicht man das Tor und steht dann bald vor einer sieben Meter hohen und

zwei Meter starken Schildmauer. Auf dem Weg durch die langgestreckte Anlage findet man bald den Brunnenschacht, überquert den Schutt des Palas und steht auf einer Aussichtsterrasse hoch über der Donau. Unübersehbar überragt der Bergfried an die zehn Meter hoch den Bergrücken. Der Bau wurde aus Steinquadern errichtet, ist fünfeckig und kehrt seine Schneide dem Kamm zu. Zinnengekrönte Mauern umschließen den Turm, der heute unzugänglich ist. In Merians Darstellung ist der hölzerne Hocheinstieg abgebildet.

Am Ende des 13. Jh. wurde eine Urkunde auf 1037 zurückdatiert, danach gaben die Grafen von Ebersberg Freienstein an ihr Hauskloster Geisenfeld. Die Burg war aber schon in der ausgehenden Babenbergerzeit landesfürstlich. In einer Lilienfelder Urkunde ist 1268 ein Gaidemarus de Vrienstain genannt. König Rudolf verlieh die Burg dem Hochfreien Konrad von Sumerau. Er hatte ihm gegen den Auftrag König Ottokars die Stadt Enns geöffnet und in der Marchfeldschlacht zum Sieg verholfen. 1284 eroberte Rudolfs Sohn Albrecht I. die Anlage. In der Folge wurde Freienstein immer wieder verpfändet. Daran änderte auch nichts, daß Kaiser Karl IV. versprach, die Burg auszulösen und nicht wieder zu verpfänden. 1522 setzte Ferdinand I. das Begehren Maximilians I. durch, endlich auf Freienstein zwei Mörser und etliche Hakenbüchsen unterzubringen. Erst der Generalschatzmeister, der Spanier Gabriel von Salamanca, erhielt die zugehörigen Herrschaften Karlsbach, Freienstein und Waasen als Eigentum. 140 Jahre lang prozessierten die Burgherren mit der Stadt Ybbs um Fisch- und Jagdrechte. 1657 kamen die Güter an die Fürsten Starhemberg. Sie verwalteten ihre Güter von Karlsbach aus und ließen Freienstein verfallen.

E: Seit dem Jahre 1932 sind die Forstreviere Karlsbach und Freienstein samt Schloß bzw. Ruine an die Familie Hatschek (Dipl.-Ing. Rupert Hatschek) durch Kauf übergegangen.

Ginselberg, Schloß

G *Neustift bei Scheibbs*

1828 wurde westlich von Neustift „Auf der Eben" eine Spiegelfabrik gegründet. 1864 kaufte Anton Graf Schönfeldt das inzwischen stillgelegte Objekt und baute es zu einem großen Herrenhaus, später Schloß „Ginselberg" genannt, um. Der nüchterne Bau ist streng geometrisch angeordnet, die Außenwände sind glatt. Das zweigeschoßige Haus hat ein schwaches Mittelrisalit, das zwei der neun Fensterachsen umfaßt. Ein steiles Vollwalmdach deckt das Gebäude.

1881 wurde eine Kapelle im Schloß eingerichtet, die aber in den Kriegswirren 1945 vollkommen devastiert wurde.

Das Schloß wird von den Besitzern (Schönfeldt) ganzjährig bewohnt und befindet sich in bestem Zustand.

E: Graf und Gräfin Schönfeldt

Klafterbrunn, Schloß

BH *Lilienfeld*

G *Eschenau an der Traisen*

Als Haus Nr. 14 liegt das Schloß in Rotheau in einer Gruppe alter Linden westlich der Bundesstraße. Seit 1959 „Rasthaus Fürstenberg". Barocke Steinplastiken aus dem Park von Fridau

wurden hierher übertragen, eine Diana, eine Schnitterin, eine Holzsammlerin. Hier beginnt die Schloßallee, die einst zum Freihof auf der höherliegenden Terrasse hinaufführte.
Ein Wirtschaftsgebäude, zweigeschoßig, decken rote Ziegeldächer. Der Hauptbau zeigt vier Fensterachsen beiderseits des Portals. Im Westen steht ein kurzer Quertrakt mit einer Fensterachse, angesetzt gegen den Hof. Dort findet sich auch unter dem Krüppelwalm eine Giebelfront. Die Gartenfront hat über Pfeilern einen Balkon. Für die Brüstung wurden Gewehrläufe der Firma Marktl verwendet, und im Westen besteht der Gartenzaun aus schmiedeeisenen Lanzenstäben. Diese Gartenfront wurde 1914 nordwärts verlängert.
Heinrich von Klaffenbrune wird 1246 genannt. Im 14. und 15. Jh. war Klafterbrunn landesfürstliches Lehen. Ende des 16. Jh. wechselte das Schloß mehrmals den Besitzer, ehe es Abt Laurenz II. Reiß von Lilienfeld um 900 Gulden erwarb. 1597 plünderten die aufständischen Bauern den Ansitz. Endlich wurde er für erholungsbedürftige Geistliche ausgebaut.
1796 an Karl Vacano verkauft, ließ dieser Unterricht in französischer Sprache an Kleinkinder erteilen. Nach Besitzerwechsel im 19. Jh. ließ Graf Walderdorff den Bau 1914 renovieren und ausbauen. Die Prinzen Fürstenberg, seit 1923 im Besitz von Klafterbrunn, ließen das Haus mehrfach restaurieren, zuletzt 1960.
E: Prinzen Fürstenberg

Kröllendorf, Schloß
BH *Waidhofen an der Ybbs*
G *Allhartsberg*
KG *Kröllendorf*
Der heutige Bau mag einen frühbarocken Kern enthalten, der im Biedermeier wahrscheinlich umgestaltet wurde. Vischers Darstellung aus 1672 trifft heute nicht mehr zu. Beim Eingang in den Schloßpark vasengekrönte Pfeiler. Dreigeschoßiger, quaderförmiger Baublock mit Vollwalmdach, kein Hof. Portikus mit Altane über 4 Pfeilern; von hier Eingang in eine große Halle mit Stiegenaufgang. Über der Altane über dem Dachfirst neuerer Türmchenaufsatz mit Uhr und seitlichen Voluten. Wirtschaftsgebäude aus dem 17. und 18. Jh. Im Inneren gewölbte Erdgeschoßräume, in der nordwestlichen Ecke eine Kapelle. Ein Gartenpavillon sowie die Bibliothek mit historischen Werken und Naturaliensammlung wurden 1945 zerstört. Familie Wasner, die in den Seitenstettner Urkunden seit 1299 genannt war, erwarb vor 1342 Schloß Kröllendorf. Weitere Besitzer waren 1489 Oswald Schirmer, Simon Geyer und 1591 Ritter Balthasar Geyer von Osterburg. Dieser Familie folgten dann 1655–1876 die Freiherren von Stiebar; danach Besitz von Richard Klammer, Dr. Josef Steinhauser, Otto Gutschmidt und Ing. Erich Kafka.
E: Andrea Decker-Kafka
Lit: *Büttner, Rudolf Burgen und Schlösser in Niederösterreich, Zwischen Ybbs und Enns, Wien 1979*

Rannersdorf, Schloß
BH *Wien-Umgebung*
G *Schwechat*
KG *Rannersdorf bei Schwechat*
Ehem. Jagdschloß aus der Mitte des 18. Jahrhunderts über älterem Kern erbaut. Das Schloß

besteht aus einem mittleren Haupttrakt und zwei Seitentrakten, die einen Hof einschließen, der durch zwei Eisengitter mit Gittertor begrenzt wird. Das urspr. ebenerdige Schloß wurde aufgestockt und hat ein Walmdach, das in der Mitte einen Dachreiter trägt. Kapelle mit Fresko aus dem 17. Jh. Nach arger Beschädigung durchgreifend restauriert, dient das Schloß heute als Kulturzentrum.
E: Stadtgemeinde Schwechat
Lit: *Dehio 1953, 271*

Scharfeneck, Ruine
BH *Bruck an der Leitha*
G und **KG** *Mannersdorf am Leithagebirge*
Gut erhaltene gotische Ruine aus behauenem Mauerwerk in beherrschender Lage am nordwestlichen Rand des Leithagebirges gelegen. Graben an der Nord- und Ostseite. Heute noch erhalten: Massige Rundtürme, rechteckige Wehrtürme beim Haupttor, runder Bergfried mit Zisterne, Reste der Küche und Wohnraum, spätgotische Tor- und Fensterstöcke. Die Ruine ist ein beliebtes Ausflugsziel.
E: Österr. Bundesforste
Lit: *Dehio 1953, 196*

Nachtrag zu Oberösterreich

Hochkreut, Jagdhaus
BH *Gmunden*
G und **KG** *Neukirchen / Altmünster*
Am 3. 1. 1894 erstand Othmar Graf Uiberacker auf der 968 m hohen Bergkuppe des Aurachberges in Neukirchen bei Altmünster das Anwesen Hochkreut von Ignaz und Luise Nußbaumer. Da Hochkreut inmitten des von Uiberacker von den k.u.k. Salinenforsten gepachteten Jagdreviers zwischen Attersee und Traunsee gelegen war, errichtete Uiberacker ein Jagdhaus in dem damals für das Salzkammergut typischen Jagdhausstil. Obwohl das Anwesen ohne Straßenverbindung war – die Ziegel zum Bau des Hauses mußten an Ort und Stelle aus dem reichlich vorhandenen Lehm geschlagen und gebrannt werden – wurde das Jagdhaus im Hinblick auf den zu erwartenden Besuch des Jagdnachbarn Kaiser Franz Joseph mit 21 Zimmern überdimensional groß errichtet und stellte somit für die Zeit der Jahrhundertwende ein typisches Jagdvoluptoir dar. Der Großvater der jetzigen Eigentümer vereitelte das berühmte Attentat auf Kaiser Franz Joseph. Als Dank für die Errettung wurde die Votivkirche in Wien gebaut. In weiterer Folge eröffnete die Erbin Gräfin Elisabeth O'Donnell-Uiberacker Mitte der zwanziger Jahre bis 1936 die erste Montessorischule Österreichs in diesem Haus. 1975 gestalteten die jetzigen Besitzer und Erben Gabriel und Johannes O'Donell das Anwesen zu einem der schönst gelegenen Wildparks mit herrlichem Blick auf den Traunsee und die umliegenden hohen Bergmassive, wie Totes Gebirge und Höllengebirge. Der Wildpark Hochkreut ist im Frühjahr, Sommer und Herbst von 9–18 Uhr geöffnet.
E: Gabriel und Johannes Grafen O'Donell

Nachtrag zu Salzburg

Paur, Schloß
BH und **G** *Hallein*
KG *Adnet II*
Ehemals dreistöckiges Jagdhaus der Bischöfe von Chiemsee. In der Zeit der Spätgotik erbaut; heute bäuerlicher Besitz, abseits von Verkehrswe-

gen östlich von Hallein gelegen und gänzlich unbekannt. Der frühere Name lautete Schloß zu Altdorf nach dem damaligen Besitzer, dem Bischof Altdorfer von Chiemsee. Sein Neffe, ein Regensburger Renaissance-Maler, der einige Jahre auf Schloß Paur verbrachte, zeigt auf einigen seiner Bilder eine exakte Wiedergabe der Landschaft und des Bauwerkes. Schon Erzherzog Franz Ferdinand bekundete großes Interesse für Schloß Paur, ehe er allerdings Schloß Blühnbach erwarb. Heute dient der Ansitz Wohnzwecken.
E: Johann Reich

Nachtrag zu Steiermark

Gösting, Burgruine
BH und **G** *Graz*
KG *Gösting*
Auf steilem Felsen gelegen, als Sperrfeste im Mittelalter von großer Bedeutung. 1042 erstmals erwähnt, bis 1622 landesfürstliches Lehen, bis 1707 Besitz der Fürsten Eggenberg und ab 1707 der Grafen Attems. Im 17. Jh. als Pulvermagazin der Stadt Graz in Verwendung; 1723 zum Großteil abgebrannt (außer Bergfried und Kapelle). Ab 1790 rascher Verfall; 1843/44 wurde die Nordwand des großen Palas für den Bahnbau abgebrochen. 1874 Einsturz des südöstlichen Teiles des Bergfrieds. Ab 1925 Sicherungs- und Wiederherstellungsarbeiten durch den Burgenverein Gösting. Langgestreckte Anlage auf schmalem Berggrat. Die Hauptgebäude der Altburg um einen unregelmäßigen, rechteckigen Innenhof; Im Norden der große Palas mit noch bestehender Innenmauer; im Osten der übereckgestellte Bergfried mit vorgelagerter Kapelle, vor 1100; im Süden der Alte Palas mit Wohn- und Wirtschaftsräumen, an der südwestlichen Mauer ein mächtiger Torbau mit basteiartigem Vorbau; eine Wiederherstellung erfolgte 1930/31; der Bergfried dient heute als Aussichtswarte.
E: Heinrich Graf Attems
Lit: *Dehio Graz, 234 f*

Gösting, Schloß
BH und **G** *Graz*
KG *Gösting*
Erbaut 1724–1728 für Ignaz Maria Graf Attems unter Einbeziehung eines älteren Baukörpers. Eine langgestreckte, durch Mittelrisalit akzentuierte, 17achsige Hauptfront; Pfeilerarkaden, die zu Eckpavillons überleiten. Dreischiffige Einfahrtshalle, ein weiträumiges, zweiarmiges Treppenhaus mit Balustraden. Zahlreiche Fresken nach Entwürfen von Matthias von Görz, 1731 ausgeführt. Die urspr. französische Gartenanlage wurde 1844/45 in einen englischen Naturpark umgewandelt.
Schloß Gösting gehörte bis 1955 den Grafen Attems. 1960 bzw. 1967 erfolgten eine Außen- und Dachrestaurierung.
E: Diverse
Lit: *Dehio Graz, 235 ff*

Nachtrag zu Wien

Dr. Friedrich Turek-Herrenhorst, Palais
4., Goldeggasse 5
Großes Stadtpalais des 19. Jahrhunderts (erbaut 1873). Vierstöckiger Gassentrakt, seitliche Erker im zweiten Geschoß mit darüberliegenden Balkonen im Hauptgeschoß. Dreistöckiger Hoftrakt mit anschließendem Garten. Foyer mit prunkvoller Hängelampe und dekorativen Glasfenstern.

Das Palais steht heute unter Denkmalschutz und dient Wohnzwecken.
E: Dr. Friedrich Turek-Herrenhorst

Schwedische Botschaft, Palais
9., Liechtensteinstr. 51
Ehem. Wohnhaus Szeps, erbaut 1876–77 von Ludwig Tischler. Zweigeschoßiges Wohnpalais mit Souterrain in Formen der Neu-Wiener Renaissance. In der Beletage kräftige Giebelverdachung über den Fenstern. Tonnengewölbte Eingangshalle mit Kassettendecke. Treppenhaus mit Oberlicht, originale, holzgeschnitzte Balustraden. Prunkräume zum Teil mit Stuckdecken und Wandfeldern in Neo-Rokoko. Das Palais dient heute als Residenz des Botschafters von Schweden.
E: Königreich Schweden